दीपशिखा

कालिदास

दीपशिखा कालिदास

शुभांगी भडभडे

मराठी से हिन्दी अनुवाद

आ. चारुमति रामदास

वाणी प्रकाशन ग्रुप

भारतीय ज्ञानपीठ

वाणी प्रकाशन : भारतीय ज्ञानपीठ की पुस्तकों के एकमात्र प्रकाशक एवं वितरक

सजिल्द पहला संस्करण : 2024

प्रकाशक
वाणी प्रकाशन ग्रुप

4695, 21-ए, दरियागंज, नयी दिल्ली-110 002
फ़ोन : 011-23273167, 23275710
ईमेल : sales@vaniprakashan.in

ISBN : 978-93-6287-016-2

दीपशिखा कालिदास
(उपन्यास)

शुभांगी भड़भड़े
मराठी से हिन्दी अनुवाद : आ. चारुमति रामदास

DEEPSHIKA KALIDAS
(Novel)

by Shubhangi Bhadbhade
Marathi to Hindi Translated by A. Charumati Ramdas

मुद्रक : आर. टेक ऑफ़सेट प्रिंटर्स, दिल्ली-110 032

Price : INR. 895

महाकवि कालिदास के निमित्त से!

नवोन्मेषशालिनी देवी शारदा की रत्नमाला के हृदय के निकट दमकता हुआ कौस्तुभमणि अर्थात कालिदास! निरभ्र आकाश में मध्याह्न का प्रौढ़ प्रगल्भ सूर्य कालिदास और शरद पूर्णिमा का चन्द्रमा भी कालिदास! रसिकों के आर्त मन को मोहित करने वाला कालिदास और वृक्ष लताओं से संवेदना जगाने वाला भी कालिदास! युग बीत गये, आगे भी बीतेंगे, परन्तु साहित्याकाश का ध्रुव तारा हैं कालिदास!

रसिकप्रिय, लावण्यप्रिय कालिदास अपने साहित्य में संजोते हैं शब्द लावण्य, अर्थ गहनता, आशयघनता, अनुपम काव्यालंकार, सहज गतिशीलता और एक से बढ़कर एक सरस दृष्टान्त। हर काल में उनके ऊपर खुलकर लिखने को जी चाहे, ऐसे कालातीत कवि कालिदास।

ऐसे इन कालिदास के बारे में कुछ लिखा जाये, ऐसा हरेक को मोह होगा, वैसा ही मुझे भी हुआ। परन्तु उनका आकलन मेरे लिए कठिन था।

प्रकाण्ड पण्डित, वैदिक धर्म संस्कृति के पुरस्कर्ता, नाट्य-काव्य समीक्षा, संहिताओं के अभ्यासक, ब्राह्मण साहित्य, आरण्यक, उपनिषद्, स्मृति-श्रुति ग्रन्थ, दर्शन, धर्मशास्त्र, मनोविज्ञान, सामुद्रिक का विषद ज्ञान रखने वाले; चित्रकला एवं संगीत के मर्मज्ञ, युद्धनीति, रणनीति एवं चाणक्यनीति के भी अभ्यासक! चातुर्य, सहजता, विनोदप्रियता का प्रभावी ढंग से प्रयोग करने वाले, बहुआयामी व्यक्तित्व के धनी सिर्फ़ कालिदास! अन्य कोई नहीं। ब्रह्मदेव ने सभी गुणों का रसायन एक ही व्यक्तित्व में उंड़ेला हो, ऐसे कालिदास!

कालिदास का जीवन-चरित्र लिखते हुए पहला प्रश्न उपस्थित हुआ उनके सन्दिग्ध जीवन के सन्दर्भ में। उनका व्यक्तिगत चरित्र कहीं भी प्रकाशित नहीं है। एक महान कवि के बारे में जब लिखना है तो उनके बारे में प्रमाण क्या है? कैसे

प्रमाणित करूँ कालिदास को? मगर इतना सत्य है कि प्रत्येक काल में उनके बारे में संशोधन किये जा रहे हैं, यही है उनके अस्तित्व का सबसे बड़ा सत्य!

यदि उनका साहित्य उपलब्ध है, तो वे निश्चित रूप से विद्यमान थे। किस काल में हुए होंगे? कुछ लोग मानते हैं कि वे ईसवी सन् से पूर्व चन्द्रगुप्त मौर्य के दरबार में थे, तो कोई उन्हें सम्राट चन्द्रगुप्त (विक्रमादित्य) के नवरत्नों में से एक रत्न मानते हैं।

संशोधन तो होते रहेंगे, मगर एक बात निश्चित है–चाहे वे किसी भी काल में क्यों न रहे हों, चाहे उनके माता-पिता अज्ञात हों, पत्नी-परिवार अज्ञात हो, परन्तु उन्होंने निष्ठापूर्वक शास्त्राभ्यास किया है। इसका अनुभव उनकी कृतियों में पग-पग पर होता है। चन्द्रगुप्त मौर्य ने आर्यावर्त को एकसंघ राज्य बनाने के लिए घनानन्द के साथ आचार्य चाणक्य की सहायता से प्रथम क्रान्ति-युद्ध किया। भारत के अस्तित्व को अबाधित रखा, परन्तु भारत का विकास हुआ गुप्त काल में।

जब समाज में शान्ति होती है, शासन-व्यवस्था उत्तम होती है, तभी कलागुणों का विकास सम्भव है। विचारों को नयी दिशा मिलती है। एकसंघ राष्ट्र का निर्माण करने के लिए समुद्रगुप्त ने अनेक युद्ध किये। साम्राज्य का निर्माण किया। उनके पश्चात सम्राट चन्द्रगुप्त ने युद्ध तो किये, परन्तु वे मूल स्वरूप के न थे। शासन व्यवस्था उत्तम थी। व्यापार चरम पर था। मन्त्रिमण्डल उत्तम था। इसलिए वह इतिहास का सुवर्णकाल था। कला का विकास हुआ। अतः कालिदास उस समृद्ध सांस्कृतिक काल में, सम्राट चन्दगुप्त के काल में ही था। यदि वह युद्ध के काल में रहा होता, तो उसने युद्ध, क्रान्ति, शान्ति के बारे में लिखा होता। अतः यह निर्विवाद है कि वह युद्ध काल में, अर्थात चन्द्रगुप्त मौर्य के काल में नहीं थे।

इसका अर्थ मैंने यह निकाला कि कालिदास युद्ध रहित, सामाजिक शान्ति के काल में थे। वे कहाँ के थे? विद्याभ्यास कहाँ किया होगा? यदि आश्रम में किया तो वह आश्रम कहाँ था? पहले विद्याभ्यास के लिए काशी जाया करते थे, क्या कालिदास काशी गये थे, परन्तु उनके साहित्य में इस सन्दर्भ में कुछ भी नहीं है। तो फिर मैं किस आधार पर इस उपन्यास की रचना करने वाली थी? उपलब्ध साहित्य–यही एक आकर्षण था। क्या कालिदास का विवाह हुआ था? क्या उनका परिवार था? इसका उत्तर कहीं नहीं है। परन्तु उनकी कृतियों में शृंगार और विरह की जैसी सूक्ष्म छटा दिखाई देती है, उससे प्रतीत होता है कि कालिदास रसिक ही थे। प्रकृति में भी कवि को शृंगार दिखाई देता है, इसका अर्थ यह हुआ कि कालिदास को स्त्री सुख का पूर्ण अनुभव था।

कालिदास की नाट्य कृतियों में सभी रसों का प्रयोग हुआ है। कालिदास के नाटकों से सभी रुचियों के दर्शकों का मनोरंजन होता है। भरत मुनि के नाट्य शास्त्र का गहन अध्ययन करके लिखे गये नाटकों में सन्धि, रस, अंगहार और पारिभाषिक शब्द प्रयोग में आये हैं। उनके नाटक में क्रोध, प्रमाद, शोक, दुःख, उलझन, विवाद और सुखद परिणति है। पात्रों के हिसाब से उनके खड़े होने का तरीक़ा, प्रवेश करने का तरीक़ा, वस्त्रों का चुनाव, चलने का तरीक़ा, रंगमंच की सजावट, प्रकाश योजना, ज्येष्ठ और कनिष्ठ कलाकारों के बोलने का तरीक़ा, परस्पर संवाद में किन शब्दों का प्रयोग किया जाये इसकी अत्यन्त सटीक और सूक्ष्म जानकारी कालिदास प्रस्तुत करते थे।

प्रसाद, माधुर्य, ओज से युक्त, वैदर्भी रीति से सम्पूर्ण उनके काव्य को 'द्राक्षारसपाक' कहा गया है, उन्हें 'दीपशिखा कालिदास' कहा गया। 'उपमा कालिदासस्य' कहा गया है। अभिनय के आंगिक, वाचिक, सात्विक–इन तीनों प्रकारों को उन्होंने यशस्वी किया।

ऐसे ये नाटककार, महाकवि अनन्य ही हैं। अनेक हुए, अनेक होंगे, परन्तु दीपस्तम्भ कालिदास ही रहेंगे।

उनके साहित्य को देखा जाये, तो ऐसा प्रतीत होता है, मानो यह यक्ष नगरी का शापग्रस्त यक्ष होगा। शाप मिलने से पृथ्वी पर आया हुआ, विरहाग्नि में जलता हुआ...मुझे स्मृतियों की सुगन्ध में डूबा हुआ यक्ष नज़र आता है...

कालिदास से पूर्व अनेक आर्ष काव्य थे। रामायण, महाभारत जैसे महाकाव्य भी थे। परन्तु विदग्ध महाकाव्य का कालखण्ड कालिदास से ही आरम्भ होता है। कालिदास ने खण्डकाव्य और महाकाव्य इन दो प्रकारों पर काम किया।

कालिदास के महाकाव्य से जो व्यक्तिरेखा मेरे सम्मुख प्रकट हुई उसी को इस उपन्यास में प्रस्तुत करने का प्रयत्न किया है। 'कुमारसम्भवम्' और 'मेघदूतम्' में शारीरिक शृंगार के दर्शन होते हैं, उस पर भाष्य न करते हुए ऐसी स्थिति में काव्यपंक्तियाँ ही उद्धृत की हैं।

यह मानना ग़लत होगा कि वाचकों को कालिदास के बारे में कुछ ज्ञात ही नहीं है। परन्तु कालिदास के नाटकों में, उनके काव्य में क्या है, यह संस्कृत का ज्ञान सभी को न होने के कारण, उनकी रचनाओं को इस उपन्यास में संक्षेप में प्रस्तुत किया गया है। आज के कवि उनका अध्ययन करें, यह भी एक हेतु था।

कालिदास के बारे में लिखते हुए इस तथ्य पर ध्यान गया कि उनकी एक पार्श्वभूमि है–विक्रमादित्य (चन्द्रगुप्त) के दरबार के नवरत्नों की। इस नवरत्न-

दरबार में चन्द्रगुप्त के दरबार के अन्य लोग हैं। स्वयं सम्राट चन्द्रगुप्त का अपना इतिहास है। उनकी कन्या प्रभावती से भी वाकाटक वंश का इतिहास सम्बद्ध है। इन दोनों ऐतिहासिक पृष्ठभूमियों और विद्यमान साहित्य के आधार पर यह कहा जा सकता है कि यह उपन्यास इतिहास, वास्तविक साहित्य और दन्तकथा पर आधारित है। वैसे भी परम्परागत दन्तकथाओं में एक अंश सत्य का होता ही है, उसी सत्य पर मैंने इस उपन्यास की रचना की है।

कालिदास के जीवन के बारे में भी अनेक तर्क-वितर्क हैं। कालिदास वास्तव में थे यह तो उनके साहित्य से प्रत्यक्ष प्रमाणित होता है। उन्होंने साहित्य में जिन भू-प्रदेशों का वर्णन किया है, वे सत्य हैं। वैज्ञानिक दृष्टि से भी रामगिरि पर्वत से हिमालय तक का सारा वर्णन काल्पनिक प्रतीत होते हुए भी सत्य है। वायु की दिशा का भी उसने अध्ययन किया था, यह सत्य है।

नाट्यकृति के आरम्भिक मंगलाचरण में उन्होंने शिवशंकर का उल्लेख किया है। वह शिवशंकर की प्रतिमा आज भी मन्दसौर में है। मन्दसौर आज भी है। प्राचीन काल में उसे दशपुर कहते थे, क्योंकि उसमें दस ग्राम थे। आज भी वेत्रवती–बेतवा के नाम से प्रसिद्ध है। अर्थात उपन्यास में कल्पना का कुछ अंश होते हुए भी वास्तविकता है।

जिस मन्दसौर के बारे में मैंने लिखा है, और जिसका वर्णन कालिदास के साहित्य में है, वह विदिशा और उज्जयिनी के मध्य स्थित है और मन्दसौर में वेत्रवती का एक प्रवाह शिवना के नाम से प्रसिद्ध है। वहाँ पाँच फुट ऊँचा, पाँच फुट चौड़ा शिवलिंग है। उसके बीचोबीच अग्निज्वाला का प्रतीक बाण दस फुट ऊँचा है। उस पर प्रत्येक दिशा में दो–इस प्रकार आठ मुख हैं। कालिदास विरचित 'अभिज्ञान शाकुन्तलम्' के प्रथम श्लोक में अष्टमुखी शिवशंकर की प्रार्थना है। हो सकता है कालिदास उसी के आसपास दशपुर-मन्दसौर के हों।

राजा भोज कब हुए थे, यह भी संशोधन का विषय है। राजा भोज एक थे अथवा दो? क्या वास्तव में उनकी विद्योत्तमा नामक कन्या थी? क्या शास्त्रार्थ में उसे हराने वाले पुरुष से ही विवाह करने का उसका प्रण था? और दन्तकथा के गोपालक कालिदास के साथ व्यूहरचना करके उसका विवाह होता है क्या? क्या विवाह की प्रथम निशा को ही वह निर्बुद्ध कालिदास से 'अस्ति कश्चित् वाग्विशेषः' प्रश्न पूछती है? क्या वह अपने पति को नगर से बाहर निकाल देती है?

और क्या यह निर्बुद्ध कालिदास काली माता की कृपा से प्रज्ञावन्त होता है? ऐसे अनेक प्रश्न हैं। अर्थात यह दन्तकथा है। इस दन्तकथा का आधार ही इस उपन्यास का विषय है।

कालिदास ने दैहिक श्रृंगार का वास्तविक वर्णन किया है, जो अनुभूति के बिना सम्भव नहीं है। तो, उस दन्तकथा के अनुसार उसने फिर विवाह किया था क्या? इसका उत्तर मेरे उपन्यास में नहीं है, परन्तु दन्तकथा में कालिदास की मृत्यु सिंहलद्वीप-लंका में हुई बतायी गयी है, जो मेरे उपन्यास में नहीं है।

'अस्ति कश्चिद् वाग्विशेष:' के प्रत्येक शब्द से आरम्भ करके कालिदास ने महाकाव्यों की रचना की। यही उसका जीवन प्रयोजन था। किसी ध्यास से प्रभावित व्यक्ति ही ऐसा महान कार्य कर सकता है। यदि मेरे उपन्यास में कालिदास ने विवाह किया होता, तो वह ध्यास ही समाप्त हो गया होता, अत: मेरे उपन्यास में कालिदास ने विवाह नहीं किया, उसके प्रश्न का उत्तर देना ही जीवन का लक्ष्य था। राजशेखर के 'भोज प्रबन्ध' में यह दन्तकथा विद्यमान है और जनश्रुति में भी आज तक रूढ़ है।

भारत की सभी भाषाओं और अनेक विदेशी भाषाओं में कालिदास के अनुवाद किये गये हैं।

भारत का यह राष्ट्रीय महाकवि अपने साहित्य से अमर हुआ, परन्तु उसके बारे में लगभग सभी कुछ अज्ञात है।

सर्वाधिक प्रसिद्धि उनके 'अभिज्ञान शाकुन्तलम्' और 'मेघदूतम्' को प्राप्त हुई। क्योंकि प्रेम और विरह जीवन का शाश्वत भाव है। इनका अत्यन्त प्रभावशाली वर्णन करके कालिदास ने विश्व साहित्य में विजय प्राप्त की है।

कालिदास के अस्तित्व के बारे में अनेक संशोधक कार्य कर रहे हैं। उज्जयिनी, उससे पूर्व विदिशा-मन्दसौर-दशपुर में उसका बचपन बीता होगा। मन्दसौर आज भी है, परन्तु शिवप्रतिमा कालान्तर में वहाँ की शिवना नदी के पात्र में मिली। वहाँ के निवासी मन्दसौर के खिलचीपुर में उसका अस्तित्व था, ऐसा मानते हैं। अर्थात कालिदास का अस्तित्व था–एक नहीं, दो नहीं तीन कालिदास हुए हैं। परन्तु संशोधक–पण्डित राजशेखर के अनुसार राजकवि कालिदास का अध्ययन ही इतना कठिन कार्य है, तो अन्य कालिदासों के बारे में विचार न करना ही उचित है।

कालिदास के निसर्ग चित्रण को अध्यात्मिकता का साथ है। वृक्षवल्ली में भी प्राण है, उनकी सवेदनाओं का, उनके सुख-दुख का वर्णन कालिदास ने किया है। महर्षि वेदव्यास भी महाभारत के शान्तिपर्व में लिख चुके हैं कि वृक्षों में भी पंचेन्द्रियों का वास है। कालिदास के वर्णनों में इसका प्रत्यय मिलता है।

कालिदास का मनुष्य की अच्छाई पर विश्वास है–उनके नाटकों में कोई खलनायक नहीं है। संस्कृति के ध्वज को अनन्य ऊँचाई पर ले जाने वाले कवि कालिदास न केवल महाकवि, राष्ट्रकवि, राजकवि हैं, अपितु रसिकों के हृदय में सदा विराजमान रहने वाले कवि हैं।

चन्द्रगुप्त का विवाह, उनका शासन, उनका संघटन, अन्य धर्मों के प्रति आदर, संस्कृत को राजभाषा बनाकर अनेक शास्त्रसभाओं, संगीत सभाओं का आयोजन, और विशाल साम्राज्य के सम्राट होने तक का वर्णन उपन्यास में है। कालिदास और सम्राट चन्द्रगुप्त का साहचर्य लगभग पच्चीस-तीस वर्ष रहा।

उपन्यास में वाकाटक वंश का भी वर्णन है, जिसमें सम्राट चन्द्रगुप्त की कन्या प्रभावती विवाहोपरान्त आयी थी। कालिदास के जीवन का कुछ काल विदर्भ में भी बीता था।

मैंने जिस कालिदास को देखा, जो मेरे मन को भाया वह सभी वाचकों को निश्चित ही प्रिय होगा। मेरे मन का कालिदास विनोदप्रिय, रसिक, गुणग्राही, स्नेही, उत्तम चित्रकार है। शब्द सृष्टि का ईश्वर है, विनयशील है, उसके मुख पर सदा विलोभनीय हास्य है, राजसी तेज से विभूषित, गणिका से भी एकनिष्ठ रहने वाला भावकवि, महाकवि है।

कालिदास समृद्धि के, शान्ति के काल के प्रतिनिधि थे। उनके बारे में जितना लिखा जाये, कम ही है।

'दीपशिखा-कालिदास' के सन्दर्भ में अनेक विद्वानों के लेखों से परिचय हुआ, अनेक विद्वानों से प्रत्यक्ष मिलने का भी सौभाग्य प्राप्त हुआ। डॉ. बा. रा. अंधारे, डॉ. भारती सुदामे, डॉ. प्रज्ञा आपटे, श्रीमती लीना रस्तोगी, डॉ. पंकज चांदे से समय-समय पर सहयोग प्राप्त हुआ, उनकी मैं आभारी हूँ।

वाचकों ने मुझे सदा ही शब्दों के माध्यम से हरसिंगार के सुगन्धित पुष्प दिये हैं। वाचकों के प्रेम के कारण ही मेरा लेखन अबाधित चल रहा है। मैं उनकी अत्यन्त आभारी हूँ।

—शुभांगी भड़भड़े

अनुवादिका का निवेदन

आज, श्रीराम नवमी के दिन, 'दीपशिखा कालिदास' का हिन्दी अनुवाद पूरा करते हुए मन विविध भावनाओं से भर उठा है।

सभी कुछ कितना अद्‌भुत! उपन्यास, उपन्यास के नायक, वह स्वर्णिम कालखण्ड, वे रचनाएँ, वे व्यक्तिरेखाएँ...और सबसे बढ़कर उपन्यास की लेखिका, जिनकी लेखनी से मोतियों जैसे शब्दों की वर्षा होती रही...मन आनन्द से झूमता रहा!

शुभांगी जी से मेरा व्यक्तिगत परिचय उस समय नहीं था...उनके बारे में सुना अवश्य था। याद नहीं आता कैसे एक दिन उन्होंने पूछ लिया, 'मेरे किसी उपन्यास का अनुवाद करेंगी?' तब मैं अपने किसी काम में व्यस्त थी, अत: रुकने के लिए बाध्य थी। जब उन्होंने बताया किसी अन्य दिन कि महाकवि कालिदास पर उपन्यास लिख रही हैं, तो मेरे मुख से निकला 'कालिदास के लिए वादा किया'।

और उसके कई महीनों बाद आकर्षक रूप में कालिदास मेरे सामने थे। 'दुर्गा नवरात्रि' के प्रथम दिन!

मैंने कहा ना कि सब कुछ कितना अद्‌भुत रहा!

कालिदास मुझे उँगली पकड़ कर अपने काल में ले गये...मैंने अपमानित मातृगुप्त को देखा, वेत्रवती में प्रवाहित होते हुए, काली मन्दिर में लाये गये, सरस्वती आश्रम में विद्यार्जन करते हुए...और सम्राट चन्द्रगुप्त के नवरत्नों के बीच।

शुभांगी जी के लेखन में अद्‌भुत प्रवाह है, उन्होंने न केवल एक व्यक्ति के बारे में, अपितु पूरे कालखण्ड के बारे में लिख दिया। सम्राट चन्द्रगुप्त का शासन, उनके युद्ध, भारत को एकसंघ राष्ट्र बनाने का उनका ध्येय, भाषा और संस्कृति का निरन्तर होता हुआ विकास...और इस सबके पीछे थी प्रेम की पृष्ठभूमि...यह प्रेम ही शायद प्रत्येक व्यक्ति को अपनी सीमा में रखता था, सभी का आदर करना सिखाता था।

विभिन्न धर्मों के बीच सामंजस्य का उदाहरण भारत में शायद तभी से था।

एक बात का और भी आश्चर्य हुआ...कहीं कोई 'विलन' मुझे नज़र नहीं आया...सब कुछ कितना अविश्वसनीय रहा। मैं तो सदा अपने रूसी उपन्यासों की दुनिया में, कठोर यथार्थ की दुनिया में रहती हूँ, अचानक तप्त धरती पर 'मेघदूत' का मेघ वर्षा की फुहार से मुझे भिगो कर चला गया...

धन्यवाद शुभांगी जी, मुझे यह अवसर प्रदान करने के लिए।

मैं अत्यन्त आभारी हूँ, 'भारतीय ज्ञानपीठ' की। आशा है, आप मेरे कार्य से निराश नहीं होंगे...धन्यवाद!

—आ. चारुमति रामदास

30 मार्च, 2023

हैदराबाद, (तेलंगाना)

"अस्ति कश्चित् वाग्विशेष:"? वेदवती का प्रश्न सुनते ही अनामिक आतुरता से उसकी ओर बढ़ रहे मातृगुप्त के पैर वहीं ठिठक गये। वह भय से थरथरा गया, काश, धरती दुभंगित होकर जानकी के समान मुझे अपने भीतर समा लेती...ऐसा विचार उसके मन में कौंध गया। कहीं से अचानक कोई बाण आकर हृदय में चुभ जाये, शब्द भी मौन हो जायें...ऐसा प्रसंग भी जीवन में आयेगा, ऐसी कल्पना भी मातृगुप्त ने नहीं की थी।

पौर्णिमा की रात का दूसरा पहर अभी आरम्भ ही हुआ था। शरद ऋतु की वह पुलकित करने वाली रात मातृगुप्त के रोम-रोम से प्रवाहित हो रही थी। वेदवती से विवाह करने के बाद यह प्रथम निशा सुख की परमोच्च कल्पना लेकर उसके हृदय में अवतरित हुई थी। मन में कुछ भय था और थी अनामिक आतुरता।

'क्या मैने वही किया जो उचित था?' यह प्रश्न उसने अपने आप से अनेक बार किया था और हर बार ख़ुद ही जवाब देकर अपने मन का समाधान भी कर लिया था। राजा भोज के राजप्रासाद में कभी उनका दामाद बनकर आऊँगा, ऐसा विचार भी कभी उसके मन में नहीं आया था। सारे रास्ते बन्द हो जायें और सिर्फ़ एक ही, राजप्रासाद का द्वार खुल जाये ऐसा नियति ने किया था, फिर भी मातृगुप्त धैर्य से आगे बढ़ा था और अब मन का भय किसी और ही तरह से प्रकट हो रहा था।

कुमारसेन ने मित्रता का दृढ़ हाथ उसके कन्धे पर रखकर कहा था, "वादा करता हूँ, अन्त तक तुम्हारी सहायता करूँगा। भय को मन से निकाल दो। सब कुछ मंगल ही होगा। मगर प्रेम-राज्य में जाते हुए तुम मुझे भूल न जाना।"

फिर भी झूठ छुपा नहीं सकता और सत्य कह नहीं सकता, ऐसी दुविधा मन में थी। परन्तु अब उसके सामने बस एक ही पर्याय था–वेदवती के शयनकक्ष में प्रवेश करना। मन पर अत्यन्त बोझ था, एक अनामिक आतुरता थी। उसके अद्वितीय सौन्दर्य का मोह और सत्य को छुपाने का पराकाष्ठा का प्रयत्न–ये दोनों बातें मन में थीं। वह स्तब्ध खड़ा था, मानो पैर धरती में धँस गये हों।

'आर्य मातृगुप्त', उसने फिर से पुकारा। मातृगुप्त ने उसकी ओर देखा और उसके मन में बिजली की भाँति विचार कौंध गया। 'या तो फ़ौरन यहाँ से भाग जाये

जिससे सारे प्रश्न ही समाप्त हो जायेंगे अथवा सब कुछ सच-सच बताकर जो मिले वह दण्ड स्वीकार करे, अगर उसने क्षमा कर दिया, तो सारे प्रश्न समाप्त हो जायेंगे। मगर करूँ क्या? क्या उससे सच-सच कह दूं?'

लावण्यवती, विद्वत्वती, विद्योत्तमा सुहास्य वदन से उसके सामने खड़ी थी। कन्धे का उत्तरीय हाथ पर था। नखशिखान्त शृंगार में लिपटी उस मदनिका को देखते ही उसे पल-भर के लिए आश्चर्य भी हुआ। उसके रूप में नियति ने स्वर्गीय लावण्य और सरस्वती की प्रज्ञा मेरी झोली में क्योंकर डाली है? ऐसा कौन-सा संचित पुण्य था मेरे पास, उसके मन में आया।

वह मातृगुप्त की ओर देख रही थी, मगर मातृगुप्त स्तब्ध था। चराचर सृष्टि पर चन्द्रप्रभा फैली थी, वैसे ही वह गवाक्ष से भीतर आकर उसके मुख पर प्रतिबिम्बित हो रही थी। सम्भ्रमित मातृगुप्त को देखकर उसने झर-झर बहते झरने की तरह मुक्त हास्य किया।

"आर्य मातृगुप्त, आप सम्भ्रमित क्यों हो गये? मेरा प्रश्न तो सरल था, 'अस्ति कश्चित् वाग्विशेष:?'

"प्रश्न तो सरल ही है, परन्तु हम यह देख रहे थे कि गवाक्ष से आती हुई चन्द्रकिरण आपके मुख पर कैसी अनुपम प्रतीत हो रही है। साथ ही चन्द्रमा के साथ रोहिणी है या रोहिणी के साथ चन्द्रमा है, इस पर भी, देवी वेदवती, आपको ही निहारते हुए विचार कर रहे थे।"

"इसका अर्थ क्या निकालूँ, आर्य? चन्द्रमा के साथ रोहिणी तभी अनुपम प्रतीत होती है, जब चन्द्रमा भी उसके स्वतन्त्र अस्तित्व को मान्यता देते हुए उसके सम्मुख विनम्र प्रतीत होता है। दोनों को ही अपने स्वतन्त्र अस्तित्व का ज्ञान होने पर भी वे एक-दूसरे के साथ ही मार्गक्रमण करते हैं। हम भी रोहिणी के ही समान आपके प्रकाण्ड पाण्डित्य के सम्मुख विनम्र हैं।"

मातृगुप्त फिर भयभीत हो गया, मगर अब वह अपने प्रश्न के सन्दर्भ में बात नहीं कर रही थी, उसने अपनी बात का रुख बदल दिया है, यह सुखकर अनुभव होते ही उसने समाधान से सांस ली। मुख पर स्मित रेखा प्रकट हुई, मन कुछ आश्वस्त हुआ और वह बोला: "देवी, वेदवती, सृष्टि के निखार के लिए विद्वत्ता की, पाण्डित्य की आवश्यकता नहीं होती। स्वतन्त्र अस्तित्व मान्य करके समर्पण की इच्छा होती है। यह इच्छा जब अनिवार हो जाती है, तब आनन्दोत्सव आरम्भ होता है। आनन्द की परिभाषा का अनुभव एक-दूसरे को मौन से, स्पर्श से भी

होता है। तब अव्यक्त भावनाओं को साकार होने के लिए शब्दों की आवश्यकता नहीं होती।"

"सत्य कहा, आर्य। सारे स्पर्श और सारे सन्दर्भ मौन हो जायें और जीवन का सन्दर्भ सहित अर्थ स्पर्श से ही समझ में आये, ऐसी यह पहली रात है। नव चैतन्य की, नये आनन्द की, और सृष्टिनिर्मिति की भी।"

वह सहज थी। मातृगुप्त अब शान्त था, परन्तु उसके हाथ की लेखनी और भोजपत्र कैसे दूर हटाये यह वह मन-ही-मन सोच रहा था। विवाह की पहली रात को शयनगृह में हाथ में लेखनी और भोजपत्र लेने वाली कामिनी उसके लिए अनपेक्षित थी। उसके मन में अवगुंठन में छुपी, लज्जावती, वेदवती थी। और उसका अवगुंठन दूर होने पर आगे का मार्ग सहज था। फिर भी तब तक मन में भय ही था।

शयनगृह में आने से पूर्व मातृगुप्त को चिन्तित देखकर कुमारसेन ने कहा था:

"सम्भ्रमित न रहें मातृगुप्त। आपका विवाह निर्विघ्नता से सम्पन्न हो गया है। विदिशा के राजा भोज के आप दामाद हैं, वैसा ही वर्तन करें। पिछले कुछ मास से शिष्टाचार तथा राजप्रासाद में उचित वर्तन के बारे में आपको बताया ही है। परन्तु यदि आप किंचित भी अपने शब्दों से, कृति से व्यक्त हो गये तो सभी कुछ समाप्त हो जायेगा। आपने अपनी सुदृढ़ काया से, सौम्य वर्तन से तथा प्रसन्न हास्य से, साथ ही शिवशंकर समान सौन्दर्य से न केवल राजसभा को, अपितु सम्पूर्ण समाज के मन को जीत लिया है।"

"परन्तु..."

"किन्तु-परन्तु अभी नहीं, आर्य मातृगुप्त। हम जानते हैं कि आप क्या कहना चाहते हैं। हम तुम्हारे...अब बहुवचन में...आपके हितचिन्तक हैं। आपका अपमान हो, ऐसा हम कभी नहीं चाहेंगे, इस बात का विश्वास है ना?"

"कुमारसेन...परन्तु..."

"हम जानते हैं, आपका मन भयभीत है; राजकन्या वेदवती की बुद्धिमत्ता से। मगर डरें नहीं, प्रसंगानुसार कभी मौन रहें, कभी ये कहें कि प्रश्नों के उत्तर कल दूँगा, या फिर प्रश्नों की दिशा ही बदल दें। कितना ही आग्रह क्यों न किया जाये, फिर भी यदि किसी प्रश्न का उत्तर सहज न हो तो बिल्कुल ही उत्तर न दें। वैसे, पहली रात को आपसे कौन प्रश्न पूछेगा भला?"

"ये मुझे मालूम है।"

"पुरुष का सौन्दर्य, सुदृढ़ता, शौर्य, धैर्य और विद्वत्ता पर स्त्री अनुरक्त होती है, तब स्त्री की विद्वत्ता विनम्र हो जाती है।"

"तुम्हारे ही उपदेश से मैं..."

स्वयं को 'हम' कहो, मातृगुप्त। तुम मेरे मित्र अवश्य हो, परन्तु अब तुम ख़ुद एक अत्यन्त विद्वान पण्डित के रूप में यहाँ आये हो, विद्वत्ता विनम्रता से सुशोभित होती है, परन्तु यहाँ राजकन्या वेदवती अत्यन्त अहंकारी होने के कारण उसका गर्वहरण करने के उद्देश्य से ही हमने आज तक अनेक नाटक किये हैं ना?"

"मित्र, पहली रात को लेकर हम भयभीत, आशंकित हैं, साथ ही असत्य को छुपाने के लिए भी। वहाँ आप लोगों में से कोई भी न होगा। वनराज सिंह के सामने कोई श्वापद खड़ा हो, ऐसा तो नहीं होगा ना, इस विचार से हम भयभीत हो गये हैं।

मातृगुप्त का मित्र कुमारसेन, पण्डित विष्णुगुप्त, मन्त्री केशवदास, राजपुरोहित सुशर्मा–अब सभी एकत्रित हो गये थे।

"वत्स," राजपुरोहित ने उससे कहा, "जिस बात का किसी पुरुष को कभी, कोई डर नहीं होता, उससे तुम इतना भयभीत क्यों हो, मातृगुप्त?"

"मातृगुप्त, कुछ ही पलों में जब तुम शयनकक्ष में प्रवेश करोगे, तब वह लावण्यवती राजकन्या लज्जावती होकर तुम्हारी ही प्रतीक्षा कर रही होगी। उसके मन में किसी तरह का कोई प्रश्न होगा ही नहीं। फिर होंठों से बाहर कैसे आयेगा? शब्दों की आवश्यकता न उसे होगी, न तुम्हें," पण्डित विष्णुगुप्त ने कहा।

कुमारसेन ने उसके कन्धे पर हाथ रखकर कहा, "जाओ, मित्र, जाओ। वह तुम्हारी ही प्रतीक्षा कर रही है। फिर, मैं तुम्हारे प्रति वचनबद्ध हूँ, मैं हर तरह से तुम्हारी सहायता करूँगा" कुमारसेन उसका हाथ पकड़कर उसे शयनकक्ष तक ले आया था।

और मातृगुप्त ने शयनकक्ष में प्रवेश किया था। श्रृंगारित शैया देखकर वह सम्भ्रमित हो गया, अवगुंठन में लिपटी वेदवती वहाँ नहीं थी। क्या वापस जाऊँ? ऐसा विचार मन में आते ही प्रश्न आया था–"अस्ति कश्चित् वाग्विशेष:"?

उसने शब्दों की दिशा में देखा। दीपदान के प्रकाश में वेदवती खड़ी थी, हाथों में लेखनी और भोजपत्र लिये। पास ही में अनेक टीका ग्रन्थ भी थे। उसे देखकर वह वैसे ही खड़ी रही। लेखनी और भोजपत्र लिए और फिर उन्हें नीचे रखकर शैया के निकट जाते हुए कुछ ठिठकी और उसने सहज ही पूछ लिया था। बाद में फिर वही बोली, "आइए, आर्य मातृगुप्त। हम आपकी ही प्रतीक्षा कर रहे थे।"

"हमारी?"

"निश्चित रूप से आप ही की, आपके अतिरिक्त इस शयन कक्ष में हम भला किसकी प्रतीक्षा करेंगे?"

मातृगुप्त का अपेक्षाभंग हो गया। शब्दों की आवश्यकता ही नहीं पड़ेगी, ऐसा दावा सभी ने किया था। यहाँ तो केवल प्रश्न और प्रश्न ही थे। शब्दों से कैसे निकल जाऊँ, ये प्रश्न मातृगुप्त को सता रहा था।

"ये भी सच है..." मातृगुप्त ने उसके प्रश्न का उत्तर दिया।

"आपको क्या-क्या प्रिय है?" लज्जावती, लावण्यवती राजकन्या को प्रश्नवती हुआ देखकर मातृगुप्त को समझ में नहीं आ रहा था कि क्या करे।

"हमें अस्त्र–शस्त्र संचालन, नृत्य, संगीत, लेखन, चित्रकारी, शिल्प निर्माण में रुचि है। शास्त्र एवं शास्त्राभ्यास, साहित्य में विशेष रुचि है।"

रात्रि का दूसरा प्रहार समाप्त होने को था। नवविवाहित दंपती की पहली रात। मातृगुप्त को ऐसा लग रहा था, जैसे उसके पैरों के नीचे धरती फट रही है। अब असत्य को छुपाना असम्भव है, इसका भान उसे हुआ।

उसे याद आया। कुछ समय पूर्व ही तो उसने राजपुरोहित सुशर्मा से कहा था : "मैं अज्ञानी हूँ, अल्पमति हूँ। शिष्टाचार, रीति-नियम जानने के बाद भी, शब्दकला का ज्ञान मुझमें नहीं है। सच कहूँ तो मुझे किसी भी बात का ज्ञान नहीं है। कैसे जाऊँ मैं शयनकक्ष में? अगर वेदवती ने मुझसे कुछ पूछ लिया तो? सत्य कहो, मित्र! क्या मैं कोई उत्तर दे पाऊँगा?" मातृगुप्त ने कहा था।

"भयभीत न हो, वत्स! किसी को भी यह समझाने की आवश्यकता नहीं है कि प्रणय कैसे किया जाता है। सृष्टि के इस विशाल अन्तरंग में अनेक प्रकार के जीव हैं जिनके पास न तो कोई भाषा है, न ही कोई शब्द। वे भी जीव-सृष्टि की उत्पत्ति करते हैं। भ्रमर कमलिनी में आसानी से उलझ जाता है। ईश्वर ने जिस परस्पर आकर्षण की रचना की है, वह शब्दातीत है। इसलिए वत्स, तुम्हें सम्भ्रमित होने की, भयभीत होने की कोई आवश्यकता नहीं है। मैं तुम्हें क्या बताऊँ? नवनीत अग्नि के निकट जाये तो क्या होता है, क्या मैं इसे स्पष्ट करूँ?" राजपुरोहित सुशर्मा ने उसके मस्तक पर हाथ रखकर कहा।

"अब हमें मातृगुप्त को आदरपूर्वक सम्बोधित करना चाहिए।"

"सत्य है,"

"अर्थात, वेदवती हमसे कुछ भी नहीं पूछेगी?"

"शायद नहीं, शायद सरल शब्द होंगे। राजकन्या वेदवती विद्धत्वती तथा शास्त्र प्रवीण हों, तो भी प्रणय के लिए शब्द तथा विद्धत्ता की आवश्यकता नहीं होती। प्रणय संवेदना संवाहक है, वह केवल स्पर्श से ही विकसित होती है।"

"फिर भी..."

"अब कोई और प्रश्न नहीं।" मन्त्री केशवदास ने कहा। मातृगुप्त सहज सामान्य होते हुए बोला, "आप सब कुछ अनुभव से कह रहे हैं, इसलिए वह सब सत्य ही होगा। फिर भी अनामिक भय और आशंका मन से दूर नहीं हो रहे हैं। आप ईश्वर से मेरे लिए प्रार्थना कीजिए।"

मातृगुप्त शयनकक्ष की ओर मुड़ा। कुमारसेन का मन भर आया। 'मातृगुप्त को यहाँ लाकर कहीं मैंने अपराध तो नहीं किया? असत्य की नींव पर सत्य का महल निर्माण करने का अपराध तो मुझसे नहीं हुआ? सत्वशील, भोले, राजनीति तो क्या, विद्या से भी अनभिज्ञ इस गोपालक (ग्वाले) का विदिशा के राजा भोज की कन्या से विवाह करवाकर कहीं मैं उसकी बलि तो नहीं दे रहा हूँ?' मन में यह विचार कौंधते ही कुमारसेन ने उसे दृढ़ता से अपने आलिंगन पाश में बांधकर मन-ही-मन कहा, 'ईश्वर तुम्हारा कल्याण करे, मित्र!' अब आगे क्या होगा, इस विचार से उसका मन भी आशंकित हो गया।

"मित्र, मैं प्रस्थान करूँ ना?" कुमारसेन ने गर्दन से ही स्वीकृति दी। उस समय मातृगुप्त विचारों में खो गया था, परन्तु होश आने पर सब कुछ भूलकर वेदवती के एक-एक शब्द में उलझने लगा।

वेदवती के प्रश्न सुनकर मातृगुप्त मन-ही-मन कह रहा था, 'न जाने किस क्षण मैं मोहित हुआ किस क्षण मेरे मुख से स्वीकृति प्रकट हुई, या तो वह क्षण ही अपशगुनी था, या फिर मैं ही स्वयं से परिचित नहीं था, अकारण ही देवदार के शिखर पर जाने की जिद मन में आये, ऐसा ही हुआ था, ऐसा मैंने क्यों किया, यह सीधा-सा विचार भी मेरे मन में क्यों नहीं आया', इस बात का उसे बार-बार आश्चर्य हो रहा था।

मेरे मन में कोई सपने नहीं थे, न ही थी कोई आकांक्षा, किसी भी क्षितिज तक मैं पहुँचना नहीं चाहता था, कोई ध्येय तो था ही नहीं। एक गोपालक कौन-से सपने देख सकता है? सीधा-साधा जीवन था, सीधी-साधी दिनचर्या। जंगलों से-वनों से, फूलों से, पंछियों से दोस्ती थी। निर्मल सरिता थी, निर्मल मन के मित्र थे। सब कुछ अच्छा था, परन्तु मेरे सौन्दर्य ने और सुन्दर देहयष्टि ने ही घात किया। नियति मेरी परीक्षा ले रही है, कठोर परीक्षा। और मूल्यांकन करने वाली है विद्वत्वती वेदवती।

फिर भी उसने कहा था: "कनक कामिनी, चतुरांगना, लावण्यवती स्त्री से मैं नहीं डरता। भय है तो सकलशास्त्रनिपुण वेदवती का।" राजपुरोहित स्तब्ध थे, और प्रत्यक्ष में ऐसा ही हुआ था।

बार-बार पूछे गये "अस्ति कश्चित् वाग्विशेष:"? इस प्रश्न का क्या उत्तर दे? इस प्रश्न के चक्रव्यूह से वह बाहर नहीं निकल पा रहा था, नियति हाथों में हाथ लेकर चलती रहे और अचानक हाथ छोड़ दे, वैसा ही हुआ था, और फिर लड़खड़ाते पैरों से चलते हुए किसी गहरी खाई में जा गिरूँ, जहाँ से निकल नहीं पाऊँ और ख़ुद को सँभाल भी न पाऊँ–ऐसा हुआ था। वेदवती मातृगुप्त की प्रिय कला, साहित्य, शास्त्र के बारे में अवश्य पूछेगी ऐसा पूर्वाभास उसे हुआ। फिर भी अब पीछे जाना असम्भव था।

वह शैया पर बैठी तब भी उसका ध्यान बिखरे हुए भोजपत्रों की ओर ही जा रहा था। आख़िर वह उठी, उसने भोजपत्रों को और ग्रन्थों को व्यवस्थित रखा। चन्द्रमा के प्रकाश में उसके मुख पर विद्वत्ता का तेज और अधिक प्रखर हुआ प्रतीत हो रहा था। परन्तु आगे बढ़कर हस्तस्पर्श करने का धैर्य भी वह नहीं जुटा पा रहा था। वही उसके पास आयी, कन्धे पर आश्वासक हाथ रखते हुए उसने पूछा:

"स्वामी, आप प्रणय भावना में इतने खो गये हैं कि हमने इतने सारे प्रश्न पूछे, परन्तु आप मौन ही रहे,"

"देवी क्षमस्व...सहस्त्रवार क्षमस्व।"

"आप ऐसा क्यों कह रहे हैं, आर्य?"

"हम कारण न बता सकेंगे, परन्तु आपके एक भी प्रश्न का उत्तर इस क्षण हम दे नहीं पायेंगे। क्षमस्व देवी वेदवती, विद्वत्वती, विद्योत्तमा।"

"ऐसा क्यों आर्य? एक-दूसरे को जानने के लिए शब्द आवश्यक हैं। शब्दों का एक अर्थ होता है, सन्दर्भ होता है और प्रतिष्ठा भी होती है। उस दिन शास्त्रार्थ में आपके द्वारा दिये गये ज्ञान से समृद्ध आपके शिष्यों ने हमें पराजित किया, इसलिए आप जैसे विद्वान पण्डित से हमारा विवाह हुआ, अन्यथा..."

"अन्यथा से तात्पर्य?"

"शायद हम कुमारिका ही रह जाते। हमारे स्वयंवर की 'शर्त' ही थी कि जो कोई हमें शास्त्रार्थ में पराजित करेगा, उसी से हम विवाह करेंगे। पिताश्री और माताश्री को हमारी यह शर्त पसन्द नहीं थी। उनका कहना था, अब उसका क्या..."

मातृगुप्त को इच्छित सन्धि प्राप्त हो गयी थी। वह भी शैया पर बैठ गया।

चन्द्रमा के प्रकाश में दीपदान का प्रकाश मिल गया था। सुगन्ध से महकते उस कक्ष की ओर मातृगुप्त ने अब तक ध्यान नहीं दिया था। वेदवती को अत्यन्त प्रिय, उसके रोम-रोम में व्याप्त साहित्य से दूर हटाने का कार्य वह कर रहा था। उसने पूछ ही लिया :

"अन्यथा क्या, देवी?"

"आरम्भ में तो हमें अपने शास्त्राभ्यास की अचूकता पर अभिमान था। हर शास्त्रार्थ में हमारे शास्त्राभ्यास दाँव पर लगते थे। निरन्तर तीन वर्ष बीत गये, परन्तु किसी ने भी हमें शास्त्रार्थ में पराजित नहीं किया था। तब हम मन से पराजित हो चले थे। क्या हमारा विवाह होगा ही नहीं? इस विचार से माता-पिता चिन्ताग्रस्त थे। वे कहते, 'अब यह जिद छोड़कर किसी शूरवीर से विवाह कर लो'।"

"फिर?"

"फिर क्या, आर्य...अपने शब्दों का मान रखते हुए हमने हठपूर्वक अपनी शर्त नहीं तोड़ी। विवाह की चिन्ता सभी को थी, भीतर ही भीतर हमें भी थी, परन्तु अब पीछे हटना असम्भव ही नहीं, अपितु शस्त्र छोड़कर युद्धभूमि से पलायन करने जैसा अपमानास्पद था। आप आये और हम धन्य हो गये।"

"देवी, ऐसा न कहें।"

"हम सत्य ही कह रहे हैं। और सत्य पर–शब्द सत्य पर हमारा प्रगाढ़ विश्वास है। जिस प्रकार घनघोर तिमिर को दूर हटाते हुए रविराज का आगमन होता है, सत्य भी उसी तरह प्रकाशित होता है। वास्तव में यह सब कहने की आवश्यकता नहीं है, और हमारा प्रश्न भी अनुचित था, हास्यास्पद था, इसका अनुभव हमें हो चुका है। आर्य मातृगुप्त, हमें क्षमा करें।"

"किस प्रश्न की बात कर रही हैं?" मातृगुप्त के हाथ से अनजाने ही शब्द-बाण छूट गया था और अब वह उसी पर आघात करेगी, यह एहसास होते ही मातृगुप्त नखशिखान्त थरथरा गया।

"क्षमा करें, आर्य, परन्तु शयनकक्ष में प्रवेश करते ही हमने आपसे पूछा था, "अस्ति कश्चित् वाग्विशेष:" हम क्षमाप्रार्थी हैं। आपने हमारे शब्दों को दिल पर नहीं लिया और मौन रहकर हमें मन से क्षमा कर दिया। आप महान हैं आर्य!"

अब तो मातृगुप्त की सहनशीलता का अन्त हो गया। मन की सारी उथल-पुथल एकत्रित हो गयी। सत्य के सिवाय अब कोई और पर्याय नहीं है, इसका तीव्र एहसास हुआ और मातृगुप्त अचानक बोला, "देवी, अब आप रुकिए। आप सत्य से अनभिज्ञ हैं, क्योंकि वह आपको ज्ञात नहीं है।"

"कौन-सा सत्य, आर्य?"

"अत्यन्त दाहक सत्य है, आप सहन न कर पायेंगी।"

"ऐसा कौन-सा सत्य है?"

“पहले आप हमें अभय दें।”

“हम आपको अभय दें, ऐसा हुआ क्या है?”

“हम सम्पूर्ण सत्य का विवरण करेंगे। परन्तु आप, चाहे कितना भी क्रोध आये, हमें अभय दें। क्योंकि साहित्य, संगीत, कला, शास्त्र इनमें से कुछ भी हमें ज्ञात नहीं है...” “आपने जो कथन किया है वह सम्पूर्ण असत्य है। परन्तु जो सत्य आप बताने वाले हैं, उन वचनों पर यदि क्रोध भी आये, तो भी हम आपको मृत्युदण्ड नहीं देंगे, यह राजा भोज की कन्या का वचन है।”

“देवी...विद्वत्वती...हमने ही आपको वेदवती नाम से सम्बोधित किया। आपको हमारा दिया हुआ नाम प्रिय हुआ। वास्तव में विद्वत्वती इस नाम का उच्चारण करना हमारे लिए कठिन था, इसका कारण...”

“क्या कारण था?” वेदवती ने अत्यन्त अधीरता से पूछा।

“हम ब्राह्मण पुत्र हैं, यह सत्य है, परन्तु हमने किसी प्रकार का अध्ययन नहीं किया। हमने आश्रमशाला जाकर किसी भी गुरु से किसी भी प्रकार का ज्ञान प्राप्त नहीं किया। व्रतबंध जैसे संस्कार भी हम पर नहीं हुए। हम...”

“आप यहाँ तक आये कैसे? हमसे विवाह करने का साहस आपके मन में उत्पन्न कैसे हुआ? आपने विवाह का प्रस्ताव मान्य ही कैसे किया? आपके शास्त्राभ्यासी शिष्यों को कौन लाया था? ये सारी योजना किसलिए? वस्तुतः ब्राह्मण पुत्र होने के कारण हम आपको मृत्युदण्ड अथवा अन्य किसी प्रकार का दण्ड देने का पातक नहीं करेंगे। परन्तु भोज राजा के राजप्रासाद की कुमारिका को सौभाग्य-अलंकार देते समय आपके हाथ थरथराये क्यों नहीं? आप यहाँ तक कैसे पहुँचे, मातृगुप्त?”

मातृगुप्त धरती पर नज़र गड़ाये था, “मैंने ऐसा क्यों किया? कम से कम एक कुमारिका की भावनाओं की बलि देते समय तो सोचना ही चाहिए था।”

“सत्य बताऊँ अथवा न बताऊँ, इसी उलझन में था। ब्राह्मण पुत्र होने के कारण असत्य सहन नहीं कर पा रहा था। परन्तु...”

“अब बोलिए भी। जो सत्य है, वही कथन करें।”

“कम से कम छह महीने बीते होंगे, जब से हम आपके प्रासाद के नियमों का, रीति-रिवाजों का कठोरता से पालन कर रहे हैं।”

“हमें उन घटनाओं में रुचि नहीं है। आपने मुझसे विवाह करने का साहस ही कैसे किया...इतना साहस तो आज तक किसी क्षत्रिय वीर ने, तपस्वी ऋषि ने,

अथवा शास्त्रार्थ करने वाले किसी पण्डित ने भी नहीं दिखाया है। और हमारे जैसी विदुषी राजकन्या का ऐसा घोर अपमान ?"

विद्वत्वती अत्यन्त क्रोधित हो गयी थी। अगर म्यान में तलवार होती, तो वह उस पर चला देती, परन्तु अत्यधिक अपमानित, व्यथित, और अज्ञानी, अशिक्षित व्यक्ति द्वारा पराजित उसके मन में ज्वालाएँ धधक रही थीं।

"आप अपने शब्द वापस लेकर मुझे मृत्युदण्ड दे सकती हैं, देवी...परन्तु आपकी शर्त ने ही आपका घात किया है। आप लावण्यवती और प्रकाण्डपण्डिता, आपको ऐसा पति चाहिए था जो शास्त्रार्थ में आपको पराजित करे। परन्तु पिछले तीन-चार वर्षों में एक भी पुरुष आपको पराजित न कर सका इस सत्य को आप जानती ही हैं।"

"अर्थात, हम पर दया करने के लिए यह विवाह प्रयोजन? अब हम वस्तुस्थिति को भलीभाँति समझ रहे हैं।"

"देवी वेदवती, आपके क्रोध को, आपके अपमान को हम समझ सकते हैं। आप शस्त्र-शास्त्र, नृत्य-नाट्य, संगीत कलानिपुण होंगी, परन्तु योद्धा के जितनी ही रणनीति जानने वाला, और युद्ध में एक-दूसरे का धैर्य से सामना करने वाला भी सफल योद्धा होता है।

क्या कोई मनुष्य मन से सदाचारी, भोला, संवेदनशील नहीं होता? आपको केवल ब्रह्मज्ञानी पुरुष की ही लालसा थी, जिसकी साहित्य और शास्त्र में रुचि हो। परन्तु कोई अज्ञानी पुरुष भी सभ्य, शालीन, सुसंस्कृत हो सकता है, इसका आपने कभी विचार ही नहीं किया। उसकी जीवनानुभूति, सर्वसामान्य जन के प्रति सहकार्य का निरपेक्ष भाव आपने कभी जाना ही नहीं। देवी, आपको असत्य बताने पर मन बहुत व्यथित है, परन्तु आज मुझे ऐसा प्रतीत हो रहा है कि आपको काफ़ी ज्ञान प्राप्त हुआ है।"

"परन्तु षडयन्त्र करके हमें पराजित किया, इस अक्षम्य अपराध के लिए क्षमा तो नहीं मिलेगी। आप इसी क्षण हमारी नज़रों से दूर हो जाइए; इस कक्ष से, इस राजप्रासाद से ही नहीं अपितु इस नगर से भी बाहर निकल जाइए। क्षण-भर का भी विलम्ब किये बिना। हमने अभय दिया है, इसलिए..."

"देवी, वेदवती..."

"हमारा नाम भी लेने की पात्रता नहीं है आपकी। और कहने को बचा ही क्या है...आपसे विवाह हुआ, इसे नियति की इच्छा मानकर शान्त रहूँ या भरी सभा में आपके षडयन्त्र के बारे में बताऊँ...कुछ समझ में नहीं आ रहा है। नियति ने मज़ाक

किया, आपने गर्वहरण किया, परन्तु उसमें हमारा अपमान ही हुआ। आपके सौन्दर्य पर, आपके द्वारा आयोजित शास्त्रार्थ पर हम मोहित हो गये। ग़लती आपकी नहीं, हमारी ही थी। ग़लती हमारी ही थी।"

पल-भर को उसकी आँखें भर आयीं, परन्तु अगले ही क्षण स्वयं को सँभालते हुए बोली, "जाइए, मातृगुप्त। आपके सान्त्वनापूर्ण शब्दों की किंचित भी आवश्यकता नहीं है। इस नगर में, राजप्रासाद में और हमारे मन में आपके लिए किंचित भी स्थान नहीं है। घोर अपमान किया है आपने। आपको क्षमा नहीं मिल सकती।"

सुनने के अलावा मातृगुप्त के पास कोई और पर्याय न था। अक्षम्य अपराध तो हुआ था, परन्तु एक मास पूर्व विवाह होने के बाद, सभी शास्त्रविधि, देवदर्शन होने के बाद सुहागन स्त्री द्वारा पहली ही रात को अपने पति को नगर सीमा से बाहर निकल जाने की शिक्षा सुनाई हो, ऐसी घटना पहले कभी नहीं सुनी थी। यह उसका भी पत्नी द्वारा किया हुआ अपमान ही था। सद्यः स्थिति में उसे ऐसा ही प्रतीत हो रहा था। इसलिए वह भी क्रोधित हो गया था। दण्ड दो पति को...मगर ऐसा दण्ड? ऐसी कल्पना भी उसने नहीं की थी।

"पल-भर को भी यहाँ न ठहरें, मातृगुप्त। आपका मुख भी हम नहीं देखना चाहते। जाते-जाते केवल इतना बताते जायें, मातृगुप्त कि हमसे विवाह करने की आपकी हिम्मत हुई कैसे? क्या आपके मन में यह विचार भी नहीं आया कि आपके अज्ञान की पोल खुल जायेगी। सपने भी देखे तो ऐसे! विद्वत्वती, लावण्यवती राजकन्या का कोई महत्त्व ही नहीं! ये निश्चित ही आपकी बुद्धि का खेल नहीं है मातृगुप्त। बताइए, आप यहाँ तक कैसे आये? मुझसे विवाह करने का दण्ड मिलेगा यह जानकर भी आपने ऐसा क्यों किया?"

वेदवती अब एक भी शब्द सुनने के लिए तैयार नहीं थी। अपने आप पर और मातृगुप्त पर वह अत्यन्त क्रोधित थी। उसकी विद्वत्ता को शह देने वाला अज्ञानी, अशिक्षित, गोपालक है, इस पर विश्वास करने को वह तैयार नहीं थी। परन्तु उसके सामने सत्य प्रत्यक्ष था। परन्तु अनेक प्रश्न पूछने के बाद भी मातृगुप्त उसे सच नहीं बता रहा था, यह शल्य बुरी तरह उसे चुभ रहा था।

"मातृगुप्त, अगले पल हम आपका मुख भी नहीं देखेंगे। जाते-जाते इतना बताते जाइए कि यह अक्षम्य अपराध आपने क्यों किया?"

मातृगुप्त मौन ही रहा।

"मातृगुप्त, न बताना हो तो मत बताइए। हम समझ ही गये हैं, सिर्फ़ आपके मुख से सुनना चाहते थे। परन्तु एक ब्राह्मणपुत्र ऐसा असंस्कृत व्यवहार करे, यह हमें कदापि मान्य नहीं।"

"देवी, आपने कहा, 'निकल जाओ'। मैं भी निकल ही रहा हूँ। रुकूँगा नहीं। परन्तु एक ब्राह्मण पुत्र का पति होने के उपरान्त जो अपमान आपने किया वह भी असभ्य आचरण है। यदि आपने मुझे समझ लिया होता, जिस तरह गुरु शिष्य को पढ़ाता है उस तरह ज्ञान सम्पन्न किया होता, तो, सत्य कहता हूँ, आप 'विद्योत्तमा' के रूप में प्रसिद्ध होतीं। मुझे आपके रूप का, राजप्रासाद का, आपका पति होने का मोह कभी भी नहीं था, वह बाद में उत्पन्न हुआ, और मैं प्रवाह पतित हो गया।"

अब वेदवती की सहनशक्ति समाप्त हो गयी। वह क्रोध से बोली, "अब एक पल भी आपको नहीं देख सकती। और दोबारा यहाँ न आना ज़्यादा अच्छा होगा।"

अब मातृगुप्त शयनकक्ष के द्वार तक पहुँचा। इसी द्वार से अनेक सपनों का मोहजाल लेकर उसने प्रवेश किया था। उस समय मन में जो अतीव आनन्द था, वह अब अतीव दुःख में परिवर्तित हो गया था। उसका मन ही अपने अपराध को क्षमा नहीं कर सका था, साथ ही मन में वेदवती के प्रति असीम क्रोध भी था। शयन कक्ष के आसपास दासियाँ खड़ी थीं, परन्तु उनसे पूछने की हिम्मत न थी। तीन-चार दालान पार करने के बाद द्वार आने वाला था। उस द्वार से वह अनेक बार आता-जाता रहा था। परन्तु अब वह कभी भी वापस लौटने वाला न था। सबके सामने महामन्त्री और कुमारसेन के पास आने वाला मातृगुप्त जीवन का अन्त करने के निश्चय से निकला था।

महाद्वार पर शस्त्रधारी सैनिकों का पहरा था। उसे आता देखकर उन्होंने विनम्र अभिवादन किया। किसी ने भी उसे नहीं रोका; उनमें से हरेक आशंकित था। आख़िर एक द्वारपाल से रहा नहीं गया और उसने विनम्रता से पूछा लिया, "अगर हम आपके पीछे आयें तो..."

मातृगुप्त के हाथ से संकेत करते ही वह चार कदम पीछे हटा। मातृगुप्त राजप्रासाद की सीढ़ियाँ उतरकर नीचे आया।

मध्यरात्रि का उत्साही चन्द्रमा मध्य आकाश से कुछ पश्चिम की ओर सरक आया था। उस प्रांगण में शान्ति थी। शीत लहरों से उसका मन कुछ शान्त हुआ। वह मन-ही-मन नियति से बोला, "कर ली ना, अपने मन की? लावण्यवती, विद्वत्वती, वेदवती पति के बिना ही रहेगी और मैं? एक स्त्री को सौभाग्यविहीन करने का दुःख मन में लिये ही जिऊँगा? मेरा जीवन का न केवल एक, अपितु सारे अंक समाप्त करके तूने परदा गिरा दिया। हो गया न समाधान?"

मन के भीतर से नियति ने कहा, "तूने एक ही मन से विचार किया है, मातृगुप्त! तेरे पास एक दूसरा मन भी है ना! विचार कर...तुझे तेरा उत्तर मिल जायेगा।"

मातृगुप्त विषण्ण मन से हँसा। 'अब कौन-सा उत्तर मिलने वाला है। सारे प्रश्न समाप्त हो जायें, सारे मार्ग तुम्हारे पास ही आयें, इसलिए ऐसा घटित हुआ न, भगवान? सच में, इस समय ऐसा समझ में आ रहा है कि कितनी बड़ी मूर्खता हो गयी। असत्य की नींव पर सत्य का मन्दिर नहीं बनाया जा सकता, क्या मैं इतना भी समझ न पाया? यह नियति का अपराध नहीं है! मैं मोह के वश हो गया, यह मेरा अपराध है। मैं असत्य का घोष करता रहा, यह मेरा अपराध है।

मुझे वास्तविकता का अनुमान तो था। सत्य प्रकट होते ही विद्धत्वती मुझे कठोर दण्ड देगी, ये मालूम था न? वास्तव में अनपेक्षित, ऐसा कुछ भी नहीं हुआ था। शयनकक्ष में प्रवेश करते समय मैं साथ में सत्य और असत्य, अमावस्या और पूर्णिमा लेकर ही तो गया था। और सारी चतुराई धरी रह गयी। और जो मन में था, वही हुआ।

दूसरे ही पल मन ने कहा, 'मेरे मन में जो था, वही हुआ, परन्तु विद्धत्वती के मन में तो ऐसा कुछ न था। वह तो केवल पति के सहवास से रोमांचित होने वाली थी। पहली रात को उसके मन में असंख्य कमल दल खिलने की प्रतीक्षा कर रहे होंगे। वह अधीर होगी, उत्सुक होगी। उसके बारे में शयन कक्ष में आने से पूर्व कोई विचार नहीं था, वह अब आया था।

कल तक का समय उसी के सन्दर्भ में व्यतीत कर रहा था। आज कितनी विपरीत घटना हो गयी!' मातृगुप्त काँप गया। एक सुहागन, नवपरिणीता वधू को ऐसा...मेरे जैसा निर्बुद्ध पति मिले, उसे धोखा दिया जाये, उसके जीवन का उपहास हो, ऐसा कुछ भी मातृगुप्त के मन में नहीं था, उसने सिर्फ़ अपने बारे में विचार किया था। ग़लती मेरी ही थी। मैं ही अपराधी हूँ।'

अगले ही पल दूसरे मन ने कहा,

'हो गया मेरे हाथ से अक्षम्य अपराध, स्वीकार करता हूँ। परन्तु राजकन्या के हृदय में क्षमाशीलता की भावना होनी चाहिए, विद्धत्ता के कारण विनम्र होने का स्वभाव होना चाहिए और जो हो गया है उसे अब कैसे सुधारा जाये इस पर उसे निश्चित रूप से विचार करना चाहिए। मुझे सीमा पार भेजने का दण्ड देते हुए उसके मन में यह विचार भी नहीं आया कि पति के बिना जीवन नाथ होते हुए भी अनाथ और सुहागन होते हुए भी विरहिणी होने के समान है। कम से कम यह विचार तो उसके मन में आना ही चाहिए था। आख़िर दुःख तो दोनों को ही हुआ है। वह क्रोधित है कि उसका उपहास किया गया है, मुझे अतीव दुःख है कि मैंने उस जैसी विदुषी राजकन्या का उपहास किया।'

'तेरा क्या...तू पुरुष है, कहीं भी जाकर अपना जीवन व्यतीत कर सकता है,' पहले मन ने कहा।

'ठीक है। परन्तु वह? लावण्यवती, विद्वत्वती, वेदवती। उसका क्या?'

और यह विचार मन में आते ही वह ठिठक गया। उसने पीछे मुड़कर राजप्रासाद की ओर देखा। उत्तर रात्रि के धवल प्रकाश में राजप्रासाद चमक रहा था। 'वेदवती के शोक और क्रोध का कारण मैं ही हूँ,' उसके मन ने सोचा। 'उसे दु:ख देने का, असत्य वचन कहकर उससे विवाह करने का मुझे कोई अधिकार ही नहीं था। मेरे जीवन का अब अन्त ही...'

'नहीं, नहीं' दूसरे मन ने दृढ़ता पूर्वक कहा।

'नहीं...नहीं जीवन का अन्त ही...' पहला मन प्रबल हो गया और उसके पैर पूरे वेग से वेत्रवती नदी की ओर भागने लगे। वेत्रवती नदी का पात्र कुछ दूर था, मगर नीरव शान्ति में उसकी पुकार उसे सुनाई दे रही थी।

***

"जागो, जागो वत्स! प्रभात का सूर्य क्षितिज पर प्रकट हो गया है। कब से तुम लावारिस पुत्र के समान अकेले पड़े हो। जागो।"

प्रगाढ़ निद्राग्रस्त मातृगुप्त को जैसे अन्तर्मन की गहरी खाई से आवाज़ आयी। एक बार नहीं, बल्कि तीन-चार बार। कन्धे पर किसी के स्पर्श का अनुभव भी हो रहा था। संवेदना धीरे-धीरे जाग्रत हो रही थी, परन्तु नेत्र खुलने को तैयार न थे।

"तुम सकुशल हो, ईश्वर की कृपा से तुम सकुशल हो, आँखें खोलो।"

कोई बार-बार आज्ञा दे रहा था। इस आज्ञा में स्नेह भी था। मातृगुप्त ने नेत्र खोले और वह आश्चर्यचकित हो गया। विविध रंगों से प्रकाशित आकाश में रविराज किरणों की डोर पकडे पूर्व क्षितिज पर आ गये थे। वेत्रवती की लहरों ने सुनहरा, रुपहला वस्त्र धारण किया था। चारों ओर घना अरण्य था। इस घने अरण्य में अभी-अभी जाग्रत हुई वेत्रवती धीमे-धीमे प्रवाहित हो रही थी। वातावरण में पंछियों का कलरव था।

"मुझे किसने जगाया? इस निर्जन अरण्य में मैं एकाकी?" वह भयभीत हो गया। थरथराते हुए उसने पूछा :

"मुझे जाग्रत करने वाला कौन है? प्रत्यक्ष दिखाई क्यों नहीं देता?"

"मैं हूँ। प्रत्यक्ष होते हुए भी अप्रत्यक्ष।"

"मैं समझा नहीं।"

"मैं साकार हूँ तुझसे। मैं शक्ति, मैं संवेदना, मैं चेतना।"

"मैं समझा नहीं।"

"वेत्रवती के प्रवाह में अपने आप को समर्पित करते हुए तुम्हारे भीतर की चेतना समाप्त हो गयी थी। शब्द समाप्त हो गये थे। शरीर में संवेदना नहीं थी। शरीर मानो काष्ठवत हो गया था। परन्तु मैं सचेत थी। मैं तुम्हें इस तरह पराजित नहीं देखना चाहती थी। तुम्हारे भीतर के 'मैं' को जाग्रत रखने का कार्य मैं कर रही थी। मैं तुम्हारी चेतना, ऊर्जा और शक्ति। चाहो तो आदिशक्ति कह सकते हो।"

"सत्य कहता हूँ, मुझे कुछ भी समझ में नहीं आया।"

"मैं कोई व्यक्ति नहीं हूँ। मैं हूँ सचेतन अवस्था। जाग्रत विचारधारा। वाणी की सजीवता। मैं हूँ संकल्प सिद्धि, मैं आनन्द यात्री, मैं ही तुम्हारी मार्गदर्शक भी। तुम्हारे भीतर के शिव शंकर की मैं भी उपासक।"

"सत्य कहता हूँ, बार-बार। नहीं समझ पाया मैं तुम्हें। परन्तु तुम जो कोई भी हो, उससे मैं विनती करता हूँ कि मुझे इस घनघोर अरण्य से मनुष्यों की बस्ती में ले चलो। यहाँ चारों ओर, दूर-दूर तक अरण्य ही है और मुझे बचाया क्यों? मेरे जीवन का क्या अर्थ था? अपमान मेरा भी हुआ था, और उसे भी बहुत बड़ा धोखा दिया था मैंने। जीवन का प्रयोजन ही समाप्त हो गया था।"

"वेत्रवती के प्रवाह में तुम यहाँ तक आये। दिन आये और गये, तुम होश में नहीं थे। अब होश में आये हो। और, होश में आने का कारण पूछो, तो शायद नियति की यही इच्छा है। और, जीवन का प्रयोजन पूछो, तो वह तुम्हें स्वयं ही अनुभूति से जानना होगा। शायद जीवन का प्रयोजन सिद्ध करने के उद्देश्य से ही नियति ने तुम्हें यह सन्धि प्रदान की है।"

"परन्तु, इस एकाकी, निर्जन मार्ग से मैं जाऊँ कहाँ?"

"इसका निर्णय तुम स्वयं ही करो। पथिक को अपना मार्ग अपने आप ही ढूँढ़ना पड़ता है, चलते रहो, मार्ग मिल जायेगा।"

"मतलब, तुम मेरी अन्तरंग शक्ति, चेतना, संवेदना होते हुए भी मुझे कुछ भी नहीं बताओगी, है ना?"

"तुम चलना आरम्भ करो। तुम्हें जाग्रत किया ना, तुम भी जाग्रत हो गये हो ना? अब मार्ग भी मिल जायेगा।"

मातृगुप्त हँस पड़ा। दो मनों के बीच का संवाद। ये आज की स्थिति न थी। उसके दोनों मन उतने ही सजग थे। एक आशंकित मन और दूसरा संजीवक मन। ये

दोनों मन एक-दूसरे के पास-पास थे। उनके बीच कोई संघर्ष न था। मगर जब एक मन प्रबल हो जाता, तो दूसरा उसे सँभाल लेता।

मातृगुप्त उठा। दोनों तरफ़ गहन अरण्य, सामने पूरब की ओर पर्वत, पीछे समतल प्रदेश। शायद इस समतल प्रदेश में कोई बस्ती हो। वेत्रवती के किनारे पर बस्ती होने की का।फ़ी सम्भावना है। इसलिए सूर्य को पीठ पर झेलते हुए मातृगुप्त वेत्रवती के किनारे-किनारे समतल प्रदेश की ओर जाने लगा। कितनी भयावह थी वह निर्जनता। साथ ही गूढ़ भी थी। अत्यन्त रमणीय थी। आकाश को छूने वाले वृक्ष मानो अपनी सभी आकांक्षाएँ पूरी करना चाहते थे। वृक्षों के बीच से समीर मानो सीटी बजाते हुए गुज़र रहा था, वातावरण में एक नाद उत्पन्न कर रहा था। प्रकृति के इस रहस्यमय सौन्दर्य की रचना किसके लिए की गयी होगी?

वैसे तो सब कुछ बहुत रमणीय था। चहुँ ओर प्रकाशित वातावरण, धीमे-धीमे बहती हुई वेत्रवती। चलते-चलते उसके पैर ठिठक गये। उसे याद आयी वह रात, वेदवती के राजप्रासाद की, और उसने सोचा, क्यों और किसलिए अरण्यों के इन वृक्षों के समान खड़ा रहूँ, क्यों वेत्रवती के समान प्रवाहित होता रहूँ? किसके लिए? न माता, न पिता; न सखा, न सहचर, न स्वयं को समर्पित करने वाली अर्द्धांगिनी, कोई भी तो नहीं! आधी राह में जैसे मेघ बरस जाये और मार्ग खण्डित हो जाये, वैसा ही हुआ था।

मातृगुप्त चल रहा था, विचारचक्र भी घूम रहा था। अचानक उसे अनुभव हुआ कि भूख लगी है; इतनी ज़्यादा कि आगे पाँव रखना कठिन हो रहा था। यहाँ कौन क्षुधापूर्ति करेगा?

एक वृक्ष से टिककर वह बैठ गया। अब यहाँ यदि मृत्यु भी हो जाये, तो भी कोई नहीं आयेगा। कल-परसों तक का मातृगुप्त, जिसे वेत्रवती का प्रवाह किनारे पर लाया था, वह फिर से अज्ञात प्रवास के लिए अकेला ही निकला है, यह किसी को ज्ञात भी नहीं होगा।

दोपहर हो गयी थी। वृक्ष की छाँव में भी सूर्य की दाहकता का अनुभव हो रहा था। नेत्रों के सामने अँधेरा और मन में गहन निराशा। उसने स्वयं को धरती पर झोंक दिया। अब सब कुछ समाप्त हो गया।

शायद समाप्त होने की संवेदना का अनुभव करने के लिए मेरा जन्म हुआ है; अभिशाप के साथ ही मेरा जन्म हुआ है। उसके नेत्रों से निरन्तर अश्रु बह रहे थे। उस तप्त भूमि पर उठने की शक्ति अब उसमें नहीं थी।

शाप...केवल शाप ही है मेरे जीवन को। उसका मन भर आया। कौन हूँ, कहाँ से हूँ मैं? जैसे कर्ण को हमेशा ये प्रश्न सताते थे, वैसे ही वे मुझे सताते हैं। मैं कौन हूँ? मेरे आचार-विचार शुद्ध हैं, अन्याय की, असत्य की अनुभूति मन को है, वाणी संवादिनी है, मुख पर उच्चकुलीन होने का भाव है। फिर मैं कौन, इसका अनुमान लगाना भी सम्भव नहीं और मन में सदैव ये ही भाव आयें कि मैं गोपालक नहीं। मेरा कुल-गोत्र-वंश सब कुछ अज्ञात है और आज कर्ण ही के समान मुझे शाप मिला है अवहेलना, अपमान , तिरस्कार का, सम्पूर्ण भविष्य ही अन्धकारमय हो जाये ऐसा।

वैसे, क्या अपराध था कर्ण का? अधिरथ सूत–सारथी पुत्र उसे वेदविद्या, अस्त्रविद्या नहीं दी गयी। एकलव्य के ही समान उसने एकान्त में वह विद्या इतनी अधिक ग्रहण की कि उसका प्रतिद्वन्द्वी केवल अर्जुन ही रहा। और जब ब्रह्मास्त्र विद्या सीखने के लिए परशुराम के पास गया, तो असत्य से विद्या प्राप्त करने के कारण उन्होंने उसे शाप देकर उसकी सम्पूर्ण ब्रह्मास्त्र विद्या को निष्फल कर दिया। ऐसा कौन-सा अपराध हुआ था? गुरु ज्ञान देते हैं या शाप? सभी कुछ अनाकलनीय है।

मैं असत्य के मार्ग से ही सही, परन्तु जो कुछ कुमारस्वामी और महामन्त्री ने बताया, उससे प्रेरित होकर असत्य को पचा कर आगे बढ़ा, तो क्या हुआ, ऐसा प्रतीत हुआ मानो जीवन के रथ चक्र को धरती ने अपने भीतर समेट लिया।

मातृगुप्त मन-ही-मन खिन्न हो गया था। सूर्य की उष्णता से उसका कण्ठ सूख गया था। वृक्ष की छाया से उठने का मन ही नहीं हो रहा था। सामने ही वेत्रवती नदी थी, मगर देह में वहाँ तक जाने का त्राण ही नहीं बचा था। राजप्रासाद से निकले हुए दो दिन हो गये थे। जठराग्नि व्याकुल थी। परन्तु अब सब कुछ समाप्त हो गया है, इसी एकमेव भावना ने उसके तन-मन को घेर लिया था।

'ऐसे ही, अकेले, इस विजनवास में मृत्यु...' उसका मन भर आया।

'नहीं, नहीं, ऐसा नहीं होना चाहिए। आत्महत्या नहीं, परन्तु यह जीवन की पराजय है, और कारण चाहे जो भी हो, परन्तु यह शरीर तो मेरा है। जीवन मेरा है। मैं ही क्यों गलितगात्र हो जाऊँ? रथचक्र धरती में धँस गया, तो कर्ण अश्रु बहाते हुए बैठा नहीं रहा। उसने निर्धारपूर्वक हाथ में शस्त्र लेने और युद्ध करने का प्रयत्न किया।

मैं इस तरह पराजित नहीं हो सकता। इस तरह की एकाकी मृत्यु, अपमानित मृत्यु मुझे नहीं चाहिए। मुझे कर्ण के समान बार-बार उठना होगा। चाहे मेरा भूतकाल और भविष्यकाल अन्धकारमय ही सही, मगर वर्तमान तो मेरे हाथ में है। शायद

हौले-हौले उतरती सन्ध्या कल के प्रभात का मार्ग दिखा सकेगी।'

वह निर्धारपूर्वक उठा। किरणों की डोर से अश्वों को सँभालते हुए सूर्य सायंप्रासाद की ओर निकल पड़ा था। उदयाचल को आता हुआ बाल सूर्य, उषा के रंगमहल में आनेवाला, युवावस्था में प्रवेश करने वाला सूर्य, मध्याह्न का प्रौढ़, प्रगल्भ सूर्य और अब सायंकालीन सखी सन्ध्या के महल में प्रवेश करने वाला परिपूर्ण सूर्य–मातृगुप्त के मन में आज प्रथम ही सूर्य का प्रवास आया। उषा अथवा सन्ध्या उसकी जीवन सहचरी कभी भी नहीं थी। समूचे आकाश में वह एकाकी ही चलता रहा। प्रात:काल के रम्य रूप में सहभागी होने वाली उषा आगे चलते हुए उसकी सहचरी नहीं थी, और सन्ध्या के प्रासाद में जाने के बाद अथक परिश्रम से दिन-भर चलते हुए सूर्य के एकाकीपन को शायद उसने भी न जाना होगा।

विचारों में ही मातृगुप्त ख़ुद को सँभालते हुए किसी तरह उठा। नदी के निकट गये बिना पानी भी नहीं मिलने वाला था। अचानक सूर्य तथा कर्ण इन दो व्यक्तित्वों से हुआ परिचय उसके मन को छू गया। संघर्ष करना होगा। जीवन संघर्ष है। यश की परिपूर्णता ही सच्चा संकल्प है। इस विचार से वह वेत्रवती नदी के पास आया और उसे दूर पर प्रवाह में चलती हुई एक नौका दिखाई दी। इसका मतलब, पास ही में कोई बस्ती होगी। उसके गले से आवाज़ भी नहीं निकल रही थी। उसने अपना अंगरखा उतार कर इशारा करने का प्रयत्न किया परन्तु वह भी विफल हो गया। नाव दूर जाते हुए अदृश्य हो गयी थी। उत्साह प्रदान करने वाला मन अब निराश हो चला था। किनारे पर लहरों की संख्या अधिक हो गयी थी। उसने किनारे की रेत में अपने आप को झोंक दिया और अब उसके नेत्रों से बहती अश्रुधाराओं में लहरें भी सम्मिलित हो गयी थीं। शरीर भीग गया था, परन्तु उठने का मन नहीं था।

और सायंकाल के गहराते अँधेरे में कहीं से घण्टियों का निनाद गूँजा। उसके संवेदनाविहीन हो चुके मन ने कहा, "उठ, यहीं पास ही में कोई मन्दिर है, उठ और चल! यह ईश्वरी संकेत तुझे प्राप्त हुआ है। सन्धि चलकर आयी है। उसे वापस न भेज। खोल दे द्वार सन्धि के लिए। थोड़ा परिश्रम कर।"

अब तक गलितगात्र और निराशा से ग्रस्त हो चुका मातृगुप्त नवचेतना लेकर घण्टियों की आवाज़ की दिशा में निकला, परन्तु बीच ही में चेतना ने साथ छोड़ दिया।

***

"वत्स, कौन हो तुम? कहाँ से आये हो? कल रात को हमारे आश्रम की सेविका तुम्हें यहाँ लायी थी। आश्रम की सीमा पर स्थित महादेव के मन्दिर में वह सन्ध्या-आरती के लिए गयी थी।"

मातृगुप्त को कुछ भी याद नहीं आ रहा था। वातावरण में गूँज रहे घण्टियों के नाद का उसे स्मरण था। वह वहाँ तक कैसे पहुँचा और महादेव मन्दिर से यहाँ तक कैसे आया यह उसे याद नहीं आ रहा था।

"वत्स, शायद, महादेव मन्दिर में स्थित कालीमाता ने ही तुम्हारी रक्षा की है। हमारे लिए तुम इसी क्षण से कालिदास हो। तुम उसकी पूरे मनोभाव से सेवा करो, वह तुम्हारी सभी कामनाएँ पूर्ण करेंगी।"

"आप?"

"मैं तुम्हारी माता। उसने मातृगुप्त की ओर देखा। वट वृक्ष के नीचे गोबर से लिपे हुए चबूतरे पर दर्भासन डालकर वह बैठी थी। तेजस्वी नेत्र, बोलने में शालीनता, स्नेह और प्रगल्भता। मातृगुप्त उसकी ओर देखता रहा, प्रौढ़त्व की ओर झुकती हुई वह महिला कौन होगी, यह विचार उसके मन में आया, तभी वह बोली :

"ये गुरुकुल है, वत्स। यहाँ अनेक शिष्य ज्ञान साधना करते हैं। मैं इस गुरुकुल की आचार्य हूँ। यहाँ समय-समय पर अनेक गुरुवर्य आते रहते हैं। अपने वास्तव्य के दौरान वे शिष्यों को अनेक प्रकार का ज्ञान देते हैं। वर्तमान में यहाँ दस अध्यापिकाएँ हैं। परन्तु तुमने अपने बारे में कुछ भी नहीं बताया। यदि कुछ बताने का मन न हो तो..." "माते, प्रथम दण्डवत करता हूँ।" उसने उठकर साष्टांग दण्डवत किया।

"मुझे कहते हुए संकोच होता है, परन्तु मैं सत्यवचनी नहीं हूँ। मैं अक्षरों से परिचित नहीं हूँ। मेरे पास सुन्दर शब्द भी नहीं है। परन्तु यदि आज मैं काली माता की कृपा से यहाँ पहुँचा हूँ, तो माते मुझे 'कालिदास' नाम से ही पुकारें। और आज मैं याचक भी हूँ, मुझे अभय भी चाहिए। मैं जो कुछ भी बताऊँगा वह इतना हीन और विकृत है कि कम से कम आज तो मुझे अपने बारे में बताने का..."

"रहने दो...परन्तु तुम यहाँ तक आये कैसे?"

"यह काली माता की ही इच्छा होगी, मैंने स्वयं को वेत्रवती में झोंक दिया था। कहाँ, कैसा प्रवाहित होता रहा, यह मुझे ज्ञात नहीं है। पर मन के किसी कोने में चेतना थी। सूर्योदय के, मध्याह्न के, रात के होने का ज्ञान था। फिर प्रात:काल सजग मन ने देह को जगाया। माते, आप मुझसे कुछ न पूछें, मैं आपको अवश्य सब कुछ बताऊँगा..."

मातृगुप्त बोलते-बोलते रुक गया।

महिला ने उसके मस्तक पर हाथ रखा और कहा, "वत्स, तुम्हें कुछ चाहिए?"

"मुझे बहुत कुछ चाहिए, माते। बहुत कुछ चाहिए। अपना जीवन ज्ञान समृद्ध करना है, जी भर के जीना है। मुझे अपना सत्य स्वरूप समाज के सम्मुख लाना है। भूतकाल का स्मरण करते हुए, सुनहरा भविष्यकाल वर्तमान की मुट्ठी में बन्द करना है। पहले मुझे ज्ञान सम्पन्न होना है, माते...ज्ञान सम्पन्न होना है। परन्तु..."

"परन्तु क्या, वत्स?"

"माते, मैंने देखा है, मुझे याद है कि व्रतबन्ध होने के पश्चात ज्ञान सम्पादन करने के लिए गुरुकुल में जाते हैं। मैं कौन हूँ यह मुझे ज्ञात नहीं है। मैं गोपालक हूँ। मैं कैसे ज्ञान प्राप्त करूँगा। इसके अतिरिक्त..."

तारुण्य में पदार्पण कर रहे और सम्भ्रमित, सतेज, सुन्दर, सुदृढ़ मातृगुप्त की ओर देवी सरस्वती देखती ही रह गयीं। उसके मुख पर बारी-बारी से अन्धकार और प्रकाश के भाव आ-जा रहे थे। अपने चरणों के पास बैठे मातृगुप्त के मस्तक पर हाथ रखकर वह हँसते हुए बोलीं :

"वत्स, श्रीकृष्ण गोपालक थे। कितने ही समय तक उन्हें यह भी ज्ञात नहीं था कि उनकी माता देवकी हैं। यशोदामाता ने उनका लालन-पालन किया और तुम्हारी ही तरह, तरुणाई की सीमा रेखा पर कंस वध करके वे सान्दीपनी के आश्रम में आये।"

मातृगुप्त के मुख पर अतीव आनन्द फैल गया।

देवी सरस्वती ने उसके कन्धे पर हाथ रखते हुए कहा :

"ज्ञान प्राप्त करने के लिए आयु की कोई सीमा नहीं होती। फिर तुम स्वयं को अज्ञानी क्यों समझते हो? गोपालन करते हुए तुमने निसर्ग का अध्ययन किया है, गोमाताओं का भी अध्ययन किया है। फिर तुम सुदृढ़ हो, इसका अर्थ, तुमने स्वयं का भी निर्माण किया है। ज्ञान सहज ही प्राप्त होता है–घटनाओं के अनुभव से। मगर शस्त्र, शास्त्र ज्ञान प्राप्त करना पड़ता है।"

"मैं शास्त्र ज्ञान प्राप्त करना चाहता हूँ।"

"जब तुम्हारे भीतर शास्त्र ज्ञान प्राप्त करने की इच्छा है, इसका अर्थ यह हुआ कि तुम ब्राह्मण पुत्र हो।"

"क्या सिर्फ़ ब्राह्मण पुत्र ही शास्त्र ज्ञान प्राप्त करता है?"

"नहीं, वह ज्ञान कोई भी प्राप्त कर सकता है, और किसी भी आयु में। क्षत्रिय के खून में शस्त्रविद्या का ज्ञान प्राप्त करने की ललक होती है, उसी प्रकार ब्राह्मण पुत्र के मन में शास्त्राभ्यास की।"

"क्या मैं समझ पाऊँगा?"

"वत्स, तुम्हारे पास प्रश्न बहुत हैं, क्रमशः तुम्हें ही तुम्हारे प्रश्नों के उत्तर मिलते जायेंगे।"

"परन्तु मैं..."

"अधीर मत बनो। हर चीज़ धैर्य से, परिश्रम से, सातत्य से दीर्घकाल तक प्राप्त करनी होती है। उसी को साधना कहते हैं। अब हम यहीं ठहरते हैं।"

देवी सरस्वती समझ गयीं कि यह ब्राह्मणपुत्र यौवनावस्था तक ज्ञान प्राप्त नहीं कर सका इसका दुःख, अज्ञानी होने का दुःख उसे इस आयु में हुआ, इसका अर्थ यह है कि किसी ने अज्ञानी कहकर उसका अपमान किया होगा। नाग के शरीर पर अनजाने में किसी का पाँव पड़ जाये और वह आत्मरक्षण हेतु अपना फन निकाले, ऐसा ही इसके मन में उछलकर विचार आया होगा। देवी सरस्वती उठकर अपनी कुटिया में गयीं। प्रातःकाल के समय जब कालिका उसे माता सरस्वती के पास लायी थी और उसने कहा था, "देवी सरस्वती, यह कुमार काली माता के मन्दिर में मूर्च्छितावस्था में दिखाई दिया, अतः कुछ शिष्यों की सहायता से इसे यहाँ लायी हूँ।" उसे देखते ही माता को अपने पुत्र का स्मरण हो आया था। कुटी में आने के बाद उसने सन्दूक खोला। उसमें से भोजपत्र पर उसी का बनाया हुआ एक चित्र बाहर निकाला। वह एक नवागत शिशु का चित्र था। कहीं वह युवक यही तो नहीं है? कुमारावस्था में मुझ तक पहुँचा हुआ? उस शिशु के चित्र में और इस युवक के बीच किसी भी तरह के साम्य की सम्भावना नहीं थी।

'मन ही पागल होता है।' उसने सन्दूक खोलकर वह चित्र फिर से भीतर रख दिया और चौरंग पर पड़े भोजपत्र उठाकर वह बाहर आयी।

मातृगुप्त वृक्ष से लिपटी एक लता की और देखा रहा था।

'इतने ध्यान से यह क्या देख रहा होगा?' उसके निकट से गुज़रते हुए मन में आया। जैसे ही उसकी नज़र माता सरस्वती पर पड़ी, उसने पूछा :

"अनेक ध्वनि एक साथ गुँथी हुई आ रही हैं। कौन गा रहा है?"

"वत्स, यह गुरुकुल है। वे विद्यार्थी सामवेद गा रहे हैं। परन्तु तुम इतने ध्यान से क्या देख रहे थे?"

"उस वृक्ष के कन्धे पर यह लता कितने विश्वास से लिपटी है। वृक्ष धराशायी हो जायेगा, यह आशंका भी उसके मन में नहीं है।"

"ऐसा भी हो सकता है, वत्स कि लतिका को ही अपने गिरने का भय होगा। वृक्ष के सुदृढ़ बाहुओं का सहारा उसने लिया होगा।"

मातृगुप्त ने विषय बदल दिया। उसने बिल्कुल सहज होते हुए पूछ लिया,

"माता सामवेद तो क्या, मुझे कुछ भी ज्ञात नहीं है। वैसे गोधन के पीछे-पीछे जाते हुए गीत मैं भी गाया करता था। परन्तु ये सुस्पष्ट और अभिमन्त्रित स्वर मैं आज ही सुन रहा हूँ। क्या मैं यह सीख पाऊँगा या मुझे लज्जित होकर यहाँ से भी पलायन करना पड़ेगा? या आप ही मुझे सीमापार कर देंगी! माते, ऐसा अपमान होने से पहले ही क्या मेरा यहाँ से जाना ही उचित न होगा?"

"मुझे माता कहते हो, तो मेरी बात मानोगे ना? और यदि कोई पुत्र की अवहेलना करे, तो क्या तुम्हारी माता मौन रहेगी?"

मातृगुप्त चकित हो गया।

"आज तुम सारा आश्रम परिसर देखो। चाहो तो, गोधन-गोशाला देखो। और फिर रात को मैं बताऊँगी कि तुम क्या कर सकते हो।"

जब वह उसके सामने से जाने लगी तो मातृगुप्त ने पूछा,

"माते, औरों को अपना परिचय क्या दूँ?"

"कालिदास, माता सरस्वती का मानस पुत्र कालिदास। देशभ्रमण से लौटा हुआ कालिदास। वेत्रवती के प्रवाह से नौका लेकर आया कालिदास। अरण्य से मार्गक्रमण करते हुए माता से मिलने आया कालिदास। क्या और भी कोई प्रश्न है, वत्स?"

"नहीं, अब सारे प्रश्नों के उत्तर मिल गये हैं।"

"भीतर दायीं ओर गोशाला है। गोधन अरण्य में ले जाने वाला सुदेश है, करमक है। उनके साथ अरण्य-वाचन करने जाओ।"

अब वह नहीं रुकी, वह दूर वृक्ष की छाया में बैठे शिष्यवृन्द की ओर गयी।

'माते!' पुकार सुनकर सरस्वती ने उसकी ओर देखा। वह सहज था। प्रसन्न था। वह मातृगुप्त के चेहरे पर छाये आनन्द को देख रही थी। सरस्वती ने उसकी ओर आसन सरकाया। वह आसन पर बैठ गया।

"माते, आज अरण्य में गोमाता के संग जाते हुए अत्यन्त प्रसन्नता का अनुभव हुआ। कितने दिनों बाद मुझे मुक्तता का अनुभव हुआ। फिर भी एक प्रश्न मन में रह ही गया।"

वह हँस पड़ी और बोली, "तुम्हारे मन में प्रश्न ही अधिक उत्पन्न होते है, वत्स। पूछो तुम्हारा प्रश्न।"

"माते, अरण्य-वाचन का क्या अर्थ है? मेरे प्रश्न पूछने से तुम्हें कष्ट तो न होगा?"

"नहीं, कभी नहीं। एक दिन ऐसा भी आये, जब तुम्हारे प्रश्नों के उत्तर देना मेरे लिए कठिन हो जाये। मैं उस दिन की प्रतीक्षा करूँगी। और अरण्य-वाचन से तात्पर्य है वृक्ष, लता, फूल, पत्ते, उनके रंग, रूप, गन्ध और उनकी भाषा...उन पर बैठे पक्षी, पक्षियों की भाषा, उनमें से दिखाई देने वाला आकाश, कुछ वृक्ष आकाश को छूते हुए, मानव की आकांक्षाओं की तरह। कुछ वृक्ष अपनी विस्तीर्ण शाखाओं से सबका स्वागत करने वाले। कुछ फलों के कारण विनम्र हुए, कुछ फूलों से सजे हुए। उनसे लिपटी हुई लावण्य लतिकाएँ। उनके नाज़ुक फूल। रंगों के कितने-कितने प्रकार। एक वृक्ष अथवा लतिका का पत्ता किसी अन्य वृक्ष अथवा लतिका के पत्ते के समान नहीं। एक फूल का आकार दूसरे फूल के आकार के समान नहीं।"

"वत्स, ये सब देखना, इसका अनुभव करना, मन में समा लेना, उस पर विचार करना–यह है अरण्य-वाचन। और उससे भी आगे जाकर अरण्य के इन वृक्षों का, पत्तों का, फूलों का, लताओं का, वायु, आकाश, धरती और प्रकाश का निर्माण किसने किया? कैसे किया? इस सृष्टि का निर्माता कौन? इसका विचार–अर्थात सृष्टिवाचन और चिन्तन है।"

मातृगुप्त सुन रहा था, यह सब उसके लिए अत्यन्त नवीन था। जब से उसे कुछ समझ आयी, तबसे वह अपने बन्धुओं के साथ अरण्य में जाने लगा था। जैसे-जैसे बड़ा हुआ, उसे गोपालन का कार्य स्वतन्त्र रूप से करना पड़ा था। वह उसी में लीन हो गया। विविध प्रकार के खेल खेलते हुए आयु कैसे बढ़ती गयी, यह पता ही नहीं चला। देवी सरस्वती के मुख से निकले शब्द और उनका अर्थ, उनका माधुर्य–ऐसा कुछ उसने कभी सुना ही नहीं था।

वैसे, उसके गाँव में स्थित भव्य शिव मन्दिर में अनेक यात्री रुका करते थे। उन्हें देखने के लिए, कभी उन्हें सुनने के लिए वह अपने मित्रों के साथ जाया करता। उनके आख्यान सुनता। कथाएँ भी सुनी थीं, परन्तु राम और कृष्ण को छोड़कर मन में कुछ भी नहीं था। औरों के ही समान उसे भी कृष्ण प्रिय थे। परन्तु एक बार उस शिव मन्दिर में निवास कर रहे एक यात्री ने उससे पूछा, "वत्स, तुम नित्य नियमपूर्वक शिव शंकर के अभिषेक के लिए दूध लाते हो, वह दूध यहाँ के पुजारी को देते हो। उस शिव शंकर के बारे में तुम्हें कुछ ज्ञात है?"

"आप किस बारे में कह रहे हैं?"

"यह मूर्ति कितनी प्राचीन है, इस बारे में।"

"ये मुझे कैसे ज्ञात होगा, विप्रवर! मैं तो गोपालक हूँ। यहाँ के वृद्धजनों को यह ज्ञात होगा, परन्तु आप इस बारे में क्यों जानना चाहते हैं?"

"वत्स! जो कुछ भी हम देखते हैं, वह घटना, वह दृश्य, वह कला, वह सौन्दर्य हमसे कुछ कहना चाहता है, हमें उसे सुनना होता है, जानना होता है। और तब सब कुछ ज्ञात हो जाता है। उस घटना का अर्थ, उन दृश्यों के सन्दर्भ हमें ज्ञात होते हैं।"

मातृगुप्त को उस समय ऐसा प्रतीत हुआ कि यह कोई पागल यात्री मन्दिर में वास कर रहा है। अब इस क्षण देवी सरस्वती ऐसा ही कुछ कह रही थीं। वह यात्री अवश्य ही ज्ञानी होगा। देवी सरस्वती ज्ञानी हैं। अपने अज्ञान के कारण इस बात को मैं न तो तब समझ पाया था, और अभी भी नहीं समझ पा रहा हूँ। वह देवी सरस्वती से बोला : "माते, मैं इतना अज्ञानी, इतना असंस्कृत हूँ कि मुझे अपने आप से लज्जा हो रही है।"

"मतलब, तुमने अपने भीतर की न्यूनता को जान लिया है। ज्ञान के सामने नतमस्तक हो गये हो। इसका एक और अर्थ यह भी हुआ कि तुम्हारे भीतर ज्ञान प्राप्त करने की इच्छा है, जिसके बारे में तुमने सुबह कहा था।"

"मैंने सत्य ही कहा था।"

"वत्स, अब एक संकल्प करो। किसी भी कारण से विचलित न होते हुए ज्ञानार्जन करना है। शास्त्राभ्यास करना है।"

"परन्तु मेरी आयु..." सरस्वती देवी ने संकेत से उसे मौन रहने को कहा। फिर भी वह बोला, "बाल-कुमार शिष्यों को जो अवगत है, वह मुझे नहीं है।"

"विश्वास रखो, दृढ़ विश्वास रखो। कालीमाता के आशीर्वाद से और शिव शंकर की कृपा से तुम यहाँ आये हो। इसलिए तुम्हें इच्छित की प्राप्ति अवश्य होगी। दो महीने तुम गोपालन करोगे और जो मैं कहूँगी उसका, कोई विकल्प मन में न लाते हुए पालन करना होगा। मुझसे कोई भी प्रश्न पूछे बिना, जो मैं कहूँगी वह करना होगा। विचार करो और बाद में मुझे बताओ।"

"माते तुमने मुझे नाम दिया है–कालिदास। तुम मुझे सरस्वती पुत्र मानती हो। तुम मुझे ज्ञान सम्पन्न करने वाली हो। अब मन में कोई भी विकल्प लाये बिना मैं वचनबद्ध हूँ स्वयं से। मैं वचनबद्ध हूँ अपने संकल्प से और मैं वचनबद्ध हूँ शास्त्राभ्यास के लिए। मैंने स्वयं को तुम्हें समर्पित किया, माते, देवी सरस्वती। अब तुम्हीं मुझे आकार दोगी।"

अत्यन्त विनम्रता से मातृगुप्त ने उसके चरणों में साक्षात दण्डवत किया। उसे उठाकर अपने समीप बिठाते हुए वह बोली :

"कल से दो महीने गोपालन करने के लिए गोशाला जाना और गोधन लेकर अरण्य में जाना। मैं जो शब्द दूँगी, उन्हें बार-बार लिखना। उन शब्दों का अर्थ मैं

तुम्हें बताऊँगी। उस अर्थ को रात में मन-ही-मन बार-बार दोहराना, प्रात:काल मैं नित्य नया मन्त्र दूँगी उसे कण्ठस्थ करना।

"वत्स, यह कठोर ज्ञान साधना करते हुए तुम्हें काफ़ी श्रम करना होगा। तुम सब कुछ छोड़कर मुक्त होने का विचार करोगे। वैसे, तुम जा सकते हो, मैं तुम पर कोई प्रतिबन्ध नहीं लगाऊँगी, मगर यदि मेरा मानस पुत्र ज्ञान को पीठ दिखाकर भाग जाये तो मुझे वेदना होगी।"

"माते, अब तुम्हारा पुत्र कालिदास कभी भी ज्ञान साधना से परावृत्त नहीं होगा। मैं कठोर तपस्या के लिए सिद्ध हूँ। तुम्हें वेदना हो, ऐसा मैं कुछ भी नहीं करूँगा। तुम्हारा पुत्र तुम्हें यह वचन देता है और..."

बोलते-बोलते मातृगुप्त मौन हो गया। मन के विदीर्ण भाव उसके मुख पर प्रकट हो गये। कालिदास मन के भीतर किसी तीव्र शल्य को छुपाये है, यह आभास सरस्वती देवी को हुआ। वह मौन रहीं। कुछ देर बाद मातृगुप्त ने पूछा :

"माते अब मैं तुमसे कुछ नहीं पूछूँगा। जो तुम कहोगी, वही सुनूँगा। परन्तु मुझे यह बताओ कि " 'अस्ति कश्चित् वाग्विशेष:'? का अर्थ क्या होता है?"

"तुम वाणी के बारे में, वाणी से उच्चारित शब्द के बारे में, वाणी द्वारा प्रगट शब्दों के लिखित साहित्य के बारे में क्या जानते हो?"

वह बीच ही में बोला :

"माता, मुझे साहित्य, शास्त्र, सन्दर्भ, अर्थ सभी कुछ सीखना है। मुझे सम्पूर्ण होना है। मुझे बहुत कुछ प्राप्त करना है।

और बोलते-बोलते वह वहाँ से उठकर चला गया। तब देवी सरस्वती को उसके भीतर के शल्य का आभास हुआ, परन्तु सन्दर्भ का ज्ञान नहीं हुआ। वह सन्दर्भ भी किसी दिन ज्ञात होगा ऐसा उसे विश्वास था।

***

कार्तिक मास आरम्भ हुआ ही था। उत्तर दिशा से आने वाली शीत लहरों से सारा वातावरण ठिठुर गया था। अन्य कुटियों में अनेक विद्यार्थी इकट्ठे रहते थे, परन्तु तीन मास बीत जाने पर भी देवी सरस्वती ने कालिदास को गुरुकुल की पाठशाला में प्रवेश दिया ही नहीं था। उसकी कुटी सिर्फ़ उसी की थी, वह अकेला ही रहता था। इसके पीछे देवी सरस्वती की क्या योजना थी, यह उसे समझ में नहीं आ रहा था।

प्रात:काल का पठन, दोपहर का लेखन, सायंकालीन वेदपठन–इसमें वह कहीं नहीं था। सुबह देवी सरस्वती भोज पत्र पर अक्षर लिख कर देतीं, उनका

अर्थ बतातीं। अरण्य में गोधन लेकर जाता, और निवान्त क्षणों में धूल पर उन अक्षरों को लिखता। सायंकाल में आरती और मन्त्र पठन समाप्त होने के बाद देवी सरस्वती उसे विविध विषयों के बारे में जानकारी देती। परन्तु अभी भी दो-चार विद्यार्थियों के अलावा उसका किसी से परिचय नहीं हुआ था।

गोधन और गोशाला से एक दिन उसे मुक्त करते हुए देवी सरस्वती ने कहा :

"वत्स, आज तुम्हारी परीक्षा। अक्षरों से परिचय हो गया। उन अक्षरों का अर्थ भी ज्ञात हो गया। अब अरण्य की अपनी अनुभूति के बारे में, उसके बारे में तुम क्या सोचते हो, इस पर आज रात को लिख डालो। कल से तुम्हें गुरुकुल के कुछ विद्यार्थियों के साथ नित्य वेत्रवती से जल-कुम्भ भरकर लाना है और आश्रम के महाकुम्भ को भरना है।"

यह कार्य उसके मन को प्रिय नहीं लगाने वाला था। परन्तु वह मौन रहा। उसने सोचा, यदि मैं इस परीक्षा में उत्तीर्ण हो गया तो महाकुम्भ को भरने का अविरत कार्य नहीं करना पड़ेगा। मध्यरात्रि तक उसने अनेक भोजपत्रों का प्रयोग करके 'अरण्य–ईश्वरीय स्वप्न' ऐसा लिखा था। प्रात:काल वह उसे देवी सरस्वती को दिखाने वाला था, फिर भी महाकुम्भ जल से भरना ही था।

कुटी का द्वार खुल गया और शीत लहरों से उसकी देह कँपकँपाने लगी। परन्तु अब निद्रावश होना सम्भव नहीं था। चन्द्रमा पश्चिम की ओर सरक गया था। कार्तिक मास में सूर्य देवता को भी मेघों का आवरण छोड़कर आना प्रिय नहीं होता। 'मैं भी कुछ देर...नहीं, निद्रा से मोह नहीं...इसकी अपेक्षा जमा देने वाली इस ठण्ड में जाकर वेत्रवती का दर्शन लेना उचित है। शायद वह निद्रावश हो, उसे हाथ के स्पर्श से जाग्रत करके...'

उसे वेदवती की याद आयी, जिसे इन तीन महीनों में उसने भुला दिया था। मन तथा शरीर रोमांचित हो उठा। आभास से ही अनेक स्पर्श लहरें उसके शरीर में प्रकट हो गयीं। 'सब कुछ स्वप्नवत, परन्तु सत्य जैसा। अब तो सत्य ही स्वप्नवत हो गया है। लावण्यवती, वेदविद्या, अस्त्र-शास्त्र विद्या निपुण, शास्त्रार्थ में पराजित करने वाली विद्योत्तमा वेदवती एक सत्य, परन्तु अब केवल स्वप्न ही है।

परन्तु वह है। मैं भी हूँ। दोनों ही सत्य हैं। विवाह भी सत्य है। परन्तु अब स्वप्नवत प्रतीत होने वाला सत्य। क्या कर रही होगी वह? कैसी होगी? उसके मन पर आघात हुआ, उसका क्रोध अनावर हो गया। क्रोधवश मुझे सीमापार करके उसके मन को कितनी वेदना हुई होगी...अपमान, अवहेलना, असत्य को सहन करते हुए शायद वह...'

अपने मन से उसका विचार निकालने के लिए वह उन शीत लहरों में ही जल कुम्भ लेकर वेत्रवती की दिशा में चल पड़ा। अभी पगडण्डी भी निद्रिस्त थी। वृक्ष, विहंग, लता, कलिका सभी निद्रिस्त थे। कहीं चक्रवाकी चक्रवाक को पुकार रही थी। मोर का कुहकना जारी था। वातावरण में बस इतनी ही ध्वनियाँ थीं।

चन्द्रमा पश्चिम की तरफ़ और अधिक झुक गया और उषा ने अपने रंगप्रासाद के पट खोल दिये। उसे ज्ञात था कि रविराज के आगमन में अभी बहुत विलम्ब है। उसने अपने केसरी वस्त्र पर सुनहरा उत्तरीय लिया और वह प्रतीक्षा करती रही। अरुण-रथ के आगमन से पूर्व उसे केवल विविध रंगों की रंगोली बनानी थी।

कालिदास सब कुछ भूलकर आकाश के नयनरम्य चित्र को मन में संजोता रहा। वेत्रवती हौले से जाग उठी थी, लहरों के केश समेटकर वह अब प्रवाहित होने ही वाली थी। कालिदास वहाँ बैठा, उसने वेत्रवती के जल को स्पर्श किया, सम्पूर्ण शरीर में एक शीत लहर प्रवाहित हुई।

'यह लोकमाता का आश्वासक स्पर्श है और उस रात वेदवती के प्रासाद में जाने के बाद उसने जैसे ही कन्धे को स्पर्श किया, देह अनामिक लहरों से कम्पित हो गयी। स्पर्श एक ही, परन्तु स्पर्श करने वाले व्यक्ति की भावनाओं को प्रकट करने में समर्थ। और इतनी सहजता से समझ में आ जाता है कि कुछ कहने की आवश्यकता ही नहीं पड़ती।

उस दिन देवी सरस्वती ने अत्यन्त स्नेह से कन्धा पकड़कर उठाया था। वह था स्नेह का स्पर्श। इस स्पर्श में कितनी संवेदनाएँ होती हैं। वे अत्यन्त चैतन्यमयी होती हैं, उनका एक दूसरे को अनुभव होता है। इन भावनाओं-संवेदनाओं को स्पर्श से अनुभव किया जा सके, इस सामर्थ्य का निर्माण किसने किया होगा?'

वह ख़ुद ही हँस पड़ा। अनावश्यक प्रश्न, अनावश्यक समय पर ही कैसे उत्पन्न होते हैं, यह भी एक प्रश्न ही है। देवी सरस्वती ठीक ही कहती हैं, मुझे प्रश्न ही ज़्यादा सताते हैं। शायद मन को उनका उत्तर मिल जाये तो मेरे मन को परिपूर्णता प्राप्त होगी।

'परन्तु परिपूर्णता की परिभाषा आख़िर है क्या?' विचारमग्न कालिदास के हाथ से मृत्तिका-कुम्भ छूट गया और प्रवाह के साथ बहने लगा। कालिदास ने तत्परता से जल में उतर कर कुम्भ को हाथ में पकड़ लिया।

अब रविराज हौले से अपने नेत्र खोलकर वातावरण को देख रहे थे। अब शीत लहरों को किंचित उष्णता का स्पर्श हुआ। कालिदास ने कुम्भ में जल भर लिया।

जब तक ऋचापठन चल रहा है, महाकुम्भ भर लेता हूँ, और आते-जाते उषासूक्त की ऋचाओं का स्मरण करता रहूँगा। यह भी देख लूँगा कि वे कण्ठस्थ हुई हैं अथवा नहीं। यह विचार आते ही उसने मुक्त कण्ठ से उषासूक्त का गायन प्रारम्भ कर दिया। रविराज के पूर्व क्षितिज पर प्रवेश करने से पूर्व ही उसका महाकुम्भ जल से भर गया था।

देवी सरस्वती इस समय अपने शिष्यों को ज्ञानदान दे रही होंगी। इस समय उनका यही कार्य होता है। अगर इस समय मैं भी वहाँ जाऊँ तो...! देवी सरस्वती ने इसकी अनुमति नहीं दी थी। फिर भी अत्यन्त अधीरता और उत्सुकता से वह गुरुकुल की ओर मुड़ा।

आश्रम के विस्तीर्ण परिसर में गुरुकुल की स्वतन्त्र व्यवस्था थी। आश्रम की व्यवस्था में यज्ञ तथा अन्य उत्सवों का आयोजन होता था, जबकि गुरुकुल में केवल ज्ञानदान होता था। आश्रम में अनेक अतिथि आते। जब ऋषि, यात्री, पांथस्थ आते तो वे गुरुकुल को भेंट देकर मार्गदर्शन करते। कालिदास का परिचय देवी सरस्वती के मानस पुत्र के रूप में दिया जाता। सेविका कालिका तथा कुछ ही सेवक यह बताते कि उसे काली-मन्दिर से लाया गया था। कालिदास ने भी बताया था कि माता से मिलने के लिए वह काली-मन्दिर आया था। आगे का वृत्तान्त उसे ज्ञात नहीं है। आश्रम की दृष्टि से विषय वहीं समाप्त हो गया था। परन्तु देवी सरस्वती को कालिदास का गत जीवन जानने की उत्सुकता थी। कालिदास को भय था कि कभी अनजाने में उसके मुख से सत्य बाहर न आ जाये।

कालिदास नियमपूर्वक काली माता के मन्दिर में जाया करता। कालीमाता का वह रौद्र रूप देखकर वह सोचता, 'अन्याय के प्रतिकारार्थ है यह रौद्र रूप और बगल में ही स्थित शिवमन्दिर में शिवशंकर की अत्यन्त मनोहारी प्रतिमा। मानो शिव शंकर असुरों के वध का दायित्व काली माता को देकर निश्चिन्त हो गये हों, ऐसा था उन दो मन्दिरों का दृश्य। यह देखते हुए पल-भर के लिए वेदवती की याद आ जाती। स्त्री यदि ठान ले, तो वह कितने ही सबल, सुदृढ़ और क्रूरकर्मा असुरों का वध कर सकती है, अमर्याद शक्ति को प्रतिबन्धित कर सकती है। यदि वेदवती ने मुझे सीमापार न करके मेरा पुनर्निर्माण किया होता तो? इस विचार के प्रबल होते ही देवी सरस्वती का विचार मन में आ जाता।

गुरुकुल की स्थापना करने वाली, आश्रम का संचालन करने वाली, बहुमुखी प्रतिभा वाली स्त्री–देवी सरस्वती। उन्होंने मेरे जैसे असंस्कृत, अज्ञानी पुरुष का पुत्र के रूप में सम्मान किया। परन्तु वेदवती ने मुझे अस्वीकार कर दिया।

शायद पत्नी का अधिकार अधिक होगा। हो सकता है, माता क्षमादायिनी होती हो? उसके भीतर पुत्र की अवस्था जानने की क्षमता होती होगी।

गुरुकुल की ओर जाते हुए उसके मन में देवी सरस्वती के प्रति सम्मान दुगुना हो गया। गुरुकुल के एक आम्रवृक्ष के नीचे एक ऊँची शिला पर देवी सरस्वती बैठी थीं। सामने शिष्यगण अपने-अपने आसनों पर। अत्यन्त सात्विक, सुन्दर, मधुरभाषिणी देवी सरस्वती बोल रही थीं।

नन्दन ने एक प्रश्न पूछा, "साहित्य का अर्थ क्या है?" आगे उसने यह भी पूछा कि क्या एकत्र करने का अर्थ साहित्य है? काष्ठ, समिधा–क्या यज्ञ का साहित्य है? 'देवता-अर्चन साहित्य' यह शब्द भी प्रयोग में लाया जाता है। क्या साहित्य का तात्पर्य वस्तुओं के संकलन से है? वास्तव में नन्दन 'साहित्य' की परिभाषा जानता है, परन्तु 'साहित्य'–यह शब्द समाज में कितने विविध अर्थों में प्रयुक्त होता है, यह दर्शाने का वह प्रयत्न कर रहा है। उसका प्रश्न अतिशय तर्कसंगत है।

कालिदास एक वृक्ष के पास खड़ा था।

'मतलब, प्रश्न सिर्फ़ मेरे ही नहीं अपितु औरों के मन में भी उत्पन्न होते हैं, और उनके अर्थ कभी ख़ुद, तो कभी औरों से प्राप्त करने होते हैं। परन्तु जैसा देवी सरस्वती कहती हैं कि उन्हें स्वयं ही, स्वयं के भीतर खोजना होता है।'

"वत्स, नन्दन! अर्चना साहित्य, यज्ञ साहित्य, खाद्य साहित्य इन सब 'साहित्य' शब्दों में एक विशिष्ट कार्य के लिए आवश्यक जो-जो वस्तुएँ हैं, उनसे तात्पर्य है। परन्तु यदि हम 'साहित्य' की परिभाषा करें तो 'लिखित साहित्य' को केन्द्र में रखकर करते हैं। जो-जो सुन्दर है, मन को प्रसन्नता देने वाला है, शब्दों की सरिताएँ जहाँ एकत्रित होती हैं, वह है साहित्य। उस प्रवाह में मनुष्य के सुख-दुःख के, व्यथा वेदनाओं के, समस्याओं के, संघर्षों के प्रवाह भी होते हैं। मन की जिस स्थिति से हम गुज़र रहे होते हैं, उस प्रकार का साहित्य प्रवाह हमें प्रिय प्रतीत होता है। परन्तु, जो हमें प्रिय है, वही साहित्य है, ऐसा अर्थ कदापि नहीं है।

अपनी विवेक बुद्धि को जाग्रत करने वाला, समाज मन का निदर्शन करने वाला, समाज हित और राष्ट्र हित को सँभालने वाले प्रवाह साहित्य के महासागर में मिलते हैं। स्खलनशील, अधोगति की ओर ले जाने वाले शब्दों को जो प्रतिबधि त करता है–वह है संस्कृति दर्शक साहित्य।

आत्मानन्द के लिए निर्मित साहित्य, समाज को सन्मार्ग की ओर ले जाने वाला साहित्य, समाज से राष्ट्र हित की ओर जाने वाले शब्द-साहित्य का अनुभव हमें साहित्य वाचन से होता है।"

"संस्कृति से क्या तात्पर्य है?" प्रद्योत ने प्रश्न पूछा।

"जीवन जीने का अलिखित संविधान–संस्कृति है। मानव के, ऋषिमुनियों के प्रगाढ़ अनुभव से साकार किये गये उत्तम जीवन के रीति-नियमों का परम्परा से जतन करने का अर्थ है–संस्कृति। मानव के हित के लिए निर्मित जो कार्य प्रणाली है, उसका अर्थ है-संस्कृति।"

मधुर शब्द हौले-हौले आयें और निर्झर की तरह प्रवाहित होते रहें, वैसा ही कालिदास को देवी सरस्वती के शब्द सुनकर लग रहा था, वह अत्यन्त प्रभावित हो गया, और अनजाने ही उसने देवी सरस्वती से अचानक प्रश्न पूछ लिया :

"एक-एक शब्द से प्रवाहित होने वाला माधुर्य, विनम्रता, बुद्धिवैभव, शुचिता हरेक को कैसे प्राप्त हो सकती है?"

कालिदास यद्यपि अचानक आया था, मगर किसी दिन वह स्वयं ही गुरुकुल में आयेगा, यह विश्वास देवी सरस्वती को था, वह हँसकर बोलीं, "स्वागत है, वत्स, तुम्हारा। मैं सबको तुम्हारा परिचय देती हूँ। यह है मेरा मानस पुत्र कालिदास। यद्यपि इसने जीवन के गुरुकुल में स्वानुभव से ज्ञान प्राप्त किया है, परन्तु इसे तुम्हारे ही समान गुरुकुल में ज्ञान प्राप्त करना है। जैसे श्रीकृष्ण ने विलम्ब से ही सन्दीपन के आश्रम में जाकर ज्ञान प्राप्त किया था, वैसे ही। वत्स! अब तुम्हारे प्रश्न की ओर आती हूँ, और उसका उत्तर..."

वह रुकी। कालिदास अब भूमि पर बैठा था। अब वह अनेक विद्यार्थियों के साथ था, उसकी लज्जा समाप्त हो गयी थी यह स्पष्ट था। देवी सरस्वती को समाधान हुआ। वह बोलीं : "जीवन की ओर देखने का सहृदय दृष्टिकोण, निसर्ग के प्रति स्नेह, भाषा का प्रगाढ़ ज्ञान, विनम्रता, यह प्रत्येक गुरुकुल में प्राप्त होती है, ऐसा नहीं है। उसे स्वयं ही विकसित करना होता है। किसी भी मार्ग पर विचारपूर्वक चलने से यह सिद्धि प्राप्त होती है।"

मध्याह्न का समय हो चला था। देवी सरस्वती ने सबको भोजन कक्ष की ओर जाने के लिए कहा। विद्यार्थी ही पाक कला, नृत्य कला, संगीत, नाट्य एवं अन्य कलाओं में पारंगत हो रहे थे। ज्ञान साधना के साथ-साथ ही इन कलाओं का अभ्यास भी यहाँ होता था। कालिदास को इस सबका नया अनुभव हो रहा था। अब देवी सरस्वती ने मन:पूर्वक उसे मुक्त संचार की अनुमति दी थी। जब वह औरों के साथ पाकशाला की ओर मुड़ा, तो देवी सरस्वती को मन-ही-मन आनन्द हुआ।

प्रात:काल में 'अरण्य-वाचन' विषय पर लिखा हुआ उसका भाष्य अप्रतिम था, परन्तु अक्षरों का समन्वय योग्य नहीं था। परन्तु अल्पावधि में किये गये उसके प्रयास

भविष्य के यश की घोषणा हैं, ऐसा विश्वास उसे हो गया।

जब कालिदास अकस्मात वापस आया तो वह भोजपत्र पर उसकी लिखी हुई इबारत पढ़ रही थी।

"माते, बिना आज्ञा के मैं गुरुकुल में आ गया, बिना आज्ञा के ही पाकशाला और भोजन कक्ष की ओर चला गया। माते, मुझे क्षमा करो! मुझे जलकुम्भ फिर से भरना होगा, अब सभी जल प्राशन करेंगे।"

"वत्स, जलकुम्भ भरने के लिए कुछ सेवक और विद्यार्थी हैं। यहाँ निर्मित उपवन को भी नित्य संचित करना होता है। प्रत्येक वृक्ष को भी सिंचित करना होता है, तुम यह सब नहीं कर पाओगे। क्योंकि अब तुम्हें अन्य कला-शास्त्रों में पारंगत होना है। इसलिए मध्याह्न समाप्त होते ही सबके साथ वेत्रवती की ओर जाना, तब जलकुम्भ भरे जायेंगे, अब तुम अन्य विद्यार्थियों जैसे हो।"

"फिर भी मैं सरस्वती पुत्र ही रहूँगा न, माते?"

कालिदास के प्रथम दर्शन से ही मन में स्नेह उत्पन्न हो गया था। एक अनामिक स्नेह रज्जु द्वारा मैं उससे संलग्न हूँ, यह अनुभूति उसे थी। ये अचानक मन में सुख की भावना क्यों जाग उठी, कैसे यह सुख नयनों से बहने लगा...इसका उसे भी आश्चर्य हुआ था। जैसे अपनी दूरस्थ माता से मिलने आया हो, वही स्नेह कालिदास के नेत्रों में भी था। इस सबका अनुभव करते हुए वह मौन थी।

"माते, मैं सरस्वती पुत्र ही रहूँगा ना?"

"वत्स, तुम सरस्वती पुत्र ही रहोगे। लोक मानस में तुम्हारी प्रतिमा सरस्वती पुत्र कालिदास की ही रहेगी। विद्या ग्रहण करना तुम्हारे लिए इतना सरल नहीं है, इसलिए तुमको प्रातःकाल और रात्रि में अधिक परिश्रम करना होगा। यहाँ शाकम्भरी देवी, देवी मैत्रेयी, देवी वनिता, वसुन्धरा ऐसी दस अध्यापिकाएँ हैं। उनका भी परिचय प्राप्त करो। विविध कला गुणों में परिपूर्णता प्राप्त करो। वत्स, जब तुम यहाँ से जाओगे तो तुम्हें कोई भी शास्त्रार्थ में पराजित नहीं कर पायेगा। संगीत, नृत्य, शिल्प, काष्ठ कलाओं का परिपूर्ण ज्ञान तुम्हें होगा।"

कालिदास मौन था, परन्तु उसके नेत्र भर आये थे। देवी सरस्वती अपने मन में समझ गयीं। अनन्त वेदनाएँ हृदय में समाये, अखण्ड प्रयत्नशील यह युवक भविष्य में निश्चित ही सरस्वती पुत्र के रूप में प्रसिद्ध होगा।

वह वहीं खड़ा था। देवी सरस्वती अपनी कुटी की दिशा में निकल पड़ी थीं। उन्होंने पीछे मुड़कर देखा, वह वहीं खड़ा था।

***

"वत्स, यहाँ अकेले क्यों बैठे हो? सभी वन विहार के लिए आये हैं, यह अरण्योत्सव है। उज्जयिनी के सम्राट चन्द्रगुप्त ने विशेष रूप से यहाँ सबको इस कार्यक्रम के लिए आमन्त्रित किया है। वे स्वयं भी इस कार्यक्रम में सहभागी होने वाले हैं, कल रात को ही वे आश्रम में आ गये हैं।"

"माते, हम कहाँ हैं?"

"इस आश्रम में आये हुए तुम्हें बारह मास हो गये हैं, तब अभी यह प्रश्न पूछने का मन क्यों हुआ? तुम्हारे नाते-रिश्तेदार कौन हैं? तुम्हारा जन्म स्थान कौन-सा है? कुल गोत्र कौन-सा है? ऐसे अनेक प्रश्न मेरे मन में कब से हैं। अभी भी बताने का मन हो, तो बताओ। परन्तु तुम ऐसे मौन न रहो, एकाकी न रहो। वत्स, हमारे आश्रम में ऐसे अनेक व्यक्ति हैं, जिनके माता-पिता, रिश्तेदार कोई नहीं हैं। किसी ने उन्हें इस आश्रम की सीमा पर, द्वार पर लाकर छोड़ दिया था। जैसे मेनका ने शकुन्तला को कण्व मुनि के आश्रम के पास रख दिया था, वैसे ही मधुरिका भी यहाँ आयी थी। वही मधुरिका आज शकुन्तला के समान उपवर हो गयी है। आश्रम में कोई भी एकाकी नहीं है। सब प्रसन्न हैं–सब कुछ स्वीकार करके!"

कालिदास मौन था। अपने मन की उत्सुकता को मन में ही रखकर वह बोलीं :

"सम्राट चन्द्रगुप्त आने वाले हैं, तुम अपना संगीत सादर करो।" तब भी उसने कुछ नहीं कहा। तब उसके कन्धे पर हाथ रखकर देवी सरस्वती ने पूछा, "विद्यार्जन करने वाले विद्यार्थी तुम्हारी आयु के नहीं हैं, क्या इसका तुम्हें बुरा लगता है?"

"क्या मैं अपना काव्य सादर करूँ?"

"तुम्हारा अपना? उत्तम! अति उत्तम!!"

कालिदास जब उसके सामने से गया तो उसे आनन्द हुआ था; अब कालिदास को अभिव्यक्त होने के लिए शब्द प्राप्त हो गये थे। अब संवेदनाएँ प्रकट हो सकती थीं।

अरण्य की वह समतल भूमि हरे वृक्षों से सहज ही सुशोभित थी। एक ऊँचे आसन की व्यवस्था की गयी थी। दो दिनों के इस समारोह में शास्त्रार्थ भी होने वाला था। नृत्य, संगीत तथा अन्य अनेक कार्यक्रमों का आयोजन किया गया था। कालिदास ने स्वरचित काव्य प्रस्तुत किया था।

सम्राट चन्द्रगुप्त रात को ही अपनी राजस्त्रियों सहित यहाँ आ गये थे। उज्जयिनी से यहाँ तक आना सरल नहीं था। परन्तु देवी सरस्वती के निमन्त्रण को कभी भी किसी ने अस्वीकार नहीं किया था।

सम्राट चन्द्रगुप्त आ रहे हैं, यह वार्ता लेकर दूत आये थे। कुछ ही देर में उनका आगमन हुआ, तब आश्रम की बालिकाओं ने उनके ऊपर पुष्प वृष्टि की। हरित सृष्टि ने बहुरंगी पुष्पों से सिंगार किया था।

सम्राट चन्द्रगुप्त के उच्चासन पर स्थानापन्न होते ही उनके सम्मान में मंगल वाद्यों का घोष किया गया। मधुरिका ने मधुर सुरों से सबका स्वागत किया।

अरण्योत्सव की भूमिका स्पष्ट करते हुए देवी गार्गी ने कहा :

"सम्राट चन्द्रगुप्त हमारा सम्मान करने के लिए प्रतिवर्ष यहाँ आते हैं और हम आश्रमवासियों को प्रतिष्ठित करते हैं। आश्रमवासियों को उनका स्नेह प्राप्त होता है। उन्होंने अनेक विद्यार्थियों को आर्यावर्त के अनेक स्थानों पर भेजकर उनका सम्मान किया है। मूलत: अरण्योत्सव आयोजित करने का प्रयोजन यही है। इस आर्यावर्त के अरण्य में ऋषिमुनियों ने शाश्वत सांस्कृतिक मूल्यों की स्थापना की। ईश्वर द्वारा निर्मित इस और इसके समान अनेक अरण्यों से सांस्कृतिक अनुभवों पर आधारित प्रतिध्वनियाँ प्रकट हुईं और फिर उस संस्कृति के चिह्न समाज-मन पर दृढ़ता से अंकित हो गये।

इस अरण्य के, इस अरण्यनिर्माता के हम शतश: आभारी हैं। आर्यावर्त का एक शाश्वत परिचय कराने वाले ऋषिमुनियों के आभारी हैं। और आज उज्जयिनी के सम्राट चन्द्रगुप्त विक्रमादित्य होने के मार्ग पर अग्रसर हैं, यह भी भाग्य-योग है। एकसंघ राज्य का निर्माण होने पर राष्ट्र को भय नहीं होता, यह उनका मत है, जो हम उन्हीं के मुख से सुनेंगे। उन्होंने हम सभी को अभय प्रदान किया ही है। अब कृपया शुभेच्छाएँ भी प्रदान करें।"

मधुरिका द्वारा बनायी गयी रंग-बिरंगे पुष्पों की माला उनके गले में पहनायी गयी और विविध प्रकार के फलों से भरा हुआ मृत्तिका पात्र उन्हें प्रदान किया। उन्होंने उसे सहर्ष स्वीकार करते हुए कहा : "विविध फलों से भरा हुआ यह मृत्तिका पात्र–इसमें हमें अपने इच्छित आर्यावर्त, अखण्ड भरतखण्ड के दर्शन हो रहे हैं। श्रीरामचन्द्र अयोध्या से लंकाद्वीप जाकर, दशानन का वध करके जानकी माता को सम्मानपूर्वक वापस लाये। श्री रामचन्द्र प्रभु की यात्रा का मार्ग दुष्कर था। वामाचारियों और असुरों से संघर्ष करते हुए, अरण्यवासी ऋषि मुनियों को अभय देने वाले श्री राम एवं श्री लक्ष्मण विराट योद्धा थे। उस तुलना में हमारी यात्रा अल्प-सी है।

हमारे पिता समुद्रगुप्त कहते थे, 'विश्व को संगठित करने का एक ही मार्ग है, और वह है वैदिक धर्म को न्याय देना। और क्षात्र धर्म का विचार। अपने राज्य को सुचारु और सुरक्षित रखना, और अपने राज्य की सीमाओं को सुरक्षित रखना जितना

महत्त्वपूर्ण है, उतना ही महत्त्वपूर्ण है अपने धर्म के साम्राज्य को व्यापक बनाना।' उनके ये विचार सर्व व्यापक थे।

'समुद्रपर्यन्ताया पृथिव्या: एकराष्ट्र' इसका अर्थ सहज, स्पष्ट और वैदिक धर्म को मान्यता देने वाला है। समुद्र तक की पृथ्वी का शासक एक ही हो, और वह आर्य शासन पद्धति से राज्य करे यह संकेत इन शब्दों से प्रकट होता है। आज हम घने अरण्य में यह उत्सव सम्पन्न कर रहे हैं। ऋषियों के निवास स्थान अरण्य होते थे। उस समय विश्व का राजकारण अरण्य से चलता था। सम्राट स्वयं अरण्य में आया करते, तब विश्व कल्याण के लिए शान्ति यज्ञ का आयोजन किया जाता था। 'शान्तिः शान्तिः शान्तिः' इन तीन 'शान्तिः' शब्दों का अर्थ है–वैयक्तिक शान्ति, राष्ट्र में शान्ति, और विश्व में शान्ति। इसलिए राष्ट्र को एक ऐसे प्रशासक की आवश्यकता है, जिसने समुद्र तक सार्वभौम राज्य स्थापित किया हो।

हम आप सबको अभय देकर, आप सबके शुभ मंगल आशीर्वाद लेकर जा रहे हैं"।

"रत्नाकरौ क्षौतपदाम् हिमालय किरीटीनाम्,
ब्रह्मराजर्षिरत्नाढ्याम् वन्दे भारतमातरम्।"

सम्राट चन्द्रगुप्त के अपने विचार प्रकट करने के बाद शास्त्रार्थ का आरम्भ हुआ। अनेक विद्वत मण्डलियों का यह शास्त्रार्थ "आर्य संस्कृति का पूर्व और उत्तर प्रवाह"–इस विषय पर था।

कालिदास को विदिशा नगरी के राजप्रासाद में राजा भोज की कन्या के स्वयंवर के अवसर पर आयोजित शास्त्रार्थ की याद आ गयी। वेदवती ने शास्त्रार्थ में अनेक को पराजित किया था और कालिदास दक्षिण के अति विद्वान पण्डित मातृगुप्त के रूप में वहाँ गया था।

राजप्रासाद की सीढ़ियाँ चढ़ते हुए उसका हृदय तीव्र गति से धड़क रहा था और कण्ठ सूख गया था। कुमारसेन उससे कह रहा था, "मित्र, ऐसे भयभीत न हो। दस विद्वान पण्डित शिष्यों के रूप में तुम्हारे साथ आयेंगे, तुम्हें एक भी शब्द कहने की आवश्यकता नहीं पड़ेगी।'

विषय भी ऐसा ही था, "क्या वैदिक ऋषियों की विचारधारा आज गतिमान है?" आगे उन्होंने क्या कहा, इसका अर्थ भी उस समय कालिदास को समझ में नहीं आया था। मगर इस समय वह ध्यान से शास्त्रार्थ सुनने के लिए तत्पर था।

गंगाप्रसाद भट्ट ने शास्त्रार्थ का आरम्भ करते हुए कहा :

"एतद्देशप्रसूतस्य सकाशादग्रजन्मनः।
स्वं स्वं चरित्रं शिक्षरेन् पृथिव्याम् सर्व मानवाः।।"

"यह मनुस्मृति का वचन है। इसका अर्थ अत्यन्त महत्त्वपूर्ण है। पृथ्वी के सभी लोग देश के गुरुजनों के पास आयें और सहज, सरल जीवन कैसे बितायें, जीवन को सुखमय कैसे बनायें, इसकी शिक्षा ग्रहण करें।

वैदिक काल में ऋषि मुनियों ने एक विचारधारा का निर्माण किया, जिसमें विश्व कल्याण का मार्ग प्रस्तुत किया गया था। उस समय भारत की भूमिका वैयक्तिक न होकर लोक समुदाय के कल्याण के लिए थी। वैदिक ऋषि विश्व रूप में ही परमेश्वर को देखते थे और यह प्रतिपादन करते थे कि मानव उस विश्वरूप ईश्वर को सत्य माने।

'पुरुष एव इदं सर्वम्' ऐसा ऋग्वेद में कहा गया है, और उसकी सत्यता को दर्शाते हुए 'पूर्णमदः पूर्णमिदं' कहते हुए लोग यज्ञ करते थे। इस यज्ञ से वैयक्तिक, सामूहिक, राष्ट्रीय तथा अन्तर्राष्ट्रीय कल्याण अवश्य होगा, ऐसा उन्हें दृढ़ विश्वास था। भगवद्गीता में भी कहा गया है 'स्वकर्मणा तमभ्यर्च्यं सिद्धिं विन्दति'।

तत्कालीन ऋषिमुनियों ने विश्वरूप परमात्मा को माना और ये माना कि मानव विश्व देह का एक भाग है। मनुष्य के बारे में उन्होंने अत्यन्त सात्विक, सुन्दर भाव प्रकट किये हैं।

जिस प्रकार यज्ञ करते समय विश्व समृद्धि अपेक्षित है, उसी तरह ईश्वर द्वारा निर्मित स्त्री जाति के प्रति शुभकामना भी व्यक्त होती थी। शरीर देवताओं का मन्दिर, सप्त ऋषियों का आश्रम, इच्छित प्राप्त करने वाला कल्पवृक्ष है, इसलिए देह को सामर्थ्यवान होना चाहिए, ऐसी ऋषिमुनियों की अपेक्षा थी।

वैदिक ऋषियों के काल में युवकों को सामने रखकर तत्त्व प्रतिपादित किये जाते थे। चतुर्विद पुरुषार्थ करके अभ्युदय और निःश्रेयस साधन प्राप्त करने के लिए अनुशासन आवश्यक है। युवकों का प्रत्येक क्षण कार्यशील रहे इसके लिए उन्होंने आचार संहिता की रचना की। वही है सनातन धर्म। जिसके केन्द्र में थी संस्कृति।

इसके फलस्वरूप आर्य जाति सामर्थ्य सम्पन्न, ऐश्वर्य सम्पन्न और सर्व ज्ञानी हुई। इसी में 'समुद्रवलयांकित सर्व भूमि' का एक राजा हो, यह संकल्पना है।

यह है संस्कृति का पूर्व रंग, उत्तर रंग में जैन और बौद्ध सम्प्रदायों की निर्मिति हुई।

सम्प्रदाय इसलिए कि महावीर जैन और सिद्धार्थ बुद्ध–दोनों राजकुमार थे। क्षत्रिय थे। आरम्भ में उन्होंने वैदिक धर्म का ही पालन किया था। परन्तु जब सनातन वैदिक धर्म की कठोरता, कर्म बन्धन आदि की ओर उनका ध्यान गया, तब उन्होंने वैदिक धर्म की उत्तम व्यवस्था को मान्य करके कर्म कठोरता को कम करने के लिए नया विचार प्रस्तुत किया।

बुद्ध से पूर्व मानव जाति के कल्याण के लिए महावीर जैन ने अपनी विचार प्रणाली प्रस्तुत की। सर्वसामान्य जनों को दोनों विचारधाराएँ सरल प्रतीत हुईं। उन विचार धाराओं का धर्म में परिवर्तन हुआ। आचारसंहिताएँ बनीं। परम्परा से ये आचारसंहिताएँ समाज में दृढ़ हो गयीं। उसी प्रकार शालिवाहन शक संवत्सर से शक, हूण, यवन आर्यावर्त में आये। उनकी भी बस्तियाँ बनीं। उनका भी धर्म उदित हुआ। यह आज के शास्त्रार्थ की भूमिका है।"

गंगाप्रसाद भट्ट ने अपनी भूमिका स्पष्ट की और शास्त्रार्थ का आरम्भ हुआ। वास्तव में यह शास्त्रार्थ नहीं था, बल्कि तत्कालीन विचारधाराओं के प्रवाह में वैदिक धर्म का स्थान कहाँ है, इस पर विचार मंथन था।

मध्याह्न तक यह विचार मंथन चल रहा था और उसके पूर्ण होने का कोई संकेत नहीं दिखाई दे रहा था। तब सम्राट चन्द्रगुप्त ने कहा :

"गुणज्ञ और रसज्ञ रसिकों, आप इसी विषय को लेकर उज्जयिनी के राजप्रासाद में आयें। यह विचार-मंथन अति आवश्यक है और वर्तमान काल में अत्यन्त महत्त्वपूर्ण है। यह विचार प्रवाहों का इतिहास है। राजसभा में इस पर अवश्य महत्त्व दिया जायेगा। अब मनोरंजन के कार्यक्रम आरम्भ किये जायें। प्रात:काल हमें प्रस्थान करना है। इससे पूर्व हम यह कहना चाहते हैं कि हम आपके अत्यन्त ऋणी हैं। हम आश्रम व्यवस्था के लिए सहस्त्र लक्ष सुवर्ण मुद्रा, धनधान्य उपलब्ध करवा रहे हैं।"

"सम्राट चन्द्रगुप्त," देवी सरस्वती उनके सम्मुख आते हुए बोलीं।

"आप सहस्त्र लक्ष सुवर्ण मुद्रा देकर कृपया आश्रम के विद्यार्थियों को सुखासीन न बनायें। कष्टसाध्य और समाज-परिश्रम से उनका जीवन परिपूर्ण होने दें। इसे अपने धन का अपमान न समझें। आप अपनी ही प्रजा की भावी पीढ़ी को सबल, सुदृढ़ सज्ञानी होने के लिए परिश्रम का संकल्प दें।

ज्ञान से परिपूर्ण होने पर इनमें से कुछ कुमार आपके पास आयेंगे, तब आप उन्हें आधार दें, बस इतनी ही विनती है। आश्रम में कृषिबलों के द्वारा विद्यार्थियों को कृषि का ज्ञान भी दिया जाता है, यह आपको ज्ञात ही है।

क्षमा करें, सम्राट, परन्तु..."

"स्वकर्मणा तमभ्यर्च्य सिद्धिं विन्दति मानवा:" भगवद्गीता के इस वचन और कुछ ही समय पूर्व गंगा भट्ट ने जो कहा, उसका प्रत्यय आने दें।"

"देवी सरस्वती, आपने जो कार्य आरम्भ किया, जिसे प्रतिष्ठित किया, उसके लिए मैं राष्ट्र की ओर से आपका ऋणी हूँ। माता तथा गुरु के सहवास में ही राष्ट्रनिर्माताओं का निर्माण होता है। अस्तु!"

इसके पश्चात अनेक ने अपनी कला सादर की। अब सन्ध्या छायाएँ धरती पर उतर रही थीं, पशु-पक्षी अपने-अपने घरों को लौटने लगे थे।

देवी सरस्वती ने कालिदास की ओर देखते हुए पूछा :

"तुम्हें कुछ कहना है, वत्स कालिदास?"

कालिदास अत्यन्त नम्रता से आगे आया, परन्तु भोजपत्र पर लिखी अपनी रचना को पढ़ने से पहले मन भयभीत, कम्पित हो गया। पढ़ूँ या न पढ़ूँ? या यहाँ से वापस जाऊँ? ऐसी सम्भ्रमावस्था मन में उत्पन्न हो गयी। देवी सरस्वती ने उसका हाथ पकड़ा, उसके कँपकँपाते हाथों में भोजपत्र को सँभाला। "पढ़ो, वत्स, पढ़ो!"

और कालिदास ने कहा, "मुझे किसी भी बात का ज्ञान नहीं है। लोकभाषा ही मेरी भाषा है, संस्कृत का अभ्यासक मैं नहीं, परन्तु होने वाला हूँ। आपसे विनती करता हूँ कि आप मेरा काव्य सुनें।"

देवी सरस्वती को कालिदास की भावावस्था और पूर्वकथा समझ में आयी और सम्राट चन्द्रगुप्त को उसका काव्य समझ में आ गया। वे उठकर बोले :

"विद्याभ्यास समाप्त होने पर जिस क्षण तुम उज्जयिनी आओगे, हम तुम्हारा स्वागत करेंगे।"

सन्ध्या की घनी छायाएँ अरण्य पर छाने लगीं, तो सब आश्रम की ओर लौटने लगे।

***

शालिवाहन संवत्सर से पूर्व आचार्य चाणक्य, जो प्रकाण्ड पण्डित होने के साथ ही रणनीति, राजनीति, कूटनीति, व्याकरण, ज्योतिष, आयुर्वेद के ज्ञाता थे, सम्राट चन्द्रगुप्त मौर्य की राजसभा में मन्त्री थे। उन्होंने समाज एवं राष्ट्र को वैभवशाली बनाने के लिए 'कौटिलीय अर्थशास्त्र' की रचना की। उनकी कूटनीति तथा नीतिसूत्र अजरामर हैं। उदयशंकर भट्ट एवं सुदेव भट्ट–ये दो विद्वान काशी से देवी सरस्वती के निमन्त्रण पर आये थे और आश्रम में वास्तव्य कर रहे थे। वे आश्रम के विद्यार्थियों का राजनीति के सन्दर्भ में मार्गदर्शन कर रहे थे।

कालिदास को राजनीति में विशेष रुचि नहीं थी। परन्तु उदयशंकर भट्ट की स्पष्ट और सुमधुर वाणी, विषय का गहरा ज्ञान और उदाहरण देते हुए शान्त, संयत आवाज़ में कथन करने का तरीक़ा कालिदास को बहुत अच्छा लगा था।

पिछले आठ दिनों से चन्द्रगुप्त मौर्य को धनानन्द का राज्य देकर राज्य प्रतिष्ठित करने वाले आचार्य चाणक्य के प्रति उदयशंकर भट्ट उत्साहपूर्वक बोल रहे थे। और कालिदास के नेत्रों के सामने साकार हो गया था अपमान से व्यथित होकर संकल्पसिद्धि के लिए वचनबद्ध होने वाले आचार्य चाणक्य का रूप, अपनी शिखा को संकल्प पूर्ति तक मुक्त रखने की प्रतिज्ञा करने वाले आचार्य चाणक्य का रूप, जो प्रकाण्ड पण्डित, वेदान्ती और समाज संघटक थे, कूटनीतिज्ञ थे, दूरगामी विचार करने वाले और सम्पूर्ण आर्यावर्त का विचार करने वाले राष्ट्रभक्त थे। अनेक तेजस्वी किरण शलाकाओं के स्रोत सूर्य थे आचार्य चाणक्य। कालिदास के मन में आया कि उनके ऊपर एक महानाट्य लिखना चाहिए।

उसे याद आया कि चार मास पूर्व नाट्याचार्य कृष्णदास आये थे। उन्होंने नाट्यशास्त्र के नवरंगों को प्रात्यक्षिकों सहित प्रस्तुत किया था। वे नृत्य-नाट्य-आख्यान और कथा का नाट्यदर्शन प्रस्तुत करके उनके मध्य सूक्ष्म भेदों को स्पष्ट करते थे। उन्होंने भरत मुनि का नाट्यशास्त्र पढ़ाया था। तभी कालिदास को अपने जीवन में आया हुआ हर व्यक्ति नाट्य का पात्र ही प्रतीत होने लगा था। शायद विधाता महामंच पर मेरे जीवन का नाटक लिख रहा है। और उसका एक-एक प्रवेश चल रहा है। यह एक नयी अनुभूति थी। मन कुछ कहने को मचल रहा हो, कुछ लिखने के लिए मन में व्यक्ति एवं संवाद साकार हो जायें, ऐसा अनुभव कालिदास को पहली बार हो रहा था। शब्द भीतर से प्रस्फुटित होना चाह रहे थे। उन शब्दों में नूपुरों के झंकार थे। उसका मन अत्यन्त प्रसन्न हो उठा। इसी समय उठकर शब्दों को भोजपत्रों पर साकार करने की तीव्र इच्छा हुई। परन्तु गंगाप्रसाद भट्ट उतने ही प्रभावशाली ढंग से 'चाणक्य नीति' समझा रहे थे। बीच में ही उठना उचित नहीं था। वे कह रहे थे :

"आचार्य चाणक्य जितने प्रज्ञावन्त, रणनीतिज्ञ, राजनीतिज्ञ, अर्थनीतिज्ञ थे, उतने ही वे जनसामान्यों के जीवन-व्यवहार का सूक्ष्म अवलोकन करके उन्हें उचित जीवन रीति सिखाने वाले व्यवहारनीतिज्ञ भी थे। अब यदि कुछ उदाहरण देखें तो वे कहते हैं :

"मेघ के जल जितना शुद्ध जल कोई और नहीं। आत्मबल जैसा साहस कोई

और नहीं। नेत्र जैसी कोई अन्य ज्योति नहीं और अन्न जैसा रसयुक्त कोई और पदार्थ नहीं। इसका मूल्य अनुभव करना अर्थात स्वयं को जाग्रत करना है।"

अब एक अन्य उदाहरण देखें, वे कहते हैं : "सत्य के बल पर ही पृथ्वी का सतीत्व है। सत्य का प्रकाश सर्वत्र होता है। सत्य की ही वायुलहरियाँ होती हैं। सब कुछ सत्य पर ही स्थिर है। कुल की रक्षा के लिए एकाध व्यक्ति का त्याग करना पड़े तो भी कोई बात नहीं, देश की रक्षा के लिए गृह और ग्राम त्याग करना पड़े तो भी कोई बात नहीं, परन्तु आत्मा के विकास के लिए स्थिर रहकर कर्म करना महत्त्वपूर्ण है।"

गंगाप्रसाद बोल रहे थे, कालिदास अपने आप में मग्न था।

"वत्स!" गंगाप्रसाद कालिदास से बोले :

"तुम आत्ममग्न थे। तुम्हें शायद कौटिल्य अर्थात चाणक्य की अर्थनीति अच्छी नहीं लगी। परन्तु एक महत्त्वपूर्ण घटना तुम्हें सुनाता हूँ, "आचार्य चाणक्य दूरगामी अर्थात दूरदृष्टि वाले थे। उन्होंने अपना साहित्य अगले छह सौ वर्षों तक अभेद्य रहे, सुरक्षित रहे, जनमानस में दृढ़ रहे, ऐसी व्यवस्था की थी। उनकी यह नीति भी प्रशंसनीय है। वत्स, जो भी कार्य करो, वह पूर्वनियोजित और भविष्य में भी दृढ़ रहे ऐसा करना चाहिए।"

कालिदास ने विनम्रता से 'हाँ' कहा। कालिदास सभी विद्यार्थियों में ज्येष्ठ था। युवा था। सुदृढ़ देहयष्टि और गौरवर्णीय, तेजस्वी, सुन्दर था। अनायास ही सबका ध्यान उसकी ओर आकृष्ट हो जाता था। देखने वाले के मन में यह प्रश्न भी अनायास ही उत्पन्न हो जाता कि यह अभी तक आश्रम में कैसे है? वैसा ही गंगाप्रसाद के मन में भी आया। उन्होंने उसकी ओर ऐसी दृष्टि से देखा जैसे किसी उपवर युवक को देख रहे हों।

मध्याह्न हो चुकी थी। सारे विद्यार्थी भोजन कक्ष की ओर चल पड़े। गंगाप्रसाद ने कालिदास को रोकते हुए पूछा, "वत्स, तुम्हारा कुल-गोत्र क्या है? किस कारण से तुम इतने विलम्ब से ज्ञानार्जन कर रहे हो?"

"क्षमा करें, गुरुदेव! मैं आपको कुछ भी बता नहीं पाऊँगा। आप कृपया देवी सरस्वती से सम्पर्क करें।"

आश्रम में आकर पाँच वर्ष हो गये थे। विविध प्रकार के ज्ञान से वह समृद्ध हो गया था। अब यहाँ से प्रस्थान करने का समय आ गया था। कहाँ जाना है, यह निर्णय नहीं हो पा रहा था। सम्पूर्ण वेद, उपनिषद्, ज्योतिष, आयुर्वेद, व्याकरण संहिता और

संगीत, नृत्य-नाट्य संहिता का पूरा अध्ययन हो चुका था। साथ ही काव्य शास्त्र का अध्ययन करते हुए अनेक सूक्तों तथा रामायण और महाभारत जैसे काव्य ग्रन्थों का अध्ययन किया था।

मन के भीतर कुछ प्रस्फुटित हो रहा था। मन अनजाने ही सुगन्धित हो रहा था, शब्द नादमय हो गये थे। नूपुर ध्वनि से हृदय झंकृत हो रहा था। उसे बहुत कुछ चाहिए था। क्या करे, समझ में नहीं आ रहा था।

देवी सरस्वती उसकी मनोदशा को समझ गयी। वह अपने आप ही कोई संकेत दे, तो अच्छा होगा। वह कालिदास के बोलने की प्रतीक्षा कर रही थी। हाल ही में उनके ध्यान में यह बात भी आयी थी कि उमलती हुई कलिका मधुरिका उसके आसपास मण्डराती है। वह एक भी शब्द नहीं कहती, उसकी तरफ़ ध्यान आकर्षित हो ऐसा भी कुछ नहीं करती, परन्तु वह कालिदास के आसपास ही रहती है। जब से आत्ममग्न कालिदास की व्यथा काव्य के माध्यम से प्रकट हुई थी, वह उससे अनेक प्रश्न पूछना चाहती थीं, परन्तु वह उचित अवसर की प्रतीक्षा में थीं। मधुरिका के लिए अब वर-संशोधन आरम्भ हो गया था। और यदि कालिदास ही उसे वर के रूप में प्राप्त हो जाये तो यह प्रश्न समाप्त हो जाता। परन्तु उसने कुछ कहा नहीं था, और तुरन्त कुछ कहने वाली भी नहीं थी।

वर्षा ऋतु आरम्भ हो गयी थी। आकाश मेघाच्छादित था। वातावरण धुंधला हो रहा था। वृक्ष-लताएँ वर्षा के लिए अधिक उत्सुक थे। दूर कहीं सौदामिनी की लहर आकाश के अँधेरे को चीर देती थी।

कालिदास अपनी कुटी में अकेला था। उसने हाथ में भोजपत्र लिया और लेखनी लेकर लिखना आरम्भ किया :

"हे कविता-कामिनी, चारुगात्री, चारुचंचले, मनोहारिणी,
मेरे मन में तेरे नूपुरों का नाद है। तुम्हारे अस्तित्व का ज्ञान है।

तुम्हारे केशकलाप में कमल-पुष्प हैं। उनकी गन्ध का अनुभव मैं कर रहा हूँ। मेघों के पीछे चन्द्रमा के समान अवगुण्ठन में छुपे तुम्हारे मुख को देखने के लिए मैं आतुर हूँ।

हे कविता-कामिनी, लावण्यवती, अर्थवाहिनी, आशयघन होकर आ जाओ। तुम्हारे सौन्दर्य को उपमा, अलंकार, उत्प्रेक्षा, यमक, वृत्त से शृंगारित मैं देखना चाहता हूँ।

हे सुहास्य वदना, सुनेत्रा, सुमति काव्यकामिनी, तुम आओ। तुममें मुझे मेरे जीवन का अर्थ ढूँढ़ने दो। पिछले अनेक वर्षों से मैं एकाकी वेदना सहन कर रहा

हूँ। अपनी सांत्वना का मुझे आधार दो। मेरी वेदना शब्द रूप में लावण्यमय रूप लेकर प्रस्फुटित होने दो। आओ, कविता-कामिनी, आओ।'

लिखते-लिखते उसके मन में वेदवती खड़ी हो गयी। शास्त्रार्थ में वह पराजित हुई थी, फिर भी उसके मुख पर विजय की भावना थी। कालिदास की ओर देखते हुए वह बोली, "आर्य मातृगुप्त, पराजित होने में भी आनन्द होता है। प्रत्यक्ष रूप से मैं पराजित हुई हूँ, परन्तु मैंने 'शर्त' जीत ली है। अब मैं विजयी हूँ।"

उसके बाद वाग्निश्चय विधि, उसका आसपास रहना, विवाह होने तक मिलना नहीं, ऐसा तय किया था, परन्तु फिर भी राजप्रासाद के उत्तर में स्थित कुंजवन में वह उसकी प्रतीक्षा करती। वह भी अवश्य जाता, परन्तु मौन ही रहता, वह कहती :

"आर्य मातृगुप्त, आप इतने मौन क्यों रहते हैं?"

"हम कभी किसी स्त्री के सम्पर्क में नहीं आये हैं, इसलिए।"

"आप विद्वान हैं। काव्यशास्त्र और कामशास्त्र का अध्ययन तो किया होगा?"

"नहीं, हमें उसमें रस नहीं था। और पशु-पक्षियों ने कभी कामशास्त्र का अध्ययन किया होगा यह हमें ज्ञात नहीं।"

वह हँसती। दिल खोलकर, प्रसन्न। और वर्तमान में प्रसन्न, हँसती हुई मधुरिका।

उसके मन में किसी भी स्त्री के प्रति कोई भावना नहीं थी। आश्रम में मधुरिका, जानकी, प्रज्ञा और पूर्णा–ये समान आयु की कुमारिकाएँ थीं। उनके बीच कालिदास की सुदृढ़ता के, सौन्दर्य के, मौन के, एकाकी रहने के बारे में वार्तालाप होता था। परन्तु कालिदास ने अपने मन से स्त्री जाति को दूर कर दिया था।

वेदवती ने उसे दिया हुआ आदेश, उसका सीमापार जाना, वेत्रवती में स्वयं को समर्पित कर देना, और किसी शिशु की तरह पुचकारते हुए किनारे पर रख दिया जाना, यह सब उसके मन के सप्त पातालों के नीचे दबा था। जीवन का अर्थ समाप्त होने पर पुनरपि जीवन दिया, तो क्या आश्रम में आने के लिए? जीवन का प्रयोजन क्या है? यह प्रश्न उसे सताता रहता।

वेदवती की 'शर्त' भी अयोग्य नहीं थी। वह पति के रूप में अपने से अधिक ज्ञानी पुरुष चाहती थी। आर्यावर्त के अनेक क्षत्रिय, ब्राह्मण, वैश्य और ऋषिपुत्र भी परीक्षा देकर अनुत्तीर्ण हुए थे और लौट गये थे। मातृगुप्त गोपालक था, वेदवती के चरणों की धूल जितना भी ज्ञान उसे नहीं था। परन्तु कुमारसेन ने कहा, "मित्र, राष्ट्र के लिए, केवल राष्ट्र के हित के लिए वीर पुरुष सहज ही स्वयं को समर्पित कर देते हैं। वह वीर मृत्यु का वरण करते हैं, तुम भी केवल राजा भोज के सुख के लिए, उनकी प्रसन्नता के लिए, प्रजाहित राजा भोज की शान्ति के लिए यह महान कार्य

करो। तुम्हें मृत्यु दण्ड कोई नहीं देगा। हुआ, तो कारावास का दण्ड होगा। हम सब मिलकर तुम्हें मुक्त करेंगे। ये वचन है, मित्र।"

परन्तु वेदवती ने नगर सीमा पार किया था। और अपमानित होने के बाद हम विदिशा नगरी में वापस जाने वाले थे ही नहीं। जीवन का प्रयोजन पल-भर में समाप्त हो गया था। वैसे भी मेरे जीवन का प्रयोजन था ही क्या? उसका मन भूतकाल में गया, उस समय भी क्या प्रयोजन था जीवन का?

***

विदिशा नगरी के बाद अरण्य पार करते ही आता है एक गाँव–मन्दसौर। इस मन्दसौर को दस मार्ग जाते हैं, इसलिए इसे दशपुर भी कहते थे। उस मन्दसौर के समीप था मातृगुप्त का गाँव। पहले कभी उसका अस्तित्व था अथवा नहीं, यह उसे ज्ञात नहीं था। अरण्य के पश्चात समतल भूमि, सुजल, सुफल, समृद्ध। उस गाँव में मातृगुप्त अत्यन्त प्रसन्न था। किसी बात की चिन्ता न थी। एक ही भगिनी थी। विवाह के पश्चात वह भी उसी ग्राम में रहती थी। एक दिशा में विदिशा, और दूसरी दिशा में सुदूर उज्जयिनी। कभी वह अपने मित्रों के साथ मन्दसौर गया था तो वहाँ के निवासियों ने विदिशा के बारे में अनेक रम्य कथाएँ सुनायी थीं। 'मन्दिरों की रम्य नगरी' विदिशा को देखने का मोह उसे बेचैन कर रहा था। मातृगुप्त के मित्र ने कहा :

"मेरी बहन विदिशा में रहती है। उसकी ससुराल में हम अवश्य जायेंगे। दिल तो चाहता है कि अश्वारूढ़ होकर जायें, परन्तु हम जैसे गोपालकों को अश्व कौन देगा? और अश्व लेकर जायेंगे कहाँ?"

"तू कह रहा है, मेरे भी मन में अश्वारूढ़ होकर अरण्य-अरण्य गति से दौड़ने का विचार आया।"

"आख़िर तू अरण्य में ही वापस आयेगा! मेरी बहन बिन्दु कहती है कि सम्राट भोज का राजप्रासाद अति भव्य है और वहाँ की राजकन्या अप्सरा से भी अधिक सुन्दर है। हमें उसके दर्शन होने चाहिए।"

मित्र की आतुरता देखकर मातृगुप्त ने कहा, "मित्र न तो हमने कभी अप्सरा देखी है, और न ही राजकन्या को देखने की सम्भावना है। परन्तु किसी दिन हम विदिशा अवश्य जायेंगे।"

"क्या तुम्हारी माता तुम्हें जाने की अनुमति देगी?"

"देगी, अवश्य देगी।"

बचपन का यह सपना मन में दृढ़ होता जा रहा था और एक दिन उसकी माता ने कहा, "मातृगुप्त, अब तुम कौमार्यावस्था में प्रवेश कर रहे हो। एक सत्य बताये बिना हमें काशी यात्रा का समाधान प्राप्त नहीं होगा।"

"तुम, काशीयात्रा को? और मैं?"

"हम वृद्ध हैं। काशीयात्रा से वापस आ भी सकते हैं और नहीं भी। परन्तु अब तुम्हें ख़ुद ही अपना ध्यान रखना होगा। तुम्हें जिस सहकार्य की आवश्यकता होगी, वह ग्रामवासी प्रदान करेंगे। फिर तुम्हारी बहन इन्दुमती भी है। हम वापस आयेंगे, यह सूर्य प्रकाश जितना ही सत्य है, परन्तु कब बादल छा जायें, कब अचानक वर्षा होने लगे, ये कहना सम्भव नहीं है, इसलिए तू अब..."

"कौन-सा सत्य बताने वाली थीं, माते?"

"यह निश्चय किया था कि तुझे कभी बतायेंगे नहीं, परन्तु देव-यात्रा करते समय मन में असत्य नहीं होना चाहिए, मन स्वच्छ, सुन्दर हो, इसलिए...सिर्फ़ इसलिए..."

मातृगुप्त कभी पिता की ओर, तो कभी माता की ओर देख रहा था। दोनों को ही सत्य बताने में कष्ट हो रहा था। माता भागीरथी के नेत्रों में पानी था, तो पिता विश्वनाथ मौन थे।

"आप बतायें, तात!" मातृगुप्त ने कहा, विश्वनाथ बोले :

"पुत्र, पुरुष कठोर प्रतीत होता है, माता भावनामयी प्रतीत होती है। परन्तु ऐसा नहीं है। वही संयमपूर्वक आचरण करती है। धैर्य प्रदान करती है। वही संघर्ष करती है, और अपने पुत्र को संघर्ष के लिए प्रवृत्त भी करती है। तुम्हें अपने जीवन संघर्ष में यश की प्राप्ति अवश्य होगी, परन्तु..."

"मातृगुप्त, सुनो," माता भागीरथी बताने लगी,

"प्रातःकाल का समय था। गोमय से सम्मार्जन करके, उस पर रंगोली बनाकर मैं घर के भीतर आयी। तभी तुलसी-वृन्दावन के निकट एक शिशु की हास्य ध्वनि सुनाई दी। विश्वास नहीं हुआ। मैं फिर से बाहर आयी, तो तुम सचमुच हँस रहे थे, तुलसी के पत्तों को हिलते हुए देखकर। तुम लगभग एक-डेढ़ माह के थे, गौरवर्णीय, सुदृढ़ शरीर, कानों तक आये हुए केश, सतेज नेत्र..."

"परन्तु मैं था कौन?"

"पुत्र तुम कौन थे, किसके थे, कहाँ से आये थे...इस बारे में न तो उस समय कुछ ज्ञात हुआ, न ही आज तक। तुम्हारी माता को ढूँढ़ने का प्रयत्न किया। परन्तु

इस ग्राम में, और दशपुर में भी इतना सुन्दर कोई पुरुष अथवा स्त्री नहीं थी। अत: तुम कौन हो, किसके हो, यह खोज अधूरी ही रही और तुम हमारे ही हो गये। हमारा व्यवसाय है गोपालन, तुम भी वही करने लगे। मन में बार-बार आता कि इस तेजस्वी पुरुष के तेजस्वी माता-पिता कौन होंगे। कम से कम माता तो कभी न कभी आयेगी..."

परन्तु कभी भी, कोई भी नहीं आया, मातृगुप्त, और फिर एक सुखद वार्ता... मैं इन्दुमती की माता हो गयी। यह बात उसे ज्ञात नहीं है, और कभी होगी भी नहीं।"

"फिर मेरा नाम मातृगुप्त किसने रखा?"

"मन्दसौर के मन्दिर में एक प्रवचनकार आये थे। सहज ही मैं तुम्हें भी ले गयी थी। हम दोनों को देखकर उन्होंने आश्चर्य से पूछा, "क्या यह पुत्र तुम्हारा ही है?" और हमने उन्हें सारा वृत्तान्त बता दिया। तब वे बोले, जिसकी माता गुप्त–ऐसा ये मातृगुप्त। और इस तरह तुम्हारा नामकरण हो गया–मातृगुप्त।"

कालिदास को यह सब याद आया। पुत्रवत पालन करने वाले ये धर्म-पिता और माता, परन्तु प्रत्यक्ष जन्मदात्री कौन? मन में यह विचार आया, और ऐसा भी हो सकता है इस बात पर विश्वास नहीं हुआ, परन्तु जब उसे विश्वास करना पड़ा, परिस्थिति समझ में आने पर उसे सूतपुत्र कर्ण का स्मरण हो आया। पाँच पाण्डवों की माता बनी कुन्ती, उसे राजसन्मान प्राप्त हुआ, प्रतिष्ठा भी मिली। शायद मेरी माता को भी मिली होगी। परन्तु, नहीं, वह केवल जन्मदात्री थी। कर्ण को अधिरथ पुत्र, सारथी पुत्र कहकर पग-पग पर उसकी अवहेलना की जाती थी। मेरे साथ ऐसा नहीं हुआ। मन में सुख का अनुभव हुआ।

"माते, तुम मुझे यह सब न बतातीं तो अच्छा होता। गोपालक के रूप में ही मैं सुखी था। कोई भी समस्या नहीं थी। परन्तु अब आप दोनों मुझे अनाथ करके काशी जा रहे हो, मैं अकेला ही रहूँगा ना?"

"पुत्र, तू अनाथ नहीं है, यह तुझे मालूम है। अपनी इच्छा पूरी करने के लिए हमें वृद्धत्व देखना पड़ा। तेरे कुमार आयु को प्राप्त करने तक इन्तज़ार करना पड़ा।"

"मैं रोकूँगा नहीं, माते, परन्तु सत्य बताकर तुमने मेरे मन में अनेक प्रश्न उपस्थित कर दिये हैं, यह सच है। आप निश्चिन्त मन से जाये। मैं अच्छा रहूँगा।"

"पुत्र यदि वृद्ध भी हो जाये, तो माता-पिता के लिए वह बालक की रहता है। हमारे घर जो लक्ष्मी आती है, वह तुम्हारे साथ रहेगी। वह भी तुम्हारे लिए माँ के समान है, यह तुम अनेक बार कह चुके हो ना!"

कालिदास ने अपने मन को कितना ही समझाया, परन्तु उसे यह प्रश्न सताता रहता कि मेरी माँ ने ऐसा क्यों किया होगा, और फिर पूरी रात वह बेचैन रहता।

'जिस माँ के पास अपने पुत्र का लालन-पालन करने का धैर्य ही नहीं है, उसने पुत्र को जन्म ही क्यों दिया? और वेत्रवती में प्रवाहित करने के स्थान पर किसी के तुलसी-वृन्दावन के पास क्यों छोड़ दिया? ऐसी कौन-सी मजबूरी रही होगी उसकी?'

और, विचार करते-करते उसका मन एक दिन स्वयं ही शान्त हो गया। वर्तमान का भान रखते हुए फिर से मित्रों के साथ मौज-मस्ती करने लगा। देखते-देखते छह मास बीत गये, मगर उसके माता-पिता वापस नहीं आये। आगे भी छह मास और बीते, परन्तु वे नहीं आये। अब उनके आने की आशा ही ख़त्म हो गयी। एक दिन घर आकर इन्दुमती बोली,

"बन्धु मातृगुप्त, अब सारी आशाएँ समाप्त हो गयीं हैं। मैं नहीं सोचती कि उनकी और अधिक प्रतीक्षा करने से कोई लाभ होगा। इसलिए तुम्हें लोक व्यवहार के अनुसार कार्य करना होगा। मेरे पति ने तुम्हारे लिए वधू-संशोधन आरम्भ कर दिया है। अकेले कब तक रहोगे? युवावस्था में प्रवेश कर रहे हो, पिता का गोधन है। सब कुछ बढ़िया है..."

मातृगुप्त दीर्घ काल तक मौन था। प्रथम माता-पिता–अज्ञात, दूसरे माता-पिता अज्ञात के मार्ग पर तो नहीं निकल गये, इस विचार से वह मन-ही-मन दुखी हो गया। परन्तु जब ग्रामवासियों के बीच काशी यात्रा को गये माता-पिता का उल्लेख होता, तो सब यही कहते कि 'अब उनके लौटने की उम्मीद नहीं बची।' उसका मन भी इस सत्य को स्वीकार करने के लिए तैयार हो चुका था।

इन्दुमती और उसके पति इन्द्रपाल उसे बार-बार समझाते और विवाह कर लेने पर जोर देते। अन्त में उसने कह दिया, "विदिशा जाकर आता हूँ, मित्र की भगिनी के ससुराल में। बाद में विवाह का देखेंगे।"

"अवश्य जाओ विदिशा। कौन जाने, तुम्हारे नसीब में राजा भोज की कन्या ही लिखी हो," इन्द्रपाल ने मज़ाक करते हुए कहा था।

"कुछ भी कहते हो!" इन्दुमती ने कहा था।

"इसमें असम्भव क्या है? नियति के मन में हो, तो तुम्हारे गले में तारों की माला भी पहना सकता हूँ," इन्द्रपाल हँसते हुए बोले थे।

अब मातृगुप्त भी मन-ही-मन विवाह के लिए तैयार हो रहा था। फिर भी विदिशा

का आकर्षण मन में था। अपना गोधन इन्दुमती के सुपुर्द करके उसने विदिशा नगरी में प्रवेश किया।

***

"मित्र..." अचानक कन्धे पर हस्तस्पर्श का अनुभव हुआ। मातृगुप्त ने पीछे मुड़कर देखा, और वह आश्चर्यचकित रह गया। विदिशा नगरी में सत्यपाल के सिवा उसे 'मित्र' कहकर सम्बोधित करने वाला कोई नहीं था। और सत्यपाल को अपनी भगिनी के साथ कहीं और जाना था, अत: वह अकेला ही विदिशा नगरी के रास्ते पर अचम्भित घूम रहा था और एक मन्दिर की भव्यता को निहारते हुए पल-भर को रुका, तभी इस स्पर्श का अनुभव हुआ। उसने अश्व से उतरते हुए युवक को देखा तो था, परन्तु वह इस तरह समीप आ जायेगा, यह उसने नहीं सोचा था।

"डरो नहीं, मित्र! मैं कुमारसेन, राजा भोज की राजसभा में मैं एक सदस्य हूँ।"

"परन्तु आपसे मेरा..."

"परिचय नहीं है, यही कहना चाहते हो ना? वह परिचय हो, इसलिए मैं बात कर रहा हूँ।"

"परन्तु आप...मेरा परिचय...सब कुछ अगम्य है...आप राजसभा से, मैं मन्दसौर- दशपुर का निवासी। आपका-मेरा परिचय भी नहीं है..."

"परिचय हो इसलिए।"

"परन्तु..."

"मित्र, मेरा परिचय है–कुमारसेन। मुझे अपना मित्र समझो। पिछले कुछ दिनों से नित्य तुम्हें देख रहा हूँ। समझ गया कि तुम यहाँ के नहीं हो।"

"ऐसा कैसे? क्या विदिशा के प्रत्येक व्यक्ति से आपका परिचय है?"

"नहीं। परन्तु पल-भर में ही मेरे अन्तरंग से तुम्हारा परिचय हो गया। तुम्हारा नाम पूछे बिना, कुल-गोत्र पूछे बिना।"

और अपने अश्व पर बिठाकर कुमारसेन उसे महामन्त्री के निवास पर ले आया।"

"वत्स, तुम्हारा परिचय?"

"मैं गोपालक, मातृगुप्त। कुलगोत्र वैसे ज्ञात नहीं है। मेरे माता-पिता काशीयात्रा को गये हैं, अद्याप वापस नहीं लौटे हैं, बस इतना ही है मेरा परिचय। मैं अपने मित्र, सत्यपाल के साथ विदिशा नगरी देखने आया हूँ।"

"वत्स, तुम्हें राजा भोज, उनकी लावण्यवती, प्रकाण्ड पण्डिता, विद्वत्वती कन्या के बारे में कुछ ज्ञात है?"

"नहीं, मैं ग्रामस्थ। मुझे ज्ञात हैं, महाराज भोज, उनकी अप्रतिम नगरी। बस, वही देखने आया हूँ।"

"कुमारसेन तुझे नगर के हर व्यक्ति से परिचित करवा देगा, स्थानों का परिचय करा देगा। राजसभा, राजप्रासाद, महाराज भोज के राजप्रासाद से भी परिचित करवा देगा।" "क्या विदिशा नगरी में प्रवेश करने वाले हर आगन्तुक को ऐसे दर्शन करवाने की विदिशा नगरी की रीत है?"

"वत्स," महामन्त्री पुत्रवत स्नेह से बोले, "किसी को विश्वास भी नहीं होगा कि तुम गोपालक हो। मुख पर तेज है, वाणी में सौजन्य है, चातुर्य है। सुदृढ़, सुन्दर हो। किसी उच्च विद्या विभूषित ब्राह्मणपुत्र के समान प्रतीत होते हो।"

"आप यहाँ तक मुझे किस प्रयोजन से लाये हैं, क्या जान सकता हूँ?"

"किसी भी तरह की कूटनीति नहीं करना है, तुम्हारे सहज, सरल जीवन में कोई हस्तक्षेप भी नहीं करना है.। ऐसा प्रतीत होता है कि तुम्हें देखकर कुमारसेन के मन में कोई आन्तरिक स्नेह भावना उत्पन्न हो गयी है, परन्तु मुझे भी तुम पुत्रवत् लगने लगे हो। तुम अपने घर जा सकते हो। परन्तु यदि इच्छा हो, तो कुमारसेन तुम्हें यहाँ के मन्दिर, यहाँ का राजप्रासाद दिखायेगा। अपने ग्राम वापस जाकर तुम इस सारे वैभव का वर्णन ग्रामवासियों के सामने कर सकते हो। तुम्हारे मुख से उन्हें भी विदिशा नगरी के दर्शन सहज ही हो जायेंगे। तुम्हें कल्पना तो होगी कि मन्दसौर, दशपुर ग्राम, अरण्य प्रदेश, और आगे भी दूर-दूर तक राजा भोज का साम्राज्य है।"

"क्या मैं उनके दर्शन कर सकता हूँ?" बालसुलभ उत्सुकता से उसके यह प्रश्न पूछते ही महामन्त्री के मुख पर समाधान प्रकट हुआ। उनका अन्तस्थ हेतु अब उन्हें सहज ही इच्छित मार्ग पर ले जायेगा, ऐसे शुभ चिह्न दिखाई दिये। कुमारसेन के मुख पर स्मित छा गया।

"क्यों नहीं? अपने राज्य का एक ग्रामीण युवक श्रद्धायुक्त अन्तःकरण से उनके दर्शनों के लिए आया है, इससे उन्हें प्रसन्नता ही होगी।"

"क्या मैं अपने मित्र, सत्यपाल को साथ ला सकता हूँ?"

"अवश्य...अवश्य लाओ।"

आनन्द की लहरों पर सवार होकर वह महामन्त्री विष्णुगुप्त के कक्ष से बाहर आया। कुमारसेन ने उसके साथ एक सेवक दिया था जो उसे सत्यपाल की भगिनी के घर तक छोड़ने वाला था।

अब, इस समय कालिदास को ऐसा प्रतीत हुआ कि वह क्षण ही अशुभ था। अन्यथा एक ग्रामीण युवक की विदिशा के महामन्त्री से मुलाक़ात हो, वह एक

सेवक के साथ उस युवक को घर भेजे, ऐसा क्या था उसमें? कोई सन्देह भी मन में नहीं आया। मनुष्य विचार शून्य हो जाये, ऐसा ही था वह प्रहार।

भूतकाल में गया हुआ उसका मन सजग हो गया। वह आश्रम में था और मधुरिका उसकी कुटी के पास वाले मौलसिरी के वृक्ष को पानी देने के लिए वहाँ आयी थी। उसे विचारमग्न देखकर वह बड़ी देर तक खड़ी रही। भूतकाल का पिशाच कालिदास के मन से उतरने के बाद उसका ध्यान मधुरिका की ओर गया, वह हँसी। धरती पर पड़े हुए मौलसिरी के कुछ पुष्प उसके हाथों में देकर वह बोली, "आपका चिन्तन किस बारे में था? कौन-सा शास्त्र आपको प्रिय है?"

मधुरिका के प्रश्न को उसने वैसा ही छोड़ दिया और मन-ही-मन बोला,

'मधुरिका, ये मौलसिरी के जो फूल तुमने दिये हैं, उनके पीछे की भावना मैं समझ गया हूँ। तुम्हारे मेरे आसपास रहने को मैंने अनुभव किया है। खिलती हुई कली की तरह तुम्हारा सुगन्धित होते जाना मैं देख रहा हूँ। परन्तु मैं ख़ूब अलिप्त हूँ। अपने ही कोष से मैं मुक्त नहीं हो सकता, तुमसे कुछ कह न पाऊँगा। परन्तु तुम्हारे इन मौलसिरी के पुष्पों को मैं मन के सप्तपाताल में चन्दन की कुप्पी में हमेशा सँजोकर रखूँगा। तुम मुझे रहने दो एकाकी। मेरे जीवन को यह अभिशाप मिला है। वह मुझे ही भोगना है। अपनी वेदना तुमसे कैसे कहूँ...केवल स्त्री ही परित्यक्ता नहीं होती, पुरुष भी परित्यक्त होता है। सीमाएँ भी उसे दूर रखती हैं।

एक स्त्री द्वारा अपमानित यह कालिदास तुम्हें कैसे न्याय दे सकता है? तुम्हारी भावनाओं को मैं समझता हूँ...प्रणय भावनाओं को। तुम्हारे संकेत, मुझे मोहवश करने वाले तुम्हारे अस्तित्व को मुझे नकारना होगा।

मुझे मालूम है कि शाप देने वाला भी कभी मुक्त नहीं हो सकता। वह भी इस वेदना में अपना जीवन व्यतीत कर रही होगी। ऐसी शापवाणी का उच्चारण करके उसे भी मुक्तता नहीं है।

जाओ, मधुरिका, मुझे रहने दो एकाकी...रहने ही दो मुझे एकाकी। आज भी मेरे मन में तीव्र शल्य है। प्रणय के सपनों को सीमापार होने का अपमानित शाप। नहीं मधुरिका, कम से कम आज मैं भूल नहीं पाऊँगा। अपने असत्य पर मैं स्वयं ही लज्जित हूँ। यह मेरे पौरुष को लगा हुआ कलंक है। यह कलंक कभी भी मिट नहीं सकता। अश्वत्थामा के बहते हुए व्रण जैसा वह हमेशा हृदय में ही रहेगा।

मन में एक प्रतिशोध भी है, एक संकल्प भी है, स्वयं को सिद्ध करने का।

मन में एक मोह है–वेदवती के सामने जाकर स्वयं को प्रदर्शित करने का। ख़ुद ही प्रदर्शित करने का।

मधुरिका, अभी तो मेरे जीवन का यही प्रयोजन है। कल तक मैं अपने जीवन के प्रयोजन के बारे में सशंक था। इस क्षण मैंने अपने आप को खोज लिया है। मेरे जीवन का प्रयोजन निश्चित हो गया है। वास्तव में, इस क्षण मैं तुम्हारा ऋणी हूँ, मधुरिका।'

कालिदास को आत्ममग्न देखकर मधुरिका का जी चाहा कि उसके कन्धे को स्पर्श करके उसे जाग्रत करे। परन्तु वैसा कुछ न करते हुए उसने पूछ लिया :

"कालिदास आप किन विचारों में खो गये? मेरे पूछे हुए किसी भी प्रश्न का उत्तर आपने नहीं दिया। मैं इसका अर्थ क्या समझूँ?"

"मधुरिका, मैंने तुम्हारी उपेक्षा नहीं की, वंचना भी नहीं करूँगा। वर्तमान में अपने ज्ञानार्जन के सन्दर्भ में मैं विविध शास्त्रों का अध्ययन और उन पर चिन्तन करता हूँ और वही मुझे भविष्य की ओर ले जाने वाला मार्ग है। ज्ञानार्जन के अतिरिक्त अभी मेरे जीवन का कोई अन्य प्रयोजन नहीं है।

"तुम गुणवती, ज्ञानवती हो, ईश्वर ने तुम्हें सभी स्त्रीसुलभ गुण प्रदान किये हैं। तुम जिस भी वातावरण में जाओगी, उसे तुम सहज, प्रसन्न मन से स्वीकार करके सबको आनन्द प्रदान करोगी, ऐसा मेरा विश्वास है। देवी सरस्वती तुम्हारे लिए वर-संशोधन कर रही हैं, तुम्हारे जैसी गुणवती को वह निश्चित ही प्राप्त होगा।

एक ही बात पूछना है, बल्कि अपेक्षा करता हूँ कि फिर कभी मिलेंगे, तो मुझे अपना एक हितचिन्तक समझ कर मुझसे बात करोगी ना?"

अकस्मात आये झंझावात से वृक्ष से सारे पुष्प गिर जायें, अकस्मात मेघ गर्जना के साथ बारिश आये और सब कुछ समाप्त कर दे, वैसा हुआ। सागर की लहरें अकस्मात आकर सारी धरती जलमय कर दें, वैसा हुआ। आकाश फट गया, धरती दुभंगित हो गयी। मन के नक्षत्रों का आकाश ही उसके ऊपर टूट पड़ा और हर दिशा में अकस्मात अन्धेरा छा गया।

कुछ देर वह खड़ी रही, और उत्तरीय से नेत्रों से कपोलों पर बहते अश्रुओं को पोंछते हुए निकल गयी। एक भी शब्द कहे बिना। तब कालिदास को प्रतीत हुआ कि उसके हाथ से एक कोमल मन की हत्या हो गयी है। मैं अपराधी हूँ–मधुरिका का भी।

ज़िन्दगी ने अब मुझे कुछ समझ दी है। चेतना कुछ प्रगल्भ हुई है। ज्ञान से संयत और संयमी हुआ हूँ। किसी कालिका को मोहवश होने देना अभी मुझे मान्य नहीं है।

कुछ समय वह रहेगी व्यथित, सँवारती रहेगी प्रेमवीणा के टूटे तारों को, परन्तु भविष्य में उसी वीणा से प्रेमगीतों के सुन्दर झंकार गूँजेंगे।

क्या मेरा जीवन अपराध करने के लिए ही है? एक माता जन्म देकर छोड़ देती है, दूसरी माता गीली मिट्टी का घट बनाकर उसे आकार देती है, नाम देती है, जीवन का भान देती है और निकल जाती है। तीसरी माता ज्ञान देती है, प्रकाश देती है, समृद्ध जीवन का मार्ग दर्शाती है, प्रतिष्ठा देती है, और मैं यहाँ से जाने के सपने देखने लगता हूँ। ऐसा क्यों होता है? बार-बार?

शायद भविष्य के मार्ग को उज्ज्वल बनाने के लिए हो यह यात्रा। अज्ञान से ज्ञान की ओर, अन्धकार से प्रकाश की ओर, आशयघन अर्थ की ओर। घोर अमावस्या के आते ही अनायास ही प्रकाश के चरण सम्मुख आ जाते हैं, उसी प्रकार जीवन को नया आयाम, नया अर्थ प्राप्त होगा।

अब ज्ञानसमृद्ध वेदवती के पास जाना चाहिए, और प्रत्यक्ष जाकर कहना चाहिए, "देवी वेदवती, आप विद्योत्तमा, विद्वत्वती हैं। आपने साधना करके सारा ज्ञान प्राप्त कर लिया है। हमें भी ज्ञान का श्रेष्ठत्व समझ में आने लगा है, हम भी साधना करके आये हैं।

अब आमन्त्रित करें विद्वतजनों को, शास्त्रज्ञों को और हो जाने दें शास्त्रार्थ सभा। उसमें जय-पराजय नहीं होगी, स्वयंवर की वह 'शर्त' नहीं होगी। ज्ञान का 'अहम्' न होगा। प्रशस्त मार्ग होगा विचारों का। उसमें प्रशस्त मार्ग होगा ज्ञान-विज्ञान का, इतिहास का, संशोधन का, उसमें होगा अनुसरण प्रसिद्ध विचारकों का, वर्तमान से रिश्ता रखते हुए शोध होगा भविष्य का।

वेदवती, यह प्रिय नाम मैंने ही तुम्हें दिया था, परन्तु उस प्रिय नाम को मन ही में रखकर मैं कहूँगा, देवी वेदवती, आप शास्त्रार्थ का आयोजन अवश्य कीजिए। हम आयेंगे "अस्ति कश्चित् वाग्विशेष:?" का उत्तर देने।

कालिदास ने मन-ही-मन प्रसन्न स्मित किया। उसका हास्य चहुँ ओर फैल गया और निरभ्र आकाश में उदित हो रहे नक्षत्र नृत्य कर उठे।

***

आश्रम परिसर के निसर्गरम्य वातावरण में गुरुकुल से ज्ञानार्जन करने वाले और बारह वर्षों तक ब्रह्मचर्य का पालन करके, ज्ञान सम्पादन करने के पश्चात अपने-अपने घरों को जाने वाले विद्यार्थियों का आज दीक्षान्त समारोह था। इस आनन्द में विद्यार्थी रात भर जागे हुए थे। कल से उन्हें वापस जाना था, इसका आनन्द, और

बारह वर्ष एक-दूसरे के साथ व्यतीत करने के बाद होने वाले विरह का दु:ख दोनों भावनाएँ अनावर थीं, मगर भविष्य का बहुरंगी क्षितिज उन्हें बुला रहा था।

प्रात:काल के उपरान्त का सुरम्य समय, पक्षियों के आकाश में उड़ान भरने का संकेत, अविरल बहने वाला सुखद समीर और सद्य:स्नात अधीर, उत्सुक, प्रसन्न विद्यार्थी।

कालिदास रात भर जाग रहा था। कुटी-कुटी से आ रही हास्य-लहरियाँ, संवेदनशील स्वर, विदाई के स्वर और भविष्य का शोध लेने वाले आत्मविश्वासी स्वर उसने स्वयं परिसर में भ्रमण करते हुए सुने थे। विद्यार्थियों को ज्ञान का प्रमाण-पत्र मिलने वाला था, अपने घर जाने की अनुमति मिलने वाली थी। उनके पास भविष्य के सुन्दर स्वप्न थे, विवाह करने का स्वप्न भी था।

व्यथित कालिदास कुटी में वापस आया, वह चाहता था कि यह अँधेरी रात कभी समाप्त ही न हो। मेरा विवाह हो चुका है, इसकी यहाँ किसी को भी कल्पना ही नहीं है। उसी प्रकार मेरा कुल-गोत्र भी अज्ञात है। ऐसा कोई भी नहीं, जो अपना हो। जब अपने ही दूर हो जाते हैं, तो जीवन में बचता ही क्या है? और मेरा घर है ही कहाँ, जहाँ मैं प्रसन्नतापूर्वक वापस जा सकूँ?

चाहे कितनी ही गहरी हो, परन्तु रात तो समाप्त होती ही है। रातभर जागने के उपरान्त भी विद्यार्थी प्रात:काल से पूर्व ही शुचिर्भूत होकर आये थे। उनके मुख पर अतीव आनन्द था।

और वह क्षण आ पहुँचा। देवी सरस्वती तथा अन्य ज्ञानवती देवियाँ वहाँ उपस्थित थीं। इस दीक्षान्त समारोह में चम्पा साम्राज्य के सर्वेसर्वा जयवर्मन आये थे।

जब देवी मीनाक्षी उन्हें लेकर वटवृक्ष के नीचे सजे व्यासपीठ पर आयीं, तो पूर्वी क्षितिज पर सूर्य प्रकट हो गया था। उनका परिचय देते हुए देवी कलावती ने कहा, "चम्पानगर का साम्राज्य प्राचीन है। महाभारत में वर्णित चम्पानगरी और समुद्र मार्ग से वाल्मीकि लोगों द्वारा बसाया गया चम्पानगर। सर्वश्रेष्ठ भद्रवर्मन द्वारा बसाये गये नागरों के नाम हैं–इन्द्रपुर, अमरावती, विजय, कौठर, पाण्डुरंग। उसी नगर के साम्प्रत महाराज विजयवर्मन के सुपुत्र जयवर्मन आज यहाँ उपस्थित हैं। समुद्र मार्ग से वे आज यहाँ इस दीक्षान्त समारोह के लिए पधारे हैं।"

सरस्वती देवी ने आश्रम और गुरुकुल के विद्यार्थियों के बारे में और हर छह साल बाद आयोजित होने वाले दीक्षान्त समारोह के बारे में विस्तार से बताया। जयवर्मन के बारे में उन्होंने बताया,

"शक संवत्सर आरम्भ होने के अनेक वर्ष पूर्व विविवत सगर नामक राजा

ने चम्पानगर का निर्माण किया था। इतनी प्राचीन संस्कृति के उपासक, कुलवंशज आज यहाँ उपस्थित हैं, महाराज चन्द्रगुप्त के कारण। अब मैं उन्हें अपना मनोगत व्यक्त करने के लिए आमन्त्रित करती हूँ।"

महाराज जयवर्मन मुस्कुराते हुए उठे और विद्यार्थी-सभा को सम्बोधित करते हुए बोले : "देवी सरस्वती और ज्ञानदान करने वाली अन्य तपस्विनी! ज्ञानदायिनी एवं अरण्य के मध्य अनेक स्त्रियों को एकत्रित करके निर्मित यह आश्रम एवं गुरुकुल स्त्री शक्ति का महान मंगल प्रतीक है। हम यहाँ आये हैं भारत देश के दर्शन करने। भारतीय संस्कृति की जड़ें जिस देश में हैं उसके दर्शन करने। हम धन्य हो गये। हमने भारत की चारों दिशाओं में भ्रमण किया, यहाँ अनेक धर्मों और संस्कृतियों को एकत्र देखा। और हमें यह भी अनुभव हुआ कि भारतीय सनातन आर्य संस्कृति ने अन्य धर्मों-संस्कृतियों को उदार मन से अपने हृदय में स्थान दिया है।

वेदविद्या के मूल स्थान भारत के हृदयस्थल में देववाणी है। उस देववाणी में भव्य हिमालय, सरसरिता, वन-अरण्य, तीन महासागर हैं। शैव, वैष्णव, सांख्य, गाणपत्य, वामाचारी, कापालिक, शाक्त सभी को आशीर्वाद देने की सामर्थ्य है। ऐसी देववाणी का सन्मान करते हुए, भारत भूमि का सन्मान करते हुए जब हम अपने नगर वापस जायेंगे, तो अनुभव से काफ़ी समृद्ध हो चुके होंगे।

विद्यार्थी वत्सों! यही संस्कृति तुम भी अपने घर ले जाने वाले हो। सहृदयता, जीवन का सौन्दर्य, परस्पर सम्मान, सहिष्णुता एवं स्व-साम्राज्य का अभिमान, मातृभूमि का अभिमान, ज्ञान देने वाले गुरु का अभिमान। जिस देश में तुम्हारा जन्म हुआ, जिन वैदिक ऋषि-मुनियों के आशीर्वाद लेते हुए तुम सज्ञान हुए हो, उस काल का विस्मरण न होने पाये। यह सुवर्णकाल जीवन में दुबारा आने वाला नहीं है, इसे हृदय की चन्दन कुप्पी में सँभाल कर रखना, बस इतना ही।

महाराज चन्द्रगुप्त की राजसभा में 'सरस्वती गुरुकुल' के बारे में सुना, संयोगवश देवी सरस्वती स्वयं वहाँ पधारी हुई थीं, उनका निमन्त्रण हमारे लिए कितने सौभाग्य की बात है, यह यहाँ आकर समझ में आया। शान्त, निवांत, एकान्त ऐसे अरण्य में सुनाई देती होंगी आश्रम के गोधन की घण्टियाँ, पक्षियों की किलबिलाहट और आप सबके मुखों से आती अभिमन्त्रित ध्वनि। आश्रम के निकट वेत्रवती का विस्तीर्ण पात्र, और अरण्य मार्ग से आने वाले पथ भी यहाँ आकर रुक जायें। राजा भी यहाँ विनम्र हो जाये, रसिक मुग्ध हो जाये, चित्रकार मोहित हो जायें, ऐसा नयनरम्य रूप है आश्रम का!"

महाराज जयवर्मन ने इतना कहकर विद्यार्थियों को दस-दस सुवर्ण मुद्राएँ और

आशीर्वाद दिये। उनमें अन्तिम विद्यार्थी था कालिदास। महाराज उसे सुवर्ण मुद्राएँ प्रदान करते, तभी देवी सरस्वती ने कहा :

"महाराज, यह सरस्वती पुत्र है। अनेक वर्ष सुदूर रहने के कारण वह ज्ञानार्जन नहीं कर पाया। फिर भी इन पाँच वर्षों में आयुर्वेद, योग, व्याकरण, नाट्य शास्त्र, दर्शन, संहिता और वेदों का अध्ययन कर यह परिपूर्ण हो गया है। यह अपने ही घर पर है, आप इसका सम्मान करें।"

बोलते समय महाराज जयवर्मन की दृष्टि बार-बार कालिदास की छवि पर जा ही रही थी। असामान्य रूप सौन्दर्य और सुन्दर देहयष्टि; मुख पर झलकता पाण्डित्य का विलोभनीय तेज। यह कौन होगा? मन में बार-बार उठने वाला प्रश्न अब सहज ही समाप्त हो गया था।

'यह सरस्वती माता का पुत्र...अर्थात वे कुमारी माता?...' उनके मन में उठ रहे प्रश्न को कालिदास ने अचूक पहचान लिया। सुवर्ण मुद्रा लेकर आभार प्रदर्शित करते हुए वह बोला, "महाराज, सरस्वती देवी के लिए सभी विद्यार्थी पुत्रवत्त हैं। यहाँ सभी सरस्वती पुत्र हैं, परन्तु यदि माता ने मन:पूर्वक मुझे 'सरस्वती पुत्र' कहा हो, तो साक्षात देवी सरस्वती प्रकट हुई हैं, ऐसा ही कहना होगा।"

कालिदास ने इसके आगे कुछ नहीं कहा। दिन-भर विद्यार्थियों के पालकों का आना-जाना लगा था। सभी विद्यार्थी प्रसन्न मन से स्वगृहों को जा रहे थे। 'मेरा स्वगृह कौन-सा है?' इस प्रश्न से कालिदास अस्वस्थ हो गया था। मध्याह्न में राजा जयवर्मन ने कहा, "पुत्र, सम्भव हो तो तुम चम्पा का साम्राज्य देखने के लिए आओ। वह साम्राज्य सम्राट समुद्रगुप्त के, या सम्राट चन्द्रगुप्त ने अभी जो साम्राज्य विस्तारित किया है, वैसा भी नहीं; 'साम्राज्य' शब्द भी उसके लिए उपयुक्त नहीं है, परन्तु जितना भूभाग है, वह हमारे लिए स्वर्ग से भी अधिक प्रिय है।"

सन्ध्या छायाएँ आश्रम की भूमि से वृक्षों के ऊपर पहुँचकर स्थिर हो गयीं। दिन भर की यात्रा से थके हुए रश्मिरथी अपने अश्व रज्जुओं को सँभालते हुए विश्राम हेतु सन्ध्या के प्रासाद की ओर त्वरा से जा रहे थे।

"कहाँ जाऊँ या यहीं रह जाऊँ?"

अगर यहाँ रहा तो देवी सरस्वती को आनन्द होगा, ज्ञानदान भी कर सकूँगा, किसी भी प्रकार का संघर्ष ही नहीं रहेगा या विदिशा वापस जाऊँ? वेदवती क्या करती होगी, किस प्रकार जीवन व्यतीत कर रही होगी, जाकर यह देखूँ क्या? या पर्यटन के लिए निकल जाऊँ? जिसका वर्णन अभी महाराज जयवर्मन ने किया वह चंपानगर देखने महाराज के साथ जाऊँ?'

और अकस्मात उसे महाराज चन्द्रगुप्त के निमन्त्रण का स्मरण हो आया। मन में यह विचार आते ही उसने यही निश्चय कर लिया। परन्तु पहले देश पर्यटन या उज्जयिनी–इस पर विचार न करते हुए यहाँ से जाऊँ? अपने निर्णय से उसे प्रसन्नता का अनुभव हुआ।

रात-भर वह विचार करता रहा। मैं दूर से ही सही, वेशान्तर करके ही सही, विदिशा जाकर वेदवती को देखूँगा। यदि पिछले पाँच वर्षों में उसने विवाह कर लिया हो तो अति उत्तम। कम से कम सुन्दर, योग्य पुरुष से ही किया होगा। उसके भीतर इतनी सामर्थ्य है कि वह भाग्य बदल सकती है। नियति ने एक बार उसे विवेक-विचारहीन करके उसके भीतर अहम् को जगाया। परन्तु अब उसे ज्ञान प्राप्त हो ही गया होगा। यदि उसने विवाह कर लिया होगा, तो मैं भी कर लूँगा, देवी सरस्वती की साक्षी से करूँगा, शायद मधुरिका से भी कर लूँ।

और वह मन-ही-मन प्रसन्नता से हँसा। प्रात:काल की प्रतीक्षा करती रात समाप्त हो गयी थी।

***

"माते...," नेत्र मूँदकर ध्यानस्थ बैठी देवी सरस्वती को कालिदास ने पुकारा। उन्होंने नेत्र खोले, वे प्रसन्नता से हँसी। प्रौढ़त्व की ओर झुकती हुई वे मूर्तिमन्त सरस्वती प्रतीत हो रही थीं। वैसे ही नेत्र, वैसी ही सहनशीलता, वैसी ही सुमधुर झंकृत वाणी। वह विनम्र हो गया।

"कुछ चाहिए, वत्स?"

"अनुमति। माते, तुम्हारी अनुमति।"

"वह तो सहर्ष है।"

"परन्तु, किस बात की अनुमति, यह पूछे बिना ही तुमने मुझे आशीर्वाद भी दे दिया?"

"युवा पुत्र को आस होती है विवाह की। परन्तु शायद तुम्हारा प्रेम-भंग हुआ है। यदि फिर से विवाह करने की मन:स्थिति में होते, तो निश्चित ही उस मधुरिका से बात की होती। सत्य है ना, वत्स?"

"परन्तु तुम्हें यह कैसे ज्ञात हुआ?"

"पुत्र के मन में क्या चल रहा है, यह माता के मन को सहज ही ज्ञात हो जाता है।"

"परन्तु..."

"जब तुम्हारी कविता सुनी थी, तभी मैं समझ गयी थी। अस्तु! परन्तु माता हूँ, इसलिए कहना चाहती हूँ। यौवनावस्था में पदार्पण करने वाले हर व्यक्ति को सहचारिणी की आवश्यकता होती है। यह एक नैसर्गिक भावना है। उसका अनादर न करो। विरक्त मत होना।"

"माते..."

गत जीवन का सन्दर्भ मुझे नहीं पूछना है। परन्तु जब से तुम आये हो, मेरा परिचय हुआ है मौन व्यथा से। आन्तरिक वेदना से। आज तुम्हारा यहाँ से जाने को मन कर रहा है, अवश्य जाओ, वत्स! सारे मार्ग, सारी दिशाएँ तुम्हारे लिए हैं। सभी कलाओं से समृद्ध हो, शास्त्रज्ञान से सम्पन्न हो। अब तुम्हें कहीं भी किसी न्यूनता का अनुभव नहीं होगा। परन्तु विवाह अवश्य करना, वत्स! विरह में जीवन न बिताओ।"

"माते, यह एकमेव निर्णय मेरे हाथ में रहने दो, इतना ही माँगूँ तो?"

"पूछना तो नहीं चाहती थी, परन्तु ऐसा क्यों, वत्स?"

"मुझसे अपराध हुआ है, एक भाग्यवती को अभागी करने का। उसका दण्ड नियति मुझे दे, इससे पूर्व क्या मुझे स्वयं को दण्डित नहीं करना चाहिए? क्या अन्याय और असत्य को दण्ड नहीं मिलना चाहिए?"

"परन्तु ऐसा हुआ क्या है? यदि तुम्हें कहने में अप्रिय लगता हो, तो रहने दो।"

कालिदास ने सत्य कथन कर दिया, इससे उसका मन हल्का हो गया।

"सत्य है, वत्स! तुम्हारे हाथ से एक विद्वत्वती का अपमान हुआ है, तुम्हारा हेतु शुद्ध होते हुए भी।"

"सत्य कहता हूँ, माते, कुमारसेन एवं विष्णु गुप्तदास उस दिन मुझे राजप्रासाद में ले गये। उस वैभव को देखकर मेरे नेत्र विस्फारित हो गये, मैं चकित हो गया, भावविभोर हो गया। परन्तु मन में किंचित भी अभिलाषा न थी। मेरे देश का राजा कितना वैभवसम्पन्न है, इसका सिर्फ़ वर्णन ही मैंने सुना था। प्रत्यक्ष देखते हुए अनदेखे राजा भोज के कार्य-कर्तृत्व का आलेख ही मैंने पढ़ लिया।"

"आगे?"

"उस समय कुमारसेन ने कहा, 'मित्र! राजा भोज अत्यन्त अस्वस्थ हैं। चिन्ता-व्याधि ने उन्हें जर्जर कर दिया है। कार्यतत्पर रहने वाले महाराज अब भोज नगरी की ओर भी ध्यान नहीं देते। ऐसी परिस्थिति में विदेशी आक्रमण की सम्भावना को नकारा नहीं जा सकता। अन्तर्गत सुरक्षा और बाह्य सीमा सुरक्षा की ओर महाराज बिल्कुल ध्यान नहीं दे रहे हैं।"

"परन्तु, ऐसा क्यों?"

"वही व्यथा। अर्थात चिता से भी अधिक दाहक ऐसी चिन्ता महाराज को सता रही है। अत्यन्त चिन्ताग्रस्त होने के कारण उन्हें किसी भी बात में रस नहीं है।"

"महाराज को चिन्ता राष्ट्र की होती है, उन्हें स्वयं की भी चिन्ता होती हैं, यह पहली बार सुन रहा हूँ।"

"मित्र, राजा होने पर भी वे किसी के पिता, किसी के पति एवं किसी के पुत्र तो हैं ही ना?"

"ये तो मेरे ध्यान ही में नहीं आया," कहते-कहते कालिदास रुक गया।

देवी सरस्वती सुन रही थीं। आम तौर से स्थितप्रज्ञ रहने वाली देवी सरस्वती कालिदास की कथा सुनते हुए उसके साथ एकरूप हो गयी थीं।

"आगे क्या हुआ?" उन्होंने उत्सुकता से पूछा।

महाराज को चिन्ता थी अपनी विद्योत्तमा, विद्वत्वती कन्या के विवाह की। वह सुन्दर, अस्त्र-शस्त्र निपुण, सभी शास्त्रों में पारंगत थी। उसने 'शर्त' रखी थी कि जो कोई उसे शास्त्रार्थ में पराजित करेगा, उसी से वह विवाह करेगी।"

"स्वयंवर की 'शर्त' उचित ही थी।"

"परन्तु अनेक पण्डित, वीर योद्धा, ऋषि-मुनि आकर चले गये, वे उससे पराजित हो गये। विवाह के बारे में आरम्भिक उत्साह धीरे-धीरे कम होने लगा और चिन्ता का प्रमाण हौले-हौले बढ़ने लगा।"

"परन्तु तुम्हें यह सब बताने का प्रयोजन क्या था? तुम तो अज्ञानी, ग्रामस्थ थे।"

"माते, पुरुष का सौन्दर्य भी घातक हो सकता है, इसका एकमेव उदाहरण कदाचित मैं हूँ।"

"ऐसा क्यों कहते हो वत्स! शिवशंकर का लावण्य, विष्णुदेव की सात्विकता, रसिकता और ब्रह्मदेव की रसिकता तुम्हारे पास है।"

"ये वर्तमान स्थिति में...उस समय मैं केवल एक सुन्दर, सुदृढ़ युवक था। भोज राजा के सुख के लिए और राज्य के हित के लिए, रूपगर्विता, ज्ञानगर्विता के 'अहम्' का नाश करने के लिए उन सबने याचक बनकर विनती की। उनका अपराध नहीं था। राजा और राज्य के लिए किसी न किसी की बलि तो चढ़ानी ही थी। मुझे दण्ड मिलेगा, यह भय भी था ही। परन्तु राज्य के लिए देहदान करने के उच्च विचार से मैं प्रभावित हो गया।

दस पण्डित–मेरे शिष्य और मैं–ब्रह्मज्ञानी। दसों के मन में यही भावना थी–राजा एवं राज्य के हित की। और नियति ने ही उसे पराजित किया। उसे विस्मरण हो गया, प्रश्न में ही वह उलझी रही। और, मेरी विजय हुई, माते!"

"असत्य पर आधारित होते हुए भी तुम्हारा तथा औरों का उद्‌देश्य उत्तम ही था। यह निर्विवाद सत्य है।"

उसने फिर आगे–प्रथम रात्रि का प्रसंग सुनाकर कहा, "माते, अब उसके 'अस्ति कश्चित् वाग्विशेष:?' का उत्तर मैं दे सकूँगा।"

"वत्स, शायद तुम मान्य न करो, परन्तु कहती हूँ। शास्त्राभ्यास से तुम सिद्ध हो गये हो, यह सत्य है, परन्तु प्रत्येक शास्त्र का अनुभव है जीवन की कसौटी। वह अनुभव प्राप्त करके, प्रौढ़-प्रगल्भ होकर तुम उससे मिलो। वह भी शायद तुम्हारे आगमन की प्रतीक्षा कर रही होगी। अद्यापि वह समय नहीं आया है। अर्थात तुम मुझसे सहमत हो, ऐसा आग्रह नहीं है, वत्स।

शास्त्रों के सन्दर्भ ग्रन्थों में होते हैं। परन्तु जब वे जीवन में अर्थ लेकर आयेंगे, तभी जीवन में परिपूर्णता आती है। तुम परिपूर्ण पुरुष बनकर उसके पास जाओ। पुरुष को भी स्वयंसिद्ध होना ही पड़ता है। तभी स्त्री उसका सन्मान और सत्कार करती है। विचार करो, तभी अपनी दिशा निश्चित करो। मेरा आशीर्वाद हमेशा तुम्हारे साथ ही रहेगा, वत्स!"

"माते, एक प्रश्न पूछने का अनेक बार मन हुआ। यहाँ उपस्थित सभी स्त्रियाँ ब्रह्मचारिणी हैं, क्या तुम भी वैसी ही हो?"

कुछ क्षण वह स्तब्ध रही। शायद वर्म पर घाव लगा था। कालिदास भी मौन था। आश्रम परिसर में शाम उतर आयी थी। वातावरण धूसर था। मन अस्वस्थ थे। आख़िर कालिदास ने कहा,

"माते, क्षमा करो। परन्तु यहाँ से जाने से पूर्व मन में उठ रहा प्रश्न पूछ लिया। रहने दो।"

"वत्स, काल प्रवाह में जो प्रवाहित हो गया, वह अब वापस तो नहीं आयेगा। अब सन्दर्भों की आवश्यकता ही क्या है?"

कालिदास उसके चरणों में नत मस्तक हुआ। उसके मन की अधीर उत्सुकता मौन होते हुए भी, उसे छू गयी। उसे याद आया, वह बोली :

"उज्जयिनी के समीप एक ग्राम नें हमारा परिवार था। वृद्ध श्वसुर, पति के दो भाई और एक बालक, कुमार आयु की सीमा पर। हम सब विदिशा नगरी के शिव मन्दिर के दर्शनों के लिए आये। वेत्रवती के किनारे पर खड़ी नौका में बैठे, नौका विहार के लिए। और अचानक आये झंझावात से नौका की दिशा बदल गयी और नौका में एक छेद है यह ध्यान में आया। परन्तु अब कोई पर्याय नहीं था। अन्त में जिद्‌दी लहरों पर सवार नौका और अधिक हिचकोले खाने लगी। दिशाग्रस्त नौका। हम सब भयभीत हो गये।

किसी को भी पता न चला कि नौका का छेद कब बड़ा हो गया, और नौका डूब गयी। कोई कहाँ, कोई कहाँ...पता ही नहीं चला। आज पच्चीस वर्ष बीत गये, कोई भी नहीं मिला।

मैं, जहाँ तुम पड़े थे, वहीं, वैसी ही पड़ी थी। अरण्य के आदिवासियों ने मेरी सहायता की। आगे चलकर यह आश्रम स्थापित किया। ऐसा कोई था ही नहीं जिससे जाकर मिल सकूँ। इन आदिवासियों की सहायता से ही राजा भोज तथा महाराज चन्द्रगुप्त का सहकार्य भी प्राप्त हुआ।

अब यह आश्रम और गुरुकुल ही जीवन का आधार है। तुम यहाँ से जा रहे हो, फिर कभी वापस भी आना। मैं तुम्हारी प्रतीक्षा करती रहूँगी।"

बोलते-बोलते वह उठी तब शाम गहरी हो गयी थी। कालिदास बड़ी देर तक उस अँधेरे में बैठा रहा। अँधेरे को छेद कर जाने वाले प्रकाश मार्ग पर उसे जाना था। विदिशा जाकर विद्धत्वती के सामने खड़े होना था। शास्त्रार्थ में पराजित भी हुआ तो कोई बात नहीं, मगर शास्त्रार्थ करने की योग्यता भी प्राप्त कर ली थी, यह सिद्ध करना था। 'आख़िरकार मुझमें भी 'अहम्'? मन में प्रतिशोध की भावना है? विद्यार्जन करके क्या मुझे यही प्राप्त हुआ है?'

'नहीं, विदिशा में वेदवती के पास नहीं जाना है। और यदि वास्तव में मन के ऊपर संयम है, तो उसके प्रति जो अनुकम्पा है, 'उसका विवाह हुआ अथवा नहीं?' मन को सदा व्यथित करने वाला जो प्रश्न है, उसका समाधान ढूँढ़ना है। कल को किसी नगर में जाने पर अनेक वधुपिता मेरे पास आयेंगे। क्या कहूँगा उनसे? 'मैं वह मातृगुप्त हूँ, जिसने असत्य का सहारा लेकर राजा भोज की कन्या से विवाह किया था? नहीं...नहीं...ऐसा नहीं होना चाहिए। पहले मुझे उसके बारे में जानना चाहिए।

'क्यों जानना है? पुनर्विवाह अद्यापि समाज में प्रचलित नहीं है। राजरीति के अनुसार अभी तक ऐसा किसी ने किया नहीं है। तुम याद करो, क्या एक भी स्त्री ने ऐसा किया है?'

मन के इस प्रश्न ने उसे स्वयं ही विचारमग्न कर दिया। 'तो फिर वह क्या कर रही होगी? विवाह हुआ इसलिए–सुहागन, और पति ने त्याग कर दिया इसलिए–परित्यक्ता?'

'परन्तु, मैंने कहाँ उसका त्याग किया?'

'नगर की प्रजा तो यह नहीं जानती! वे तो इसी समाज रीति को जानते हैं कि पति पत्नी का त्याग करता है। श्रीराम ने किया, गौतम ऋषि ने किया। परन्तु पत्नी

ने पति का त्याग किया हो, ऐसे उदाहरण नहीं मिलते। फिर, मैं प्रकाण्ड पण्डित... इसलिए तो उसने मुझसे विवाह किया था ना?'

मन की इस उधेड़बुन में रात समाप्त हो गयी। बचे हुए विद्यार्थी नित्य नियमित उच्च स्वर में वेद पठन कर रहे थे। कालिदास का मन अस्वस्थ था। वह वेत्रवती की ओर निकला, मन की सारी अस्वस्थता को उसके जलप्रवाह में विसर्जित करने के लिए।

शुचिर्भूत होने के बाद उसने उस अरण्य को, आश्रम परिसर को और देवी सरस्वती को मन-ही-मन प्रणाम किया और मन-ही-मन उन्हें सम्बोधित करते हुए बोला, "माते, सरस्वती देवी, जब तुम्हारे पास आया था, तो मैं सम्भ्रमित था, व्यथित था और अज्ञ था। वेत्रवती के प्रवाह में बहते हुए मैं यहाँ आया था। किसी भी प्रयोजन के बिना अपना सन्दर्भहीन जीवन लेकर आया था। यहाँ आकर मेरे जीवन को अर्थ प्राप्त हुआ।

माते, तुमने मुझ पर पुत्रवत माया की, तुम्हें बताये बिना जा रहा हूँ। तुम्हारे सम्मुख आया तो विदा लेना सम्भव न हो पायेगा। मैंने भोजन किया कि नहीं, मैं अपनी शैया पर सोया या नहीं, अगर कभी मेरा मन व्यथित होता तो कितनी नयी-नयी कथाएँ सुनाकर मुझे ऊर्जा प्रदान की। ?

माते, इस वेत्रवती के तट पर कितनी ही बार तुमने सूर्योदय के बारे में बात की, कभी अस्त होते हुए सूर्य के बारे में बताया। जीवन किस प्रकार सदा प्रवाहित होते रहना चाहिए इस बारे में वेत्रवती के किनारे पर बताया। अरण्य से बहते हुए सुखद समीर के बारे में बताया, वृक्ष-लताओं, पर्ण-पुष्पों द्वारा पृथ्वी को दिये गये दान के बारे में बताया। तुमने ही बताया था कि फलभार के कारण वृक्ष विनम्र होता है। ज्ञान से विनम्र होना चाहिए। हर कथा के माध्यम से तुम मुझे ज्ञान देती रहीं। माते, कितनी ही बार अरण्य में घूमते हुए तुम भी मौन रहतीं, मैं भी मौन होता। विधाता द्वारा निर्मित घनघोर अरण्य के असंख्य वृक्षों और पशु-पक्षियों को देखकर मन विस्मित हो जाता।

माते, फिर भी तुमने नहीं बतायी अपनी व्यथा, और मैने भी नहीं सुनाई अपनी कथा। कल हम दोनों अपनी-अपनी कथा सुनाकर मुक्त हो गये। मैं नहीं मुक्त हो पाऊँगा। माते, मैं तुम्हारी बात सुनूँ और फिर जाऊँ, ऐसा निश्चय करके भी पैर विदिशा की ओर बढ़ने लगे।

मैं आऊँगा, माते, फिर आऊँगा, निश्चित रूप से आऊँगा।'

उसने वेत्रवती के किनारे-किनारे से विदिशा की ओर जाने का निश्चय किया। नौका किनारे पर थी। चार व्यक्तियों सहित कालिदास नौका में बैठा और नौकाचालक

ने अपने चप्पू जल में छोड़े। अब सूर्य आकाश मार्ग पर चल पड़ा था।

***

कालिदास की आँख अचानक खुल गयी। ढलते शिशिर के दिन थे। कल ही देखा था कि पत्तों के ढेर वृक्षों के चरणों पर पड़े हैं। इस क्षण गवाक्ष से दिखाई दे रहे निष्पर्ण वृक्षों की शाखाओं के मध्य से आती चन्द्रप्रभा वसुन्धरा की गोद में शान्त पड़ी थी। आकाश-मध्य का चन्द्रमा अब पश्चिम की ओर जाने वाली सीमा रेखा पर स्थिर हुआ प्रतीत हो रहा था और चन्द्रमा के साथ रहने वाली रोहिणी अब चन्द्रप्रभा के पटल में समा गयी थी।

कल उज्जयिनी में आने के बाद की घटनाओं का स्मरण होते ही आधी रात को भी उसके मुख पर हास्य छा गया। मध्याह्न में सम्राट चन्द्रगुप्त राजसभा से भोजन कक्ष की ओर निकले हैं, ऐसा द्वारपाल ने कहा, तो उसे भी क्षुधा का अनुभव हुआ। उसने द्वारपाल से सहज स्वर में कहा :

"सम्राट को सूचित किया जाये कि कालिदास का आगमन हुआ है।"

वास्तव में अपने लिए श्रेष्ठत्व लेकर वह सम्राट से मिलना नहीं चाहता था। परन्तु सरलता से सम्राट से मिलना सम्भव नहीं है, यह सोचकर उसने यह वाक्य कहा, और इसका जैसा होना था, वैसा ही परिणाम हुआ।

सम्राट चन्द्रगुप्त ने द्वारपाल से कहा, "उन्हें भोजन कक्ष में भेजो।"

"रण धुरन्धर, राजनीति निपुण, विराट साम्राज्य के अधिपति, गुप्तवंश के रश्मिरथी, राजश्रेष्ठ चन्द्रगुप्त की जय हो।" उसने भोजन कक्ष में प्रवेश करते ही कहा।

सम्राट ने उसे आसन पर बैठने का संकेत किया। कालिदास हस्त प्रक्षालन करके आसन पर बैठ गया। उनके साथ दस ब्राह्मण भोजन के लिए स्थानापन्न थे।

"वेदविद्यासम्पन्न, सरस्वती पुत्र, कवि महोदय कालिदास, आपका मन:पूर्वक स्वागत है।"

"महाराज...आप...आपको..."

"हमें स्मरण है...भली-भाँति स्मरण है।"

"महाराज, वह काव्य नहीं था। कोई बालक धूलपाटी पर किसी तरह आद्याक्षर बनाये, वैसा वह प्रथम प्रयास था।"

"प्रथम प्रयास होते हुए भी उसका भावार्थ हमें प्रभावित कर गया था। और आप ध्यानमग्न थे। आपको प्रदत्त शिव शंकर का अनुपम सौन्दर्य और नैसर्गिक सुदृढ़ता। सरस्वती देवी का कोई पुत्र होगा इसकी हमें कल्पना नहीं थी। अस्तु!"

"आप भोजन आरम्भ करें।"

भोजन के पश्चात महाराज ने उसे आसनस्थ होने की विनती की। सम्राट चन्द्रगुप्त सहृदयता से उससे बातें कर रहे थे। कालिदास को आश्चर्य हुआ। वे सहज होते हुए बोले, "कवि कालिदास..."

"अभी तक मैंने कुछ लिखा नहीं है, आप मुझे..."

"आपके भीतर की योग्यता को हमने पहचान लिया है। आप अवश्य ही काव्य निर्मिति करेंगे।"

"यह अनुमान क्योंकर लगाया, महाराज?"

"जीवन में यदि विसंगति हो, निसर्ग के प्रति, मानव के प्रति आत्मीयता हो, तो स्थापित मूल्यों के अनुसार ही काव्य लिखा जाये, यह आवश्यक नहीं। काव्य जिया भी जा सकता है। हम युद्धभूमि पर वीर रस का उत्स्फूर्त काव्य ही जीते हैं। परन्तु हमें याद है–आपके काव्य में..."

"कृपया, आप मेरे लिए आदरयुक्त सम्बोधन का प्रयोग न करें..."

"सत्य कहूँ, तो उस अरण्य में आयोजित वसन्तोत्सव में आपका सबसे अलग, ऐसा रूप, युवावस्था में पदार्पण करते समय मन में आने वाले सुन्दर, कोमल और वांछित शब्द उसमें नहीं थे। इसलिए आप याद रह गये। और न जाने क्यों, हमारे भी मन में आप रह गये।"

"मैं क्या कहूँ, महाराज! जीवन की विसंगति कब सुसंगति में परिवर्तित हो जाये और जीवन को एक अर्थ प्राप्त हो जाये, ऐसा..."

"मान्य है, कवि महाशय। हमें सर्वप्रथम आपके जीवन में 'अर्थ' को स्थान देना होगा। आप यहीं, इसी नगरी में वास करें। नयी-नयी काव्य रचनाएँ करके हमें आनन्दित करें। 'अर्थ' की चिन्ता हम करेंगे, आप हमें शब्दों के अर्थ बतायें।"

"क्या आपको काव्य प्रिय है?"

यदि जीवन में काव्य न हो, मन में काव्य न हो और समाज तथा राष्ट्र में काव्य न हो तो सभी कुछ नीरस होने की आशंका है। प्रकृति में काव्य है। सृष्टी की प्रत्येक ऋतु में काव्य है।"

"महाराज, आप..."

"हम सिर्फ़ जानते हैं। सुनने में प्रिय लगता है। आपसे कहता हूँ, कवि महाशय, धर्म में विसंगति, समाज व्यवस्था में विसंगति, कर्म में विसंगति, वर्णाश्रम में विसंगति, विचारों में विसंगति, मन का सम्भ्रमित होना, यह भी विसंगति ही है। इस विसंगति में सुसंगत अर्थ को समझना, क्या यह काव्य नहीं है?"

कालिदास आश्चर्यचकित हो गया। सिर्फ़ जीवन की ही नहीं, समाज की विसंगति भी काव्य का विषय हो सकती है, यह उसको कल्पना से परे था। उसने कुछ नहीं कहा।

"कल आपके निवास स्थान की व्यवस्था हो जायेगी। आज आप अतिथिगृह में निवास करें और राजसभा में अपना सम्मान का स्थान ग्रहण करें।"

सम्राट चन्द्रगुप्त को वन्दन करके जब वह सेवक के साथ अतिथिकक्ष में आया, तब सन्ध्याकालीन छायाएँ राजप्रासाद से लगे उद्यान में कुछ देर को ठहर गयी थीं। और उसे याद आयी यहाँ तक की यात्रा।

नौका में बैठें और सागर की लहरें तथा वायु की लहरें जिस दिशा में ले जायें, उसी दिशा में जाना–ऐसा ही रहा है मेरे भी जीवन का प्रवाह। कोई शिशु हाथों में गीली मिट्टी ले, उसे मनचाहा आकार दे और फिर उसे मिटा दे, वैसा ही मैं नियति के हाथों का खिलौना बन गया हूँ। मन जैसा चाहे, जब चाहे, जहाँ चाहे वहीं जाऊँ ऐसा कुछ भी नहीं है मेरे हाथ में। मन के क्षितिज संकीर्ण करके, उड़ते पंखों को कोई पकड़ के रखे, ऐसा ही हुआ है बार-बार मेरे साथ। मन में कहाँ थी विवाह की इच्छा? कहाँ था आश्रम में जाने का विचार? कहाँ थी प्रवास करने की इच्छा? कहाँ थी इस राजसभा में आने की इच्छा? और सम्राट चन्द्रगुप्त द्वारा मुझे सहज स्वीकार कर लेना?'

मन में उठे प्रश्न का उसी ने उत्तर दिया :

'परन्तु देखो, मातृगुप्त, मन में यदि किसी भी प्रकार के विकल्प उठ रहे हों तो पहले उन्हें दूर करो। पहले करो समाज जीवन का अध्ययन। हर परिवार की जाँच करो और ढूँढ़ो ऐसा मनुष्य जो पूर्णतः सुखी हो। सुख एक साथ नहीं आते, दुःख एक साथ आते हैं।'

उस दिन के नौका वाले प्रसंग का स्मरण हो आया।

वेत्रवती के किनारे पर अनेक नौकाएँ खड़ी थीं। हाल ही में यातायात में काफ़ी वृद्धि हो गयी थी। 'सरस्वती आश्रम' अब काफ़ी प्रतिष्ठित हो गया था। एक नौका में तीन यात्री बैठे थे, वह भी उन्हीं के साथ बैठ गया। उसका विश्वास था कि यह नौका राजा भोज की नगरी, विदिशा को ही जा रही है। परन्तु वेत्रवती के प्रवाह में आने पर नौका अत्यन्त वेग से किसी और ही दिशा में जाने लगी, तो उसने नाविक से पूछा; परन्तु उसने स्पष्ट शब्दों में कहा, "नौका साँची जा रही है, यह मैंने चार बार कहा था। आपने सुना नहीं, महाशय और अब प्रवाह के विरुद्ध नौका ले जाना असम्भव है। आप ऐसा करें कि थोड़ी ही दूर पर एक बस्ती है, वहाँ उतर जाइए, और वापस

जाने वाली नौका में बैठकर विदिशा जायें। आपको कष्ट हो ऐसा मेरा हेतु नहीं है, हालाँकि वायु की दिशा को देखते हुए यह कठिन है, मगर मैं प्रयत्न करूँगा..."

"रहने दो, नाविक मैं आगे उतर जाऊँगा। अपराध मेरा ही था, जो मैंने सुना नहीं।"

नौका में बैठे यात्रियों में से एक ने कहा, "महाशय, हम अपने मन में कोई मार्ग निश्चित कर चलते हैं। परन्तु वास्तविकता का हमें भान नहीं होता, तब प्रत्यक्ष घटित होने वाली घटनाओं का इसी प्रकार सामना करना पड़ता है।"

कालिदास के सामने कोई पर्याय न था। नौका की ध्वजा भी वायु के वेग एवं दिशा को दर्शा रही थी। कालिदास ने पहली बार उन तीनों पर दृष्टि डाली। उनमें से एक भिक्खु था, यह उसके वेश से ही स्पष्ट था। दूसरे प्रौढ़ सज्जन ब्राह्मण थे, यह उनकी शिखा से स्पष्ट था। तीसरे के बारे में समझ में नहीं आ रहा था। वह अस्वस्थ मन से बैठा रहा। प्रौढ़ ब्राह्मण को यह बात समझ में आ गयी।

"शान्त हो जाइए, महाशय, जो जो हमारे सम्मुख आता है, उसको शान्त मन से स्वीकार करें। यदि आपने साँची नगरी देखी न हो, और आपके पास समय हो, तो आप भी हमारे साथ चलिए।"

कालिदास मौन था। मन में विचार आया, देवी सरस्वती ने कहा था, "शान्त मन से विचार करो और तब विदिशा जाओ।" मेरे मन में विद्योत्तमा के सामने स्वयं को सिद्ध करने की अतीव इच्छा थी। एक तरह से अच्छा ही हुआ।

मन का कोई भरोसा ही नहीं। पल में यहाँ तो पल में वहाँ जाता है। मन को कभी इसकी, तो कभी उसकी आस होती है। और जो प्रत्यक्ष में सामने आता है, मन उसे स्वीकारना नहीं चाहता। जैसे उपवन में अनेक कलिकाएँ एक साथ खिलती हैं, उसी तरह मन में कभी सारी ऋतुएँ एकत्रित आकर मन को सम्भ्रमित करती हैं। वास्तव में तो मन पुलकित था। मन के बारे में कुछ नहीं कह सकते। परन्तु इस क्षण मन ने साँची जाने का निर्णय ले लिया। सोचा तो था कि जहाँ नौका रुकेगी वहीं से वापस लौट आऊँगा। परन्तु नौका में बैठे केशवानन्द ने पूछा, "वत्स, तुम्हारा कुल-गोत्र क्या है?"

"महाराज, अपना कुलवृत्तान्त सुनाऊँ, ऐसा प्रतिष्ठित वेदशास्त्रसम्पन्न मेरा कुल नहीं है, राजवंश भी नहीं है। मैं सरस्वती पुत्र हूँ, नाम है–कालिदास। परन्तु शिवशंकर का परम भक्त हूँ। गोत्र, वंश, वर्ण–इसका वर्णन करने की अपेक्षा कर्म और सत्कर्म से वह प्रतिष्ठित हो, यह मुझे अधिक उचित प्रतीत होता है।"

"वत्स, मैंने सहज ही पूछ लिया। मेरी कन्या उपवर नहीं है। नौका में हम सह प्रवासी हैं। प्रवास आनन्दमय हो, इसलिए परस्पर परिचय। मैं केशवानन्द, साम्प्रत उज्जयिनी से कुछ योजन दूर एकान्त प्रदेश में स्थित गुरुकुल का कुलपति हूँ। गुरुकुल में सहस्त्र विद्यार्थी हैं।"

"सहस्त्र विद्यार्थी?" कालिदास ने आश्चर्य से पूछा।

"उज्जयिनी सम्राट चन्द्रगुप्त की नगरी है। अनेक भूभागों पर उनका अधिराज्य है, इसलिए अनेक प्रभागों से विद्यार्थी आते रहते हैं। कालिदास, यदि तुम्हारी इच्छा हो, और तुम कहीं कार्यरत न हो तो अवश्य आओ। स्वागत है तुम्हारा। साँची में एक धर्म परिषद् है उसी परिषद् के लिए मैं जा रहा हूँ।"

इतनी देर स्तब्ध बैठा भिक्खु आनन्द बोला, "मैं भी अपना परिचय देता हूँ। मैं मगध निवासी हूँ। साँची में आयोजित धर्म परिषद् में मैं भी जा रहा हूँ। शायद हम दोनों उसी परिषद् में जा रहे हैं।"

"और मैं शूद्रक, मगध निवासी। नाविक, यदि तुम खाली हो, तो तुम भी दर्शनों के लिए साँची आ सकते हो।"

"अनेक बार यात्रियों को लेकर साँची गया हूँ, परन्तु ऐसा आज तक किसी ने नहीं कहा। मैं भी आप लोगों के साथ आऊँगा।" बोलते-बोलते वह अनायास ही खड़ा हो गया। नौका डगमगायी, परन्तु वह बैठकर नौका को फिर से वेत्रवती के प्रवाह में ले आया।

"भटकी हुई नौका को तू कितनी सहजता से मार्ग पर ले आया!" कालिदास ने कहा।

"नाविक हूँ मैं। यही तो मेरे उदर भरण का साधन। इतना तो मुझे आना ही चाहिए ना। प्रयत्न अपना। कभी-कभी प्रयत्न भी घात कर जाते हैं। इतना अधिक घात कि नैराश्य छा जाता है। तब निश्चित करता हूँ कि नहीं करूँगा नौकायन। पर दूसरे ही पल मन में विचार आता है कि ऐसे पग-पग पर मन पराजित होता रहा, तो फिर जियेंगे कैसे? और अगर जीना है, तो बार-बार उठकर प्रयत्न करना ही होगा।"

"मतलब, तुम कहना क्या चाहते हो?"

"नौका चलाना ही मेरे उदर भरण का व्यवसाय है। अगर मन में उसका भय हो, तो जीना कठिन न हो जायेगा? यह वेत्रवती कभी शान्त होती है–निद्रित व्यक्ति जैसी, कभी नृत्यांगना के समान अपनी लहरों से नृत्य करती है, कभी अमर्याद होकर अधीरता से भागने लगती है। तब नौका चलाना कठिन हो जाता है। उस समय अपनी चिन्ता छोड़कर यात्री सुरक्षित अपने घर पहुँच जायें, यही चिन्ता सताती है।"

"तुम्हें नहीं सताती अपने घर की चिन्ता?"

"उस चिन्ता को ईश्वर पर छोड़ दिया है। मैं सिर्फ़ जो कार्य करता हूँ, उसी का विचार करता हूँ।"

कालिदास को नाविक का विचार अच्छा लगा। कितनी सहजता से वह सब कुछ बता रहा था! अपनी चिन्ता की अपेक्षा उसे अन्य लोगों की सुरक्षा की चिन्ता थी। कालिदास विचार कर रहा था। बचपन में गोपालक होने के कारण अरण्य के सम्पर्क में रहा। विवाह के कुछ दिनों को छोड़कर आश्रम में रहा। जनजीवन का अनुभव तो शून्य ही रहा। मगर अब जनजीवन, समाजमन के अनुभवों को जानना ही होगा। एक प्रकार से साँची जाने के निर्णय को योग्य ही कहना होगा। मगर मेरे पास न तो धन है, न ही वस्त्र। इस नाविक को देने के लिए द्रव्य भी नहीं है।

"क्षमा करो मुझे। मुझे आप इसी क्षण भी उतार दें तो उचित होगा?"

कालिदास नौका में उठकर खड़ा हो गया। नौका डगमगा गयी।

"क्या हुआ, वत्स?" केशवानन्द ने पूछा।

"मुझे क्षमा करें। मेरे पास न तो वस्त्र हैं न ही द्रव्य। मैं सीधा आश्रम से आया और बिना कुछ सोचे-समझे नौका में बैठ गया।"

"अब क्या इस प्रवाह में आपको छोड़कर पातक करूँ?"

"संकोच न करो। मैं हूँ।"

उस 'मैं हूँ' का आधार शब्दातीत था। ऐसा आधार जीवन में बिश्वास उत्पन्न करता है। उसने कुछ कहा नहीं परन्तु केशवानन्द उसके नेत्रों के भाव जान गये। उसके कन्धे पर हाथ रखकर वे बोले, "मैं वापस लौटते समय तुम्हें उज्जयिनी तक ले आऊँगा। चिन्ता न करो, तुम्हें वापस लौटने की जल्दी तो नहीं है?"

"नहीं, आश्रम से विद्यार्जन कर..."

"विद्यार्जन करके?" केशवानन्द ने आश्चर्य से पूछा।

"इसका अर्थ तुम श्रीकृष्ण हो?"

"समझ में नहीं आया आपका अभिप्राय।"

"वत्स, गोपालक कृष्ण वास्तव में क्षत्रिय था। परन्तु बन गया गोपालक, और उसने कंस वध के उपरान्त सन्दीपन के आश्रम में जाकर ज्ञानार्जन किया। परन्तु वह श्रेष्ठतम हुआ, क्योंकि उसने बाल जीवन में ही मानवी संवेदना, भावना, जीवन और व्यवहार का ज्ञ न सहज ही प्राप्त किया था। व्रतबंध के पश्चात ज्ञानार्जन के लिए गुरुकुल में जाने की प्रथा है और ज्ञानार्जन के पश्चात गुरुवर्य कहते हैं कि एक बार समाज दर्शन कर लो। श्रीकृष्ण ने प्रथम समाज दर्शन किया। दुष्ट प्रवृत्तियों

का दर्शन, भक्ति, स्नेह और प्रीति के दर्शन किये, समाज की समस्याओं को देखा। अरण्य से स्नेह किया। कालिया मर्दन करते हुए स्वयं-बुद्धि, और चातुर्य से उसका विनाश किया। तो, वत्स, तुम भी पहले इसी तरह ज्ञान सम्पन्न हुए फिर शास्त्रज्ञान के दर्शन किये।"

कालिदास का मन भर आया। उसे समझने वाला कोई व्यक्ति मिला था, उसे प्रसन्नता हुई।

"मैं सामान्य हूँ, ब्रह्मश्रेष्ठ। श्रीकृष्ण असामान्य हैं।"

"सामान्य लोगों में से अखण्ड कर्म करने वाला वह कर्मयोगी है। सामान्य से असामान्य होने के लिए प्रथम उसने आत्म परीक्षण और समाज निरीक्षण किया। वह क्षत्रिय था, तुम ब्राह्मण हो। मनोवृत्ति भिन्न हो सकती है, परन्तु जीवन को सफल बनाने के लिए जो परिश्रम किये जाते हैं, वे समान होते हैं।"

अब तक मौन बैठकर यह सम्भाषण सुनने वाले भिक्खु आनन्द बोले, "परन्तु सभी देवता प्रथम स्वयं का और पश्चात राज्य का उदात्तीकरण करते रहे। मगर सिद्धार्थ गौतम बुद्ध ने लोक-जीवन सुखी हो, इसलिए राजत्याग, पत्नी-पुत्र त्याग किया और वे बाहर निकल पड़े। लोक जीवन में शान्ति, अहिंसा, बन्धुत्व, स्नेह प्रस्थापित करने के लिए वे भिक्षार्थी भी बने। श्रीकृष्ण भी क्षत्रिय और गौतम बुद्ध भी क्षत्रिय..."

"महाशय...मैं दृष्टान्त देने के लिए श्रीकृष्ण की कथा नहीं सुना रहा था, बल्कि इस युवक को समाज ज्ञान तथा शास्त्रज्ञान भी प्राप्त हुआ, यह कहने के लिए ही मैंने श्रीकृष्ण का दृष्टान्त दिया।

और, महाराज, आज भरतखण्ड में बौद्ध-धर्म की ध्वजा लहरा रही है, इसलिए तो हम सम्राट अशोक के काल में उसी के द्वारा निर्मित साँची का स्तूप देखने जा रहे हैं ना?"

कालिदास सम्भ्रमित हो गया। ब्रह्मश्रेष्ठ केशवानन्द को बौद्ध-धर्म इतना अधिक महत्त्वपूर्ण प्रतीत हो, इसका उसे आश्चर्य हुआ। उसे सम्भ्रमित देखकर शूद्रक बोला :

"धर्म चाहे कोई भी हो, नेता कोई भी हो, राज्यशासन कोई भी हो, सर्वसामान्य जनों को इनसे भी अधिक चिन्ताएँ होती हैं। साधारण-सी इच्छाएँ भी पूरी नहीं हो पातीं, उस समय आपके साथ कौन होता है? हम अकेले ही होते हैं ना? हम ही बार-बार गिरकर उठते हैं ना? धर्म और अन्य शास्त्र आते हैं क्षुधा-शान्ति के बाद। मैंने काफ़ी कड़वी बात कह दी, क्षमा चाहता हूँ। परन्तु पिछले वर्ष भयानक बाढ़ में सारा गाँव उद्ध्वस्त हो गया, सारे धर्म एकत्रित आ गये। दु:ख का वह एक ही धर्म था।"

भिक्खु आनन्द और केशवानन्द मौन हो गये। शूद्रक ही बोलता रहा।

"नाविक अपनी जीवनकथा सुना रहा था। जीवन में नित्य वेदनाओं से, समस्याओं से संघर्ष करने वालों का वास्तव में क्षत्रिय धर्म होता है। और नित्य जीवन में शास्त्र भी उपयोगी नहीं होता। वहाँ आवश्यकता होती है अनुभव की। जो उस नाविक के पास है। इतना ही नहीं, नित्य अनेक ज्ञानी, अज्ञानी यात्रियों को लेकर जाने वाला वह सर्वज्ञानी हो गया है।"

शूद्रक के सामने कोई कुछ न बोल सका। कालिदास ने उससे पूछा, "मित्र, तुम जो कार्य करते हो, और जो कुछ भी करते हो, वह ईमानदारी से करते हो, यह तुम्हारे कथन से स्पष्ट हो गया है।"

"शायद आप मुझे वेत्रवती में फेंक देंगे। जाने दीजिए।"

हरेक के मन में अनेक विचार कौंध गये। मगर केशावानन्द ने कहा, "शूद्रक, तू कोई भी हो, इससे फरक नहीं पड़ता। क्योंकि प्राप्त परिस्थिति में हम सब सह प्रवासी हैं। कुछ ऐसा करें कि अपनी साँची तक की यात्रा स्मरणीय रहे। चलो, हम चारों एक-एक ऐसा अनुभव सुनाएँ जो जीवन में कभी भूल न पाये हों, मान्य है, शूद्रक?"

"मान्य है, महाशय। क्योंकि मन की व्यथा कहीं भी कही नहीं जा सकती। यह अवसर उत्तम है। हम फिर कभी मिलें या न मिलें। यह यात्रा हमेशा याद रहेगी।"

"सर्वप्रथम मैं कहता हूँ," भिक्खु आनन्द ने कहा। सभी सुनने के लिए उत्सुक थे।

"सोमेश्वर शास्त्री, यह सत्य नाम नहीं, उनके घर में महायज्ञ होने वाला था। मुझे समिधा लाने का काम दिया गया। मैं अरण्य में गया और एक वृक्ष के नीचे गहरी निद्रा में सो गया। नूपुर ध्वनि से मेरी आँख खुली, तो सत्य कहता हूँ, मेरे सामने साक्षात एक वनकन्या खड़ी थी। समय और स्थल का विस्मरण हो गया और जब जाग्रत हुआ, तो सात दिन बीत चुके थे। वह स्वप्न सुन्दरी वहाँ आयी कैसे और उसने मुझे कैसे मोहित किया, यह विचार आज भी मन को अस्वस्थ कर जाता है।"

भिक्खु आनन्द कुछ देर रुके।

"कथा यहीं समाप्त होती है। जीवन के अन्त तक वह मेरे साथ व्यथा बनकर रहेगी। अब सोमेश्वर शास्त्री के यहाँ जाने में कोई अर्थ ही नहीं था। मैं अपने घर वापस आया, तो पत्नी ने कहा, "धन धान्य लेने के लिए गये हुए तुम अब वापस आ रहे हो? यदि सोमेश्वर शास्त्री ने धन धान्य न भेजा होता तो बच्चों की मृत्यु हो गयी होती। कैसे पिता और कैसे पति हो तुम? शर्म आती है तुम्हारी! और थे कहाँ सात दिन?" मैं क्या कहता उससे...?

मैं घर से निकल गया। मार्ग में अनेक भिक्खु मिले। उनके साथ भ्रमण करते हुए मुझे बौद्ध धर्म अच्छा लगा। मैं फिर घर वापस आया। पत्नी ने कहा, "धर्म परिवर्तन से भूख नहीं मिटती। मुझे नहीं है प्रिय यह धर्म परिवर्तन।" न मैं वैदिक धर्म का, न ही बौद्ध धर्म का। आख़िर एक दिन मैंने अपना घर छोड़ दिया और भ्रमण कर रहा हूँ। बौद्धविहार में मेरा आदर है, परन्तु मैं...मैं...ऐसा हूँ।"

कोई भी कुछ कहने की स्थिति में नहीं था। औरों को न्याय देनेवाले, शास्त्रार्थ करने वाले केशवानन्द मौन हो गये। पत्नी का कहना ग़लत नहीं था। परिस्थितिवश भिक्खु आनन्द भी सही था। और मन की पीड़ा व्यक्त नहीं की जा सकती थी। कोई भी उस पर विश्वास न करता।

"अब मैं कहता हूँ," शूद्रक ने कहा।

"मेरी नयी-नयी शादी हुई थी। नवपरिणीता अपने नाम मधुरा जैसी मधुरभाषिणी नहीं थी, परन्तु अद्वितीय सुन्दरी थी, मतलब, आज भी है। मेरी माता अपनी बीमारी से परेशान थी। उसके लिए वैद्य लाना ज़रूरी था, उसके खान-पान की ओर ध्यान देना आवश्यक था। उसे एक कमरे में रखकर मैं आलीशान घर में रहता था। मधुरा उसे कटु शब्दों से विद्ध करती थी। यह सब मैं देखता था। यह सब असह्य होने पर भी मैं मधुरा को एक भी शब्द नहीं कहता था।

एक रात माता का ज्वर बहुत बढ़ गया। वह मुझे हेमगर्भ की मात्रा देने को कह रही थी, परन्तु मधुरा मुझे अपने कक्ष में ले गयी। पूरी रात मैं उसके साथ, उसकी मोहिनी के वश था। जब मेरी नींद खुली तो सुबह का सूर्य काफ़ी प्रखर हो चुका था। मैं माँ के कक्ष में था।

माँ इस दुनिया में ही नहीं थी, मेरा मौन रुदन...मैं किसी से कुछ कह नहीं सकता था, मधुरा भी कभी समझने वाली नहीं थी। ऐसा कोई भी नहीं था, जिससे मन की वेदना बाँट सकूँ। तब मैं भ्रमण करने निकल गया। मुझे हर चीज़ में दोष नज़र आने लगे : धर्म में, राजशासन में, राजा में। मेरा मन ही अब मेरा बैरी हो गया था।"

शूद्रक खामोश हो गया। किसी ने भी कुछ नहीं कहा। दोष तो प्रत्यक्ष रूप से शूद्रक का ही था। विकारवश होने का, संयमहीन होने का दोष। वह अपने कर्तव्य का भान खो बैठा था। उसकी यही सज़ा थी कि जीवन-भर व्यथित रहे।

अब ब्रह्मश्रेष्ठ, प्रौढ़, प्रगल्भ और सात्विक दिखने वाले केशवानन्द बोलने वाले थे। तीनों उन्हीं की ओर देख रहे थे। उनके जीवन में भी कोई लज्जास्पद घटना घटित हो चुकी है, यह उनके चहरे से स्पष्ट था। तब नाविक ने कहा, "अब मैं सुनाता हूँ अपनी कथा।"

नौका अब वेत्रवती के शान्त प्रतीत हो रहे जल पर हौले-हौले जा रही थी। नाविक ने चप्पू हाथ में लेकर नौका में रख दिये और बोला, "शान्त जल किसी धीर-गम्भीर व्यक्तित्व की तरह होता है। यह जल स्थिर इसलिए है कि यहाँ वह ख़ूब गहरा है। यदि कोई मनुष्य इसमें गिर जाये, तो वह बहता नहीं है, अपितु अधिकाधिक गहरे पैठता जाता है, फिर ऊपर नहीं आता।

ऐसा ही एक अनुभव है मेरा, गहरे-गहरे डूब गयी मृत घटना को सजीव करने का।

मैं ब्राह्मण पुत्र। सदाचारी, सुसंस्कृत वंश में मेरा जन्म हुआ। परन्तु माता की बचपन में ही मृत्यु हो गयी और मेरे लिए कोई बन्धन ही नहीं बचा। पिता विद्वान थे, शास्त्राभ्यास, प्रतिष्ठा और प्रसिद्धि में मगन रहते। मेरी ओर किसी का भी ध्यान नहीं था। विद्याभ्यास पर मेरा ध्यान नहीं था, इसलिए जब पिता ने मुझे एक ब्राह्मण परिवार को सहकार्य करने हेतु सौंपते हुए कहा कि मैं उनका कोई नहीं हूँ, तो मन इतना अधिक क्रोध से भर गया कि, किसी तरह मन को रोकते हुए एक गाँव में चला गया। वहाँ एक किसान के घर रहा। आगे चलकर विवाह हुआ। मेरे मन में पिता के प्रति प्रतिशोध की भावना इतनी प्रबल थी कि एक दिन अत्यन्त क्रोधित होकर मैंने उनकी मिट्टी की एक प्रतिमा बनाई और उसका दहन कर दिया। इतना ही नहीं, मैंने काशी जाकर उनका श्राद्ध भी कर दिया। श्राद्ध करके जब वापस आ रहा था, तो मैंने उन्हें किसी का आधार लेकर नौका में प्रवेश करते हुए देखा और मेरा मन भर आया। जिनका श्राद्ध किया था, वह, मेरा पिता अत्यन्त अगतिक, असहाय अवस्था में था। मेरी सौतेली माँ की अस्थियों के विसर्जन के लिए वे आये थे। पल-भर को लगा कि जाकर उनसे मिलूँ, बात करूँ, क्षमा माँगूँ। उन्होंने मुझे जिस उद्देश्य से ब्राह्मण को सौंपा वह शायद मुझे सुसंस्कृत बनाने के लिए था। यदि कहते कि मैं उनका पुत्र हूँ, तब शायद मुझे सम्मान से रखा जाता और मैं कुछ सीख न पाता... यह भी मैं अब समझ रहा था।

मगर सब कुछ समाप्त हो गया था। अविचार, अज्ञान और निष्ठा के अभाव के कारण यह अपराध हुआ था। इसके बाद मैं नाविक बन गया। कोई ऐसा असहाय पिता दिखाई दे, तो मैं उसकी सहायता करूँ, इस उद्देश्य से। अपनी स्नेहिल, सुशील पत्नी को मैंने यह व्यथा कभी नहीं सुनाई।"

कुछ देर किसी ने भी कुछ नहीं कहा। दोपहर ढलने लगी थी। आसपास के अरण्य से आ रहे ठण्डी हवा के सुखद झोंके और चमचमाती धूप यात्रा को सुखमय बना रहे थे। और हर कोई अपनी जीवन कथा सुनाकर मुक्तता का अनुभव कर रहा था। अब बचे थे सिर्फ़ दो–केशवानन्द और कालिदास।

केशवानन्द ने अकस्मात कहा, "मैंने चौर्यकर्म किया है। वह भी विद्याभ्यास चुराया है। वह भी परिपक्व आयु में। कुछ ही वर्ष पूर्व एक शास्त्रार्थ का आयोजन किया गया था। मैं कुछ संहिताएँ और उनकी मीमांसा लेकर द्वारका धाम को निकला था। मेरे साथ रामशास्त्री यात्रा कर रहे थे। उनसे बातें करते समय अनुभव हुआ कि उनके प्रकाण्ड पाण्डित्य के आगे मेरा टिकना असम्भव है।

उन्होंने शास्त्र वचनों का, वेदों की टीका का, उपनिषदों की टीका का इतना विस्तृत अध्ययन किया था कि मैं भयभीत हो गया। मुझे शास्त्रार्थ में कोई भी पराजित नहीं कर सकता, ऐसा आज तक मेरा लौकिक था। परन्तु अब यह स्पष्ट था कि मैं पराजित हो जाऊँगा।

एक दिन ऐसे ही नौका प्रवास करके द्वारका पहुँचने से पूर्व मैंने उनके सारे हस्तलिखित चोरी करके समुद्र में विसर्जित कर दिये अर्थात द्वारका में आयोजित शास्त्रार्थ में मेरी विजय हुई। परन्तु मन-ही-मन मैं लज्जित था। उसके बाद मैंने कभी भी किसी शास्त्रार्थ में भाग नहीं लिया। एक ज्ञानयोद्धा ने ऐसी शरणागति ग्रहण की, जिसके बारे में कभी भी, किसी को भी बताया नहीं जा सकता। इसकी अपेक्षा यदि पराजित हो जाता, तो भी अभिमान से विचरता रहता।

आख़िरकार मैंने वह नगरी छोड़ दी और उज्जयिनी के निकट रहने लगा। मैंने एक गुरुकुल आरम्भ किया। उसमें पहला वाक्य मैंने कहा, "जीवन में कैसी भी विकट परिस्थिति, आये, फिर भी, फिर भी कभी चौर्य कर्म नहीं करना चाहिए। इससे अधिक लज्जास्पद कोई अन्य घटना हो ही नहीं सकती।"

एक बार फिर सब मौन हो गये। सन्ध्या अपने-अपने घरों को लौटते हुए पक्षियों के नाद से गूँज रही थी। वह अपनी सखी, यमुना से मिलने के लिए आतुर थी। साँची नगरी दिखाई देने लगी थी।

कालिदास को अब बोलना था। परन्तु सत्य कहना सम्भव न था, और असत्य मन को अच्छा नहीं लग रहा था। शूद्रक उसकी मनोदशा को समझ गया। उसके मुख पर चिन्ता के भाव देखकर वह बोला, "पण्डित जी, मेरे मन में कुछ प्रश्न हैं। क्या मैं पूछ सकता हूँ?"

"अवश्य पूछो, शूद्रक।"

"सीता भूमि-कन्या थी, वह जनक-कन्या के रूप में प्रसिद्ध हुईं। बचपन में उसने परशुराम को शिव शंकर द्वारा दिया गया धनुष सहजता से उठा लिया था। राजकन्या होने के कारण वह अस्त्रशस्त्र निपुण और शास्त्र निपुण भी थी। उसने

भिक्षा के उद्देश्य से आये हुए रावण का वध क्यों नहीं किया? क्या, उसके हाथों में धनुष्य-बाण नहीं था इसलिए?

वह पतिव्रता थी, इसलिए अशोक वन में रावण उसे स्पर्श भी नहीं कर सकता था। मगर यदि उसी पतिव्रता ने हनुमान के साथ लंका पार कर ली होती तो? क्या श्रीराम का उस पर विश्वास नहीं था, या हनुमान पर विश्वास नहीं था? पुत्र के साथ माता चली आतीं, ऐसा उसने क्यों नहीं सोचा?

पातिव्रत्य सिद्ध करने के लिए उसे क्यों अग्नि-परीक्षा देनी पड़ी? श्रीराम भी अरण्य में अकेले ही थे ना, उन्हें पत्नी के प्रति निष्ठा सिद्ध करने के लिए अग्नि परीक्षा क्यों नहीं?

और एक प्रश्न...चौदह वर्ष ब्रह्मचर्य व्रत का पालन करने वाले श्रीराम का एक नागरिक के कहने पर गर्भवती सीता का त्याग करना क्या उचित था? महाशय, श्रीराम एक आदर्श राजा थे। यदि उसके लिए वे नगर के बाहर, अथवा नगर के ही किसी प्रभाग में एक संरक्षित कुटी की व्यवस्था कर देते तो? क्या उन्होंने ऐसा नहीं सोचा कि एक आदर्श राजा के साथ ही एक आदर्श पति भी होना चाहिए?"

न सिर्फ़ केशवानन्द, अपितु अन्य लोग भी विचार करने लगे। इन प्रश्नों के उत्तर देना उनके लिए असम्भव था।

कालिदास मन में सोच रहा था, एक सबल राजनीति एवं अस्त्र-शस्त्रों में पारंगत राजकन्या इतनी प्रभावहीन कैसे हो सकती है?

और विद्योत्तमा, तेजस्विनी, उसने पल-भर में मुझे सीमा पार जाने का दण्ड दे दिया। कहीं यह काल-परिवर्तन क़ी महिमा तो नहीं? वह विचार कर रहा था। प्रत्येक व्यक्ति अपने-अपने तरीक़े से विचार कर रहा था कि सीता के सन्दर्भ में क्या कहे?

सन्ध्या अब वेत्रवती के प्रवाह में उतर आयी थी। नौका अब साँची के किनारे की ओर मुड़ रही थी।

***

उषा देवी प्रसन्नता से मुस्कुरायी और सम्पूर्ण अवकाश में एक नाद गूँज गया, जिसमें पक्षियों के स्वरों का गान था। रविराज के आगमन की आहट पाते ही अरण्य से पुष्पों की सुगन्ध लेकर समीर प्रकट हुआ। दिशा-दिशा आलोकित हो उठी। आकाश के विशाल पटल पर रंगों की रंगोली फैल गयी। सृष्टि पुलकित हो गयी। क्षिप्रा की शीतल लहरों ने सृष्टि का शृंगार किया और अपने जल में उसका प्रतिबिम्ब दिखाया।

सृष्टि का यह नव विकसित रूप देखते हुए कालिदास क्षिप्रा के किनारे पर खड़ा था। उदित हो रहे सूर्य को अर्घ्य देने के लिए अनेक लोग हाथ में जल लेकर खड़े थे। पास ही में महिलाएँ शुचिर्भूत होकर कमर पर जल कलश लिये नगर की ओर जा रही थीं। सभी कुछ मनोहर था।

अन्धकार का पटल दूर करते हुए रविराज ने पूरब क्षितिज पर हौले से अपने केसर-पग रखे। इस क्षिप्रा और उसके किनारे पर स्थित श्रीमहाकालेश्वर की साक्षी से मेरे जीवन का भी कल का अध्याय समाप्त होकर एक नये अध्याय का प्रारम्भ होने वाला है। 'कल' इतिहास था, 'आज' वर्तमान है।

'महाकालेश्वर प्रभु, मेरा वर्तमान काल समृद्ध होने दो। मेरे हाथों से कुछ ऐसा घटित होने दो, जिससे इतिहास के पृष्ठ स्वर्णांकित हो जायें। उसने मन-ही-मन महाकालेश्वर को नमस्कार किया। वह मन्दिर की सीढ़ी पर खड़ा था।

साँची से काशी, हरिद्वार, ऋषिकेश तक जाकर वापस आते हुए आचार्य केशवानन्द अपने वचनानुसार उसे उज्जयिनी लाये थे। उसने कहा भी था, "मैं भी आपके साथ ज्ञानार्जन करने वालों के लिए अध्यापन कर सकूँगा।"

"कालिदास, वहाँ केवल शास्त्रीय ज्ञान दिया जाता है, उसका अर्थ समाज में ढूँढ़ना होता है। मानव की वृत्तियाँ, स्वभाव, संगठन, सहकार्य, समाज की आवश्यकता, राष्ट्र की आवश्यकता, गुणग्राहकता, रसिकता, मन का सौन्दर्य–यह सब समाज में होता है। पिछले कई माह से हम भ्रमण कर रहे है। मैंने तुमसे तुम्हारे गत आयुष्य के बारे में पूछा नहीं, परन्तु मुझे अनुभव हुआ कि तुम उतने प्रसन्न नहीं हो, जितना प्रकट करते हो। कुछ तो अवश्य हुआ है, ये कुमार वय के प्रसंग होते हैं, जिन्हें मन में ही जतन करना चाहिए। बिल्कुल मयूरपंख के समान। परन्तु इस समय तुम निश्चय ही सम्भ्रमित हो। ऐसे समय में स्वयं की परीक्षा देने तुम उज्जयिनी जाओ। उज्जयिनी से तुम्हारा परिचय नहीं है, परन्तु वहाँ के निवासी सहायता करेंगे। सम्राट चन्द्रगुप्त सद्शील हैं, गुणग्राही हैं।

यदि कुछ भी सम्भव न हुआ, तो मैं हूँ, तुम्हारी देवी सरस्वती हैं, तुम एकाकी नहीं हो।"

राजमार्ग पर चलकर वह कल दोपहर को राजप्रासाद के सामने आया। तभी उसे सम्राट चन्द्रगुप्त के निमन्त्रण का स्मरण हुआ। अब अगर परीक्षा ही देनी है, तो पहले कठिन परीक्षा देनी चाहिए, तब अन्य परीक्षाएँ सहज ही उत्तीर्ण कर सकूँगा।

कल सम्राट ने परीक्षा के लिए रोक तो लिया था, अब आगे क्या होगा, इसका विचार अब करना ही नहीं है। वह सीढ़ियों पर बैठ गया और उसे क्षिप्रा के जल में

असंख्य उत्फुल्ल कमलिनी के फूलों के समान नवयुवतियों का समूह जल में उतरते हुए दिखाई दिया। इन दोनों में कौन अधिक सुन्दर है–उत्फुल्ल कमलिनी अथवा उत्फुल्ल नवयुवतियाँ? इनकी तुलना कैसे करूँ और यदि तुलना कर भी ली, तो साक्षी के लिए किसे निमन्त्रित करूँ? मन में यह प्रश्न उठते ही वह मन-ही-मन हँसा।

प्रात: की बेला–मेरा मन कमलिनी और मीनाक्षी में उलझा रहे यह उचित नहीं है। उसने अपनी दृष्टि मन्दिर की सीढ़ियों की ओर मोड़ ली। सिंगार की हुई राजघराने की स्त्रियाँ अवगुण्ठन में लिपटी मन्दिर की सीढ़ियाँ उतर रही थीं। घण्टियों की आवाज़ रुक गयी थी। इसका अर्थ–सम्राट अब सीढ़ियों से उतरेंगे। वह सतर्क होकर उनकी प्रतीक्षा में खड़ा रहा।

पीताम्बर और उत्तरीय धारण किये हुए सम्राट चन्द्रगुप्त एक-एक सीढ़ी उतर रहे थे। उनके पीछे राजघराने की महिलाएँ, राजपत्नी भी थीं। वे किसी से बात कर रहे थे। उनकी दृष्टि कालिदास पर गयी। उन्होंने कालिदास से कहा, "हम राजज्योतिषी वराह मिहिर से आपके बारे में ही कह रहे थे। मन्दिर में दर्शन करने के उपरान्त आप राजसभा में आयें।"

"राजसभा में?"

"कोई समस्या है?"

"वो बात नहीं, सम्राट! मैं नया हूँ, एकदम राजसभा में..."

सम्राट प्रसन्नता से हँसे। ऐसा हुआ कि एक दिन हमारे पिताश्री सम्राट समुद्रगुप्त ने हमसे कहा, "आज राजसभा में आयें।" मैंने यही वाक्य कहा था, "राजसभा में?" इस पर उन्होंने पूछा था, "कोई समस्या है?"

जब हम राजसभा गये, तो पिताश्री ने कहा, "आपको स्वतन्त्र रूप से युद्ध पर जाना है। उस दृष्टि से सेना को नियन्त्रित करें, निमन्त्रित करें।"

"एकदम?" हमने पूछा।

"हाँ, एकदम। घोषणा करके कोई युद्ध नहीं करता, युवराज। और कोई भी घटना कभी न कभी प्रथम बार ही होती है ना?" समझे, कवि महाशय?

कालिदास प्रसन्नता से हँसा।

"सम्राट आपके बारे में अनेक कथाएँ सुनी थीं, मगर किसी को सहज समझ लेने का आपका स्वभाव आज मैं जान सका।"

"तो, आइए राजसभा में।" सम्राट चन्द्रगुप्त सीढ़ियाँ उतरकर सुवर्ण रथ में बैठे। सारथी ने घोड़े की लगाम खींची और घोड़ों को संकेत मिल गया। कालिदास यह सब पहली बार अनुभव कर रहा था। विशेष बात यह थी कि घोड़ों को संकेत मिलते

ही उन्होंने रथ को गति प्रदान की। ऐसा ही एक संकेत सम्राट ने मुझे भी दिया है। डोर उनके हाथों में है, परन्तु अब मेरे जीवन को गति देने का कार्य वे सहजता से करेंगे, कालिदास के मन में यह विश्वास जागा।

दर्शन लेकर लौटते हुए उसके मन में विचार आया, 'मैं व्यर्थ ही में अपने आप को नगण्य समझ रहा हूँ। सारे शास्त्र मैने कण्ठस्थ याद किये हैं, यदि इसी क्षण कोई मुझसे शास्त्रार्थ में भाग लेने को कहे, तो मैं उसका निमन्त्रण अस्वीकार नहीं करूँगा। बल्कि, अब उसी सन्धि की प्रतीक्षा है।'

विचारों में खोये हुए उसने अपना मार्ग खो दिया। वह नगर से दूर निकल आया था। अब उसे पता चला कि वह मार्ग खो चुका है। गला भी सूख गया था। उसे एक वृद्ध स्त्री दिखाई दी जो जलाशय से जल भरकर ला रही थी। वह मन-ही-मन प्रसन्न हो गया।

"माते, क्या मुझे जल मिलेगा?"

"अवश्य। कोई भी फल बिना कर्म के प्राप्त नहीं होता।, अत: यदि तुम मेरे दो प्रश्नों के उत्तर दो, तो तुम्हें जल प्राशन का आनन्द मिलेगा, जल तो वैसे भी मिलेगा ही।"

"पूछो, माते, नि:शंक और निश्चिन्त होकर पूछो। प्रश्नों के उत्तर देने के बाद ही मैं आनन्द से जलप्राशन करूँगा।"

"परन्तु, तू है कौन? तेरा परिचय?"

"माते, मैं पथिक हूँ।"

"पथिक तो सिर्फ़ दो हैं–चन्द्र और सूर्य, जो दिन-रात अविरत चलते रहते हैं।"

"मैं अतिथि हूँ, क्या जल मिलेगा?"

"अतिथि केवल दो हैं–धन और तारुण्य। काल के साथ वे निकल भी जाते हैं।"

"मैं सहनशील हूँ, माते। क्या अब पानी मिलेगा?"

सहनशील तो केवल दो ही हैं–पापी-सदाचारी लोगों को स्थान देने वाली धरती और पापी तथा पुण्यवान लोगों को छाया देने वाला वृक्ष।"

"माते, मैं कालिदास हूँ, सरस्वती पुत्र हूँ।"

"कालिदास भी दो हैं–एक वे जो उसके मन्दिर में रहकर सेवा करते हैं, और दूसरे वे जो कालिदास कहलाते हैं, उनमें से तू कौन है?"

अब कालिदास को पश्चात्ताप हुआ कि उसने क्यों जल माँगा। कहाँ से इस वृद्धा से जल माँग बैठा, ऐसा विचार मन में आया। बिना उत्तर दिये जल प्राशन करने का मन नहीं था।

"माते, मैं अपने मत का आग्रही हूँ।"

"तू आग्रही हो ही नहीं सकता। नख और केश आग्रही होते हैं, बार-बार काटने पर भी अपना अस्तित्व सिद्ध करते हैं।"

अब तो कालिदास अस्वस्थ हो गया।

"मैं मूर्ख हूँ!"

"मूर्ख कैसे हो सकते हो? मूर्ख तो दो ही हो सकते हैं–योग्यता न होते हुए राज्य करने वाला राजा और उसे कुछ भी कहने वाला पण्डित–दोनों मूर्ख ही होते हैं।"

अब कालिदास उसके चरणों में झुक गया।

"माते, मैं अज्ञानी हूँ!" वृद्ध स्त्री मन:पूर्वक हँसी।

"माते, नगर की ओर कौन-सा मार्ग जाता है?"

"वत्स, मार्ग तो स्वयं ही ढूँढ़ना पड़ता है। निश्चित मार्ग से तो अनेक लोग जाते हैं, फिर भी वे भ्रमित हो जाते हैं। स्वयं के ही नियत किये गये मार्ग पर जो जाता है, वही निश्चित स्थल तक पहुँचता है। अरण्य में भटक जाने पर हम क्या करते हैं? चाहो तो बताती हूँ मार्ग।"

"नहीं, माता। मैं स्वयं ही ढूँढूँगा अपना मार्ग। परन्तु तुम हो कौन?"

"स्वयं ही अपने आपसे पूछो।"

"साक्षात सरस्वती हो, तुम...अब तो मेरा उत्तर..."

उसने वृद्धा की ओर देखा। साक्षात सरस्वती खड़ी हैं, ऐसा आभास हुआ, परन्तु अगले क्षण कोई नहीं था। मगर एक बात का ज्ञान उसे हो गया–शास्त्र ज्ञान के दर्शन से मैं अपने आप को ज्ञानी समझने लगा था। ये शतमूर्ख होने जैसा है, आज उसे प्रथम पाठ मिला था।

मध्याह्न के पश्चात ही जब वह नगर वापस लौटा, तो भ्रमित मन को एक नयी दिशा मिल चुकी थी। जलतृष्णा तो क्या क्षुधाशान्ति की भी आवश्यकता का अनुभव नहीं हुआ था। जब वह अपने कक्ष में आया तो सेवक उसकी प्रतीक्षा ही कर रहा था।

"कवि महाशय, सम्राट चन्द्रगुप्त ने आपको मध्याह्नोपरांत राजसभा में आमन्त्रित किया है।"

"मैं राजसभा में नहीं था, इसलिए...?"

"महाराज ने कहा, 'हमने ही कालिदास को एक कार्य के लिए भेजा है। उसी कार्य का वृत्तान्त आप उन्हें दें।" ऐसा कहते हुए सेवक ने उसे भोजन में अनेक पदार्थ प्रेम से परोसे। तब कालिदास ने मन-ही-मन कहा,

"महाराज, आप राजश्रेष्ठ हैं, युद्ध में भूमि जीतते हैं, व्यवहार में धन संग्रहीत करते हैं, और भावना से मानव-मन को जीतते हैं। इसलिए आप गुणग्राहक और सम्राट हैं!"

मध्याह्न के उपरान्त जब कालिदास सेवक के साथ सम्राट चन्द्रगुप्त के मनोरंजन कक्ष में पहुँचा, तो देखा कि वहाँ अनेक वाद्य हैं। एक तरफ़ चित्रकला दर्शन है। मध्य में स्फटिक के स्तम्भ पर एक स्त्री की प्रतिमा खड़ी है। एक नज़र में कालिदास ने मनोरंजन कक्ष को देख लिया और मन-ही-मन सम्राट चन्द्रगुप्त की रसिकता की प्रशंसा की।

"आइए, कवि महाशय। आज आप राजसभा में नहीं आये। हम चिन्तित थे कि कल ही आप नगर में आये हैं, और आज कहाँ खो गये?"

"क्षमा करें, राजश्रेष्ठ। सत्य यही है कि मैं नगर का मार्ग छोड़कर कब नगर से दूर चला गया, पता ही नहीं चला। परन्तु एक अत्यन्त महत्त्वपूर्ण घटना घटित हुई। मुझे मेरे 'मैं' का ज्ञान हुआ।"

"अर्थात?" सम्राट ने उत्सुकता से पूछा। कालिदास ने सम्पूर्ण घटना का वर्णन किया और कहा, "हमारी देह, हमारा मन, हमारी बुद्धि–इनमें से कुछ भी हमारा नहीं होता, यही सत्य है। देह से मन को अलग नहीं कर सकते, मन से बुद्धि को अलग नहीं किया जा सकता।"

"तो फिर क्या करना चाहिए?"

"देह को चैतन्य देने वाली आत्मा–हम नहीं; मन अर्थात–हम नहीं; बुद्धि अर्थात..."

"हम नहीं, यही न? मगर हाथ-पैर, नेत्र-कर्ण ये सभी अवयव और सारी संवेदनाएँ–ये सब मिलकर देह बनाते हैं ना? और वह देह अपने मन के आधीन है। हमें युद्ध में विजय प्राप्त करना है- यह दृढ़ विश्वास हमारा मन हमें देता है। परन्तु आप तो समूची देह के पिंजरे में गोल-गोल घूम रहे है। रहने दें इस विषय को। आपको सहज ही समझ में आ जायेगा। परन्तु एक प्रश्न का उत्तर दें, जो हमारे मन में है।"

"अवश्य, महाराज। सत्य उत्तर ही दूँगा।"

"आप सरस्वती पुत्र हैं, आपके पिता का नाम? और अभी आप वहीं से आये हैं। इतने विलम्ब से आये?"

"महाराज, आप मेरे लिए बहुवचन का प्रयोग न करें।"

"बात ये है कि जैसे हम आपको सम्बोधित करेंगे, वही नाम रूढ़ हो जायेगा।

इसलिए आप स्वयं ही आदर प्राप्त करें तथा औरों को भी प्रदान करें, कवि कालिदास!"

सम्राट चन्द्रगुप्त आज फुर्सत में थे। शायद, अनेक दिनों के पश्चात नगर में वास्तव्य कर रहे थे।

"महाराज, सरस्वती देवी मेरी धर्म-माता हैं। वास्तविक माता-पिता अज्ञात हैं। परन्तु सरस्वती ऐसी देवता हैं, जो किसी भी वर्ण को ज्ञान प्रदान करती हैं। सरस्वती देवी मेरी उस प्रकार की माता हैं।"

"वहीं से सीधे यहाँ आये हैं?"

"नहीं। हम वेत्रवती के किनारे पर आये तो नौका तैयार थी। हम उसमें बैठ गये और केशवानन्द के कहने पर साँची चले गये। उसके पश्चात भी आठ-दस माह उनके साथ भ्रमण करते रहे।"

"इस भ्रमण के काल में आपको क्या अनुभव हुआ?"

"महाराज, आर्यावर्त के इतिहास का स्मरण हुआ। वर्तमान की दाहकता का अनुभव हुआ और भविष्य के संकेतों का भी अनुमान हुआ। महाराज, सब कुछ कथन करने के लिए मेरे पास समय हो तो भी..."

"उसकी चिन्ता न करें, आप हमें कथन करें।"

सम्राट चन्द्रगुप्त अपने आसन पर निश्चिन्त बैठे थे। इस समय माथे पर मुकुट न होने से कन्धों तक आते हुए उनके कृष्ण कुन्तल स्पष्ट दृष्टिगत हो रहे थे। भव्य मस्तक, उस पर चन्दन का टीका, तेजस्वी नेत्र, सुदृढ़ बाहु, उत्तरीय से झाँकती रत्नमाला। सुदृढ़ शरीर और तेजस्वी अंगकान्ती, मुख पर आत्मविश्वास का तेज, और पीताम्बर के ऊपर रत्न जडितमेखला। उनका दर्शन अत्यन्त मनोहारी था। अत्यन्त निश्चिन्त थे वे।

"कथन करें, कविराज। हम अखण्ड युद्ध में व्यस्त रहते हैं। नगर में आने पर काफ़ी समय प्रशासन के कामों में बीत जाता है तथा अत्यल्प समय मनोरंजन के लिए निकाल पाते हैं, उसी में से कुछ समय पत्नी एवं परिवार के लिए होता है। वर्तमान स्थिति का योग्य आकलन हमें चाहिए, बल्कि वह हमारी आवश्यकता है।"

कालिदास ने कहना आरम्भ किया।

"सम्राट अशोक द्वारा निर्मित बौद्ध स्तूप का अवलोकन करने के पश्चात बाकी लोग–शूद्रक, बौद्ध भिक्खु और नाविक अपने-अपने मार्ग पर चले गये। आचार्य केशवानन्द ने कहा, "यदि तुम्हारी इच्छा हो, तो मेरे साथ यात्रा पर आ सकते हो।"

"आचार्य, मुझे भी आपके साथ भ्रमण करना अच्छा लगेगा।"

कालिदास आचार्य के साथ सांची के परिसर में भ्रमण कर रहा था। उस समय केवल कुछ ही लोग हिन्दू हैं, यह देखकर कालिदास ने अचम्भित होकर पूछा :

"क्या यह भूभाग बौद्ध धर्मियों का है?"

"सम्भव है कि भविष्य में सम्पूर्ण आर्यावर्त ही बौद्ध धर्मीय हो जाये। कालिदास, अभी तुम केवल शास्त्र में पारंगत हुए हो। सत्य कहता हूँ कि तुम्हें लोगों को और लोकजीवन को जानने की नितान्त आवश्यकता है। तुम्हें बताता हूँ...

सम्राट अशोक ने साम्राज्य विस्तार करते हुए सम्पूर्ण आर्यावर्त ही अपने राज्य से जोड़ लिया था। उसने अनेक युद्ध किये। परन्तु कलिंग में हुए युद्ध में इतनी अधिक प्राण हानि हुई कि युद्ध में अनेक लोगों को मृत्यु देने वाले सम्राट अशोक को तीव्र पश्चात्ताप हुआ। वह अस्वस्थ हो गया और मन:शान्ति प्राप्त करने के लिए सिद्धार्थ गौतम बुद्ध के पास गया। उन्होंने बताया अहिंसा का मार्ग–मन से भी किसी की हिंसा न करो।"

"और सम्राट अशोक को यह मान्य हो गया?"

"मान्य होना ही था। उसे मन:शान्ति प्राप्त हुई और मन:शान्ति देने वाला बौद्ध धर्म उसने स्वीकार किया।"

"आश्चर्य है आचार्य!"

"आश्चर्य की बात नहीं है, कालिदास। किसी भी बात का अतिरेक मनस्ताप का कारण बन जाता है। आश्चर्य की बात तो आगे है, जिस वैदिक धर्म का, शास्त्र का ज्ञान तुमने आत्मसात किया है, वह धर्म ही अब किसी मर्यादा तक है।"

"ऐसा कैसे हो सकता है, आचार्य?"

"क्योंकि हिन्दू धर्म की मूल वैदिक संस्कृति वर्तमान समय में केवल कुछ ही लोगों तक मर्यादित हो गयी है। इस कारण वर्तमान में वैदिक धर्म की कठोरता, मोक्ष की कल्पना, पुण्य की कल्पना और जीवन के प्रति भय के कारण आयी कर्मठता, संकुचितता के फलस्वरूप धर्म में उत्पन्न हुई विषण्णता–इन्हीं कारणों से गौतम बुद्ध द्वारा प्रतिपादित धर्म आचरण के लिए सहज, अहिंसा और सत्य पर आधारित और सभी वर्णों के लिए समान होने के कारण जनमानस पर उसका गहरा प्रभाव पड़ा।"

"इसका तात्पर्य, वैदिक धर्म विलय की ओर..."

"वैसा ही हुआ। सम्राट अशोक ने बौद्ध धर्म स्वीकार किया, स्वयं गौतम बुद्ध शाक्य कुलोत्पन्न, राजवंश का युवराज था। शुद्धोधन और महामाया का पुत्र था।

वैदिक धर्म का अभ्यासक था क्षत्रिय था। उसने आगे जाकर वैदिक धर्म के सहज आचरण में लाये जाने वाले तत्त्वों का प्रतिपादन किया, जो लोक मानस में सहजता से मान्य हो गये।

गौतम बुद्ध की दत्तक माता प्रजापती गौतमी ने अनेक महिलाओं के साथ बौद्ध धर्म स्वीकार किया। बौद्ध धर्म को दो राजवंशों का आधार प्राप्त हुआ। मेरे द्वारा लिखित 'वर्तमान का रूप-स्वरूप' यह मीमांसा ही तुम्हें पढ़ने के लिए देता हूँ। उसे पढ़ो। उस पर मनन करो। तुम नवयुवक हो। यदि राष्ट्राभिमानी, धर्माभिमानी और मीमांसक भी हो तो सब कुछ समझ कर समाज के सामने किसी सत्य को पुन: प्रस्थापित करो।"

"और, महाराज, उन्होंने मुझे संहिता ही दे दी।"

"आप वह संहिता हमें दें। परन्तु यात्रा का आपका अनुभव कैसा रहा?"

"महाराज, मैं अधिकारपूर्वक तो नहीं कह सकता, परन्तु वैदिक ऋषि-मुनियों द्वारा संवर्धित की गयी संस्कृत भाषा नित्य प्रयोग में आनी चाहिए। वैदिक धर्म के कठोर स्वरूप, मोक्ष की कल्पना, पाप-पुण्य की कल्पना–इस पर विचार होना चाहिए। और..."

"और बौद्ध धर्म की अहिंसा के बारे में आप क्या कहेंगे कविराज?"

"यदि क्षत्रिय ही अहिंसा स्वीकार कर लेंगे, तो राष्ट्र रक्षण, सीमा सुरक्षा, स्वधर्म और स्वराज्य विस्तार असम्भव है, महाराज। भगवान कृष्ण ने भी साम्राज्य विस्तार के लिए युद्ध किये ही थे। महाराज, यदि क्षत्रिय ही शस्त्रास्त्रों का त्याग कर दें, तो समाज व्यवस्था कैसे बनी रह सकती है? अर्थात, ये मेरी कक्षा से बाहर के प्रश्न हैं।"

"फिर आपकी कक्षा कौन-सी है? किस कक्षा में आप भ्रमण करते हैं, कविराज?"

"महाराज, महाभारत की युद्धनीति, चाणक्य नीति का अध्ययन मैंने किया है, फिर भी मेरा मन उनमें नहीं रमता।"

"मान्य है। आपका मन उनमें नहीं रमता। आपको क्या प्रिय है?"

कालिदास के सम्मुख वह प्रश्न उपस्थित हो गया, जिसके बारे में उसने अब तक न सोचा था। कहीं सम्राट चन्द्रगुप्त मेरी और मेरे ज्ञान की परीक्षा तो नहीं ले रहे हैं? वैसे आचार्य केशवानन्द ने कहा था कि 'सम्राट चन्द्रगुप्त एक बहुआयामी और प्रसन्न व्यक्तित्व हैं। गुणग्राहक हैं। हरेक शास्त्र वे भली-भाँति जानते हैं। इतना ही नहीं, अनेक गुणी जनों का सहवास प्राप्त हो इस दिशा में वे प्रयत्नशील रहते हैं।' और कालिदास ने अकस्मात पूछ लिया,

"क्षमा करें, महाराज, परन्तु कहीं आप मेरी परीक्षा तो नहीं ले रहे हैं?"

"मन में ऐसा भय न आने दें। जो व्यक्ति राजप्रासाद के प्रांगण में प्रवेश करता है, उसके बारे में विश्वसनीय जानकारी हमें पहले ही प्राप्त हो चुकी होती है। हमारी यन्त्रणा सुदृढ़ है, कवि महाशय।"

"यदि मैं यह पूछूँ कि आप मेरे बारे में क्या जानते हैं, तो सत्य उत्तर देंगे?"

"आचार्य केशवानन्द ने आप हमारे यहाँ आने वाले हैं, यह समाचार भेजा था। सरस्वती आश्रम में ज्ञानार्जन करने वाले आप उनके सहयात्री थे, क्या इसमें कुछ असत्य है?"

"नहीं," कालिदास का दीर्घ नि:श्वास और मुख पर चैन का भाव उनकी नज़र से छूटा नहीं।

"अब बतायें, आपको क्या अच्छा लगता है?"

कालिदास सोच में पड़ गया। क्या बताऊँ? मेरा मन रमता है सरिता की लहरों में, मेरा मन रमता है प्रकृति की गोद में, उषा के प्रात:कालीन लावण्य रूप में, सन्ध्या की धूसर छाया में, घनघोर अरण्य में, घनघोर बरसती वर्षाधाराओं में, खिलते हुए पत्तों में, दुर्वान्कुरों में भी मेरा मन अटक जाता है। समीर के मन्द झोंकों में, नादमय आकाश में, गोधन की घण्टियों में, सौन्दर्यवती की कल्पना में, विश्व को साकार बनाने वाले चित्रकार में, संगीत निर्माण करने वाले नादब्रह्म में भी, अक्षरब्रह्म में भी और आनन्दब्रह्म में भी।

वास्तव में तो मेरा मन रमता है केवल स्मृति में भी। दग्ध मन की व्यथा में भी।' उसके नेत्रों नें आँसू छलक आये। सम्राट चन्द्रगुप्त ने उठकर उसके कन्धे पर हाथ रखा और बोले, "हमें याद आया कि एक कार्य का शुभारम्भ करना है। फिर मिलेंगे। कल राजसभा में आइए और आते हुए आचार्य केशवानन्द के दिये हुए हस्तलिखित अवश्य लायें", सम्राट चन्द्रगुप्त अपना उत्तरीय सँभालते हुए उठे और जाने के लिए तत्पर हुए। वह नम्रता से खड़ा था।

"कविराज, यदि आपको निसर्ग प्रिय हो, तो शाम को उज्जयिनी में निर्मित जलाशय की ओर आइए। हमें भी यह सब प्रिय है, परन्तु हमारे हाथ शस्त्रबद्ध हैं।"

"आप परिवार के साथ जा रहे होंगे, तो..."

"हम अपनी रानियों के साथ जायेंगे। पुत्र और पुत्री भी साथ होंगे। आप नगर में नये हैं, आपका भी परिचय हो जायेगा।"

बोलते-बोलते सम्राट चन्द्रगुप्त कक्ष से बाहर निकल भी गये। कालिदास को आश्चर्य हुआ। मैं कल ही तो आया हूँ, और कल ही सम्राट चन्द्रगुप्त इतने निकट

भी आ गये। लोकप्रिय राजा को ऐसा ही होना चाहिए, पल-भर में हृदय में स्थान बनाने वाले। परन्तु सम्राट ने मुझमें क्या देखा, अथवा आचार्य केशवानन्द ने उन्हें क्या लिखा होगा? वह अनुमान न लगा सका। प्रश्न को वैसा ही छोड़कर वह कक्ष से बाहर आया, तो कार्तिक मास के दोपहर बाद के रोमांचकारी समीर ने उसे सहलाया। कालिदास का मन प्रसन्न हो गया।

***

प्रात:काल का समय। सम्राट चन्द्रगुप्त शुचिर्भूत होकर राजमन्दिर की ओर निकलने ही वाले थे कि राजप्रासाद के महाद्वार का सिंहघण्टा जोर-जोर से बजने लगा। समूची नगरी सतर्क हो गयी। 'किसी का आक्रमण तो नहीं हुआ है ना?' नगरवासियों के मन में यह भय था। हाल में युद्ध से वापस लौटे सैनिक आनन्द मना रहे थे। सम्राट चन्द्रगुप्त भी आशंकित हो गये। बाढ़, भूकम्प जैसी कोई प्राकृतिक आपदा तो नहीं? अभी कल-परसों ही तो गुप्तचर साम्राज्य के विविध प्रान्तों से समाचार लाये थे, और वे समाधानकारक थे। अकस्मात ऐसा क्या हुआ होगा?

सम्राट चन्द्रगुप्त छज्जे पर आये। तब तक प्रांगण में नगरवासी एकत्रित हो चुके थे। महारानी समेत अन्य रानियाँ, सेनापति, मन्त्रिपरिषद् के अन्य सदस्य भी तुरन्त उपस्थित हो गये थे।

गुप्तचर उग्रसेन और सर्वदमन सिंहघण्टा बजा रहे थे।

"सर्वदमन, उग्रसेन...ऐसी कौन-सी अघटित घटना हो गयी है? कथन करें। वार्ता यदि गुप्त हो, तो राजसभा में आयें।"

"नहीं, महाराज, यह घटना निन्दास्पद और लज्जाजनक है। उसे सबके सम्मुख ही कहना चाहिए," उग्रसेन ने कहा।

"महाराज, हमारे दण्डपाशाधिकारी, दण्डपाशिक, महासेनापति की अनुमति से रत्नों से भरी हुई चार नौकाएँ कल्याण-जलस्थानक से आधी रात को सागर के मध्यभाग में खड़ी एक अत्यन्त भव्य नौका की ओर निकली थीं। हमारे जलस्थानक से समुद्री यात्रा प्रात:काल में करने का नियम है। स्थानिक ग्रामवासी इन नौकाओं को देखकर चकित हो गये और ग्रामाधिपति अश्वसेन के पास गये। हम तक यह समाचार पहुँचा।" बोलते-बोलते सर्वदमन रुक गया।

"आगे?"

"अधिकृत रूप से ज्ञात हुआ कि नौकाओं में रखी हुई सम्पत्ति इन तीनों अधिकारियों की अनुमति से अवैध रूप से रोम भेजी जा रही थी। ग्रामाधिपति

अश्वसेन नौकाओं को वापस जलस्थानक पर ले आया। राजस्व का भुगतान किये बिना, उस पर अनुमति की राजमुद्रा न होते हुए भी ये काम हुआ कैसे? जब यह प्रश्न उपस्थित हुआ तो हम तुरन्त महाबलाधिकृत इन्द्रसेन के पास गये। जब वस्तुस्थिति का वर्णन किया तो वे भी चकित हो गये। अपने प्रशासन में ऐसा भ्रष्टाचार पहले कभी नहीं हुआ था।"

"इसलिए आपातकालीन घण्टा बजाया?"

"महाराज, राजसभा में यह समाचार केवल आपको और मन्त्रिपरिषद को ही ज्ञात हुआ होता। उस पर दण्ड भी दिया जाता। परन्तु हमारी प्रशासन व्यवस्था इतनी सबल होते हुए भी यह कृत्य हुआ, इसका दुःख हुआ इसलिए..." सर्वदमन बोला।

"महाराज, यह घटना राष्ट्रविरोधी, राष्ट्र के लिए घातक है, यह बात नागरिकों तक पहुँचे इसलिए घण्टा बजाया। क्षमा करें, महाराज, पहले भी एक घटना हम आपके निदर्शन में लाये थे। अवर्षण पीड़ित किसानों से कठोरतापूर्वक राजस्व वसूल करने की वह घटना थी। आपने उदार हस्त से किसानों को आर्थिक सहायता दी और राजस्व अधिकारियों को दण्ड भी दिया, परन्तु..."

"आपने बिल्कुल योग्य कार्य किया, उग्रसेन और सर्वदमन। दण्डपाशाधिकारी, महासेनापति, दण्डपाशिक, ग्रामपति। ग्रामाधिपति और प्रान्तीय अधिकारी को तत्काल बुलाया जाये। राजप्रासाद के इसी प्रांगण में सबके समक्ष इस सन्दर्भ में निर्णय लिया जायेगा। यह सन्देश तत्काल प्रसारित करें।"

जब सम्राट चन्द्रगुप्त छज्जे से वापस गये, तो सभी ग्रामवासी अपने-अपने कार्यों के लिए तुरन्त वापस चले गये। विचारमग्न कालिदास खड़ा ही रहा। मन में अनेक विचार आ रहे थे। कोई व्यक्ति अपना परिवार भी नहीं बना सकता। यदि परिवार हो, तो उसका वहन नहीं कर सकता। परिवार के व्यक्ति को दण्ड भी नहीं दे सकता। ऐसी अवस्था में इस विराट साम्राज्य के प्रश्नों-समस्याओं का समाधान सम्राट चन्द्रगुप्त कैसे करते होंगे, यह हमेशा का प्रश्न उसके दिमाग़ में था। साम्राज्य के विस्तार के लिए युद्ध, युद्ध के लिए सैन्य निर्माण, युद्ध के बाद प्रशासन-व्यवस्था और प्राप्त होने वाली मन:शान्ति, उसीमें परिवार का तथा स्वयं का आनन्द। यह सब सम्राट चन्द्रगुप्त कैसे करते होंगे?

कालिदास अनेक पहलुओं से सम्राट चन्द्रगुप्त के बारे में हीं विचार कर रहा था। जैसे-जैसे विचारों की तीव्रता बढ़ती जाती, कालिदास स्वयं से कहता, 'यह सब अगम्य और कभी-कभी अविश्वसनीय प्रतीत होता है।'

कालिदास ने स्वयं को सँभाला और वह चलने लगा, तभी राजकुमारी प्रभावती अपनी दो सखियों के साथ हाथों में फूलों की टोकरी लिये उपवन की ओर जाती दिखाई दी। कालिदास को देखते ही उसने उसके चरण छुए। कालिदास अचम्भित हो गया। उज्जयिनी में आते ही देखा था सम्राट की कन्या को। राजसभा में पिता के साथ उपस्थित रहने वाली यह कन्या अब उपवर हो गयी है, इसका अनुमान हुआ। वह प्रसन्नता से हँसी, कालिदास भी हँसे।

"शुभप्रभात! शब्दों से शुभसंकेत देने वाले शब्द प्रभु के दर्शन हुए, हम धन्य हो गये। कविराज, पिछले सात-आठ वर्षों से आपको देखते रहे हैं, राजसभा में सुनते भी रहे हैं, परन्तु प्रत्यक्ष दर्शन आज ही हुए। आप हमें शुभाशीर्वाद दें!"

"हे सुकन्या, आपका दर्शन ही मन को प्रसन्न करने वाला है। कुछ ही समय पूर्व सम्राट चन्द्रगुप्त की सुचारु शासन-व्यवस्था में भी ऐसी घटनाएँ हो सकती हैं, यह विचार कर रहा था। अब आपको देखा, तो ऐसा प्रतीत हुआ मानो उष:प्रभा ही सम्मुख खड़ी हो। राजसभा में आपका विलोभनीय दर्शन ही मन को प्रसन्नता प्रदान करता था, परन्तु स्वयं जाकर परिचय प्राप्त करने का स्वभाव न होने के कारण इच्छा होते हुए भी आप तक पहुँचा नहीं था।"

"हमें ज्ञात है कि आप हमारे पिताश्री के अन्तरंग मित्र भी हैं। आपकी काव्यरचना से वे इतने अधिक प्रभावित होते हैं कि हमें भी पुन:-पुन: सुनाते हैं।"

कालिदास मन:पूर्वक हँसा।

"राजकुमारी..."

"प्रभावती कहें...हम आपकी कन्या के समान हैं। आज जो घटना घटित हुई वह यह प्रदर्शित करती है कि सुयोग्य आयोजन, नियोजन, कार्यपद्धति होने पर भी मूल प्रवृत्ति पर मानव को स्वयं ही संयम रखना पड़ता है। अनेक बार मूल प्रवृत्ति का झुकाव स्वार्थ की ओर भी होता है। इसलिए राजव्यवस्था में साम, दाम, दण्ड, भेद आदि का समावेश होता है। कविराज, कभी-कभी महाचौर्यकर्म भी किया जाता है। यह सब ऐसा ही होता आ रहा है।"

कालिदास उसके स्पष्ट, सुमधुर विचारों से अत्यन्त प्रभावित हुआ।

"राजकुमारी प्रभावती..." वह कुछ कहता इससे पूर्व ही प्रभावती ने पूछ लिया।

"आपका क्य. विचार है महाराज चन्द्रगुप्त के प्रशासन के बारे में?"

"सत्य कहूँ, तो हमने राजकीय दृष्टि से कभी विचार नहीं किया। परन्तु अब करेंगे।"

"पिताश्री का क्रोध, शासन प्रणाली सुचारु रूप से चले इस दिशा में बनायी गयीं योजनाएँ और साम्राज्य समृद्ध हो, चारों ओर सुख शान्ति रहे इसके लिए किये गये परिश्रम ऐसे कोई अचानक तहस-नहस कर दे तो आयी हुई निराशा–आगे वे हर कदम सावधानी से उठायेंगे, परन्तु अभी तो तीव्र मनस्ताप ही है ना...हम समझ रहे हैं उनकी मन:स्थिति को।"

बारह वर्ष की कुमारी कन्या को समाज का इतना ज्ञान होगा, राष्ट्रभाव और सम्राट के राष्ट्रप्रेम तथा उनके परिश्रम से वह भली-भाँति परिचित होगी, ऐसा कालिदास ने सोचा नहीं था। उसके प्रगल्भ विचार सुनकर वह आश्चर्यचकित हो गया।

"राजकुमारी प्रभावती, आज हमें आपका सत्य परिचय प्राप्त हुआ। हम जब उज्जयिनी आये और कभी संयोगवश आपको देखा था, तब आप प्रस्फुटित होती हुई कलिका के समान थीं। आज के आपके शब्द और विचार अत्यल्प काल में ही अधिक कर्तव्यक्षम हो गये प्रतीत होते हैं। हम मन:पूर्वक आपका अभिनन्दन करते हैं और आपको शुभकामनाएँ प्रदान करते हैं।"

"कविश्रेष्ठ, जैसे दूध में जन्मघूँटी पिलायी जाती है, उसी तरह हमें जन्म से ही राजकीय विचारों की घूँटी मिलती है। हमारी माताश्री कहती हैं कि हमें कुछ अधिक ही दी गयी है राजकीय विचारों की घूँटी अन्यथा खेलने-खाने की आयु में हम इतिहास को नहीं पढ़ते रहते।"

"क्या आप सचमुच इतिहास का अवलोकन करती हैं?"

"क्या आप नहीं करते?"

"हम? हम वर्तमान काल में अपने भूतकाल को कैसे भूलें, इस पर विचार करते रहते हैं? क्योंकि जितना ही उसे भूलने का प्रयत्न करें वह उतनी ही तीव्रता से याद आता है।"

"हो सकता है। परन्तु अपने पूर्वजों के कर्तृत्व का आलेख इतिहास ही होता है। हमारे राष्ट्र के पूर्वजों का इतिहास भी उनके कर्तृत्वों का आलेख ही होता है। और हमें प्रिय है इतिहास। आपने पिताश्री को जो हस्तलिखित दिये थे, उन्हें हमने बार-बार पढ़ा है।"

"वे हस्तलिखित, जो हमने उज्जयिनी आने पर महाराज को दिये थे?"

"वे ही, परन्तु अब भोजपत्र जीर्ण हो गये हैं।"

कालिदास ने सोचा कि मैंने साँची के पश्चात उत्तर भारत का कुछ भाग, मध्य

देश का कुछ भाग देखा और काशी से वापस आ गया। मगर आचार्य केशवानन्द के दिये भोजपत्र पढ़े ही नहीं हैं। वही इतिहास होगा। उसने कहा, "राजकुमारी, आप वे भोजपत्र हमें दें, हम उनका पुनर्लेखन करेंगे।"

"अवश्य। इसकी आवश्यकता थी ही। अब, एक बात कबसे पूछना चाहते थे, परन्तु पूछें या न पूछें इस दुविधा में थे। क्योंकि वैसे हमने आपको केवल राजसभा में या उत्सवों में ही देखा है, अन्यत्र कहीं नहीं। इसलिए..."

"पूछिए, राजकुमारी प्रभावती। जब हम उज्जयिनी आये तो आप लगभग पाँच-छह या सात वर्ष की होंगी। परन्तु अपने पिताश्री के साथ राजसभा में बैठकर आप सब कुछ ध्यान से सुनती रहती थीं। आपने शस्त्रविद्या, अस्त्रविद्या अवगत की है। उत्तम घुड़दौड़ करती हैं, और शास्त्राभ्यास भी करती हैं। ये सब कब करती हैं?"

"कविराज, समय के पंख होते हैं। समय का पंछी पल-पल अपने पंख फड़फड़ाते हुए उड़ता रहता है। हमने उन पंखों पर सवार होने का प्रयत्न किया। सब कुछ प्राप्त करना तो सम्भव नहीं, परन्तु मार्ग तो दृष्टिगोचर होते हैं।"

"वा:...जिस आयु में कन्याएँ अपने भावी जीवन के सपने देखती हैं, उस आयु में आप सपनों को साकार करने और विविध क्षेत्रों की जानकारी में रुचि रखती हैं। प्रथम बार आपसे व्यक्तिगत परिचय हो रहा है।"

"कविराज, आप चतुर हैं। हम क्या पूछने वाले हैं, इसका अनुमान पहले ही करके हमसे ही प्रश्न पूछने लगे, और..."

"नहीं, राजकुमारी, नहीं। ऐसा विचार भी मन में नहीं आया। आपकी बातों से आपकी प्रगल्भता, विविधता और रुचि के दर्शन हुए। अवलोकन करता रहा था, परन्तु अवसर आज प्राप्त हुआ। पूछिए, क्या पूछना चाहती हैं?"

"कविराज, आपके परिवार में कौन-कौन है?"

उसके इस अकस्मात पूछे गये प्रश्न से कालिदास परेशान हो गया। उसने अनेक लोगों को सहज ही बताया था, 'अर्थार्जन के लिए हम उज्जयिनी में है, हमारा परिवार ऋषिकेश के मार्ग पर स्थित एक गाँव में है। हमारे वृद्ध माता-पिता और हमारी पत्नी पुत्र एवं पुत्री के साथ वहाँ रहती है। बीच-बीच में हम वहाँ जाते रहते हैं, माता-पिता यहाँ आने के लिए तैयार नहीं हैं।' बीच-बीच में कालिदास भ्रमण के लिए निकल जाया करते, किसी को भी कोई सन्देह नहीं था।

"आप यह प्रश्न क्यों पूछ रही हैं, राजकुमारी?"

"क्या आप अपनी कन्या से दूर रह सकते हैं?"

यही प्रश्न सम्राट चन्द्रगुप्त ने भी कभी पूछा था। तब कालिदास ने कहा था, "महाराज, कभी आपको विस्तार से बताऊँगा, तब तक जो उत्तर औरों को देता हूँ, वही आपको दे रहा हूँ। सत्य को छुपाना असम्भव है।"

"रहने दें, कविराज," सम्राट ने कहा, और फिर कभी वह विषय उठा ही नहीं, या उन्होंने समझदारी से नहीं उठाया। परन्तु अब राजकुमारी से क्या कहूँ, इस उलझन में कालिदास थे, तभी उन्हें मौन देखकर राजकुमारी प्रभावती ने सहजता से कहा, "आपके मन को भी दु:ख होता ही होगा। वैसे भी कन्या अपने मातृगृह में रहती है केवल दस-बारह वर्ष। फिर उसका विवाह और तब जीवन श्वसुरगृह में ही बीतता है। तब उसके श्वसुरगृह जाते समय आपको अधिक दु:ख नहीं होगा। सत्य है ना? परन्तु कविराज, आप मेरे लिए पिता समान हैं, यहाँ उज्जयिनी में आप हमें ही अपनी कन्या मानें।"

कालिदास की आँखें भर आयीं। जब पत्नी ही नहीं, तो कन्या एवं पुत्र कहाँ से लाऊँ? प्रभावती ने इस प्रश्न का समाधान समझदारी और सहजता से निकाल लिया था। शायद वह मन की बात समझ गयी थी। वह अपने पिता के ही समान थी।

"राजकुमारी..."

"केवल प्रभावती। आपकी मानसकन्या, धर्मकन्या।"

अब कालिदास के लिए असह्य हो गया। उत्तरीय से अपने आँसू पोंछते हुए उसने प्रभावती के हाथ अपने हाथों में लिए। फिर उसके मस्तक पर हाथ रखे। मन की भावनाएँ अब शब्दातीत हो चुकी थीं।

***

दीपदान की ज्योति बुझाकर कालिदास ने गवाक्ष के बाहर देखा। नक्षत्रों से परिपूर्ण आकाश में चन्द्र प्रवेश कर ही रहा था। आधी रात हो चली थी। वातावरण में ठण्डक थी। दिन भर के थके शरीर को विश्राम देने के लिए वे शय्या पर लेट गये। शान्ति और प्रसन्नता का अनुभव हो रहा था।

उस दिन शाम को जब प्रभावती से भोजपत्र ले रहे थे, तो उसने कहा था :

"कविराज, आपको कष्ट तो नहीं होगा? क्या मैं भी कुछ भोजपत्रों का पुनर्लेखन करूँ?"

"प्रभावती, जीवन की सत्यता को समझने में हमें विलम्ब हुआ, उसी प्रकार का विलम्ब समाजमन के सन्दर्भों को समझने में हुआ है। अब समझ में आया कि हमारे पैरों ने मार्गक्रमण किया ही नहीं, वे एक ही मार्ग पर मण्डलाकार घूमते रहे।"

"कविराज आप जिन अनुपम, उत्कट और भाव मधुर शब्दों से मैत्री करते हैं, वे सम्राट चन्द्रगुप्त की राजसभा का अलौकिक आनन्द हैं, ऐसा प्रतीत होता है, मानो सरस्वती स्वयं आपके मुख से बोल रही हों।"

उसके द्वारा की गयी स्तुति चाहे कौमार्यावस्था के प्रगल्भ विचारों द्वारा व्यक्त की गयी थी, फिर भी कालिदास को यह अनुभूति हुई कि उसे अनन्त मार्ग पर चलना है।

तीन दिन बाद हुई विराट जनसभा में सम्राट चन्द्रगुप्त ने कहा, "युद्ध से साम्राज्य का विस्तार होता है। उत्तम प्रशासन व्यवस्था से अन्तर्गत समाज सुस्थिति में रहता है, और सेना तथा सैन्याधिकारियों के कठोर कार्य से अन्तर्गत तथा बाह्य सुरक्षा अधिक दृढ़ होती है। साम्राज्य को यदि अन्याय, अत्याचार और भ्रष्टाचार की छोटी सी भी दीमक लग जाये तो वह समाज और राष्ट्र को खोखला कर देती है।

ऐसी स्थिति में अपने राष्ट्र की सम्पत्ति अवैध मार्ग से परदेस ले जाने वालों को सज़ा और वह भी कड़ी सज़ा मिलनी चाहिए। हम न्यायसमिति से विचार विमर्श करके इस निर्णय पर पहुँचे हैं कि दण्डपाशिक, दण्डपाशाधिकारी और महासेनापति इन उच्चपदस्थ अधिकारियों को मृत्युदण्ड न देते हुए, क्योंकि मृत्युदण्ड की वेदना एक बार होकर फिर मुक्ति हो जाती है, ऐसा अवैधानिक कृत्य करने वाले भ्रष्टाचारी अधिकारियों का एक-एक हाथ और पैर तोड़ा जाये।

उन्हें जीवन-भर इसी हालत में देखकर अन्य लोगों को ऐसा कृत्य करते हुए भय होगा। आगे से कोई भी ऐसा दुष्कृत्य करने का साहस न करेगा। इस साम्राज्य का निर्माण हुआ है आप सबके सहकार्य से। हर परिवार का कम से कम एक सदस्य तो सेवारत है। इन सब परिवारों का हम आदर करते हैं।

हम नहीं चाहते कि हमें क्रूर सम्राट की ख्याति प्राप्त हो। हमारे राज्य का हर व्यक्ति सुखी रहे, यही हमारी कामना है। आप सब यदि प्रसन्न हैं, तो हम भी प्रसन्न हैं। आपकी प्रसन्नता से ही राज्य प्रसन्न है।

और जिन तीनों को यह दण्ड दिया गया है, वे पश्चात्ताप स्वरूप, एक हाथ और एक पैर के होते हुए भी, जन सेवा कैसे कर सकते हैं इस पर विचार करें।

आज तक हम समझ रहे थे कि यहाँ गणिकाओं का सम्मान है, शिल्पकला, नृत्यकला, संगीत, क्रीड़ा आदि क्षेत्रों के कलाकारों का सम्मान है। किसी को कोई कमी न हो, और वह शायद न भी हो; परन्तु इस भ्रष्टाचार से यह सिद्ध होता है कि धनलालसा मृगजल के समान आगे-आगे ले जाती है। इसलिए इसी क्षण से हर अधिकारी, ग्रामपति अथवा नगरपति, सेनापति अथवा कोषाधिपति या किसी

भी अधिकारी को ग़लत आचरण के लिए क्षमा नहीं किया जायेगा। आप सहायता प्राप्त करने के लिए आवेदन अपने अधिकारी को दें। सहयोग अवश्य प्राप्त होगा, परन्तु राष्ट्र की सम्पत्ति को अवैध मार्ग से परदेस न ले जायें। राष्ट्र की लक्ष्मी का अनादर न करें।"

सम्राट चन्द्रगुप्त बहुत देर तक बोलते रहे, अन्त में भावनावश होकर उन्होंने कहा : "अनगिनत वीरपुत्रों ने सुख के ये पल आपकी झोली में डाले हैं। उस इतिहास का स्मरण करें। अपने इतिहास का अवलोकन करें। अपने सनातन धर्म को अबाधित रखने के उद्देश्य से कितने युद्ध हुए उनका अवलोकन करें। धर्म का अर्थ है–संस्कारों से वृद्धिगत हुई शाश्वत, न्याय संस्कृति..."

सम्राट चन्द्रगुप्त बोल रहे थे और कालिदास को प्रभावती से लिए हुए भोजपत्रों की याद आयी।

मध्याह्न में जब सभा समाप्त हुई तो सम्राट चन्द्रगुप्त का जयघोष हुआ। लोकमानस में सम्राट चन्द्रगुप्त की बहुआयामी प्रतिमा प्रतिष्ठापित हो गयी थी।

कालिदास लिख रहे थे। 'इतिहास' शब्द का विग्रह 'ह+आस' है, इसलिए 'इतिहास' शब्द का अर्थ 'ऐसा हुआ'–यह है। इतिहास के अध्ययन से भूतकाल की साक्ष प्राप्त होती है, इसलिए यह ग्रन्थ महत्त्वपूर्ण है।

लिखते-लिखते कालिदास रुक गये। 'सत्य है, भूतकाल की साक्ष वर्तमान काल में भी उपस्थित रहती है। एक जीवन के कितने ही मोड़ों का इतिहास बन चुका होता है, और चाहे वह लिखा न गया हो, फिर भी याद रहता है। यदि अपना इतिहास अपने मन से मिटाया जा सकता तो?"

चाहे कितना ही प्रसन्न वातावरण हो, कितना ही हास्यविनोद हो रहा हो, फिर भी उसी क्षण विषण्णता की एक हूक अन्तर्मन में उठती है। किसी को पता नहीं चलता, परन्तु हमें उस वेदना की साक्ष प्राप्त हो जाती है। जैसे किसी यक्ष को, गन्धर्वकन्या को अथवा अप्सरा को शाप मिले, वैसा ही मुझे भी मिला है। यह इस जन्म का संचित तो नहीं है। यह पूर्वजन्म के संचित इतिहास का वर्तमान है।' क्षण भर को विचलित हुए मन को पुन: भोजपत्र पर केन्द्रित करके उसने लिखना आरम्भ किया।

"रीतिनीति-आचारविचार, अधिकार-न्याय इनसे सम्बन्धित धर्मसूत्र वैदिक काल में लिखे गये थे। प्रशासन-सुव्यवस्था इन पर भी विचार करने वाले धर्मसूत्र हैं-गौतम धर्मसूत्र, बौद्धायन धर्मसूत्र, आपस्तम्भ धर्मसूत्र, वशिष्ठ धर्मसूत्र, हिरण्यकेशी धर्मसूत्र। सर्वाधिक प्राचीन धर्मसूत्र गौतम ऋषि ने लिखा है। कौन-से व्यवसाय करने

चाहिए, वर्णव्यवस्था का गहरा अर्थ, राजा के अधिकार तथा कर्तव्य, ब्रह्मज्ञान देने वाला यदि पातक करे तो उसे क्या दण्ड देना चाहिए, ऐसे अनेक विषयों पर गौतम ऋषि ने 28 अध्यायों में प्रकाश डाला है।

और राजकीय प्रशासन के सन्दर्भ में बौद्धायन सूत्र अधिक महत्त्वपूर्ण हैं। इसके चार अध्याय-धर्म का मूल, यज्ञ, संन्यास, वानप्रस्थाश्रम में कृष्ण-यजुर्वेदाचार्य बौद्धायन ने शालिवाहन शक संवत्त् से काफ़ी पूर्व समाज का सभी पहलुओं से विचार किया है।

'स्मृतिग्रन्थ' में है आचार-विचारों की संहिता, अधिकार और न्याय के सन्दर्भ में मनुऋषि द्वारा रचित यह ग्रन्थ है। इसमें बारह अध्याय और 2684 श्लोक हैं। न्याय व्यवस्था, अपराध, दण्ड, शासन, आर्थिक, सामाजिक, धार्मिक विषयों का प्रतिपादन और साथ ही दान, उसके अधिकार, संस्कार, कुल के अधिकार, पति-पत्नी के, पुत्र के कर्तव्य–इन पर सर्वांगीण रूप से प्रकाश डाला गया है।

कालिदास लिख रहे थे। वैसे सरस्वती आश्रम में इस ग्रन्थ का अध्ययन हुआ तो था, परन्तु अब, समाज के वास्तव का सामना करते हुए जो प्रश्न उपस्थित होते हैं, उनके उत्तर ढूँढ़ने के लिए जब इस ग्रन्थ का आधार लेते हैं, तो इस बात पर ध्यान जाता है कि इन ऋषि-मुनियों ने कितनी सूक्ष्मता से जीवन का अध्ययन किया है। उन्होंने फिर से भोजपत्रों पर नज़र डाली।

'विष्णुस्मृति' मनुस्मृति की संस्कारित आवृत्ति प्रतीत होते हुए भी आपात्कालीन घटनाओं से निकलने के लिए उस स्थिति में सभी वर्णों के लोगों को कौन-सी सावधानियाँ बरतनी चाहिए, कौन-से व्यवसाय करने चाहिए, किस वस्तु पर कितना राजस्व लेना चाहिए यह बताते हुए शासन व्यवस्था में कठोर दण्ड की आवश्यकता का प्रतिपादन किया गया है।

'नारदस्मृति' नारद मुनि के अखण्ड भ्रमण की, मानव स्वभाव और उसके आकलन की गाथा अनुभव से सिद्ध होते हुए भी उसमें न्याय विषयक साक्षी और दण्ड पर ध्यान केन्द्रित किया गया है।

'मनुस्मृति' में स्त्रियों के पुनर्विवाह को अनुमति नहीं दी गयी है, परन्तु नारद मुनि ने न केवल पति निधन के बाद स्त्रियों के पुनर्विवाह को मान्यता दी, अपितु पति के निधन के पश्चात उसकी सम्पत्ति में पत्नी का भी अधिकार है, ऐसा स्पष्ट निर्देश भी दिया गया है। मनु ऋषि को यह मान्य नहीं है। उसमें व्यावसायिक संगठनों का उल्लेख और तत्सम्बधी नियम भी हैं।

लिखते-लिखते कालिदास को याद आया कि एक बार सम्राट ने राजसभा के

तपोधन, ऋत्विक, शाल्व और भद्रसेन को इस स्मृतिग्रन्थ से प्रशासन के लिए योग्य नियमों, सिद्धान्तों की लिखित संहिता बनाने का कार्य सौंपा था। वह कार्य पूरा हुआ अथवा नहीं यह जानने का कोई मार्ग न था, क्योंकि उसके बाद सम्राट चन्द्रगुप्त युद्ध में चले गये थे। उन चार लोगों का कार्य पूरा न हुआ हो तो मैं भी आसानी से उनके साथ सहकार्य कर सकता हूँ, यह विचार कालिदास के मन में आया और मन में प्रसन्नता का अनुभव हुआ।

ऋषि-मुनियों ने अपने अनुभव से, सहानुभव से विचार मंथन कर, सामाजिक तथा सूक्ष्म मानवी भावनाओं का अध्ययन करके, सुव्यवस्था की दृष्टि से कर्तव्य का ज्ञान देने के लिए स्मृति ग्रन्थों की रचना की।

'पाराशर स्मृति' ग्रन्थ में पाराशर ऋषि ने प्रत्येक वर्ण के लोगों को राजस्व कितना और किस स्वरूप में देना चाहिए इसका उल्लेख किया है। व्यवसाय, राजस्व, राजस्व वसूल करने के मानदण्ड, प्रायश्चित्त, कर्तव्य आदि का प्रमुख उल्लेख है।

'बृहस्पति स्मृति' ग्रन्थ में बृहस्पती ऋषि ने न्याय, शासन, अधिकार का सूक्ष्म विवेचन किया है। न्याय मण्डल के कार्य, ईश्वर की साक्षी-शपथ, न्यायविषयक कार्यपद्धति का इतना सुसंगत विचार प्रस्तुत किया है कि वह तत्कालीन राजाओं के लिए ही नहीं, अपितु वर्तमान सम्राटों के राज्यों की न्यायव्यवस्था के लिए भी मार्गदर्शक है।

'याज्ञवल्क्य स्मृति' में मानव जीवन और समाज जीवन का 'मनुस्मृति' जैसा ही गहन अध्ययन किया गया है कि...लिखते-लिखते कालिदास रुक गये। यदि जीवन का सूक्ष्म अनुभव प्राप्त करना हो तो समाज के प्रत्येक क्षेत्र का अध्ययन, मानवी मन तथा संवेदना, कर्तव्य और कठोरता इनका भी अध्ययन किया जाना चाहिए। मैंने अध्ययन तो किया है, परन्तु अनुभव प्राप्त करने में विलम्ब हो रहा है। याज्ञवल्क्य ने वेद, वेदांग, इतिहास, अर्थशास्त्र, धर्मशास्त्र, दर्शन का इतना सूक्ष्म और संयत अध्ययन किया कि 'मनुस्मृति' के 2684 श्लोकों में जो वर्णित है उसे 'याज्ञवल्क्य स्मृति' में केवल 1000 श्लोकों में सुन्दर और सुसम्बद्ध रीति से प्रस्तुत करते हुए पर राष्ट्र नीति को भी विस्तृत साम्राज्य के लिए आवश्यक माना है।

कैसा गहन निरीक्षण और अध्ययन, उसके बाद चिन्तन, संशोधन और सिद्धान्त। कालिदास स्तम्भित हो गये। रामायण, महाभारत–ऋषियों की इन मौलिक काव्य-प्रतिभाओं से हम मुग्ध हो गये थे। परन्तु इन स्मृतिग्रन्थों ने सामाजिक जीवन के अर्थ की जैसी समीक्षा की है वह प्रशंसनीय है।

उन्होंने पुन: भोजपत्रों का लेखन आरम्भ किया। इस सारे साहित्य का एक साथ अध्ययन करते हुए उनका मन प्रसन्न हो गया था।

विष्णुपन्त चाणक्य अर्थात आचार्य चाणक्य द्वारा लिखित कौटिल्य का अर्थशास्त्र हो, राजशास्त्र हो, राजसत्ता, पर राष्ट्र व्यवहार, मन्त्रिपरिषद्, राजव्यवस्था, गुप्तहेर पद्धति, राजस्व पद्धति, राजसत्ता की निर्मिति के सिद्धान्त और साम्राज्य में शान्ति किस प्रकार भंग की जा सकती है, इस सबका उल्लेख चन्द्रगुप्त मौर्य के काल में रचित इस ग्रन्थ में है।

सम्राट चन्द्रगुप्त ने कौटिल्यशास्त्र का अध्ययन अवश्य किया होगा, इसमें सन्देह नहीं। पाणिनी का 'अष्टाध्यायी', चरक-सुश्रुत इनकी 'सुश्रुत तथा चरक संहिता' और वात्स्यायन का 'कामसूत्र' यह ग्रन्थ मानव देह और रसिक मन का संवाद ही है। उसमें रसिकता, शृंगार, शृंगार के प्रकार, कुमारिका, पत्नी, प्रेयसी से कैसे सम्बन्ध रखने चाहिए, विवाहविधि, गणिका ...

'गणिका' शब्द से उन्हें लावण्यवती मधुवन्ती और विदुषी सुंवर्णमयी का स्मरण हो आया। पिछले कुछ दिनों से मन पर छायी अस्वस्थता एकदम समाप्त हो गयी।

आधी रात होने को थी। उन्होंने अंगरखा पहना, उस पर उत्तरीय डाला और अश्वारूढ होकर मधुवन्ती के प्रासाद की ओर निकल पड़े।

***

"महाराज, चन्द्रगुप्त, दक्षिण में रामेश्वर की ओर जाते हुए हमने मध्यदेश में आपके साम्राज्य के उज्ज्वल आलेख और आपकी गुणज्ञ अभिव्यक्ति के बारे में सुना। इसलिए आपके बहुचर्चित सिंहासन और नवरत्नों से सुसज्ज राजसभा को देखने के लिए विशेष रूप से आये हैं।"

राजशेखर शास्त्री बोल रहे थे। अतिथि कक्ष में प्रात:काल ही उनके आगमन की सूचना प्राप्त हुई थी। परन्तु अतिथियों का स्वागत करने में दोपहर हो गयी थी। आज सम्राट चन्द्रगुप्त ने स्वयं महाकालेश्वर के मन्दिर में अभिषेक किया था। कुछ ही दिन पूर्व वे प्रदेश की सुव्यवस्था करके वापस लौटे थे।

"आपका मन:पूर्वक स्वागत करता हूँ। आपका आदरातिथ्य त्वरित नहीं कर सका, इसके लिए क्षमाप्रार्थी हूँ। आपसे अपना परिचय देने की विनती करता हूँ।"

"महाराज, मैं वेदशेखर शास्त्री, मैंने वेदशास्त्रों का अध्ययन किया है। ऋषियों के अनुभव पर आधारित शास्त्रग्रन्थों का प्रमाण और प्रत्यक्ष अनुभव के आधार पर अध्ययन करता हूँ। ये हैं मेरे गुरुबन्धु हरिहरेश्वर पण्डित। ये स्वयं वैयाकरणी एवं

संस्कृत भाषा के अध्ययनकर्ता हैं। आपके नगर में प्रवेश करते ही इस बात पर ध्यान गया कि आपके नगर की, राजप्रासाद की, सर्वसामान्य व्यक्ति से लेकर राजप्रासाद तक बोली जाने वाली भाषा देववाणी संस्कृत है। हमें बहुत प्रसन्नता हुई।"

"सत्य कहता हूँ, महाराज, पिछले अनेक वर्षों से हम भारत भ्रमण कर रहे हैं, देववाणी संस्कृत आपकी मातृभाषा है, इसका केवल आपके नगर में ही अनुभव हुआ। यह भी ज्ञात हुआ कि यहाँ हर व्यक्ति को दो भाषाओं का ज्ञान है। आप संस्कृति एवं ज्ञान के उपासक हैं, इसकी भी प्रतीति हुई," हरिहरेश्वर पण्डित ने कहा।

अब अन्य दोनों का परिचय देता हूँ। ये हैं माधवाचार्य। इन्होंने नृत्य, नाट्य, संगीत और शिल्पकला का गहन अध्ययन किया है। और ये हैं पण्डित वासुदेवानन्द। इन्हें केवल भ्रमण में रुचि है। हर स्थान का निसर्ग इन्हें पुकारता है। कवित्व का भी इन्हें ज्ञान है। ये सांख्यवादी हैं। पिछले कुछ वर्षों से अपने-अपने उद्देश्य का समाधान प्राप्त हो इस हेतु से हम भ्रमण कर रहे हैं।"

"उत्तम। हमें भी आपके आगमन से आनन्द हुआ है। आप नगर में कुछ समय वास्तव्य करें। आपके ज्ञान का, अनुभव का लाभ हमें भी प्रदान करें।"

"अवश्य, महाराज। हमें भी आपके तथा आपके साम्राज्य के बारे में अनेक कथाएँ सुननी हैं। हम आपकी अनुमति से कुछ काल वास्तव्य करने ही वाले थे, अब आप ही के कहने से दुग्ध-शर्करा योग उत्पन्न हो गया।"

सम्राट चन्द्रगुप्त अत्यन्त प्रसन्न थे। आज राजसभा में परिवार की महिलाएँ नहीं थीं। महाभिषेक सम्पन्न होने के उपलक्ष्य में वे महाभोजन के कार्यक्रम की व्यवस्था में व्यस्त थीं। आज चर्चा के लिए कोई राजकीय विषय नहीं था। न्याय पाने के लिए भी कोई समस्या उत्पन्न नहीं हुई थी। अत्यन्त सुदृढ़, सुबाहु, सुविचारी, प्रजाहित दक्ष एवं गुणी सम्राट के रूप में प्रसिद्ध कीर्ति का तेज उनके मुखमण्डल पर था।

आज राजसभा में अत्यधिक संख्या में नागरिक उपस्थित थे। इन चारों के बारे में सभी के मन में उत्सुकता थी। मुख्यत: राजशेखर शास्त्री का नाम सर्वश्रुत था। धन्वन्तरि, क्षपणक, अमरसिंह, शंकु, वेताल भट्ट, घटखर्पर, कालिदास, वराहमिहिर, वररुचि इन नवरत्नों के साथ-साथ राजपुरोहित और नगराध्यक्ष भी उपस्थित थे।

"महाराज, हमें चौंसठ योगिनियों के बारे में ज्ञान है, परन्तु आपके सिंहासन की बत्तीस योगिनियों के बारे में कुछ भी ज्ञात नहीं है," हरिहरेश्वर पण्डित ने कहा।

"कालिदास, आप चौंसठ योगिनियों के बारे में जानते हैं?" सम्राट चन्द्रगुप्त ने पूछा।

"अवश्य, महाराज।"

"क्या पहले उन योगिनियों का परिचय हमें दे सकेंगे? पण्डित हरिहरेश्वर, ये कविराज कालिदास हैं। अनेक शास्त्रों में पारंगत हैं। मुख्यत:, आपके वासुदेवानन्द के समान इन्हें भी भ्रमण और निसर्ग प्रिय है। ये हमारे स्नेही भी हैं, अब बतायें, कविराज।"

कालिदास खड़े हो गये। सम्पूर्ण राजसभा उनकी मधुरतम वाणी में वक्तव्य सुनने के लिए नित्य आतुर रहती थी। यह विषय नया होने के कारण सभी उसे सुनने के लिए उत्सुक थे।

"हम अपनी राजसभा के नवरत्नों का परिचय उनके कार्य के द्वारा ही आपके सामने प्रस्तुत करेंगे, परन्तु कविराज कालिदास ज्योतिष, आयुर्वेद, शास्त्र, वेद, राजनीति..."

"महाराज, आप हमारी इतनी स्तुति न करें, यह भी सम्भव है कि जिससे हम स्नेह करते हैं, उसके अवगुणों को हम दुर्लक्षित करते हैं। अस्तु।

चौंसठ योगिनी वास्तव में स्त्री के ही विविध रूपों के नाम हैं। इन्हें मातृका भी कहते हैं। और यह भी कहा जाता है कि जब शिवशंकर पार्वती के गुणों का अवलोकन कर रहे थे, तो उन्होंने पार्वती के प्रत्येक गुण के लिए एक-एक आकृति की रचना की। और उसे प्रत्येक स्त्री के अन्तरंग में स्थापित कर दिया।"

"हम नहीं समझे," सम्राट चन्द्रगुप्त ने कहा, तो कालिदास ने कहा :

"महाराज, सभा में कहना नहीं चाहिए, परन्तु, क्या आपने कभी महारानी के गुणों का अवलोकन किया है? क्षमा करें, महाराज, परन्तु स्त्री के अन्तरंग में उपस्थित संगीत, नृत्य, गायन, वादन, मृदुभाषिता, सौन्दर्य ऐसे चौंसठ गुणों का प्रतिरूप ये योगिनियाँ हैं।"

"इतने सारे गुणों की प्रतिरूप योगिनियाँ?"

"हमने सभी रूपों का अध्ययन किया नहीं है, परन्तु जो जिस गुण का भक्त होता है, वह उस योगिनी की आराधना करता है।"

"हो सकता है। परन्तु जिस प्रकार तैंतीस कोटि देवताओं के नाम हमें ज्ञात नहीं हैं, उसी प्रकार इन योगिनियों के नाम भी हमारे लिए शायद अज्ञात होंगे," राजपुरोहित ने कहा।

"अज्ञात इसलिए कि सभी स्त्री शक्ति स्वरूपों का हमें परिचय नहीं होता, और मनुष्य को जिस शक्ति की आवश्यकता होती है, उसी की खोज वह करता है। राजशेखर शास्त्री जी, हम नामों का उच्चारण करेंगे और उनसे सम्बन्धित मन्त्र का भी उच्चारण करेंगे, कृपया देखें कि योग्य हैं अथवा नहीं।"

चौंसठ योगिनियाँ स्त्री शक्ति होंगी और उनके मन्त्र उपासक भी होंगे, इसकी कल्पना भी हमारे नवरत्नों को है अथवा नहीं, ऐसा विचार सम्राट चन्द्रगुप्त के मन में आया।

"महाराज आठ योगिनी अत्यधिक प्रसिद्ध हैं। बहुरूपा, तारा, नर्मदा, यमुना, शान्ति, वारुणी, क्षेमकरी, ऐन्द्री, वाराही, रणवीरा, वानरमुखी, वैष्णवी, कालरात्रि, वैद्यरूपा, चर्चिका, बेतली, छिन्नमस्तिका, वृषवाहन, ज्वालाकामिनी, घटवार, कराकाली, सरस्वती, बिरूपा, कावेरी, भलुका, नरसिंही, बिरजा, विकतांना, महालक्ष्मी, कौमारी, महामाया, रती, करकरी, सर्पश्या, यक्षिणी, विनायकी, विंध्यावासिनी, वीरकुमारी, माहेश्वरी, अंबिका, कामिनी, घटाबरी, स्तुति, काली, उमा, नारायणी, समुद्रा, ब्राह्मिणी, ज्वालामुखी, आग्नेयी, अदिति, चन्द्रकान्ति, वायुवेगा, चामुण्डा, मूर्ति, गंगा, धूमावती, गान्धारी, सर्वमंगला, अषिता, सूर्यपुत्री, वायुवीणा, अघोरा, भद्रकाली ऐसे चौंसठ नाम हैं..." कालिदास एक सांस में बोल गये जिससे उनकी सांस फूल गयी।

सम्राट चन्द्रगुप्त हँस पड़े, और बोले, "कविराज, प्रथम जल प्राशन करें। अब चौंसठ योगिनियों के मन्त्र अभी न सुनाएँ। उन पर हम बाद में विचार करेंगे।

पूरी सभा में प्रसन्नता थी।

"आप सभी वैदिक ग्रन्थों के अभ्यासक हैं। उज्जयिनी नगरी की यह विशेषता है। क्या हमें ऋषि कणाद के बारे में कुछ जानकारी मिल सकती है?" पण्डित हरिहरेश्वर ने पूछा।

"एक बात पूछूँ पण्डित हरिहरेश्वर, क्या आपने हमारी परीक्षा लेने के लिए यह प्रश्न पूछा है?" वराहमिहिर ने कहा।

"ऐसा दु:साहस हम कदापि नहीं करेंगे। स्वयं हमें ही उनके बारे में शोध कार्य करते हुए उनके जीवन के बारे में जानने की उत्सुकता थी। बस इतना ही अर्थात यह प्रश्न हम विद्वत सभा में उठाने ही वाले थे।"

"और पण्डित वराहमिहिर, यदि वैसी परीक्षा ली भी जाये तो वह आवश्यक ही है, अन्यथा वह ज्ञान हम जैसे सदा युद्ध में ही मगन लोगों तक कैसे पहुँचेगा?"

"हमारा वह उद्देश्य नहीं था, महाराज, यूँ ही विनोदपूर्वक पूछ लिया।"

"विनोदपूर्वक पूछते हुए मुख पर हास्य होना चाहिए। आप अत्यन्त गम्भीर स्वभाव के हैं। क्या पत्नी के साथ भी इतने ही गम्भीर रहते हैं?"

आज की सभा में सहजता थी। अनेक दिनों के पश्चात सम्राट चन्द्रगुप्त अपने विनोदी स्वभाव से वातावरण को अधिक प्रसन्न बना रहे थे।

"कौन हैं ये कणाद ऋषि?" सम्राट चन्द्रगुप्त ने प्रश्न किया।

"मैं बताता हूँ," एक षोडश वर्षीय बालक सामने आया। उसने महाराज को प्रणाम किया और सबके सामने स्पष्ट स्वर में बोलने लगा, "कश्यप गोत्र के उलूक नामक ब्राह्मण के घर उनका जन्म हुआ था। उस काल में ग्रहदोषशान्ति और तप:साधना के लिए प्रभास क्षेत्र बहुत महत्त्वपूर्ण था। कण्व मुनि ने अपनी धर्मकन्या के लिए इसी क्षेत्र में तपस्या की थी। उसी प्रभास क्षेत्र में कणाद का जन्म हुआ था। उस भूमि से उसका सम्बन्ध तो उसे पुण्य प्रदान कर ही रहा था।"

उस कुमार की वाणी की मधुरता, स्पष्टता, कहने का ढंग कालिदास को अत्यन्त निकट प्रतीत हो रहा था। यह कौन हो सकता है? यह प्रश्न मन में आया।

"बचपन से ही उसके मन में सृष्टि के प्रति अत्यन्त आकर्षण था। इस विश्व का निर्माण कैसे हुआ होगा। कण-कण से जुड़ी हुई पृथ्वी कैसे बनी होगी? ये स्वरों के, सुरों के स्वर एक-दूसरे से जुड़कर गीत कैसे बनाते होंगे? ऐसे प्रश्न उसके मन में उत्पन्न होते, वैसे ही वे मेरे मन में भी उत्पन्न होते हैं..." वह कह रहा था।

उसकी बातों से सम्राट को अनुभव हुआ कि यह बालक साधारण नहीं है। उसे बीच ही में रोककर उन्होंने पूछा, "तुम्हारा परिचय क्या है, वत्स? कहाँ से आये हो?"

"महाराज, निराकार से मैं साकार हुआ, परन्तु मुझे अपना कुल-गोत्र ज्ञात नहीं। एक शूद्रक वर्ण की महिला ने मेरा पालन-पोषण किया है।"

"फिर, ये शास्त्र? ये अध्ययन?"

"महाराज, वह महिला शूद्र होते हुए भी महान पण्डिता है। उनका नाम है अनुसूया। और यदि मेरा नाम पूछें, तो वह भी उसी ने रखा है–आदित्य। वह अस्त्र-शस्त्र में निपुण है। महाराज, जब वैश्यों ने शूद्रों पर आक्रमण किया, तो उसने स्वत: अश्वारूढ़ होकर सेना के साथ उन्हें वापस खदेड़ दिया। उसने मुझे एक ही उपदेश दिया : भिक्षु मत होना, संन्यासी न होना, ज्ञानदाता बनो, ज्ञान पर किसी एक का अधिकार नहीं होता। ऋषि-मुनियों के कुल गोत्र भी अज्ञात हैं, परन्तु उनका ज्ञान सबके लिए है।"

"मैं तुम्हारी माता से मिलना चाहूँगा।"

"नहीं, महाराज। परिस्थिति के कारण उसके विचार कठोर हैं, रहने दें।"

कालिदास भी सोच में पड़ गये...कौन हो सकती है यह शूद्र स्त्री अनुसूया?"

"कणाद के बारे में बताओ, आदित्य," वराहमिहिर ने कहा।

आदित्य ने कणाद की कथा सुनाई :

"एक दिन कणाद अपने पिता के साथ काशी की विद्वत्सभा में जा रहा था। तब घाट से गुज़रती हुई एक स्त्री के हाथ से चावल का पात्र गिर गया और चारों ओर चावल बिखर गये। हर कोई उनके ऊपर से चलने लगा। उन चावलों के कण-कण होते जा रहे थे। उन चावलों के असंख्य कण देखकर और उठाया न सकने वाला कण देखकर कणाद के मन में विचार आया कि प्रत्येक वस्तु अणु-परमाणुओं से ही निर्मित है। जब दो पदार्थ एकत्र होते हैं, तो वह द्विणुक होता है, और तीन पदार्थ इकट्ठे हों तो–त्रिणुक। और फिर कणाद मुनि अणु कणों तथा परमाणु कणों के बारे में विचार करते हैं..."

कणाद मुनि के बारे में कितना कहूँ, और कितना न कहूँ, ऐसा आदित्य को लग रहा था। पंच तत्त्वों से परिपूर्ण ब्रह्माण्ड और उन्हीं तत्त्वों से निर्मित मनुष्य। कण-कण से एकत्र हुआ विश्व और कण-कण से निर्मित देह...ऐसा बहुत कुछ वह भावनावश होकर कह रहा था।

राज सभा में केवल उसी के शब्द गूँज रहे थे। जब वह रुका तो नीरव शान्ति व्याप्त हो गयी। कुछ देर बाद सम्राट ने कहा, "आदित्य, तू कौन है, इस बारे में सन्देह करने का कोई कारण ही नहीं है। स्वयं का ज्ञान प्रकट करने वाला तू आदित्य है। यदि इच्छा हो, तो तुम राजसभा में आ सकते हो।"

"महाराज, मैं अवश्य आऊँगा। परन्तु इसके पूर्व मुझे एक बार श्री काशी विश्वेश्वर के दर्शन करना है। बद्रीनाथ जाना है। अद्यापि मेरी दिशा निश्चित नहीं हुई है, परन्तु अकस्मात आपका सहकार्य प्राप्त हुआ इसके लिए मैं आपका अत्यन्त आभारी हूँ।"

"कणाद ऋषि के बारे में तुम्हें इतना ज्ञान कैसे प्राप्त हुआ?"

"महाराज, अभी तो मैं वैदिक शास्त्रों का केवल अभ्यासक हूँ। महर्षि चरक की चिकित्सा पद्धति, पाचन क्रिया, रोग प्रतिकारक संकल्पना, मानव शरीर के तीन दोष–कफ, वात एवं पित्त, ऋषि अग्निवेश के शास्त्र का आधार लेते हुए स्वमत आग्रही–उनकी 'चरक संहिता' का मैंने अध्ययन किया है।"

"और सुश्रुत?" वराहमिहिर ने उत्सुकता से पूछा।

"हाँ, नि:सन्देह मैंने 'सुश्रुत संहिता' का अध्ययन किया है। इस ग्रन्थ में 184 प्रकरण हैं और इसमें 1120 विविध प्रकार के रोगों की जानकारी है। सुश्रुत शल्य विशारद थे, अत: 120 शल्य क्रियाओं की विस्तृत जानकारी उन्होंने दी है और 64 प्रकरणों में विविध औषधियों की जानकारी दी है। औषधियों के निर्माण के लिए 120 प्रकरण हैं। औषधियों के निर्माण में प्रयुक्त होने वाली 700 वनस्पतियों, 64 खनिज पदार्थों, 57 प्राणियों की विस्तृत जानकारी है। सुश्रुत ने हड्डियों का पाँच भागों में वर्गीकरण किया है। शस्त्रक्रियाओं के 8 प्रकार, 14 प्रकार का पट्टीबन्धन और सौ से अधिक शल्य उपकरणों का वर्णन इसमें है। शस्त्र क्रिया से पूर्व रखी जाने वाली सावधानी और तदुपरान्त की जाने वाली देखभाल का भी वर्णन किया है।"

"अप्रतिम, आदित्य! अप्रतिम! तुम्हारा अध्ययन और कथन करने की पद्धति अप्रतिम है!"

सम्राट चन्द्रगुप्त ने उठकर अपने गले की कण्ठमाला उसे पहना दी, राजसभा में सभी ने आदित्य का जयघोष किया।

कालिदास विस्मयचकित थे। किशोरावस्था में पदार्पण करने वाले कुमार आदित्य का शास्त्राभ्यास, उसकी अलौकिक स्मरणशक्ति, भाषा की स्पष्टता, शब्दों पर उसका प्रभुत्व, और उसका तेजस्वी मुखमण्डल देखकर आदित्य योगी के रूप में प्रत्यक्ष ब्रह्मर्षि प्रतीत हो रहा था।

दोपहर हुई तो सबको महाप्रसाद के लिए भोजनशाला में निमन्त्रित किया गया। प्रत्येक व्यक्ति अपने-अपने आसन से उठा। उसी समय कालिदास आदित्य को ढूँढ़ रहे थे, परन्तु सम्राट चन्द्रगुप्त के जाने के बाद हुई भीड़ में आदित्य कहीं लुप्त हो गया था।

भोजनशाला में आज सम्राट सबके साथ महाप्रसाद ग्रहण करने वाले थे। परन्तु भोजनशाला में भी जब आदित्य दिखाई नहीं दिया तो कालिदास अस्वस्थ हो गये। अकस्मात प्रकट होने और अकस्मात लुप्त होने का कारण समझ में नहीं आ रहा था।

अन्त में अस्वस्थता से भरा दिन समाप्त हो गया। सन्ध्या आरती के लिए कालिदास महाकालेश्वर पहुँचे और घण्टाध्वनि हुई। जैसे पहली सीढ़ी पर ही घण्टा ने शुभ संकेत दिया, ऐसा उन्हें प्रतीत हुआ। सीढ़ी से पाँव पीछे करके वे क्षिप्रा के दक्षिण भाग की ओर मुड़े।

पूर्णिमा का पूर्ण चन्द्र क्षिप्रा में समा गया था। ऐसा प्रतीत हुआ, मानो विस्तीर्ण आकाश का चन्द्रमा सरिता के आलिंगन में समा गया हो। वे मन-ही-मन हँसे। प्रकृति

में स्त्री-पुरुष की प्रतिमाएँ देखना उन्हें प्रसन्नता देता था। इस समय भी सब कुछ भूलकर प्रशान्त-प्रसन्न क्षिप्रा के हृदय में समाये हुए पूर्ण चन्द्रमा से उन्हें ईर्ष्या ही हुई। परन्तु अगले ही क्षण वे चलने लगे।

क्षिप्रा नदी की ढलान पर स्थित शूद्र वर्णीय लोगों की बस्ती की तरफ़ जाने वाला मार्ग चन्द्रमा के प्रकाश में स्पष्ट दिखाई दे रहा था। क्षिप्रा उनके साथ-साथ चल रही थी। उन्होंने उस बस्ती में यूँ प्रवेश किया, जैसे किसी अति रम्य उद्यान में प्रवेश कर रहे हों। उस बस्ती की कुटियाँ सुन्दर और सुनियोजित ढंग से बनी हुई थीं। प्रत्येक कुटी के सामने एक-एक वृक्ष था। बीच में अश्वत्थ वृक्ष के नीचे बैठने की व्यवस्था थी। बस्ती की प्रवेश-कमान पर लिखा था–'आनन्द नगरी'।

यह किसकी कल्पना हो सकती है? अत्यन्त रम्य परिसर में कुटियाँ बिखरी हुई थीं। सायंकालीन भोजन की व्यवस्था की जा रही थी।

उन्होंने एक व्यक्ति को रोककर पूछा, "कुमार आदित्य यहीं रहता है ना ?"

"हाँ, हाँ, हमारा ही आदित्य है। यहाँ से पाँचवीं कुटी में, माता अनुसूया के साथ है। मगर आप?" कालिदास ने जवाब नहीं दिया और वे शीघ्रता से उस कुटी के पास आये। भीतर जाऊँ या न जाऊँ, इसका विचार कर ही रहे थे कि आदित्य ने कहा,

"महाकवि कालिदास महाराज! आप इस शूद्रों की बस्ती में आये, यह बात यदि भद्र लोगों को ज्ञात हो गयी तो?"

"क्या हम भीतर आ सकते हैं, आदित्य?"

"अवश्य पधारें, महाराज। परन्तु आपको इस बस्ती से वापस जाकर शुचिर्भूत तो नहीं होना पड़ेगा?"

"ऐसा क्यों कहते हो? आज मध्याह्न में तुमने अपना परिचय देते समय शूद्र वर्ण का उल्लेख किया था, उस समय किसी ने भी कोई आक्षेप नहीं किया था।"

उन दोनों का सम्भाषण सुनकर अनुसूया कक्ष से बाहर आयी।

"आदित्य, महाराज को आसन दो।"

"महाराज के लिए उच्चासन कहाँ से लाऊँ, माते? हम धरती से नाता जोड़ते हैं, आकाश केवल निहारते हैं।"

"वत्स, आदित्य, सवर्णों के ऊपर तुम्हारे क्रोध को हम समझते हैं। मगर शान्त चित्त होकर हमें आसन दोगे क्या?"

कालिदास ने वह आसन लिया और वे बैठ गये। उन्होंने अनुसूया से भी बैठने की विनती की। वह सकुचाती हुई बैठ गयी।

"भगिनी, अनुसूया, आपके आदित्य को अन्य वर्णों पर इतना क्रोध क्यों है? क्या हमें बतायेंगी?"

"महाराज, हम अज्ञानी। शास्त्राभ्यास किया, वह भी अप्रत्यक्ष रूप से। परन्तु, पुत्र ज्ञानी हो, इस हेतु से जब गुरुकुल गये, तो उत्तर मिला कि धर्मशास्त्र का अध्ययन केवल ब्राह्मणों को ही करना चाहिए।"

"परन्तु ऐसा तो नहीं है।"

"महाराज, क्षत्रिय युद्ध करें, ब्राह्मण धर्मज्ञान दें, वैश्य व्यापार करें और शूद्र समाज के कार्य करें–यही वर्णव्यवस्था है ना? सम्पूर्ण उज्जयिनी नगरी सुन्दर रहे, इसके लिए हम प्रयत्नशील रहते हैं।"

"भगिनी अनुसूया, हम प्रत्यक्ष अनुभव प्राप्त कर इस सम्बन्ध में विचार करेंगे। परन्तु ऋषि परशुराम ने ब्राह्मण होते हुए भी क्षत्रिय वृत्ति धारण की थी। किस कुल में जन्म लें, यह अधिकार हमें नहीं है, परन्तु कुल-गोत्र का इतना ग़लत अर्थ समाज में है, यह हमें ज्ञात ही नहीं हुआ।"

"क्योंकि आप उच्च कुल से हैं।"

"उच्च कुल से?" कालिदास मौन हो गये। कौन-सा है हमारा गोत्र? कौन-सा है कुल? कौन माता-पिता? किस वर्ण के? यदि माता सरस्वती के आश्रम में न गये होते तो कदाचित...

"महाराज, अचानक क्यों मौन हो गये?"

"ज्ञान सम्पादन करने के बाद भारत भ्रमण को गया था। तब सांख्य, गाणपत्य, शाक्त, वैष्णव जैसे अनेक पन्थों के दर्शन हुए। जैनियों के सम्पर्क में आया, बौद्ध मत से परिचय हुआ, परन्तु चारों वर्णों के बीच के इस अन्तर की ओर ध्यान ही नहीं गया। सम्राट चन्द्रगुप्त की सभा में भी ऐसा प्रश्न कभी उपस्थित नहीं हुआ। अब मैं इसकी खोज करूँगा। परन्तु..."

"परन्तु महाराज, आप इस निर्धन की कुटी में कैसे पधारे?"

"भगिनी अनुसूया, कस्तूरीमृग को कहाँ इस बात का ज्ञान होता है कि उसकी नाभि में कस्तूरी है? आपकी कुटी में ऐसा रत्न है, जो कुबेर को भी ललचा दे।"

"नहीं...नहीं...महाराज...हमारे पास ऐसा कोई रत्न नहीं है। यह आपसे किसने कह दिया, महाराज? हम निर्धन हैं। परन्तु चौर्यकर्म नहीं करते। मेरे पति नाविक हैं। वे अभी यहाँ नहीं हैं।"

वह भयभीत हो गयी थी। उसकी अवस्था देखकर कालिदास ने कहा :

"जिसे अपना कुल-गोत्र, माता-पिता ज्ञात नहीं, ऐसा रत्न, कुमार आदित्य आपके पास है। क्या आपको इसका ज्ञान है?"

"मतलब, उसने क्या अपराध किया है? क्या रत्न का अपहरण किया है?"

उसकी अवस्था और कालिदास के सम्भाषण का रुख कुमार आदित्य की समझ में आ गया। वह बोला, "महाराज एक बार मुझे एक वृद्ध तपस्वी मिले, उन्हें जल चाहिए था। मैने उन्हें पत्तों के दोने में जल लाकर दिया। उनकी तृष्णा शान्त ही नहीं हो रही थी। मैं बार-बार जल ला रहा था। अन्ततः मैने उनसे पूछ लिया, "ऐसा प्रतीत होता है कि आप काफी चलकर आये हैं, और क्षुधा भी लगी होगी। आगने केवल जल से ही अपनी क्षुधाशान्ति कर ली।"

"तुम्हारे जल से मैं सन्तुष्ट हो गया। अब बताओ, तुम्हें क्या चाहिए?"

"आप मेरे पितामह के समान हैं। यदि मैं आपसे दो वर माँगूँ तो देंगे?"

"अरे, वत्स, वर देने लायक सिद्ध पुरुष मैं नहीं हूँ।"

"कौन थे वह वृद्ध तपस्वी?" कालिदास ने बीच ही में पूछ लिया।

"संहिताओं के अभ्यासक थे। उनके पास भोजपत्रों का बड़ा संग्रह था। मैंने उनसे कहा, "आप केवल मेरी खातिर आठ दिन महाकालेश्वर के मन्दिर में वास करें। आप मुझे अक्षरों से परिचित करायें और ये भोजपत्र आप जिनके लिए ले जा रहे हैं, उस प्रवास में मुझे अपने साथ ले चलें।"

"वत्स, तुम्हें दोनों वर देने के लिए मैं वचनबद्ध हूँ।"

उन्होंने आठ दिनों में मुझे अर्थ सहित अक्षरों का परिचय करा दिया। माता को बताये बिना ही मैं उनके साथ दक्षिण की यात्रा पर निकल पड़ा था। मैं उन भोज पत्रों का वाचन कर रहा था, कण्ठस्थ करने का प्रयास कर रहा था। एक दिन उन्होंने मुझसे कहा, "वत्स, अब ये भोजपत्र तुम्हारे ही हैं। इस यात्रा में यह विश्वास हो गया कि तुम ही उनके अधिकारी हो। उन्होंने उन भोजपत्रों का बहुत बड़ा संग्रह मेरे हाथों में दिया और मुझे वैदिक धर्म-शास्त्र, संहिता कण्ठस्थ हो गये।"

"और वे वृद्ध?" कालिदास ने पूछा।

"जैसे वे अकस्मात मिले थे, वैसे ही अकस्मात लुप्त भी हो गये। उनकी प्रतीक्षा करके मैं वापस लौटा।"

"क्या तुमने अपने माता-पिता का नाम इन माता-पिता से नहीं पूछा?"

"महाराज, मैं शक कन्या। मेरे पति शूद्र वर्णीय। हमारा विवाह होने के पश्चात हम वेत्रवती के किनारे पर आये। पति नाविक हैं, इसलिए वेत्रवती हमारी माता ही है। परन्तु हम किनारे पर आये, और उसी रात को भयानक चक्रवात आया होगा। वृक्ष गिरे पड़े थे। परन्तु कोई नौका दिखाई नहीं दे रही थी। एक दो वर्ष का बालक किनारे पर मूर्च्छित अवस्था में पड़ा था। वही ये आदित्य है।"

कालिदास को ऐसा लगा कि अनुसूया उन्हीं की कथा सुना रही है। परन्तु

मैं समझदार था, विवाहित था। वेत्रवती ने ही मुझे भी बचाया था। कालिदास के मन में अचानक विचार आया कि कहीं यह देवी सरस्वती का पुत्र तो नहीं? इस घटना का सन्दर्भ लगाने के लिए ही मैं अनजाने में यहाँ तक आ गया, ऐसा उन्हें प्रतीत हुआ।

"कुमार आदित्य, तुम चाहे कोई भी हो, परन्तु उज्जयिनी में तुम्हें किसी भी प्रकार का प्रतिबन्ध नहीं है। न धर्म का, न वर्ण का। महाराज सभी का सम्मान करते हैं। ईश्वर करे, तुम्हारा मार्ग प्रशस्त हो, तुम्हें इच्छित ज्ञान की प्राप्ति हो, और सम्भव हो तो मुझसे मिलते रहो।"

आगे कुछ भी कहे बिना कालिदास उठ गये, कुटी के बाहर आये। उस परिसर से बाहर आकर क्षिप्रा के किनारे-किनारे महाकालेश्वर के मन्दिर की ओर चलने लगे। उन्होंने यूँ ही क्षिप्रा के अथाह जल की ओर देखा। प्रियवर के सहवास के बाद शान्त, समाधानी क्षिप्रा उन्हें दिखाई दी। नित्य चन्द्रमा का आगमन, नित्य उसका सहवास। और हम? कभी भूले-भटके मधुवन्ती के प्रासाद के महाद्वार पर प्रीति के भिखारी!

इतनी देर से प्रसन्न कालिदास मन में खिन्न हो गये। अस्वस्थ मन से चलते हुए आकर महाकालेश्वर मन्दिर की सीढ़ियों पर बैठ गये। अनचाही यादें मन में बार-बार उभर रही थीं।

***

"आर्य, कल जब आप आये तो 'उषा सूक्त' का उल्लेख किया था। ऋग्वेद के जिस सर्ग में 'उषा सूक्त' है उसके बारे में आज हमें बतायेंगे?"

"अवश्य। हमें भी ऋग्वेद अनेक कारणों से प्रिय है। हम ऋग्वेद में वर्णित अन्य देवताओं के बारे में भी अवश्य बतायेंगे।"

"यदि आप मध्याह्न के भोजन के लिए आयें तो..." मधुवन्ती ने कहा और फ़ौरन ही उसने आगे कहा,

"आप रात्रि के पूर्व प्रहर में ही आयें, वही योग्य है।"

"मधुवन्ती!" कालिदास ने सिर्फ़ इतना ही कहा और मधुवन्ती के नेत्र भर आये।

"रात के अँधेरे में हमारे जीवन में प्रकाश देने वाला कोई आता है, और हमारा जीवन ही प्रकाशित कर जाता है। परन्तु दिन में?"

उज्जयिनी में आने पर साहस करके सम्राट चन्द्रगुप्त से भेंट हुई। निवास की व्यवस्था भी हो गयी। कुछ दिन चैन से बीते। मगर जैसे-जैसे आसपास के परिवारों से परिचय होने लगा, वैसे-वैसे अकेलेपन का अनुभव होने लगा। शाम को उपवनों

में, जलाशय के निकट, क्षिप्रा के किनारे पर, बाज़ारों में, दुकानों में, रास्तों पर–जहाँ भी नज़र जाती नवयुवतियाँ, विवाहित स्त्रियाँ और उतना ही सम्मान प्राप्त राजमान्य गणिकाएँ भी दिखाई देतीं। मन पर संयम रखा जा सकता था, परन्तु देह अनावर हो जाती थी। देह के भीतर स्थित मन उतना ही अधीर, आतुर हो जाता किसी को अपना बनाने के लिए।

परन्तु मन साहस न करता। हर पुरुष के पास उसकी अपनी पत्नी है, परन्तु हम?

एक बार सम्राट चन्द्रगुप्त ने कहा था, "कविराज, कविता के शब्दों से मन में मयूर नृत्य करने लगते हैं, कोयल पुकारने लगती है, देह और मन आतुर हो उठते हैं किसी को भी समर्पित करने के लिए। क्या ऐसे समय में आपको यौवन सुलभ भावनाओं की अनुभूति नहीं होती?"

और तब अनेक वर्षों से हृदय में छुपाये हुए प्रण का उन्होंने उल्लेख कर दिया था। "महाराज, जब तक हम 'अस्ति कश्चित् वाग्विशेषः?' का उत्तर नहीं दे देते, तब तक विवाह नहीं करेंगे।"

"हम आपसे प्रण तोड़ने के लिए कभी नहीं कहेंगे। मन में किये हुए संकल्प को पूर्ण करने में ही पुरुषार्थ है। परन्तु ईश्वर निर्मित देह में जो मन है, यदि वह अस्वस्थ हो तो..."

"ऐसे में मन पर संयम रखना ही एकमेव मार्ग है ना?"

"कविराज, आप आयु में हमसे छोटे हैं। अनेक युद्ध करते हुए हमें विजय प्राप्ति के लिए मृत्युपर्यन्त संघर्ष ही दिखाई देता है, परन्तु जब अश्व वापसी के मार्ग की ओर मुड़ते हैं, तो हमारी देह और मन आतुर हो उठते हैं पत्नी के लिए।"

कालिदास ने कुछ नहीं कहा। बोलने जैसा कुछ था ही नहीं। सम्राट सत्य ही कह रहे थे। उनके मौन को सम्राट ताड़ गये। वे बोले,

"कविवर, आपने हमारे दिल को जीत लिया है, एक सखा की भाँति। अनेक पारिवारिक बातें भी हमने आपके साथ की हैं। बिना किसी संकोच के। अतः हम आपको एक सुझाव देना चाहते हैं..."

और उन्होंने कालिन्दी, आभा, सुनेत्रा, मधुवन्ती...ऐसे अनेक नाम सुझाए और बोले, "हम न्याय करते हैं। हम दण्ड देते हैं। हम अधिकार प्रस्थापित करते हैं, हम साम्राज्य का विस्तार करते हैं। यह सब करते हुए भी हम रसिकता को भूले नहीं हैं, कविराज। आप जैसे गुणज्ञ, रूपवान युवक को ऐसी भयानक प्रतिज्ञा करनी ही नहीं चाहिए। जो समाप्त हो गया, उसे भूतकाल समझ कर उस दिन का त्याग करके वर्तमान को जीना चाहिए। सुखद। मन को प्रसन्न करने वाला।"

"मान्य है, महाराज। परन्तु जब घाव दिल में बहुत गहरा पैंठ गया हो, तो वर्तमान का पट्टीबन्धन और औषधि का कोई उपयोग नहीं होता। समय चाहे कितना ही आगे सरक जाये, परन्तु जीवन का वह क्षण ही पूरी ज़िन्दगी पर हावी हो जाता है।"

"अस्तु! कविराज, आजकल क्या अध्ययन कर रहे हैं?"

कालिदास दिल खोलकर हँसे।

"क्या ये व्यर्थ का प्रश्न था?"

"नहीं, महाराज। अत्यन्त सुसंगत प्रश्न था। और आज कल अध्ययन कर रहा हूँ वात्स्यायन के 'कामसूत्र' का।"

दोनों ही दिल खोलकर हँसे थे। कालिदास को इस क्षण भी महाराज के मुक्त हास्य का स्मरण हो आया। उन्होंने कहा था, "जल में रहकर भी आप सूखे ही रहे?"

"अब आपके सुझाव के अनुसार जल में रहने का मार्ग पूछता हूँ। उसके बाद ही..."

और वे कालिन्दी के पास गये थे। नृत्यांगना कालिन्दी श्याम वर्ण की, परन्तु अत्यन्त चंचल थी। दो–तीन बार उसके नृत्य देखकर वे प्रभावित भी हुए, परन्तु मन वहाँ लगा नहीं।

सुनेत्रा राजसभा के अग्निवेश की कन्या, उसने विवाह न करके स्वेच्छा से गणिका का मार्ग चुना था। कालिदास को हृदय से अच्छी लगी थी। भोली-भाली सुनेत्रा उनसे अनेक बार मिली थी। परन्तु मधुवन्ती एक ही बार क्षिप्रा के तट पर दिखी थी। वे मन्त्रमुग्ध हो गये। उसे भूल न सके। एक दिन वे अस्वस्थ मन से उसके निवास पर गये। उसने उनका स्वागत किया, "आयें, आर्य..."

वास्तव में इन शब्दों ने ही उन्हें जीत लिया था। उनमें अपार स्नेह था। जब उन्होंने प्रवेश किया, तब वह कुछ पढ़ रही थी। उसने भोजपत्र उठाकर रख दिये, और बोली, "आर्य, आपके आगमन की कबसे प्रतीक्षा थी।"

"ऐसा क्यों? आज मध्याह्न तक , और कुछ समय पूर्व तक यह विचार नहीं था।"

"आप अवश्य आयेंगे, ऐसा मेरा मन मुझसे कह रहा था। क्षिप्रा के जल में अर्घ्य देते हुए कई बार आपको देखा और जब से आपको देखा, तबसे हमने कभी किसी से सम्पर्क नहीं किया। किसी के सहवास में नहीं आये, आपके अतिरिक्त किसी अन्य का स्मरण नहीं किया। आप शायद विश्वास न करें, परन्तु मन से आप हमारे पति हो गये हैं!"

उस रात उसने मन का पूरा आकाश उंडेल दिया।

मधुवन्ती के अनेक गुण दिखाई देने लगे थे। उसने गुरु से वेदविद्या का अध्ययन किया था। उसका अध्ययन और उसकी लगन उन्हें अच्छी लगी। मधुरभाषिणी तो वह थी ही, परन्तु बीच-बीच में उनसे प्रश्न पूछकर वैदिक ज्ञान को गहराई से प्राप्त करने का प्रयत्न उन्हें अच्छा लगता था। उसने भी उनसे प्रश्न पूछा था,

"आर्य, आप राजकवि हैं। प्रकृति के भाष्यकार हैं। आपके स्फुट काव्य की कुछ पंक्तियाँ हमें भी कण्ठस्थ हैं। वर्तमान में आप क्या लिख रहे हैं?"

"अवलोकन कर रहा हूँ, वात्स्यायन के 'कामसूत्र' का।" सम्राट चन्द्रगुप्त जैसी ही वह भी दिल खोलकर हँसी थी। बोली थी,

"आचार्य, क्या सचमुच में कामशास्त्र का अध्ययन करना पड़ता है?"

इस प्रश्न का उत्तर कालिदास न दे सके। 'प्रकृति की प्रीति की भाषा, वन्य पशु-पक्षियों का प्रणय, और मानवी प्रणय–क्या इनमें संवेदनाओं का अन्तर हो सकता है? स्पर्श की मौन भाषा सबको सहज ही समझ में आती है, फिर वात्स्यायन को क्यों आवश्यकता पड़ी? इसके बारे में शास्त्र लिखने का विचार क्यों आया?

क्या शृंगार के नियम होने चाहिए? क्या उसका भी शास्त्र होना चाहिए? क्या अभ्यास करके ही शृंगार करना चाहिए? क्या रती का सौन्दर्य ही मापदण्ड होना चाहिए? उनके मन में प्रश्न निर्माण हो ही गये थे। मधुवन्ती के प्रश्न का उन्होंने उत्तर नहीं दिया था।

परन्तु उसके पूछे प्रश्नों से प्रकृति के प्रेम की भाषा का बोध उन्हें हो गया था। संवेदनाओं का अर्थ समझ में आ गया था। प्रीत बहार पर थी, उसके प्रत्येक पल का उपभोग वह ले रहे थे। उन्हें लगा कि शायद यह वात्स्यायन के कामसूत्र का प्रभाव हो।

वे क्षिप्रा के तीर पर पहुँचे। उस विशाल जलप्रवाह को देखते हुए उनका मन प्रसन्न हो गया। और उषा सुन्दरी के राजमहल से निकले रविराज को उन्होंने अर्घ्य प्रदान किया। अब मन स्वस्थ था।

***

"मधुवन्ती, वैदिक वाङ्मय में संहिताओं का अध्ययन करने के लिए ऋग्वेद, यजुर्वेद, सामवेद तथा अथर्ववेद–इन ग्रन्थों का अध्ययन करना होता है। 'ब्राह्मणग्रन्थ' में प्रार्थना तथा यज्ञविधि का अर्थ स्पष्ट दिया गया है। अरण्यों में वास करने वाले ऋषि-मुनियों द्वारा रचित 'आरण्यक' में प्रस्तुत जीव, ईश्वर, विश्व के सन्दर्भ में सुन्दर

विचार अध्ययन की दृष्टि से महत्त्वपूर्ण हैं। 'उपनिषद्' गुरु द्वारा शिष्य को एकान्त में बताये हुए ज्ञान का महाकोष ही है।"

कालिदास मधुवन्ती को बता रहे थे। संस्कृत वाङ्मय के वेद कालिदास को प्रिय थे। वे अनेक शास्त्रों के अभ्यासक थे, फिर भी वैदिक काल में ज्ञात-अज्ञात ऋषियों द्वारा लिखित वेद मानवी जीवन की आचार-विचार संहिता ही है, ऐसा उनका मत था। इसलिए उन्होंने कहा, "काल में परिवर्तन हुए। युग बीते। राजसत्ताएँ परिवर्तित हुईं। अनेक आक्रमण हुए, अखण्ड भारत का स्वप्न देखते हुए अनेक राज्य लुप्त भी हो गये। शक, हूण, यवन आये। अपनी-अपनी संस्कृति लेकर आये। संस्कृति पर, सांस्कृतिक मूल्यों पर भी आक्रमण हुए। परन्तु, मधुवन्ती हर काल पर अपनी शाश्वत मुद्रा की छाप छोड़ने वाली वैदिक संस्कृति एवं उसके चिरन्तन मूल्य शाश्वत रहे।

मधुवन्ती सुन रही थी। मध्याह्नोपरान्त कालिदास उसके रंगमहल में आये थे। कालिदास के दर्शन होने के पश्चात उसने किसी को भी अपने रंगमहल में प्रवेश नहीं दिया था। जब इस सत्य का ज्ञान कालिदास को हुआ, तो उनका मन भर आया। कालिदास आयें, यह उसका स्वप्न था, जो सत्य हो गया था। उसकी ज्ञान क्षुधा भी सहज ही तृप्त हो रही थी। विषय चाहे जो भी हो, जब कालिदास उदाहरणों सहित अस्खलित और स्पष्ट वाणी में बोलने लगते, तो मधुवन्ती उनके मुख की ओर देखते हुए मन-ही-मन कहती, 'इतने स्वरूपसुन्दर, स्वनामधन्य विद्वान पण्डित ने विवाह क्यों नहीं किया होगा? और आज भी करना सम्भव नहीं।' मगर उनसे पूछने का साहस उसने कभी किया नहीं।

"मधुवन्ती, ऋग्वेद वैदिक काल का प्रथम ग्रन्थ है। उसमें 10552 ऋचाएँ हैं। अनेक ऋचाएँ मिलकर एक सूक्त और अनेक सूक्त मिलकर एक अनुवाक बनाता है। ऋग्वेद में 1028 सूक्त हैं। ऋषियों के नाम अज्ञात हैं। उनका दस मण्डलों में विभाजन किया गया है। 2 से 7 क्रमांक के मण्डल अत्यन्त प्राचीन हैं। गृत्समद, विश्वामित्र, वामदेव, अत्री, भारद्वाज और वशिष्ठ, ये कुछ सूक्त मण्डलों के द्रष्टा हैं। आठवें मण्डल में कण्व तथा अंगिरस–ये पश्चात के सूक्त मण्डलों के संग्रहकर्ता हैं। फिर भी अनेक सूक्तों के बारे में कुछ कहना सम्भव नहीं है।"

"आश्चर्य है, उस काल में भी इतने ऋषि काव्य रचना करते थे!"

"उससे भी अधिक आश्चर्य की बात तो यह है कि उस काल में भी मनुष्य के सुख के लिए, सन्तति, समृद्धि के लिए,कृषिविषयक, पर्जन्य विषयक, गोधनवृद्धि,

दीर्घ आयुष्य के लिए प्रार्थनाएँ की गयी हैं। इनमें युद्ध का, साम्राज्य का, प्रादेशिक विस्तार का, सभा, समिति, न्याय संस्था, समाज के आर्थिक जीवन, धार्मिक धोरण का भी विचार किया गया है।"

"और आयुर्वेद में?"

"यज्ञ विधि के मन्त्र, उपचार पद्धति, इन यज्ञों का फलित बताया गया है। यजुर्वेद चालीस अध्यायों में समाया हुआ है।"

"आपको कौन-सा वेद सर्वाधिक प्रिय है, आर्य?"

"ऋग्वेद तथा सामवेद। सामवेद में ऋग्वेद की अनेक ऋचाएँ हैं। 75 ऋचाएँ स्वतन्त्र हैं। उसमें भारतीय संगीत का मूल प्रवाह है। सामवेद संगीत की गंगोत्री है। यद्यपि हमें संगीत के कारण सामवेद प्रिय है, फिर भी अथर्ववेद मनुष्य के अर्थविकास की आत्मा है।"

"इतने प्राचीन काल में भी अर्थकारण का विचार किया गया, आर्य?"

"निःसन्देह। जब से मनुष्य संघटित रहने लगा, आचार-विचार की नैतिक संहिता उत्पन्न हुई। क्षुधा और तृष्णा का, देह का, जीवित रहने का, समाज-राष्ट्र का विचार आया। इसमें सुख का बाह्य साधन–अर्थ–सम्मिलित हो गया। आदान-प्रदान, क्रय-विक्रय जैसे विषयों पर भी विस्तारपूर्वक लिखा गया। और अथर्ववेद का एक तृतीयांश ऋग्वेद से लिया गया है, फिर भी अथर्ववेद के अनेक सूक्तों से अनेक शास्त्रों का उद्‌गम होता है। रोग प्रतिकार-आरोग्य सम्बन्धी सूक्तों से आयुर्वेद का, अन्य सूक्तों से अर्थशास्त्र का, तत्त्वज्ञान का भी विचार प्रवर्तित होता है।"

कालिदास बोलते-बोलते रुक गये। मधुवन्ती उनकी ओर देख रही है, ऐसा आभास हुआ।

"इतना क्या देख रही हो, मधुवन्ती?"

"आप ही को देख रही हूँ।"

"आज प्रथम बार देख रही हो क्या?"

"शायद हाँ। क्योंकि आज प्रथम बार आपके भाल पर आये हुए केश देख रही हूँ। आपके मुख मण्डल की शोभा बढ़ाने वाले ये कृष्णकुन्तल। इसे क्या उपमा देंगे, कविराज?"

"इसका अर्थ इस क्षण तक का हमारा प्रवचन क्या सिर्फ़ हमारे लिए ही था? सखे, मधुवन्ती, जिसकी कोई उपमा नहीं, ऐसी तुम्हारी प्रीति हमें प्राप्त हुई। हम धन्य हो गये, कृतार्थ हो गये, प्रिये।"

उन्होंने उसका कोमल हाथ अपने हाथों में लिया। उनके मन का मेघ भर आया था। अनजाने में ही सावन-भादों नेत्रों से बरस रहे थे। मधुवन्ती ने उनका ऐसा भाव

विह्वल रूप नहीं देखा था, उसने उनके मुख पर हाथ फेरा, और कालिदास स्वयं को रोक न सके। उन्होंने उसे दृढ़ आलिंगन में बाँध लिया। उनकी सुदृढ़ काया थरथरा रही थी। अब मधुवन्ती के लिए भावनाओं के महाप्रलय को रोकना असम्भव था।

***

जब कालिदास की आँख खुली तो उत्तररात्रि का अन्तिम प्रहर समाप्त हो चुका था। चराचर अभी सुख स्वप्नो में था। चन्द्रमा पश्चिम की ओर सरक रहा था।

'दुःख, व्यथा, मन के घाव सिर्फ़ हमें ही नहीं, अपितु प्रकृति की हर वस्तु को होते होंगे। शाम को श्यामलवर्णा सन्ध्या के प्रासाद में चन्द्रमा आया। उसने सोचा होगा, अब यही है मेरा श्रेयस-प्रयास मार्ग। इस मार्ग पर सहचरी के हाथ में हाथ देकर आनन्द से जीवन व्यतीत करना है। यही जीवन है और यही विश्वास का प्रतीक। अन्य अप्सराएँ भी नहीं चाहिए। परन्तु सन्ध्या उसे अपने प्रासाद से दूर कर देती है और जीवन बीतता है रजनी के साथ। रजनी अनुपम है। स्नेहल, शीतल, शुभ्रवर्णा, नितान्त सुन्दर है। मन की आर्त पुकार है। रजनी के सान्निध्य में विश्व का विस्मरण हो जाये, ऐसी उसमें सामर्थ्य है। विद्युल्लता की चंचलता और आकाश की गूढ़ रम्यता भी है। सब कुछ शुभंकर और सुखद होते हुए भी सन्ध्या को भूलना असम्भव है। वह घाव, वह व्यथा चिरन्तन है। घाव को हाथ का स्पर्श होते ही मन भूतकाल में चला जाता है और...'

गहरी नींद में सोई मधुवन्ती का हाथ उनके वक्ष पर पड़ा और उनके हृदय की गति बढ़ गयी। उन्होंने मन-ही-मन कहा, 'यही है वर्तमान का सत्य। अब नहीं यादें मान- अपमान की।'

वे उठ गये। सुबह अभी हुई नहीं थी। उत्तर रात्रि और प्रभात का वह सन्धिकाल था। दीपदान की ज्योति शान्त करके वे दीर्घा में आये।

'यह सन्धिकाल कितना शान्त, रम्य और ऋषि-मुनियों की उपासना से अभिमन्त्रित सा है, खिलते हुए फूलों की सुगन्ध, लहर-लहर से चराचर को हौले से स्पर्श करता हुआ समीर, हौले से जाग्रत होने वाली, परन्तु फिर भी रात्रि की गन्ध-धुन्द प्रीति के स्वप्न में खोई क्षिप्रा का हलके से जागना। नितान्त सुन्दर!'

कालिदास विचार कर रहे थे। सम्पूर्ण विश्व ही कितना रमणीय है। उस निराकार सामर्थ्य का अंश मेरी आत्मा, उस आत्मा को प्राप्त होने वाली ऊर्जा, सोचो तो, सब कुछ कितना अगम्य है! अणु-परमाणु से लेकर ब्रह्माण्ड तक विस्तृत इस विशाल विश्व का एक अंश मैं। मैं विश्वात्मक और मेरे भीतर की आत्मा उस परमतत्त्व से

संलग्न। जैसे सम्पूर्ण विश्व ही मुझ में समाविष्ट हो गया हो। यदि प्रत्येक वस्तु को अपना मानें, तो मैं ही एक स्नेहसागर हो जाता हूँ। अश्वत्थ वृक्ष की प्रत्येक शाखा पर बहार आये, वह विस्तारित होता जाये, उसी तरह मैं भी क्रमश: विस्तारित होता जाता हूँ।

मैं ही तब हो जाता हूँ श्रीकृष्ण। और फिर, एक बार श्रीकृष्ण रूप हुआ कि समूचे विश्व का विस्तार, विकास और विलय दिखाई देने लगता है। क्षण-भर ही के लिए। अगले ही क्षण फिर समझ में आता है कि आनन्द, केवल आनन्द ही है—सम्पूर्ण विश्व में। अगर मैं मन में ठान लूँ तो अवकाश का भ्रमण भी कर सकता हूँ। मेरी चैतन्य आत्मा सागर के नीचे गहराई में स्थित भूगर्भ में सहजता से प्रवेश कर सकती है। कठोरतम वस्तु को भी यदि स्नेहपूर्वक स्पर्श किया जाये, तो वह मृदु प्रतीत होने लगती है। मेरे इस अनुभव को एक बार मधुवन्ती को बताना चाहिए, ऐसा उन्हें लगा और वे दीर्घा से शयनकक्ष में आये। मधुवन्ती शैया पर नहीं थी। उन्होंने गवाक्ष से देखा। प्रात:काल की चरण मुद्राएँ आकाश में प्रकट हो रही थीं।

वे शयनकक्ष से बाहर आये। नित्य नियम था क्षिप्रा के तट पर जाने का। परन्तु आज वे हरसिंगार के वृक्ष के नीचे खड़े हो गये। सूर्य का स्वागत करने के लिए, उसके आगमन से पूर्व, खिले हुए हरसिंगार के फूल अब धरती के कन्धे पर गिर रहे थे।

उनके सम्मुख देहधारी हरसिंगार साकार हो उठा। इस हरसिंगार को आतुरता थी वसुन्धरा का सर्वांग सिंगार करने की। वसुन्धरा भी लज्जित होकर उस पुष्पवर्षा के नीचे खड़ी थी। ओस की बूँदों से गीली वसुन्धरा और उस पर केसरी डंडी वाले मोतिया रंग के हरसिंगार के फूलों का छिड़काव। वह सुहास्यवदना, पूरे मन से पुष्प श्रृंगार को स्वीकार कर रही थी। हरसिंगार कह रहा था, "और पुष्प वर्षाव चाहिए? हर शाखा पर सहस्त्र-सहस्त्र पुष्प खिले हैं। यह पुष्पभार, यह गन्धभार तुम्हें असह्य तो न होगा, हे वसुन्धरे, हे लावण्यलतिके?'

'नहीं स्वामी, नहीं। प्रतिदिन प्रात:काल को आपके हाथों से होने वाली इस पुष्पवर्षा की मैं प्रतीक्षा करती रहती हूँ। सृष्टि में अनन्त पुष्प एवं वृक्ष हैं। परन्तु श्रीकृष्ण सत्यभामा के लिए स्वर्ग से जो लाये थे, उसी हरसिंगार के वृक्ष जितने आप मुझे प्रिय हैं। ऐसे समय प्रतीत होता है कि आप श्रीकृष्ण हैं और मैं राधा!'

"हे चारुगात्री, कितना मधुर बोलती हो!"

"आर्य...आर्य...।" वैसी ही मधुर आवाज़! परन्तु यह स्वर तो मधुवन्ती का है और यह स्पर्श भी मधुवन्ती का! उन्होंने आँखें खोलीं और स्वयं ही लज्जित हो गये।

हरसिंगार के पेड़ से टेककर, आँखें मूँदे वे खड़े थे और मधुवन्ती ने उन्हें जगाया था। वह शुचिर्भूत होकर मन्दिर की ओर निकली थी।

"स्वामी, आप यहाँ, ध्यानस्थ मुद्रा में?"

कालिदास हँसे। उनका हास्य पूरे तन पर फैल गया। 'हास्य इतना सुन्दर और व्यापक हो सकता है?' मधुवन्ती को प्रथम बार ही यह अनुभव हुआ था।

वह हँसते हुए बोली,

"कदम्ब के वृक्ष से टिककर खड़े श्रीकृष्ण तो ज्ञात थे, परन्तु हरसिंगार के वृक्ष से टिके कविराज को प्रथम बार ही देख रही हूँ।"

"तुम समीप आओ, राधा के समान।"

"कविराज, स्त्री को काल और समय का भान होता है। इस समय मन्दिर की ओर जा रही हूँ।"

बोलते-बोलते मधुवन्ती निकल भी गयी, वे अद्याप वैसे ही खड़े थे।

'प्रकृति बोलती है, प्रकृति हँसती है, प्रकृति संकेत करती है, एक बार प्रकृति के रंग में रँगने पर किसी अन्य रंग की अभिलाषा नहीं रहती।

हर ऋतु की एक अभिलाषा होती है, हर ऋतु का एक विलक्षण सौन्दर्य होता हैं। ऋतुओं में लयबद्ध गति होती है। ऋतुओं के अपने-अपने स्वर तथा राग होते हैं। प्रत्येक ऋतु का एक स्वतन्त्र पृष्ठ होता है।

और उस पृष्ठ पर प्रत्येक ऋतु अपनी-अपनी कथा लिखता रहता है। वह पृष्ठ उसका अपना होते हुए भी छहों ऋतुओं के परस्पर दृढ़ सम्बन्धों का होता है। ऋतुओं का चक्र निरन्तर घूमता रहता है।

मगर इस ऋतुचक्र को गतिमान करने वाला है कौन? इस ऋतुचक्र के साथ सम्पूर्ण प्रकृति ही सृष्टि को विविध निमन्त्रण देती रहती है। दिशा-दिशाओं से आने वाले इन निमन्त्रणों को सृष्टि भी सहज ही स्वीकार करती है।

फिर भी प्रश्न अनुत्तरित ही रहता है। यह वसुन्धरा, ये सप्तसागर, ये दशदिशाएँ, यह अवकाश, चन्द्र, सूर्य, तारे, नक्षत्र इनका निर्माता कौन है? हमारे भीतर उसके अंश को हम जान भी लें तो भी इस विश्वात्मक अंश को हम जान सकेंगे क्या?

मन्दिर की घण्टियों का स्वर उन्हें सुनाई दिया और वे जाग्रत होकर क्षिप्रा तट की ओर चलने लगे। आज उन्हें विलम्ब हो गया था, जैसा कभी नहीं होता था। फिर भी वे प्रसन्न थे। ऋतुओं के इस चक्र का वे पुन: अवलोकन करने वाले थे, एक बार फिर से ऋतुओं के शब्द समारोह सम्पन्न करने वाले थे। ऋतुचक्र से उन्हें शब्दों के माध्यम से ऋतुओं का दर्शन प्रस्तुत करना था।

***

"सम्राट चन्द्रगुप्त, आप! ऐसे अचानक..." पण्डित विश्वम्भर भट्ट को सूझ ही नहीं रहा था कि आगे क्या कहें। सद्य:स्नात, बलशाली, प्रसन्न और राजसी विलोभनीय, जिसके नेत्रों से पुरुषार्थों का पुरुषार्थ छलक रहा था, ऐसे व्यक्तित्व को देखकर विश्वम्भर भट्ट ही नहीं, अपितु पण्डित सदानन्द शास्त्री, पण्डित महेश भट्ट, पण्डित रामेश्वर शास्त्री और पण्डित देवदत्त शास्त्री मुग्ध हो गये थे।

"हमारी उज्जयिनी नगरी में आपका स्वागत है!" सम्राट चन्द्रगुप्त ने दोनों हाथ जोड़कर प्रणाम किया और उन्हें आसन ग्रहण करने की विनती की।

"सम्राट चन्द्रगुप्त, आपकी ख्याति सुनते आ रहे थे, परन्तु जो सुना था उससे आप कितने ही गुना अधिक राजसी, सात्विक हैं!"

"आप कहाँ से आ रहे हैं?"

"सम्राट, इस समय आप मन्दिर में होते हैं, ना?"

"हाँ। जब यहाँ होते हैं, तो अतिथि हमारे देव होते हैं, उनके दर्शन प्रथम।"

"तो फिर आप पधारें, सम्राट। हम आपके दर्शन करने के लिए ही आये हैं।"

"आचार्य, आपने अपना परिचय दिया नहीं है, परन्तु सेवकों से ज्ञात हुआ कि लंका द्वीप तक यात्रा करते हुए आप यहाँ आये हैं। अत: 'अतिथि' हमारे आज के देवता हैं। आपको फिर से प्रणाम करता हूँ। आप कुछ काल उज्जयिनी के राज प्रासाद के अतिथिगृह में वास्तव्य करें, और हमें अपना यात्रा वृत्तान्त सुनायें। अब हम आरती के समय मन्दिर जा रहे है, मध्याह्न में आप राजसभा में आये, आपको सम्मानपूर्वक निमन्त्रण है।"

सम्राट चन्द्रगुप्त आये, और उनकी विनयवृत्ति, स्वागतवृत्ति देखकर विश्वंभर भट्ट ही नहीं, अपितु उनके सहयोगी भी भावुक हो गये थे।

मध्याह्न में सम्राट चन्द्रगुप्त ने पाँचों अतिथियों को राजसभा में आमन्त्रित किया, उनका परिचय प्राप्त किया। विश्वंभर भट्ट, पण्डित सदानन्द शास्त्री, पण्डित महेश भट्ट, पण्डित रामेश्वर शास्त्री, पण्डित देवदत्त शास्त्री–इन पाँचों के आगमन का हेतु जानने के लिए महामन्त्री वीरसेन ने पूछा, "आपके यहाँ आने के प्रयोजन और आपके कार्य को जानने की महाराज की इच्छा है।"

"प्रयोजन तो एक ही है; सम्पूर्ण भारतवर्ष में अश्व भ्रमण करते हुए जिस-जिस स्थान पर हम गये, सम्राट चन्द्रगुप्त की शौर्य कथाएँ, उनके पिताश्री की कथाएँ, और गुप्त साम्राज्य के बारे में सामान्यत: आदर की भावना ही दिखाई दी। सिंहल द्वीप की ओर जाते हुए हम प्रथम पाटलिपुत्र गये। वहाँ से दक्षिण की ओर गये,

और गुप्त साम्राज्य की राजधानी उज्जयिनी आने का कब से विचार था। अत:..." देवदत्त शास्त्री उत्साहपूर्वक कह रहे थे।

"हमारे भ्रमण का उद्‌देश्य पहले तो केवल आर्यावर्त के दर्शन करना ही था।"

"फिर?" सम्राट चन्द्रगुप्त ने उत्सुकता से पूछा।

"फिर? फिर भारत भ्रमण करते हुए दर्शन हुए सनातन हिन्दू धर्म के स्वरूप के, बौद्ध धर्म, जैन धर्म, सांख्य, गाणपत्य, शाक्त जैसे अनेक पन्थ, उन पन्थों के कट्टर अनुयायी। यह अनुभव हुआ कि कहीं भी परस्पर पूरक, साहचर्य नहीं है," सदानन्द शास्त्री ने कहा।

"युद्ध और युद्ध भी आपस में, परस्पर प्रान्तों में, देश विदेश की स्थिति–इस कारण से यदि भारतवर्ष, जिसे अभिमान से आर्यावर्त कह सकें ऐसा है, परन्तु यह भी अनुभव हुआ कि भीतर ही भीतर दीमक लग गयी है। सम्राट, हम आपके पास जानबूझ कर आये हैं, सद्य स्थिति का वर्णन करने के लिए। आप एकान्त में हमें आमन्त्रित करें", पण्डित रामेश्वर शास्त्री ने कहा।

"और एक बात, महाराज। हमें कुतूहल था ही। आपकी राजसभा में विविध क्षेत्रों के गणमान्य नौ रत्न हैं। इन बहुआयामी व्यक्तियों से भी हम मिलना चाहेंगे। उनके कार्य के बारे में जानना चाहेंगे," विश्वंभर भट्ट ने कहा।

"अवश्य, अवश्य। महामन्त्री आपको उनका संक्षिप्त परिचय देंगे, और अपने यहाँ के वास्तव्य में आप उनका विस्तृत परिचय भी प्राप्त कर सकेंगे। महामन्त्री..."

सम्राट ने संकेत किया। महामन्त्री वीरसेन ने कहा,

"बहुआयामी प्रतिभा के इन नौ रत्नों को सम्राट ने राजसभा में स्थान दिया है, इसलिए सम्राट चन्द्रगुप्त-विक्रमादित्य के 'नवरत्न' चारों ओर प्रसिद्ध हो गये। हमें उनका अभिमान है।"

"महामन्त्री वीरसेन, आप प्रत्येक का परिचय प्रस्तुत करें, वैसे वह प्राप्त होगा ही, परन्तु आज हम उन्हें देखना चाहते हैं।"

"अवश्य, महाराज।"

"ये हैं 'धन्वन्तरि'। भारतीय वैदिक साहित्य में रोगनिदान करने वाला धन्वन्तरि के रूप में प्रसिद्ध है। दैविक, वैदिक और ऐतिहासिक–ऐसे 'धन्वन्तरि' रोगनिदान चिकित्सा के अधिकारी हैं। दैविक 'धन्वन्तरि'–देवताओं के स्वास्थ्य के लिए हैं। वे उनका उपचार करते हैं। आयुर्वेद साहित्य में 'धन्वन्तरि' प्रतिष्ठित समझे जाते हैं।"

"और ऐतिहासिक धन्वन्तरि? इस प्रकार के बारे में हमने सुना नहीं था।"

"काशी के राजा दिवोदास, इनके..."

"अर्थात, राजसेवा करने वाले ऐतिहासिक, और वैदिक?"

"अर्थात ऋषि-मुनियों के आरोग्य की चिन्ता करने वाले। उनके साथ वनों में जाने वाले–वे वैदिक धन्वन्तरि हो सकते हैं। परन्तु हमारे 'धन्वन्तरि राजा हो अथवा प्रजा–सबका उपचार करते हैं।"

धन्वन्तरि ने उठकर विनम्र भाव से सबको प्रणाम किया।

"महाराज के युद्धों के समय हमारे धन्वन्तरि राजप्रासाद में न रहकर युद्धभूमि पर जाते हैं। पीड़ित सैनिकों पर तम्बू में उपचार करते हैं। अन्तिम क्षण तक कार्यरत रहने वाले धन्वन्तरि महाराज की सभा के अनमोल रत्न हैं। शकों के विरुद्ध हुए युद्ध में उनकी सेवा प्रशंसनीय थी। सुश्रुत एवं च्यवन के समान ही यह नाम आदरणीय है।"

"महामन्त्री, आपने संक्षिप्त परिचय दिया और हमें धन्वन्तरि के व्यक्तित्व का ज्ञान हुआ," विश्वम्भर भट्ट ने कहा, "क्या मैंने ज़्यादा परिचय दे दिया?" महामन्त्री परेशान हो गये।

"नहीं, नहीं, महामन्त्री वीरसेन, वे यह कहना चाहते हैं कि यह संक्षिप्त आगे के वास्तव्य में अधिक होने ही वाला है। अतः..."

"समझ गया। अब–क्षपणक।"

क्षपणक खड़े हो गये। उन्होंने दोनों हाथ जोड़कर प्रणाम किया।

"क्षपणक", महेश भट्ट ने आश्चर्य से पूछा।

"आपने ठीक पहचाना, महाशय। ये जैन पन्थ के दिगम्बर साधु हैं, परन्तु राजसभा में आते हुए उन्होंने आवश्यक वस्त्र परिधान किये हैं। महाराज के 'गुप्तचर विभाग' जैसे महत्त्वपूर्ण विभाग का कार्य ये देखते हैं।"

"वा...वा..." महेश भट्ट ने कहा।

"आगे बताता हूँ।" महामन्त्री ने कहा। "महाराज की नवरत्न सभा का एक और चमचमाता रत्न है–शंकु। ये शबर स्वामी के पुत्र हैं। शंकु मन्त्रवादिन, रसाचारी, ज्योतिष विद्या में पारंगत हैं।"

शंकु ने उठाकर सबको प्रणाम किया।

"और ये हैं वेताल भट्ट। वेताल–ये नाम भूत-प्रेत आदि संकल्पनाओं से जोड़ा जाता है, और यह सत्य भी है। वेताल भट्ट वैदिक ब्राह्मण हैं, परन्तु उन्होंने तन्त्र विद्या आत्मसात की है और कापालिकों से अघोरी विद्या भी प्राप्त की है।"

सम्राट चन्द्रगुप्त दिल खोलकर हँसे। "महामन्त्री, आप तो ऐसे बता रहे हैं कि आगन्तुकों को भय प्रतीत हो। परन्तु अतिथिगण, आप भयभीत न हों। जब-जब सत्य-असत्य के बीच संभ्रम उत्पन्न होता है, मन की प्रश्नमालिका समाप्त

नहीं होती, तब हम वेताल भट्ट के साथ श्मशान जाते हैं। जलती हुई चिताओं को देखते हैं और वेताल भट्ट कहते हैं, "यहाँ है मृत्यु और उस ओर है जीवन। जीवन जीना चाहिए रसिकता से और कार्य करना है राष्ट्र के लिए। इस निर्विवाद सत्य को हम समझ जाते हैं, और तब हम वापस लौट आते हैं।

वेताल भट्ट तब हमें अनेक कथाएँ सुनाते हैं, प्रश्न पूछते हैं और घूम-फिर कर हम वापस जीवन-मृत्यु की सीमा पर आ जाते हैं।"

"वा, सम्राट वा!..." रामेश्वर भट्ट ने कहा।

"इतना ही नहीं, वेताल भट्ट से हमने आग्नेय अस्त्र, विद्युतशक्ति और ऐसी अनेक चीज़ें आत्मसात की हैं।"

मध्याह्न ढल रही थी। सम्राट चन्द्रगुप्त को आज वाकाटक को एक सन्देश भेजना था। महामन्त्री के ध्यान में यह बात आ गयी। वे बोले,

"अब आप लोग कुछ दिनों तक यहीं वास्तव्य करने वाले है, अतः शेष परिचय कल करायेंगे।"

"महामन्त्री वीरसेन, परिचय पूरे होने दें।"

"महाराज, आपको..."

"हमारे लिए पूरी रात पड़ी है, वीरसेन, हमारा कार्य हम जानते हैं।"

"और अनुशासनप्रिय होने के कारण आप वह पूरा करेंगे ही। परन्तु कल तक आपने वैशाली, विदिशा, पाटलिपुत्र जाकर प्रान्ताधिकारियों की समस्याएँ सुलझायीं। और..." सम्राट ने आगे बताने का संकेत किया।

"घटखर्पर का परिचय देते हुए यह कहना होगा कि कालिदास के सहवास में इनके काव्य पर बहार आ गयी है, इससे पूर्व इनके दो काव्य-संग्रह हैं...माधुर्य, शब्दविन्यास मोहक हैं। इनकी प्रतिज्ञा है कि यदि कोई कवि मुझे यमक रचना में पराजित करेगा, तो मैं उसके घर घट के टुकड़े से पानी भरूँगा। इसलिए इनका विशेष नाम घटखर्पर पड़ा और इसी नाम से वे जाने जाते हैं। इनके काव्य को भी घटखर्पर नाम दिया गया है।"

घटखर्पर खड़े हो गये। कवि के लिए उचित ऐसी उनकी वेशभूषा थी।उनके मुख पर सात्विक भाव थे। उन्होंने सबको प्रणाम किया और बोले, "हमने यह प्रतिज्ञा गर्व से नहीं की है, अपितु यमक से जो नाद उत्पन्न होता है, वह काव्य को अधिक प्रभावशाली बनाता है और यदि पूर्ण पंक्ति ही यमक से बनायी जाये तो कवि का पाण्डित्य प्रकट होता है, इसलिए हमने यह कहा था। परन्तु घड़े के टुकड़े से किसी के घर पानी भरने की नौबत अभी तक आयी नहीं है।"

सबने घटखर्पर का जयघोष किया।

"अब वररुचि का परिचय। 'पत्रकौमुदी' काव्य की रचना इन्होंने महाराज के कहने से की, ऐसा वे 'पत्रकौमुदी' में कहते हैं। 'विद्यासुन्दर' भी उनका एक अन्य काव्य ग्रन्थ है। ये महाराज की कन्या प्रभावती देवी के गुरु भी हैं। इन्होंने पाटलिपुत्र में 'शास्त्रकार' की उपाधि प्राप्त की। कोशाम्बी में ब्राह्मण कुल में इनका जन्म हुआ। अत्यन्त मेधावी होने के कारण इन्होंने पाँच वर्ष की आयु में 'प्रातिशाख्य' याद किया। इसलिए महाराज के परिचित विद्वान व्याडि इन्हें यहाँ लेकर आये। उस समय महाराज सिंहासन पर आरूढ़ हुए ही थे।"

वररुचि ने उठकर सबको प्रणाम किया। उन वयोवृद्ध ब्राह्मण के लिए अतिथि उठकर खड़े हो गये और उन्हें प्रणाम किया।

"सम्राट चन्द्रगुप्त...। वीर योद्धा और विशाल साम्राज्य के स्वामी हैं, यह तो हम भारत भ्रमण में सुनते आ रहे हैं, परन्तु आप गुणग्राहक, आदरणीय और गुणसंग्राहक भी हैं यह आपके नवरत्नों के परिचय से ज्ञात हो रहा है। सम्राट समुद्रगुप्त ने इस साम्राज्य का निर्माण किया। उत्तर-दक्षिण, पूर्व-पश्चिम। परन्तु आपने आकार और आयाम देकर अप्रतिम बनाया है।"

"रामेश्वर शास्त्री, आप यहाँ रहेंगे ही, हमारी स्तुति हमें प्रिय है, वह देवताओं को भी प्रिय है, परन्तु इस बारे में बाद में बात कर सकते हैं।" सम्राट चन्द्रगुप्त ने उन्हें रोकते हुए कहा।

"अमरसिंह–एक विनम्र व्यक्ति हैं। उन्होंने प्रसिद्ध ग्रन्थ 'अमरकोष' की रचना की है। शबर स्वामी की शूद्र पत्नी से अमरसिंह का जन्म हुआ है। संस्कृत साहित्य में 'अमरकोष' जैसा कोई अन्य ग्रन्थ नहीं है। अत्यन्त परिश्रमी, मितभाषी और अभ्यासक-संशोधक के रूप में अमरसिंह प्रसिद्ध हैं।"

"सम्राट चन्द्रगुप्त, एक शब्द में फिर कहने का लोभ संवरण नहीं कर पा रहा हूँ। ब्राह्मण, वैश्य, क्षत्रिय तथा शूद्र–सबको समान स्थान तथा समान आदर देने वाले आप सचमुच में आदर्श हैं।" देवदत्त शास्त्री ने कहा।

"वराहमिहिर भी महाराज की राजसभा के अनुपम रत्न हैं। वे ज्योतिष शास्त्र के प्रगाढ़ चिन्तक, संशोधक, अभ्यासक हैं। 'बृहत्संहिता' तथा 'बृहत् जातक' ये उनके अनेक ग्रन्थ हैं। 'समाज संहिता', 'विवाह पटल', 'योगयात्रा', 'बृहत् यात्रा', 'लघु यात्रा' आदि ग्रन्थ भी हैं। विशेष बात यह है कि उनके मन में यवनों के प्रति आदर है। उनके लेखन में ग्रीक शब्दों का भी प्रयोग होता है।"

"अहो आश्चर्यम् ! सम्राट 'सर्वधर्मसमभाव' में भी आपकी विशेषता दिखाई देती है। वास्तव में आश्चर्य की बात है।"

"जिस कारण से हमने यवनों के प्रति आदर भाव व्यक्त किया, उसका अध्ययन करें।"

जैसे ही वे उठने लगे, उनसे बैठने की विनती की। उन्होंने सबको प्रणाम किया।

"अब एक और रत्न...। कवि कालिदास।"

"अब हम इस युवक का परिचय दे रहे हैं। पाँच वर्ष पूर्व वे उज्जयिनी आये और सर्वप्रिय हो गये।" सम्राट चन्द्रगुप्त ने कहा।

कालिदास उठाकर खड़े हो गये। गौर वर्ण, सुन्दर, सुदृढ़ देहयष्टि, तेजस्वी मुखमण्डल, अनुपम नेत्र और अधरों पर हास्य। अतिथियों को ऐसा आभास हुआ कि स्वयं श्रीकृष्ण अपने कृष्णवर्ण को त्यागकर आये हैं। गर्दन तक आते केशकलाप से मुखमण्डल सुशोभित था। राजवस्त्र नहीं थे, परन्तु फिर भी पीत वर्ण का कटिवस्त्र, नील उत्तरीय, और दोनों भुजाओं पर बाजूबंध, गले की मौक्तिक माला, देखते ही रहने को जी चाहे ऐसा अप्रतिम पुरुष सौन्दर्य। सम्राट चन्द्रगुप्त उनकी दशा को समझ गये। वे हँसकर बोले, "कवि कालिदास ने 'ऋतु संहार' नामक काव्य लिखा है, परन्तु जो वे नित्य जीते हैं वह काव्य है, बोलते हैं वह काव्य है और लिखते हैं वह काव्य है। उन्हें प्रकृति में, मानव में जो दिखाई देता है–वह काव्य ही है। ऐसे काव्यमय कवि कालिदास पर कौन प्रेम न करेगा?

पाँच वर्ष पूर्व वे हमसे मिले। प्रथम दर्शन में ही हम उनसे प्रेम करने लगे। वास्तव में उस समय हम युद्ध पर जाने की तैयारी कर रहे थे। कवि महाराज ने क्या कहा होगा? उन्होंने कहा,

'महाराज, घनघोर वर्षा से पहले मेघों को भी सुसज्ज होना पड़ता है। गड़गड़ाहट से युद्धस्थिति का अनुमान होता है। दूर पर दिखाई देने वाली विद्युल्लता से मानो शत्रु की दिशा का संकेत मिलता है। आप निष्णात वीर योद्धा हैं, परन्तु घनघोर वर्षा में कोमलांगी स्त्री हो या पुरुष–वे समान रूप से भयभीत होते हैं।' हम, कितनी ही देर तक हँसते रहे। जिसने कभी एक भी युद्ध देखा न हो, शत्रु पर टूट पड़ने का, शत्रु सेना के सैनिकों की लाशों के ढेर को न देखा हो, और विजयोत्सव का अनुभव न किया हो, वह इतनी निडरता से काव्यमय युद्ध प्रसंग का वर्णन करे, इसका हमें आश्चर्य हुआ। मन प्रसन्न हो गया।

इसके बाद जब भी किसी प्रसंग से हम बेचैन होते हैं, हम कवि कालिदास को आमन्त्रित करते हैं। हम विवाहित, अनेक पत्नियाँ हैं हमारी, परन्तु कवि कालिदास अद्यापि अविवाहित हैं।"

राजसभा आनन्दपूर्वक समाप्त हो गयी थी। कवि कालिदास मन-ही-मन कह रहे थे, 'मधुवन्ती के पास हम जाते हैं, इसकी शायद सम्राट को कल्पना नहीं है।'

सम्राट चन्द्रगुप्त ने महामन्त्री वीरसेन से कहा, "आप लेखन सामग्री लेकर हमारे प्रासाद में आयें।"

उनके उठते ही सभा समाप्त हो गयी।

कालिदास के कन्धे पर हाथ रखकर वृद्ध विश्वम्भर भट्ट ने कहा, "कालिदास, आदरार्थक सम्बोधन का प्रयोग न करते हुए पुत्र की तरह कह रहा हूँ। 'अत्यन्त सुन्दर हो। मदन के सौन्दर्य के बारे में कहते हैं। उसे किसी ने देखा नहीं है, परन्तु आज हमने प्रत्यक्ष मदन के दर्शन किये। परन्तु मन में प्रश्न उत्पन्न हुआ, अभी तक एक भी रति का ध्यान अभी तक तुम्हारी ओर गया क्यों नहीं? या अनेक सौन्दर्यवती ललनाओं को देखकर तुम पीछे हट गये?"

कालिदास सिर्फ़ दिल खोलकर हँस दिये। विश्वम्भर भट्ट ने ही आगे कहा,

"वत्स, शायद तुम्हें स्मरण न हो, सरस्वती देवी के आश्रम में हम आये थे।"

कालिदास अचानक थरथरा गये। मौन ही रहे।

"सरस्वती देवी ने तुम्हारी अलौकिक प्रज्ञा की, अध्ययन के लिए किये गये कठोर परिश्रम की मेरे पास ख़ूब स्तुति की थी। वे सोचती थीं, और मैं भी कि तुम वहीं रहोगे।"

कालिदास का परिचय उन्हें प्राप्त हो चुका था। कालिदास के नाम से। परन्तु क्या उन्हें पूर्व इतिहास के बारे में पता चल गया होगा? इस विचार से कालिदास मन-ही-मन बहुत अस्वस्थ हो गये। परन्तु या तो उन्होंने विषय बदल दिया था या उन्हें शायद कुछ भी ज्ञात नहीं था। कालिदास कुछ समझ नहीं पा रहे थे।

"कालिदास, क्या तुम सीधे यहीं आये? बीच के वर्षों में कहाँ थे?"

वास्तव में तो कालिदास को स्मरण नहीं था कि उन्हें सरस्वती आश्रम में देखा था, परन्तु वे जो कह रहे थे, वह सत्य था। एक बार पूछने का मन हुआ, परन्तु जब विषय बदल गया है, तो फिर कभी देखेंगे। अतः उन्होंने स्वयं को रोक लिया।

"बीच के समय में मैंने कुछ यात्राएँ कीं। सारनाथ गया, काशी गया, अनेक स्थान देखे। फिर यहाँ आया।"

विषय समाप्त हो गया था। अन्धकार दसों दिशाओं से पृथ्वी पर झुक रहा था। राजपथ के दीप जला दिये गये थे। दोनों दो दिशाओं में चल दिये।

कालिदास अपने कक्ष से बाहर आये और पुष्करिणी के सामने ही उनके सामने प्रभावती एवं उसकी सखियाँ आ गयीं।

“कविराज, राजसभा में कई बार आपके काव्य के बारे में चर्चा होती है। हमारी राजकुमारी पर एकाध काव्य कीजिए, न।”

“प्रभावती देवी का व्यक्तित्व ऐसा ही है कि उस पर काव्य की रचना की जाये।”

“वह कैसे?” प्रभावती ने उत्सुकता से पूछा। उसके इस बेधड़क प्रश्न से कालिदास पल-भर के लिए निरुत्तर हो गये, मगर अगले ही पल बोले,

“देवी प्रभावती को तबसे देख रहा हूँ, जब वे कुमारिका थीं। जब मैं उज्जयिनी आया, तब वे बालिका थीं। अब वे विवाह योग्य हो गयी हैं, परन्तु इस काल में उनसे अनेक बार वार्तालाप करने का सौभाग्य प्राप्त हुआ। तब उनके भीतर रसिकता एवं गुणवत्ता का अनुभव हुआ, विशेष उल्लेखनीय है उनका राजकीय ज्ञान-महाराज की युद्ध मुहीम, महाराज की विजय, शक, क्षत्रप–इनकी मानसिकता, सम्पूर्ण एकीकृत साम्राज्य का विचार और हिन्दुत्व का विचार।”

“क्या यह सत्य है, प्रभावती?” सखी ने पूछा।

“राजकुमारी ने कहा था, ‘आज तक सुवर्णभूमि के रूप में भारत की ख्याति सुनकर हम पर अनेक आक्रमण हुए। शक, हूण, ग्रीक, यवन–सभी आये। और कई बार भारत की सम्पत्ति ले गये, कुछ यहीं पर स्थायिक हो गये। जब ग्रीक जगज्जेता सिकन्दर आया था तो तक्षशिला के नरेश आम्भी ने उससे सन्धि कर ली, मगर पोरस ने अपनी मातृभूमि के लिए युद्ध किया, पराजित हो गया, क्योंकि भारत एकसन्ध नहीं था। हमारे पिताश्री ने और उनके पिताश्री ने वह कार्य किया। भारत का एकसन्धत्व। इसलिए साम्राज्य विस्तार। ‘आसेतु हिमाचल’ एकसन्ध राज्य हो।’

राजकुमारी प्रभावती की, इस षोडश वर्षीय कन्या की इस अदम्य इच्छा को देखकर हम स्वयं भी आश्चर्यचकित हो गये”, कालिदास ने बीच ही में कहा।

“क्या यह सत्य है, प्रभावती?” दूसरी सखी ने पूछा।

“हाँ, सखियों, कविराज जो कह रहे हैं, वह सत्य ही है। हमारे पिताश्री, सम्राट चन्द्रगुप्त जब उज्जयिनी में होते हैं, तो एक ही बात पर ज़ोर देते हैं–मातृभूमि का आदर और राष्ट्रीय एकसन्धत्व।”

“परन्तु, सखी प्रभावती, तुमने हमें कभी अपने विचारों की भनक नहीं लगने दी। ऐसा क्यों?”

“क्योंकि यह हमारे व्यक्तिगत विचारों का महत्त्वपूर्ण भाग है। उस दिन जब कविराज आये थे, तो पिताश्री के साथ विचार-विमर्श होने के बाद,जब पिताश्री चले

गये, तो हम भी काफ़ी कुछ बोल गये। परन्तु शाम, रम्य उद्यान, पुष्करणी, सुगन्धित वातावरण, मेघाच्छादित आकाश यह सब हमें प्रिय है।"

"और सखी, अपने पति के सन्दर्भ में कभी कुछ नहीं कहा। कविराज को बताया है क्या?"

"नहीं, क्या बताना है उन्हें? कहते हैं कि स्त्री का जीवन पिता के हाथ में होता है। वह स्वयंवर कर सकती है, वैसे ही शास्त्रार्थ में अनेक को पराजित कर विजेता से विवाह कर सकती है। हम जब विवाह के सन्दर्भ में विचार करने लगते हैं, तो पिताश्री की बात का स्मरण हो आता है। वे कहते हैं कि 'प्राचीन वैदिक काल व्यक्तिगत स्वातन्त्र्य का था। द्रौपदी, सावित्री, मैत्रेयी का था। परन्तु राजसत्ता में कब किसी स्त्री को अपने विवाह की कल्पनाओं को तहस-नहस होते देखना पड़े, कह नहीं सकते।' और इसलिए उस कल्पना रम्य मार्ग पर हम जाते ही नहीं हैं।"

"कविराज, स्त्री के अन्तरंग का, उसके पारतन्त्र्य का, उसके दासत्व का विचार करके लिखिए न कोई काव्य!"

"राजकुमारी की सखियों, यदि हमने आपकी विनती मान्य कर ली तो वर्तमान समाज के पुरुष हमें उठाकर समुद्र में फेंक देंगे। साथ ही सुख के साथ ही दु:ख को भी भोगना चाहिए, ऐसी हमारी भूमिका है। अत: क्षमा करें, हमें कोई अन्य विषय सुझाएँ।"

वे उन सबको प्रणाम करके आगे चल पड़े। उन्हें जाना था अतिथि कक्ष की ओर। उज्जयिनी आये हुए पाँच अतिथियों की भारत-यात्रा का वर्णन सुनने। सम्राट चन्द्रगुप्त विदर्भ गये थे। पन्द्रह दिन हो गये थे और यदि अतिथियों को भी आनन्द प्रदान कर सकूँ तो, इस उद्देश्य से वे निकले थे। और वे पाँचों अतिथि उन्हें उपवन की ओर जाते हुए दिखाई दिये। कालिदास तेज़ कदमों से उनके समीप पहुँचे।

"विश्वम्भर भट्ट महाशय..." कालिदास की आवाज़ सुनकर वे रुक गये।

"आपसे मिलने हम अतिथि कक्ष की ओर निकले थे।"

"चलिए, हम अतिथि कक्ष में ही चलें।"

अतिथि कक्ष में आराम से आसन पर बैठकर कालिदास बोले, "आप लंका द्वीप तक जाकर आये हैं, वह भी अश्व पर। अत: जबसे आप आये हैं, आपकी यात्रा का वर्णन सुनने की इच्छा थी।"

"क्या हुआ, महाशय कि एक बार हम पाँचों गंगा के किनारे पर मिले। सहज ही परिचय कर लिया। परिचय दृढ़ होता गया और इस बात का ज्ञान हुआ

कि हमारी आवश्यकताएँ अधिक नहीं हैं। सुखमय जीवन की कल्पना नहीं, और अध्ययन की, यात्रा की वृत्ति है। निर्भयता है। बस, निश्चय कर लिया और निकल पड़े यात्रा पर।"

"अनुभव ढेर सारे होंगे, साथ में प्रकृति भी होगी, और ऋतुओं का परिवर्तन भी होगा। सब कुछ अत्यन्त सुन्दर रहा होगा। और अपने आर्यावर्त की स्थिति?"

"महाशय, हम केवल आर्यावर्त की स्थिति ही जान रहे थे। प्रकृति तभी सुन्दर प्रतीत होती है, जब मन में सुन्दरता हो। परन्तु भारतवर्ष के दक्षिण में, पश्चिम में व्याप्त अज्ञान, निर्धनता और प्रकृति से टक्कर देते-देते हुई दयनीय स्थिति देखी नहीं जाती थी।"

"और दु:ख हुआ कि कहाँ गया वह सुवर्ण युग", विश्वम्भर भट्ट ने विषण्णता से कहा और उनके नेत्रों के सामने साकार हो गया भारत का सुवर्णकाल। उस समय भी युद्ध होते ही थे। राष्ट्रपुरुष कहता...हमारी वसुन्धरा के ये बच्चे...आपस में युद्ध करते हैं, परन्तु फिर भी राजा के आधिपत्य में समाज सुखी था, सम्पन्न था।"

फिर वे बताने लगे, "पुरु, अनु, द्रह्यु, यदु, तुर्वसु–इन पाँच राजाओं के सामर्थ्यवान राज्यों का आर्यावर्त में अस्तित्व था। इन्हें पाँचजन कहते हैं। उसी समय भरत नामक आर्य का राज्य इन पाँचजन की अपेक्षा अधिक विस्तारित था। उस समय सुक्षस राजा था। परन्तु सिकन्दर के समान भारत के स्वायत्त राज्यों को एकत्रित करने की उसकी महत्त्वाकांक्षा थी। विश्वामित्र भरत नामक आर्यों के प्रदेश के सुदास के राजपुरोहित थे। किसी कारण से सुदास ने उन्हें निलम्बित कर दिया, जिससे उनका क्रोध अनावर हो गया। उन्होंने फिर आर्यों के पाँच राज्यों और अनार्यों के पाँच राज्यों का महासंघ बनाकर सुक्षस के विरुद्ध युद्ध छेड़ दिया, और इस दशराज्य संघ और भरत संघ के बीच भीषण युद्ध हुआ। भरत संघ की विजय हुई। सप्तसिन्धु का प्रदेश उनके अधीन हो गया और भरत की सार्वभौम सत्ता स्थापित हो गयी।

और सचमुच में उस काल में सघनता, संघटितता, परस्पर सौहार्द के कारण कुटुम्ब व्यवस्था और अधिक सुदृढ़ हो गयी।

आर्यों के इस पूर्व इतिहास को देखते हुए एक ही बात ध्यान में आती है : साम्राज्य विस्तार के लिए किये गये युद्ध, राष्ट्रसंघ निर्माण करने के उद्देश्य से किये गये युद्ध, अहंकार की तुष्टि हेतु, प्रतिशोध लेने के लिए किये गये युद्ध आदि अनेक प्रकार के युद्ध हैं। इनमें सैनिक तथा उनके परिवार तथा राजा द्वारा लगाये गये

अधिनियम और अतिरिक्त कर भारों के कारण सामान्य समाज अनेक बार दुर्लक्षित रहा है।"

"आप जो कह रहे हैं, वह सत्य है फिर भी युद्ध और शान्ति, हिंसा और अहिंसा, धनिक और निर्धन, प्रकाश तथा अन्धकार के समान दो पक्ष होने के कारण वे होते ही रहेंगे," कालिदास ने शान्ति से कहा।

"ये क्या कह रहे हैं, महाशय?" रामेश्वर शास्त्री ने पूछा।

"वैदिक काल में गुरुकुल थे, सभी प्रकार का शास्त्राभ्यास था, पौर्णिमा के समान गुरु थे। राजकीय, सामाजिक जीवन में स्थिरता थी, स्त्री-स्वातन्त्र्य था, परन्तु जैसा कि आपने कहा, अनेक कारणों से युद्ध होते ही थे।"

"क्या तुम ऐसा सोचते हो कि युद्ध होना चाहिए?" विश्वम्भर भट्ट ने पूछा।

"अन्तर्गत सुरक्षा भी समाज के लिए आवश्यक है। उसी तरह राज सीमा की रक्षा के लिए बाह्य सुरक्षा, और आक्रमण होने की स्थिति में युद्ध अवश्यम्भावी हो जाते हैं। राजा परिवार के पिता समान होता है। उसका प्रथम कर्तव्य है राज्य सुरक्षा, राज्य प्रशासन से सामाजिक सुव्यवस्था! अब, दारिद्र्य क्या श्रीकृष्ण के काल में नहीं था? सुदामा मुट्ठी-भर पोहे ही ले गया था ना? कर्ण, एकलव्य उपेक्षित और राजसत्ता के बलि ही सिद्ध हुए। कारण–राजसत्ता की स्वार्थी नीति। परन्तु हर राजा ऐसा नहीं होता। प्रत्यक्ष सम्राट चन्द्रगुप्त वेश बदलकर अनेक राज्यों में गये हैं। राजा का जीवन अत्यन्त सार्वजनिक होता है। फिर भी कहीं न कहीं कोई कमी रह ही जाती है। ऐसी स्थिति में उन्हें राजा के पास पहुँचना चाहिए। कालिदास शान्तिपूर्वक, अत्यन्त मधुर स्वर में बोल रहे थे। विश्वम्भर भट्ट पर इसका गहरा परिणाम हुआ। फिर भी मन में खदखदा रहा एक प्रश्न उन्होंने पूछ ही लिया, "वैदिक काल जैसे गुरुकुल, आश्रम विद्यापीठ हर जगह पर होने चाहिए ना? कण्व मुनि के आश्रम में 'ब्रह्मस्थान', 'विष्णुस्थान', 'महेन्द्रस्थान', 'गरुड़स्थान'। 'सोमस्थान', 'विवस्वतस्थान'- आश्रम-विद्यापीठ की ऐसी छह शाखाएँ थीं। उस समय अनेक आचार्य वेद-वेदान्त, नीतिशास्त्र, गणित, भाषाशास्त्र, छन्द रचना, विष विद्या, गायन, वादन, नृत्य, नाटक, संगीत के अतिरिक्त अर्थशास्त्र, राज्यशास्त्र, युद्धनीति, युद्धशास्त्र, सैन्यव्यवस्था, महामार्ग निर्मिति ज्ञान, वनस्पती शास्त्र, कृषि शास्त्र, खगोल विज्ञान की सम्पूर्ण शिक्षा देते थे..."

कालिदास समझ नहीं पा रहे थे कि इससे विश्वम्भर भट्ट कौन-सा प्रश्न पूछना चाह रहे थे। उनके मुख पर ऐसे भाव देखकर विश्वंम्भर भट्ट पल-भर को रुक गये।

"उस काल में शूद्र, वैश्य, क्षत्रिय, ब्राह्मण ये सारे विद्यार्थी वर्ग ज्ञानार्जन करते थे। परन्तु आगे चलकर ब्राह्मण इतने अहंकारी और स्वकेन्द्रित हो गये कि उन्होंने अन्य लोगों का ज्ञानमार्ग ही बन्दकर दिया। ज्ञानमार्ग को संकुचित कर दिया और इसलिए जगह-जगह पर अज्ञान, अन्धश्रद्धा, दारिद्रय के दर्शन हुए, प्रकाश मार्ग ही जैसे समाप्त हो गया था। मैं स्वयं भी यह देखकर व्यथित हुआ। क्या यह योग्य है?"

कालिदास ने मन-ही-मन कहा, 'ज्ञान प्राप्त किया हमने। परन्तु हम कौन हैं? ब्राह्मण, क्षत्रिय, वैश्य या शूद्र?' मगर प्रगट में उन्होंने कहा, "आप जो कह रहे हैं, वैसा सर्वत्र नहीं है। सरस्वती आश्रम में सभी ज्ञानार्थी समान थे।परन्तु यह सत्य है कि गुरुकुल हर राज्य में होने चाहिए। हम महाराज से इस बारे में कहेंगे।"

विश्वम्भर भट्ट शान्त हो गये थे। उन्होंने शान्ति से कहा,

"बात यह है, कालिदास कि मैं वैदिक शास्त्रों का, समाज जीवन का अभ्यासक हूँ, इसलिए वर्तमान परिस्थिति कभी-कभी असह्य हो जाती है। बस यही बात है।"

"जैसा आप कह रहे हैं, सिन्धु संस्कृति, उससे पूर्व वैदिक संस्कृति, नये आचार-विचारों को प्रेरणा देने वाली और शाश्वत मूल्यों की रक्षा करने वाली, विश्वात्मक सुख की कल्पना करने वाली, सुविचारी संस्कृति थी। परन्तु राष्ट्र पर होने वाले आक्रमणों, संस्कृति पर भी अन्य देशों से आयी संस्कृतियों के आक्रमणों का सामना करते हुए काफ़ी परिश्रम किये गये। फिर भी अनेक युग बीत गये और राष्ट्रीय स्वतन्त्रता के लिए युद्ध करने वाले, अपने प्राणों की आहुति देने वाले राजा-महाराजा आज भी हैं, अतः आप दुखी न हों।" उन्होंने विश्वम्भर भट्ट को समझाते हुए कहा, तो रामेश्वर शास्त्री बोले,

"कालिदास जो कह रहे हैं, वह सत्य है। परिवर्तन प्रकृति का नियम है। परन्तु जीवन-मूल्यों का विचार–संस्कृति है। ऐसा है ही। सिन्धु संस्कृति में सामाजिक सुख का विचार पहले किया गया, क्योंकि उस काल में उन्हें समाज की रचना करनी थी।"

विश्वम्भर भट्ट को मन-ही-मन यह स्वीकार था। परन्तु उस काल के महामार्ग, पथदीप, निवास स्थान, महास्नानगृह, जलकूप, नगर रचना, अपशिष्ट जल की निकास व्यवस्था, अनाज के भण्डारगृह, कामगार लोगों के लिए स्वतन्त्र निवास स्थान, राज्य शासन के कार्यों का विभाजन और उसके लिए स्वतन्त्र कार्यालय, नगरों के लिए तटबन्दी, यह सब आज सुधारित रूप में होते हुए भी वह वैचारिक भावना आज नहीं है, इसका अनुभव उन्हें हो रहा था। काल का संक्रमण करते हुए उन्हें कष्ट हो रहा था।

उनके चारों सहयोगियों ने और कालिदास ने यह भाँप लिया था, इसलिए उन्होंने कहा, "आप वैदिक संस्कृति के पूजक हैं, परन्तु महाशय, आज भी ऋग्वेद, यजुर्वेद, सामवेद, अथर्ववेद, ब्राह्मण ग्रन्थ, आरण्यक,उपनिषद, संहिताओं का अध्ययन होता है। वह ज्ञान का भण्डार हैं। कृष्ण एवं शुक्ल यजुर्वेद का अध्ययन किया जाता है, क्योंकि वह ज्ञान का दीपस्तम्भ है, मानते हैं न आप?

वेदांगो, शिक्षा, दीक्षा, कल्प, श्रोत्रसूत्र, गृहसूत्र, धर्मसूत्र, शुल्ब सूत्र, व्याकरण, निरुक्त, छन्द शास्त्र, ज्योतिष शास्त्र, षडांग शास्त्र, न्याय दर्शन, वैशेषिक दर्शन, सांख्य दर्शन, योग दर्शन, पूर्व मीमांसा दर्शन, उत्तर मीमांसा दर्शन इस वैदिक ज्ञान को युगों-युगों से अर्जित किया ही जा रहा है ना? उसमें अन्य अधिक शास्त्रों की भी वृद्धि हुई है, बस इतना ही, और, अन्य क्षेत्रों में भी ऐसा ही होता गया, इसलिए आप विगत की घटनाओं का विचार कर दुःखी न हों। और उस काल में भी आर्यों, अनार्यों, दस्युओं का संघर्ष था ही न? अतः वर्तमान प्रसन्नता से जीना चाहिए।"

"महाशय, गुप्त वंश का इतिहास भी राष्ट्र प्रेम का प्रतीक है, ऐसा महामन्त्री वीरसेन कह रहे थे। उसे भी आप श्रवण करें।" कालिदास एक सांस में बोल गये और फिर बोले, "क्षमा करें।"

"नहीं, नहीं, कालिदास, तुमने मुझे नयी दृष्टि दी है," विश्वम्भर भट्ट ने कहा।

"आप सत्य कह रहे हैं, कालिदास। क्योंकि ऋग्वेद काल में वर्णित सभी समितियाँ आज भी विद्यमान हैं। कर्तव्यों में वृद्धि हुई है, क्योंकि साम्राज्य का विस्तार हुआ है। आज विशाल भारत का चित्र सप्तसिन्धु के पार तक है। परन्तु राजकर्तव्य वे ही हैं। समितियाँ, मन्त्रिमण्डल है, जहाँ युद्ध अथवा सन्धि के बारे में निर्णय लिए जाते हैं। सामाजिक समस्याओं का निवारण होता है। शास्त्रार्थ और विद्वत्सभा है। सब कुछ वही है।" देवदत्त शास्त्री ने प्रथम बार कहा, "राजपुरोहित, सेनापति अथवा सेनानी, गुप्तहेर, कायदा, अधिकार, न्याय, सुव्यवस्था, युद्ध प्रशिक्षण सब कुछ आज विस्तारित स्वरूप में है।"

"सत्य है, देवदत्त शास्त्री, हम एक ही परिधि में चक्कर लगा रहे थे। परन्तु आज नयी दृष्टि प्राप्त हुई है। कविराज, आप केवल कवि कल्पना में ही मग्न नहीं हैं, अपितु सभी शास्त्रों के उत्तम अभ्यासक हैं, इसका भी अनुभव हुआ।"

"अब एक ही इच्छा है, तुम्हारे ही मुख से गुप्त कुल की कथा सुनें।" विश्वम्भर भट्ट ने कहा।

कालिदास ने मन-ही-मन कहा, 'हमें ही कबसे उसका अध्ययन करना है', परन्तु प्रकट में बोले, "अवश्य, अवश्य!"

मध्यरात्रि उत्तररात्रि की ओर चल पड़ी थी। देवदत्त शास्त्री ने कहा, "पता ही नहीं चला कि मध्य रात्रि कब आयी और कब चली गयी। अब आप पधारें, कविराज!"

उनसे विदा लेकर कालिदास उपवन से होते हुए अपने कक्ष की ओर निकले, तब नीरव, शान्त रजनी, निरभ्र नीलाकाश और मन्द-मन्द वायु के झोंके, प्रौढ़, प्रगल्भ, शान्त रजनीकान्त के दर्शन हुए और उसी क्षण उनके मन में आया, 'क्या ऐसे सर्व सुख प्राप्त प्रौढ़-प्रगल्भ, रजनीकान्त जैसा शान्त होना मेरे लिए सम्भव है? '

***

आज अद्यापि मध्याह्न का समय भी नहीं हुआ था। कालिदास 'ऋतु संहार' की एक और प्रति बनाकर मूल पाण्डुलिपि अपने पास रखने के उद्देश्य से भोजपत्र पर लिखी पंक्तियों को पुन: लिखने के लिए हाथ में लेखनी लेकर बैठे थे। सम्राट चन्द्रगुप्त ने उन्हें मध्याह्न में चम्पक उपवन में आने के लिए कहा था। इस काव्य को उन्होंनें कब का लिख लिया था। कहीं वह अत्यन्त प्राथमिक स्वरूप का तो नहीं है, ऐसा सन्देह मन में था।

परन्तु उन पंक्तियों को फिर से भोजपत्र पर लिखने की इच्छा नहीं हो रही थी। बार-बार कल रात को मधुवन्ती के प्रासाद के श्रृंगार का स्मरण हो रहा था। उन पाँच अतिथियों के आने के बाद हरेक की ज्ञानक्षुधा पूरी हो रही थी, मगर उसके यहाँ जाना सम्भव नहीं हो पा रहा था। दो महीने वास्तव्य करने के पश्चात वे फिर से आने का वचन देकर भ्रमण के लिए उत्तर की ओर गये और कालिदास को आन्तरिक क्षुधा का ध्यान आया, मधुवन्ती से मिलन की। वे कल शाम को ही उसके प्रासाद की ओर गये थे।

हाथ में वीणा लिए वह गा रही थी। अपनी ही धुन में मगन। वे भीतर आये। उसे ज्ञात ही नहीं हुआ। केवड़े की सुगन्ध, अभी-अभी प्रज्वलित ज्योति, धुँधला वातावरण, ऊपर से मेघों ने अकस्मात वसुन्धरा को अपने आगमन का दिया हुआ संकेत, सामने ही देव-मन्दिर में देव-प्रतिमाओं के सम्मुख प्रज्वलित दीप माला, धूम्र वलयों से रेखांकित देव-मन्दिर, सभी कुछ मन को मोह रहा था। वे आसन पर बैठ गये।

"क्या हमारी ही प्रतीक्षा में थीं?"

"आपको कैसे ज्ञात हुआ, आर्य ?"

राधा की विरह-व्याकुलता तुम्हारे गान से छलक रही थी। बिल्कुल घन-घन जलराशि लेकर आये घनश्याम जैसी।"

"वो बात नहीं, आर्य..."

"साँझ के धुँधलके में क्या कोई यूँ ही मारवा राग गाता है?"

"फिर कैसे?"

"संगीत का प्रगाढ़ ज्ञान रखने वाले व्यक्ति से यह पूछना वैसा ही है, जैसे उदयभास्कर से ज्योति कोई प्रश्न पूछे। आप जब भी आते हैं, ना, आर्य, हमें एक अलग ही अनुभव होता है। नृत्य, संगीत, वेद, शास्त्र, उपनिषद्, आरण्यक–सभी कुछ आपको ज्ञात है। इतना सब कैसे?"

"हे ललिते, सखे, मधुवन्ती, हमें ही क्या, यह सब अनेक को ज्ञात ही होगा!"

"नहीं, नहीं, आपके जितना ज्ञान किसी और में हो, यह असम्भव है।"

"यह तुम्हारी भ्रामक कल्पना है, सुमती, मधुवन्ती। इस विषय पर आज नहीं, कल चर्चा करेंगे।

तुम्हारे आर्त भाव मारवा से व्यक्त हो गये। अब हम आ गये हैं ना...समाप्त हुई आर्तता। वह हँसी। मानो आकाश की चन्द्रप्रभा ही कक्ष में फैल गयी।

वह उठी। जाकर भगवान के सामने बैठ गयी। पल-भर को उनके मन में आया–वह क्या माँग रही होगी और अगले ही पल वे सहज ही उसका मारवा राग गाने लगे। उनकी बुलन्द होती हुई आवाज़ उसने सुनी थी, मगर इस समय वे विरह-व्याकुल श्रीकृष्ण थे।

वे गा रहे थे।

मधुवन्ती के मुँदे हुए नेत्रों के सामने श्यामल कालिन्दी, सन्धिप्रकाश में आलोकित कदम्ब वृक्ष, उससे टिककर खड़े कृष्ण बांसुरी बजा रहे थे। लौटती हुई गायें बाँसुरी की धुन सुनकर ठिठक गयी थीं, परन्तु राधा नहीं थी। उसके पैरों की नूपुर ध्वनि नहीं सुनाई दे रही थी। 'कहाँ गयी होगी? संकेत तो भेजा था। निश्चित ही आने वाली थी। बीच ही में कुछ हुआ तो नहीं उसे? राधा...राधा...राधा...' मुरली से सुर फूट रहे थे और हौले से आकर राधा ने उनके नेत्र मूँद दिये। और मधुवन्ती ने अत्यन्त आनन्द से अपने नेत्र खोले। कालिदास को देखकर वह प्रसन्नता से हँसी, जैसे रजनीगन्धा खिल उठी हो। उसके रूप लावण्य को वह विस्मित दृष्टि से देख रहे थे। "आर्य...आर्य...आर्य..." वह उन्हें जगा रही थी।

कालिदास अपने आप में ही मग्न थे। 'कौन होगा वह शिल्पकार जिसने इस लावण्य रूप को चैतन्य प्रदान किया, आवाज़ को माधुर्य दिया, नेत्रों को

सलज्जता प्रदान की, मन तो उसे किसने दिया? मन और देह का इतना अनुपम सौन्दर्य...सही में, किसने दिया होगा? उस निराकार की अप्रतिम कल्पना की यह साकार प्रतिकृति...वास्तव में एक आश्चर्य ही है। उसके एक-एक अंग की रचना करते हुए प्रत्यक्ष विधाता को भी अद्‌भुत मोह हुआ होगा। कौन होगा वह विधाता? ऐसे विधाता ने कहीं सचमुच में वात्स्यायन के 'कामसूत्र' का अध्ययन तो नहीं किया?

और इस विचार से वे हँस पड़े...मन-ही-मन दिल खोलकर...वात्स्यायन को बनाने वाला वो, जीवन में अर्थ, काम, मोक्ष बताने वाला वो; निर्माता वो, मानवी भावनाओं का उत्कट आविष्कारक वो, वह प्रथम कामसूत्र लिखेगा अथवा परस्पर आकर्षित होने वाले देह और मन की रचना करेगा?

हमारा मन ही पागल है। कैसे भी विचार मन में आते हैं, और हम अपने आप पर ही अनेक बार हँसते हैं। अभी भी उनके मुख पर प्रसन्न हास्य प्रकट हुआ, और मधुवन्ती ने उनके कन्धे पर हाथ रखकर पूछा,

"ऐसे आत्ममग्न कैसे हो जाते हैं आप, आर्य?"

"बात यह है, चारुगात्री, लावण्यलतिके सखी कि सम्पूर्ण देह ही तुम्हें समर्पित करके स्वत: को शून्य कैसे बनाऊँ, इसका विचार कर रहे थे हम। देखा, सखी, मेघ भी आतुर होकर वसुन्धरा की ओर झुकाने लगे हैं। अँधेरे की परछाइयों से साँझ गहरा गयी है।"

वह दिल खोलकर हँसी। उसके केशकलाप में गूँथी हुई पुष्पमाला कन्धों से आगे आ गयीं। उसने कहा,

"आर्य, भोजन तैयार है। आप आज आयेंगे, यह मैं जानती थी।"

"वह कैसे, बताओ," उन्होंने पूछा।

उसके मुख पर क्षितिज के बदलते हुए रंगों को देखकर उन्होंने कहा, "तुम्हारे चेहरे पर इतनी उत्सुकता है, हर भाव मुख पर ऐसे दिखाई दे रहा है, मानो दर्पण में प्रतिबिम्बित हो रहा हो।"

"आज सुबह-सुबह ही संकेत मिले थे। कोयल दिखाई दी। बायाँ कन्धा थरथराया। मध्याह्न में काक पक्षी महाद्वार के निकट वाले वृक्ष पर बैठकर किसी के आने का संकेत दे रहा था। और आर्य, आज मन-ही-मन आपका नाम कितनी ही बार याद किया। आपके आगमन की प्रतीक्षा में हम..."

"क्या किया हमारे आगमन की प्रतीक्षा में, हे चारुगात्री?"

"विविध प्रकार के वस्त्रालंकार पहन कर हम स्वयं को ही दर्पण में निहार

रहे थे और मन-ही-मन पूछ रहे थे, 'बता तो, दर्पण, हमारे प्रियतम कब आयेंगे!' और अकस्मात मेघश्याम ही नभ में प्रकट हो गये। यह भी था संकेत!"

उसकी प्रसन्नता रोम-रोम से प्रकट हो रही थी और कालिदास आज उसके रोम-रोम को शब्द देने वाले थे। भीतर का शल्य उसे दिखाने की इच्छा हुई, परन्तु वे मौन रहे। सारा भूतकाल भूलकर नये जीवन का आरम्भ करने का विचार कई बार मन में आया। हो जाये मन का आकाश निरभ्र, उड़ने दें मन को दश दिशाओं में मुक्त...मुक्त...वनों-जंगलों में विचरने दें मुक्त मन को मृग-शावक के समान। देह को भी प्रवाहित होने दे एक ही मार्ग पर। नहीं चाहिए जीवन के चक्र, वक्र होते गये मोड़। वसुन्धरा भी जब अति हो जाता है तो दुभंगित हो जाती है। हम भी ऐसे ही–दुभंगित। शब्दों का मौन, गले में दबी सिसकी, मधुवन्ती जैसी गुणी स्त्री की प्रतारणा कर रहे हैं हम।

गणिका है तो क्या! वह भी स्त्री ही तो है। उसका मन भी कहता ही होगा। फिर भी हम मौन क्यों हैं? सत्य क्यों नहीं कह देते? यदि कोई अपराध है, तो वह है मन को अनुभव होती विद्धत्वती के पिता की चिन्ता। अपराध तो हमने भी किया ना? किसी ने कुछ भी कहा और हम विवाह के लिए सहमत हो गये? अपराध तो हमारा भी था और अपमान हुआ ज्ञान का भी और पुरुषार्थ का भी।

उन्हें निश्चल बैठा देखकर मधुवन्ती ने उन्हें हाथ पकड़कर उठाया। वे हँसे, जैसे घने कृष्णमेघों से छनकर सूरज की किरण आये। उसने अत्यन्त स्नेह से पूछा,

"कुछ हुआ है क्या, आर्य?"

"नहीं, नहीं, मधुवन्ती, नहीं। सम्राट चन्द्रगुप्त ने कल मध्याह्न में हमारा 'ऋतु संहार' काव्य सुनाने के लिए चम्पकवन में बुलाया है। परन्तु ग्रीष्म काल में मयूर पंख के नीचे सर्प आश्रय ले, वैसी हमारी स्थिति हो गयी है।"

"सम्राट चन्द्रगुप्त अनेक का सत्कार करते हैं। गुणों का आदर करते हैं। आप अवश्य जाये। डर किस बात का है?"

"किसी गुणग्राहक, विद्वान टीकाकार को पसन्द आना महाकठिन है, मधुवन्ती।"

"रहने दें। भोजन कक्ष में चलें।"

अब उन्होंने भूतकाल को मन की सातवीं कोठरी में रखा और उसका द्वार बन्दकर दिया और उसके साथ भोजन कक्ष में आये। अपने प्रिय भोजन पदार्थों को देखकर वे आश्चर्यचकित हो गये।

"तुम्हारे संकेत सत्य थे, प्रिये! तुम्हारे मन की तीव्र इच्छा ही जैसे हमारे मन को स्पर्श कर गयी।" वे उसके आनन्द में सहभागी हो गये।

रात एक-एक पंखुड़ी खिलते जाने वाले ब्रह्मकमल के समान थी। मन की व्यथा, देह की क्षुधा धीरे-धीरे कम होती गयी और मध्यरात्रि के पश्चात निस्तब्ध जलाशय की भाँति कालिदास भी स्थिर हो चुके थे।

अब इस समय 'ऋतु संहार' के भोजपत्र एकत्रित करते हुए मधुवन्ती के सहवास में खिलती गयी सुगन्धित रात का स्मरण हो आया। हाथों में भोजपत्र लिए नवचैतन्य के साथ वे चम्पकवन की ओर चले।

हाथों में थे 'ऋतु संहार' के भोजपत्र और मन में थी मधुवन्ती।

***

"महाराज, यहाँ तो केवल दो-तीन ही चम्पक वृक्ष हैं, बाकी मधुमालती खिली है, फिर भी इसका नाम चम्पक वन क्यों है?"

"दो-तीन चम्पक वृक्ष मधुमालती की कितनी सारी लताओं को अपनी देह पर लपेटे खड़े हैं, तो श्रेष्ठ कौन हुआ? परन्तु पहले यह चम्पक वन ही था।"

महामन्त्री वीरसेन, सेनापति देवदत्त और सम्राट चन्द्रगुप्त दिल खोलकर हँसे।

"आप श्रेष्ठ मीमांसक हैं, महाराज। और ऊपर से पुरुषत्व को प्रधानता देने वाले हैं। पृथ्वीपति, राजाधिराज और अनेक उपाधियों से विभूषित हैं। अतः कुछ..."

"कवि कालिदास, हम भी कुछ प्रश्न तैयार कर लाये हैं," देवदत्त ने कहा।

"पूछिए ना!"

"कुछ प्रश्न हमसे भी पूछिए, सेनापति देवदत्त," सम्राट चन्द्रगुप्त ने कहा।

"प्रथम कवि कालिदास से पूछता हूँ, विश्व में ईश्वर की सर्वश्रेष्ठ रचना कौन सी है?"

"माता।"

"और सर्वश्रेष्ठ पुष्प कौन-सा है?"

"निःसन्देह रुई का।"

"और सबसे उत्तम सुगन्ध?"

"वर्षा ऋतु के आगमन से तप्त धरती द्वारा छोड़े गये निःश्वास की।"

"मधुरता किसमें होनी चाहिए?"

"निःसन्देह वाणी में। जिसने यह बात समझ ली, उसने, समझो, जग जीत लिया।"

"कालिदास, ऐसी मधुर वाणी से अलेक्सांडर ने युद्ध नहीं जीते थे। साम्राज्य के सुख के लिए अपने पुत्र का वध करने वाली माताएँ भी हैं। मधुर वाणी से सारे कार्य नहीं होते।"

"महाराज, आप जो कह रहे हैं, वह सत्य है। परन्तु देश के अन्दर हर नागरिक में स्नेह भाव होना आवश्यक है, उसके लिए आवश्यक है मधुर वाणी।"

सम्राट चन्द्रगुप्त को उनका उत्तर मान्य ही था।

"सबसे ज़्यादा कष्ट देने वाली चीज़ कौन सी है?"

"अपने ऊपर निष्कारण लगा हुआ कलंक।"

"और सबसे सस्ती और सहज वस्तु?"

"उपदेश! वह कोई भी, कभी भी, कितना ही समय व्यर्थ गंवाकर दे सकता है।"

"और सबसे मूल्यवान वस्तु?"

"परस्पर सहकार्य, द्वेषरहित सहयोग।"

"सबसे कटु उत्तर कौन-सा हो सकता है?"

"सेनापति देवदत्त, सत्य। किसी के 'सत्य' को उजागर करना कटु प्रसंग है। उससे द्वेष, वैमनस्य, जीवित हानि और क्रौर्य ही निर्माण होता है।"

"हमारे प्रश्न समाप्त हुए, महाराज, और..."

"अब हमसे भी प्रश्न पूछें, सेनापति देवदत्त।"

"आपसे? आप तो सर्वश्रेष्ठ हैं।"

"मानते हैं, ना? तो फिर समय-समय पर उसी की परीक्षा लेना, उसे सजग करना, उसे नवीनतम समाचार देना, यह तो हरेक का कर्तव्य है। इसके अतिरिक्त हम यहाँ सम्राट के रूप में नहीं आये हैं। हर समय सम्राट होना हमें पसन्द नहीं है।"

"हम पूछते हैं," महामन्त्री वीरसेन ने कहा।

"अभी हाल ही में, हम वेषान्तर करके नगर में घूम रहे थे। एक कुटी के सामने, आँगन में, एक स्त्री अपनी कन्या से कह रही थी, "अपने हाथ की पाँच उँगलियों का अर्थ तुझे ज्ञात है?" कन्या होगी सात-आठ वर्ष की। वह बोली, "ज्ञात है, माते। करांगुली का अर्थ है–जलतत्त्व, अनामिका–अर्थात पृथ्वीतत्त्व, मध्यमा–अर्थात आकाश, उसके बाद है वायुतत्त्व की उँगली और अंगुष्ठा का अर्थ है–अग्नितत्त्व...। सत्य कहता हूँ, हमारे नेत्र आनन्द से भर आये। जिस नगर में विद्वान गणिकाएँ, ऐसा ज्ञान ग्रहण करने वाली बालिकाएँ हैं, वह हमारी उज्जयिनी कितनी श्रेष्ठ है, इसका प्रमाण हमें मिल गया।"

"यथा राजा, तथा प्रजा," कालिदास ने कहा और सभी प्रसन्नता से हँसे। और बोले, "प्रश्न तो हम बाद में भी पूछ सकते हैं, प्रथम 'ऋतु संहार' सुनें।"

अब तक चलते हुए सेनापति देवदत्त और मन्त्री वीरसेन ने आगे जाकर सम्राट

चन्द्रगुप्त के लिए चम्पक वृक्ष के नीचे आसन रखा, और सभी निश्चिन्त होकर बैठ गये।

"महाराज, हमने ग्रीष्म ऋतु से काव्य का आरम्भ किया है। जीवन में हो, अथवा प्रकृति में–यह ऋतु कष्टदायक ही होती है। ऋतु की दाहकता, अथवा मानवी जीवन की घटनाओं की दाहकता समान ही होती है। यदि प्रकृति सजीव होकर बोलने लगे, तो वह भी अपनी घटनाओं का वर्णन करने लगेगी। हमने निसर्ग रूप धारण किया है और उस ग्रीष्म ऋतु की दाहकता से परस्पर शत्रु भी कैसे एक हो जाते हैं, यह अतिशयोक्ति प्रतीत होते हुए भी सत्य है।

"हमारी उत्सुकता और न बढ़ायें, कालिदास। आरम्भ करें।"

"अवश्य...

प्रचण्डसूर्यः स्पृहणीयचन्द्रमाः सदावगाहक्षतवारिसंचयः।
दिनान्तरम्योऽभ्युपशान्तमन्मथोः निक्षधकालोऽयमुपागतः प्रिये।।

"वा, कल्पना सुन्दर! ग्रीष्म के दाह से कोई प्रियतम अपनी प्रियतमा से कहता है,

यह ग्रीष्म ऋतु आयी है। चन्द्रमा की शीतलता की प्रतीक्षा है।, अर्थात रात्रि की। देह की उष्मा शान्त कर रहे प्रियकरों के स्नान से सरिता का जलस्तर कम हो गया है और सन्ध्यासमय आतुर होकर प्रियतमा के पास जायें तो इस ग्रीष्म ने इतना तंग किया है कि कामवासना ही शान्त हो गयी है। वा कविराज, केवल प्रथम चरण की काव्य पंक्तियों से ही अगली काव्य पंक्तियाँ सुनने की इच्छा हो रही है, वह भी हमारे रसिक, विलासी मन को।"

सम्राट चन्द्रगुप्त ने कहा। वे अब सम्राट पद एक ओर रखकर आस्वादक के रूप में आनन्द ले रहे थे।

कालिदास ने प्रथम सर्ग की केवल छह पंक्तियाँ ही पढ़ी थीं कि सम्राट चन्द्रगुप्त ने कहा, "हमें छठी पंक्ति एकदम यथार्थ प्रतीत होती है। प्रियतमा के बहाने से प्रियकर अखिल स्त्री जाति का ग्रीष्म काल में जैसा वर्णन कर रहा है, वह आपके रसिक मन और सूक्ष्म निरीक्षण की साक्ष देने वाला है।"

सम्राट चन्द्रगुप्त ने उन पंक्तियों को फिर से सुना। कालिदास अब एक के बाद एक काव्य पंक्तियाँ ढ़ रहे थे। प्रियतम, प्रेयसी के बीच शृंगार में बाधा डालने वाले ग्रीष्म को वे सुन रहे थे। तप्त धरती, पर्णहीन वृक्ष, तृष्णा से पीड़ित, जल की खोज में भागते मृग, अपना चिर वैर भाव भूलकर मयूर पंखों के नीचे गोलाकार बैठा नाग, और नाग के फन के नीचे सुख से सोया मण्डूक, इन सबका वर्णन कर रहे थे।

प्रकृति का हरा काव्य ही जैसे खो गया हो, दुर्वांकुर भी आश्रय लेने के लिए धरती के भीतर चले गये हैं। असह्य गर्मी के कारण पक्षीगण भी परेशान हैं, और गायें तथा अन्य जानवर थोड़ी-सी छाँव में बैठकर मुख से लार गिरा रहे हैं।

और प्रथम सर्ग की अन्तिम पंक्ति में वे कहते हैं,

व्रजतु तव निदाघः कामिनीभिः समेनो।
निशि सुललितगीत्तेहर्म्य पृष्ठे सुखेन।।

"प्रकृति वर्णन यथार्थ है परन्तु कहीं-कहीं अतिशयोक्ति भी आ गयी है। परन्तु उसमें, जैसा कि आपने कहा है, जब जान पर बन आये, तो शत्रु भी मित्र हो जाते हैं। उत्तम! कालिदास, उत्तम! अब आगे आयेगी वर्षा। कामजीवन को प्रसन्न करने वाली। ऐसा ही ना?"

"महाराज, आपने योग्य टीका की है। अब आगे पढ़ें या..."

"अब तो उत्सुकता, अधीरता बढ़ रही है। अवश्य पढ़ें।"

ससीकराम्भोधरमत्तकु जरस्तडित्पताकोऽ शनिशब्दमर्दलः।
समागमोराजवदुद्धतद्युतिर्घनागमः कामिजनः प्रिये।।

"वाह, वाह...अति सुन्दर! अब तो वर्षा ऋतु को राजा का वैभवशाली ठाठ दिया है आपने, कवि कालिदास। जलबिन्दुओं से परिपूर्ण मेघ, मदमस्त हाथियों पर आरूढ़ होकर, विद्युल्लता की पताका फहराते हुए, गर्जना करते हुए, मृदंग बजाते हुए वर्षा ऋतु राजा के समान अवतरित हुई है। अब तो हमें ही प्रियकर-प्रेयसी की श्रृंगार कथा और प्रकृति का अनुपम काव्य दिखाई दे रहा है। आप पढ़ें, हम आपके साथ उस हरित मार्ग से, वृक्षों के पर्णों से होकर बहती जलधाराओं के नीचे से जा रहे हैं, ऐसा अनुभव हो रहा है।" सम्राट चन्द्रगुप्त भावुक हो गये थे। "फिर भी, एक प्रश्न पूछूँ। जो कबसे हमारे मन में है?"

महामन्त्री वीरसेन और सेनापति देवदत्त सम्राट के कहने पर पुष्पवाटिका से प्रभावती और कुमार को लाने गये थे। इस सन्धि का लाभ उठाते हुए सम्राट ने यह प्रश्न पूछा।

"पूछिए, महाराज, हम पहले ही आपको अपनी जीवन गाथा सुना चुके हैं और नये मार्ग पर जाते हुए भी उस शल्य को भूले नहीं हैं।"

"मधुवन्ती के साथ नये मार्ग पर जाने से पूर्व ही आपने 'ऋतु संहार' लिखा है ना?"

"निःसन्देह!"

"तो फिर प्रियकर-प्रेयसी, प्रकृति की स्त्री-पुरुष प्रतिमा–इसका इतना अप्रतिम वर्णन आपने कैसे किया है, कवि महाशय?"

"शायद हमारा अधीर मन और अन्तरंग की रसिकता, शायद किसी व्यक्ति को हुई प्रेमरोग की बाधा, शायद इसीसे प्रकृति में विद्यमान स्त्री-पुरुष प्रतिमाएँ और उनकी संवेदनाएँ प्रकट हुई हों।"

"सम्भव है। परन्तु अब ऐसा लगता है कि आपको विवाह करना चाहिए।"

"अब वर्षा ऋतु की अन्तिम पंक्तियाँ पढ़ता हूँ, राजकुमार के यहाँ आने से पूर्व..."

कालिदास ने वे पंक्तियाँ पढ़ीं। सम्राट के मुख से निकला,

"सुन्दर!"

"अब शरद ऋतु! महाराज, वर्षा ऋतु हमें ऐसी प्रतीत होती है, मानो आगे-पीछे मेघों को सैनिकों की भाँति रखकर रथारूढ़ होकर ठाठ से दिग्विजय को निकले सम्राट हों, मगर शरद ऋतु सौम्य, शान्त प्रेयसी की भाँति प्रतीत होती है जो अपने प्रियतम की प्रतीक्षा कर रही हो। मेघराज के सर्वस्व का दान लेकर तप्त धरती तृप्त हो चुकी होती है और उस सर्वस्व से अंकुरित वृक्ष लताओं का, दूर्वांकुरों पर स्नेह लुटाने वाली एक स्त्री की प्रतिमा की भाँति लगती है। शरद ऋतु हमारे काव्य का स्त्री रूप है।

काशांशुका विकचपंचमनोज्ञवक्त्रा सोन्मादहंसरवनूपुर नादरम्या।
आपक्वशालिरुचिरा नतगात्रयष्टिः प्राप्ता शरन्नवधुरिप रूपरम्या।।

खिले हुए कांस्य पुष्प जैसा वस्त्र पहने, हंस की मधुर वाणी के अंगुष्ठमणि धारण किये, खेतों में फैली धान की विनम्रता से कमलानना नववधू के समान विनयपूर्वक प्रवेश कर रही है।"

"आज तक शरद ऋतु को किसीने स्त्री रूप दिया हो, यह स्मरण नहीं है। वैसे ऋतुओं को सजीवत्व प्रदान करके मानवी शृंगार और वाणी देने वाले शायद आप ही है, कवि महाशय! अब वास्तविक स्त्रियों की क्या स्थिति है?"

नद्यो विशालपुलिनान्तनितम्बबिम्बा मन्दं प्रयाति समदाः प्रमदा इवाद्यः।

"वाह, कविराज, सरिता को कामिनी की उपमा देते हुए उसका अति सुन्दर वर्णन किया है। अनुपम कामिनी सरिता ने लहरों पर तैरते हुए मत्स्यों की मेखला धारण की है, किनारे पर उपस्थित शुभ्र पक्षियों की उसकी माला है, और ऊँचे-

ऊँचेरेत के ढेर...कवि महाशय, आपकी कल्पना को क्या नाम दें, समझ ही में नहीं आता।

कालिदास पढ़ रहे थे और सम्राट चन्द्रगुप्त के मुँदे हुए नेत्रों के सामने हरित वसना शरद ऋतु अवतरित हुई। कृषिबलों की कृषि में लहलहाती, पुष्पों के माध्यम से अनेक रंगों को बिखेरने वाली, पुष्पभार से वृक्षों को झुकाने वाली, मयूरों को नृत्य कराने वाली, किसी रमणी जैसी। शृंगारित। रमणी के केशकलाप में मालती पुष्पहार गूंथने वाली, रात्रि के शृंगार का वर्णन अपनी प्रिय सखी को बार-बार सुनाते हुए लज्जित होने वाली शरद ऋतु मदन की रति हो जाती है और

विकचकमलवक्रा फुल्लनीलोत्पलाक्षी।
विकसितवकाशश्वेतवासो वसना।।
कुमुदरुचिरकान्ति कामिनीवोन्मदेयं।
प्रतिदिशतु शरद्धश्चेतस: प्रीतिमग्रयाम्।।

जिसका मुखकमल प्रफुल्लित है, नवोन्मीलित कमलपुष्प के समान नेत्र हैं, कांस पुष्पों का शुभ्र वस्त्र धारण करने वाली, रूपवती कामिनी के समान शरद ऋतु की प्रतिमा प्रकृति के अंग-प्रत्यंग को चैतन्य प्रदान करने वाली है।

"महाराज, चौथे ऋतु हेमन्त के बारे में पढ़ूँ क्या? क्योंकि मध्याह्न समाप्त होकर शरद ऋतु की अँधेरी परछाइयाँ वृक्षों के ऊपर से, आकाश मार्ग से होते हुए अब सम्पूर्ण वातावरण को अपने आलिंगन में लेने वाली हैं। कल आयी अकस्मात वर्षाधाराओं से चारों ओर ठण्डक हो गयी है।"

"अभी प्रभावती और कुमार आये नहीं हैं, और सन्धिप्रकाश भी है, अत: आपके 'हेमन्त' के दर्शन करना हमें प्रिय होगा", सम्राट चन्द्रगुप्त ने कहा–

नवप्रवालोद्‌गमसस्यरम्य: प्रफुल्ललोध्रा: परिपक्वशालि:।
विलीन पद्म: प्रपतत्तुषारो: हेमन्त काल: समुपपागतोऽयं।।

"अत्यन्त सुन्दर, कवि महाशय...और हेमन्त ऋतु की वे रसिक सुन्दरियाँ?"

कालिदास पढ़ते गये। रति क्रीड़ा का सूक्ष्म अवलोकन अपने शब्दों से प्रकट करने वाले कालिदास सम्राट चन्द्रगुप्त को अत्यन्त आश्चर्यचकित कर रहे थे। युवती खुल कर हँसती नहीं, क्योंकि अधर व्रणों को कष्ट हो रहा है। ओस की बूँदे मुक्त विहार कर रही हैं, और प्रेमी जनों की रसिक प्रीति देखकर कलहंस मुक्त विहार कर रहे हैं, और प्रेयसी प्रियतम के लौटने की प्रतीक्षा कर रही है, प्रियंगुलता पीतवर्ण हो गयी है, प्रियकर के हाथों से छूटी प्रेयसी के समान। सर्वत्र व्याप्त सुगन्ध शृंगार में

भी सम्मिलित हो गया है। और रात्रि के शृंगार से गलितगात्र युवती रात के शृंगार को स्मरण करते हुए आनन्दित हो रही हैं।

यहाँ बहुगुणों से रमणीय प्रतीत होने वाले हेमन्त ऋतु का वर्णन समाप्त होता है, महाराज।"

"अब दो ऋतु शेष हैं, परन्तु शरद का अन्धकार हौले-हौले वन में प्रवेश कर रहा है। प्रभावती और कुमार अब रास्ते में ही मिल जायेंगे। इस समय आगे का वर्णन पढ़ना आपके लिए असम्भव होगा। अत: वह 'ऋतु संहार' हमें दें, महारानी के साथ पढ़ेंगे।"

"महाराज, हमें कण्ठस्थ है, अत: मार्गक्रमण करते हुए हम कथन करते हैं।"

"कण्ठस्थ है?"

"महाराज, एक तो जिसकी रचना हो, वह उसे याद रहती ही है, और फिर एक बार लिखते समय मुझे सहज याद रह जाता है।"

"इसका अर्थ, आप एकपाठी हैं...'

"सम्भवत: हूँ।"

सम्राट चन्द्रगुप्त आसन से उठे। वह वस्त्रासन कालिदास ने अपने साथ लिया। दोनों चम्पक वन की अँधेरी परछाइयों से नागरी उपवन की ओर जा रहे थे। कालिदास के पास 'ऋतु संहार' की प्रतिलिपि न होने के कारण वे सम्राट को भोजपत्र नहीं देना चाहते थे। इसलिए उन्होंने पाँचवीं ऋतु 'शिशिर' के बारे में बताना आरम्भ किया।

प्ररूढशालीक्षुचयावृतक्षिती क्वचित्स्थितक्रौंचनिनादराजिताम्।
प्रकामकामं प्रमादजनप्रियं वरोरूकालं शिशिराहृयं श्रृणुं।।

"अर्थात इस ऋतु में हम कामातुर कामिनी का प्रकृति के साथ वर्णन करेंगे!"

"अर्थात यह ऋतु वैसे ही मनोहारी है। फलती-फूलती प्रकृति, फलों से लदे वृक्ष विनम्र होकर धरती के अंक में दान देने को उत्सुक...और ललनाएँ सिंगार कर पुरुष को संकेत करने वाली और पुरुष?

महाराज यही विषय इस सर्ग में सर्वत्र है। इसलिए अन्तिम पंक्ति का किंचित वर्णन करता हूँ :

प्रचुरगुडविकार स्वादुशालीक्षुरम्य
प्रबलसुरतकोलिर्षात कन्दर्प:।
प्रियजन रहितां चित्तसंतापहेतु:
शिशिरसमय एष श्रेयसे वोऽस्तु नित्यम्।।

यह शिशिर ऋतु का सर्ग हमने संक्षेप में कहा है, महाराज! हमारी शब्द सरिता अधिक प्रवाहित होकर कुछ अवांछित न लिख बैठे, यह भय था।"

"धन्य हैं, कविराज! यदि यह कम लिखा है, ऐसा सोचते हैं, तो अधिक सूक्ष्म श्रृंगार छटा कौन-सी हो सकती हैं?"

दोनों दिल खोलकर हँसे। सन्ध्या शीघ्रता से प्रवेश कर रही थी। वे आगे चले, सामने से प्रभावती, कुमार, महामन्त्री तथा सेनापति आते हुए दिखाई दिये, तब वे बोले, "छठी ऋतु का अति संक्षिप्त वर्णन करें।"

"महाराज, नवउन्मेषशालिनी वसुन्धरा पर अब चहुँ ओर से बहार आयी है, वही स्थिति नवयुवतियों की भी है। उपवन में खिले विविध पुष्पों के रंगों के समान वे ऐसे रेशमी वस्त्र परिधान करती हैं कि आवृत और अनावृत दिखें। और 'काम' तो जीवन का स्थायी भाव है, उसका त्याग करना तो असम्भव है ना...!"

अड़तीस श्लोकों की काव्य पंक्तियाँ लिखी हैं ऋतु वसन्त पर–वन के और मानव-जीवन के वसन्त पर और यह सदिच्छा भी है कि यह ऋतु सबको सुख, समाधान प्रदान करे।"

"हम फिर से आराम से इसका पठन करेंगे ही। कदाचित इसे पढ़कर हम युद्ध पर जाना भी छोड़ दें।"

"असम्भव, महाराज, शतवार, सहस्त्रवार असम्भव, कदापि सम्भव नहीं। महाराज, आप नित्य अपनी शौर्य गाथा युद्धभूमि पर लिखते हैं, वापस लौटने के बाद समाज तथा समस्याओं की ओर ध्यान देते हैं। कभी-कभी तो ऐसा लगता है कि आपके शौर्य पर, धैर्य पर लिखूँ। रणनीति, राजनीति, चाणक्य की कूटनीति, उसके प्रशासन का, अर्थशास्त्र का अध्ययन करते हुए मन में सन्देह उत्पन्न होता है कि आप रघुवंश के उत्तम प्रशासन से अवगत हैं या चन्द्रगुप्त मौर्य के, या चाणक्य के, या आपने अलेक्जेंडर सिकन्दर के नियोजन और महत्त्वाकांक्षा को आत्मसात किया है, महाराज...।"

"कवि महाशय, इतनी देर हमें स्मरण नहीं था, वह अब स्मरण हुआ है। कश्मीर में पुनः शकों के अपने साम्राज्य में उत्पात करने की वार्ता प्राप्त हुई है। महामन्त्री वीरसेन, सैन्याधिपति और महाभांडारिक के साथ आप भी वहाँ जायें। महाभाण्डारिक वहाँ के अर्थकोष, सैन्याधिकारी वहाँ की सीमा-सुरक्षा के बारे में जानकारी लेंगे। आप और वीरसेन मिलकर परिस्थिति का अवलोकन कर व्यवस्थापन करें। साथ में गुप्तचर और सेना भी भेज रहा हूँ।"

"महाराज, मुझ पर विश्वास कर आपने यह सन्धि प्रदान की..."

"कालिदास, वस्तुत: आप हमारे पुत्र के ही समान हैं। परन्तु यदि हम ही आपको बहुवचन से सम्बोधित न करें, तो अन्य लोग भी यह प्रतिष्ठा नहीं देंगे। हमें कई बार ऐसा लगता है, प्रभावती के ज्येष्ठ बन्धु के रूप में..."

"परन्तु, महाराज, आज आपने अपनी व्यक्तिगत संवेदना को प्रकट करके कभी भी न देखे हुए पिता की याद दिला दी और पिता के साहचर्य का आनन्द दिया। कभी भी, कहीं भी प्रकट न करते हुए मन की गहराई में हम आपके शब्द, पितृत्व के स्थान का जतन करेंगे।"

कालिदास के नेत्र भर आये। 'कौन थे हमारे माता-पिता? क्या पता किस कारण से वे हमें उस गोपालक के पास छोड़ गये? परन्तु कुछ वर्षों पूर्व जो मिली वह सरस्वती माता और अब पिता के रूप में मिले प्रत्यक्ष सम्राट चन्द्रगुप्त!' उनका गला भर आया।

सम्राट चन्द्रगुप्त ने उनके कन्धे पर हाथ रखा और कालिदास स्वयं को रोक न पाये। उन्होंने रास्ते पर ही सम्राट चन्द्रगुप्त के चरणों पर शीश रख दिया। दोनों कन्धे पकड़कर उन्हें उठाते हुए सम्राट बोले, "हमें ज्ञात था कि आपको हिमालय का आकर्षण है। इसलिए आपको भी भेज रहे हैं। इसके अतिरिक्त आप व्यवस्थापन पद्धति भी आत्मसात कर सकेंगे, यह भी एक उद्देश्य था।

कालिदास मौन था। कुछ न कहते हुए भी मनों को जीतने वाले सम्राट चन्द्रगुप्त इस समय उनके लिए अगम्य थे।

"महाराज, एक विनती है। क्या आप हमें अपना कुला वृत्तान्त बतायेंगे? बीच-बीच में हमने सुना भी है, परन्तु प्रत्यक्ष आपके मुख से सुनने का सौभाग्य प्राप्त होगा।"

"अवश्य! कल प्रात: हम मालतीकुंज में आयेंगे। आप भी वहाँ आयें।"

प्रभावती और कुमार अब समीप आ गये थे। उन्हें देखते ही सम्राट के मुख पर स्नेह भाव प्रकट हुए। कालिदास अनिमिष नेत्रों से उनके वात्सल्य भाव को देख रहे थे।

***

"हमारे पास जितनी समस्याएँ दर्ज की गयी थीं, उनका निराकरण हो चुका है, महाराज। अब भोजनोपरान्त मध्याह्न की सभा में, जैन धर्म के भद्रबाहु अपने कुछ परिव्राजकों के साथ आये हैं, उन्हें आमन्त्रित किया है।"

महामन्त्री वीरसेन ने कहा और भोजन के लिए सभा समाप्त होने की प्रतीक्षा

में थे कि प्रवेशद्वार से आवाज़ आयी, "महाराजाधिराज सम्राट चन्द्रगुप्त की विजय हो", ऐसा कहते हुए तीन युवतियों ने प्रवेश किया। उनके पीछे भागते हुए सेवकों ने कहा, "महाराज, हमने इन्हें रोका था। इसमें हमारा अपराध नहीं है।"

"अस्तु! तुम जाओ।"

"महाराज, क्षमा करें, हमें आपके सेवकों ने कल्पना दी थी कि इस समय भोजन काल का विश्राम है। परन्तु उत्तर रात्रि को काशी से चली हुई हम तीनों अभी यहाँ पहुँची हैं। अतिथि-कक्ष में भोजन, विश्राम में हमारा उत्साह शिथिल हो जाता, इसलिए राजा सेवकों की एक न सुनते हुए हम यहाँ तक आये हैं, क्षमा करें, महाराज।"

"क्या समस्या है आपकी?" सम्राट चन्द्रगुप्त ने पूछा।

"मैं कान्ति, यह सुशान्ति और यह सुनीति", उनमें से एक युवती ने परिचय दिया। तीनों उपवर कन्याएँ थीं, सुदृढ़ थीं, श्यामल वर्ण की और तेजस्वी थीं। दृष्टि में उत्साह और कृति में दृढ़ता थी। उनका वेश स्त्रियोचित नहीं था, उन्होंने केश बाँधकर उस पर रेशमी वस्त्र बाँधा था और स्त्री वेश के स्थान पर पुरुष वेश धारण किया था। उन तीनों का आगमन राजसभा को चौंकाने वाला था। हरेक के मन में उत्सुकता थी। प्रत्यक्ष सम्राट चन्द्रगुप्त भी उनके आने के कारण का अनुमान नहीं लगा पा रहे थे।

"तुम्हारा स्वागत है, युवतियों! उत्तर रात्रि से आप लोग निरन्तर अश्वारूढ़ होकर अविलम्ब यहाँ पहुँची हो, इसका अर्थ आपकी समस्या गम्भीर होगी। अत: आप तीनों उसे स्पष्ट करें।"

वस्तुत: सम्राट चन्द्रगुप्त का स्वास्थ्य ठीक नहीं था। पिछले आठ दिनों से वे ज्वरग्रस्त थे, फिर भी राजसभा में नियमित रूप से आकर वे कार्य कर ही रहे थे। महामन्त्री वीरसेन उनके स्वास्थ्य के बारे में चिन्तित थे। मगर उन्हें इस बात की कल्पना थी कि वे इन तीनों की समस्या का समाधान किये बिना नहीं जायेंगे। फिर भी उन्होंने कहा, "महाराज, भोजनोपरान्त वसुबन्धुओं द्वारा दी गयी औषधि का सेवन करना है।"

"हमें याद है, महामन्त्री। तो, अब, युवतियों, अपनी बात स्पष्ट करें, आपको पूरा न्याय मिलेगा।"

"महाराज, हम आपके सीमावर्ती प्रदेश के सेनाप्रमुख करभकसेन से मिले और उनसे कहा कि हमें सेना में प्रवेश दिया जाये। हम युवतियाँ हैं परन्तु युवकों की तुलना में हममें कोई कमी नहीं है। हम अश्वदल, हाथीदल में कार्य कर सकते हैं।

हम अस्त्र-शस्त्र संचालन में निपुण हैं। चाहें तो हमारी परीक्षा ले सकते हैं", कान्ति ने कहा।

"महाराज, हममें युवकों की अपेक्षा अधिक दृढ़ता है," सुशान्ति ने कहा।

"परन्तु आपके सेनापति करभकसेन ने कहा, "युवतियों, अपने-अपने परिवार सँभालो। सबल- सुदृढ़ तो हो ही, परिवार और समाज को अपनी सेवा अर्पण करो, परन्तु आप सैन्य और युद्धभूमि वर्जित करें," सुशान्ति ने करभकसेन के वाक्यों को जैसे का तैसा दोहरा दिया।

"उसके बाद हम दण्डपाशाधिकारी, जो आपके सुरक्षा विभाग के अधिकारी हैं, वे..." कान्ति को नाम याद नहीं आ रहा था।

"रुद्रदमन है उनका नाम।"

"तो फिर क्या हुआ?" सम्राट चन्द्रगुप्त ने उत्सुकता से पूछा।

"उन्होंने कहा, युद्धक्षेत्र उतना आसान नहीं है, जितना आप समझ रही हैं। उत्कट राष्ट्रभक्ति हो फिर भी युद्धभूमि पर अनेक सैनिकों की मृत्यु देखना आसान नहीं है। चाहे युद्धनीति, युद्धकला अवगत हो, फिर भी युवतियाँ उसमें प्रवेश करने के स्थान पर अध्यापिका बनें, समाज को सुसंस्कृत बनाएँ...। ऐसे अनेक कारण देकर उन्होंने हमें हतोत्साहित करने का प्रयत्न किया। परन्तु हमें न्याय चाहिए, महाराज। हमें अनेक मार्ग अवगत हैं, परन्तु यदि हमें रणक्षेत्र में ही जाना हो तो, हमें मना क्यों किया जाये? क्या केवल इसलिए कि हम स्त्री हैं?"

सम्राट चन्द्रगुप्त को महासेनाधिपति करभकसेन और दण्डपाशाधिकारी का कथन जितना मान्य था, उतना ही इन युवतियों का प्रश्न भी मान्य था। उन्होंने सहज ही पूछ लिया,

"अध्यापिका होना आपको क्यों मान्य नहीं है? आप परिवार क्यों नहीं चाहती हैं?"

"महाराज, क्या हमें पिता, माता, भ्राता, पति के सहारे पर ही जीवन व्यतीत करना चाहिए? हमें सैनिक प्रशिक्षण क्यों नहीं मिल सकता? हम सेना में प्रवेश क्यों नहीं ले सकते?"

"युवतियों, आप शूरवीर, धैर्यवान, निर्भय हैं, सेना में जाकर युद्धभूमि में कार्य करने की इच्छुक हैं, यह सचमुच अभिनन्दनीय है। परन्तु सेनापति करभकसेन तथा दण्डपाशाधिकारी रुद्रदमन का वक्तव्य भी अयोग्य नहीं है," राजपुरोहित वसुमित्र उन्हें समझाते हुए बोले।

"महाराज, राजपुरोहित का वक्तव्य हमें मान्य नहीं है, इसलिए तो हम यहाँ आये हैं। सम्राट अशोक ने बौद्ध धर्म के प्रसार के लिए अपनी पत्नी, पुत्री और पुत्र

को विदेश में भी भेजा था। उस काल मे महिलाएँ धर्म सेविकाएँ होती थीं।

ऋग्वेद काल में महिलाएँ ब्रह्मचारिणी होती थीं, अध्यापिकाएँ थीं, और नृत्य नाट्य, कला, शास्त्रार्थ के लिए प्रसिद्ध थीं। वे वैदिक मन्त्रों की आचार्य भी थीं। सुभद्रा नामक भिक्षुणी उत्तम वक्ता के रूप में प्रसिद्ध थी। एक जैनधर्मीय पिता ने अपनी चारों कन्याओं को दर्शनशास्त्र के वाद विवाद हेतु देश-विदेश भेजा था, ऐसा जातक कथा कहती है। भिक्षुणी खेमा उच्चशिक्षित थी।

हमारे धर्म की स्त्रियों को वेदमन्त्रों का, यज्ञ का, पाण्डित्य का अधिकार था, ये हम सभी को ज्ञात है...' एक साँस में बोलने वाली कान्ति जब पलभर को रुकी, तो एक लय में उसका वक्तव्य सुनने वाले राजसभा में उपस्थित व्यक्तियों ने भी सांस ली।

"महाराज, यह युवती जो कह रही है, वह पूरी तरह सत्य है। कवि हाल द्वारा लिखित 'गाथा सप्तशती' नामक ग्रन्थ में रेखा, रोहा, माधवी, अनुलक्ष्मी, पाटई, बद्धवटी जैसी प्रतिभावान काव्यकर्ता महिलाएँ थीं। मण्डन मिश्र की सरस्वती, याज्ञवल्क्य की गार्गी, मैत्रेयी का उल्लेख बार-बार आता है। परन्तु...

महाराज, इतने प्राचीन काल में जाने की हमें आवश्यकता नहीं है। इन युवतियों ने शायद इस सबका अध्ययन किया होगा।"

"नि:सन्देह!" उन तीनों ने एक सुर में कवि कालिदास को उत्तर दिया।

"परन्तु, आगे क्या?"

कवि कालिदास ने पूछा।

"शक राजकन्या 'नागनिका' ने वैदिक कुल के शालिवाहन से विवाह करके वैदिक संस्कृति, यज्ञ संस्कृति और शासक के रूप में भी राज्य-यन्त्रणा का उत्तम संचालन किया था। वह वीर योद्धा भी थी।"

कालिदास का अध्ययन देखकर सम्राट विस्मित हो गये थे।

"महाराज, इसके पहले की स्त्रियाँ–मौर्य और चाणक्य काल की। पोरस ने स्वयं अपनी सेना में स्त्री-पथक होने की बात चाणक्य को बतायी थी," सुनीति ने कहा।

"महाराज, मौर्य काल की स्त्रियों का वर्णन करते हुए उस समय भारत आये हुए चीनी यात्री ने कहा था, आश्चर्य है। सम्राट चन्द्रगुप्त का। उनके राज्य में निर्भयता इतनी है कि मैं स्त्रियों को भी स्वेच्छा से सैनिक प्रशिक्षण प्राप्त करते हुए देखता हूँ। कुछ महिलाएँ अश्वारूढ़ हैं, तो कुछ हाथी पर आरूढ़ हैं। वे हर शस्त्र से अवगत हैं। कभी-कभी मार्ग में ऐसी स्त्रियों को एक साथ जाते देखो, तो ऐसा लगता है कि

कहीं युद्ध पर तो नहीं जा रही हैं?" कान्ति ने ऐसे शब्दों का प्रयोग किया मानो अश्व दौड़ा रही हो।

"कान्ति, सुनीति, सुशान्ति आप सुकुमारियाँ हैं। इतिहास की अभ्यासक हैं, राष्ट्र भक्ति से प्रेरित हैं। हम आपका स्वागत करते हैं और यह भी कहना चाहते हैं कि हमारे यहाँ गणिकाओं को भी श्रेष्ठतम स्थान प्राप्त है। पुरुष तथा स्त्री समान हैं यह भी हम मानते हैं। परन्तु युद्ध में स्त्रियाँ सहयोग दें अथवा नहीं, यह हम मन्त्रिमण्डल से विचार-विमर्श के बाद ही निश्चित करेंगे।"

"महाराज, सुदूर काशी से हम अविलम्ब आये हैं सिर्फ़ आपकी–प्रत्यक्ष आपकी राय जानने के लिए! और मन्त्रिमण्डल यहीं है, अतः..."

"सुशान्ति, आपके आवेग, आवेश का हमें अनुभव हो गया है। आप युवती है...अविवाहित है...तो..."

"महाराज, क्या यह प्रश्न आप युवकों से पूछते हैं? या, क्या आप युवकों से संगठित होने के लिए कहते हैं? आप ही स्त्री-पुरुष को समान मानते हैं, आप ही अपने पिताश्री के काल का उल्लेख करते हैं...क्या आप दुविधा में हैं, महाराज?"

"कान्ति का प्रश्न सुनकर वे बोले, "हम सम्भ्रमित अथवा विचलित नहीं हैं। परन्तु हम पूर्ण अर्थात पूरा मन्त्रिमण्डल नहीं हैं। इसलिए..."

"हम इन युवतियों के मत से सहमत हैं," सारे लोग उठ खड़े हुए।

सम्राट चन्द्रगुप्त बोले,

"इसी एक स्वर की प्रतीक्षा हम कर रहे थे। युवतियों, हम आपको सैन्यदल में प्रशिक्षणार्थी के रूप में अनुमति देते हैं। राष्ट्रसेवा का लक्ष्य लेकर आप युवातियों की सेना बनाये। हम आपको यथोचित सहकार्य देंगे।"

कवि कालिदास के नेत्रों के सामने काली, आदिशक्ति का रूप तैर गया। कितने रूपों में, कितने स्वरूपों में स्त्री समाज में खड़ी है, इसलिए समाज और राष्ट्र की उन्नति होती है।

दोपहर ढलने को थी। सम्राट चन्द्रगुप्त ने कहा,

"कान्ति, सुनीति, सुशान्ति, हमारे साथ भोजन कक्ष में चलें।राजकुमारी प्रभावती और राजकुमार कुमार का भी परिचय करा देते हैं। और महामन्त्री, जैन भिक्खुओं को कल बुलाये।"

इन युवतियों के मुख पर छाये अवर्णनीय आनन्द को देखते हुए कालिदास खड़े थे।

'गृहस्थाश्रम में कितने विविध स्नेहबन्ध होते हैं। हम गृहस्थ नहीं, किसी भी

स्नेहपाश से हम लिपटे नहीं हैं। कोई भी उलझन हमें सुलझानी नहीं है। कोई समस्या नहीं, कोई प्रतीक्षा करने वाला नहीं। 'तात' कहकर कोई भी प्यार से निकट आने वाला नहीं, और अधिकारपूर्वक कुछ कहने वाली पत्नी भी नहीं।

उनका कण्ठ भर आया, आँखें गीली हो गयीं और उनके पाँव मधुवन्ती के मार्ग की ओर चल पड़े।

***

"पधारें, आर्य! आज ढलती दोपहर में?" मधुवन्ती ने कालिदास से पूछा।

कालिदास ने कुछ नहीं कहा, सीधे पलंग पर बैठ गये। उनका प्रसन्न मुखमण्डल आज निस्तेज चन्द्रमा के समान प्रतीत हो रहा था। अन्तर्मन की व्यथा उन्होंने कभी भी प्रकट नहीं की थी। वैसे भी उसका अधिक सहवास था ही कहाँ? किस अधिकार से वह पूछने वाली थी? वे उसके पति नहीं थे। पूर्व में उसके साथ रात बिताने के लिए आने वालों जैसे भोगविलासी न थे। वे विद्वान, रसज्ञ, गुणग्राहक, सुन्दरतम, सुदृढ़ कालिदास थे। राजकवि का सम्मान उन्हें प्राप्त था। वे विवाहित नहीं थे, यह स्पष्ट था, परन्तु विवाह क्यों नहीं किया, और क्यों करना नहीं चाहते, यह सब उसके लिए अनाकलनीय था।

"आर्य, भोजन हो गया होगा!"

"नहीं, और अब पुनश्च दूसरा सत्र नहीं है इसलिए आ गया।"

"परन्तु भोजन क्यों नहीं किया? स्वास्थ्य..." वह रुक गयी, उसने उनका हाथ पकड़ा और बोली, "अब उठिए, ऐसे देर-सबेर भोजन करना अच्छा नहीं होता। फलाहार करें। परन्तु ऐसा विलम्ब क्यों किया? क्या कार्यनिमित्त कहीं जाना पड़ा?"

"कितने प्रश्न, मधुवन्ती?" वे प्रसन्नता से हँसे। "बिल्कुल समयानुसार भोजन करना कभी-कभी सम्भव नहीं होता। आज तो सभा में तीन युवतियाँ आयी थीं।"

उन्होंने वह प्रसंग सुनाया तो वह प्रसन्नता से हँसते हुए बोली,

"प्रत्येक स्त्री को उसकी इच्छानुसार कार्य करना सम्भव होना चाहिए।"

"सखे, मधुवन्ती, अगर तुम्हें अनुमति मिले तो तुम क्या करोगी?"

वह सोचने लगी। सचमुच, वह क्या करने वाली थी? उसे भी सोच-समझ कर पति के, परिवार के सारे स्नेह सम्बन्ध स्थापित करने थे। उसे भी तो कन्या-पुत्र की लालसा थी। परन्तु वह हो गयी भोगदासी। इच्छा न होते हुए भी हो गयी। उज्जयिनी में स्थित एक गणिकालय में उसके माता-पिता ही उसे एक दिन छोड़ गये थे। तब वह अबोध थी। क्यों छोड़ा था, यह बात उसे काफ़ी विलम्ब से पता चली। आठ

कन्याएँ होने के बाद पुत्र प्राप्ति के लिए अनेक व्रत करने वाले उन निर्धन माता-पिता को नवीं भी कन्या ही हुई। वही थी मधुवन्ती। उसका मार्ग उसके लिए तैयार किया गया था। अगर उसे मन्दिर में छोड़ते तो वह देवदासी हो गयी होती। दास्यत्व से मुक्त होना उसके लिए सम्भव नहीं था, परन्तु स्वयं की उन्नति करते हुए जो भी कार्य मिला है, उसे प्रामाणिकता से करते रहने की उसकी इच्छा थी। अर्थार्जन के लिए गणिकालय में और क्या प्राप्त हो सकता था? परन्तु उसने अत्यन्त परिश्रम से ज्ञान प्राप्त किया। उसे 'काव्यालंकार', 'शास्त्रकार', 'पण्डिता'–इन उपाधियों से सम्मानित किया गया। समाज का उसकी ओर देखने का दृष्टिकोण यद्यपि परिवर्तित हो गया था, परन्तु उससे विवाह करने वाला अब तक कोई आया नहीं था। अर्थार्जन के लिए गणिका होना उसके लिए क्रमप्राप्त था। उसी से उसने अपने लिए प्रासाद का निर्माण किया। छोटा था, परन्तु वह प्रासाद ही था। पूरा वैभव प्राप्त हो चुका था। अनेक लोगों को उसके चित्र प्रिय थे। उसके पास आने वाले व्यक्तियों में से एक ने उस पर प्रसन्न होकर उसके चित्रों को देश-विदेशों में मान्यता प्राप्त करने का मार्ग बताया था।

वह भिक्षुणी संघ में गयी। अपनी स्थिति का वर्णन करते हुए उनसे चित्रों का व्यापार करने की विनती की। वे प्रत्यक्ष चित्र तो नहीं ले गयीं, परन्तु उसकी प्रसिद्धि की। और आर्यावर्त के धनिकों के घरों में उसके चित्र लगाये गये।

रेशमी वस्त्रों पर रेशमी धागों से की गयी उसकी कला उज्जयिनी के क्रय-विक्रय केन्द्र में आयी, अनेक शास्त्रों में उसकी प्रगति देखकर अनेक ने ज्ञानार्जन के लिए उसकी सहायता ली। परन्तु फिर भी वह सुप्रतिष्ठित, लावण्यवती गणिका ही तो थी।

अब गणिका का व्यवसाय नहीं था, परन्तु फिर भी देह भोग की आदत उसकी देह को तो थी ही। वैसे कौन था उसका पति? आने-जाने वाले, समाधान प्राप्त करने वाले! अब इसी में उसने भी अपना समाधान ढूँढ़ लिया था।

और कालिदास आये। उसने मनःपूर्वक सर्वस्व अर्पण किया, वे नित्य यहीं रहें, यह प्रार्थना की, अब वे और सिर्फ़ वे ही उसके जीवन में रहें, यही उसकी कामना थी। कालिदास ने पुनः पूछा, "सखी, यदि तुम स्वतन्त्र हो गयी, तो क्या करोगी?"

उसने उनके सम्मुख कुछ मिष्ठान्न और फल लाकर रखे। वे अब आसन पर विराजमान थे, वह भूमि पर बैठी थी। विचारों में खोयी हुई। उन्होंने उसके मस्तक पर हाथ रखा। उसकी आँखें भर आयीं। उन्होंने उसे दृढ़ आलिंगन में बाँध लिया।

"क्या हमारा प्रश्न अनावश्यक था?"

"नहीं, आर्य, ऐसा नहीं! स्मृतिकारों ने, शास्त्रकारों ने अपने ग्रन्थों में लिखा है कि स्त्री पति की सम्पत्ति की उत्तराधिकारी होती है, उसका स्त्री धन भी होता है। याज्ञवल्क्य ने तो दुश्चरित्र स्त्री को किसी भी प्रकार के अधिकार न दिये जायें, ऐसा लिखा है। अत्रि और देवल ऋषियों ने भी व्यभिचार करने वाली स्त्रियों को रागाजबाह्य माना है। अत: पूरी तरह परतन्त्र, दुश्चरित्र स्त्री किस स्वातन्त्र्य को अधिकारपूर्वक ले सकती है? और कौन-सा समाज उसे अधिकार देगा?

"लगता है कि कुछ शास्त्रों का तुमने उचित अध्ययन नहीं किया है। प्रिये, कुछ शास्त्रों में ऐसा भी लिखा है कि प्रतिमास होने वाले रक्तस्त्राव के कारण वह पूरी तरह शुद्ध हो जाती है, अत:..."

मधुवन्ती के नेत्र आषाढ़ मेघ होकर बरसने लगे। तब कालिदास ने उसे अपने पास बिठाया, उसका सांत्वन करते हुए बोले,

"हे चारुगात्री, तुम गंगा जैसी पवित्र हो। देह का भोग और मन का आनन्द– इनके बीच का अन्तर तुम्हें ज्ञात है। हे लावण्यलतिके, तुम्हारी देह के लावण्य को किसी का स्पर्श हुआ होगा, परन्तु तुम्हारे पवित्र मनमन्दिर में किसकी प्रतिमा है, बताऊँ?"

"क्या सोचते हैं, आर्य? किसकी प्रतिमा हमारे मन मन्दिर में हो सकती है?"

"विश्वास है, मन में प्रतिमा, प्रतिमा पर श्रद्धा और विश्वास रखे बिना जीवन को अर्थ नहीं प्राप्त होता।"

वह पूछना चाहती थी, 'आपके मन में किसकी प्रतिमा है, जिस पर आपकी श्रद्धा है, जिस पर आप नितान्त स्नेह करते हैं?' परन्तु वह मौन रही। कालिदास ही बोलते रहे और उन्होंने सहज ही कहा,

"प्रत्येक स्त्री के मन में एक श्रीकृष्ण ही होता है, उसी तरह राधा भी प्रत्येक पुरुष के हृदय में होती है। अस्तु! परन्तु तुम्हारे जीवन में, मन में हमारी ही प्रतिमा चित्रबद्ध कर उस प्रतिमा पर अनन्य प्रीति करती हो ना?"

उसने लज्जापूर्वक दोनों हाथों से अपना मुखमण्डल ढाँक लिया। उन्होंने उसका मुख अपनी ओर किया। वह ऐसी प्रतीत हो रही थी, मानो लज्जित, अर्धोन्मीलित कलिका पर ओस की बूँदें बिखरी हों।

"हे, रूपगन्धा! हमने सत्य कहा न?"

वह कुछ नहीं बोली। उसका मन और रोम-रोम पुलकित हो उठा।

"सत्य है, आर्य! आप आये और मन मन्दिर में आपकी ही प्रतिमा विराजमान हो गयी और..."

"केवल प्रतिमा पूजन? हम तो यहाँ सगुण, साकार, सारी संवेदनाएँ लिये हैं, मालूम है ना?"

"आर्य, मन्दिर में दीप प्रज्वलित कर आती हूँ," उसने कहा और भोजपत्र उठाये।

"क्या लिख रही थीं? प्रेम पत्र?"

"मैं रुक्मिणी नहीं हूँ आर्य, कोई भी श्रीकृष्ण आकर मुझे शिशुपाल के चंगुल से छुड़ाने वाला नहीं है। मैं गणिका हूँ।"

कालिदास मौन रहे। उसी ने विषय बदलने के उद्देश्य से कहा, "ऋग्वेद काल में समाज सेवा करने वाली स्त्रियों के सन्दर्भ में पढ़ रही थी। अनेक स्थानों पर 'नेतृ' शब्द का प्रयोग हुआ है। शायद वे राजकीय नेतृत्व न करती हों, परन्तु हो सकता है कि समाज सेवा में उनका सहभाग रहा हो। ऐसे अनेक सन्दर्भ ऋग्वेद में उषा के सन्दर्भ में मिलते हैं।"

"सत्य है। ऋग्वेद काल में ज्ञान-विज्ञान, कृषि, धन, नीति, संस्कृति, शास्त्र-निर्मिति, जनहित, माँगल्य, अहिंसा आदि अनेक विषयों पर विचार किया गया है। राजसभा के अमरसिंह ने अपने 'अमरकोष' में भूमि के बारह प्रकारों का उल्लेख किया है। वराहमिहिर ने अपनी 'बृहत्संहिता' में वर्षा ऋतु का आगमन, वातावरण स्थिति, पृथ्वी, सागर, आकाश स्थिति का वर्णन किया है।"

"महाराज ने राजसभा के रत्नों का चुनाव अत्यन्त कुशलता से किया है, उनमें से एक आप हैं, आर्य!"

"वास्तव में रत्न होने के लायक कार्य अद्याप हुआ नहीं है। शायद उन्होंने हमारा भविष्य पूछकर हमारे हाथों से कोई कवित्व प्रकट होगा, इस पर विश्वास कर लिया हो।

मधुवन्ती उठी। उनका हाथ पकड़ कर बोली, "आज हमारे मन्दिर में चलें।"

वह उन्हें मन्दिर में लेकर आयी। मन-ही-मन बोली, 'न हो विवाह, कोई बात नहीं, परन्तु इस जन्म में इनके सहवास का लाभ प्राप्त हो! यदि अगला जन्म हो, तो दासी के रूप में उनका सहवास प्राप्त हो।'

मन्दिर में श्रीकृष्ण के साथ राधा विराजमान थीं। चन्दन की सुगन्ध फैली थी। दीप मालिकाओं से मन्दिर जगमगा रहा था। 'अगर वास्तव में अगला जन्म हो, तो हमें पत्नी के रूप में मधुवन्ती चाहिए', कालिदास मन-ही-मन कह रहे थे।

"चलो, सखी, आज हम नौका विहार को चलें!"

"आर्य, फिर कभी, दूर जायेंगे। मुझे हिमालय जाना है। मुझे समुद्र मार्ग से दूर

तक जाना है। हम जायेंगे। चलेंगे ना?"

उन्होंने उसके मनोभावों को पढ़ लिया। कालिदास जैसे सुप्रसिद्ध व्यक्ति का गणिका के साथ नौका विहार करना योग्य नहीं था। रात्रि के अन्धकार में, तन मन को ऊर्जा प्रदान करने वाली, परन्तु समाज में वह गणिका ही थी, सर्वश्रेष्ठ, विद्वत्वती होते हुए भी।

वे हँस कर बोले, "अवश्य, मधुवन्ती! अब हमें कश्मीर जाना है। हमारे साथ कुछ मन्त्री, अधिकारी हैं। हम जायेंगे। अवश्य!"

उन्होंने उसके हाथ का बना भोजन प्रसन्नता से, भरपेट खाया और मन-ही-मन बोले, "पत्नी, गृहिणी, माता, सहचरी, और अनेकरूपा ऐसी ब्रह्मदेव की रचना–स्त्री सदा वात्सल्यमयी माता ही रहती है। हम भोजन से तृप्त हो गये, इसका समाधान उसके नेत्रों में है।' वह अकारण हँसी। वे भी हँसे।

"हे वत्सले, तुम्हें प्रणाम! सभी पदार्थ उत्तम थे! मन तृप्त हो गया।"

"आगे कुछ न कहें...हमें ज्ञात है।" उन्हें त्रयोदशगुणी ताम्बूल देते हुए वह सलज्ज हँसी।

"मैंने कहा, मधुवन्ती देवी, चन्द्रमा का प्रकाश सारे चराचर विश्व पर फैला है। देह कम्पित करने वाला कार्तिक मास भी है। ऐसे समय इस वातावरण का आनन्द उठाने के लिए क्या आप हमारे साथ उपवन के हिंडोले पर चलेंगी? हिम ऋतु की देह कम्पित करने वाली इस रात्रि का हम वहाँ से वापस आने के बाद स्वागत करेंगे!"

उसकी देह पर कार्तिक की शीत लहरों के कारण रोमांच उठ रहे थे। फिर भी वह उनके साथ चल रही थी। उन्होंने अपने बाहुओं से उसे घेरा था, फिर भी वह कम्पित हो रही थी। जब वे वापस आये तो वह बोली,

"हमारा पूरा शरीर कम्पित हो रहा है, आर्य। रोम-रोम सुन्न हो गया है। हमारे शब्द भी मौन हो चले हैं।"

"हे चारुते..." आगे उन्होंने कुछ नहीं कहा, उन्होंने उसे शैया पर बिठाया। अब उनके रोम-रोम में मधुवन्ती फूलने वाली थी।

गवाक्ष के निकट मधुमालती की लता गुलाबी, शुभ्र पत्तों से हँस रही थी। उन्होंने गवाक्ष के पट बन्द कर दिये।

और मधुमालती के गन्ध में मधुवन्ती का रसरंग महक उठा।

***

"मधुवन्ती, अगले सप्ताह हम कश्मीर के लिए प्रयाण करने वाले हैं। शिवपार्वती को तुम्हारी इच्छा बतायेंगे। तुम्हें मालूम है, मधुवन्ती, श्मशान वैराग्य एवं कठोर

ब्रह्मचर्य का पालन करने वाले शिवशंकर का विवाह कहाँ हुआ था? वह हरिद्वार के समीप स्थित हिमराज की कन्या थीं। कनखल में उनका विवाह हुआ। और कैलास में निवास करने वाले भूतनाथ, गणनाथ–ऐसे शिवशंकर का हिमालय का परिसर अत्यन्त रमणीय, नितान्त एकाकी प्रदेश–वहाँ से आये थे शिवशंकर।"

"कितना अद्‌भुत...कितना अगम्य है हिमालय का प्रदेश।"

उन्होंने जान लिया कि वह मन से उस परिसर में पहुँच गयी है। उसके कन्धे पर हाथ रखकर वे बोले, "देवी मधुवन्ती, उज्जयिनी नगरी में वापस आइए। हम क्षिप्रा तट की ओर जा रहे हैं। अरुण-रथ पूर्व-क्षितिज पर आने के संकेत दिखाई दे रहे हैं। हमें निकलना होगा।" उसने बिना कुछ कहे उनके वस्त्र दिये। सुबह-सुबह अचानक कृष्ण मेघ आकर सृष्टि को जल से सराबोर कर दे, वैसे उसके नेत्र भर आये थे।

"हम वापस आयेंगे, मधुवन्ती! तुम्हारे बिना हम..."

वे मौन हो गये। द्वार से बाहर पैर रखते हुए बोले,

"तब तक भगवद्‌गीता का अर्थ भोजपत्र पर लिखना। तुम भाष्यकार हो। वीणावादिनी, मधुवन्ती, तुम जीवन की संगीतकार हो। जिसने तुम्हें यह सब कुछ दिया, अपने उन श्रीकृष्ण का स्मरण करो। भगवद्‌गीता का पठन करते हुए तुम हमें भी याद नहीं करोगी। उसके विश्वरूप में स्वयं को भी भूल जाओगी।"

उसने मौन सहमति दी। वे बाहर निकले। उगती हुई सुनहरी सुबह को कृष्ण मेघों ने आच्छादित कर लिया और नेत्रों से कपोलों तक अश्रुधाराएँ बहती रहीं।

उसने उनके अस्पष्ट पदचिह्नों पर मस्तक रखा और मन के आकाश को रिक्त किया।

***

"सम्राट, चन्द्रगुप्त उत्तर की ओर साम्राज्य विस्तार की गति को देखते हुए, आप दक्षिण में भी, सिंहल द्वीप तक राज्यविस्तार करेंगे, ऐसा विश्वास आपने अपने कर्तृत्व से सिद्ध किया है," जैन धर्म के परिव्राजक भद्रबाहु बोले। एक माह के प्रदीर्घ वास्तव्य के बाद वे सम्राट चन्द्रगुप्त से विदा लेने आये थे। वे अकेले नहीं थे। उनके साथ स्थिरबाहु और दस शिष्य थे।

"आप आये, जैन धर्म के बारे में विस्तार से बताया, हमने जैन धर्म का अध्ययन किया था, परन्तु उसके सूक्ष्म ज्ञान और आवश्यकता को प्रतिपादित करते हुए आपने निर्भयता से अपना मत व्यक्त किया। हमारे साथ हुई आठ भेंटों में आपने जैन धर्म की महत्ता को बार-बार स्थापित करते हुए जैन मन्दिर और जैनों के लिए निवास स्थान का निर्माण करने के उद्‌देश्य से कुछ सुवर्ण मुद्राओं की माँग की।"

"आप सम्राट हैं, अत:..." स्थिरबाहु ने कहा।

"अपनी अपेक्षा और जैन धर्म के प्रचार हेतु सहायता की अपेक्षा आप एक हिन्दू धर्म के सम्राट से कर रहे हैं, क्या यह उचित प्रतीत होता है?"

जैसे ही महामन्त्री वीरसेन ने कहा, उन्हें रुकने का संकेत करके वे बोले,

"महामन्त्री, वे अतिथि हैं। उनकी अपेक्षा कौन पूरी करेगा? कौन उनकी सहायता करेगा?"

"परन्तु महाराज..." सेनापति देवदत्त ने कहा, उन्हें आगे कुछ न कहने का संकेत किया गया।

"महाराज, मैं आपकी राजसभा में सम्मानपूर्वक प्रतिष्ठित हूँ, आपकी सेवा में हूँ, इसका अर्थ यही हुआ ना कि प्रत्येक धर्म और पन्थ के बारे में हमारे बीच समानता है। प्रत्येक धर्म मानवता के कल्याण के लिए ही तो निर्मित हुआ है, ना?" राजसभा में विश्वासपात्र, गुप्तचर विभाग के प्रमुख जैन धर्म के अनुयायी क्षपणक ने कहा।

सम्राट चन्द्रगुप्त पल-भर को मौन हो गये, क्योंकि सहस्त्र सुवर्ण मुद्राओं और भूमि का दान वे माँग रहे थे धर्मप्रचार के लिए।

"महाराज, इस संस्कृति रूपी वटवृक्ष की जड़ें पृथ्वी के भीतर दृढ़ हैं, शाखा-उपशाखाओं से वटवृक्ष अनेक प्रणियों को छाया प्रदान करता है। सहस्त्रों पक्षियों का आश्रय स्थान होने वाले वटवृक्ष की बार-बार विस्तारित होने वाली शाखाएँ हैं। अगर उसके लिए कोई आकर दान माँगे, तो उसे पूर्ण करना चाहिए। इसका कारण सूर्यप्रकाश जितना स्पष्ट है, महाराज। वटवृक्ष की छाया में कोई भी पौधा बढ़ता नहीं है, वह जीवित तो रहता है, परन्तु वृक्ष नहीं बनता। अत: आप निश्चिन्त मन से उन्हें सहकार्य दें, ऐसा मेरा विचार है।"

कालिदास ने कहा और राजसभा ने उठकर उनका अनुमोदन किया।

"हम शरणागत नहीं हैं, इस भूमि पर हमारा भी उतना ही अधिकार है, जितना हिन्दू धर्मियों का है।" भद्रबाहु ने कहा।

"इसका अर्थ?"

"इसका अर्थ सहज और स्पष्ट है। कठोर और कर्मठ हो चुके हिन्दू धर्म की अपेक्षा सहज, सरल जैन धर्म का हमने प्रयोग किया। हमारे धर्म के प्रतिष्ठापक राजकुमार महावीर जैन ने आगे चलकर सम्राट होने पर उस पद का त्याग किया, समाज चिन्तन कर लोकहिताय इस धर्म की प्रतिष्ठापना की। और समाज मन जिसे धारण करता है, वह धर्म होता है, यह तो आप मानते हैं ना?"

"भद्रबाहु, आपके विचार सुनकर आपकी निर्भयता की जितनी प्रशंसा करें, वह कम ही होगी। आपका धर्म, चाहे आपने उसे 'धर्म' का नाम दिया है, फिर भी आप जानते हैं कि महावीर सम्राट थे। उन्होंने हिन्दू धर्म, संस्कृति, शास्त्र का ही अध्ययन किया था। इसके अतिरिक्त किसी और शास्त्र का अध्ययन नहीं किया था। यह सत्य है कि कभी राजसत्ता प्रबल हो जाती है, तो कभी धर्मसत्ता। उस समय हिन्दू धर्म पर ब्राह्मणों की सत्ता होने के कारण वह एकांगी और इसलिए वर्चस्व निर्माण करने वाला था...।"

"इसलिए तो जैन धर्म की प्रतिष्ठापना की गयी न, महामन्त्री वीरसेन?"

भद्रबाहु उसी आवेश में बोले। उनका यह वक्तव्य किसी को भी अच्छा नहीं लगा।

"महाशय भद्रबाहु, जिस जैन धर्म के बारे में कह रहे हैं, वह सत्य है, सम्राट महावीर ने लोकहित के लिए राज्य त्याग कर नये मार्ग का निर्माण किया, यह मान्य है, परन्तु लोकमाता गंगा यद्यपि अनेक प्रवाहों से प्रवाहित होती हैं, फिर भी गंगोत्री एक ही है। और सभी प्रवाह एकत्र होकर जिस धारा से सागर में मिलते हैं, वह धारा भी एक ही है–मूल प्रवाह की।"

"हम समझे नहीं, कवि कालिदास।"

"सहज और स्पष्ट है। हिन्दू धर्म ही संस्कृति, संस्कार, रीति-नीति शास्त्र की गंगोत्री है। वह अबाध है। अविरत है। उसका एक प्रवाह है जैन-विचारधारा। उस काल में इसके समाज मान्य होने के कारण भी थे , जिन्हें हम पहले ही स्वीकार कर चुके है–ब्रह्म सत्ता प्रबल होने के कारण।

यह एक विचारधारा है। अच्छे तत्त्वों का संकलन है। उसमें बुराई कुछ भी नहीं है। समाज को उस कालखण्ड में वह सहज, सरल प्रतीत हुई, अतः उस काल में उसे धर्म का नाम दिया गया। और इस सम्बन्ध में कोई आक्षेप भी नहीं है। क्योंकि उद्‌गम से प्रवाहित होने वाली गंगा लोकहित के लिए कार्य करते हुए, अनेक प्रदेशों को सुखमय करते हुए गंगासागर तक पहुँचेगी ही, अतः आप..." कालिदास एक सांस में बोल गये, तो राजपुरोहित वसुमित्र ने कहा, "भद्रबाहु, आप सम्माननीय हैं। विशाल साम्राज्य के धनी सम्राट चन्द्रगुप्त आपकी सभी मनोकामनाएँ पूर्ण करेंगे।"

भद्रबाहु और स्थिरबाहु के साथ भारत भ्रमण को निकले हुए दसों परिव्राजक भी राजसभा में उपस्थित थे। कालिदास बोलते-बोलते रुक गये थे। सम्राट चन्द्रगुप्त ने उनकी ओर देखा, उन्हें अनुभव हुआ कि कालिदास कुछ और कहना चाहते है, परन्तु उन्होंने परिव्राजक भद्रबाहु की ओर देखकर कहा,

"आपको सहस्त्र सुवर्ण मुद्राएँ, सुवर्ण रजत मुद्राएँ और हमारे अत्यन्त कुशल कारीगर हम दे रहे हैं। आप जैन मन्दिर का, जहाँ उचित समझें, उस भूमि पर निर्माण कर सकते हैं। उस भूमि की लिखित अनुमति आपको दी जायेगी।"

"धन्यवाद, महाराज..." आगे कुछ भी न कहते हुए भद्रबाहु और स्थिरबाहु राजसभा से बाहर चले गये।

"महाराज, आपने क्या कर दिया?" सेनापति देवदत्त ने कहा।

"महाराज ने योग्य ही किया है। अतिथियों का स्वागत किया, उन्हें दान दिया, दान देने वाला सदा श्रेष्ठ ही होता है," राजपुरोहित ने कहा।

"आपने योग्य ही किया है," कालिदास ने कहा, तो राजसभा के सदस्यों ने उनका जयजयकार किया। कालिदास आगे बोले, "हम कुछ और भी कहना चाहते थे।"

सम्राट चन्द्रगुप्त ने कहा, "वो हम आपकी आँखों से समझ गये थे, कहिए, कवि महाशय।"

"महाराज, उस समय हिन्दू धर्मसत्ता ब्राह्मणों के वर्चस्व तले थी, तो सम्राट अशोक के काल में धर्मसत्ता राजसत्ता के वर्चस्व तले आ गयी। महावीर और सिद्धार्थ–दोनों ही क्षत्रिय थे। उन्होंने धर्म का निर्माण इस पद्धति से किया कि वैदिक धर्म के तत्त्व सर्वसामान्य जन को अच्छे लगें, मान्य हों।

"और, और हमने..."

"हमने किसी धर्म की स्थापन नहीं की, यह कहना चाहते हैं क्या, कालिदास?"

"नहीं, महाराज, हम यह कहना चाहते हैं कि वैदिक-सनातन धर्म पर अनन्य श्रद्धा रखते हुए आपने मानवता, सहृदयता जतन करते हुए सर्वहितार्थ अनेक योजनाएँ कार्यान्वित की हैं, सभी धर्मों को आपने अभय प्रदान किया है, और सबसे महत्त्वपूर्ण बात..." कालिदास पल-भर को रुके, राजसभा में उपस्थित लोगों को उनकी बात में उत्सुकता थी ही, प्रत्यक्ष सम्राट चन्द्रगुप्त को भी!

"महाराज, आपके विशाल राज्य में साम, दाम, दण्ड, भेद इन नीतियों का प्रयोग करने की आवश्यकता नहीं होती, क्योंकि सर्वसम्पन्न नगर में, राज्य में, प्रदेश में, मृत्युदण्ड दिया जाये, ऐसे अपराध क्वचित ही घटित होते हैं। आन्तरिक सुरक्षा और सामंजस्य..."

"कवि महाशय, आप काव्य पंक्तियाँ सादर करके हमारा गुणगान कर रहे हैं, कहीं आपको यह अपेक्षा तो नहीं है कि हम स्वतन्त्र रूप से आपके लिए कुछ करें..."

“नहीं, महाराज...हम रुक जाते हैं, परन्तु आपका यशोगान युग-युग तक होता रहेगा, ऐसा यह सुवर्णकाल है।” कालिदास के स्थानापन्न होते ही सबने हृदयपूर्वक सम्राट चन्द्रगुप्त का जय-जयकार किया।

“हमारी नहीं अपितु उस सुवर्णकाल की जय-जयकार करें, जिसने हमें इतने रत्नों का दान दिया है कि न केवल प्रत्येक भारतीय, अपितु विदेशी आक्रमणकारी भी उसके प्रति ऋणी रहें। यहाँ आये हुए परदेशी पथिक यहाँ की जीवनशैली को, सभ्यता को आत्मसात कर गये हैं।”

“सत्य है, महाराज।”

और फिर अनेक विषय निकलते गये और वैदिक संस्कृति के ज्ञान-विज्ञान, संशोधन, अध्यात्म, साकार-निराकारत्व पर अनेक विद्वानों ने अपने मत प्रस्तुत किये, तब महामन्त्री वीरसेन ने कहा,

“कणाद ऋषि की कथा–चावल का अन्तिम कण शेष ही रहता है, तब उन्होंने अणु कणों के निर्माण के बारे में बताया, अणु से लेकर ब्रह्माण्ड तक की व्युत्पत्ति के बारे में बताया, कभी कल्पना भी नहीं की थी इतने सूक्ष्म अणुकण की, वही देवकण के रूप में भी परिचित हुआ।”

“सत्य है। पश्चिम में स्थित सोमनाथ मन्दिर का बाणस्तम्भ कभी भी रौद्र वातावरण में नष्ट नहीं हुआ। स्तम्भ के नीचे लिखा है, ‘आसमुद्रान्त दक्षिण ध्रुव पर्यन्त अबाधित ज्योतिर्मार्ग’; इसका अर्थ है कि इस समुद्र से दक्षिण ध्रुव तक रेखा खींची जाये तो अबाधित ज्योतिर्मार्ग ही है, ये एक अनाकलनीय गणित है।”

वराहमिहिर ने कहा, “आज भी हम लेखन के लिए भूर्ज पत्रों का उपयोग करते हैं, परन्तु उस काल में ऐसी स्याही थी कि लिखावट सूखने पर अक्षर अदृश्य हो जाते, और उन भूर्जपत्रों को पुनः जल में भिगोने पर उस पर लिखे अक्षर स्पष्ट हो जाते।” अमरसिंह ने कहा।

आज, मानो ज्ञान स्पर्धा ही हो रही थी। सम्राट चन्द्रगुप्त अत्यन्त ध्यान से यह सब सुन रहे थे।

“महाराज, दर्पण में हम अपनी स्वच्छ प्रतिमा देखते हैं। एक ऋषि ने कहा है कि इस दर्पण की कल्पना स्थिर जल को देखकर की गयी है, और ये दर्पण मिश्र धातुओं से तैयार किये जाते थे। आज आपका दर्पण-प्रासाद विदेशी कांच से बनाया गया है। ईसवी सन 781-764 वर्ष पूर्व शालिवाहन कुल की रानी नागनिका ने रोम, ईरान से यह कांच मध्यदेश में आयात की थी, इसका उल्लेख मिलता है।”

"आश्चर्य है, हम कैसी प्रगाढ़ निद्रा में थे कि हमारे ग्रन्थ विदेश ले जाये जाते और उनके प्रयोग होकर हमारे पास आते? ऐसा क्या कारण हुआ होगा?" सम्राट चन्द्रगुप्त ने कहा।

"क्योंकि हमारे नगर में, प्रत्यक्ष उज्जयिनी के प्रत्येक परिवार में संस्कृत भाषा बोली जाती है। बैरो, उरा काल गें ब्राहाण ही रांरकृत भाषा के अधिकारी होने रो वे ज्ञान ग्रन्थ मर्यादित रहे और मुद्रणकला न होने से तथा कण्ठस्थ करने की प्रथा होने से किसी भी ज्ञान का तत्काल लाभ लोकजीवन तक पहुँचा नहीं, बचा सिर्फ़ उपदेश! धर्म परम्परा, रीति-नीति की आचार संहिता।" शंकु ने कहा।

"महाराज, नासदीय सूक्त में सृष्टि का निराकार भाव स्पष्ट करते हुए कहा गया है, 'सत्य नहीं, असत्य भी नहीं, अन्तरिक्ष, आकाश भी नहीं, कर्ता भी नहीं, कर्म भी नहीं, तो फिर विश्व की उत्पत्ति कैसे हुई यह युगों-युगों से मानव के संशोधन का विषय रहा है।

ऋग्वेद के दसवें मण्डल में केवल सात मन्त्रों के नासदीय सूक्त में इसका उत्तर मिलता है। 'इन्द्रियातीत, अगम्य, कल्पनातीत और एकाकी मन से उस निराकार से साकार की श्रद्धापूर्वक मीमांसा करें। जब कुछ भी नहीं था, इसकी केवल कल्पना ही की, तो एक अणुकण का विस्तार होकर इस विश्व की निर्मिति हुई। ब्रह्मा, विष्णु, महेश अर्थात उत्पत्ति, स्थिति, विलय, ये स्थितियाँ सृष्टि निर्मिति के बाद की हैं।" वेताल भट्ट ने कहा। उनकी एक विशिष्ट शैली थी। वे विस्तारपूर्वक और हर शब्द का अर्थ बताया करते थे।

अब दोपहर हो चली थी, परन्तु ज्ञान-क्षुधा पूर्ण होने से हरेक व्यक्ति आनन्दित था।

और अकस्मात "राजकुमारी प्रभावती देवी की जय हो।" ऐसी उद्घोषणा सुनाई दी, तो सबने राजसभा के प्रवेशद्वार की ओर देखा। अपनी प्रिय सखियों, लतिका, चन्द्रिका, कनका के साथ प्रभावती प्रवेश कर रही थी।

"प्रथम सत्र में 'समस्या निवारण' यह भाग होता है। उसमें पहले ही अपना नाम एवं समस्या दर्ज करानी होती है, यह आपको ज्ञात है न, राजकुमारी?" सम्राट चन्द्रगुप्त ने कहा।

"पिताश्री महाराज, आपकी कठोर अनुशासन पद्धति हमें ज्ञात है। और हमने प्रथम द्वारपाल से पूछा कि क्या भीतर किसी समस्या का निराकरण किया जा रहा है, इस पर उन्होंने उत्तर दिया कि भद्रबाहु के अपने शिष्यों के साथ जाने के बाद अन्य कोई समस्या न होने से अब ज्ञानरंजन हो रहा है। हमें भी ज्ञान समृद्ध होने का अनुभव

हो रहा है। सम्राट चन्द्रगुप्त, हमने अपराध तो नहीं किया न? आपके अनुशासन को भंग तो नहीं किया?"

स्वरूपसुन्दर, ज्ञानवती, निर्भय और वाक्‌वैभव प्राप्त प्रभावती राजनीति में भी उतनी ही निपुण थी जितनी युद्ध कला में थी। राजकुल में जन्मी वह निर्मलमन और प्रजाहितदक्ष थी।

"नहीं, कन्या, प्रभावती। हमने आपका उत्तर सुनने के लिए प्रश्न पूछा था। अब बतायें, आप कौन-सी समस्या लेकर आयी हैं?"

"हमें ऐसा लगा कि हमारा प्रश्न राजसभा के विद्वत सदस्य ही सुलझा सकेंगे। हमने कहा कि कुबेर और लक्ष्मी का आपस में रिश्ता है और कुबेर तथा शिवशंकर का भी रिश्ता है। परन्तु चन्द्रिका। कनका। लतिका इसे मान्य करने को तैयार ही नहीं हैं। इसलिए हम राजसभा में आये हैं।"

"हम इसका उत्तर देंगे।" कालिदास उठकर खड़े हो गये। वे चारों सम्राट चन्द्रगुप्त के बायीं ओर आसनों पर स्थानापन्न हो गयी थीं।

"आपका कथन पूरी तरह सत्य है, राजकुमारी। ऋग्वेद के परिशिष्ठ में अन्तर्भूत 'श्री सूक्त' में कुबेर का उल्लेख 'देवासखा' के रूप में किया गया है। कुबेर विश्ववा का पुत्र है। विश्ववा की तपोसाधना से प्रभावित होकर राक्षस कन्या कैकसी ने उनसे विवाह किया। उसके चार पुत्र–रावण, विभीषण, कुम्भकर्ण और कुबेर हुए। कुबेर के तीन पैर और आठ दान्त होने का उल्लेख है।

'कुत्सितं बेरं यस्य स: अथवा कुतनु' ऐसी उनके नाम की व्युत्पत्ति बतायी जाती है।"

"इतना सब हमें ज्ञात नहीं था," कनका ने कहा। कुबेर हिमालय में गन्धमादन पर्वत पर रहता था और रावण, विभीषण तथा कुम्भकर्ण लंका नगरी में, ऐसा क्यों?" कनका ने उत्सुकता से पूछा।

"इतने विरूप मनुष्य को कौन देखेगा, इसलिए वह गन्धमादन पर्वत पर चला गया होगा।"

"कनक, चन्द्रिका, ये बात नहीं है। वह महादेव का मित्र है, उत्तर दिशा का स्वामी है, उसका एक नाम 'सोम' भी होने के कारण उत्तर दिशा को 'सौम्या' भी कहते हैं। गन्धमादन पर्वत पर उसके चार नगर हैं–अलका, प्रभा, वसुधरा, वसुस्थली। मेरू पर्वत मालिका 'मन्दार' पर उसकी 'चित्ररथ' नामक अनुपम सुन्दर चित्रवाटिका है।"

"कविराज, अब आप कश्मीर जाने वाले हैं, तो कुबेर की नगरी का स्थान देखकर आयें।" सेनापति देवदत्त ने कहा।

कालिदास की दृष्टि के सामने सिर्फ़ श्रवण किया हुआ हिमालय और उसकी मालिकाएँ प्रकट हो गयीं। मन में अधीर उत्सुकता जाग्रत हो गयी।

"सत्य है, सेनापति देवदत्त। हमें सर्वाधिक आकर्षण है हिमालय और उसकी बर्फाच्छादित मालिकाओं का। इसलिए महाराज ने हमें वहाँ जाने का आदेश दिया है।"

"परन्तु ऐसे शारीरिक व्यंग्य वाले कुबेर का विवाह नहीं हुआ होगा!" प्रभावती ने कहा।

"राजकुमारी, कुबेर का विवाह हुआ था। मुर दैत्यकन्या यक्षी चार्वी या शोभा, या कौबेरी ऐसे उसके नाम हैं। मणिग्रीव और नलकुबेर ये दो पुत्र तथा मीनाक्षी उनकी कन्या है। उसी काल में विश्वकर्मा ने उनके लिए पुष्पक विमान की रचना की, परन्तु उसे रावण ने अपने लिए रख लिया।"

"इतना सब हमें ज्ञात नहीं था," प्रभावती ने कहा।

"पृथ्वी की सारी अर्थबलसत्ता उसके आधीन है। नवग्रह उसके आधीन हैं। कुबेर के अनेक नाम हैं–धनपति। इच्छावसु, यक्षराज, मयूराज, राक्षसेन्द्र, रत्नगर्भ, राजराज, नरराज...ऐसा बहुत कुछ बताया जा सकता है।"

कालिदास बोलते हुए रुके, तो राजपुरोहित वसुमित्र ने कहा,

"इस ज्ञान चर्चा को अगले सत्र में जारी रख सकते हैं, परन्तु एक बात सत्य है कि ऐसी ज्ञान मीमांसा अवश्य होनी चाहिए। अब भोजन के लिए यहीं समापन करें।"

सम्राट चन्द्रगुप्त उठे। सिंहासन की सीढ़ियाँ उतर कर वे प्रवेश द्वार की ओर गये। उनके पीछे प्रभावती और उसकी सखियाँ गयीं। अमरसिंह और कालिदास उस भव्य दालान में खड़े थे।

"तो, कवि महाराज, क्या कुबेर से उदर की क्षुधाशान्ति हुई?"

वो बात नहीं, कुबेर के बारे में विशेष जानकारी महाराज को देना चाहता था, वह रह गयी।"

"ऐसी कौन सी जानकारी थी?"

"जैन सम्प्रदाय में कुबेर लोकप्रिय है। कुबेर की अन्य कथाएँ सुनते हुए एक निष्कर्ष अवश्य निकलता है कि मुद्राविनिमय के बाद आयी अर्थसमृद्धि सुदृढ़ समाज का महत्त्वपूर्ण अंग है। कोषाधिपति को लोकाभिमुख और पालकत्व स्वीकार करने

वाला होना चाहिए। राजा को चाहिए कि उसे उचित संरक्षण और अधिकार प्रदान करे। वहीं से राष्ट्र प्रगति के मार्ग यशोमन्दिर की ओर ले जाते हैं। यह सब अधोरेखित करने वाला कुबेर उत्तर दिशा का स्वामी है।"

"आप ठीक कह रहे हैं, महाराज को यह बताना चाहिए था।"

दोनों को ही वैदिक काल के बारे में अत्यन्त आकर्षण था।

***

जब मध्याह्न सत्र आरम्भ हुआ तो आकाश में काले मेघ छा गये थे। और कोई विशेष कार्यभाग न होने से सम्राट चन्द्रगुप्त भी राजसभा में उपस्थित नहीं थे। तब महामन्त्री वीरसेन सभा समाप्त करने का विचार कर ही रहे थे कि कालिदास शीघ्रता से प्रवेशद्वार से भीतर आये। वे नखशिखान्त भीगे हुए थे। राजसभा में उनकी अत्यन्त लोकप्रियता और सम्राट चन्द्रगुप्त की उन पर श्रद्धा और प्रीति कुछ लोगों को अच्छी नहीं लगती थी। जहाँ भी मौक़ा मिले, उन पर टीकास्त्र छोड़ने की, व्यंग्य करने की एक भी सन्धि ऐसे लोग छोड़ते नहीं थे, यह अनुभव सबको था। उनको नखशिखान्त भीगा हुआ देखकर धनंजय पण्डित बोले,

"कविराज, आज तक यही सुनते आये हैं कि आप अपने ऊपर हो रहे स्तुतिवर्षाव से ही गीले हो जाते हैं, परन्तु आज, कृष्ण मेघों के बरसने से पहले ही आप किसके प्रीतिवर्षाव में इतने गीले होकर आये हैं?"

सभी हँस रहे थे।

"कृपा वर्षा रानी की। केवल कविजनों को प्रसन्न करने वाली और प्रेमीजनों की प्रिय वर्षा, आप सभी गृहस्थ-पतियों के होते हुए हमारी ओर मुड़े, यह हमारा अहोभाग्य। आपके पास केवल कृष्ण मेघ आतुरता बढ़ाते हुए दिखाई दे रहे हैं, मगर किंचित भी बरस नहीं रहे हैं!"

"कविराज, वर्षा न होते हुए भी हम पर पत्नी की स्नेह वर्षा होती ही रहती है, आपका क्या?"

"हमारा? हम तो स्वैर, स्वच्छन्दी, मुक्त। जहाँ हम, वहाँ स्नेह वर्षा होती ही है। अभी-अभी देखा ना, आप सबको छोड़कर वर्षा रानी हमारे पास आयी ना? केवल आयी ही नहीं, अपितु उसने प्रेम जल से हमें इतना भिगोया कि कितना भी झटको, उसकी मुद्राएँ नखशिखान्त व्याप्त हैं।"

आगे कोई कुछ नहीं बोला, परन्तु धनंजय ने कहा,

"कालिदास, एक सहज प्रश्न है, आपने विवाह क्यों नहीं किया?"

"यह प्रश्न अनेक ने अनेक बार, अनेक प्रसंगों पर पूछा। हम जैसे अविवाहित युवक की चिन्ता होना स्वाभाविक है, परन्तु हमारा विवाह हो चुका है।"

"क्या?" एक सुर में सब चिल्लाये।

"हाँ, हम एकनिष्ठ हैं अपने शब्दों से। ललितरम्य, ललितगर्भ, आशयसम्पन्न, नव नवउन्मेषशालिनी प्रतिभा से। वही हमारी कामिनी, वही हमारी प्रियतमा।"

"क्या ऐसा कहीं होता है?"

"क्यों नहीं होता, महाशय? क्या एक ही उत्तुंग ध्येय से प्रेरित व्यक्ति उसी ध्येय को समर्पित नहीं होते? क्या ऋषि-मुनियों ने अरण्य में संशोधन किया, तपस्या की, तब क्या पत्नी साथ थी? पत्नी उनके मन में थी। वही प्रेरणा और ऊर्जा थी। कुछ ऋषियों ने विवाह किये, कुछ ने नहीं किये। परन्तु किसी-न-किसी पर उनकी प्रगाढ़ प्रीति होती ही है। ऋषि-मुनियों का समाज पर अत्यन्त प्रेम होता है। उसमें होता है नि:स्वार्थ भाव। परन्तु उसे नि:स्वार्थ भाव भी कैसे कहें? उनका स्वार्थ होता है समाज मन का आनन्द।

हमारा आनन्द, हमारी ऊर्जा और प्रसन्नता है कविताकामिनी। उसी का अनुनय, विनय और आग्रह हम करते हैं। व्रतस्थ की भाँति उसी के सहवास में रहते हैं।"

"अर्थात। आपकी इस कविताकामिनी का वर्णन तो करें।"

कालिदास हँस पड़े। "सच में, क्या वर्णन करना सम्भव है? निराकार से निनाद करती हुई अन्तर्मन की नादमय आहट का वर्णन कैसे करूँ? उसके आगमन से मन का कण-कण रोमांचित हो जाता है, यह कैसे बताऊँ? उसका पदन्यास, उसमें अन्तर्गत लय, गति, ध्वनि, आशय, विषय, अर्थ और लावण्य का बखान कैसे करूँ? मन को सम्भ्रमित करने वाली, हौले-हौले सम्भ्रम दूर करने वाली, लावण्यमयी, वेदवती, कविताकामिनी। उसके वस्त्र, उसके अलंकार, उसके पदन्यास से स्पष्ट होते हुए सन्दर्भ...वह पारा है, वह जलधारा है। उच्च तापमान में वह छाया है। शीतल चाँदनी में वह सुवासिनी है। उसका गन्ध विशिष्ट व्यक्ति को ही अनुभव होता है। न उसका कोई नाम है, न गाँव, आती कहाँ से है, जाती कहाँ है, समझ ही में नहीं आता। कभी शब्दों से प्रकट होती है, कभी शब्दों से छूट जाती है, कभी खो भी जाती है।"

"वाह, वाह, कालिदास! कविता के बारे में इतना कुछ कह सकते हैं, आश्चर्य है।"

"आश्चर्य की कोई बात नहीं है, पण्डित धनंजय! उस पर मेरी अनन्य प्रीति है। कविता के बारे में बहुत कुछ कह सकते हैं।"

"कृपया कथन करें, हम भी सुन सकेंगे। कैसी है आपकी कविताकामिनी?"

"कविता रमणी नवयौवना, कविताकामिनी कभी अभिसारिका, कभी लावण्यवती वसुन्धरा, कभी नूपुरों की छन-छन माला। पण्डित धनंजय, कभी आशय की पूर्तता, कभी भावनाओं की उत्कट माला और पण्डित धनंजय, कभी वह मनगर्भ की नवकलिका, कभी भीगी-भीगी वर्षाधारा।"

"वा...वा...कवि कालिदास ...वा..." कालिदास अन्तर्मन से बोले ही जा रहे थे।

"कविता कभी सागर की रत्नमाला, कभी भक्ति की गहरी-गहरी पाताल गंगा, कविता माँ की स्पर्श माया, कभी पिता की घनी छाया, कभी द्वैत की, तो कभी अद्वैत की गर्भमाया, भक्ति की कभी मधुरवीणा वो, कभी नवयुवती का सिंगार वो। शब्द में, मौन में, स्पर्श में कविता..."

"अति सुन्दर!" धनंजय पण्डित ने कहा और कालिदास पल-भर को रुके।

"सत्य कहूँ, कविताकामिनी की लत ही नहीं होनी चाहिए। लपेट लेती है कभी-कभी वह। कभी सुरीली सन्ध्या वो, कभी वेदनामयी रात वो, राग-अनुराग संवेदना वो, कभी वो कृष्ण, तो राधा मैं..." अब पण्डित धनंजय से रहा नहीं गया। उन्होंने उठकर कालिदास का आलिंगन किया। सभी ने करतल ध्वनि की।

"प्रतिभा विलास का अनन्य उदाहरण है आपका काव्य भाष्य। अप्रतिम!" धनंजय पण्डित से रहा न गया। फिर वह हँसते हुए बोले, "अब फिर कभी नहीं पूछूँगा कि आपका विवाह क्यों नहीं हुआ। पत्नी की अनुपस्थिति में जो अनुभव होती है उस आकुलता, आतुरता, व्याकुलता, विरह, आर्तता और शब्दों से प्रियाराधन-इसमें आपकी रात कब बीत जाती है, यह पता भी नहीं चलता होगा। है ना, कालिदास?"

"पण्डित धनंजय, आपने सत्य कहकर मन का जो औदार्य दिखाया है, उसके लिए विलक्षण धैर्य की आवश्यकता होती है। हम कभी भी किसी भी बात का बुरा नहीं मानते।"

"कैसे मानेंगे, कालिदास? आपका मन भावविभोर है संवेदनाओं से।"

और गरज के साथ घनघोर वर्षा आरम्भ हो गयी। हरेक व्यक्ति जल्दी-जल्दी घर की ओर जाने लगा। कालिदास ने मन-ही-मन कहा, "हमें कैसी जल्दी! हमारी प्रतीक्षा करने वाला कौन है? कहाँ है हमारी स्वामिनी? कहाँ हैं माता, भगिनी, कौन हैं रिश्तेदार हमारे? कौन हैं पिता?"

उनकी आँखें भर आयीं। 'हमारी प्रतीक्षा करने वाली गणिका मधुवन्ती! उस पर हमारी प्रीति है। जीवन का सौख्य उससे प्राप्त हुआ है, परन्तु वह स्वामिनी नहीं। और जिससे विवाह हुआ, वह राजा भोज की कन्या, वेदवती...क्या उसका विवाह हो गया होगा? वह परित्यक्ता नहीं, विधवा भी नहीं, वह सालंकृत शास्त्रवती, क्या उसने विवाह कर लिया होगा? हमारे जैसी उसकी किसी पर प्रीति तो नहीं होगी?

चाहे कुछ भी हो, वेदवती, तुमने हम पर उपकार किया है। तुम्हारे वाग्बाण हमारे लिए आवश्यक सिद्ध हुए। काल बीत गया, मगर ज़ख्म नहीं भरा। तुम्हारे संग शृंगारशैया चाहे न हो, परन्तु तुम्हारे ही कारण आज हम सम्राट चन्द्रगुप्त की राजसभा में सम्माननीय हैं। देवी वेदवती, तुम्हें शतबार नमन!'

वे प्रवेशद्वार से बाहर आये। अविरत वर्षा हो रही थी। वैसे अश्व पर मधुवन्ती के पास जाने वाले कालिदास आज धीरे-धीरे चलते हुए, मन के झंझावात को सहन करते हुए, शान्त मन से निकले थे। मधुवन्ती प्रतीक्षा कर रही होगी, यह विचार भी उनके मन में नहीं था।

***

सन्तप्त सम्राट के समान ग्रीष्म हाथ में अग्निबाण लेकर निकला था। उसके आगमन से वृक्ष और लताएँ पस्त हो गयी थीं। कुछ वृक्षों ने तो पर्णत्याग भी कर दिया था। जलाशय सूख गये थे। खेतों में एक भी हरा पौधा नहीं था। वसुन्धरा साँवली पड़ गयी थी। 'अब बस भी करो, ग्रीष्म! सँभालो अपना क्रोध,' ऐसा वह बार-बार मन-ही-मन कह रही थी। वह इतना सन्तप्त क्यों है, यह सारे ऋतुओं को ज्ञात था। परन्तु इस वर्ष वह कुछ अधिक ही क्रोधित था।

राज प्रासाद के गवाक्षों पर, द्वारों पर खस के परदे थे। उन पर जल का छिड़काव किया जा रहा था। राजदालान में भी खस की सुगन्ध फैली थी। वैसे मध्याह्न पश्चात के सत्र में ज्ञान, विश्लेषण, चर्चा, मनोरंजन, अन्य प्रदेशों की जानकारी जैसे विषय होने से सब कुछ आसान होता है।

मगर आज वैसा दृश्य नहीं था। उन्होंने राजस्व अधिकारी विष्णुगुप्त और विनयस्थिति स्थापक सोमदत्त को आमन्त्रित किया था। सम्राट चन्द्रगुप्त आसनस्थ थे।

"विष्णुगुप्त, आप सम्पूर्ण नगर में भ्रमण करते हैं। हर प्रान्त की स्थिति के बारे में आप प्रान्ताधिकारी से अद्यावत जानकारी एकत्रित करते हैं। परन्तु हमारे पास वार्ता पहुँची है कि राजस्व अधिकारी ने जो व्यक्ति कर देने की स्थिति में नहीं थे, उनसे भी राजस्व वसूल किया है। उस अवसर पर सोमदत्त भी उपस्थित थे।"

"निश्चय ही। हम अपना काम अत्यन्त निष्ठा से करते हैं। आपने हमारे कार्य का सम्मान भी किया है। क्या आज कोई विपरीत घटना हुई है?"

"बतायें कि हम राजस्व किस-किस वस्तु पर वसूल करते हैं?"

"हम समझे नहीं, महाराज कि आप हमसे यह प्रश्न क्यों पूछ रहे हैं? विनयस्थिति स्थापक सोमदत्त हमारे साथ उपस्थित थे।"

"हमें आप पर किंचित भी सन्देह नहीं है। परन्तु राजसभा के मन्त्रिमण्डल को भी राजस्व वसूल करने की आपकी पद्धति का ज्ञान होने दें।"

"परन्तु, आप..."

"भयभीत न हों, विष्णुदत्त। पीछे से यदि कोई कुछ कहे, तो इन लोगों को भी ज्ञात होना चाहिए कि राजस्व कार्य कैसे चलता है!"

विष्णुगुप्त और सोमदत्त महाराज के प्रश्न का रुख समझ नहीं पा रहे थे, परन्तु उत्तर देना आवश्यक था।

"महाराज, प्रत्येक प्रान्त के राजस्व अधिकारी भिन्न हैं। वे हमारे पास मुद्रा रूप में अथवा सुवर्ण-रत्न अथवा रजत स्वरूप में दर्ज करके राजस्व भेजते हैं। उसे कोषागार में राजमुद्रा लगाकर रखा जाता है, महाराज...क्या हमसे कोई अपराध हुआ है?"

"क्या आप ऐसा सोचते हैं?"

"नहीं।"

"तो फिर बतायें कि राजस्व हमारे पास किन-किन मार्गों से पहुँचता है?"

"महाराज, भड़ोच, कल्याण, सिंहलद्वीप इन बन्दरगाहों से हमारे पास कम्बोडिया, चम्पा, बर्मा, मलयद्वीप, सुमात्रा, जावा, बोर्नियो, बाली, इसके अतिरिक्त रोम, पेरिस से आने वाली वस्तुओं पर भी हम राजस्व वसूल करते हैं।"

"और?"

"महाराज, वयोवृद्ध सोमदत्त ने कुछ भी नहीं किया है। वे भयभीत हो गये हैं।"

"विष्णुगुप्त, हम केवल जानकारी प्राप्त कर रहे हैं। निर्भयतापूर्वक बतायें।"

"महाराज, आप अपनी भूमि का उत्पादन अपने लिए प्रयोग में लाते है, परन्तु औरों से, जिनके पास भूमि है, उत्पादन का छठा भाग राजस्व के रूप में लेते हैं। हम उसे 'भाग' कहते हैं।"

"'भाग' में अनाज, पुष्प, और अन्य वस्तुएँ आप राजस्व के स्वरूप में लेते हैं।"

"'ऊपरी कर'–यह राजस्व वसूल करने का प्रकार है, जिसके अन्तर्गत हम प्रत्यक्ष मुद्रा अथवा अन्नधान्य के स्वरूप में राजस्व लेते हैं। यह कृषकों के लिए

है। और 'प्रणयकर'–यह कभी स्वेच्छा से अथवा कभी अनिवार्य रूप से, परिस्थिति अनुसार वसूला जाने वाला कर है।"

"अब आप रुकिए। विष्णुगुप्त। अब ईमानदारी से राजस्व वसूल करने के लिए आपकी प्रशंसा की जाये अथवा ग्रीष्मकाल में राज्य में अकाल और आपातदशा होने पर भी आपने राजस्व वसूला इसके लिए खेद प्रकट किया जाये?"

"जब यह नियम है कि यदि देने वाले की परिस्थिति हो, कोई स्वेच्छा से दे रहा हो, तो राजस्व स्वीकार करें, अन्यथा उस प्रान्त की स्थिति, राजस्व न देने का कारण स्पष्ट किया जाये। जिस प्रकार अर्थकोष राजस्व से समृद्ध होता है, उसी प्रकार विपरीत परिस्थिति में उसे खाली भी करना चाहिए। आपने हमें सूचित किया होता और उनसे बलपूर्वक राजस्व न वसूला होता।"

"क्षमा करें, महाराज, हमें इस बारे में विचार करना चाहिए था। अब हम उन्हें राजस्व वापस कर देंगे।"

"अवश्य करें। साथ ही यह भी करें कि परिस्थितिवश यदि कोई लाचार,असहाय हो, तो राजकोष से उसकी सहायता करें। ईमानदारी से कार्य करते हुए हमें मानवता को भूलना नहीं चाहिए, विष्णुगुप्त। उसी तरह कृषकों से 'हलदण्डकर' न वसूला जाये। मगर 'शिल्पकला' तथा अन्य व्यावसायिकों से 'राजकर' अवश्य लें। और सोमदत्त, आप हमें एक बार 'क्षेत्रभूमि' के बारे में, जो कृषकों के लिए उपयुक्त हो, 'वास्तुभूमि', जो निवासस्थानों के लिए उत्तम हो, 'चरागाह भूमि', जिस पर पशुओं के चरने के लिए घास प्रचुर मात्रा में हो, 'सिल भूमि', जिस पर तृणान्कुर अधिक काल तक रहते हैं, और 'अग्रहत भूमि', जो अरण्यों के लिए आरक्षित रहे–इन सब के बारे में विस्तृत जानकारी दें।

उसी प्रकार कोषाध्यक्ष भी सहस्त्रों सुवर्ण मुद्राओं का लेखा-जोखा हमें दें।"

कालिदास यह सब सुन रहे थे। वह सोच रहे थे, प्रजाहितदक्ष, समयसूचक सम्राट अष्टगुणी हैं या बहुगुणी हैं, या शतगुणी? वे वीरयोद्धा हैं, या जलाशयों, कृषि, उपवनों, उद्यानों के लिए जलवाहिनियों का निर्माण करने वाले 'जलदूत' हैं, या बहुशास्त्र पारंगत हैं या अनेक शस्त्रधारक हैं, अस्त्र-शस्त्रों में निपुण सेनापति हैं। लोकहितदक्ष, सहस्त्र मुद्राओं का दान करने वाले, यज्ञ करने वाले, अतिथियों का सम्मान करने वाले, सम्राट चन्द्रगुप्त अद्भुत हैं। परशु, शंकु, धनुष्य बाण, शक्ति, असि, तोमर आदि शस्त्रों का प्रयोग करने वाले अस्त्रवेत्ता हैं। अश्वमेध यज्ञ करने वाले सम्राट चन्द्रगुप्त जब महारानी ध्रुवस्वामिनी के साथ होते हैं तो वे रसिक हैं, यह अनुभव भी होता है।'

"कवि महाशय, आज किस विचार में इतने मग्न हैं?" आत्ममग्न कालिदास से सम्राट चन्द्रगुप्त ने पूछा।

"अन्य मन्त्री तथा अनेक सदस्य ध्यान से सुन रहे थे, परन्तु आप..."

"महाराज, हमारा पूरा ध्यान था। हम..."

"महाराज, शायद वे किसी कथावस्तु पर विचार कर रहे होंगे,' किसी ने टिप्पणी की।

"कोई कविता सूझी होगी।"

"सत्य है। उस दिन एक पण्डित मार्ग से जा रहे थे कि उनका धक्का एक सामान्य व्यक्ति को लगा, और वह बोला,'क्षमा करें, राभ जी।' उस दिन राजसभा में पण्डित और वह व्यक्ति आये, जिसे शब्द का सही उच्चारण भी नहीं आता था। वे पण्डित कुत्सित स्वर में कह रहे थे कि यह व्यक्ति कालिदास का गुरु है। वह व्यक्ति थरथरा रहा था। तब वह 'राभण' शब्द योग्य ही है यह दर्शाने के लिए स्वयं ही एक श्लोक की रचना की। महामन्त्री ने आगे कहा, जिसका अर्थ यह था कि

"...एक बात सत्य है कि कुम्भकर्ण में 'भकार' है, विभीषण में भी 'भकार' है। कनिष्ठ बन्धुओं के नामों में 'भकार' होने पर भी रावण के नाम में 'भकार' क्यों नहीं हो सकता? अत: 'राभण' शब्द ही योग्य है, और उस सर्वसामान्य व्यक्ति को उसने तत्काल गुरुपद पर आसीन कर दिया।" सम्राट चन्द्रगुप्त ने कहा, तो राजसभा में चुप्पी छा गयी।

कुछ देर बाद धनंजय पण्डित उठकर बोले।

"महाराज, आप हमेशा ही कालिदास की भूमिका को योग्य ही मानते हैं, परन्तु उन्होंने अनेक बार ऐसा कुछ किया है कि..." उन्होंने आगे कुछ नहीं कहा, परन्तु राजसभा में हर व्यक्ति को उस घटना का स्मरण हो आया।

एक बार धनंजय पण्डित ने चार पंक्तियों का एक श्लोक लिखा। धनंजय पण्डित भी कवि थे। घटखर्पर यमक के लिए प्रसिद्ध थे। सम्राट चन्द्रगुप्त अनेक गायकों, नृत्य प्रवीण कलाकारों के आश्रयदाता थे। धनंजय पण्डित को इस बात से ईर्ष्या होती थी कि कालिदास ने अभी तक केवल 'ऋतु संहार' की ही रचना की थी, परन्तु फिर भी उनका इतना सन्मान किया जाता था। ज्योतिष जानने वाले शंकु और कालिदास सम्राट को अधिक प्रिय थे, इस बात को सब जानते थे। उसमें बुरा मानने वाली कोई बात भी नहीं थी।

परन्तु धनंजय पण्डित को यह अच्छा नहीं लगता था। एक दिन सुबह-सुबह रचा हुआ एक श्लोक उन्होंने अपने एक शिष्य के हाथ सम्राट चन्द्रगुप्त के पास भेजा।

जब वह शिष्य श्लोक ले जा रहा था, तो उसे कालिदास दिखाई दिये, उसने फ़ौरन अपना परिचय देते हुए कहा, "कालिदास महाशय, मैं धनंजय पण्डित का शिष्य हूँ, उनका काव्य सम्राट चन्द्रगुप्त को पहुँचाने जा रहा हूँ।"

कालिदास ने सहज ही उसे पढ़ा।

उसमें लिखा था–

अपशब्द शतं माघे,
शतनमंच भारवे।
कालिदासो न गण्यते
कविरेको धनंजय:।।

माघ कवि के क़ाव्य में यदि अपशब्द सौ हैं तो भारवि कवि के काव्य में तीन सौ हैं, कालिदास के काव्य में अनगिनत हैं, परन्तु धनंजय कवि के काव्य में एक भी अपशब्द नहीं है। कालिदास ने यह पढ़ा और शिष्य से बोले,

"एक मात्रा छूट गयी है, क्या हम उसे लगा दें?"

और 'अपशब्द' को 'आपशब्द' कर दिया। केवल एक मात्रा का भेद था, परन्तु अब उस श्लोक का अर्थ हो गया–'आप' अर्थात–जल। माघ कवि के काव्य में 'जल' शब्द सौ बार आया है, तो भारवि कवि के काव्य में 'जल' शब्द के तीन सौ विविध रूपों का प्रयोग हुआ है, परन्तु कालिदास ने अनगिनत बार 'जल' शब्द के विविध रूपों का प्रयोग किया है, परन्तु धनंजय कवि ने एक भी बार उसका प्रयोग नहीं किया है।

वह श्लोक राजसभा में पढ़ा गया, तो धनंजय पण्डित ने कालिदास की चतुराई को भाँप लिया।

सम्राट चन्द्रगुप्त को उस प्रसंग का स्मरण हो आया और वे हँस पड़े।

"धनंजय पण्डित, हम शंकु पर अधिक स्नेह करते हैं, हम कालिदास पर अधिक स्नेह करते हैं, मान्य है। एक ही पिता के चार पुत्र होते हुए भी उसका स्नेह एक पर अधिक होता है, तो उसके गुणों के कारण, उसके स्नेहपूर्ण स्वभाव के कारण, समाज सहकार्य के कारण। स्नेह को द्वेष का विषय नहीं होना चाहिए। यह प्रयास करना चाहिए कि हम किसी को स्नेह के धागों से बाँध सकें। स्नेह वृद्धिगत होना चाहिए।"

सम्राट चन्द्रगुप्त आसन से उठे। राजसभा के मन्त्रीगण, गणमान्य व्यक्ति, पण्डित खड़े हो गये। ऊपर की सीढ़ी से दूसरी सीढ़ी पर ही वे रुक गये और बोले, "हमारे सिंहासन पर बत्तीस कलाओं वाली महिलाएँ हैं। और हमारी राजसभा में

गणमान्य, प्रतिष्ठित, शास्त्रकार और विशेषत: नौ रत्न हैं। हम सबका आदर करते हैं, परन्तु कविराज शंकु और कविश्रेष्ठ कालिदास उनके विशेष गुणों के कारण हमें विशेष प्रिय हैं।"

महाराज फिर से सिंहासन पर बैठ गये और राजसभा में उपस्थित व्यक्ति भी आसनस्थ हो गये।

"हम गुणवानों का सन्मान करते हैं, द्वेष नहीं करते। अतिथि का स्वागत करते हैं...यदि शत्रु भी मित्र बनकर आये फिर भी। परन्तु कई बार हमें इन दोनों के बारे में यह सुनने को मिलता है कि ये दोनों हमें विशेष प्रिय हैं। वेताल भट्ट हमें अनेक कथाएँ सुनाकर मनोरंजन, उद्‌बोधन तथा समयसूचकता, धैर्य के बारे में बताते रहते हैं। और कवि कालिदास अपने सुन्दर स्वरूप जैसे ही मन से भी सुन्दर और पारदर्शी हैं। हरेक की सहायता करते हैं। यह उनका विशेष गुण है–सर्वसामान्य व्यक्ति भी उनसे प्रतिष्ठित होता है।"

आज सम्राट चन्द्रगुप्त ने मानो निश्चय ही किया था कि बीच-बीच में होने वाली निष्कारण चर्चा को समाप्त करना ही है। कालिदास की लोकप्रियता का विषय इतना सरल नहीं था, उससे मन कलुषित हो रहे थे।

"शीघ्र और समयसूचक कवित्व कालिदास का विशेष गुण है। उनके काव्य में श्रृंगार अवश्य है, परन्तु वह सूक्ष्म निरीक्षण, विचार करने को बाध्य करता है। यह हम केवल 'ऋतु संहार' के सन्दर्भ में कह रहे हैं। हर व्यक्ति अपने आप से यह प्रश्न पूछे कि कालिदास द्वारा किया गया वर्णन वास्तविक है अथवा अवास्तविक, संत्य है अथवा असत्य। और स्वयं ही निर्णय ले। शीघ्र समस्यापूर्ति, कठिन प्रश्नों का सहज समाधान–यह भी उनकी विशेषता है।"

"महाराज, हमें याद है–उस दिन शंकर पण्डित धनंजय पण्डित की ही भाँति निश्चय करके आये थे–अपनी चार काव्य पंक्तियाँ लेकर," महामन्त्री वीरसेन ने कहा, वे आगे बोले, "वह श्लोक इस प्रकार था :

का पाण्डुपत्नी गृहभूषणम् किं,
को रामशत्रु किं अगसत्यजन्म:।
क: सूर्यपुत्रो विपरीत पृच्छा,
कुन्तीसुतो रावण कुम्भकर्ण:।।

पहली तीन पंक्तियाँ योग्य ही थीं। वे प्रश्न थे–पण्डूराज की पत्नी कौन है? गृह का भूषण क्या है? राम का शत्रु कौन? अगस्त्य मुनि का जन्मस्थान कौन-सा है? सूर्य का पुत्र कौन है? इनमें विपरीत पंक्ति थी–कुन्तीसुतो रावणकुम्भकर्ण:। यह कैसे

सम्भव है, ऐसा प्रश्न उन्होंने राजसभा के विद्वतजनों से पूछा। इतने पर ही रुकना शंकर पण्डित का स्वभाव ही नहीं। उन्होंने महाराज से कहा,

"हमारी राजसभा में सबसे अधिक विद्वान कवि कालिदास हैं, ऐसा हमने सुना था, वे ही इस समस्या को सुलझायें।"

शंकर पण्डित की बात सुनकर सारी सभा स्तब्ध हो गयी, क्योंकि रावण-कुम्भकर्ण कुन्ती के सुत कैसे? कोई भी इस प्रश्न को सुलझा नहीं पा रहा था, तब कालिदास ने कहा,

"शंकर पण्डित, आप भी दुविधा में पड़ जायें, ऐसा उसमें क्या है? जब अन्य प्रश्नों के उत्तर सरल हैं, तब इस चरण को 'का विपरीत पृच्छा?' इस प्रश्न से समाप्त किया जा सकता है, जिसका अर्थ है–क्या कभी रावण-कुम्भकर्ण कुन्ती के पुत्र हो सकते हैं?' यही प्रश्न–और आगे इसका उत्तर नहीं–ऐसा ही होगा। कवि प्रश्नार्थक चिह्न का प्रयोग करना भूल गया है।"

सम्राट चन्द्रगुप्त हँसते हुए उठे और सिंहासन की सीढ़ियाँ उतर कर प्रवेश द्वार की ओर मुड़े, तब हरेक के मुख पर स्मित हास्य था।

***

उज्जयिनी के क्रय-विक्रय केन्द्र के मार्ग से सम्राट चन्द्रगुप्त का रथ जा रहा था। कालिदास सुवर्णकार केन्द्र में मधुवन्ती के लिए क्या खरीदना चाहिए, इस पर विचार कर रहे थे। जैसे ही कालिदास दिखाई दिये, रथ रुक गया।

"हम महाकालेश्वर के मन्दिर में जा रहे हैं, आप भी आयें।" सम्राट चन्द्रगुप्त ने कहा और रथ आगे निकल गया।

सुहानी शाम थी। अनेक दिनों के बाद वे मधुवन्ती के पास जाने वाले थे। कश्मीर-यात्रा की तैयारी हो चुकी थी। दो दिनों के पश्चात निकलना था, इसलिए वे शीघ्रता से निकले थे। जाते-जाते मधुवन्ती के लिए एक रत्नमाला खरीदने के निश्चय से वे सुवर्णकारों के प्रभाग में खड़े थे। परन्तु अब सम्राट के निमन्त्रण पर मन्दिर जाना क्रमप्राप्त था। 'आज कोई विशेष बात तो नहीं है,' उनके मन में आया।

जब वे मन्दिर पहुँचे तो रथ परिसर में स्थित उद्यान के पास खड़ा था और सम्राट चन्द्रगुप्त मौलसिरी के वृक्ष के नीचे बैठे थे। कालिदास की प्रतीक्षा में।

"आयें, कवि महाशय। हम मन्दिर के लिए नहीं निकले थे। बस, वैसे ही मन में आया, कभी-कभी आता है मन में। हम कवि नहीं हैं, फिर भी एकान्त हमें प्रिय है।"

"हमें तो कभी ऐसा प्रतीत नहीं हुआ। अपने इस एकान्त के क्षण में भी आपने हमें आमन्त्रित किया। आप तो इतने व्यस्त रहते हैं कि कभी आप स्वयं के लिए भी कुछ करते होंगे, ऐसा नहीं लगता!"

"सत्य है। वैभवसम्पन्न सम्राट के पास भी एक मन होता है। उस मन के भीतर, सप्त पाताल में कोई बात गहरी छुपी है, इसका किसी को कैसे पता चलेगा? उसकी भी अपनी सीमाएँ होती हैं, उसके मन में भी सुख-दुःख की भावनाएँ होती हैं, यह कोई नहीं समझता। राजकीय घटना, युद्ध, प्रभावती का विवाह, कुमार का विवाह—ये प्रत्यक्ष दिखाई देने वाली घटनाएँ हैं। परन्तु राज्यकर्ता के पास भी एक संवेदनशील मन होता है, इस पर किसी का ध्यान नहीं जाता, प्रत्यक्ष महारानी का भी नहीं।"

कालिदास ने भी अन्य लोगों के समान कभी चन्द्रगुप्त के मन के बारे में नहीं सोचा था। वे भी विस्मय से और स्नेह से सम्राट की तरफ़ देख रहे थे।

"महाराज, सत्य कहता हूँ, आपके मन की कल्पना हमने भी कभी नहीं की थी।

पूछना तो नहीं चाहिए, मगर ऐसी क्या बात हुई है, आपके मन को क्लेश पहुँचाने वाली?"

"प्रभावती का विवाह यदि वाकाटक वंश में हो जाये तो एक साम्राज्य, वह भी महत्त्वपूर्ण साम्राज्य गुप्त वंश से जुड़ जायेगा, हमारा यह विचार हमने महारानी को बताया, तो वे बोलीं, "आर्य, आप अपने साम्राज्य विस्तार से प्रभावती को क्यों इस तरह जोड़ रहे हैं? क्या आपने सोचा है कि उसके मन में कौन है? अखण्ड,अविभाजित भारत के निर्माण के लिए उसका स्वयंवर न करते हुए, उसकी राय जाने बिना, क्या विवाह का ऐसा प्रस्ताव उसके सामने रखना उचित है?"

बताओ, कालिदास, इसमें हमारा कौन-सा स्वार्थ है? हम विदर्भ जाकर आये हैं, महाराज रुद्रसेन का साम्राज्य विस्तार देखकर आये हैं।"

"क्या आपका उनसे पूर्व परिचय था?"

"नहीं। हम दक्षिण-पथ के साम्राज्यों का अवलोकन करने गये थे, तब कुछ सैनिकों ने हमें देखा। हमने कहा कि अरण्य में भटक जाने के कारण हम यहाँ पहुँच गये हैं। रुद्रसेन युवक हैं, साम्राज्य के अधिपति हैं। ऐसी परिस्थिति में सत्ता हथियाने की अपेक्षा यदि सम्बन्ध दृढ़ किये जायें, तो दक्षिण का एक विशाल साम्राज्य गुप्तवंश से सम्बन्धित हो जायेगा, इसलिए हमने...मगर महारानी को यह मान्य नहीं है।"

कालिदास के सामने ऐसे प्रश्न कभी उपस्थित ही नहीं हुए थे। जब परिवार ही नहीं, तो कोई समस्या भी नहीं। सुख की कल्पना केवल रात तक मर्यादित और

आनन्द की कल्पना शब्दों द्वारा भोजपत्र पर अवतरित होने के लिए। उन्हें समझ ही में नहीं आ रहा था कि क्या कहें।

"महाराज, आप अपने पिताश्री के बारे में बताने वाले थे ना?" कालिदास ने विषय को नयी दिशा दे दी।

"हमारे पिताश्री सम्राट समुद्रगुप्त महान थे। उन्हीं का आदर्श हमारे सम्मुख है उन्होंने नागवंश की कन्या कुबेरनागा से हमारा विवाह किया, जो प्रभावती की माता हैं। कारण था–साम्राज्य विस्तार..." और वे कहते गये जो कालिदास कब से सुनना चाहते थे।

"गुप्त वंश का आरम्भ हुआ श्रीगुप्त से। चन्द्रगुप्त मौर्य ने उस काल में आचार्य चाणक्य की सलाह के अनुसार कुछ प्रान्ताधिकारी नियुक्त किये थे। श्रीगुप्त के पिता पुष्पगुप्त की 'राष्ट्रीय' पद पर नियुक्ति की गयी थी। उसके बाद कुषाण वंश के पतन के काल में उत्तर भारत में नियुक्त प्रान्ताधिकारी अर्थात पुष्पगुप्त के पुत्र ने, मतलब श्रीगुप्त ने स्वयं को राजा घोषित कर दिया। और अपना राज्य बना लिया।

उसके बाद घटोत्कच राजा बने। उन्होंने साम्राज्य विस्तार के बारे में विचार तो किया, परन्तु कुषाण, वाकाटक, शक प्रबल हो गये थे, अत: उनकी सत्ता वहीं तक सीमित हो गयी। उनके पुत्र चन्द्रगुप्त प्रथम ने महाराजाधिराज की उपाधि धारण कर अपने पराक्रम से उसे सार्थक किया। उन्होंने साम्राज्य तथा प्रशासन की योग्य व्यवस्था की। पाटलिपुत्र को राजधानी घोषित कर प्रान्ताधिकारियों की नियुक्ति की और उस काल में लिच्छवी साम्राज्य सामर्थ्यशाली होने के कारण उन्होंने लिच्छवी वंश की कुमारदेवी से विवाह कर लिया। और दोनों शक्तिशाली साम्राज्य एकत्रित हो गये। उन्होंने सुवर्ण मुद्राओं का चलन किया जिन पर महाराज चन्द्रगुप्त और कुमारनागा का चित्र है। पूर्व से–बंग देश से, उत्तर भारत, अयोध्या, प्रयाग तक उनके साम्राज्य का विस्तार था।"

चन्द्रगुप्त बता रहे थे। उद्यान में सन्ध्या छाया-प्रकाश के खेल में मगन थी। वे उठे और क्षिप्रा तट की ओर चले। कालिदास भी उठ गये। चलते-चलते सम्राट ने अचानक कहा, "आपको कहीं और तो नहीं जाना है?" उनकी बात का मर्म जानकर कालिदास बोले, "महाराज, कितने मास बीत गये। आपके मुख से गुप्तवंश का इतिहास सुनना था। वह आज सुन रहा हूँ। ऐसा आनन्द कहीं और नहीं। आपके साथ इतना समय बिताने का लाभ प्राप्त हो रहा है, यह हमारा परम सौभाग्य है।"

वे दोनों चलते रहे।

क्षिप्रा के विशाल जलप्रवाह में ढलती साँझ का धूसर वातावरण था। क्षितिज पर सूर्यदेव त्वरित गति से सन्ध्या के प्रासाद की ओर निकले थे। रातरानी की सुगन्ध लेकर समीर लहर-लहर से नटखट बालक की भाँति नृत्य कर रहा था।

"कालिदास, हमारे पिताश्री सम्राट समुद्रगुप्त के प्रति हमारे मन में अत्यधिक आदर की भावना है। वे कवि, वीणावादक थे। साहित्य में रुचि रखते थे। वीर योद्धा, शास्त्रपारंगत, स्वरूप सुन्दर, शक्तिशाली थे। वे अत्यन्त सात्विक वृत्ति के थे। रसिक भी थे। उनकी प्रवृत्ति में विरोधाभास भी दिखाई देता था। उनका विवाह केवल राज्यविस्तार के लिए दत्त देवी से हुआ था। आज वे दोनों ही नहीं हैं, परन्तु उनके संस्कार हम पर हैं। उन्होंने प्रचण्ड रूप से दान दिया, सुवर्ण, रजत मुद्राओं का चलन भी किया। अश्वमेध यज्ञ किये। क्या नहीं किया! यही प्रश्न है।"

"और आपका विवाह?" कालिदास ने बीच में ही पूछा।

"पराक्रम के बल पर हम ध्रुवस्वामिनी को पाटलिपुत्र लाये। वह एक प्रीतिकथा है और शौर्यकथा भी है।"

"बताइए न, महाराज," कालिदास अधीरता से बोले। वैसे उन्हें वह ज्ञात थी। सम्राट समुद्रगुप्त ने अपने उत्तराधिकारी के रूप में अपनी अनेक रानियों से उत्पन्न पुत्रों में से चन्द्रगुप्त के नाम की उद्घोषणा की थी, वह भी भरी सभा में। महारानी ने कहा भी था, "रामगुप्त ज्येष्ठ पुत्र है, सिंहासन पर उसी का अधिकार है।"

"फिर कभी, साँझ गहरी हो गयी है और शायद कोई आपकी प्रतीक्षा कर रहा होगा। फिर आपको कश्मीर भी जाना है," सम्राट चन्द्रगुप्त ने कहा।

"महाराज, हमें तीव्र इच्छा है। क्षिप्रा के जलप्रवाह में दीपों की पंक्तियाँ यात्रा पर निकली हैं। आकाश में घनी सन्ध्या में भी पश्चिम अभी भी केसरी रंग में है। वातावरण प्रसन्न है। ऐसे समय आपकी रम्य प्रीतिकथा सुनने का मोह हम संवरण नहीं कर पा रहे हैं। उस प्रीति कथा का रूपान्तर विवाह में हुआ और हमारी व्यथा-कथा है। महाराज, आपकी प्रीतिकथा सुनना हमें प्रिय होगा।"

कालिदास और सम्राट क्षिप्रा के तट पर महेश्वर की भव्य प्रतिमा के चरणों तले बने चबूतरे पर योग्य अन्तर रखकर बैठे थे। सम्राट ने उनका हाथ पकड़कर अपने समीप बैठने को कहा।

"कालिदास, आप हमारे लिए पुत्र के समान हैं। जब सिंहासन पर होते हैं, तब हम सम्राट होते हैं, परन्तु उसके पश्चात हम सामान्य नागरिक, स्नेही, ऋणानुबन्ध में होते हैं। इसलिए निकट आयें।"

सम्राट चन्द्रगुप्त के सम्मुख जैसे गत जीवन का चित्रपट ही आरम्भ हो गया। मन्दिर में सायं आरती समाप्त हो रही थी, पथ दीपों से मार्ग प्रकाशित था।

"कथा बड़ी है, संक्षेप में बताता हूँ।" इतना कहकर उन्होंने कहना आरम्भ किया, कालिदास के सामने उनका जीवनपट खुलता गया। कालिदास सुन रहे थे, सम्राट चन्द्रगुप्त की प्रीति कथा और शौर्य गाथा।

***

"पाटलिपुत्र अभी कितनी दूर है?" श्वेत पामिरी अश्व पर सवार युवराज चन्द्रगुप्त ने पूछा। "अयोध्या की सरयू पार कर हम गंगा के प्रयाग तीर पर आये हैं। अयोध्या छोड़े हुए हमें पाँच दिन हो गये हैं। यदि राजमार्ग से आते, तो प्रातःकाल ही पहुँच जाते। अब यदि बिना रुके चलते रहे तो रात्रि के प्रथम प्रहर तक पहुँच जायेंगे!" देववर्मा ने कहा।

"रात्रि में ही पहुँचने का हेतु था। तो ठीक ही हुआ! आज मगध में प्रवेश करने के बाद से क्रय-विक्रय केन्द्र तो क्या, मार्ग में भी कितनी निराशा, भय और गरीबी दिखाई दे रही थी। अपने ही हँसते हुए, प्रसन्न मगध को इस अवस्था में देखकर मन दु:खी हो गया।

सम्राट समुद्रगुप्त द्वारा संगठित किया गया हर राज्य अब बिखर रहा था। शकों को पराजित करके चम्बल पार खदेड़ने के बाद अब सत्ता पर उसकी पकड़ ढीली हो गयी थी।

क्योंकि पाँच वर्षों के काल में सम्राट समुद्रगुप्त का गिरता हुआ स्वास्थ्य,अयोध्या पर शकों-कुषाणों द्वारा निरन्तर किये जाते रहे आक्रमण, और सेनापति, प्रान्ताधिकारी के रूप में युवराज चन्द्रगुप्त की नियुक्ति, सम्राट समुद्रगुप्त की मृत्यु, ज्येष्ठ पुत्र होने के कारण स्वयं को 'महाराज' कह कर सिंहासनारूढ़ हुए निष्क्रिय रामगुप्त और शकों द्वारा अपनी ओर मिला लिये गये शिखरस्वामी तथा उन्हें दिया गया मन्त्रीपद, सब कुछ विपरीत ही हुआ था। ऊपर से शकों से छीना गया गान्धार राज्य और ध्रुवस्वामिनी अब हाथ से छूट रहे थे। सम्राट समुद्रगुप्त ने राजसभा में ध्रुवस्वामिनी की चन्द्रगुप्त की वाग्दत्त वधू के रूप में उद्घोषणा की थी। फिर भी महाराज रामगुप्त ने बलपूर्वक उससे विवाह कर लिया था।

"युवराज चन्द्रगुप्त...व्यथित होने के लिए अब समय नहीं बचा है। अविलम्ब कार्य पर जुट जाना होगा। जिस उद्देश्य से हम यहाँ आये हैं, उसे पूरा करना होगा। अभी परसों ही तो कोई कह रहा था कि युवराज चन्द्रगुप्त और सम्राट समुद्रगुप्त

ने विलक्षण शौर्य से जिस साम्राज्य का निर्माण किया था, उसके अब अन्तिम दिन आ गये हैं। महाराज रामगुप्त के अन्याय और अत्याचारों के कारण प्रजा मौन हो गयी है।"

वस्तुतः सम्राट समुद्रगुप्त यह चाहते थे कि चन्द्रगुप्त ही राज्यशासन चलायें। परन्तु उनकी वृद्धावस्था, चन्द्रगुप्त का प्रान्ताधिकारी के रूप में अयोध्या में होना, शकों द्वारा बार-बार किये गये आक्रमण, समाज में व्याप्त दुरावस्था और चन्द्रगुप्त तथा ध्रुवस्वामिनी का विवाह निश्चित होते हुए भी सत्ता में आते ही रामगुप्त द्वारा उससे किया गया विवाह, इन सब घटनाओं का ज्ञान चन्द्रगुप्त और देववर्मा को था ही। आख़िर मौन चल रहे चन्द्रगुप्त से देववर्मा ने पूछा,

"क्या सोच रहे हैं, युवराज?"

"यही कि घटनाक्रम कितनी शीघ्रता से बदलता गया। मगध सेनापति शिखरस्वामी को महामन्त्री का पद देकर ज्येष्ठ बन्धु रामगुप्त ने अपनी ओर मिला लिया। मूल से ही स्वार्थी शिखरस्वामी हमारे बन्धु पर ही राज करने लगे और..."

"जाने दें, युवराज। भूतकाल भूल कर वर्तमान का विचार करें, रानी ध्रुवस्वामिनी का विचार करें, उन्होंने आपसे प्रेम किया है।"

"देववर्मा, प्रश्न प्रेम का नहीं है। महामन्त्री, राजा बदलते ही क्या राजपुरोहित को अपना धर्म बदलना चाहिए? हमारे विवाह की घोषणा होने के बाद भी, क्या उन्हें हमारी अनुपस्थिति में इस विवाह को मान्यता देनी चाहिए थी? कहाँ है धर्म? कहाँ है न्याय?"

"युवराज, घटना इसी को तो कहते हैं ना? समस्याएँ आती हैं, तो उन्हें सुलझाना पड़ता है। आप तो सर्वगुणसम्पन्न हैं, सब कुछ सरलता से कर लेंगे।"

"प्रश्न यह नहीं है, देववर्मा। प्रश्न यह है कि जिसने बचपन से आज तक कभी युद्धभूमि के दर्शन भी नहीं किये, सावन-भादों की झड़ी जैसे सरसराते बाणों की वर्षा नहीं देखी, जिसकी कमर की सोने की मूठ वाली तलवार उसकी अनामिका पर स्थित रत्नजड़ित अँगूठी से भिन्न नहीं है, जिसके लिए तलवार केवल एक अलंकार है,पुरुषत्व की बात करें, तो उसकी अपेक्षा वारांगना हज़ार गुना श्रेष्ठ है। मगर फिर भी रामगुप्त विशाल साम्राज्य के स्वामी!...कैसा विरोधाभास है!"

"सत्य है, युवराज। सम्राट समुद्रगुप्त ने पश्चिम में तक्षशिला, गान्धार से लेकर ब्रह्मपुत्र तक का पूर्वी प्रदेश अपने आधिपत्य में किया। उसी प्रदेश पर शकों के आक्रमण हो रहे हैं, और हमें पता भी नहीं।"

"पता हो या न हो, मगर हमें पिताश्री द्वारा अपार परिश्रम से विस्तारित किये गये गुप्त साम्राज्य का विलय नहीं होने देना है। यह हमारा वज्र निर्धार है, ज्येष्ठ बन्धु के बारे में बाद में सोचेंगे।"

रात के दूसरे पहर में देववर्मा और चन्द्रगुप्त कुछ रक्षकों के साथ पाटलिपुत्र पहुँचे। परन्तु उनके वहाँ पहुँचने की वार्ता किसी को न मिले, इसलिए वे गुप्तद्वार से राजपुरोहित के पास पहुँचे। चन्द्रगुप्त के मन में एक बार ध्रुवस्वामिनी से मिल ने का विचार आया, परन्तु उन्होंने इस विचार को छोड़ दिया। उन्हें पूरा विश्वास था कि ध्रुवस्वामिनी उनके अलावा किसी और की नहीं हो सकती।

राजपुरोहित आनन्द भट्ट ने उन्हें देखते ही कहा, "हम अपराधी है। आप देंगे वह सज़ा हमें स्वीकार है। महारानी ध्रुवस्वामिनी के बारे में हमें क्षमा करें। हमारा शिरच्छेद हो जाता, परन्तु वह दण्ड किसी योग्य व्यक्ति द्वारा दिया जाये, यह इच्छा थी। और फिर हमारे बदले कोई दूसरा इस कार्य को कर ही देता, अत: हम योग्य अवसर की प्रतीक्षा कर रहे थे।"

"आप पर हमें पूरा विश्वास है। पिताश्री के निधन के बारे में सुना। सूर्यास्त के पश्चात शाम की परछाइयाँ भी आक्रामक हो जाती हैं, यह शकों द्वारा बार-बार किये जा रहे आक्रमणों से सिद्ध हुआ है। अब एक काम करें। सारा घटनाक्रम विस्तारपूर्वक हमें बतायें, हम वापस आने ही वाले हैं।"

कुछ ही घण्टों में उन्हें सारी वार्ताएँ प्राप्त हो गयी थीं।

"प्रकृति की अस्वस्थता के कारण सम्राट समुद्रगुप्त के लिए शासन चलाना कठिन हो रहा था। ऊपर से आप भी, चन्द्रगुप्त, अयोध्या के प्रान्ताधिकारी और सेनापति के रूप में चले गये थे। वहाँ आप अनेक कार्यों में व्यस्त थे और यहाँ से आपको कोई भी समाचार भेजने की आज्ञा नहीं थी। हमने दो बार प्रयत्न किया था, परन्तु वाकाटक प्रबल हो गये और पश्चिम में शक। ऐसी स्थिति में शकों को सीमा पार खदेड़ने के लिए, उनका विनाश करने के लिए सशक्त नेतृत्व की आवश्यकता है। युवराज, यह हम आपको देखकर नहीं कह रहे हैं।" राजपुरोहित ने उन्हें अपना लिखा हुआ पत्र दिखाया,

"यह हम आपको भेजने वाले थे।"

"हम फिर कहते हैं, क्षण-भर के लिए हमें भी आप पर क्रोध आया था, परन्तु आप पर विश्वास भी था। अब देववर्मा यहाँ रहेंगे। हमें वार्ता पहुँचाने के लिए पाँच रक्षक भी यहाँ रहेंगे। हम अयोध्या जाकर युद्ध के लिए आह्वान करेंगे और..."

अब युवराज चन्द्रगुप्त को शकों के उस आक्रमण की याद आ गयी।

सतलज नदी के किनारे पर सैन्य सहित आक्रमण के लिए सज्ज थे ध्रुवस्वामिनी के पिता, शक सम्राट रुद्रवर्मा। सतलज में भयानक बाढ़ आयी हुई थी। उसे पार करना असम्भव था। ध्रुवस्वामिनी तक वार्ताएँ पहुँच रही थीं। उससे रहा न गया और उसने 'युद्ध किये बिना वापस आकर सेना की रक्षा करें' यह सुझाव दिया। पूरी वर्षा ऋतु में सतलज के किनारे डेरा डाले पड़ी सेना को युद्ध किये बिना वापस ले जाना रुद्रवर्मा को अपमानास्पद लग रहा था।

वर्षा ऋतु समाप्त होने का कोई चिह्न नहीं था। दो महीने बीत गये थे। आसपास के भागों में भयंकर वर्षा होने से सतलज ने रौद्र रूप धारण कर लिया था। दूसरे किनारे पर मगध सम्राट समुद्रगुप्त और सेनापति चन्द्रगुप्त उसी वर्षा में अपनी सेना सहित डेरा डाले हुए थे।

सतलज वैसी ही रौद्र रूप धारण किये प्रवाहित हो रही थी। दोनों किनारों पर कीचड़ का साम्राज्य था।

आख़िर में सेनापति एवं युवराज चन्द्रगुप्त ने कहा, "तात, अब हम इस स्थिति से कोई मार्ग निकालेंगे। ऐसा करते हैं : आचार्य चाणक्य के अनुसार 'शिथिल हुए शत्रु को पराजित करने में कोई देर नहीं लगती।' हम सेना के तीन भाग करें–एक प्रत्यक्ष सामने से, दूसरा जहाँ जल का प्रवाह कम हो वहाँ से और तीसरा सतलज के उतार से आक्रमण करेगा। इन दो महीनों में जंगल से आयी हुई लकड़ी से विशाल बेड़े बना लिये गये हैं। फिर मोटी-मोटी रस्सियाँ भी हमारे पास हैं। बिना किसी कष्ट के इन बेड़ों से सतलज पार करके गाफिल दुश्मन पर हमला कर सकते हैं।"

सम्राट समुद्रगुप्त युवराज चन्द्रगुप्त के विचार और कार्यशैली से प्रभावित हुए। और दो ही दिन बाद सूर्योदय होते ही चन्द्रगुप्त के नेतृत्व में सेना ने तीन तरफ़ से उन्हें घेर लिया। चौथी ओर था सतलज का विस्तीर्ण होता हुआ प्रवाह। अन्त में ध्रुवस्वामिनी के पिता, शक सम्राट की सेना पराजित हो गयी।

आठवें दिन जब शक सम्राट रुद्रवर्मा के सामने प्रत्यक्ष राजसभा में मगध सेनापति चन्द्रगुप्त के आने की वार्ता पहुँची, तो प्रत्यक्ष ध्रुवस्वामिनी वहाँ उपस्थित थीं।

चन्द्रगुप्त के शौर्य पर, धैर्य पर मोहित ध्रुवस्वामिनी उन्हें दो बार दिखाई दी थी, परन्तु वह राजकुमारी होंगी, ऐसा उन्हें नहीं लगा था। युद्ध समाप्त होने के पश्चात वह उनसे प्रत्यक्ष मिलकर बोली थीं,

"मगध सेनापति, चन्द्रगुप्त आपकी जय हो! जिस नीति से आपने आक्रमण किया वह प्रशंसा योग्य है। परन्तु शकों का पराभव अर्थात हमारा भी पराभव है!"

और वह चली गयी थी। आज उसे समझ में आ गया। उसने ध्रुवस्वामिनी की ओर देखकर स्मित हास्य किया, उसने भी मौन संकेत किया।

"शक सम्राट रुद्रवर्मा, आप पराजित हो चुके हैं, अतः हमारी माँग पूरी कीजिए।"

"आपकी माँग?"

"अर्थात ! क्योंकि जिस भूप्रदेश के सिंहासन पर आप विराजमान हैं, वह प्रदेश आपका नहीं रहा, यह आप जानते हैं। इसलिए आप दो सन्धियाँ स्वीकार करें, अन्यथा..."

अपने राज्य का पराजय होने के पश्चात भी ध्रुवस्वामिनी चन्द्रगुप्त के सौन्दर्य, सुदृढ़ता, शौर्य पर आकृष्ट हो गयी थीं। और रुद्रवर्मा हतबल, असहाय हो गये थे। उन्होंने चन्द्रगुप्त को बोलने का संकेत किया।

"तक्षशिला तक का सम्पूर्ण भूप्रदेश और आपकी कन्या ध्रुवस्वामिनी!"

शक सम्राट के पास कोई पर्याय ही नहीं था।

सेनापति चन्द्रगुप्त ध्रुवस्वामिनी को लेकर सम्राट के साथ पाटलिपुत्र वापस लौटे थे, और सम्राट समुद्रगुप्त ने राजसभा में उद्घोषणा की थी, "हमारे पश्चात चन्द्रगुप्त सम्राट होंगे। वे योग्य रीति से राज्य शासन करेंगे और शक सम्राट की कन्या ध्रुवस्वामिनी उनकी वधू होंगी। उन्हें दिल से वे प्रिय हैं और ध्रुवदेवी को युवराज चन्द्रगुप्त अत्यन्त प्रिय हैं, यह उनकी सखी देवसेना ने कहा है। परन्तु उत्तर की ओर, तथा अयोध्या की तरफ़ शक और कुषाणों का समूल नाश करने के लिए सेनापति चन्द्रगुप्त प्रस्थान करें। विजयी होकर वापस आने के पश्चात उस विजयोत्सव में विवाह समारोह भी सम्पन्न होगा।"

और युवराज चन्द्रगुप्त अयोध्या चले गये। एक के बाद एक लगातार युद्धजन्य परिस्थितियाँ उत्पन्न होती रहीं, सेना की तैयारी करना, उसे प्रशिक्षित करना, अश्व दल, हाथी दल, पैदल सेना तैयार करना, सेना के लिए अस्त्र-शस्त्रों का निर्माण करना और लोक प्रशासन में महीनों गुज़र गये। और युवराज चन्द्रगुप्त मगध नहीं जा सकते थे।

एक दिन वार्ता आयी रामगुप्त के सिंहासन पर आरूढ़ होने की, और ध्रुवस्वामिनी से विवाह करने की। पल-भर को ऐसा लगा, मानो आसमान टूट पड़ा हो। समझ में नहीं आ रहा था कि ध्रुवस्वामिनी इस विवाह के लिए कैसे मान गयीं। विवाह से पूर्व वे कम से कम एक सन्देश ही भेज देतीं...इस विचार से वे कितने ही दिन बेचैन रहे। अन्त में मगध वापस जाने का विचार ही त्याग दिया।

मगर एक बार उन्होंने देववर्मा से कहा, "देववर्मा, ध्रुवस्वामिनी से ज्येष्ठ भ्राता

रामगुप्त का विवाह हुआ तो है, परन्तु क्या वह सचमुच ध्रुवस्वामिनी को मान्य है? या यह विवाह बलपूर्वक किया गया है? क्या पिताश्री के वृद्धत्व, उनकी अस्वस्थता, और मृत्यु का लाभ रामगुप्त ने उठाया है? यह ज्ञात होना चाहिए।"

"आप कहें, तो हम प्रत्यक्ष ही जायेंगे।"

सम्राट समुद्रगुप्त के निधन की वार्ता, विवाह होने के बाद काफ़ी विलम्ब से उन्हें गुप्तचरों द्वारा दी गयी थी।

सम्राट चन्द्रगुप्त अपनी प्रीतिकथा जैसे-जैसे घटित हुई, उस क्रम में कालिदास को सुना रहे थे। उस कथा में वेदना थी, व्यथा थी, असहायता थी। वीर पुरुष की वह वेदना उनके शब्दों से छलक रही थी।

"आगे क्या हुआ?" कालिदास ने पूछा।

"अयोध्या का सरयू-तीर का राजप्रासाद अब हमें विरहागार प्रतीत होने लगा।

एक दिन देववर्मा ने देवसेना का सन्देश भेजा।

"युवराज, रामगुप्त महाराज के साथ विवाह-संस्कार सम्पन्न होने पर भी महारानी व्रतस्थ रहकर आपकी प्रतीक्षा में हैं। साथ ही महारानी का जीवन अब सुरक्षित नहीं रहा।"

"क्यों? ऐसा क्यों, देवसेना?"

"महाराज, शकों के बार-बार मगध पर होने वाले आक्रमण को रोकने के लिए महाराज रामगुप्त योग्य निर्णय लेने में असमर्थ हैं। सम्राट समुद्रगुप्त के काल में आपने सतलज पार कर शक सम्राट से तक्षशिला तो क्या, गान्धार भी प्राप्त किया था और ध्रुवस्वामिनी को भी लाये थे...अब उन्हें सुरक्षा की आवश्यकता है।"

"देवसेना, अपने ज्येष्ठ बन्धु और मगध के विरुद्ध हम कुछ नहीं कर सकते, वह हमारे पिताश्री का सम्माननीय सिंहासन है। इसके अतिरिक्त इस समय उत्तर-पश्चिम सीमा पर शकों के आक्रमण हो रहे हैं, शकराज खारवेल हमारे द्वारा उससे छीने गये कश्मीर पर आक्रमण कर रहा है। उसके गान्धार से कूच करने की वार्ता है। दक्षिण-पश्चिम सीमा पर भी मालवा, गुजरात और सौराष्ट्र पर भी शक सेना हमें घेर रही है। ऐसी स्थिति में महाराज चन्द्रगुप्त और सम्राट समुद्रगुप्त द्वारा निर्माण किये गये विशाल भारत के साम्राज्य के विदेशियों द्वारा टुकड़े किये जाना देखूँ या महारानी की रक्षा करूँ?"

"मगध साम्राज्य को चारों ओर से शकों ने घेर लिया था, कालिदास।" चन्द्रगुप्त बोलते-बोलते रुक गये।

"महाराज, ऐसी स्थिति में आपने क्या किया?"

चन्द्रगुप्त को उस प्रसंग की याद आयी। देववर्मा आये थे। उन्होंने सूचना दी थी कि शकराज खारवेल एक बलाढ्य सेना लेकर कश्मीर जीतने के लिए निकला है। मगध सेना पंजाब तक पहुँच चुकी है। और शकराज खारवेल ने सन्धि का प्रस्ताव भेजा है। महाराज रामगुप्त महारानी ध्रुवस्वामिनी सहित उस सेना के साथ पंजाब गये हैं।"

"ध्रुवस्वामिनी महारानी? वे स्वयं युद्ध पर गयीं?" कालिदास ने पूछा।

चन्द्रगुप्त हँस पड़े। रात का पहला प्रहर आरम्भ हो चुका था। वातावरण में प्रसन्नता देने वाली ठण्डक थी। और सामने शान्त क्षिप्रा थी। मन्दिर में, घाट पर अब कोई नहीं था। महाराज के अंगरक्षक उनकी प्रतीक्षा में खड़े थे। सम्राट चन्द्रगुप्त भूतकाल में उलझ गये थे। उन्हें याद आ गयी थी ध्रुवस्वामिनी। उसने कहा था,

"हमने यदि आपसे युद्ध किया होता, तो आप पराजित हुए होते।"

"फिर स्वरूपसुन्दरी, वीरश्रीयुक्त युवती हमारी कैसे हुई होती?"

"हमें अपने साथ युद्ध पर ले चलेंगे?"

"अवश्य। क्योंकि आपके सौन्दर्य के सम्मुख स्वयं को भूलकर शत्रु सैन्य हथियार डाल देंगे।"

परन्तु वास्तव में प्रसंग अजीब था। जब सम्राट समुद्रगुप्त ने कश्मीर पर विजय प्राप्त की, तब शकों की अपरिमित हानि तो हुई ही थी, साथ ही उन्हें कश्मीर भी छोड़ना पड़ा था। वही शत्रु अब प्रबल हो गया था।

इधर मगध में महामन्त्री शिखरस्वामी जनता पर बहुत अत्याचार कर रहे थे। देवालयों, धर्मशालाओं, मठों, विहारों, आश्रम-विहारों को शासकीय सहायता देना बन्द कर दिया गया था। नालन्दा, राजगीर और विक्रमशिला- इन विश्वविद्यालयों को दी जाने वाली सहायता बन्द कर दी गयी, परन्तु राजस्व बलपूर्वक वसूला जाता था। राजमाता दत्ता देवी तथा महारानी ध्रुवस्वामिनी उचित अवसर की प्रतीक्षा में थीं।

गुप्तचरों द्वारा चन्द्रगुप्त को वार्ताएँ प्राप्त हो रही थीं। महाराज रामगुप्त स्वयं कभी भी रणक्षेत्र में नहीं गये थे, इसका अर्थ–महारानी ध्रुवस्वामिनी हाथों में शस्त्र लेंगी, वरना वे क्यों जायेंगी? चन्द्रगुप्त की सेना तैयार ही थी। यदि मगध को बचाना हो तो विदेशी शकों का समूल नाश करना होगा, जिससे वे अपना वर्चस्व न दिखायें।

चन्द्रगुप्त अपनी सेना के साथ निकले थे। मार्ग में उन्हें जो वार्ता प्राप्त हुई, उससे उनका क्रोध अनावर हो गया। रामगुप्त के प्रति मन में प्रबल हो उठी विद्रोह

की ज्वाला को उन्होंने मन में ही दबाये रखा। पहले मगध, फिर ध्रुवस्वामिनी, मगर उससे भी पहले अपना भारत! सेना तीव्र गति से कश्मीर की ओर निकली थी।

चन्द्रगुप्त को जिस वार्ता ने अशान्त कर दिया था, वह यह थी कि महाराज रामगुप्त ने अपने दूत को शक सम्राट के पास सन्धि करने के लिए भेजा है।

तब शक सम्राट ने निर्लज्जता से कहा, "मगध तो क्या सम्पूर्ण भारत जीतने की सामर्थ्य हमारे पास है। सम्राट समुद्रगुप्त द्वारा किये गये पराभव को हम अभी तक भूले नहीं हैं, यह उसी का प्रतिशोध है।"

इस पर महाराज रामगुप्त ने राजदूत भेजकर कहलवाया,

"सम्राट समुद्रगुप्त द्वारा किये गये भयानक अपराध को आप भूल जायें और सन्धि कर लें, जिससे जीवित हानि न हो। हम कश्मीर आपको देने को तैयार हैं।"

शक सम्राट यही तो चाहता था। परन्तु उन्होंने एक और शर्त रखी, "आपकी लावण्यवती और युद्धनिपुण पत्नी ध्रुवस्वामिनी..."

यद्यपि शक सेना अद्यापि सतलज पार नहीं कर सकी थी, परन्तु तीन तरफ़ से सैनिकों ने डेरा डाल रखा था। महीने भर से निरन्तर बाणों की वर्षा होने से वे दिखाई नहीं देते थे। अन्त में परिस्थिति की गम्भीरता को देखते हुए महारानी ध्रुवस्वामिनी ने कहा, 'केवल सेनापति, युवराज चन्द्रगुप्त ही स्थिति को नियन्त्रण में ला सकते हैं। अब तो रसद भी नहीं पहुँच सकती। अन्यथा, हमारे हाथों में नियन्त्रण सौंप दीजिए। हम ख़ुद युद्ध पर जायेंगे, अन्यथा हमें और कश्मीर को शक सम्राट को दे दीजिए।" बोलते-बोलते सम्राट चन्द्रगुप्त रुक गये।

"आगे क्या हुआ?" अत्यन्त अधीरता से कालिदास ने पूछा। इतनी देर से कालिदास उनके समीप बैठे हैं, यह भी सम्राट भूल गये थे।

"आगे क्या हुआ? कालिदास, आप जैसे विद्वानों, कलाकारों ने युद्ध की विभीषिका को कभी जाना ही नहीं। युद्धक्षेत्र में मृत्यु मोक्ष प्राप्ति के समान होता है, यह विचार भी आपके मन में नहीं आता। काव्य में धरती की महक होती है, आषाढ़ मेघ बरसते हैं, पूर्वरंग, उत्तररंग, प्रकृति, सौन्दर्य–यह सब शब्दों के माध्यम से जानने वाले आप, क्या मातृभूमि की मिट्टी का तिलक लगाकर, जान की बाज़ी लगाकर उसकी रक्षा करने की सौगन्ध लेकर कभी रणभूमि गये हैं? आपकी मोक्ष की कल्पना ही भिन्न है। चलिए, जाने दें। उस विषय को..."

सम्राट चन्द्रगुप्त वापस भूतकाल में पहुँच गये थे।

तीनों ओर से घेरा डाले शक सैनिकों को निद्राधीन देखकर मगध सेना महाराज रामगुप्त के तम्बू में पहुँची। महामन्त्री शिखार स्वामी ने उनका स्वागत करके

परिस्थिति स्पष्ट की। रातोरात देववर्मा और वीरसेन ने सेना की व्यूह रचना तो की ही, साथ ही युवराज चन्द्रगुप्त ने एक सन्देश शक सम्राट को भेजा :

"हम युद्ध करने की स्थिति में नहीं हैं, क्योंकि आपकी अपार सेना के सम्मुख हमारी सेना युद्ध नहीं कर पायेगी। आप 'सन्धि' मान्य करके हमें उपकृत करें, हम केवल चार ही दिनों में कश्मीर और महारानी ध्रुवस्वामिनी को आपके सुपुर्द कर देते हैं, तब तक तीन तरफ़ से हमें घेरने वाली अपनी सेना को युद्ध न करने का आदेश दें।"

चार ही दिनों में हम स्वयं प्रत्यक्ष राजप्रासाद में महारानी ध्रुवस्वामिनी को उनकी सखियों सहित ससम्मान भेजेंगे। इतना विश्वास करेंगे ना?"

यह तीसरा सन्देश देखकर शक सम्राट समझ गया कि 'डरपोक मगध सेना अब युद्ध नहीं कर सकती। और ध्रुवस्वामिनी बिना युद्ध के ही उसे प्राप्त हो जायेगी।'

चन्द्रगुप्त ने आर्य चाणक्य की युद्धनीति का अवलम्बन किया। तीनों ओर से उन्हें घेरने वाली शक सेनाएँ शान्त थीं। कहीं से भी बाण वर्षा नहीं हो रही थी। चन्द्रगुप्त ने फिर से राजदूत को भेजा, "आप ध्रुवस्वामिनी के स्वागत के लिए सतलज के तीर पर आयें। वादे के मुताबिक़ वे कल सुबह अपनी सखियों के साथ आपके पास आयेंगी।"

प्रात:काल ख़ुद चन्द्रगुप्त ने स्त्री वेश धारण किया। अन्य सखियों के रूप में उनके सैनिक थे–स्त्री वेश में। सतलज के तीर पर नाव से स्त्रियाँ उतरीं। पालकी चार सैनिकों के साथ सीधे राजप्रासाद में गयी। शक सम्राट अत्यन्त अधीरता से आसन से उठकर प्रवेश द्वार के पास गये। और इससे पूर्व कि वे कुछ समझ पाते, ध्रुवस्वामिनी बने चन्द्रगुप्त ने पालकी से उतरकर शक सम्राट के गले से आरपार तलवार भोंक दी। सम्राट के समाप्त होते ही सेना अपनी जान बचाने के लिए भागने लगी। तब स्त्री वेश में आये सैनिकों ने सम्पूर्ण सेना को नष्ट कर दिया। गान्धार के पार तक फैला हुआ शकों का राज्य भी गुप्त साम्राज्य में सम्मिलित हो गया। वीरसेन को वहाँ का प्रान्ताधिकारी नियुक्त किया गया।"

"महारानी आपसे कब मिलीं?" कालिदास ने पूछा।

"मगध साम्राज्य की इन घटनाओं के कारण वे काफ़ी निराश थीं। जब हम सतलज तीर के उनके शिविर में मिलने पहुँचे, तो उनसे कहा कि आश्वस्त रहें, हम हैं।"

"आप तो तब भी थे, युवराज चन्द्रगुप्त, जब हमें रामगुप्त से विवाह करना पड़ा था।"

“जब हमें वार्ता मिली, तब तक आपका विवाह हो चुका था। खैर। क्या आप अब भी हमसे...?

और महारानी स्वयं को रोक नहीं पायीं। उनकी आँखों से आषाढ़ धाराएँ बह रही थीं, जिन्हें रोकना सम्भव नहीं था।

‘हम प्रतीक्षा कर रहे हैं...’ बस इतना ही उन्होंने कहा। और हम सारे पूर्व सन्दर्भ, अर्थ सहित समझ गये। स्त्री वेश में जाकर हमने शक सम्राट का नाश किया, वैसे ही वापस आकर अपने ज्येष्ठ बन्धु रामगुप्त का भी वध किया। राज्यशासन और राज्ययन्त्रणा, स्वभूमि रक्षण और स्त्रीरक्षण–राजा के इन कर्तव्यों को भूलकर राज्य में अत्याचार करने वाले इस राजा का वध करते हुए हमारा हाथ ज़रा भी नहीं थरथराया। हमने ध्रुवस्वामिनी को छोड़ ही दिया था। दुःख को मन ही में रखकर पाँच वर्ष बिताये ही थे। परन्तु पिताश्री द्वारा अपने पराक्रम से निर्मित इस राज्य को विघटित होते हुए, परास्त होते हुए हम नहीं देख सकते थे। कश्मीर के बाद गान्धार, उनके बाद अनेक प्रदेश शक-कुषाणों के पास चले जाते। और संगठित होने के स्थान पर राज्य विघटित हो जाता। इसलिए मन में किंचित भी अपराधबोध नहीं था।

और जब सेना सहित हम पाटलिपुत्र पहुँचे, तो मगध की प्रजा ने हमारा ‘न भूतो, न भविष्यति’, ऐसा स्वागत किया। हमारे स्वागत के लिए जनसमुदाय उमड़ा चला आ रहा था। हरेक की आँखों में आनन्दाश्रु थे।”

“अद्भुत!” कालिदास ने कहा और आगे बोले, “महाराज, आप सचमुच भाग्यवान हैं। पाँच वर्षों के बाद आपको अपना प्रेम मिला, परन्तु हम आजन्म विरही ही रहेंगे!” कालिदास का गला भर आया।

“आप स्वयं ही व्रत के समान अपनी प्रतिज्ञा का पालन करते हुए अपनी वेदना को मन में दबाये हुए हैं, आपकी उस पत्नी को कल्पना भी न होगी कि उसका पति वेदना को हृदय में सँजोये व्रतस्थ है। शब्दों की पूजा कर रहा है। कालिदास, अपने आप से की हुई उस प्रतिज्ञा का त्याग करें, और विवाह कर लें। रहें परिवार के साथ। दुःख, सुख, समस्या, प्रणय और समाधान परिवार के सिवा अन्यत्र नहीं। सहचरी का साथ अल्पकाल के लिए, परन्तु पत्नी का आजन्म रहता है। मान लें हमारी बात।” उन्होंने स्नेहपूर्वक कालिदास के कन्धे पर हाथ रखा। कालिदास स्वयं को रोक नहीं पाये।

“महाराज, शब्दप्रतिष्ठा और शब्दप्रतिज्ञा–दोनों ही हमारी हैं। हमारे मन की ही। परन्तु हम एकनिष्ठ हैं अपने शब्दों से! हम एकनिष्ठ हैं–अपनी ही वेदना से।

"महाराज, आयेगा, वह क्षण भी आयेगा, जब हम 'अस्ति कश्चिद् वाग्विशेष:' का उत्तर दे पायेंगे।"

"क्या तब तक जीवन को दाँव पर लगायेंगे, कवि कालिदास? रणक्षेत्र पर स्वसामर्थ्य की विजय पताका लिए जयघोष सुनने वाला पुरुष स्त्री के बिना शून्य ही होता है। पराजित होने पर भी हमारी वेदना में उसका सहभाग होता है। जायें एकबार अपनी उस पत्नी के पास। कम से कम वस्तुस्थिति तो जानिए।"

"महाराज, हम अवश्य जायेंगे, परन्तु वचन की परिपूर्ति होने पर ही!"

कालिदास के कन्धे पर सम्राट के हाथ की पकड़ मज़बूत हुई। कालिदास समझ गये कि सम्राट भी उनकी वेदना में सहभागी हैं।

"हमें अपने ही शब्दों के ऋण से मुक्त होना है। और वह भी इसी जन्म में। यद्यपि मार्ग अभी मिला नहीं है, परन्तु वह निश्चित ही मिलेगा, तब तक..."

रात का दूसरा पहर समाप्त होने को था। वे दोनों निकले। कालिदास को और भी बहुत कुछ सुनना था। युद्ध कथाएँ सुननी थीं। सम्राट समुद्रगुप्त के दिग्विजय के बारे में भी सुनना था, मगर विषय किसी और ही तरह से समाप्त हुआ। और सम्राट चन्द्रगुप्त तथा कालिदास मौन हो गये।

इतनी देर भूख-प्यास का विस्मरण हो गया था, अब उनकी याद सताने लगी।

"रथ में बैठिए।"

"नहीं, महाराज..."

"हमें मालूम है कि आपको कहाँ जाना है, इतनी दूर चलकर जाने की अपेक्षा हमारे साथ चलें। फिर कश्मीर जाने के बाद मिलन में विलम्ब ही होगा।"

"महाराज, क्या आपने गुप्तचरों को भेजा था?"

"नहीं, ऐसा हम आपके साथ कभी नहीं करेंगे। हमने बस, यूँ ही कहा था, और वह सच निकला, बस इतना ही..."

दोनों दिल खोलकर हँसे। रथ नगर की ओर चल पड़ा।

***

आख़िर कालिदास सम्राट चन्द्रगुप्त के साथ राजमहल के प्रांगण में आ ही गये।

"वास्तव में, आप अपने मन की ही करते हैं।"

"ये बात नहीं, महाराज। प्रात:काल वापस लौटने के लिए अश्व ही योग्य है ना? हम व्यवहार में चाणक्य नीति का प्रयोग नहीं करते। सत्य और सत्य कहते हैं।"

"अर्थात हम?"

"नहीं, महाराज। उद्‌देश्य ये नहीं है। राजा के लिए सारे मार्ग खुले होते हैं, जबकि हमारे लिए कुछ ही उपलब्ध हैं।"

"अस्तु! भोजन के लिए काफ़ी विलम्ब हो गया है।"

सम्राट चन्द्रगुप्त शीघ्रता से भोजनशाला की ओर मुड़े, यह सोचकर कि अब तक उनके प्रासाद में दीप शान्त हो गये होंगे।

कालिदास अश्वशाला की ओर मुड़े। अपने प्रिय अश्व को ढूँढ़ा।

रास्ता शान्त था, कोई इक्का-दुक्का व्यक्ति ही दिखाई दे जाता था।

मध्यरात्रि की नीरव शान्तता को भंग करते हुए कालिदास का अश्व मधुवन्ती के प्रासाद के पास पहुँचा। द्वारपाल ने द्वार खोला। दासियों ने मधुवन्ती को सूचित किया, दीप प्रज्वलित किये। कालिदास धीमे कदमों से मधुवन्ती के कक्ष में आये। उसके नेत्र अर्धोन्मीलित कली के समान खुले थे। केशसँभार कन्धे से आगे आया था। स्वप्न में हुए प्रियकर से मिलन के पश्चात प्रसन्न ऐसा उसका मुखमण्डल था। दासियों द्वारा अचानक जगाये जाने के कारण उसे वस्त्रों को व्यवस्थित करने की भी फुर्सत नहीं मिली थी। अलंकारविहीन वह ज़्यादा ही सुन्दर दिखाई दे रही थी। कालिदास उसके अर्धजाग्रत रूप की ओर देख रहे थे।

"आर्य...आप...असमय?"

वह उसके पास जाकर पलंग पर बैठ गये और अधोवदन मधुवन्ती के कानों में बोले, "प्रिये, हम आये हैं, आपके लिए, हमारे लिए, समर्पित होने के लिए।"

वह अब पूरी तरह जाग गयी थी। इससे पहले कि वह अपने वस्त्रों को, केशसँभार को सँभालती, कालिदास ने उसे अपने दृढ़ आलिंगन में बाँध लिया, उनके आवेग के सम्मुख वह नि:शब्द हो गयी।

आज रात मानों ठहर गयी थी। चन्द्रमा के साथ रोहिणी उन्हें देखते हुए पश्चिम की ओर जाना भूल गयी थी। अर्धोन्मीलित कलियाँ भी कुछ देर के लिए खिलना भूल गयीं। कुछ ही देर में चन्द्र के साथ रोहिणी सुहास्य वादन से मार्गस्थ हुई, तब समय आगे बढ़ा।

"प्रिये, अब फिर कब मुलाक़ात होगी, यह अभी न बता पायेंगे।"

"आर्य, आप तो कभी तन से, मन से गये ही नहीं, तो फिर ऐसा क्यों कह रहे हैं? आप नित्य ही हमारे पास है।"

"सखी, देह के शृंगार की अपेक्षा मन के अन्तरंग तक पहुँचने वाले तुम्हारे ये शब्द हमें अधिक ऊर्जा देते हैं। कभी-कभी ऐसा लगता है कि जैसे श्रीकृष्ण के साथ राधा, वैसी ही तुम हमारे लिए हो।"

"आर्य, कालिदास, आज आपका उदाहरण ग़लत हुआ है। प्रथम मिली हुई राधा से बाद में मिलने के लिए श्रीकृष्ण आते हैं रुक्मिणी के आग्रह पर, कुरुक्षेत्र जाने से पूर्व, कुम्भ मेले के स्नान के लिए। एक बार मिली हुई गोकुल की राधा को उन्होंने मन में जतन करके शायद रखा हो, शायद राधा यह जानती भी हो, परन्तु उनका मिलन असम्भव, मुलाक़ात भी असम्भव ही थी। अगर रुक्मिणी न मिली होती तो श्रीकृष्ण दोबारा गोकुल क्यों आते? आप आते रहेंगे बार-बार, क्योंकि आप सम्राट चन्द्रगुप्त की राजसभा में सम्माननीय सलाहकार भी हैं।"

"यह सत्य है मधुवन्ती। हम फिर, फिर निश्चित ही मिलते रहेंगे। रुक्मिणी हमें कब मिलेगी, यह पता नहीं, तब फिर हम जायेंगे कहाँ?" कालिदास के मन में आया कि कह ही डालें मन पर बोझ बनी अपनी जीवनव्यथा। परन्तु वे जीवन-भर अपनी व्यथा वेदना मन में छुपाये ही जीवन बिताने वाले थे। वह अभी भी 'अस्ति कश्चिद् वाग्विशेषः" का उत्तर देने की स्थिति में नहीं थे।

"आर्य, कई बार सोचा कि पूछूँ। निरभ्र आकाश में अचानक कृष्ण मेघ छा जायें, वैसे आपके मुखमण्डल पर नैराश्य, व्यथा, वेदना छा जाती हैं। जैसे बिजली अचानक चमक जाये, उस तरह कौन-सा विचार आपको विदीर्ण कर देता है? बतायें, आर्य, सहवेदना से आपकी वेदना कम हो जायेगी।"

"सखी, कोमलांगी लतिका, जब हमें ही अपने प्रश्न का उत्तर मिल जायेगा, तो हम तुम्हें अवश्य बतायेंगे। प्रत्येक मनुष्य अपनी तरफ़ से न्याय करता है, परन्तु किसी को लगता है कि 'मेरा अपराध क्या है? मैंने स्वयं तो किया नहीं।' ऐसी स्थिति में आत्मशोधन कर भी आत्मवंचना ही मिलती है। जाने दो, इस उमलती सुबह को यह विषय किसलिए!"

कालिदास सचेत मन से जाग्रत थे। पूरी रात ही जाग्रत अवस्था में बीती थी, परन्तु वे प्रसन्न थे। प्रातः होने में अभी समय था, परन्तु वृक्ष, लता, कलियाँ, पक्षी जाग्रत हो रहे थे। वे गवाक्ष के पास आये। नलिनी हलके-हलके स्वयं को मूँद रही थीं, कमलिनी खिलने को आतुर थी। कहीं श्वेत मधुमालती पर बहार आयी थी। सन्ध्या के प्रासाद से निकला रजनीकान्त जीवन प्रवास कर प्रगल्भ होते हुए पश्चिम की ओर निकला था। जीवन का अन्त बस कुछ ही समय के लिए। फिर जन्म लेना ही है। वही नियम दिनकर और रजनीकान्त के लिए भी है। चक्रवाक पक्षी के आर्तस्वर अभी भी वातावरण में गूँज रहे थे।

'मेरा जीवन प्रवास भी कहाँ तक हुआ है, कहाँ जाना है, ये भी यदि ज्ञात हो, तो बीच में कहाँ रुकना है, यह नियति ही निश्चित करेगी!' वे मन-ही-मन सोच रहे थे।

मधुवन्ती उनके समीप आकर खड़ी हो गयी। उन्हें इसका अनुभव हुआ। उन्होंने उसके कन्धे पर हाथ रखकर उसे निकट खींचा। उसका म्लान मुखमण्डल देखकर वे बोले,

"सखी, युद्ध पर जाने वाले पति की आरती करने वाली राजस्त्रियाँ अपनी वेदना इस तरह प्रकट नहीं करतीं। हम वापस आने ही वाले हैं। क्योंकि हम युद्ध पर नहीं जा रहे हैं। शकों का यद्यपि नाश हो गया है, परन्तु फिर भी वे बार-बार आक्रमण करके कश्मीर को हथियाना चाहते हैं। तत्सम्बन्धी समाचार और स्थानीय प्रशासन का वृत्तान्त जानने के लिए हम सेनापति देवदत्त और सैनिकों के साथ जा रहे हैं। हम एकाकी नहीं हैं, और वैसे, जाने वाले सारे पुरुष एकाकी ही होते हैं।"

"आर्य, सच्चे दिल से बतायें, आप हमें कितना चाहते हैं?"

कालिदास दिल खोलकर हँस पड़े। उसे अपने दृढ़ आलिंगन में लेते हुए बोले,

"सखी, कभी सोचा न था कि तुम ऐसा भी प्रश्न पूछोगी। इस प्रश्न का उत्तर तुम्हारा मन ही तुम्हें देगा। चलते हैं हम। वापस आयेंगे, शीघ्रातिशीघ्र।"

पूर्व में उषा का राजप्रासाद जब सप्तरंगों से प्रकाशित हुआ तो द्वार में अश्रुपूरित नेत्रों से खड़ी मधुवन्ती से उन्होंने कहा, "अपने मन का और स्वास्थ्य का ध्यान रखना। चलते हैं हम।"

वे अश्व पर सवार होकर क्षिप्रा की ओर न जाकर राजप्रासाद के अपने कक्ष की ओर निकले।

***

'हे पुण्यसलिला सरयू! युग युग से श्री रामचन्द्र का गुणगान करते हुए प्रवाहित हो रही हो। उज्जयिनी की क्षिप्रा श्रीमहाकालेश्वर का स्मरण देते हुए प्रवाहित होती है, तो तुम दशरथ पुत्र श्री राम का! कितनी विविध घटनाओं को अनुभव किया है तुमने!

अपत्यहीन सम्राट दशरथ द्वारा किया गया 'पुत्रकामेष्ठि' यज्ञ देखा। कौसल्या, सुमित्रा, कैकेयी का अभिनन्दन अपने ही तीर पर होते देखा। दशरथ की मृत्यु की साक्षी रहीं। जब राम वनवास के लिए जा रहे थे तो तुमने भी अश्रु बहाये। सम्राट दशरथ के उत्तम प्रशासन में सुखी और प्रसन्न जनसागर दुःख में डूब गया, उस दुःख को भी तुमने अनुभव किया।

चौदह वर्षों के पश्चात जब श्रीराम, जानकी, लक्ष्मण अयोध्या वापस आये, तब तुमने आनन्दाश्रु बहाये थे। और जब प्रजाहितदक्ष श्रीराम ने सीता का त्याग किया तो और जब तुम्हारा मौन क्रन्दन हर व्यक्ति के दिल को झकझोर गया, तब तुम्हारे मन

में एक ही प्रश्न उठा था, 'हर बार स्त्री अपराधी क्यों? क्यों उसी की सत्व परीक्षा? राजाज्ञा का पालन करने वाली प्रजा क्यों जन आन्दोलन नहीं कर सकी?

और कोई भी अपराध न करने वाली जानकी द्वारा लिया गया अन्तिम निर्णय, भूमिगत होने का! धरती में समाने का! कैसा था वह निर्णय?'

सरयू की हर लहर एक-एक कथा सुना रही थी। उसका प्रश्न शाश्वत था, 'प्रजाहितदक्ष श्रीराम के लिए उनकी प्रजा ने क्या किया? जब अन्तर्गत युद्ध होते हैं, तब प्रजा अन्याय के विरुद्ध आक्रामक हो जाती है। यहाँ कोई भी ऋषि, तपस्वी, अधिकारी व्यक्ति, गुरुजन, प्रजा उन दोनों को सुखी न कर सकी?'

'सत्य है, सरयू...सत्य है। परन्तु क्या तुम्हें ज्ञात है? जब कैकेयी के समान सत्वशील, सुविद्य माता अपने श्रीराम को वनवास भेजने की सीमा तक स्वार्थी हो जाती है, तब परिवार से ही एक दुष्ट लहर समाज तक प्रवाहित होने लगती है। परन्तु यह ऐसा रामायण घटित नहीं होना चाहिए था।'

कालिदास सरयू के तीर पर खड़े थे। आकाश निरभ्र, बालरवि अभी-अभी क्षितिज पर प्रकट हुआ था। श्रीराम मन्दिर से आ रहा मन्त्र घोष और सरयू के जल में खड़े होकर उदय हो रहे सूर्य को अर्घ्य दे रहे भाविक जन। कालिदास ने मन-ही-मन कहा, 'जब श्रीराम जैसे सामर्थ्यवान सम्राट को भी विरह-वेदना सहन करनी पड़ती है, तो फिर हम तो सामान्य जन ही हैं!'

"कालिदास..." पीछे से आ रहे सेनापति देवदत्त ने आवाज़ दी।

"कविराज, हैं कहाँ? कहीं भी खड़े हों, आपको काव्य ही नज़र आता है, सत्य है न?"

"हमेशा नहीं, सेनापति देवदत्त। कल अयोध्या में प्रवेश करने के बाद यहाँ के क्रय-विक्रय केन्द्र, मार्ग, जलव्यवस्था, समझदार नागरिक, अनुशासन और भी बहुत कुछ देखा।"

"कालिदास, इस प्रदेश को शकों से प्राप्त करने के बाद चन्द्रगुप्त उस समय यहाँ के लोकपाल अर्थात प्रान्ताधिकारी नियुक्त हुए थे। साथ ही वे सेनापति भी थे। सबसे पहला काम जो उन्होंने किया वह था राम जन्मभूमि पर उनका सुन्दर मन्दिर बनाया। चलिए, हम दिखाते हैं।"

"सम्राट चन्द्रगुप्त वास्तव में उत्तम प्रशासक, उत्तम सेनानी, लोकसंग्राहक और रसिकाग्रणी हैं, यह सोचते हुए हम उनके व्यक्तित्व के आगे नतमस्तक हो जाते हैं।"

"आप उस समय नहीं थे, कालिदास। उज्जयिनी उस समय शकराज रुद्रसिंह

के पास थी। विशाल दुर्ग, सुवर्ण प्राचीर, सुवर्ण वलयांकित राजभवन रुद्रसिंह का था। महाराज ने राजसभा में कहा!, "विदेशी आक्रमणों से हमें भयभीत नहीं होना चाहिए, अपितु सिंह के समान इन आक्रमणकारियों को भारत भूमि से बाहर खदेड़ देना चाहिए। उस समय देववर्मा सेनापति थे।

स्वयं महाराज और सेनापति देववर्मा सेना लेकर क्षिप्रा के तीर पर पहुँचे। शकराज रुद्रसिंह न केवल अपनी सेना लेकर आया, बल्कि उसने गुजरात और सौराष्ट्र के शक-क्षत्रपों, विजयदेव और यशदेव को अपनी सेना सहित आमन्त्रित किया। वे दूसरे तीर पर छावनियाँ डाले पड़े थे। और सम्राट ने वज्र-निर्धार से कहा, "इन शक-क्षत्रपों को भारत की सीमा से पार खदेड़ना ही होगा।"

युद्ध का आरम्भ हो चुका था। उस समय सम्राट चन्द्रगुप्त ने सेना को सम्बोधित करते हुए कहा था,

"सम्राट समुद्रगुप्त ने हमें विशाल साम्राज्य का सपना नहीं दिखाया है, बल्कि उन्होंने स्वयं प्रत्यक्ष कृति से सिद्ध करते हुए हमारे सम्मुख एक आदर्श रखा है। हमें संस्कार दिये हैं मातृभूमि की रक्षा करने के, इस मिट्टी का एक भी कण कोई अपवित्र न करने पाये इस निर्धार के! उन्होंने विघटन की नहीं, अपितु संघटन की शिक्षा दी।" सेना उत्साहित हो गयी थी।

उसी समय शकराज रुद्रसिंह ने राजदूत के हाथ सन्देश भेजा था। उसमें लिखा था, "पिछले तीन सौ से अधिक वर्षों से हम यहाँ के राजा हैं। हमारे द्वारा जीते हुए राज्यों–गुजरात, सौराष्ट्र, मालवा–को स्वयं को राजाधिराज कहलवाने वाले सम्राट समुद्रगुप्त भी जीत नहीं पाये। युवराज चन्द्रगुप्त ने तो अभी हाल ही में राज्य सम्भाला है। वे अपना समय युद्ध में व्यतीत न करें।"

"महाराज को अत्यन्त क्रोध आया होगा..."

"नहीं, वे केवल हँस दिये और सेनापति देववर्मा से बोले, "उसने अपने सन्देश में लिखा है, 'चन्द्रगुप्त महाराज, आपके पिता ने दक्षिण में विजय प्राप्त की है, परन्तु मालवा, सौराष्ट्र, गुजरात पर वे कभी भी विजय प्राप्त नहीं कर पाये। अत: आप ऐसा प्रयत्न न करें।"

"फिर क्या हुआ?" कालिदास के मन में युद्ध और उससे सम्बन्धित समस्याओं के बारे में कुतूहल था, परन्तु वे अयोध्या के श्रीराम मन्दिर के पास पहुँच गये थे।

श्रीराम की सतेज प्रतिमा, सात्विक जानकी, स्नेहपूर्ण लक्ष्मण, भरत, शत्रुघ्न और दास्यभक्ति के अनुपम आदर्श हनुमान को देखकर कालिदास मगन हो गये। कितने काल तक रघुवंश का राज्य था। श्रीरामचन्द्र के चरणों में सारा ब्रह्माण्ड

नतमस्तक हो गया। अनेक रूपों में वे आदर्श के मानदण्ड हो गये। वे अत्यन्त भाव विह्वल हो गये। सेनापति देवदत्त मन्दिर के बाहर गये, फिर भी वे वहीं खड़े थे। मन-ही-मन वे रघुवंश के एक-एक राजा को याद कर रहे थे।

"कालिदास, चलें?" उन्हें वाल्या से वाल्मीकि बने संवेदनशील कवि की याद आयी और मन में कालातीत रामकथा खुलती चली गयी।

"चलें।" वे देवदत्त से बोले। मन में रामायण थी, परन्तु देवदत्त को अच्छा लगेगा इसलिए वे बोले, "फिर क्या हुआ?"

"सरयू में महा भयंकर बाढ़ आयी थी। वर्षाकाल समाप्त हो चुका था, परन्तु अन्य प्रदेशों से आ रहा जलबहाव थमने का नाम नहीं ले रहा था।

सामने दिखाई दे रही थी विशाल शत्रु सेना। उनका पराजय करते हुए अनेक सैनिक वीरगति को प्राप्त हुए होते, परन्तु सरयू को पार कैसे करें? आख़िर में महाराज ने कहा, "सेना के तीन भाग करें। एक भाग सौराष्ट्र, एक गुजरात और एक मालवा की ओर जायेगा। सारी सेना यहाँ आयी होने के कारण विजय प्राप्त करने में आसानी होगी। इसके अतिरिक्त यहाँ एकत्रित हुए सेनापतियों और सेना की स्थिति द्विधा हो जायेगी। ऐसी स्थिति में अपने-अपने राज्य को वापस लौट रहे सैनिकों को बीच में ही दबोच सकते हैं। और योजना सफल होगी।"

"और हुआ भी वैसा ही। अयोध्या आसानी से हाथ आ गयी और मालव नरेश रुद्रसिंह पराजित हो गये। मालवा की राजधानी उज्जयिनी पर ख़ुद महाराज ने विजय प्राप्त की। विजयवर्मा और यशवर्मा पर सेनापति देववर्मा ने विजय प्राप्त की।

अपनी सेना को तीर पर खड़े देखकर उन्होंने सोचा कि हमारी विशाल सेना देखकर सम्राट चन्द्रगुप्त ने पराजय स्वीकार कर ली और अपनी सेना वापस ले गये। फिर अपने-अपने राज्य में वापस जाते हुए उन्हें जो संघर्ष करना पड़ा और पराजय को स्वीकार करना पड़ा, वह अभूतपूर्व विजय थी महाराज की।"

"मान्य ही करना पड़ेगा कि ऐसा सम्राट इतिहास की रचना करता है, और अजर, अमर तथा कालातीत सिद्ध होता है,।" कालिदास ने कहा।

अयोध्या के प्रान्ताधिपति देववर्मा ने उनका स्वागत करते हुए कहा, "अयोध्या के श्रीराम और उज्जयिनी सम्राट चन्द्रगुप्त हमारे रक्षक होने के कारण अयोध्या में कोई भी समस्या नहीं है।"

दो दिन बाद सेनापति देवदत्त और कालिदास अयोध्या से निकले। उनके साथ अयोध्या के पण्डित इन्द्रदत्त भी थे।

***

कालिदास नैमिषारण्य में एक घने वृक्ष के नीचे आसन डालकर बैठे थे। ऐसा प्रतीत होता था कि दूर-दूर तक ऊँचे वृक्ष यहाँ ऋषियों के समान कठोर तपस्या के लिए एकत्रित हुए हैं, या यहाँ निरभ्र आकाश के नीचे विश्व शान्ति के लिए शान्तिपाठ चल रहा है, या आकाशस्थ देवता वृक्ष रूपों में अधिष्ठान लगाये हैं... कुछ भी समझ में नहीं आ रहा था। गोमती के प्रवाह का अभिमन्त्रित नाद वातावरण में गूँज रहा था।

शान्त, एकान्त स्थल पर मन में स्मृति के जुगनू चमक जाते थे। कभी सरस्वती देवी का आश्रम परिसर, कभी सम्राट चन्द्रगुप्त के सहवास में क्षिप्रा का घाट, कभी मधुवन्ती का सलज्ज शृंगार, कभी वेदवती द्वारा किया गया उपहास। कितना सारा समय पंख लगाकर उड़ गया था। काल के पृष्ठ इस नैमिषारण्य में फड़फड़ा रहे थे।

सेनापति देवदत्त और पण्डित इन्द्रदत्त उन्हें ढूँढ़ते हुए वहाँ आये। तब उन्हें समय का ध्यान आया।

"तपस्या का आरम्भ कर दिया क्या, कालिदास?"

"अभी नहीं, शायद आगे भी नहीं, इन घने-घने वृक्षों के नीचे कोई भी व्यक्ति युवा ही हो जायेगा और उसके मन में..."

"हम समझ गये कि आप क्या कहना चाहते हैं, सुगन्धी क्षणों को तो अनुभव नहीं कर रहे थे, कालिदास?"

"यही कह रहे थे हम। गत सुगन्धित स्मृतियों को भूलकर ईश्वर का चिन्तन करने वाला ऋषि होना हमारे लिए कदापि सम्भव नहीं होगा। सम्भव है कि हम शब्द-साधना करें। क्योंकि वातावरण का प्रभाव मन पर अपनी छाप छोड़ता है।"

"वा...कालिदास, इसलिए हम चाहते थे कि आप हमारे साथ आयें। तो, अब चलें। क्षुधा शान्ति के लिए आदिवासी आश्रम ढूँढ़ने के लिए चन्द्रचूड़ को भेजा है। वरना, फलाहार तो है ही। परन्तु इस प्रदेश को नैमिषारण्य क्यों कहते हैं? अरण्य का भी नाम है?"

"नाम तो हरेक को दिया गया है," पण्डित इन्द्रदत्त ने कहा। वे आगे बोले, "यहाँ आठ सहस्त्र ऋषियों ने तपस्या की थी, विश्व शान्ति के लिए। इसलिए यहाँ हर वृक्ष के पास वे अभिमन्त्रित नाद गूँजते हैं।"

"क्या यह सत्य है?"

"आप स्वयं अनुभव करें, सेनापति देवदत्त! इन चौदह वायुमण्डलों में ध्वनि

लहरियाँ हैं, जो हमें आसानी से सुनाई नहीं देतीं। क्योंकि उसके लिए भी साधना की आवश्यकता होती है।"

"ये बात बिल्कुल सत्य है, पण्डित इन्द्रदत्त। किसी भी वस्तु को प्राप्त करने के लिए साधना आवश्यक है। हमें याद है, एक ऋषि ने लिखा था..." कालिदास कह रहे थे।

"सरस्वती देवी के आश्रम में काशी से जगन्नाथ जाते हुए आये थे। उस समय उन्होंने ध्वनि लहरियों के बारे में कहा था, "जब भीष्म कृष्ण स्तुति कर रहे थे, तब एक के बाद एक सहस्त्र नामों का एक स्तोत्र ही बन गया। तब युधिष्ठिर ने कहा, "किसी को इस विष्णु सहस्त्रनाम को लिख लेना चाहिए। पर किसी को भी उसका स्मरण नहीं हो रहा था। तब उन्होंने श्रीकृष्ण से विनती की। तब वे हँसकर बोले, "हमारे ही नाम हम कैसे लें?" इस स्थान पर केवल सहदेव ने शुद्ध स्फटिक धारण किया है। केवल वही इसे लिख सकता है। यदि वह शिवशंकर की प्रार्थना करे तो स्फटिक से आती हुई ध्वनि लहरियों में उसे वे नाम सुनाई देंगे।"

"क्या यह सत्य है, कालिदास?"

"क्योंकि स्फटिक में शान्त वातावरण में ध्वनि ग्रहण करने की क्षमता होती है। इसलिए सहदेव ने वह विष्णुसहस्त्रनाम माला लिखकर व्यास ऋषि को दी।"

"यह सब हमें ज्ञात नहीं था, कालिदास," देवदत्त ने कहा।

"हरेक को हर चीज़ का ज्ञान नहीं होता, देवदत्त महोदय!" कालिदास ने कहा।

"एक कारण और भी है। श्री विष्णु के सुदर्शन चक्र की बाह्य परिधि यहाँ निमिष भर में अर्थात क्षण-भर में गिर गयी–ऐसा भी कहते हैं। परन्तु व्यास के अट्ठासी सहस्त्र शिष्यों में से 'सूत' नामक शिष्य ने यहाँ महाभारत की कथा सुनाई थी।

लोमहर्षणपुत्र उग्रश्रव: सौति: पौराणिको।
नैमिषारण्ये शौनकस्यकुलपते द्वदिशवार्षिके
सत्रेसुखासीनानभ्यगच्छम्ब्रह्मर्षि
नसंशितव्रतात विनयावनतो भूत्वा कदाचित सूतनन्दन!

इस अरण्य में एक क्षण में दानवों का संहार किया। महर्षि शौनक को तपश्चर्या के लिए योग्य स्थान की आवश्यकता थी। इसलिए श्रीविष्णु ने कहा कि यह सुदर्शन चक्र लेकर अरण्य में चलते रहें, जहाँ इस चक्र की बाह्य परिधि गिर जायेगी, वह स्थान तपश्चर्या के लिए योग्य होगा।" कालिदास बता रहे थे।

पण्डित इन्द्रदत्त ने कहा, "इतना ज्ञान आपने कहाँ से प्राप्त किया?"

"सरस्वती देवी के आश्रम में उत्तर-दक्षिण भ्रमण करने वाले अनेक पथिक आते थे, कभी विद्वान पण्डित भी आते, इसलिए उस समय जो श्रवण किया था, उसकी प्रचीति प्राप्त हुई।"

प्रान्तपाल देववर्मा के निवास स्थान पर भोजन की व्यवस्था थी, परन्तु कहीं यहाँ ऋषि-मुनियों के समान कन्द-मूल न खाने पड़ें, ऐसी आशंका थी, परन्तु चन्द्रचूड़ ने आदिवासियों का एक ग्राम ढूँढ़ लिया था। अन्न-धान्य तो था, मगर उसे कहाँ तक ले जाना है, इसकी कल्पना न होने से उसे सोच-समझ कर ले जाना था।

कालिदास प्रसन्न थे। निरभ्र आकाश, गोमती का निस्तब्ध किनारा, अरण्य से आती शीतलहरें, बांस के वन से आते बांसुरी के स्वर, अरण्यपक्षियों का कूजन, मानवी जीवन से दूर एक स्वतन्त्र प्रदेश—नैमिषारण्य। मन में कुछ प्रस्फुटित हो रहा था। उनके मन में आया, 'ऋतु संहार' लिखते समय निसर्ग-प्रीति के ऐसे काव्य का इतना अनुभव नहीं हुआ था। यहाँ बेलों-लताओं को आन्दोलित करने वाला सुगन्धित समीर, चन्द्रमा के साथ रोहिणी द्वारा गोमती में किया गया जलस्नान, नक्षत्रों के प्रकाश में पूर्व क्षितिज के पास धरती द्वारा आकाश को दिया गया आलिंगन...सब कुछ कितना मुक्त और सुन्दर था...

रमणीय नवयौवना वसुन्धरा और सारी संवेदनाओं के रसरंग लिए उस पर झुका हुआ आकाश। अप्रतिम! केवल अप्रतिम। मन की सारी भावनाओं को उद्दीप्त करने वाला यह स्थान। अरण्य वाचन करते हुए उन्हें शकुन्तला का स्मरण हो आया। और हस्तिनापुर के सम्राट दुष्यन्त। उनकी प्रेम-कथा का स्मरण हो आया। उस प्रेमकथा में वे मग्न थे, तभी सेनापति देवदत्त आये।

"कविराज, आपको हमेशा ऐसे आत्ममग्न होते देखकर मन में विचार आता है कि यदि आप कभी युद्ध पर गये तो क्या करेंगे?" कालिदास होश में आये और हँसते हुए बोले,

"हम सभी सम्राटों से विनती करेंगे कि युद्ध विराम करे, सिर्फ़ अपना राज्य सँभालें, आक्रमण न करें।"

"फिर साम्राज्य विस्तार कैसे होगा? 'चक्रवर्ती सम्राट' की उपाधि का क्या होगा? और यदि आक्रमणकारी आ धमके तो?"

"ऐसे प्रश्न हम नहीं सुलझा सकते। मगर अब आप इस भ्रम में न रहें कि हम केवल संवेदनशील कवि हैं। हमें भी राजनीति के, रणनीति के, अस्त्र-शस्त्र नीति

के पाठ अवगत हैं, परन्तु वह मनोवृत्ति नहीं है। अस्तु...अब आगे कहाँ जाना है?"

"अब पांचाल प्रदेश, फिर अहिच्छत्र, हस्तिनापुर...हस्तिनापुर के बाद आगे। यात्रा लम्बी है, परन्तु आपके साथ आनन्द से हो रही है। कभी-कभी ऐसा लगता है, कालिदास कि साथ में पत्नी भी होनी चाहिए थी, इन रमणीय स्थलों को उसके साथ देखने में प्रसन्नता होती।"

कालिदास दिल खोलकर हँसे। नैमिषारण्य में उनकी हँसी गूँज उठी।

"सेनापति, देवदत्त! आप महाराज को राज्यप्रशासन का वृत्तान्त देने के लिए कश्मीर जा रहे हैं, अत:..."

"हमें याद है, कालिदास। परन्तु आपको सहजीवन के आनन्द का अनुभव कहाँ..."

कालिदास ने मन में कहा, 'आपका जीवन सहज है। परिवार है। परिवार से मिलने वाली प्रेरणा, ऊर्जा, आनन्द, कर्तव्यनिष्ठा है। अखण्ड कार्यनिष्ठा का ज्ञान है। हमारा क्या? विद्वत्वती द्वारा किये गये अपमान के शल्य को लेकर जी रहे हैं। मधुवन्ती का साहचर्य, उसकी निष्पाप प्रीति...सब कुछ सत्य है, फिर भी वह हमारी परिणीता नहीं है। और जब तक हम अपने शल्य का उत्तर नहीं दे देते, तब तक मन को शान्ति नहीं, प्रसन्नता नहीं। किसी वृक्ष को भीतर ही भीतर दीमक खाती रहे, वैसा हो रहा है।

हमें कुछ भी क्यों नहीं सूझता?'

"कालिदास।" सेनापति देवदत्त की आवाज़ सुनकर वे वृक्ष से बँधे अश्व के पास गये। उसके मुख पर स्नेहपूर्वक हाथ फेरा और उस पर सवार हो गये। सैनिक और पण्डित इन्द्रदत्त आगे थे। कालिदास और सेनापति देवदत्त पीछे थे। अब रास्ता पांचाल की ओर जा रहा था।

***

"ये पांचाल राज्य। सम्राट चन्द्रगुप्त के आधीन है। पांचाल राज्य पहले 16 महाजनपदों में विभाजित था। उत्तर पांचाल, दक्षिण पांचाल। उत्तर पांचाल की राजधानी अहिच्छत्र थी, तो दक्षिण पांचाल की काम्पिल्य। द्रोणाचार्य और द्रुपद के बीच युद्ध होने पर द्रोणाचार्य पराजित होकर हस्तिनापुर चले गये। द्रुपद कन्या द्रौपदी पाँच पाण्डवों की पत्नी बनीं। गंगा के उत्तर तथा दक्षिण तटों पर पांचाल राज्य है। अंग, अवन्ती, अश्मक, कम्बोज, काशी, कुरु, कौशल, गान्धार, चेदी, पांचाल, मगध, मत्स्य, मल्ल, वर्ज्जा, वत्स, कुन्तल, शूरसेन–ये सभी महाभारतकालीन महाजनपद सम्राट चन्द्रगुप्त के आधिपत्य में हैं।"

पांचाल के प्रान्ताधिपति अग्निमित्र बता रहे थे। उनके प्रत्येक शब्द से सम्राट समुद्रगुप्त एवं सम्राट चन्द्रगुप्त–पिता-पुत्र के प्रति अत्यन्त आदर का भाव प्रकट हो रहा था। लोकपाल अग्निमित्र के साथ आये दण्डाधिकारी शेखरसेन ने पांचाल का इतिवृत्तान्त लिखित रूप में ही दिया। वे बोले, "सम्राट चन्द्रगुप्त से कहें, नियमित आने वाले ऋतु समय पर आते हैं, राज्य अन्न-धान्य की दृष्टि से समृद्ध है, यज्ञ कार्य, धर्म, संस्कार के पाठ देने वाली प्रशालाएँ हैं। कोषागार सम्पूर्ण है। चिन्ता न करें। कभी भी पुकारें, हम प्रतिसाद देने के लिए सिद्ध हैं।"

दो दिन पांचाल प्रदेश में रहकर वे आगे निकल पड़े। कालिदास प्रसन्न थे। जिनके बारे में कभी सुना था, वे प्रदेश कभी देख पायेंगे, ऐसा उन्होंने कभी सोचा भी नहीं था, इसलिए मन बहुत प्रसन्न था। और अब वे हस्तिनापुर की ओर निकले थे। महाभारत काल के उस विराट नगर का साम्राज्य प्रथम भरत के पास था। सम्राट दुष्यन्त के पश्चात भरत का राज्य आया था। अखण्ड भारत का स्वप्न देखने वाले भरत के नाम से ही उसके राज्य का नाम हुआ, आर्यस्थान का नाम हुआ भारत।

भविष्य में महाभारत की सभी घटनाओं का साक्षी हस्तिनापुर, कुरुवंश की राजधानी था। उस मार्ग पर कालिदास अत्यन्त उत्सुकता से सब के साथ जा रहे थे।

उन्हें अनुभव हो रहा था कि मन आनन्द से सराबोर हो रहा है। मन के भीतर से कुछ प्रस्फुटित होने को तैयार है। देह हल्की हो गयी है। पक्षी जैसे आकाश में सहजता से उड़ान भरता है, वैसे ही मन भी उड़ने को तैयार है। यह एक विचित्र अनुभूति थी। समझ में नहीं आ रहा था कि यह कैसा आनन्द है, जिसने तन-मन को अपने आलिंगन में ले लिया है। उसी अनाकलनीय आनन्द को समेटे वे अश्वारूढ़ होकर मार्गक्रमण कर रहे थे।

***

हस्तिनापुर के वास्तव्य में लोकपाल यशवर्धन ने महाभारत की सारी कथाएँ सुनाईं। वैसे तो वे सबको ज्ञात थीं, परन्तु यशवर्धन इतने उत्साह से बता रहे थे, मानो वह सब कल ही घटित हुआ हो, और वे अपनी आँखों से सब कुछ देख चुके हों। उन्होंने कहा, "यहाँ से आगे द्वैत वन आयेगा। वहाँ से एक मार्ग से आप हरिद्वार, ऋषिकेश, देवप्रयाग की तरफ़ से केदारनाथ की ओर जायेंगे। कवि कालिदास को केदारनाथ, बद्रीनाथ देखना है न? दूसरा मार्ग–मालिनी के तीर से आगे-आगे बढ़ते जायेंगे तो कण्व मुनि का स्थान आयेगा।"

"हमें यही मार्ग मान्य होगा।"

"परन्तु, कालिदास, यह मार्ग अत्यन्त घने अरण्य का, कष्टप्रद है। आगे मालिनी का उद्गम है। वहाँ से आप व्यास, शतद्रु नदियों तक जायेंगे। यह मार्ग अत्यन्त लम्बा है। आप वहाँ से न जायें।"

"प्राचीन काल में वहाँ कुलपति कण्व का आश्रम था। सहस्त्रों विद्यार्थी ज्ञान सम्पादन करते थे, तब भी यह मार्ग कष्टप्रद ही होगा ना?"

"मान्य है, परन्तु उस समय अनेक ऋषियों की बस्तियाँ थीं, अब तो वह आश्रम का स्थान भी अस्तित्व में है या नहीं, पता नहीं, ऐसे में..."

"इस बारे में हम कल विचार करेंगे," कालिदास ने कहा।

"कवि कालिदास, यहाँ का सारा ही प्रदेश नयनरम्य है। यहाँ से कुछ ही दूर पर काव्यक् वन और इन्द्रप्रस्थ नगरी है...।"

"लोकपाल यशवर्धन, हमें कश्मीर की समूची व्यवस्था देखने के लिए जाना है। कवि महाराज से सम्राट ने कहा है कि जहाँ चाहें, स्वच्छन्द जायें और वापस आते हुए उनके लिए 'हरित काव्य' लेकर आयें।"

"ये बात नहीं। हम आपके साथ कश्मीर तक आने वाले हैं। लौटते समय हम मालिनी नदी के किनारे से हस्तिनापुर आयेंगे।"

"कालिदास, हम अपनी संरक्षक सेना भी आपके साथ भेजने वाले हैं। कश्मीर पहुँचने पर आप हमारी सेना का लाभ उठा सकते हैं। इसके अलावा, आप मालिनी नदी की ओर से भी कश्मीर आ सकते हैं। आपके साथ सुश्रवा तथा सुधन्वा इन दो बन्धुओं को भी भेजने वाले हैं। उन्हें पर्यटन अत्यन्त प्रिय है।"

"अवश्य! हम बेहद दुविधा में हैं कि कौन-सा मार्ग पहले लें। परन्तु कश्मीर-राजकर्तव्य है, उसे पहले करना चाहिए, भले ही वह हमें न दिया गया हो।

तो क्या आपकी सेना, सुश्रवा और सुधन्वा हमारे साथ इतने दीर्घ काल तक रहेंगे?"

"अवश्य रहेंगे। उन दोनों को प्रकृति से अत्यन्त प्रेम है। थोडी बहुत काव्य-रचना भी वे कर लेते हैं। मनोरंजन करते हैं। उपवर हैं। शायद इस प्रवास में कोई उपवर कन्या उन्हें मिल जाये।"

उस शाम को उनके मन में विचार आया, 'यावत् चन्द्र दिवाकरौ' शाश्वत सत्य बताने वाली श्रीमद्भगवद्गीता जिस कुरुक्षेत्र पर कही गयी, वह कुरुक्षेत्र देखना चाहिए।

"हमारा मन ललचा रहा है...यह भी चाहिए, वह भी चाहिए।" वे निश्चित नहीं कर पा रहे थे कि क्या करना चाहिए।

उस रात नींद में उन्हें श्रीमद्‌भगवद्‌गीता का प्रथम श्लोक स्पष्ट रूप से सुनाई दिया।

धर्मक्षेत्रे कुरुक्षेत्रे समवेता युयुत्सव:।
मामका: पाण्डवाश्चैव किमकुर्वत संजय:।।

और वे एकदम उठकर पलंग पर बैठ गये। "...धर्म का क्षेत्र...क्षेत्र अर्थात तीर्थ स्थान, पवित्र स्थान, शुभंकर स्थान...उस धर्म क्षेत्र पर और कुरु-कौरव वंश के सम्राट कुरु के पवित्र स्थान पर युद्ध?

क्या युद्ध कभी पवित्र क्षेत्र में होते हैं? यदि विदेशी आक्रमण कर रहे हैं, तो वे स्थान नहीं देखेंगे। परन्तु भाई-भाई के बीच होने वाले इस विराट और विशाल युद्ध का आयोजन, नियोजन, उस महान विचारवन्त श्रीकृष्ण ने इस पवित्र भूमि पर क्यों किया?

कुरुक्षेत्र गये बिना हमें इस प्रश्न का उत्तर नहीं मिलेगा, और नहीं गये तो चैन भी नहीं मिलेगा...। क्या किया जाये?'

रात विचार करते हुए बीत गयी थी। प्रात:काल जब वह गंगा के किनारे खड़े थे, तो सेनापति देवदत्त आये।

"कालिदास, कल मन में यूँ ही विचार आया, यहाँ से कुरुक्षेत्र चाहे अधिक दूर हो, फिर भी यदि वहाँ जाकर आयें, तो उस युद्ध क्षेत्र के भी दर्शन हो जायेंगे। क्या आप आ सकते हैं?"

कालिदास ने अपने हाथों में उनका हाथ लेते हुए कहा,

"बिल्कुल हमारे मन की बात कही।"

कालिदास शान्त हो गये थे। यदि कोई बात होने वाली हो, तो सारे योग जुड जाते हैं। शुभ नक्षत्र एकत्रित हो जाते हैं। शुभ संकेतों की अदृश्य पदचाप सुनाई देने लगती है। उनका कविमन आकाश में उड़ने को आतुर हो रहा था।

***

"आर्य!" किसी ने मधुर स्वर में पुकारा और अगले ही क्षण मधुवन्ती ने उन्हें दृढ़ आलिंगन में लिया। उसके मुक्त केश उनके मुखमण्डल पर बिखर गये और उनकी देह में बिजली कौंध गयी। उन्होंने उसे अपने बाहुपाश में लेने के लिए अपनी बाँहों को उठाया और उनके दोनों हाथ अपने ही हृदय पर गिर पड़े। तब उनकी नींद खुल गयी।

द्वैतवन के एक शिविर के कक्ष में वे उठ बैठे, आसपास किसी के होने की सम्भावना ही नहीं थी। उन्हें सपना आया था। केवल सपना। मधुवन्ती का स्पर्श, उस स्पर्श को उन्होंने महसूस किया था, उसका केशसँभार, केशों का स्पर्श, उसकी देह से आती चन्दन की सुगन्ध, सभी कुछ सत्य था। स्वप्न की अनुभूति भी शब्दातीत!

क्या स्वप्न इतने वास्तविक हो सकते हैं? स्वप्नों का प्रदेश तो मन का है। स्वप्नों का अरण्य घनी-घनी गुफा जैसा, समझ में न आने वाला, परन्तु अनुभव देने वाला। स्पर्श भी कैसा, निराकार ईश्वर जैसा और अनुभूति भी निराकार, शब्द भी जैसे मौन हो गये हों, सब कुछ वर्णनातीत। स्पर्श ऐसा जिसका भास नहीं, आभास नहीं, शब्द नहीं, कथन असम्भव, ऐसी विलक्षण अनुभूति ही तो थी! स्पर्श ऐसा सजीव, मानो प्रत्यक्ष वही हो!

कल ही सुश्रवा, सुधन्वा अपनी भगिनी–सुशान्ता को लेकर कालिदास से मिलने आये थे। सुशान्ता के कन्धे पर पाँच-छह मास का शिशु कालिदास को देखकर भोलेपन से हँस रहा था और फिर दोनों हाथ फैलाकर उनकी तरफ़ जाने लगा। सुशान्ता बोल पड़ी, "कविराज, मेरा पुत्र आपके साथ द्वैतवन आना चाहता है। ले जायेंगे?"

उसने झट से बालक को उनके हाथों में दे दिया। उस शिशु के स्पर्श से वे रोमांचित हो गये। ऐसे स्पर्श का अनुभव उन्हें कभी नहीं हुआ था। कितना नर्म, मुलायमस्पर्श, दन्तविहीन मुख कितना सुन्दर था, नेत्रों के निरामिस भाव कितने मनमोहक थे, इस बालक को कौन सी उपमा दूँ ? और जिसकी पूरी देह ऐसे हँस रही है, जैसे सरिता की लहर पे उछलती लहरें? और ऐसी चैतन्यमय लहरों को नाम भी दूं तो कौन-सा? शब्द भी मौन हो जायें, ऐसी यह अनुभूति!

क्या स्पर्श के भी प्रकार होते हैं? एक वृक्ष जैसा, एक वृक्ष न होने जैसा। स्पर्श की अनुभूति भी भिन्न-भिन्न। एक सरस्वती आश्रम में मस्तक पर रखा हुआ स्नेहपूर्ण स्पर्श, भविष्य के आलेख लिखे, ऐसा दृढ़ विश्वास देने वाला और चिरन्तन सुख का मार्ग प्राप्त हो, ऐसी कामना करने वाला सरस्वती देवी का शुद्ध, निर्मल स्पर्श!

अभी उज्जयिनी से निकलते समय कन्धे पर रखे हाथ का दृढ़, आश्वासक, स्नेहस्पर्श! सम्पूर्ण भय को भगाकर मन को ऊर्जा देने वाला सम्राट चन्द्रगुप्त का वह आश्वासक स्पर्श! प्रणय के सारे रंग बिखेर दे, ऐसा एक स्पर्श! कितना सत्य!

अभी मध्यरात्र भी समाप्त नहीं हुई थी। मधुवन्ती के स्पर्श से आयी हुई जागृति अब उन्हें निद्रावश नहीं होने दे रही थी। शिविर का परदा हटा कर वे बाहर आये। कुछ अन्तर पर मण्डल बनाये संरक्षक खड़े थे। निरभ्र आकाश में मन्द गति से

चन्द्रमा संग शान्त, समाधानी रोहिणी मार्गक्रमण कर रही थी। आसपास के घनघोर अरण्य में समीर भी निद्रावश था। लताएँ भी वृक्षों के कन्धों पर निश्चिन्त हो जाती है। वे प्रकृति में भी परस्पर विश्वास, स्नेह, आकर्षण देख रहे थे।

और इन संरक्षकों के मन में स्नेह है, कर्तव्य की भावना है। वहाँ कोई भी कमी नहीं। प्रत्यक्ष महाराज पर उनकी निष्ठा है। राष्ट्रभूमि पर प्रेम है। किसी भी विपरीत परिस्थिति में अपने परिवार से परे जाकर राष्ट्र की रक्षा करता है, वह है राष्ट्र संरक्षक। वे अपने शिविर में वापस आये। परन्तु राष्ट्रभूमि के बारे में मन में आये विचार समाप्त होने के स्थान पर अधिक विस्तारित होते गये।

महाभारत काल से पूर्व हुए सम्राट दुष्यन्त का उतना ही पराक्रमी पुत्र था–भरत। उसने सबसे पहले अखण्ड भारतवर्ष की कल्पना की। साम्राज्य का विस्तार करते हुए सभी राज्यों को एकसूत्र में बाँधकर विविध रंगों की पुष्पमाला बनाई। भारतीय संस्कृति के अलिखित संविधान को उसने अपनी वाणी से, कृति से सिद्ध किया। ऋषि मुनियों के लिए आश्रमों का, तपस्याभूमि का निर्माण किया। संहिता लेखन के लिए कुमारवर्ग तैयार किया। परन्तु उस समय आज के समान विदेशी आक्रमण नहीं होते थे। था तो देव-दानव संघर्ष, टोलियों का संघर्ष, आर्य-अनार्य संघर्ष, परन्तु अब तो भारत जैसे सुजल, सुफल, सुन्दरतम राष्ट्र पर शक, हूण, यवनों के आक्रमण आरम्भ हो गये हैं।

एक समय विकसित प्रदेश, उनकी विरासत, संस्कृति को नष्ट करने का दृढ़ संकल्प करने वाले शक बलवान हो गये और अपने साम्राज्य का विस्तार करने लगे। यदि भारत एकसंघ राष्ट्र होता तो ये आक्रमण तो क्या, भारत की ओर देखने का भी साहस कोई न कर पाता। उसी दिन तो सेनापति देवदत्त ने बताया था, "विश्व विक्रमी, जगज्जेता सिकन्दर भारत आया तो सिर्फ़ पौरव देश का राजा पुरु अकेला ही उससे युद्ध करने के लिए निकला, सिकन्दर की विशाल सेना और आधुनिक शस्त्र सम्पदा को देखने के बाद भी! तत्कालीन आम्भी नरेश और विभाजित हुए प्रदेश, प्रान्त पुरु को सहायता नहीं दे सके, बल्कि कुछ राजा जाकर सिकन्दर से मिल गये।

संघटना, एकसूत्रता, एक संस्कृति, शाश्वत मूल्यों के एक होने पर मानव संस्कृति कभी भी नष्ट नहीं होती। परन्तु सिकन्दर के समय से हो रहे आक्रमण आज भी जारी हैं। फिर भी सम्राट समुद्रगुप्त ने विशाल साम्राज्य का निर्माण करके, भारतीय संस्कृति का जतन किया, संस्कृत को बोलचाल की भाषा बनाने की संकल्पना पूरी की।

विचार न जाने कहाँ से कहाँ भटक रहे थे। वे अपनी शैया पर निद्रा की आराधना करते हुए पड़े थे। शिविर का परदा ज़रा सा भी हिलता, तो निरभ्र आकाश में चन्द्रमा

के साथ रोहिणी दिखाई दे जाती। सारे विश्व को निद्रामग्न करके इन दोनों के गूढ़ संवाद को देखकर उनके मुख से निकला, "नितान्त सुन्दर! अनुपमेय!" सम्पूर्ण आकाश पर एकसंघ साम्राज्य का अधिकारी रजनीकान्त और उसकी ज्येष्ठ भार्या रोहिणी..."

वे मन-ही-मन हँसे। 'हमें दिखाई दे रही हैं, निसर्ग की प्रकृति-पुरुष प्रतिमाएँ और दिखाई दे रहा है भारतीय संस्कृति का इतिहास। वर्तमान में जीते हुए हम भूतकाल में जाते हैं, क्योंकि भविष्यकाल अज्ञात होता है...'

विचार करते-करते वे कब निद्रामग्न हो गये, पता ही नहीं चला।

***

द्वैतवन में पाण्डवों का वनवास, उसमें अपना श्रेष्ठत्व दिखाने के लिए कौरवों द्वारा गन्धर्वों से किया गया युद्ध और सरस्वती के तीर पर स्थित तपस्याभूमि द्वैतवन, यह सब सुनकर और आश्रम में रहने वाले ऋषियों से शास्त्र चर्चा करने के बाद कालिदास जब शिविर में वापस आये, तो उनका मन महाभारत काल में चला गया था। सरस्वती के तीर पर स्थित इस द्वैतवन का उल्लेख कभी सरोवर के रूप में भी किया गया था। वैसे भी जिस स्थल पर जल की व्यवस्था, अरण्य का आश्रय और अन्न-धान्य का प्रश्न सुलझ जाये ऐसी उपजाऊ भूमि हो, वहीं पर नये-नये संशोधनों के विषय प्राप्त होते हैं ऐसा दृश्य दिखाई दे रहा था।

कालिदास को नेत्रों के सामने ऋषि-मुनि दिखाई दिये, एक वृक्ष के नीचे यज्ञ मण्डप में मन्त्रोच्चार सहित यज्ञ हो रहा है, कुछ ऋषि संहिता लेखन कर रहे हैं, कुछ ऋषि संशोधन कर रहे हैं, ऋषि कन्याएँ पुष्प मालाओं के लिए पुष्प एकत्रित कर रही हैं, कुछ सरस्वती तीर से जल-उदक लाने में मग्न हैं, कुछ सामवेद का पठन कर रहे हैं। ऋषिपत्नी भोजन की सिद्धता करने में मग्न है, उन्हें महाभारत के श्लोक का स्मरण हो आया, जिसमें द्वैतवन का ऐसा ही वर्णन किया गया है। वे मन-ही-मन हँसे। हम सदैव कल्पना में ही विचरण करते हैं, ऐसा जो सम्राट चन्द्रगुप्त कहते हैं, वह सत्य है।

मध्याह्न में सम्राट चन्द्रगुप्त का दूत सन्देश लेकर आया था। उसने सेनापति देवदत्त को सन्देशपत्र दिया और कालिदास को भी दिया। तब कालिदास आश्चर्यचकित हो गये। उन्होंने सन्देशपत्र पढ़ना आरम्भ किया, "कविराज कालिदास, आपके यहाँ से जाने के बाद हम मित्र के रिश्ते से किस से बात करें, यह प्रश्न ही उपस्थित हो रहा है। कई बार अपनी प्रिय पत्नी से भी जो नहीं कह सकते, वह किसी एक व्यक्ति पर

दृढ़ विश्वास रखकर कह सकते हैं। आपके यहाँ से जाने के बाद कुमार ने हमसे पूछा, "तात, ऐसे खोये-खोये से क्यों रहते हो?" यही प्रश्न प्रभावती ने भी पूछा।

सत्य स्थिति यही थी। सब कुछ होते हुए भी शून्यवत होने की। हम अपने आप पर हँस भी लिए। महारानी ध्रुवस्वामिनी बोलीं, "आर्य, हमें सपत्नी मत्सर नहीं है, आप सुखी रहें, प्रसन्न रहें, यही हमारी इच्छा है।"

ऐसा कुछ भी हमारे मन में नहीं था। परन्तु कहने जैसा कुछ नहीं था। पुत्र मित्र हो सकता है या नहीं, यह कहना कठिन है, परन्तु मित्र पुत्रवत हो सकता है इसका अनुभव हुआ।

आज आपको और सेनापति देवदत्त को प्रस्थान किये हुए एक मास बीत गया है। हर स्थान की विस्तृत जानकारी प्राप्त करने के लिए देर तो लगेगी ही, परन्तु कल रात को महाकालेश्वर के मन्दिर में गये और रात तक चले अपने वार्तालाप का स्मरण हो आया। उस शाम को उपवन गये, वहाँ भी आपका स्मरण हुआ।

युवावस्था की ऊर्जा, पुरुष का लावण्य और शालीनता, वार्तालाप करते समय शरारतीपन, सभी कुछ याद आया और सहज ही प्रश्न उठा, क्या सर्वप्रिय श्रीकृष्ण ऐसा ही होगा? वह घनश्याम, तो आप कर्पूरगौर! कहीं भी कोई समानता नहीं थी, मगर मन समानता ढूँढ़ने का प्रयत्न कर रहा था। अस्तु!

मगर आप कश्मीर न जाकर हरिद्वार मार्ग से केदारनाथ जाकर आयें। और एक आदेश, जहाँ भी आप जायें, वहाँ का वर्णन हमें चाहिए! उसके लिए क्षमा नहीं मिलेगी।

हर स्थान का सौन्दर्य वर्णन हमें भेजें। आपके आने तक हम उसी पर सन्तोष कर लेंगे। और विलम्ब न करें, किसी स्थान का सौन्दर्य यदि अच्छा लगे, तो वहीं पर मत रुक जाना। इन उज्जयिनी नगरी में आपके प्रियजन रहते हैं, इसका स्मरण रहे।"

सम्राट चन्द्रगुप्त ने हस्ताक्षर नहीं किये थे। परन्तु कालिदास उनके हस्ताक्षर से परिचित थे। शायद वे दुविधा में हों कि सम्राट चन्द्रगुप्त के रूप में हस्ताक्षर करके मुद्रा लगायें, अथवा मित्रत्व के रिश्ते से कुछ लिखें, हस्ताक्षर के स्थान पर दो पुष्प प्रतिमाएँ थीं।

कालिदास का मन भर आया। स्नेह मिलना था माता का–वह प्राप्त नहीं हुआ, तो प्रत्येक कालखण्ड में किसी न किसी ने स्नेह वर्षाव कर जीवन को समृद्ध बनाया। परन्तु विरह के शाप का उ:शाप नहीं मिलता, शायद। क्या वह चुभन मन में रह जायेगी? इस विचार से वे पल-भर को अस्वस्थ हो गये। अगले ही क्षण वे

लेखनी लेकर सन्देश लिखने बैठ गये। वैसे मधुवन्ती को भी लिखना ही था। पहले किसे लिखें? मधुवन्ती को ही। क्योंकि यहाँ से जाने वाले सन्देशवाहक यहाँ की नित्य वार्ता सम्राट को देते ही थे। परन्तु मधुवन्ती प्रतीक्षा कर रही होगी! वे प्रथम उसे लिखने बैठे।

परन्तु शब्द ही नहीं आ रहे थे। उन्होंने उसे अपने भीतर ही सँजो लिया था, मानो वह सदा उन्हीं के साथ है। वे निःशब्द हो गये। उन्होंने लेखनी नीचे रख दी और वैसे ही बैठे रहे।

कुछ ही देर में वे सेना के साथ आगे निकल पड़े थे। बाल्हिक-केकय प्रदेश से होकर आगे कश्मीर मार्ग था। श्रीनगर तक। सेनापति देवदत्त ने कहा, "कालिदास, द्वैतवन में आने की आपकी इच्छा थी, इसलिए आप आये। परन्तु फिर से हस्तिनापुर के मार्ग पर जाकर आप हरिद्वार, ऋषिकेश, केदारनाथ जायें। प्रत्यक्ष महाराज के सन्देशपत्र में स्वयं महाराज ने ख़ास तौर से लिखा है कि कविराज कालिदास को हरिद्वार के मार्ग से केदारनाथ भेजा जाये। कुछ सेना उनके साथ भेजी जाये। इसके अतिरिक्त सुश्रवा और सुधन्वा आपके साथ रहेंगे। आपका समय भी अच्छा बीतेगा।"

दोपहर में सेनापति देवदत्त उनसे मिलने आये, तो कालिदास प्रसन्न थे।

"कालिदास, महाराज को आपका नित्य स्मरण हो रहा है। अत: आप यहीं से हरिद्वार की तरफ़ मुड़ जायें और केदारनाथ के दर्शन कर उज्जयिनी पहुँचें।"

"महाराज जो कह रहे हैं, वह योग्य है, परन्तु उसके पीछे उनका यह उद्देश्य है कि हम अविलम्ब उज्जयिनी वापस पहुँचें। परन्तु हम कश्मीर आयेंगे और वापस लौटते हुए हरिद्वार की ओर मुड़ जायेंगे। हम भी वह लावण्यभूमि देखना चाहते हैं, जिसे अप्रतिम, अनन्य, अवर्णनीय कहते हैं। भारतमाता के उज्ज्वल भाल का वह कुंकुम तिलक देखना है।"

अगले ही क्षण उनके मन में प्रश्न उठा कि भारत सामर्थ्यशाली पुरुष सम्राट चन्द्रगुप्त जैसा है अथवा विद्वत्वती जैसी लावण्यवती स्त्री जैसा? और अगले ही क्षण उनके मन ने उत्तर दिया, 'भारत–भारत जैसा ही है, अनुपमेय!'

"कालिदास, हमारे मन में हमेशा एक प्रश्न उपस्थित होता है। आप अचानक बोलते-बोलते यूँ खो कैसे जाते हैं? क्या अन्तरिक्ष में खो जाते हैं, या दसों दिशाएँ घूम आते हैं या सप्तपातालों में डुबकी लगाकर आते हैं?"

कालिदास दिल खोलकर हँसे, "बात ये है, देवदत्त कि अभी तक परिवार न

होने से हम जैसे मुक्त हैं ना, वैसे ही हम मन से भी चारों दिशाओं में भागते रहते हैं। अनिर्बन्ध।"

अब सेनापति देवदत्त दिल खोलकर हँसे।

"असल में आपने स्वयं ही अपने आप पर मर्यादा डाल रखी है। विवाह आपने किया नहीं, परिवार में आप नहीं हैं। फिर भी स्वैराचारी नहीं हैं, मुक्त नहीं हैं। कभी-कभी ऐसा लगता है कि आपने स्वयं ही अपने आप पर ये मर्यादाएँ डाल रखी हैं। उसके पीछे कोई महत्त्वपूर्ण कारण होगा! हमारा अनुमान सही है न?"

"उसका क्या है ना, सेनापति महोदय, हम हमेशा अपने को छोड़कर औरों के मन का संशोधन करते रहते हैं, मन में एक सन्देह पाले रहते हैं। परन्तु यदि आप हमारे बारे में कह रहे हैं, तो वह अंशत: सत्य है। हमने अपने मन को मर्यादाओं में बाँध लिया है, कारण हमें मुक्त विहार करना है, जी-भर के प्रकृति के दर्शन करना है। वृक्ष, लता, अरण्य, सागर, हिमालय हरेक का उत्कटता से अनुभव प्राप्त करना है। जब हम विवाह करते हैं, तो हमारी पत्नी रूपवती, गुणवती, बुद्धिमती हो तब भी जो आपके मन को प्रिय हो, वह उसे भी प्रिय हो, ऐसा नहीं होता। तब आरम्भ होता है गृह कलह। सत्य है ना?"

"सत्य है, कालिदास। पहले जी-भर के अपनी इच्छा से जीना चाहिए, तभी विवाह करना अच्छा है। परन्तु एक बात है, कालिदास। चाहे जितना भी कलह हुआ हो, हमें विश्वास है कि हमारी पत्नी हमारी प्रतीक्षा ही करती होगी।"

"महाराज ने सन्देशपत्र में स्वयं के बारे में कुछ भी क्यों नहीं लिखा?"

"वे वैसे बताते नहीं है। वर्तमान में वे वाकाटक वंश से सम्पर्क बनाये हुए हैं। सम्भव है कि उस वंश में राजकुमारी प्रभावती देवी को देकर महाराज सम्बन्ध को दृढ़ बनायेंगे!"

मन से सम्राट चन्द्रगुप्त का व्यवहार स्वीकार नहीं हुआ। परन्तु प्रथा तो यही थी। स्वयं महाराज ने देवी ध्रुवस्वामिनी को राज्यविस्तार और दृढ़ सम्बन्ध की दृष्टि से मान्यता दी थी न? परन्तु स्त्री क्या कोई वस्तु है? मन में यह प्रश्न आते ही वे अस्वस्थ हो गये।

"कालिदास, महाराज वर्तमान में दक्षिण की मुहिम पर जाने की तैयारी कर रहे हैं।"

"युद्ध और युद्ध ही जिनका जीवन है, ऐसे सम्राट चन्द्रगुप्त को राष्ट्र को संगठित रखने के लिए संघर्षमय जीवन व्यतीत करना पड़ता है। संघर्ष के बाद मिलने वाला समाधान यही शायद राजा-महाराजाओं के जीवन का मोक्ष होगा।"

कालिदास ने कहा, तो सेनापति देवदत्त बोले, "प्रत्येक सैनिक को युद्धभूमि पर ही मोक्ष प्राप्त होता है। राजा हो या सैनिक–दोनों का मोक्ष वहीं होता है।

अस्तु! कालिदास, हम कल सुबह द्वैतवन से प्रस्थान करेंगे। यहाँ के वास्तव्य में आपने कुछ ऋषि-मुनियों के आश्रम देखे, शास्त्र चर्चाएँ भी हुईं, अरण्य वाचन भी हुआ।"

"सत्य है। इसलिए द्वैतवन हमारे लिए संस्मरणीय हो गया है।"

सेनापति देवदत्त शिविर से बाहर निकले। कालिदास भी बाहर आये। दोपहर का सूर्य अब कुछ पश्चिम की ओर सरक रहा था। कुछ ही देर में सूर्य रंगबिरंगे क्षितिज में प्रवेश करने वाला था। उसके स्वागत के लिए सारे पंछी घोंसलों में वापस लौटने वाले थे। जीवन का सन्ध्या राग गाने वाले थे।

***

कालिदास झेलम के किनारे पर खड़े थे। अप्रतिम, अनन्य, उत्कट, अनुपमेय – ये सारे शब्द मौन हो जायें, ऐसी लावण्यवती, विविधता से सजी सृष्टि। विधाता की सर्वोत्तम कलाकृति! स्वर्गीय नन्दनवन का प्रत्यक्ष दृश्य। यह विचार करते हुए वे खड़े थे।

हिमालय की असंख्य मालिकाएँ, हरे-भरे वन, निरभ्र नीला आसमान, और जलाशय में अपने ही रूप पर मोहित प्रकृति। मानो किसी लावण्यवती को ही वे देख रहे थे। और विधाता? अदृश्य। उस लावण्यवती प्रकृति का...पुरुष! प्रकृति-पुरुष से उत्पन्न भावकाव्य अर्थात सृष्टि। असीमित लावण्य। शब्दातीत। केवल अनुभूति। अन्तरंग में प्रभाव छोड़ने वाली। एक शिलाखण्ड पर वे बड़ी देर से बैठे थे।

सुधन्वा, सुश्रवा उन्हें ढूँढ़ते हुए आये।

"बन्धु!..." कालिदास के लिए यह सम्बोधन नया था। वह उन्हें अच्छा लगा। इस तरह से कोई पुकारे, इसके लिए मन आतुर था। पल-भर में उन्हें गोपालक परिवार में अपने बन्धु और भगिनी की याद आयी। कितना समय बीत गया था!

"सुधन्वा, सुश्रवा कितने सारे वर्षों के बाद 'बन्धु' ये नाम और स्नेहभरी पुकार सुनी!"

"कैसे पुकारें, यह समझ में नहीं आ रहा था। अच्छा लगा?"

कालिदास ने गर्दन हिलाकर 'हाँ' कहा। वे दूसरे शिलाखण्ड पर बैठे। अब उनका मन सृष्टि लावण्य से वर्तमान पर आ गया था।

"कश्मीर नाम की व्युत्पत्ति क्या होगी? कुछ नाम घटनाओं पर या किसी के

नाम पर आधारित होते हैं। यह नाम कैसे पड़ा होगा, किसके दिमाग़ में आया होगा?"

"सुधन्वा, तू कभी भी शास्त्र, इतिहास अथवा विद्या ग्रहण करने के चक्कर में पड़ता नहीं है, इसलिए तुझे कुछ भी मालूम नहीं है।"

कालिदास के सामने सुश्रवा ने उससे ऐसा कहा, यह सुधन्वा को अच्छा नहीं लगा। यह बात कालिदास के ध्यान में आ गयी। उन्होंने सहजता से कहा, "इसी झेलम के तीर पर विश्व को जीतने निकले सिकन्दर और पौरव राष्ट्र के स्वामी पुरु का युद्ध हुआ था। भारत असंघटित था, इसलिए पुरु अकेला ही लड़ा। उसके अतुलनीय शौर्य को देखकर जगज्जेता ने कहा, "तुम पराजित हो चुके हो, हम तुम्हें क़ैद कर सकते हैं, तो बताओ, हम तुम्हारे साथ कैसा बर्ताव करें?" उस परिस्थिति में भी पुरु ने उत्तर दिया, "वैसा ही जैसा एक राजा को दूसरे राजा के साथ करना चाहिए।" उस उत्तर का सिकन्दर ने भी सम्मान किया। गान्धार से आये हुए सिकन्दर ने आते-आते अनेक राज्यों पर विजय प्राप्त की थी। मगर उस समय तक्षशिला का ज्ञानपीठ बच गया था। क्योंकि तक्षशिला नरेश आम्भी ने उसे बचाया था।"

"परन्तु कश्मीर यह नाम कैसे पड़ा?"

"सुधन्वा, कुछ नाम राजा के नाम पर, कुछ घटित घटनाओं के आधार पर पड़ जाते हैं। यहाँ 'कशिरा' जाति की सत्ता थी। और कुछ नाम नदियों के नामों पर भी पड़े हैं। भारतीय संस्कृति का उद्‌गम और विकास झेलम और सप्तसिंधु के प्रदेश में हुआ। झेलम का नाम आर्यों के काल में वितस्ता था। ऋग्वेद के नदीसूक्त मण्डल में आर्य प्रदेश में प्रवाहित होने वाली कुम्भा, कृगु, कुर्रम, गोमती, सिन्धु, परुण्णी, शतुद्री, वितस्ता, सरस्वती, गंगा, यमुना इन नदियों का उल्लेख है।"

"बन्धु, कालिदास, ये उत्तर प्रदेश की सरिताएँ थीं, वैसी ही अनेक सरिताओं का भारत में अस्तित्व है। नर्मदा, ब्रह्मपुत्र, कावेरी, गोदावरी आदि," सुश्रवा ने कहा।

"आप दोनों मेरे साथ द्वैतवन से यहाँ तक आये, केदारनाथ भी आने के बारे में कह रहे हैं। मगर क्या आपका विवाह हो चुका है? कोई प्रतीक्षा करने वाला है क्या?"

"हैं न, माता-पिता। परन्तु उन्होंने ही कहा कि उत्तम संगति में देशाटन कर आओ। विवाह करने की अद्यापि हमारी इच्छा नहीं है। माता-पिता ने हमें सम्राट चन्द्रगुप्त की सेना में जाने की भी अनुमति दी है।"

"हमारे पिता भी सेना में थे, परन्तु उनके बायें कन्धे पर चोट लगने के कारण

वे अब कार्य नहीं कर सकते। परन्तु वे सन्देशवाहक का कार्य करते हैं, और माता ग्राम-भगिनियों को आत्मरक्षण के पाठ पढ़ाती हैं।"

"अति सुन्दर! ऐसे राष्ट्र को समर्पित परिवारों को देखकर मन भर आता है। जिस जगह पर अभी हम हैं, उस जगह का नाम अभी कुछ देर पहले क्या बताया था?"

विषय परिवर्तित हो गया था। हिमलहर भी तीक्ष्ण हो चली थी।

"ये श्रीनगर है। इसकी स्थापना प्रवरसेन द्वितीय ने की थी। हिन्दू राजाओं द्वारा स्थापना की जाती, विकास किया जाता और शकों द्वारा उनका विनाश किया जाता...ऐसा ही होता आया है आज तक। पहले एक सिकन्दर सैनिकों के साथ आया। अब शकों की, हूणों की, यवनों की टोलियाँ आने लगी हैं। अभी कुछ ही वर्ष पूर्व आर्यावर्त के इस कश्मीर पर शक राजा खारवेल का ही साम्राज्य था। महाराज चन्द्रगुप्त ने उज्जयिनी से यहाँ तक अपने राज्य का विस्तार किया। हिन्दू धर्म-संस्कृति रक्षक महाराज को शत बार वन्दन करना चाहिए।" बोलते-बोलते कालिदास का गला भर आया।

"सत्य है। आदर्श, प्रजापिता, कर्तव्यनिष्ठ के रूप में उनकी प्रतिमा जनमानस में है।"

"कालिदास महाशय...आपमें से कौन हैं?"

"हम हैं।"

"आपको प्रान्तपाल शिवदयाल ने महल में आमन्त्रित किया है।" उन्हें ढूँढ़ते हुए चार सेवक आये थे।

"प्रान्तपाल मतलब कौन?"

"सम्राट चन्द्रगुप्त ने कश्मीर को अपने साम्राज्य में जोड़ने के बाद यहाँ का प्रशासन एक व्यक्ति को दिया है। उस प्रान्त का वह प्रशासक होता है, परन्तु सारे निर्णय सम्राट चन्द्रगुप्त के आधीन रहते हैं," कालिदास ने कहा।

सेवक चले गये थे। सुधन्वा, सुश्रवा और कालिदास लौट रहे थे। दोपहर में ही सायंकाल का आभास हो रहा था। सूर्योदय हुआ ही देर से था। दोपहर होते-होते ही शाम हो जाती थी।

"अभी तुमने 'कश्मीर' शब्द का अर्थ पूछा था ना...यहाँ इस शब्द का अर्थ 'पानी' होता है।

यहाँ पहले सम्राट अशोक का राज्य था, और उसने यहाँ बौद्ध धर्म का प्रसार

भी किया। फिर भी हिन्दू संस्कृति अस्तित्व में थी। सम्राट अशोक की मृत्यु के बाद यहाँ पुन: हिन्दू संस्कृति वृद्धिगत हुई। बाद में सम्राट समुद्रगुप्त ने यह सारा प्रदेश जीत कर अपने साम्राज्य में सम्मिलित कर लिया। फिर भी शकों के बढ़ते हुए आक्रमणों का नि:पात सम्राट चन्द्रगुप्त ने किया और प्रान्तपाल शिवदयाल की नियुक्ति करके राज्यव्यवस्था को सुदृढ़ बनाया।"

"सम्राट चन्द्रगुप्त ने यह कैसे किया होगा?" सुश्रवा ने पूछा।

"कोई एक ही उत्तम राजा, एक ही चक्रवर्ती यह कर सकता है। इसलिए इतिहास उसका उल्लेख करता है।"

जब तीनों प्रान्तपाल शिवदयाल के महल में पहुँचे तब शीत के कारण उनके देह काँप रहे थे। उन्हें देखते ही सेनापति देवदत्त बोले,

"आइए, कालिदास! आपकी देह थरथर काँप रही है। कश्मीर देखना था न? यहाँ की प्रकृति देखने के लिए उस ऋतु विशेष में आना होता है। मन के ऋतु यहाँ प्रत्यक्ष अवतरित नहीं होते।"

कालिदास दिल खोलकर हँसे।

"सेनापति देवदत्त, हर प्रसंग युद्ध का नहीं होता, फिर भी आप हमेशा तलवार अपने साथ रखते हैं। प्रकृति की हर ऋतु हमारे लिए आनन्ददायी हो, इसके लिए वैसी दृष्टि हमारे पास है। कम्पित काया, शीत लहर, भरी दुपहरी को सन्ध्या का आभास, हिमशिखर, वितस्ता नदी, सब कुछ कितना रमणीय था। सब कुछ कितना सुन्दर है, इसके लिए दृष्टि होनी चाहिए, सेनापति महाराज, और अन्तरंग में स्वर, शब्द, ताल, लय, गति की स्वरमाला होनी आवश्यक है। अनुभव लेकर देखें, महाशय।"

"और आप एक बार हाथ में तलवार लेकर युद्धभूमि को प्रस्थान करते हुए शत्रु सैनिकों को कैसे यमसदन भेजना है, इसका विचार करके देखें। देह में सनसनाता हुआ खून, मन में युद्ध और सिर्फ़ युद्ध। सब कुछ मातृभूमि को समर्पित। कभी इस तरह विचार करके देखिए, कवि महाशय..." सेनापति देवदत्त ने कहा।

सभा में उपस्थित सभी प्रसन्न थे।

***

"वन्दनीय पितृतुल्य महाराज,

अनेकानेक दण्डवत करता हूँ।

वस्तुत: सन्देशपत्र का ऐसा आरम्भ इसलिए कि आप हमारे अति निकट हैं, इसका अनुभव इस सम्बोधन से हो। अन्यथा तो, 'राजाधिराज सम्राट चन्द्रगुप्त की सेवा में', इस सम्बोधन से आरम्भ किया होता।

महाराज, उज्जयिनी से निकलने के पश्चात अब हम कश्मीर तक पहुँच गये है। सेनापति देवदत्त अत्यन्त निष्ठापूर्वक आपके आदेशानुसार प्रत्येक प्रान्त के कार्य की जानकारी ले रहे हैं और उन्हें आपके द्वारा दी गयी आज्ञाएँ दे रहे हैं।

ऐसा नहीं है कि हम राजनीति में, राजकारण में रस नहीं लेते, परन्तु पर्याप्त गम्भीरता से समझ नहीं पाते। फिर पता है कि 'सेनापति देवदत्त तो हैं ही' और हम, निश्चिन्त, सुरक्षित अनुभव करते हैं। फिर भी हमने हर प्रान्त की संस्कृति, भाषा, बोल-चाल की भाषा, संगीत, नृत्य पर ध्यान दिया है। यदि हम चित्रकार होते तो इस अनुपम निसर्ग-रचना की प्रतिलिपि ही भेज देते।

कश्मीर के प्रकृति-पुरुष की प्रीत की रीत ही निराली है। प्रभातकालीन सूर्य ने मानो रत्नकिरणों की बौछार ही हिमालय पर कर दी हो, इसलिए हिमालय किसी साज-शृंगार किये हुए युवराज के समान प्रतीत होता है। और जैसे ही हरित सृष्टि लज्जानत होकर उसके चरणों पर झुकती है, वह उसे उठाता हुआ प्रतीत होता है।

और दोपहर में ही सन्ध्या की पदचाप आकाश में सुनाई देने लगती है। आश्चर्य की बात यह है कि कई बार सूर्य अभी अस्त नहीं हुआ होता है, और चन्द्रमा उदित हो जाता है।

कश्मीर में पर्याप्त समय बिताने के बाद हम वहाँ से निकले। द्वैतवन की ओर न जाकर हम सुश्रवा, सुधन्वा और कुछ सैनिक-संरक्षकों के साथ हरिद्वार की ओर आये और सेनापति देवदत्त उज्जयिनी की ओर गये।

इस समय हम केदारनाथ के गौरीकुण्ड के समीप स्थित आश्रम में आश्रय के लिए रुके हैं।'

उन्होंने सन्देश पूर्ण किया और सेवक को दे दिया।

उन्हें स्मरण हुआ हरिद्वार के आश्रम का।

"कालिदास महोदय, आप हरिद्वार पधारे, सात जन्मों का पुण्य आपने सम्पादित कर लिया है। भारत के सात पवित्र स्थानों में से एक हरिद्वार है। साथ ही चार-धाम मार्ग का यह पवित्र द्वार है। यह भगवान शिव और विष्णु की तपस्याभूमि है। इस नगरी का प्राचीन नाम गंगाद्वार भी था।

बद्रीनारायण, केदारनाथ को इसी मार्ग से जा सकते हैं, परन्तु महोदय, यह मार्ग विकट है, कठिन है और..."

उनके कथन का अर्थ समझकर कालिदास हँसे,

"पण्डित पुरुषोत्तम, हम नगरवासी, राजभवन में रहने वाले, क्या इस मार्ग पर चढ़कर जा सकेंगे...यही प्रश्न है ना?"

"अर्थात..."

"रहने दें। जीवन का अन्त कहाँ होगा, यह ज्ञात नहीं है ना? और हरि तथा हर के चरणों से पुनीत हुई इस भूमि पर अन्त अर्थात मोक्ष ही हुआ ना? आप चिन्तित न हों। अभी हमें काफ़ी काम करना है, तो हम अवश्य सकुशल वापस लौटेंगे।"

उनके मुख पर समाधान दिखाई दिया, वे फिर से गंगा और हरिद्वार के वर्णन पर लौट गये। सुश्रवा और सुधन्वा वहाँ से उठ गये, उन्हें इसमें रस नहीं था।

"आप सत्य कह रहे हैं, कालिदास महाशय। सप्तमोक्षदायी स्थलों में हरिद्वार और आगे का क्षेत्र है। इसी स्थान को 'मायापुरी' भी कहते हैं। ऐसा कहते हैं कि जब देव-दानवों ने समुद्र मन्थन किया था, तब उसमें से निकले हुए अमृत को ले जाते हुए उसकी कुछ बूँदें यहाँ गिरी थीं। सगर वंश की आठवीं पीढ़ी के भगीरथ ने साठ हज़ार मृत प्रजाजनों की अस्थियाँ गंगावतरण होने के बाद यहाँ विसर्जित की थीं।

महोदय, हरिद्वार की अनेक कथाएँ जनमानस में प्रचलित हैं। भगवान श्रीकृष्ण भी कुरुक्षेत्र युद्ध में जाने से पूर्व यहाँ पर कुम्भ पर्व में स्नान के लिए आये थे। शिवालिक पर्वत से निकली गंगा का महत्त्व यहाँ अधिक है, क्योंकि यहाँ के वास्तव्य में मोक्ष की कल्पना की जाती है। कुछ भी हो, कालिदास महोदय, हरिद्वार पुण्य क्षेत्र है।

हरिद्वारे कुशावर्ते नीलके बिल्वपर्वते।
स्नात्वा कनखले तीर्थे पुनर्जन्म न विद्यते।।

मान्यता यह भी है कि शिव-पार्वती का विवाह यहीं कनखल में हुआ था।"

दोनों बातें करते हुए आश्रम की ओर निकले, वैसे जल का पूर्ण कुम्भ कटि पर लिए विद्या हँसी। तब उसका परिचय देते हुए पण्डित गौरी नन्दन बोले,

"महोदय, यह मेरी कन्या विद्या है। शास्त्र सम्पन्न है। आश्रम में विद्यादान करती है। अनेक कलाओं में निपुण है। उसके लिए वर-संशोधन चल रहा है।"

वस्तुत: यहाँ आकर एक सप्ताह हो गया था। वह नित्य ही दिखाई देती थी, भोजन परोसती थी, विद्यादान करते हुए दिखाई देती थी, गंगा की आरती करती दिखाई देती थी। प्रत्यक्ष परिचय आज हुआ था, बस इतना ही।

कालिदास ने कुछ नहीं कहा। उन्हें लगा कि प्रथम दर्शन में ही वह उनके हृदय में अधिकारपूर्वक स्थानापन्न हो गयी है। उस दिन उसे देखा और भोली,

मुक्त, सुहास्यवदना विद्या ने उनके हृदय में घर कर लिया। और उन्हें विद्वत्वती का स्मरण हुआ।

अश्वत्थामा को चिरंजीवित्व प्राप्त हुआ–दु:ख भोगने के लिए। वैसा ही शाप हमें भी मिला है। नियति की शायद यही इच्छा होगी कि किसी भी प्रकार का आनन्द प्राप्त न हो। रातें ऐसी ही बीत जाती थीं। ज़रा कहीं मधुवन्ती सामने आती, विद्या ही हँसते हुए दिखाई देती।

आश्रम में वापस आकर दो पत्र लिखना है–एक मधुवन्ती को, और दूसरा महाराज को। मन की सारी बातें लिखकर कुछ मुक्ति का अनुभव करना है, ऐसा उन्होंने सोचा। परन्तु यहाँ आते ही सेवक के हाथ पत्र भेज दिया था। मन अस्वस्थ हो गया था। विद्या का नैसर्गिक लावण्य मन को मोह रहा था।

उनकी आँखों के सामने पिछले कई दिनों से भोली युवती, पण्डित पुरुषोत्तम की कन्या ही आ रही थी। कोई भी अलंकार नहीं, कोई अहंभाव नहीं, वस्त्र भी साधारण। परन्तु उसकी सम्पदा थी उसकी विनयशीलता में, उसके निष्पाप हास्य में, उसके शास्त्राभ्यास में और अध्यापन में। गंगा के तीर पर वह अनेक विद्यार्थियों को विद्यादान करती दिखाई देती। सायंकाल में गंगा की आरती करती दिखाई देती।

उससे बातें करने का, उसके पिता से उसके बारे में पूछने का मन होता था। वह विवाहयोग्य कन्या है, क्या उसके लिए कोई 'वर' देखा है, ऐसा पूछने की तीव्र इच्छा होती थी।

पहले उन्हें लगा कि उनके मन में यह विचार सहजता से आया है, परन्तु पत्र लिखना आरम्भ किया और नेत्रों के सामने उसी का रूप साकार हो गया। उस दिन प्रात: वे गंगा तट पर गये थे। शीत लहरों ने वातावरण को रोमांचित कर दिया था। गंगा तट पर किसी के आने की सम्भावना नहीं थी।

अस्ताचल को जा रहा चन्द्रमा रजनी से विदा ले रहा था। पूरी रात रजनी के सहवास में बिताने के कारण वह निस्तेज हो गया था। और ऐसा लगा कि रजनी मन-ही-मन प्रसन्न है। उनके मन में आया, 'हमेशा ही क्यों हमें प्रकृति में प्रणय रंग दिखाई देते हैं। कहीं ऐसा तो नहीं कि जीवन में उनका अनुभव होने के बाद भी अपूर्णता का अनुभव होता हो? सम्भव है।'

अपने ही प्रश्न, अपने ही उत्तर।

वास्तव में इस समय भी उन्हें प्रसन्नता से हँसने वाली विद्या की ही याद आयी। सपनों की बची-खुची मालिका समाप्त करके वह उठने की तैयारी में होगी। कमर

तक आते हुए केशसँभार को सँभालने में उसे निश्चित ही बहुत समय लगता होगा। और देह को कसकर बाँधता हुआ उसका वस्त्र...

हम यहाँ तक क्यों आये हैं? आज प्रात:काल से पहले ही क्यों नींद खुल गयी? प्रात:काल होने से पहले कभी भी शैया से नहीं उठे थे। आज ही क्या हो गया? किसने हृदयपूर्वक पुकारा? रजनीनाथ ने? गंगा ने? स्वप्न से जाग्रत हो रही सृष्टि ने? यह पुकार अन्तर्मन की है। ख़ूब-ख़ूब गहराई से आयी है। वे अस्वस्थ हो गये। आश्रम की ओर जैसे ही मुड़ने लगे, उन्हें गंगा के प्रवाह से बाहर आती हुई राजलक्ष्मी के समान, नखशिखान्त भीगी हुई विद्या जल से भरा हुआ घट लिये आश्रम की ओर जाती हुई दिखाई दी।

और उनके सारे अलंकार, उपमा, उदाहरण और विचार भी शून्य हो गये। भोर के पदचिह्न हौले से पूर्व क्षितिज पर प्रकट हो रहे थे। अरण्य से आती शीत लहरें गंगा की लहरों से मिल रही थीं। नि:स्तब्ध भोर में इस भीगी हुई युवती को कालिदास देख रहे थे। जैसे स्वप्न की उर्वशी, मेनका, रंभा या कोई स्वर्गांगना?

जब वह दृष्टि से ओझल हो गयी तो कालिदास आश्रम की दिशा की ओर चलने लगे। उसके बाद निरन्तर पन्द्रह-बीस दिन वह मुक्तता से घूम रही थी, परन्तु कालिदास मुक्त नहीं हो सकते थे। उसने दो बार उनसे कुछ पूछा भी था, परन्तु वे संक्षिप्त उत्तर देकर मौन हो गये। ऐसा हो रहा था, मन में निश्चय करने के बाद भी उससे बात नहीं कर सकते थे।

दो ही दिन पहले पण्डित पुरुषोत्तम ने आरती के बाद कहा था, "कालिदास महाशय, सब प्रकार की सम्पन्नता है, परन्तु एकमात्र कन्या के विवाह योग्य होने पर भी अद्यापि उचित वर दृष्टिपथ में नहीं है।"

"हमारी ओर से हम प्रयत्न करेंगे।"

"आप यदि विचार करें..."

"अवश्य करेंगे ना!"

वस्तुत: पुरुषोत्तम पण्डित का क्या अभिप्राय था यह उन्हें अगले दिन समझ में आया, जब विद्या भोजन परोस रही थी। फिर रात-भर विचार किया, तो पाया कि पिछले पन्द्रह दिनों की उसकी मुलाकातों का प्रत्येक क्षण मन पर गहरी छाप छोड़ गया था। वे बड़ी आसानी से पुरुषोत्तम पण्डित से कह सकते थे, 'आप जैसा चाहते हैं, वैसा योग्य 'वर' यदि हम हैं तो हमें स्वीकार करें', परन्तु वे कुछ नहीं कह सके थे।

अरण्य की पुष्पलता जैसी यह निसर्गकन्या नागरी जीवन में मुरझा जायेगी।

शायद आज प्रिय प्रतीत होती हुई यह कन्या कल अरण्य की बेल होने से हमें अथवा औरों को अच्छी भी नहीं लगेगी। शायद हमारे सन्दिग्ध मन को स्थिर होकर ही विचार करना चाहिए।

उन्होंने कुछ नहीं कहा। कुछ समय के लिए उस विचार को मन से भी दूर कर दिया। 'प्रत्येक भ्रमण करने वाले को यह समझना चाहिए कि प्रत्येक स्थान पर हर कन्या, जिससे परिचय हुआ हो, वह उसकी अपनी नहीं होती। वह भगिनी हो सकती है, माता हो सकती है। यह उपवर कन्या है। पिता उसे देना चाहते हैं...किसी भी उत्तम वर को...ऐसी परिस्थिति में...'

जब तक हमारे तन-मन का कोई निर्णय नहीं हो जाता, तब तक मौन रहना ही उत्तम है

ऐसा कहते हुए उन्होंने मधुवन्ती को पत्र लिखना आरम्भ किया। प्रणय के सारे रंगों को मुक्त हस्त से लुटाने वाली मधुवन्ती इस समय उन्हें अपरिचित सी प्रतीत हुई। कुछ दिनों से मन को अत्यन्त प्रिय ऐसी मधुवन्ती...नागरी सौन्दर्य और मुक्त प्रकृति का लावण्य लिए यह निसर्गकन्या विद्या–इनके बीच के अन्तर को वे अनुभव कर रहे थे। परन्तु मन क्यों स्वीकार नहीं कर रहा है, यह वे समझ नहीं पा रहे थे। मन में विद्या थी, हाथ में लेखनी लेकर लिखने लगे वे मधुवन्ती को...

पत्र पूरा करके उन्होंने उसे पढ़ा। ऐसा प्रतीत हो रहा था कि कोई अपनी यात्रा का वर्णन तटस्थ रूप से दे रहा हो। विद्या आसपास नहीं थी, फिर भी उन्हें उसके भोले-भाले अस्तित्व और निरागस हास्य का अनुभव हो रहा था। उस अप्रतिम और निरागस सौन्दर्य पर कोई आँच न आये, ऐसी वे मन-ही-मन प्रार्थना कर रहे थे।

उन्होंने लिखे हुए पत्र को गोल-गोल लपेट कर सेवक को दे दिया और वे गंगा तट की ओर निकले। सन्ध्या आरती हो गयी थी। कल प्रात:काल प्रस्थान करना है, ऐसा सन्देश भेजा था।

और किन्हीं कारणों से उज्जयिनी से कश्मीर न आ सकने वाले पण्डित इन्द्रदेव अगले दिन उन्हें मार्ग में मिलने वाले थे, ऐसी वार्ता भी आयी थी। सुश्रवा और सुधन्वा बन्धु प्रसन्न थे।

परन्तु कालिदास अस्वस्थ थे। एक बार विद्या मिल जाती, ऐसी इच्छा मन में होते हुए भी वह मिले ही नहीं, उसकी प्रतिमा ही मन में रहे, इसी विचार में वे मग्न थे कि विद्या गंगा तीर की ओर आती हुई दिखाई दी। ऐसी धूसर सन्ध्या को उसका क्या काम हो सकता है? परन्तु वह उनके निकट आयी।

"महोदय कालिदास, आप कल प्रस्थान करने वाले हैं, यह ज्ञात हुआ। आप

यहाँ वास्तव्य के लिए आए, मुझे बहुत प्रसन्नता हुई। ऐसा लगा जैसे शीत ऋतु में मध्याह्न में प्रगल्भ सूर्य के दर्शन हुए हों। आप बहुत सुन्दर हैं। रति का मदन कैसा होगा, इसका अनुमान हुआ। आपका बोलना कितना मधुर, कितना सुस्पष्ट, मानो घण्टियाँ बज रही हों। महोदय, आप साक्षात विष्णुदेव हैं, सर्व शास्त्र सम्पन्न। आप मुझे आशीर्वाद दें।" उसने तत्काल उनके चरणों पर शीश नवाया।

कालिदास अवाक् रह गये। उन्हें पता भी नहीं चला कि कब उन्होंने उसके दोनों कन्धों को पकड़कर उठाया, उसके मस्तक पर हाथ रखकर वे अन्तर्मन से बोले, "हे शुभांगी, तुम्हारा कल्याण हो।" वे निर्विकार थे।

वह प्रसन्नता से वापस चली गयी। कालिदास हतबुद्ध होकर उसकी वापस जाती हुई आकृति को निहारते रहे। सन्ध्या के पदचिह्न भी...गंगा के तीर पर गीले हो गये थे।

"महाराज कैसे हैं, पण्डित इन्द्रदेव?" ऋषिकेश के आश्रम में पण्डित इन्द्रदेव से भेंट होने पर कालिदास ने पहला प्रश्न किया।

"महाराज, उज्जयिनी, प्रभावती देवी, युवराज कुमार और महारानी के बारे में विस्तृत निवेदन करूँगा। अभी आप विश्राम करें," पण्डित इन्द्रदेव ने कहा, इसलिए कालिदास को अपने आश्रम जाना पड़ा। सैनिकों के शिविर तैयार हो रहे थे। हर स्थान पर दो-दो दिनों के लिए ऐसी ही व्यवस्था करनी पड़ती थी। अश्व यहाँ से वापस जाने वाले थे। आगे का मार्ग पैदल ही चलना था, परन्तु इन्द्रदेव ने कहा कि गौरीकुण्ड तक अश्व ले जाना सम्भव है। अत: अश्वों के लिए भी व्यवस्था की जा रही थी।

दो दिन बाद ऋषिकेश छोड़ना था। पण्डित इन्द्रदेव और कालिदास पण्डित गौरीनन्दन के आश्रम में गये तो गंगा के किनारे स्थित उस आश्रम में चारों वेदों का अध्ययन करने के लिए सम्पूर्ण भारत से विद्यार्थी आये हुए थे। कालिदास को आश्चर्य हुआ।

उन विद्यार्थियों ने अतिथियों के लिए आसनों की व्यवस्था की। मृत्तिका पात्र में जल भी लाये। गौरीनन्दन आये, उन्हें देखकर कालिदास को ऋषियों का स्मरण हुआ।

"इतनी दूर से विद्यार्थी आते हैं?" कालिदास का पहला प्रश्न।

"दक्षिण के रामेश्वरम् तथा त्रिवेन्द्रम और कर्नाटक से भी विद्यार्थी आते हैं सिर्फ़ वेदाध्ययन करने के लिए। आप बद्रीनारायण जायेंगे न, वहाँ व्यास गुफा है।

वहाँ वेदव्यास ने श्रीगणेश को लेखनिक बनाकर महाभारत लिखवाया था। पूरे आर्यावर्त में वह गुफा प्रसिद्ध है। उसी तरह ऋषिकेश से ही आगे रुद्रप्रयाग, देवप्रयाग तक मार्ग है। यही विचार करके यहाँ आश्रम की स्थापना की है। क्योंकि हिमालय चढ़कर बद्रीनारायण अथवा केदारनाथ में आश्रम स्थापित करना असम्भव ही था।"

"हरिद्वार भी आश्रम के लिए योग्य ही तो था ना?"

"नि:सन्देह! परन्तु वहाँ तक लोगों की बस्ती थी। इस परिसर में बुद्ध धर्म का प्रभाव अधिक है। हिन्दू धर्म धीरे-धीरे लुप्त होने लगा था। ऐसी स्थिति में हमने सम्राट समुद्रगुप्त के सामने वस्तुस्थिति का वर्णन किया। और यहाँ दस आश्रमों की स्थापना हुई। गुरुकुलों का निर्माण हुआ और वातावरण में मन्त्र घोष और शंखध्वनि सुनाई देने लगी। मन्त्रपठन से हिन्दू धर्म का पुनः जागरण आरम्भ हुआ। अभी भी हमें राजाश्रय प्राप्त है और हमें नियमित दान प्राप्त होता है। महाशय..." क्या बतायें और कितना बतायें ऐसी उनकी मन:स्थिति थी।

"आप विश्राम करें, पण्डित गौरीनन्दन।"

"मेरा पुत्र आश्रम की व्यवस्था देखता है। अब चिरविश्राम के दिन आ गये हैं।"

"क्या सम्राट समुद्रगुप्त कभी यहाँ आये थे?"

"नहीं, युद्ध और युद्ध। अखण्ड भारत का स्वप्न सत्य करने के उद्देश्य को स्वसमर्पित उस सम्राट ने विराट साम्राज्य की स्थापना करते हुए प्रथम कश्मीर के शकों से युद्ध किया। जो जो प्रान्त शकों की, बौद्ध धर्म की छाया में थे, उन्हें हिन्दू धर्म के सूर्य के दर्शन कराये सम्राट समुद्रगुप्त ने और उसी मार्ग का अवलम्बन किया सम्राट चन्द्रगुप्त ने। आप आये। हमें इतना आनन्द हुआ, मानो प्रत्यक्ष महाराज आये हों।"

आश्रम के सामने बहती गंगा की लहरों पर लहरें आयें, उसी प्रकार शब्दों की लहरें भी आ रही थीं।

"यहाँ गंगा अधिक सुन्दर प्रतीत होती है।"

"यहाँ उसने सम्पूर्ण आकाश को ही अपने भीतर समेट लिया है। यहाँ है युवती-गंगा। अन्तरंग में ऊर्जा, प्रसन्नता, भोलापन लिए अविरत भागने वाली। और, कालिदास, केदारनाथ तक जाते-जाते अनेक बालरूपों में और अधिक चंचल गंगा के दर्शन आपको होंगे।"

"ऋषिकेश श्री विष्णु का स्थान है। उन्होंने यहाँ तपस्या की थी ना?" पण्डित इन्द्रदेव ने पहली बार मुँह खोला। वे आगे बोले, "क्या प्रत्यक्ष देवताओं को भी

तपस्या करनी पड़ती है? ये अजीब बात है। शिवशंकर भी तपस्या करते हैं।"

"सत्य है, महोदय।"

"मै पण्डित इन्द्रदेव। सम्राट चन्द्रगुप्त के पूजाघर में देवतार्चन करता हूँ।"

"महोदय, देवताओं को भी विकार होते हैं, भावनाएँ होती हैं। श्री विष्णु ने यहाँ स्वसामर्थ्य के लिए तप किया था। ऋषिकेश का अर्थ है प्रगल्भ, उदार वृत्ति का, सर्जनशील, सक्षम, प्रसन्न, स्वैच्छिक और कालानुसार नियत परिवर्तित होते हुए स्वयं को न भूलने वाला। विष्णुदेव को यह सब प्राप्त करना था।"

कालिदास उठे और गंगा तीर पर आये।

कुछ देर पूर्व पण्डित गौरीनन्दन ने गंगा को युवती की उपमा दी थी। वे देख रहे थे। वास्तव में वह विद्या जैसी थी। कुतूहलपूर्वक सब कुछ अपने भीतर समेटने वाली। प्रसन्न, भोली और चंचल भी। वृक्ष, लता, आकाश, हिमालय...सभी कुछ उसके भीतर था। वे मन-ही-मन हँसे।

यदि किसी युवती के सामने सभी सुन्दर, गुणी युवक खड़े हो जायें तो? क्या वह प्रकृति से पूछेगी या सृष्टि से? या अपनी इच्छा से निर्णय करेगी? अब तो मध्याह्न समाप्त होते-होते ही सृष्टि पर रंगों की बौछार हो गयी थी, और सारे रंग गंगा में समा गये थे। रंगों के, सुगन्ध के, भावनाओं के पीछे पागल–यह विद्या ही तो है।

और विचारों में फिर से उसका नाम आते ही वे खुलकर हँसे।

पण्डित इन्द्रदेव उन्हें ढूँढ़ते हुए आये थे।

"प्रात:काल हम रुद्रप्रयाग की ओर प्रस्थान करेंगे! यहीं से हिमालय का प्रवास आरम्भ होता है। अलकनन्दा और मन्दाकिनी के संगम पर स्थित रुद्रप्रयाग दो बहनों का स्नेह मिलन है। आगे वे दोनों एकत्रित होकर गंगा का रूप धारण करती हैं। देवर्षि नारद ने यहाँ शिवशंकर को प्रसन्न करने के लिए तपस्या की और वे रौद्र रूप में प्रकट हुए। यहीं से कुछ ही दूर पर अगस्त्य मुनि ने भी तपस्या की थी।"

"अर्थात हिमालय का परिसर तपोभूमि है।"

"देवप्रयाग में अलकनन्दा और भागीरथी नदियों का संगम है। यहाँ से आगे वह गंगा हो जाती है। और एक बात, कालिदास।" पण्डित गौरीनन्दन बता रहे थे, "जब भगीरथ गंगा को पृथ्वी पर लाये, तो सभी देवी-देवता इस संगम पर उपस्थित थे। भगीरथ का अभिनन्दन करने। अत: यह देवप्रयाग है।"

वास्तव में इन्द्रदेव से भेंट होने पर कालिदास उज्जयिनी के बारे में पूछना चाहते थे। सम्राट चन्द्रगुप्त के बारे में सुनना चाहते थे। परन्तु स्थान-माहात्म्य सुनने में ही मगन थे। आख़िर कालिदास से रहा न गया, वापस आते हुए उन्होंने पूछ ही लिया,

"हरिद्वार से अब ऋषिकेश तक हम पहुँच गये हैं। आप उज्जयिनी से आये हैं। वहाँ की कुछ वार्ता सुनने के लिए हम उत्सुक हैं। बताइए, महाराज कैसे हैं? युवराज कुमार कैसे हैं?" और मन-ही-मन बोले, 'मधुवन्ती कैसी है, यह हमें कैसे मालूम होगा?'

पण्डित इन्द्रदेव बोले, "विस्मरण हो गया, क्षमा करें। परन्तु महाराज ने आपके लिए एक पत्र दिया है, आपको देता हूँ।"

आश्रम से शिविर लौटने पर उन्होंने इन्द्रदेव द्वारा दिया गया पत्र पढ़ना आरम्भ किया।

"प्रिय कालिदास,

आप हमें कितने प्रिय हैं, इसका अनुभव आपके जाने के बाद हुआ। युद्धजन्य परिस्थिति एवं राजकीय कारणों से अन्य प्रान्तों के प्रवास के काल को छोड़कर बाकी समय हम हमेशा साथ-साथ थे। विशेष रूप से रात को विचार विनिमय करते समय, राजकीय भूमिका को जाँचते हुए, शत्रु का हाल कैसे जानना है इस सम्बन्ध में परिस्थिति का अवलोकन करते हुए, अन्याय के विरुद्ध कार्य करते हुए, दान-धर्म, याग-यज्ञ के विषय में और कभी-कभी व्यक्तिगत परामर्श भी हम आपके साथ करते रहे हैं, इसका अनुभव आपके जाने के बाद हुआ। शायद दिन-प्रतिदिन के वार्तालाप के कारण हमें आपकी आदत हो गयी होगी।"

"चाहे जो भी हो, राजसभा में जब आप अपने आसन पर दिखाई नहीं देते तो स्मरण तीव्र हो जाता है। कैसे हैं? यह प्रश्न विसंगत है। जहाँ प्रसन्नता की सुगन्ध और ऊर्जा की निरन्तर लहरें लेकर आप जाते हैं, वहाँ आप स्वयं को भी भूल जाते हैं। क्षिप्रा का अनुभव तो है ही। वहाँ तो सौन्दर्य का कोष ही है। जैसे लावण्यवती के बाहुपाश में बँधे हों, वैसे ही वहाँ आप सृष्टि के लावण्य में स्वयं को खो बैठे होंगे!

कालिदास, आप हमारे घनिष्ठ मित्र हैं, इसलिए आपकी प्रसन्नता को निरन्तर सँभालने का प्रयत्न हम करते हैं। कुछ दिन पूर्व रथ से गुज़रते हुए मधुवन्ती के पास वैद्य को जाते देखा। जब हमने पूछा तो ज्ञात हुआ कि वह ज्वर से ग्रस्त है। हमने विशेष वैद्य को उसके पास भेजा।

अब वह बिल्कुल ठीक है। अभी परसों ही महाकालेश्वर के मन्दिर में दिखी थी। हमें देखते ही वह ठिठक गयी। हम उसके मन की भावना जानकर स्वयं ही बोले, 'अपनी चिन्ता करें। प्रसन्न रहें। कालिदास आनन्द से हैं, केदारनाथ से वापसी के मार्ग पर अग्रसर होंगे।'

और वह प्रसन्नता से मुस्करायी, कालिदास, क्योंकि उसे यही अपेक्षित था।

वह प्रसन्न मन से देव-दर्शन किये बिना चली गयी। तब मन में विचार आया, 'हमने उसे देवता के दर्शन कराये।'

आजकल हम प्रमुखता से प्रभावती के विवाह के बारे में विचार कर रहे हैं, और विचार करते हुए याद आता है 'मनुस्मृति' का वचन–'पिता रक्षति कौमारे...।' हमने कौमार्य की रक्षा की, परन्तु उससे पूछे बिना हम उसके विवाह का विचार साम्राज्य-विस्तार की दृष्टि से कर रहे हैं। मन में अत्यन्त क्लेश का अनुभव हो रहा है, इसलिए कि मद्र देश की सावित्री स्वयंवर हेतु रथ से गयी थी। अनेक राजकन्याओं ने 'शर्त' रखकर विवाह किये, पार्वती ने इच्छित वर की प्राप्ति के लिए तप किया, रुक्मिणी ने श्रीकृष्ण को पत्र लिखकर बुलाया...

और हमने अपनी कन्या से पूछा भी नहीं। गुप्त काल में सम्राट समुद्रगुप्त के समय से समाज में स्त्रियों के सन्दर्भ में परिवर्तन हुए। याज्ञवल्क्य ने स्त्री को पुनर्विवाह की अनुमति दी। हमने गणिकाओं का सम्मान किया। अंगवस्त्र की तरह उन्हें न रखते हुए उस विवाह को मान्यता दी। याज्ञवल्क्य ने विवाह के सन्दर्भ में वर्ण-विचार को प्रधानता दी। गुप्तवंश के शासन में सब वर्ण समान हो गये।

याज्ञवल्क्य के काल में ब्राह्मण-शूद्र विवाह तो थे, परन्तु उनके विचारों का प्रगट स्वरूप हमारे राज्य में प्रस्थापित हुआ।

क्योंकि, कालिदास, हम स्वयं वैश्य थे। एक वैश्य क्षत्रियत्व धारण करके इतनी बड़ी विजय सम्पादित करे, यह इतिहास की महत्त्वपूर्ण घटना है। परशुराम ने पृथ्वी नि:क्षत्रिय करने का प्रण किया था। हमने क्षत्रियवृत्ति धारण की और समाज को मूलभूत सुविधाएँ और सम्मानपूर्ण जीवन दिया। विशेषत: स्त्रियों को। वर्तमान समय में, हमारे समाज में क्षत्रिय-ब्राह्मण सम्बन्ध दृढ़ हैं। क्षत्रियों में भी उपनयन संस्कार होने लगा है। 'कायस्थ' शब्द को हमने प्रायोजित करके उसे श्रेष्ठत्व दिया है।

याज्ञवल्क्य द्वारा शूद्र वर्ण को क्षुद्र घोषित करने के कारण उन्हें सामाजिक परिसर के बाहर स्थान देकर हीन कर दिया गया। परन्तु हमने उन्हें समाज में स्थान दिया। किसी की भी अस्मिता को, अस्तित्व को, मान्यता को, श्रेष्ठत्व को हमने नकारा नहीं, परन्तु आज...

आज हम सम्भ्रमित हैं। अपनी प्रिय कन्या के विवाह के बारे में सोचते हुए बार-बार विचलित हो रहे हैं। क्योंकि साम्राज्य की सभी स्त्रियों को हर प्रकार का स्वातन्त्र्य देने वाले हम, अपनी कन्या से कुछ भी पूछे बिना, राजकीय एकसंघता और साम्राज्य विस्तार के लिए उसका विवाह वाकाटक वंश के महाराज रुद्रसेन के साथ निश्चित कर अपनी कन्या देने का राजकीय व्यवहार करने का निश्चय कर रहे हैं।

याज्ञवल्क्य ऋषि ने वेश्याओं के तीन प्रकार बताये हैं : एक–केवल मनोरंजन के लिए, दो–किसी एक व्यक्ति की अंगवस्त्र और तीन–गणिका। हमने तो देह व्यवहार करने वाली सभी स्त्रियों को 'गणिका' के रूप में श्रेष्ठत्व और स्वातन्त्र्य दिया। परन्तु हम अपनी कन्या को इच्छित वर चुनने का स्वातन्त्र्य नहीं दे सकते। हमने याज्ञवल्क्य ऋषि का हर क्षेत्र में सम्मान किया, परन्तु एक घटना को हमने स्वीकार नहीं किया। विधवा स्त्री को परिवार के किसी एक सदस्य से पुत्र प्राप्त करने की सन्धि दी गयी थी। वह हमें मान्य नहीं थी। परन्तु स्वातन्त्र्य के बारे में उनके सारे विचारों को हमने मानदण्ड के रूप में मान लिया। इतना ही नहीं, देवदासी कन्याओं को भी हमने मान्यता दी। परन्तु...कालिदास, अपनी यह व्यथा हम पत्नी से भी नहीं कह सकते। जो किसी से भी नहीं कह सकते, उसे आपके सामने रखा है। सम्राट, चक्रवर्ती सम्राट को अपनी व्यथा मन में ही दबाये रखने का शाप ही होता है। युद्धभूमि पर बार-बार होने वाले मृत्यु के दर्शन से वह व्यथित अथवा भयभीत नहीं होता, परन्तु हृदयस्थ व्यथाओं से वह पराजित हो जाता है। अब तक हमने महारानी से भी इस विषय पर वार्तालाप नहीं किया है।

अस्तु! आप केदारनाथ, बद्रीनारायण के दर्शन लेकर आयें। हम ही नहीं, बल्कि आपकी प्रिय सखी भी आपकी प्रतीक्षा में है।

कालिदास, आपके वापस आने पर आपके विवाह के प्रश्न को भी हम सुलझाने वाले हैं।

आयें। प्रतीक्षा रहेगी।"

सम्राट चन्द्रगुप्त ने पत्र समाप्त किया था। दो बार पढ़ने के बाद कालिदास को ऐसा लगा कि उसे बीच ही में समाप्त कर दिया गया है। वे उठने ही वाले थे कि पण्डित इन्द्रदेव आये। सेनापति देवदत्त के साथ।

"यहाँ कुछ आश्रम हैं, जिनमें से एक बहुश्रुत आश्रम है – 'मोक्ष मन्दिर'। वहाँ हमें आमन्त्रित करने के लिए कुछ शिष्य आये थे। हमने आपकी तरफ़ से उनका निमन्त्रण स्वीकार कर लिया है...तो," पण्डित इन्द्रदेव रुक गये, कालिदास दिल खोलकर हँसे, "क्या हम वक्ता हैं?"

"आप क्या हैं, यह हमें निश्चित करने दें ना..." तीनों फिर देर तक बातें करते रहे।

दूसरे दिन तीन शिष्य उन्हें लेने के लिए आए। कालिदास के दिमाग़ में एक ही शब्द घूम रहा था–'मोक्ष मन्दिर'।

उन्होंने अपनी बात भी 'मोक्ष मन्दिर' शब्द से ही आरम्भ की।

"आपने हमें आमन्त्रित किया–'मोक्ष मन्दिर' में। आश्रम के इस नाम की हमने कल्पना भी नहीं की थी। इस मन्दिर में 'मोक्ष' मिलता है, यह नामकरण जिसने किया है, उसका हमें विशेष रूप से सम्मान करना है। आश्रम अर्थात विद्या मन्दिर, ये हम जानते ही हैं, परन्तु इस विद्या मन्दिर में मोक्ष मिलता है, ऐसी कल्पना भी कोई नहीं कर सकता।

मोक्ष का अर्थ है मृत्योपरान्त मुक्ति। पुनः नये जीवन की आसक्ति की समाप्ति। ऐसी हम लोगों की धारणा है। और मोक्ष प्राप्ति के लिए प्रयत्न–हमारी कर्मनिष्ठा है।

परन्तु 'मोक्ष मन्दिर' इस नाम में जीवन की अर्थपूर्णता है। 'मोक्ष' का अर्थ है- आनन्द। अपने कार्य में अन्तिम यश प्राप्त करना है–'मोक्ष'। सैनिक की युद्ध में मृत्यु, अर्थात मोक्ष। राजा को युद्ध में यश अर्थात मोक्ष। विद्यार्थी के लिए ज्ञान का परमोच्च सत्कार अर्थात मोक्ष। तो किसी के लिए दूसरे के मुख पर आनद की भावना को देखने के लिए स्वयं समर्पित हो जाना मोक्ष है। 'मोक्ष' मृत्यु के उपरान्त प्राप्त होने वाली अनुभूति, उसे पुनर्जन्म लेकर कोई बता नहीं सकता। परन्तु प्रत्यक्ष में जीवन को जीते हुए पराकोटि का आनन्द मोक्ष ही है–यह बताने वाला, कर्मयोग, ज्ञानयोग, भक्तियोग और ज्ञान-विज्ञान योग की शिक्षा देने वाला आश्रम नाम से ही हमें प्रिय हो गया है।

हरिद्वार से ही देवलोक आरम्भ हो जाता है। मोक्षद्वार तो रुद्रप्रयाग में दिखाई देने लगता है। सर्वोच्च आनन्द भी मोक्ष ही होता है। केदारनाथ का अत्यन्त दुर्गम मार्ग चलने वाला सर्वोच्च आनन्द की प्राप्ति के लिए ही हिमालय चढ़ता है। अनेक बार उसे मृत्यु के दर्शन भी होते हैं। परन्तु आनन्द प्राप्ति के परमोच्च क्षण में उसे ऐसा प्रतीत होता है कि उसका मोक्ष यही है।

बद्रीनारायण की व्यास गुफा देखने की हमारी तीव्र इच्छा है। भारत- ज्ञान-विज्ञान की भूमि है, संशोधन और कर्मयोग को मानने वाली भूमि है। तपस्या भूमि है। द्वैत से परे अद्वैत का विचार करने वाली और बार-बार अवतार लेने को जी चाहे, ऐसी लावण्यमयी भूमि है। उसका वर्णन करने के लिए हमारे पास पर्याप्त शब्द नहीं हैं। प्रकृति का केवल विराट और विविध दर्शन ही हम ले सकते हैं। और इस देवभूमि में देववाणी और देवताओं की लिपि का प्रयोग होता है, इसका हमें आनन्द है।

'महाभारत कथा' लिखने के लिए महर्षि व्यास ने श्रीगणेश को आमन्त्रित किया। व्यास अस्खलित, तीव्र गति से, अनुभूति से कहने वाले परिपूर्ण पुरुष थे। उनके आमन्त्रण को स्वीकार करते हुए श्रीगणेश ने उनकी बोलने की गति का और स्वलेखन का शास्त्रशुद्ध अध्ययन किया। जिस गति से वे बोलेंगे, वही गति लेखन

की होना चाहिए ऐसा उनका प्रयत्न था। उनके पास अथांग, अपरम्पार ज्ञान था, इसलिए बोलने की गति तीव्र ही होने वाली थी। उच्चारों का अध्ययन करते हुए उन्होंने मेरुदण्ड, दन्त, ओष्ठ, जिह्वा, ग्रीवा का भी अध्ययन किया।

और फिर उनके ध्यान में आया कि व्यास की बोलने की गति अविरत बहने वाली सरिता के समान है। और फिर उन्होंने दो अक्षर, तीन अक्षर, पाँच अक्षर मिलाकर संयुक्ताक्षर बनाए।"

"क्या तुम्हें इस बात की कल्पना है, शिष्यों?" उन्होंने बीच ही में शिष्यों से पूछा।

कोई भी इस बारे में बता न सका।

कालिदास आगे बोले, "व्यास की गति के अनुरूप बने हुए ये संयुक्ताक्षर देवलिपि में केवल श्रीगणेश के कारण आये। तैंतीस व्यंजन, मेरुदण्ड के मुख पर स्थित ग्रन्थि से उत्पन्न होने वाले सोलह अक्षर चिह्नों और बावन चिह्नों का प्रयोग श्रीगणेश ने किया। 749466 ये तीन अक्षरों वाले संयुक्ताक्षर, 26873856–ये चार अक्षरों वाले संयुक्ताक्षर, 967458816–ये पाँच अक्षरों वाले संयुक्ताक्षर बनाये और इसलिए व्यास के बोलने की गति के अनुरूप श्रीगणेश लिख सके।"

इसके पश्चात कालिदास विद्यावैभव, संस्कृत का भाषावैभव, और शास्त्रज्ञान वैभव तथा निसर्ग वैभव के बारे में बताते रहे।

जब भोजनकक्ष से मध्याह्न भोजन की सूचना आयी तब वे रुके।

सभी प्रसन्न थे।

***

राजसभा का मध्याह्न का कार्य समाप्त होने ही वाला था कि पाँच वेदान्ती ब्राह्मण चन्द्रगुप्त की राजसभा में आये। वेदान्ती ब्राह्मण आने वाले हैं, इसकी पूर्व सूचना उन्हें प्राप्त हो ही गयी थी। सम्राट चन्द्रगुप्त उठकर खड़े हो गये, सारी सभा उनका स्वागत करने के किये खड़ी हो गयी। उनके स्थानापन्न होने से पहले उनमें से एक वृद्ध वेदान्ती ब्राह्मण बोले, "सम्पूर्ण आर्यावर्त का भ्रमण करते हुए धर्मसंस्कार, संस्कृति और धर्मज्ञान की वर्तमान अवस्था पर साम्प्रत हम अध्ययन कर रहे हैं। काशी नरेश अमरसिंह ने हमें यह विशेष कार्य दिया है। हम हैं गंगेश्वर भट्ट।"

"उत्तम।" सम्राट चन्द्रगुप्त ने कहा और वे आगे बोले, "गुप्त साम्राज्य आर्यावर्त में कश्मीर से दक्षिण तक फैला हुआ है। तब आपका अध्ययन इस बारे में क्या कहता है?"

"स्पष्ट कहें तो क्षत्रिय ब्राह्मणों का आदर करते हैं, क्योंकि वे यज्ञ-याग इत्यादि के लिए आवश्यक हैं।"

"अर्थात वर्णव्यवस्था ने ये चार आश्रम निर्मित किये हैं, इसमें अनुचित क्या है? हम वास्तव में वैश्य होकर भी क्षत्रिय वृत्ति से कार्य कर रहे हैं।"

गंगेश्वर भट्ट इसका उत्तर देते, इससे पूर्व ही एक स्त्री राजसभा में आयी।

"तुम्हारी क्या समस्या है, माता?" महाराज ने पूछा।

"महाराज, हमने अपनी इच्छा से नगर से बाहर अपनी प्रसन्नता के लिए बस्ती बनायी। हमारा वहाँ परम्परागत वास्तव्य है, तो आपके सेवकों ने वह स्थल नकार कर नगर में स्थान दिया। हमें यह मान्य नहीं। हमें अपना स्वतन्त्र स्थान चाहिए।"

"इस पर आप क्या कहेंगे, गंगेश्वर भट्ट?" महाराज ने अचानक स्थानापन्न हुए गंगा भट्ट से पूछा।

"यह आपका प्रश्न है, महाराज, आप ही निर्णय लें।"

"आप वेदान्ती ब्राह्मण हैं, धर्म-संस्कृति पर विशेष अध्ययन हेतु आर्यावर्त भ्रमण के लिए निकले हैं। तो ईस क्षुद्र स्त्री को कौन-सा न्याय देंगे, यह पूछा था हमने।"

वे मौन हो गये।

सम्राट चन्द्रगुप्त हँसे और उन्होंने कहा,

"हमारे कवि कालिदास भी इसका उत्तर दे सकेंगे। कालिदास, आपका क्या विचार है?"

"स्वातन्त्र्य उन्हें चाहिए निवास स्थान के लिए, और उपजीविका करना है नगर में आकर। ख़ुद महाराज को ऐसा लगता है कि चारों वर्ण एक साथ आयें, तो माते, क्या यह योग्य नहीं है? कौटिल्य ने अपने अर्थशास्त्र में और हमारे ज्येष्ठ बन्धु वराह मिहिर द्वारा साम्प्रत लिखी जा रही 'बृहद् संहिता' में यह उल्लेख किया गया है कि चार वर्णों के लिए चार निवास स्थान होना चाहिए।

माते, यदि एक ही माता के चार पुत्र, चार पृथक-पृथक निवास स्थान बनाकर रहने लगें, तो क्या उस माता का परिवार संयुक्त होगा? तुम्हारे चार पुत्र यदि विभक्त हो जायें, तो क्या तुम्हें अच्छा लगेगा? समान अधिकार, कष्ट से अर्जित की गयी सम्पत्ति, समान न्याय–महाराज के राज्य में सब कुछ समान होते हुए, क्या नगर से बाहर स्वतन्त्र रहना उचित है? तुम शूद्रों का प्रतिनिधित्व करने आयी हो, इसका अर्थ है कि शूद्र वर्ण का तुम पर विश्वास है, तो फिर सभी वर्णों को एक समान मानकर

एकसंघत्व निर्माण करने वाले महाराज पर तुम्हारा विश्वास नहीं? कर्मानुसार वर्ण परिवर्तित करना सम्भव है, शायद कोई शूद्र वणिक होकर व्यापार करना चाहे, तो क्या उसे एक ही वर्ण से बाँधे रखने की तुम्हारी इच्छा है?

माते, शायद तुम्हें ज्ञात न हो, ब्राह्मण क्षत्रिय वृत्ति स्वीकार करके राज्य शासक हो गये। वाकाटक वंश, कदम्ब वंश इसके उदाहरण हैं। कुछ शूद्र वर्ण के शासक भी हुए हैं। सौराष्ट्र, अवन्ती, मालवा के शासकों के शूद्र होने का उल्लेख है।

ऐसी स्थिति में महाराज की इच्छा से विद्यमान सर्ववर्ण समानता को छोड़कर, क्या नगर से बाहर स्वतन्त्रता तुम्हें स्वीकार है? अब तुम्हीं अपने वर्ण को न्याय़ दो।"

वह स्त्री सम्भ्रमित हो गयी। वह समझ गयी थी कि उसके विचार स्वार्थी हैं।

"हे माते, तुम्हें इस बात की कल्पना भी नहीं है कि सम्राट चन्द्रगुप्त ने सभी शास्त्रग्रन्थों का अध्ययन करके ही आचार संहिता बनायी है। आपात्‌कालीन स्थिति में ब्राह्मण शूद्र के हाथ का अन्न ग्रहण कर सकते हैं, इतना सामाजिक स्वातन्त्र्य इस संहिता में होने पर भी अपने लिए स्वतन्त्रता की जिद किसलिए? फिर क्या यह स्वतन्त्रता इतनी सक्षम है कि जीवन निर्वाह हो सके?"

वह स्त्री मौन हो गयी।

"माते, कुछ शूद्रों ने कृषिकार्य भी किया है। प्राचीन काल में शूद्रों को रामायण, महाभारत तथा अन्य धर्म ग्रन्थों का अध्ययन करना तो क्या, उनका श्रवण करना भी प्रतिबन्धित था। धर्म संकुचित हो गया था। धर्मग्रन्थ संकुचित हो गये थे। महाराज ने वे सारे अधिकार अपने राज्य में सभी को प्रदान किये हैं। ऐसा राजा इतिहास में आज तक हुआ नहीं है। इतना ही नहीं, बल्कि याज्ञवल्क्य के अनुसार शूद्र वर्ण "नम:" शब्द का उच्चारण कर महायज्ञ करने का अधिकारी भी हो गया है। महाराज ने याज्ञवल्क्य का ही आदर्श प्रस्तुत किया है।"

वह स्त्री क्षमा माँगकर चली गये। तब गंगेश्वर भट्ट बोले,

"जातिव्यवस्था का इतना एकसंघ स्वरूप हमने किसी भी शासक के पास नहीं देखा। महाराज, आप जैसे राजा आर्यावर्त का भूषण हैं।"

मध्याह्न भोजन का समय कब का निकल चुका था। फिर भी महाराज उन पाँचों वेदान्ती ब्राह्मणों सहित भोजन कक्ष की ओर निकले।

***

"कालिदास, हमने सबको समान अधिकार देने का प्रयत्न किया, परन्तु मन आज खिन्न है।" सन्ध्या आरती के बाद क्षिप्रा के मन्दिर की सीढ़ियाँ उतरते हुए सम्राट चन्द्रगुप्त ने कहा।

सेनापति वीरसेन और महारानी ध्रुवस्वामिनी अद्यापि मन्दिर में ही थे। युवराज्ञी प्रभावती शीघ्रता से सीढ़ियाँ उतरकर चली गयी थीं। महाकालेश्वर की महाआरती होने से सम्पूर्ण राज परिवार मन्दिर में उपस्थित था, परन्तु कबसे मन को पीड़ा देने वाली बात कहने के लिए सम्राट चन्द्रगुप्त निकले। उन्हें मालूम था कि कालिदास उनके पीछे आयेंगे।

"ऐसा क्या हो गया है, महाराज?"

"रानी सौदामिनी ने प्रभावती का विवाह उनके बन्धु से करने का आग्रह किया है। संयत ध्रुवस्वामिनी कुछ नहीं कहतीं। रानी नेत्रवती अपनी ही धुन में मगन रहती हैं। आप सुखी हैं, कालिदास। पारिवारिक समस्याओं से मुक्त हैं। अभी तक हमने किसी को यह नहीं बताया है कि प्रभावती का विवाह वाकाटक वंश में करना पड़ेगा। केवल सेनापति देवदत्त जानते हैं।"

"उन्हें इस बारे में क्या समस्या हो सकती है, महाराज? महाराज चन्द्रगुप्त प्रथम ने लिच्छवी वंश की राजकुमारी कुमारदेवी का वरण किया। आप ध्रुवस्वामिनी महारानी को लाये। ऐसे सम्बन्ध राजवंशों के लिए नये नहीं हैं। फिर आप चिन्तित क्यों हैं?"

"बात यह है, कालिदास कि गुजरात, काठियावाड़ के शक-महाक्षत्रपों ने जब वहाँ अपना राज्य स्थापित कर लिया तो हमारे सामने समस्या खड़ी हो गयी–व्यापार के सन्दर्भ में। पिताश्री ने जो राज्यव्यवस्था की थी, वह बधु रामगुप्त के समय में पूरी तरह नष्ट हो गयी। जिन नदियों से परदेस में व्यापार होता है, वे नदियाँ ही शकों के आधिपत्य में थी। पाटलिपुत्र से हमने शकों से उज्जयिनी प्राप्त की। यह सब करते हुए दक्षिण के वाकाटक रुद्रसेन का सहकार्य प्राप्त हुआ।"

कालिदास अभी भी सम्राट चन्द्रगुप्त की समस्या को समझ नहीं पाये थे। वे केवल सुन रहे थे। काफ़ी समय के बाद उन्होंने पूछा, "युवराज्ञी प्रभावती देवी के बारे में..."

उनका प्रश्न समझकर सम्राट चन्द्रगुप्त बोले, "ऐसा प्रतीत होता है कि उनके वंश के पुरुषों को अल्पायु होने का शाप है। क्या हम जानबूझकर ऐसा करें? यह प्रश्न है।"

"ऐसा कुछ भी नहीं होता, महाराज। यह केवल योगायोग होता है। हमारा विचार है कि पिछले तीन मास से आप चिन्तित हैं, तो प्रभावती देवी से सब कुछ स्पष्ट कह दें, जिससे प्रश्न का समाधान हो जायेगा।"

वे बातें कर ही रहे थे कि प्रभावती शीघ्रता से मन्दिर की सीढ़ियाँ उतरकर उनके समीप आयीं। गौरवर्णीय, सुन्दर, शस्त्र-शास्त्र निपुण वह इस समय किसी सुन्दर काव्य जैसी प्रतीत हो रही थी।

"हमारा नाम सुना। हमारे बारे में बातें हो रही थीं?"

सम्राट चन्द्रगुप्त मौन हो गये। कालिदास बोले, "प्रभावती देवी, आप जब बालिका ही थीं, तब हम उज्जयिनी आये थे। अनेक बार आप हमारे साथ भी थीं, देखते-देखते आप विवाह योग्य हो गयी हैं।"

"हमने माताश्री से सुना। पिताश्री हमारे विवाह के बारे में विचार कर रहे हैं।"

"प्रभावती, ब्राह्मण कुल के वाकाटक वंश के महाराज रुद्रसेन से आपका विवाह करने की हमारी इच्छा है", सम्राट चन्द्रगुप्त एक साँस में कह गये और उन्होंने दीर्घ नि:श्वास लिया।

"पिताश्री, वाकाटक वंश का हम पर ऋण ही है। उन्होंने अनेक बार हमें सहकार्य दिया है। अत: हम प्रसन्नता से उनसे विवाह करेंगे। वैश्य-ब्राह्मण सम्बन्ध राजकीय सहकार्य को दृढ़ता प्रदान करेगा। पिताश्री, आप कभी भी अयोग्य निर्णय नहीं लेंगे। इसके अतिरिक्त, राजवंश में किसी को भी अपने राजधर्म का, कर्तव्य का विस्मरण नहीं होना चाहिए।"

वह बोल रही थी। कालिदास उसके प्रगल्भ विचारों से प्रभावित हो गये थे, तो सम्राट चन्द्रगुप्त, सार्वभौम साम्राज्य के अधिपति। अपनी कलिका जैसी पुत्री के सामने नतमस्तक हो गये थे। उनके नेत्रों से समाधान के अश्रु बह रहे थे। मन को चिन्तित करने वाला प्रश्न सहज ही हल हो गया था।

सम्राट चन्द्रगुप्त ने उसके मस्तक पर हाथ रखा। आगे कुछ कहने के लिए शब्द ही नहीं बचे थे।

***

'अतुल्य भारत, अमूल्य भारत, अनमोल, अनुपम भारत! उत्कट, उन्नत भारत! विधाता का अनन्य स्वप्न भारत! अहिंसा, सत्य, शान्ति, विश्वबन्धुत्व को मानने वाला भारत। संस्कार, संस्कृति, प्राकृतिक सौन्दर्य से परिपूर्ण भारत! भारत, एकसंघ भारत! उत्तर से दक्षिण तक, पूर्व से पश्चिम तक समृद्ध भारत! आर्यावर्त!'

कालिदास नितन्तर भारत के बारे में लिख रहे थे। पोरस-सिकन्दर से आरम्भ हुआ इतिहास, उससे पूर्व वैदिक काल के सुवर्ण पृष्ठ, वास्तव में उन्हें लिखनी थी सम्राट समुद्रगुप्त की राज्यव्यवस्था। परन्तु वे भूल गये थे। वराहमिहिर ने कहा था,

“एक बार सम्राट समुद्रगुप्त की न्यायनीति, सामाजिक, राजकीय दृष्टिकोण के बारे में लिखना चाहिए। जब फाह्यान आया था तो उसने ख़ूब अध्ययन कर लिखा। वह लिखता ही रहा था। हमारे मन में आया कि हम ही अपने महाराज के पिता के विषय में क्यों न लिखें। परन्तु ‘बृहत् संहिता’ आरम्भ करने के बाद हम चाहकर भी नहीं लिख पा रहे हैं...संक्षिप्त जानकारी हमारे पास उपलब्ध है।”

कालिदास वे हस्तलिखित ले आये थे। और लिखना आरम्भ करते ही उनके नेत्रों के सामने नीलाकाश, भव्य हिमालय, अथाह सागर, जलाशय, सर-सरिता दिखाई देने लगे। कश्मीर से वापस आते समय हरिद्वार से आगे, केदारनाथ तक अतिरम्य, शब्दातीत प्रवास! आर्यावर्त में हुआ लोकदर्शन! लोकभाषा, लोकनृत्य, लोकपरिवेश, लोकसंस्कृति का दर्शन। इनकी विविधता देखकर वे मन्त्रमुग्ध हो गये थे। और केदारनाथ के दर्शन से तो अपने अस्तित्व तक को भूल गये थे। वे स्वयं ही हो गये थे शिव-पार्वती और उन्हें प्रीति हो गयी शिवशंकर से और फिर मौन अनुनय-प्रणय और फिर पूर्णत्व। उस प्रणय के अनेक रंग! उस हिमालय पर केवल वे ही दोनों – शिव और पार्वती, शिव और उमा। मुक्त श्रृंगार का अलौकिक-अनुपम-उत्कट स्थान।

वे उस वातावरण में प्रविष्ट हो गये थे, इतने में सेवक ने उनके समीप जलपात्र लाकर रखा और वे वास्तविकता में आये। हमें यह सब लिखना होगा, अन्यथा मन मुक्त नहीं होगा। परन्तु अभी वराहमिहिर द्वारा दी गये हस्तलिखित। संक्षेप में ही सही, मगर उन्हें लिखना चाहिए। वर्तमान का भान रखते हुए उन्होंने लिखना आरम्भ किया। विस्तार से बाद में लिख सकते हैं, यह विचार उनके मन में था।

श्रीगुप्त ने कुषाण वंश के पतनकाल में अपना साम्राज्य स्थापित किया। उनके बाद घटोत्कच ने प्रशासन अपने हाथ में लिया, राज्यव्यवस्था उत्तम प्रकार से सँभाली। ‘श्री घटोत्कच गुप्तस्य’ नाम से अपनी राजमुद्रा तैयार की। उनके पश्चात ‘महाराजाधिराज’ उपाधि ग्रहण कर चन्द्रगुप्त शासन करने लगे। मगध, पाटलिपुत्र और उत्तर भारत के अनेक राज्यों को अपने राज्य से सम्बन्धित करते हुए राज्य विस्तार किया। राजनगरी पाटलिपुत्र का निर्माण किया। अपनी विजय के उपलक्ष्य में ‘गुप्त संवत’ कालगणना का आरम्भ किया।

मगध राज्य के उत्तर में स्थित प्रबल लिच्छवी राजवंश को पराजित करना कदापि सम्भव नहीं, यह जानकर उनकी कन्या कुमारदेवी से विवाह किया। चन्द्रगुप्त की अनेक रानियों में से कुमारदेवी के पुत्र समुद्रगुप्त ने इतिहास में स्वर्ण पृष्ठ लिखा है। उनके ज्येष्ठ पुत्र रामगुप्त ने शासन की बागडोर सँभाली। रामगुप्त अत्यन्त

निष्क्रिय थे, इस कारण समुद्रगुप्त द्वारा स्थापित प्रशासन व्यवस्था डगमगा गयी, राज्य पर अनेक आक्रमण भी हुए। समुद्रगुप्त द्वारा स्थापित उत्तम नियोजन का पतन हो गया। विकास के स्वप्न देखने वाला साम्राज्य आक्रमणों की छाया में आ गया। शकों ने बार-बार आक्रमण किये। उस समय चन्द्रगुप्त द्वितीय अयोध्या के प्रान्तपाल थे। शकों को अपनी पत्नी देनेवाले रामगुप्त का चन्द्रगुप्त ने वध किया और वे राज्याधिकारी हो गये।

शकों पर आक्रमण करने के लिए सम्राट चन्द्रगुप्त मालवा प्रान्त से अपने परराष्ट्रमन्त्री और युद्धमन्त्री वीरसेन के साथ गये थे। उदयगिरि सनकानिक वंश का गुप्त सरदार सम्राट चन्द्रगुप्त की शरण में आ गया और सम्राट चन्द्रगुप्त ने समुद्रगुप्त द्वारा जीते हुए सभी प्रान्त जीतकर उन पर अपनी राजमुद्रा अंकित की। अपने पिता के ही समान 'उन्मुक्त राज्य' की स्वतन्त्र नीति अपनायी।

'आटविक राज्य' अरण्य क्षेत्र के राज्य थे। उन्हें सेवक बनाया। दक्षिण की ओर के राज्यों को जीत लिया, सम्पत्ति रख ली और उन्हें उनके राज्य वापस कर दिये। 'प्रत्यन्त राज्य'–अर्थात सीमा प्रान्त के राज्यों को अपने अधिकार में रखा। जो 'गणराज्य' थे, उनका पराभव कर उन्हें माण्डलिकत्व दिया। 'सीमा प्रान्त के विदेशी राज्यों' को माण्डलिकत्व प्रदान किया।

उत्तर भारत के पश्चात दक्षिण भारत का अभियान आरम्भ किया। 'आटविक' राजाओं के सहकार्य से युद्ध में विजय प्राप्त होती है, यह जानकर अपने दक्षिण के अभियान में उन्होंने आटविक राजाओं का सहकार्य प्राप्त किया।

सम्राट समुद्रगुप्त ने रुद्रदेव, मातिल, नागदत्त, चन्द्रवर्मन, गणपतिनाग, नागसेन, अच्युत, नन्दी, बलवर्मा–ये सारे नागराज्य अपने साम्राज्य से जोड़ लिए थे। बीच में, रामगुप्त के काल में वे स्वतन्त्र हो गये थे। सम्राट चन्द्रगुप्त ने उन्हें फिर से अपने आधिपत्य में कर लिया। कोसल के महेन्द्र, महाकान्तार के व्याघ्रराज, कौराल के मन्त्रराज, पिष्टपुर के महेन्द्रगिरि, कोत्तूर के स्वामिदत्त, एरण्डपल्ल के दमन, कांची के विष्णुगोप, अवयुक्त के नीलराज, वेंगी के हस्तिवर्मन, पल्लक के उग्रसेन, देवराष्ट्र के कुबेर, कोस्थलपुर के धनंजय पर सम्राट चन्द्रगुप्त ने नियन्त्रण स्थापित किया।

गंगा, ब्रह्मपुत्र नदियों का बंग का समुद्र किनारा, उसकी राजधानी 'कर्मान्त', समतट और कामरूप के बीच 'दवाक', राजा जयदेव का नेपाल, कुमायूँ, गढ़वाल, रोहिला खण्ड का प्रदेश 'कर्तृपुर', और गणराज्य, 'मालव', 'आर्जुनायन', 'यौधेय', 'मद्रक', 'आभीर', 'प्रार्जुन', 'सनकानिक', 'काक', 'खर्परिक' पर पुनः अधिकार प्रस्थापित कर गुप्त संवत भी आरम्भ किया।

कालिदास संक्षेप में लिख रहे थे। वास्तव में तो यह अभ्यासक-लेखनिक का कार्य था। इस तरह के काम उन्हें अच्छे नहीं लगते थे, परन्तु वराहमिहिर को मना करना सम्भव नहीं था और लिखना प्रिय नहीं था।

उन्होंने सेवक द्वारा लाये गये जल का प्राशन किया। सेवक ने सूचित किया कि महाराज ने आमन्त्रित किया है। शरीर में प्रसन्नता की लहर दौड़ गयी।

मन्त्रिमण्डल के कुछ विशिष्ट मन्त्रियों की सभा आयोजित की गयी थी। वे समझ नहीं पाये कि उस सभा में उनकी क्या भूमिका हो सकती है। उस दालान में प्रवेश करते ही सम्राट चन्द्रगुप्त ने कहा, "पधारिए, कालिदास।"

"विशेष सभा का आयोजन किसलिए, महाराज?"

"हम 'अश्वमेध यज्ञ' करने वाले हैं। अब तक अनेक यज्ञ, महायज्ञ किये हैं, परन्तु अश्वमेध यज्ञ नहीं किया है।"

"हमें कौन-सा कार्य करना होगा, महाराज?"

"अश्वमेध यज्ञ के निमन्त्रण आप स्वयं जाकर दें। कुछ विशेष राज्यों में आप स्वयं जायें। विशेषत: विदर्भ में स्थित वाकाटक राज्य में जाकर प्रत्यक्ष रुद्रसेन महाराज को आप स्वयं, हमारी ओर से निमन्त्रण दें। उसी तरह कुछ और भी गणराज्य हैं, जहाँ आप जायें।

हम अपना 'कुन्तक अश्व' अश्वमेध यज्ञ के लिए ससैन्य भेजेंगे। इस अश्व का प्रतिरोध करने वालों के सामने युद्ध ही एक पर्याय होगा।"

"मान्य है, महाराज। वर्तमान में आर्यावर्त पर आपका इतना प्रभाव है कि कोई भी अश्वमेध यज्ञ के अश्व का प्रतिरोध नहीं करेगा।"

"दक्षिण में स्थित वाकाटक वंश, अत्यन्त प्रबल साम्राज्य का अधिकारी है। अनेक बार शकों के विरुद्ध युद्ध करते हुए उनका अमूल्य सहयोग हमें प्राप्त हुआ है। उनके अनेक माण्डलिक राजा हैं। कालिदास, हम कुछ मन्त्रियों को आपके साथ भेजेंगे। आप उन्हें अश्वमेध यज्ञ के लिए आमन्त्रित करें। हम अपने हस्ताक्षर में उन्हें निमन्त्रण पत्र भेज रहे हैं। हमारा उद्‌देश्य आप समझ गये न, कालिदास? महाराज रुद्रसेन को यहाँ आना चाहिए।"

अश्वमेध यज्ञ का उद्‌देश्य स्वसाम्राज्य पर अपनी मुद्रा लगाना था, तो महाराज रुद्रसेन को आमन्त्रित करने का उद्‌देश्य यह था कि प्रभावती-रुद्रसेन के विवाह से दो प्रभावशाली वंश एक होकर हिन्दू साम्राज्य का एकसंघ बनायें।

"अवश्य, महाराज," कालिदास ने कहा।

"हमारे पिताश्री ने अनेक युद्ध किये। सप्तसिन्धु के प्रदेश में विजय प्राप्त

करने के बाद दक्षिण के बारह राज्य उन्होंने जीते। जिनमें कोसल के महेन्द्र, महाकान्तार के व्याघ्रराज, कौसल के मन्त्रराज, पिष्टपुर के महेन्द्रगिरि, कोत्तूर के स्वामिदत्त, एरण्डपल्ल के दमन, काँची के विष्णुगोप, अवयुक्त के नीलराज, वेंगी के हस्तिवर्मन, पल्लक के उग्रसेन, देवराष्ट्र के कुबेर, कोस्थलपुर के धनंजय–इन छोटे राज्यों को जीतकर उन्हें माण्डलिकत्व और स्वायत्तता देकर पिताश्री ने एकसंघ हिन्दू साम्राज्य का निर्माण किया। कई बार हम भी उनके साथ युद्ध पर गये थे।

पिताश्री सम्राट समुद्रगुप्त हमारा आदर्श हैं। इतिहास के अनेक स्वर्ण पृष्ठ लिखने वाले वे हमारे पिताश्री हैं, इसका हमें अभिमान है। साम्राज्य जोड़ने के लिए उन्होंने अनेक विवाह किये। उन्होंने अनेक यज्ञ कर संस्कृति के मेरुदण्ड को मज़बूत बनाये रखा। दो बार अश्वमेध यज्ञ कर स्वसामर्थ्य का परिचय दिया।

दक्षिण में विजय प्राप्त करते समय 'धर्मविजयी' इस सिद्धान्त का पालन किया। पिताश्री सम्राट समुद्रगुप्त उदारमतवादी थे। 'ग्रहणमोक्षानुग्रह' इस सिद्धांत के प्रणेता थे। अर्थात राज्य जीतने के बाद, उस राज्य पर अनुग्रह कर उसे लौटाकर राजा को माण्डलिकत्व प्रदान करते। हमारे पिताश्री के काल में ये युद्ध करना कहीं अधिक सरल था। परन्तु सब जगह शासन करना अधिक कठिन था। इसलिए इस कूटनीति का प्रयोग उन्होंने किया।

सम्राट चन्द्रगुप्त को अपने पिता के बारे में बहुत कुछ बताना था। उनकी भावनाएँ हिलोरें ले रही थीं, अन्त में तो वे इतने उत्तेजित हो गये कि उनका गला भर आया था। उन्होंने आगे कहा,

"हम पिताश्री की नीति का अनुसरण करते हुए अपना हर उद्देश्य निश्चित करते हैं। उन्हें सर्वाधिक प्राप्त करते हुए बहुत संघर्ष करना पड़ा था। हमें उतना संघर्ष नहीं करना पड़ा।

उनका एक सिद्धान्त था, यज्ञप्रयोजन। इस निमित्त से सभी माण्डलिक राजाओं को आमन्त्रित करके एकसंघ करने की यह धर्मनीति थी। हमने भी वही किया। अनेक यज्ञो के बाद महायज्ञ और उसके पश्चात विजयध्वज फहराने वाला अश्वमेध यज्ञ हम करने वाले हैं। पिताश्री ने उस काल में शिलालेखों का भी निर्माण किया था। उनमें हरिषेण ने अनेक उत्तम उपाधियों का, सम्मानवाचक शब्दों का, गुणविशेषणों का प्रयोग किया है, जिनके वे अधिकारी थे।"

"महाराज, आप अपने पिताश्री से दो पग आगे ही हैं। आप सकलगुणमण्डित हैं। यज्ञ के समय आपने अनेक निर्धनों को जो दान दिया है, वह तो अवर्णनीय ही है। अनाथ स्त्रियों की आपने इतनी सहायता की है कि यदि उसका वर्णन करने लगो..."

"रहने दें, वराहमिहिर..." सम्राट चन्द्रगुप्त हँसते हुए बोले, "हमने अपने पिताश्री की चरणरज का आदर कर उसे चन्दन की भाँति माथे पर लगाया है। आपको शायद कल्पना भी न हो, परन्तु सत्य कहता हूँ कि आज भी वह चरणरज हमारे पूजा मन्दिर में है।" उनके नेत्र भर आये। सभी भावना विभोर हो गये थे।

सन्ध्या के पदकमल आज राजसभा में आ पहुँचे थे।

***

कालिदास का अश्व मधुवन्ती के प्रासाद से निकला तो किरणों के अश्व आकाश मार्ग में गतिशील हो गये थे। वास्तव में वे कभी भी प्रकाश मार्ग से होकर मधुवन्ती के प्रासाद से नहीं निकले थे और अद्यापि कभी भी एक रात से ज़्यादा उसके यहाँ रुके भी नहीं थे। परन्तु इस बार मधुवन्ती ने न जाने की प्रतिज्ञा ही दी। उन्होंने कहा भी था,

"हे शुभदे, चारुगात्री मधुवन्ती, हमें व्यथा होती है, वह तुम्हें दिखाई नहीं देगी और न ही कभी तुम समझ पाओगी। विवाह के पश्चात कन्या पतिगृह में आती है। पत्नी बनकर उसके सम्पूर्ण आयुष्य पर छा जाती है। विवाह बन्धन के कारण उसे सामाजिक अधिकार प्राप्त होता है।

हे सुनेत्री, सुमंगली, तुम्हें हम क्या कथन करें? तुम तो सज्ञान हो। हम पुरुष हैं, तुम एक स्त्री हो। गणिका के रूप में तुम्हें स्वायत्तता और सर्व सौख्य का अधिकार होते हुए भी तुम हमारी पत्नी नहीं बन सकतीं। अभी तक गुप्त साम्राज्य में ऐसा किसी ने किया हो, ऐसा इतिहास में नहीं है। और यदाकदाचित किसी ने किया भी हो तो राजा-महाराजाओं ने किया होगा।"

"आर्य, आपके अतिरिक्त मैं किसी से भी..."

"हम कब अमान्य करते हैं, सुकन्ये? परन्तु, यदि हमने ऐसा निर्णय लिया भी होता, तो वह हमारे लिए भी सम्भव नहीं है।"

केदारनाथ से लौटने के बाद वे एक रात को गये तो थे, परन्तु कुछ ही देर में महाराज का सन्देश लेकर सेवक आया था और वे वापस चले गये थे।

उसके बाद सप्ताह भर वे विविध कार्यों में व्यस्त थे। वह अधीरता से उनकी प्रतीक्षा कर रही थी। वैसे भी उसका परिवार तो था ही नहीं। वही राजा और वही रानी, अन्य दासदासियाँ थीं। वह सबके लिए थी, मगर उसने अपना ह्दय अर्पण किया था सिर्फ़ कालिदास को। उनके प्रति वह एकनिष्ठ थी। इसलिए वह आतुर थी, उनसे मिलने के लिए। उनके बीच पति-पत्नी के बीच का सामंजस्य स्थापित हो गया था।

जब कालिदास दोबारा आये, तो उसने कहा था, "आर्य, यदि एक वचन माँगू, तो देंगे? मुझे नहीं जीना है अखिल विश्व के सौन्दर्य में अपने आप को भूलकर, मुझे नहीं चाहिए सन्मान, सामाजिक प्रतिष्ठा और उच्चशिक्षित होने का बहुमान। नहीं करना है हमें राजसभा में नृत्य, नहीं करना है हमें सिंगार और नहीं चाहिए लावण्यवती का बहुमान। आर्य, हमें संगीत सभाओं में प्रशस्ति भी प्राप्त नहीं करना है। विगत दस वर्षों से आप हमारे स्वामी हैं। 'आर्य' कहकर ही हम आपको सम्बोधित करते हैं।

अब आप एक माह हमारे साथ रहें। पारिवारिक जीवन का आनन्द हमें प्राप्त हो। आर्य, इतने वर्षों के बाद की गयी इस विनती को आप ठुकरायेंगे नहीं, इसका हमें विश्वास है।"

"हे लावण्यलतिके, ऐसी ज़िद क्यों? हम तो आते ही हैं ना? अन्यत्र कहीं भी हम नहीं जाते, ये तो तुम जानती ही हो।"

उन्होंने उसे हृदय से लगा लिया। उसकी व्यथा, व्याकुलता, इच्छा वे समझ गये थे। वह उनके साथ सप्तपाताल तक भी आयेगी ऐसा उन्हें पूरा विश्वास था।

उसके नेत्र भर आये थे, अश्रु सावन-भादों की धाराओं के सामान उनके वक्ष पर बह रहे थे। उन्होंने उसका मुख कमल हाथों में लिया। बरसती धाराओं के बीच अचानक चन्द्रबिम्ब दिखाई दे, वैसा आभास हुआ। उसके बन्द नेत्रों में कमलिनी की व्यथा थी। उसका मन चकोर हो गया था। उसके अगतिक, असहाय, निर्बल, निस्तेज रूप को देखकर कालिदास के नेत्र भर आये।

स्त्री के सहवास की सामर्थ्य पर आकाश में छलाँग लगाने वाले पुरुष शायद इस तरह से सोचते ही नहीं होंगे। स्नेह, ऊर्जा, और माँगल्य में स्त्री के दर्शन होते हैं। और ऐसा विलोभनीय दर्शन उन्हें प्राप्त हुआ था। सुदूर केदारनाथ के दर्शनों के लिए हिमालय चढ़ते हुए कभी वे शिव हो गये थे, और पार्वती हो गयी थी मधुवन्ती। शिव-पार्वती के विवाह पश्चात के उस काल का उन्होंने नितान्त रमणीय, एकाकी और उत्कट ऐसे हिमालय के परिसर में अनुभव किया था। निसर्ग के अगम्य रूप का अनुभव उन्होंने यहीं किया था।

अपनी कल्पना में कालिदास मधुवन्ती के साथ चल रहे थे। प्रणय के रंग, और प्रकृति का अनुभव करते हुए वे भी मगन हो गये थे। मानो शिव-पार्वती और कालिदास-मधुवन्ती एकरूप हो गये थे। उन्हें मानो साक्षात्कार हुआ कि मधुवन्ती ने उनके पूरे जीवन को व्याप्त कर लिया है।

"आर्य, हमारी बात नहीं मानेंगे?"

"हमें विचार करने दो।"

"नहीं, आर्य, एक माह आप यहीं रहें।"

"ये कैसे सम्भव है, मधुवन्ती?"

"क्यों नहीं? उसमें असम्भव क्या है?"

उसके सीधे-सादे प्रश्नों का उत्तर देना लगभग असम्भव था। परन्तु तूफ़ान में उन्मूलित लता को कैसे सँवारें और इस दुविधा से मार्ग कैसे निकालें यह प्रश्न उनके सामने था।

"हे कामिनी, आज की रात तो सुख से बीतने दें ..."

"आर्य, सारी रातें आपकी ही हैं और दिन पति-पत्नी के बीच सामंजस्य के। मैं बनूँगी गृहिणी और आप–गृह स्वामी। हमारे साथ भोजन की सिद्धता करें,"

वे उसकी विविध कल्पनाएँ सुन रहे थे, उन्हें भी वे सहज-सुन्दर पारिवारिक कल्पनाएँ प्रिय थीं। पूजा मन्दिर के सामने रंगोली, मन्दिर में पूजा, भोजन की सिद्धता, उपवन का हिंडोला, निरभ्र आकाश के नीचे नर्म-मुलायम दूब पर मधुवन्ती को अपने साथ लपेटे पड़े रहना। कितना सहज सुन्दर!

परन्तु कालिदास इस सबसे योजनों दूर थे। वस्तुतः विद्वत्वती के लिए किया गया प्रण किसी को भी ज्ञात नहीं था। केवल सम्राट चन्द्रगुप्त इस बारे में जानते थे।

वे स्वतन्त्र थे, मुक्त थे, पुरुष थे, बहुपत्नीत्व की रीत भी विद्यमान थी। कहीं भी कोई प्रतिबन्ध न था।

उस रात अत्यन्त आनन्दित मधुवन्ती के निद्राधीन हो जाने पर भी कालिदास जाग रहे थे।

'हम ही प्रतिज्ञा के बन्धन में क्यों बँधे रहें? अपने ही शब्दों से मुक्त क्यों न हो जायें? वे भी शब्द हमारे ही थे। किसी को भी ज्ञात नहीं हैं। फिर मन का यह दुराग्रह किसलिए? परन्तु उनका मन मुक्त होना ही नहीं चाहता था। मन ही जिद्दी था।

आयु के पन्ने उलट रहे थे। अभी भी 'अस्ति कश्चिद् वाग्विशेषः' का उत्तर नहीं दे सके। हम ज्ञानवन्त हो गये, शास्त्र सम्पन्न हो गये। सम्राट चन्द्रगुप्त के वटवृक्ष की छाया जीवन का आधार हो गयी। हम क्यों नहीं जाते भोज राजा की राजसभा में और क्यों नहीं उत्तर देते विद्वत्वती के प्रश्न का? हम क्यों नहीं आयोजन करते शास्त्रसभा का? क्यों नहीं उसे आमन्त्रित करते? पीछे क्यों हट जाते हैं?

हमारा मन विकृत है। हम सामर्थ्यहीन हैं। अपने अपमान का प्रतिशोध नहीं ले सकते। उसका विचार आते ही ऐसा क्यों हो जाता है?' वे अस्वस्थ हो गये थे।

जितना अधिक वे विद्वत्वती का विचार करते रहे, उतने ही अत्यन्त दुराग्रही होते

गये। हम ब्राह्मण ही हैं। हमें शब्दों से ही उत्तर देना है। शास्त्रार्थ कर उसे पराजित करने की हमारी क्षमता है। परन्तु उसके 'अस्ति कश्चिद् वाग्विशेष:' का उत्तर देना है–'हाँ, हम साहित्य के विषय में जानते हैं। इतना ही नहीं, बल्कि हमारा साहित्य लिखित रूप में होकर अजर-अमर है। यही सिद्ध करने के लिए मन आतुर है। परन्तु अभी तक 'ऋतु संहार' के पश्चात स्फुट काव्य के अतिरिक्त कुछ और नहीं लिख सके हैं। हमें कुछ ऐसा लिखना चाहिए कि वह हमसे क्षमा माँगे।'

रात ढलते-ढलते वे निद्रावश हो गये, और सूर्य के अश्व दसों दिशाओं में भ्रमण करने लगे, फिर भी उनकी आँख नहीं खुली। मधुवन्ती महाकालेश्वर के मन्दिर में जाकर आ गयी थी। पूजा सामग्री यथास्थान रखकर वह मंचक के पास गयी। उनके मस्तक पर हाथ रखा, और जैसा सोचा था, वैसा ही हुआ। उन्हें ज्वर हो गया था।

दो दिनों तक वे ज़्वर में बड़बड़ाते रहे। विद्या, विद्धत्वती के नाम लेते रहे।

'कौन हो सकती हैं ये दोनों? आर्य इतने मौन क्यों हैं? उन्होंने कभी इनका उल्लेख क्यों नहीं किया?' ऐसे अनेक प्रश्न उसके मन में थे। वह संयम से, होले से उनसे सब कुछ पूछने वाली थी।

दो दिन और दो रातें वे ज्वर में तपते रहे। मन का तनाव असहनीय था, फिर भी कालिदास मौन थे। मधुवन्ती ने कुछ भी नहीं पूछा।

तीसरे दिन सूर्योदय के उपरान्त जब वे निकले तब प्रासाद की सीढ़ियाँ उतरते हुए बोले, "मधुवन्ती...क्या कहें, कुछ समझ में नहीं आ रहा है। हम चलते हैं।"

वे सीढ़ियाँ उतरकर चले गये। अश्व पर सवार हो गये, दोनों के ही नेत्र असमय वर्षा करने वाले मेघों के समान भर आये थे।

***

सम्राट चन्द्रगुप्त राजप्रासाद के गवाक्ष से बाहर देख रहे थे। ऐसे खाली क्षण उन्हें मुश्किल से प्राप्त हुए थे। उपवन की ओर जाने वाले मार्ग पर सेनापति देवदत्त, महामन्त्री देववर्मा और वीरसेन उन्हें दिखाई दिये। वे पीछे मुड़कर सेवक को उन्हें आमन्त्रित करने के लिए कहने ही वाले थे कि महारानी ध्रुवस्वामिनी भीतर आयीं। वह मन्दिर जा रही थीं, उन्हें देखकर बोलीं, "आर्य, इतने निश्चिन्त, स्वास्थ्य और गवाक्ष से दूर देखते हुए हमने आपको कभी देखा हो, ऐसा याद नहीं है। आप और कालिदास, आप और महामन्त्री। आप और सेनापति...ये जो भावनात्मक युति है, और उनका ऐसा साहचर्य आपको प्राप्त हुआ है कि आप उनके, और केवल वे ही आपके, ऐसी भावना निर्माण हो गयी है। रानी कुबेरनागा भी यही कह रही थीं।"

"हम क्षमाप्रार्थी हैं, महारानी। प्रत्येक सम्राट के जीवन की राह में प्रेम का संक्षेप होता है। महारानी, जीवन एक गणित है, उसमें भी छोटी-बड़ी संख्याओं को ढूँढ़ने में भूल हो ही जाती है। कुछ विशेष घटनाएँ घटित होते हुए या उसके बाद यह ध्यान में आता है कि हमारी संख्या में व्यय हुआ है पत्नी के सहवास का।"

"हमने इसलिए नहीं कहा था, आर्य कि आप क्षमा माँगें। राजप्रासाद में पैर रखते ही मर्यादाओं का बोध होता है, संस्कृति का बोध होता है। साथ ही इस बात का भी ज्ञान होता है कि वीर पुरुष से विवाह किया है तो युद्ध की स्थिति उत्पन्न होगी ही। आप युद्ध में जाकर अवश्य ही वापस आयेंगे, ऐसा विश्वास ही हमारे मन में होता है। दिन का हर क्षण महामृत्युंजय का जाप करने में बीतता है। चाहे हम मन से कितने ही दृढ़ क्यों न हों..."

"महारानी, इस विषय को छोड़िए। हम आ गये हैं ना? अब हम प्रसन्नतापूर्वक जियें। आइए, महारानी। हमारे निकट मंचक पर बैठें।"

उन्होंने महारानी ध्रुवस्वामिनी का हाथ पकड़कर उन्हें अपने समीप बिठाया। उनकी ओर देखते हुए बोले, "आज भी वैसी ही सुन्दर हो, ध्रुवस्वामिनी।"

"आर्य, सन्ध्या आरती का समय हो रहा है। चलिए, हम मन्दिर में चलें। प्रभावती और युवराज कुमार भी आयेंगे। आपकी प्रिय रानी कुबेरनागा, सौदामिनी और..."

"क्या आप हमारा उपहास कर रही हैं, महारानी?"

"कदापि नहीं, सत्य स्थिति का दर्शन करवा रही हूँ।"

"अब आप उपवर कन्या की माता हैं, फिर भी पहले के ही शब्द? अभी तक आप में कोई परिवर्तन नहीं आया है..."

"कैसे आयेगा, महाराज? आप भी वही हैं, हम भी वही। फिर, युद्ध में व्यतीत हुआ समय व्यय करें, तो वे ही दिन होंगे ना? और, एकान्त में बहुमानार्थी शब्दों का प्रयोग न करें।"

"हम सब कुछ मान्य करते हैं, क्योंकि कोई पर्याय ही नहीं है। हमारी अनुपस्थिति आप सबको खलती होगी, परन्तु..."

"आर्य, यह व्यंग्य नहीं, उपहास भी नहीं है, बल्कि आपकी अनुपस्थिति आपकी सुनहरी यादों को जगाती है। हमारा राष्ट्र एकसंघ हो, हिन्दू संस्कृति का संवर्धन हो, धर्मपूर्वक सुशासन हो, दारिद्रय का उन्मूलन हो और विदेशी भारत पर आक्रमण न कर पायें, इसलिए सेना सदा कटिबद्ध रखें—ऐसे उदात्त हेतु से आप

प्रतिक्षण राष्ट्र को समर्पित हैं, इसका हमें गर्व है।"

सम्राट चन्द्रगुप्त का मन भर आया। उन्होंने कहा,

"परिवार के पुरुष को परिवार से अपेक्षित होता है विश्वास और स्नेह, और राजपुरुषों को अपने परिवार से ऊर्जा, विश्वास, स्नेह, कर्तव्य और राजनिष्ठा, परस्पर सामंजस्य की अपेक्षा होती है। जब हम युद्ध पर जाते हैं, तो परिवार संगठित रहे इसके लिए कोई स्नेह से प्रयत्न कर रहा होता है। और वो तुम कर रही हो, ध्रुवस्वामिनी, केवल तुम..."

उन्होंने उसके कन्धे पर अपना मस्तक रखा। उसके भी नेत्र भर आये, और समय का ध्यान रखते हुए वह बोली,

"साँझ गहरा रही है, आर्य...देवमन्दिर चलें।"

"तुम आगे चलो, हम आते हैं।"

महारानी ध्रुवस्वामिनी हाथों में पुष्पमाला लेकर मन्दिर की ओर चलीं। महारानी को अनेक कलाएँ अवगत थीं। वे उत्तम गायन करती थीं, पुष्परचना करना, पुष्पमाला बनाने में भी उनकी रुचि थी। यद्यपि सभी इच्छाएँ सहजता से पूरी हो जायें, ऐसा सुखमय जीवन होते हुए भी रंगोली हो या भोजन व्यवस्था, दालान के चित्रों का विचार हो या दीपमालाओं का विचार हो, हर स्थान पर सहजता से विचरण करने वाली ध्रुवस्वामिनी सबको प्रिय थी। इस समय भी उसके बारे में सोचते हुए विचार आया—बीस वर्ष से ऊपर हो गये थे।

उन्हें याद आया।

मालवा के उत्तरी भाग से हमने उज्जयिनी पर आक्रमण किया था। गुजरात और सौराष्ट्र के शक-क्षत्रप विजय तथा यशदेव, मालवा के राजा रुद्रसिंह उज्जयिनी को बचाने का पूरा-पूरा प्रयत्न कर रहे थे। मगध की सेना चन्द्रगुप्त के आधिपत्य में थी। उस समय चन्द्रगुप्त मालवा में प्रान्तपाल थे।

मगध नरेश समुद्रगुप्त अब जराजर्जर हो गये थे, पाटलिपुत्र में चन्द्रगुप्त के ज्येष्ठ बन्धु रामगुप्त को सम्राट घोषित कर दिया गया था और उनके शासन काल में प्रशासन व्यवस्था लड़खड़ा गयी थी। शक-क्षत्रप प्रबल हो गये थे। मगध और पाटलिपुत्र पर आक्रमण कर शक उस प्रदेश को हथियाना चाहते थे। इन तीनों की सेना बलाढ्य और संख्या में अधिक थी।

ऐसी परिस्थिति में चन्द्रगुप्त ने अपनी सेना के तीन भाग किये थे। उज्जयिनी पर चन्द्रगुप्त, गुजरात की राजधानी चन्द्रावती पर वीरसेन और सौराष्ट्र की राजधानी

पाटन पर देववर्मा थे। चम्बल के बीहड़ में युद्ध का आरम्भ किया है, ऐसी भ्रामक वार्ता प्राप्त होने पर शकों की सेना प्रथम वहाँ पहुँची। शकों की दिशाभूल करने की कल्पना हमारी ही थी।

सम्राट चन्द्रगुप्त को अपने आप पर ही हँसी आ गयी। युद्ध के प्रसंग में कहाँ से और कैसे कल्पनाएँ मन में आ जाती हैं, यह तो मन ही जाने। उस अगम्य मन में पुरु और सिकन्दर और चाणक्य दृढ़ता से विराजमान थे।

सिकन्दर जब सम्पूर्ण विश्व को जीतते हुए गान्धार के 'पुष्कलावली' तक पहुँचा, तो राजा हस्ती ने पराजय के स्थान पर मृत्यु का वरण किया। प्रत्यक्ष पुरु की माता के, जो उसकी भगिनी थी, होते हुए भी काशी नरेश आम्भी देशद्रोह कर सिकन्दर की शरण में चला गया, परन्तु पुरु युद्ध करता रहा। अत्यन्त वीरता से युद्ध करता रहा। भीषण संघर्ष के बाद ही पुरु पराजित हुआ। परन्तु उसकी पराजय में भी विजय थी। उस पराजय के कारणों का चन्द्रगुप्त ने अध्ययन किया था। इसलिए तीन तरफ़ से आक्रमण करने की योजना वह बना सके। सिकन्दर-पोरस के युद्ध का जैसा समय था, वैसा ही वह अभी भी था। उस समय वितस्ता-झेलम भयानक बाढ़ के कारण तीव्र प्रवाह से बह रही थी, वैसी ही अभी चम्बल भी प्रवाहित हो रही थी।

पुरु को पराजित करने के लिए एक तरफ़ से आम्भी राजा की सेना, सामने से सिकन्दर की सेना और कई सेनाओं के अनेक पथक बनाकर उसने उन्हें एक के बाद एक भेजा। इसलिए सेना बिना थके उत्साह से युद्ध करती रही। पुरु ने अपनी सेना को केवल सामने से ही युद्ध भूमि में उतारा। वास्तव में चतुर और कल्पनाशील पुरू यहीं पर चातुर्यहीन हो गया। प्रचण्ड जल धाराओं में हाथी पर बैठकर युद्ध करने लगा। उसके हाथी के पैर मिट्टी में धँस गये और राजा आंभी उस पर वार करता इससे पूर्व ही सिकन्दर ने उसे रोक दिया और पुरु की वीरता का सत्कार किया। इतना ही नहीं, उसकी वीरता, चातुर्य, कल्पनाशीलता देखकर अनेक बार पराजित हुए सिकन्दर ने उसे चिनाब नदी के पश्चिम का क्षेत्र तथा दस-दस हज़ार आबादी वाले सैंतीस नगर पुरु को भेंट देते हुए उन्हें अपने राज्य में सम्मिलित करने को कहा।

उनकी परिस्थिति में संघर्ष अटल था। चन्द्रगुप्त यह बात समझते थे। अत: युद्ध नीति का पालन करते हुए उन्होंने श्रीकृष्ण की रणनीति और पुरु की पराजय के कारणों का अध्ययन किया था। इसलिए सेना को तीन पथकों में विभाजित किया था।

जब प्रत्यक्ष रुद्रसिंह चन्द्रगुप्त के सामने आया तो उसने कहा, "पराजित कौन होगा, यह तो काल ही निश्चित करेगा, परन्तु चन्द्रगुप्त, हम आपकी वीरता से प्रसन्न हैं। आप शत्रु हैं, फिर भी आपके हाथों मृत्यु पाकर हम धन्य हो जायेंगे।"

और फिर घनघोर युद्ध हुआ था। 'मगध सम्राट चन्द्रगुप्त की विजय हो', 'शकारि सम्राट चन्द्रगुप्त की विजय हो', के नारों से आकाश गूँज उठा था।

चन्द्रगुप्त लौटे थे, परन्तु उसी समय महाराज समुद्रगुप्त के अत्यस्वस्थ होने की, महाराज बन गये रामगुप्त द्वारा अपनी पत्नी ध्रुवस्वामिनी को शकों को सौंपने का वचन देकर स्वयं को युद्ध से मुक्त करने की घोषणा, राजधानी उज्जयिनी ले जाने की घोषणा-सब कुछ इतनी शीघ्रता से हो रहा था कि चन्द्रगुप्त के पास विचार करने के लिए पल-भर का भी समय नहीं था। सम्राट समुद्रगुप्त की मृत्यु, शकों से ध्रुवस्वामिनी को वापस लाने के बाद महाराज रामगुप्त, प्रत्यक्ष ज्येष्ठ बन्धु का वध और ध्रुवस्वामिनी से विवाह, ये सारी घटनाएँ वेगवान चक्र की भाँति उनके जीवन में घटित हुई थीं।

चन्द्रगुप्त ने सम्राट की उपाधि धारण की, उसी तरह 'विक्रमादित्य' की उपाधि भी धारण की। विवाह के बाद ही हुआ यह युद्ध और 'शकारि विक्रमादित्य', 'सम्राट चन्द्रगुप्त' उपाधियाँ प्राप्त करके वे लौटे थे।

कुछ ही समय बीता होगा कि एक सुबह गुप्त सन्देशवाहक वार्ता लाये। भारत की उत्तर-पश्चिम सीमा पर युद्ध के कृष्णमेघ जमा हो गये हैं। सिन्धु नदी की सप्तधाराओं के प्रदेश में बाल्हिक गणराज्य ने कश्मीर और पंजाब पर आक्रमण कर दिया है।

सम्राट को इस क्षण भी उस घटना का स्मरण हो आया, मानो वह कल ही घटित हुई हो। उसी समय अत्यन्त स्वरूपसुन्दर कालिदास ने उनकी राजसभा में प्रवेश किया था, और सम्राट के मन में उनके प्रति अत्यन्त स्नेह भाव निर्माण हो गया था। और निर्माण हो गया था विश्वास। छह-सात वर्षों के कुमार और उससे छोटी प्रभावती को कालिदास अत्यन्त प्रिय हो गये थे। कालिदास थे ही ऐसे कि प्रिय हो जायें। सहजता से वे मन्त्रिमण्डल में नवरत्नों में से एक रत्न के रूप में परिचित हो गये। उनका प्रसन्न हास्य, उनके समयसूचक वक्तव्य, हास्य-विनोद, व्यंग्य और हरेक का उत्तर मुक्त छन्द में देने की आदत के कारण वे सभी को प्रिय हो गये। अजातशत्रु कवि कालिदास सम्राट चन्द्रगुप्त के अन्तरंग मित्र कब हुए ये उन्हें पता ही नहीं चला।

महारानी ध्रुवस्वामिनी मन्दिर से वापस आ गयी थीं। माथे पर हाथ रखे सम्राट चन्द्रगुप्त लेटे थे। कुछ भी न कहते हुए वह पाकशाला की ओर गयीं। अनेक दिनों के बाद सम्राट चन्द्रगुप्त वास्तव्य के लिए थे।

सम्राट चन्द्रगुप्त को उनके आने और जाने का पता तो चला, मगर वे उठे नहीं। उन्हें पंजाब और कश्मीर...सागर जैसी विशाल सिन्धु नदी का स्मरण हो आया।

वार्ता पहुँचते ही वे हँसते हुए महारानी से बोले थे,

"महारानी, हमें युद्ध और निरन्तर युद्ध ही करते रहना है। बेकार ही में हमने आपसे विवाह किया।"

महारानी ध्रुवस्वामिनी ने उनके मुख पर हाथ रखकर कहा, "ऐसा न कहें आर्य। अखिल भारत एकछत्र के नीचे आये, हिन्दू धर्म-संस्कृति से देश अखण्ड हो, शकों का नाश हो, भारत में विद्यमान जैन और बौद्ध इन विचारधाराओं को सहयोग प्राप्त हो, मनुष्य का जीवन सुन्दर हो, ऐसी आपकी संकल्पना पूरी हो। हम भी आपके साथ युद्धभूमि पर जाना चाहते हैं, यह हमारी तीव्र इच्छा है। इसलिए आर्य, हम आपसे विवाह पूर्व ही मन-ही-मन प्रेम करते थे।"

"और अब?"

"हैं ना दो प्रतीक हमारे प्रेम के – कुमार और प्रभावती।"

"स्त्रियाँ कितने संयम और सामंजस्य से जीवन को परिपूर्ण करती हैं, इसका एक प्रतीक आप हैं, ध्रुवस्वामिनी।"

और कितनी ही देर वे उनसे बातें करते रहे।

उस समय सप्तसिन्धु के प्रदेश में बाल्हिक गणराज्य तथा आसाम के नागराज के मगध पर आक्रमण करने की वार्ता आयी थी। कितने ही युद्ध होने के बाद भी शकों का प्रभाव कम नहीं हो रहा था।

सम्राट चन्द्रगुप्त की वीरता और युद्ध प्रवीणता, प्रशिक्षित सेना देखकर वाकाटकों ने, रुद्रसेन महाराज ने अपनी सेना को प्रशिक्षित करना आरम्भ कर दिया था।

"महारानी, विशाल साम्राज्य का स्वप्न सत्य करने के लिए हम निकले हैं, परन्तु आपको हम न्याय नहीं दे पा रहे हैं।"

"आर्य, विशाल साम्राज्य के स्वप्न देखने वाले, वीरता से ओतप्रोत सम्राट चन्द्रगुप्त की पत्नी का हृदय भी विशाल है। आप निःसंकोच होकर प्रयाण करें, हम हैं..."

"युद्धस्थिति के कृष्णमेघों के बीच हमारी स्थिति ऐसी है, मानो सुप्त ज्वालामुखी के मुख पर बैठे हों। युद्ध की वार्ता कब आयेगी यह कहा नहीं जा सकता।"

"क्योंकि निरन्तर विस्तारित होता हुआ, बलाढ्य होता हुआ आपका साम्राज्य किसी भी राजा के हृदय में शूल की तरह चुभता होगा। परन्तु उन्हें यह समझ में नहीं आता कि सम्राट चन्द्रगुप्त की सेना प्रशिक्षित, नियोजनबद्ध है। अस्त्र-शस्त्र सम्पन्न है। पैदल सेना, अश्वदल, हाथीदल – सभी कुछ समृद्ध और राष्ट्र भावना को समर्पित है।"

और उसी समय वार्ता लेकर दूत आया था। नागवंश की सेना ने बंगाल पर आक्रमण कर दिया है, यह वार्ता लेकर। सम्राट चन्द्रगुप्त ने महामन्त्री देववर्मा और सेनापति वीरसेन को आमन्त्रित करके अगली सुबह बंगाल की ओर प्रस्थान करने का निश्चय किया।

मंचक पर पड़े-पड़े सम्राट चन्द्रगुप्त को उस समय का स्मरण हुआ, उन्होंने कहा, "महामन्त्री देववर्मा, हम अकेले ही युद्ध पर जाते हैं, ऐसी बात नहीं। हमारे साथ अनेक सैनिक, जो अपने-अपने परिवार के साथ मुश्किल से कुछ दिन बिता पाते हैं, हमारी पुकार पर परिवार छोड़कर अपनी एकनिष्ठ सेवा प्रदान करने के लिए आ जाते हैं। कभी-कभी ऐसा लगता है कि हम अपनी सेना को कितनी व्यथा, कितनी विरह-वेदना देते हैं। हमें एकसंघ राज्य चाहिए। वह हमारा स्वप्न है। उन पैदल सैनिकों का नहीं। अपनी स्वप्न पूर्ति के लिए हम कितने लोगों का बलिदान देने वाले हैं?"

चक्रवर्ती सम्राट के रूप में शायद इतिहास में हमारे लिए कुछ पृष्ठ लिखे जायेंगे, परन्तु आयु के पन्द्रहवें वर्ष से आज तक देखते आ रहे हैं युद्ध और केवल युद्ध।

कभी-कभी ऐसा लगता है कि हम पापी हैं। परिवार के विरह का पाप, सैनिकों की मृत्यु का पाप। यह सब किसलिए? शायद सम्राट समुद्रगुप्त की एकत्व की कल्पना हमारे ज्येष्ठ बन्धु रामगुप्त ने नष्ट कर दी। युवराज कुमार ऐसा नहीं करेंगे। परन्तु हमारे पश्चात विस्तारित साम्राज्य को सुरक्षित रखने की योग्यता उनमें होना चाहिए।"

भावनाओं के आवेग में केवल वे ही बोल रहे थे, यह बात ध्यान में आयी।

"महाराज, आपके मन के ये विचार स्वार्थी नहीं हैं। यदि स्वार्थी होते तो साम्राज्य में कलह की स्थिति उत्पन्न हो गयी होती। आपकी भावना को सब समझते हैं। सबकी आपके प्रति निष्ठा और स्नेह है। प्रात:काल हमें प्रस्थान करना है,"

सेनापति वीरसेन ने कहा, "महाराज, रास्ते में आते-आते कालिदास मिले। बोले, हम भी शस्त्र विद्या में पारंगत हैं, हम भी आयेंगे।"

सम्राट चन्द्रगुप्त खुलकर हँसते हुए बोले, "उन्हें हमारा सन्देश दें। निसर्गरम्य स्थलों पर हम आपको अवश्य ले जायेंगे। यहाँ मृत्यु देखकर आप मृत्यु-काव्य ही लिखेंगे। ज़्यादा अच्छा ये होगा कि आप यहाँ रहकर प्रसन्न, शृंगारिक काव्य लिखें। लौटने पर मृत्यु के भयावह दर्शन से व्यथित तन-मन को नयी ऊर्जा मिलेगी।"

प्रात:काल सारी सेना उज्जयिनी की सीमा पर उपस्थित थी। परन्तु आज आदेश

देते हुए सम्राट चन्द्रगुप्त का गला भर आया। परन्तु भावना विवश होने से विजय प्राप्त होने वाली नहीं, यह भी वे जानते थे। उन्होंने वीरश्रीयुक्त भाषण करते हुए इस बात की भी जानकारी दी कि युवराज कुमार भी उनके साथ ही हैं।

युवराज कुमार ने सेना को सम्बोधित करते हुए कहा,

"हमारे पितामह सम्राट समुद्रगुप्त और पिता सम्राट चन्द्रगुप्त का आदर्श सामने रखकर हम मार्गक्रमण करने वाले हैं। अब वह दिन दूर नहीं है, जब हमारे गरुड़ध्वज के नीचे सम्पूर्ण भारत एकसंघ होने वाला है।

'जयतु भारत'...!"

समूची सेना से प्रतिसाद आया:

'जयतु भारत', 'जयतु भारत'।

अब सम्राट चन्द्रगुप्त मंचक पर उठ कर बैठ गये। महारानी ध्रुवस्वामिनी और कुबेरनागा शायद भोजन की सिद्धता कर रही होंगी।

भोजन के पश्चात आधी रात तक वे युद्ध का वर्णन करते रहे।

"हम सुबह निकले। हमारे साथ इस बार पहली बार दूर की यात्रा करने वाले युवराज कुमार थे। अब तक वे इतनी दूर नहीं आये थे। वे अपनी इच्छा से ही आये थे। अब वे तरुणाई की सीमा पर थे। सम्पूर्ण जीवन ही युद्ध और राज्यशासन के लिए था। परन्तु युवराज कुमार ने ख़ुद ही कहा था,

"पिताश्री, हम आये हैं आपकी विजय देखने, युद्धस्थिति का अनुभव करने, अहोरात्र एक संघ साम्राज्य की चिन्ता करने वाले हमारे पिताश्री के साथ सहकार्य करने के लिए।"

अगर कोई और समय होता तो सम्राट चन्द्रगुप्त इस बात से भावविह्वल हो जाते, परन्तु आज उनके वाक्य की ओर ध्यान दिये बिना उन्होंने कहा,

"वीरसेन, युवराज कुमार, आप हमारे साथ बंगाल की पूर्व सेना की ओर चलें। अग्निमित्र और भद्रसेन पूर्व की ओर जायेंगे, और जब तक हम वहाँ नहीं पहुँचते वे सेना सहित हमारी प्रतीक्षा करेंगे।

और महामन्त्री देववर्मा दक्षिण में महाराज वाकाटक की ओर जायेंगे। यह युद्ध समाप्त होने पर हम रुद्रसेन महाराज पर आक्रमण करेंगे। परन्तु यदि उन्होंने माण्डलिकत्व स्वीकार कर लिया और हमारे साथ सहकार्य किया, तो हमें प्रसन्नता होगी। वाकाटकों के ब्राह्मण वंश को हम नष्ट नहीं करना चाहते।"

तीन दिशाओं में तीन सेनाएँ गयी थीं। मगध की सेना भी अब उसमें सम्मिलित हो गयी थी। दोनों सेनाएँ आमने-सामने थीं। आसाम के नागराज ने अपनी पराजय

स्वीकार करते हुए माण्डलिकत्व स्वीकार कर लिया और बड़ी प्रसन्नता से अपनी कन्या कुबेरनागा का विवाह भी सम्राट चन्द्रगुप्त के साथ कर दिया।

सेना अब पंजाब में सतलज नदी के किनारे पर युद्ध का संकेत प्राप्त करने की प्रतीक्षा कर रही थी। गणराज्य के प्रथम सेनापति सौमित्र ने सम्राट चन्द्रगुप्त की विशाल सेना देखी और पहले आक्रमण न करने का निश्चय किया। वस्तुत: अग्निमित्र ने सेना की व्यूह रचना करते समय दूर-दूर तक शिविर तैयार किये थे। उसकी व्यूह रचना से प्रसन्न होकर सम्राट चन्द्रगुप्त ने कहा,

"अब हमें प्रसन्नता है कि यदि हम न हों, तो भी आप युवराज कुमार को हर प्रकार का सहयोग देंगे।"

"महाराज, ऐसा क्यों कह रहे हैं। युद्धनीति के पाठ आपने आर्य चाणक्य और कृष्ण नीति से उदाहरण देकर करा लिए। आप हैं ही। और युवराज कुमार भी आपके ही मार्गदर्शन में तैयार हुए हैं। बाल्हिक ही क्या, सेना प्रबल होने पर भी मातृभूमि के प्रति निष्ठा का भाव विदेशियों के आक्रमण में कैसे होगा, महाराज?"

सतलज का बहाव बहुत तेज़ था। सतलज पार करके पीछे से आक्रमण किया जाये तो बाल्हिकों को पराजित करना सम्भव होगा, इस दृष्टि से वीरसेन ने सम्राट चन्द्रगुप्त से कहा,

"महाराज इस स्थान पर सतलज का विस्तार और प्रवाह बहुत तीव्र है। कहीं कहीं जल की स्तब्धता सतलज की गहराई को प्रकट करती है। ऐसी स्थिति में दो पर्वतों के बीच के स्थान पर, जहाँ सतलज कम चौड़ी है, उस पर पुल बनाकर रात में ही बाल्हिकों पर आक्रमण किया जा सकता है। प्रात:काल से पूर्व ही पुल के ऊपर से सतलज पार करना सम्भव है। हम युवराज कुमार को लेकर जाते हैं।:

"नदी का प्रवाह सँकरा है, यदि कुछ नौकाएँ प्राप्त हो जायें तो...!"

"हम देखते हैं।" सेनापति वीरसेन युवराज कुमार के साथ चले गये।

सम्राट चन्द्रगुप्त को याद आया कि महारानी ध्रुवस्वामिनी को शकों के जाल से मुक्त करने के लिए उन्होंने यही नीति अपनायी थी।

रात के घने अँधेरे में लिपटे अरण्य में चन्द्रमा के धूसर प्रकाश में पूरा पुल तैयार हो गया था। बाल्हिकों की सेना सतलज के तीर पर थी, परन्तु सतलज के पार सेना ही नहीं थी। सम्राट चन्द्रगुप्त की सेना कहाँ अदृश्य हो गयी, इस बात पर बाल्हिक राज अचरज कर रहे थे। और पीछे मुड़ते ही उन्हें युद्धस्थिति में खड़ी सम्राट चन्द्रगुप्त की सेना दिखाई दी। पीछे थी सतलज और सामने सम्राट चन्द्रगुप्त की सेना।

बाल्हिकराज वसुमित्र ने अपने सेनापति से कहा, "सम्राट चन्द्रगुप्त के साम्राज्य

का विस्तार हो रहा है, उसमें वृद्धि हो रही है वह उनकी युद्धनीति की बदौलत। हमने तो कल्पना भी नहीं की थी कि हमारे पीछे उनकी सेना होगी और हमने ज़रा भी नहीं सोचा कि वे सतलज पार कर सकेंगे और वह भी रात-भर में ही!"

सेनापति सौमित्र मौन हो गये। पराभव की गहरी छाया उनके मुख पर थी। सम्पूर्ण सेना के ही नष्ट होने के संकेत थे। अन्त में कोई उपाय न देखकर बाल्हिकराज वसुमित्र ने युद्ध का संकेत देने के लिए शंख फूँका।

सम्राट चन्द्रगुप्त की सेना की रचना बाण के समान थी। इसलिए बाण की नोक, और पीछे की सेना संकुचित दिखाई दे रही थी। अनेक युद्ध पथक दिखाई नहीं दे रहे थे। बाण का सिर्फ़ सिरा नज़र आये, ऐसा दृश्य देखकर सौमित्र ने कहा,

"कल सेना प्रचण्ड दिखाई दे रही थी, परन्तु वास्तव में वह उतनी है नहीं, आसानी से विजय प्राप्त हो जायेगी।"

परन्तु बाल्हिकराज वसुमित्र और सौमित्र कुछ ही देर में समझ गये कि वे ग़लत थे। उत्तर-दक्षिण दिशा से भी सैन्य पथक आये और बाल्हिक सेना सम्राट चन्द्रगुप्त के चक्रव्यूह में फँस गयी। तीन तरफ़ से सेना और पीछे सतलज। क्या किया जाये, यह प्रश्न बाल्हिकराज के सम्मुख था। उन्होंने शंख ध्वनि करके युद्ध का आरम्भ तो कर दिया था, परन्तु मृत्यु अटल थी।

युद्धस्थिति अत्यन्त भीषण हो गयी थी। वसुमित्र के सामने प्रत्यक्ष सम्राट चन्द्रगुप्त थे। उन्हें अपनी पराजय स्पष्ट दिखाई दे रही थी। उस शाम को सम्राट चन्द्रगुप्त ने कहा, "आज हमें सिकन्दर-पोरस के युद्ध का स्मरण हो आया। हम सिकन्दर के समान आपको राज्य वापस कर देंगे।"

"सम्राट चन्द्रगुप्त, आप हमें राज्य तो वापस करेंगे। परन्तु हम राज्य शासन किस पर करेंगे। सारी सेना मृत्यु के मुख जा चुकी है।"

सम्राट चन्द्रगुप्त के नेत्रों के सामने इस समय बाल्हिकराज वसुमित्र का विदीर्ण मुखमण्डल तैर गया। परन्तु साम्राज्य का विस्तार करने निकले प्रत्येक राजा को यह व्यथा झेलनी ही पड़ती है। सम्राट अशोक ने कलिंग के युद्ध में इतने अधिक मृतकों को देखा कि उसने गौतम बुद्ध का अहिंसा धर्म स्वीकार कर लिया। इतना ही नहीं अहिंसा धर्म का देश-विदेश में प्रचार-प्रसार भी किया।

हम प्रत्येक राजा को, राज्यशासक को माण्डलिकत्व की सन्धि देते हैं, वह भी एक संघ हिन्दूधर्म-संस्कृति संवर्धक राष्ट्र के लिए।

वाकाटकों ने अनेक बार सहयोग दिया, माण्डलिकत्व स्वीकार किया। उन्होंने उसे स्वीकार किया। हम चाहते थे कि वे राज्य करते रहें, परन्तु हिन्दूधर्म के एकछत्र

के नीचे, बस इतनी ही विनती थी, और है। दक्षिण के राज्यों को भी हमने ऐसा ही सन्देश भेजा है।

अब वे निश्चिन्त थे। इस समय कहीं से कोई युद्ध-वार्ता नहीं आयेगी, इतना प्रचण्ड प्रभाव तथा वर्चस्व है हमारा कश्मीर से दक्षिण तक। महारानी ध्रुवस्वामिनी उनके निकट खड़ी थीं।

"आर्य, इतना किस बात का विचार कर रहे हैं?"

"विचार किसी बात का नहीं, देवी। हमें पिताश्री से प्राप्त साम्राज्य का विस्तार करना था। उनके ऋण से अंशत: मुक्त होना है। पितृऋण कभी समाप्त नहीं होता। परन्तु उसका अनुभव करना पड़ता है। हमें यह अनुभव तीव्रता से कब हुआ बतायें, देवी...?"

"कब हुआ?"

"आइए, देवी, यहाँ मंचक पर, हमारे सामने। हमने जो देखा ना, उसी से हमारे मन में पितृऋण का विचार आया।"

"कारण क्या हुआ? आप तो अपने पिता के प्रत्येक आचार-विचार का पग-पग पर अनुसरण करते हैं। उस ऋण को तो सदैव मानते आ रहे हैं।

"महारानी, कश्मीर और पंजाब पर पुन: अधिकार प्राप्त करने के बाद हम सेना सहित उज्जयिनी की ओर निकले थे, और हस्तिनापुर मार्ग पर थे। उससे पूर्व ही महामन्त्री देववर्मा ने इन्द्रप्रस्थ में शिविर की व्यवस्था कर दी थी।"

"इन्द्रप्रस्थ? पाण्डवों द्वारा श्रीकृष्ण के मार्गदर्शन में निर्मित और मयासुर द्वारा मायावी बनायी गयी नगरी इन्द्रप्रस्थ? कैसी है वो?"

"वह अत्यन्त उद्ध्वस्त स्थिति में थी। यवनों, शकों और हूणों के आक्रमणों और प्रकृति के प्रकोप के फलस्वरूप प्राचीन स्थान खण्डहर बन गये हैं। हम एक पहाड़ पर चढ़े। उसे 'विष्णुपद पर्वत' कहते हैं। सम्भव है कि श्रीकृष्ण ने वहाँ खड़े होकर नगर के निर्माण की कल्पना की हो।"

"क्या अब भी वहाँ नगर है?"

"इन्द्रपस्थ की उद्ध्वस्त स्थिति देखकर मन को वेदना हुई। अब तो वहाँ केवल अवशेष थे। हो सकता है, उस समय पाँचों पाण्डव, द्रौपदी और श्रीकृष्ण इस विष्णु पर्वत पर खड़े होकर नगर रचना का विचार करते हों...एक ओर यमुना...। श्रीकृष्ण की प्रिय नदी, गो वर्धन के लिए हरित और उतार वाला विष्णु पर्वत का प्रदेश और विस्तीर्ण भूप्रदेश। पीछे अरण्य।"

कथन करते हुए सम्राट चन्द्रगुप्त उस काल में पहुँच गये थे। घने अरण्य वाला

वह खाण्डव वन देखते-देखते इन्द्रप्रस्थ नगरी हो गया था। युधिष्ठिर अब उस नगरी के राजा, प्रशासक थे। अनेक राज्य स्वेच्छा से उनसे मिल गये थे। पाण्डव कभी-कभी वनवास की सुखद स्मृतियों को याद करते। उस प्रासाद में वे प्रसन्न थे। परिवार समृद्ध था। धर्म के अनुसार चल रहे उस नगर में किसी भी प्रकार की न्यूनता न थी। कभी-कभी श्रीकृष्ण के आगमन पर सारा परिवार उस भव्य दालान में एकत्रित होकर आनन्दोत्सव मनाता।

युधिष्ठिर अनेक राज्यों के स्वामी हो गये। अब बचा था क्षेत्र विजय के साथ धर्म विजय – अर्थात अश्वमेध यज्ञ। कौरवों के अतिरिक्त अनेक आप्तेष्ट उपस्थित थे। और मयासुर द्वारा निर्मित आश्चर्यचकित करने वाले दालान – जिनमें प्रत्यक्ष आभासी प्रतीत होता था और अप्रत्यक्ष से प्रत्यक्ष सत्य का अनुभव होता था। फिर दुर्योधन की जो स्थिति हुई, उस स्थिति पर हँसने वाली द्रौपदी।

फिर मन में द्वेष, क्रोध, अपमान का अनुभव, द्रौपदी का शल्य के समान चुभने वाला हास्य, यह सब हस्तिनापुर जाते हुए दुर्योधन अपने साथ ले गया था। और फिर महाभारत की एक-एक घटना सम्राट चन्द्रगुप्त के नेत्रों के सामने साकार होती रही, अचानक महारानी ने उनके स्कन्ध पर हाथ रख कर पूछा, "आर्य, क्या आप इन्द्रप्रस्थ नगरी में वास्तव्य के लिए गये हैं?"

सम्राट चन्द्रगुप्त ने प्रसन्नता से हँसते हुए कहा, "आपने सत्य ही कहा। महाभारत, कौरव-पाण्डव, लोकनेता श्रीकृष्ण हर भारतीय के मन में इतनी दृढ़ता से स्थापित है कि इनमें से किसी का भी पल-भर को ही स्मरण हो जाये, तो एक श्रृंखला ही तैयार हो जाती है और हम उस काल को फिर से जीने लगते हैं। अस्तु!"

"अब इन्द्रप्रस्थ के बारे में कथन करता हूँ। हमारे शिविर इन्द्रप्रस्थ नगरी में, अर्थात वर्तमान में उद्धवस्त नगरी के विशाल परिसर में स्थापित किये थे।

उनकी आँखों के सामने इन्द्रप्रस्थ की वर्तमान स्थिति तैर गयी। वे विष्णु पर्वत पर खड़े थे।

"देववर्मा, वर्तमान स्थिति को देखिए। काल के प्रवाह में नहीं, अपितु आक्रमणों के कारण नष्ट हो चली है इन्द्रप्रस्थ नगरी। किसी समय यह कितनी विशाल और सुन्दर थी। सुदूर गान्धार और फारस से लेकर सुदूर पूर्व में प्राग ज्योतिषपुर तक फैले हुए विराट साम्राज्य की राजधानी, इन्द्रप्रस्थ। अब देखिए, किस स्थिति में है।"

"प्राग ज्योतिषपुर अर्थात कामरूप राज्य की राजधानी न?"

"हाँ। श्रीकृष्ण के प्रपौत्र अनिरुद्ध का यहाँ उषा नामक युवती ने अपहरण करके उसे विवाह के लिए बाध्य किया था, इसलिए इसे 'कुमार हरण' भी कहते हैं।"

"महाराज, परिवर्तन की छाप पड़ती जाती है, और सब कुछ विलय होता जाता है।"

"सत्य है, देववर्मा। बाल्यावस्था, युवावस्था, प्रौढ़त्व, वार्धक्य–ये अवस्थाएँ जैसे प्रकृति में हैं, वैसे ही वे मनुष्य में भी हैं। उदय होता हुआ सूर्य जैसे अस्त होगा ही, उसी प्रकार हमारा परिश्रम, हमारी राष्ट्रभक्ति, हमारे विचार कदाचित इतिहास के कुछ पृष्ठों पर अंकित रहेंगे। शायद हमारी कथा की वन्दना, दन्तकथा का स्वरूप प्राप्त होकर कालान्तर में वह नष्ट हो जायेगी। क्या सम्राट समुद्रगुप्त, क्या सम्राट चन्द्रगुप्त – गुप्त वंश ही काल के प्रवाह में विलीन हो जायेगा।"

"ऐसा क्यों कह रहे हैं, महाराज?"

"स्वर्ग की अलकापुरी जैसी यह इन्द्रप्रस्थ नगरी, श्रीकृष्ण के पदस्पर्श से पुन: पुन: पवित्र होने वाली, उसकी अवस्था देख रहे हैं ना? उज्जयिनी की अवस्था भी ऐसी नहीं होगी, यह विश्वास कैसे हो? प्राणों की बाज़ी लगाकर सँभाला हुआ गुप्त वंश और साम्राज्य स्मृति से ओझल हो जाये...मन को महान क्लेश हो रहा है यह इन्द्रप्रस्थ नगरी देखकर।"

और फिर अकस्मात उन्होंने कहा,

"नहीं, महामन्त्री। ऐसा नहीं होना चाहिए। हमारे मन में एक कल्पना ने जन्म लिया है, बतायें, आपको योग्य प्रतीत होती है, अथवा नहीं। युधिष्ठिर ने यहाँ अश्वमेध यज्ञ किया था। साम्राज्य विस्तार के पश्चात किया जाने वाला यज्ञ, इन्द्रप्रस्थ नगरी के समृद्ध होने का अश्वमेध और उस अश्वमेध का अश्व उनके लिए दिग्विजय लाया। तीन मास तक इस यज्ञ के लिए आमन्त्रित राजपरिवार, मन्त्रीगण और जनसामान्य आते रहे। श्रीकृष्ण स्वयं भोजनोपरान्त पत्तल उठा रहे थे, ऐसा विराट यज्ञ।"

देववर्मा परेशान हो गये। उन्होंनें कहा, "भद्रसेन, सेनापति वीरसेन, अग्निमित्र को भी आमन्त्रित करता हूँ।"

सम्राट मौन थे, परन्तु स्पष्ट था कि वे अपने मन में कोई दृढ़ निश्चय कर रहे हैं।

"चलिए, शिविर में चलते हैं।"

शिविर में आने पर सम्राट चन्द्रगुप्त ने चारों के सामने कहा, "हमारा ऐसा विचार है कि उस विष्णु पर्वत पर हम एक ऐसा स्मारक बनाये, जो प्राकृतिक वातावरण में और अनेक मानवी आक्रमणों में भी स्थिर रहे। एक विशालकाय स्तम्भ बनाया जाये, जो काल के प्रवाह में भी युगों-युगों तक गुप्त वंश और सम्राट चन्द्रगुप्त को विस्मृत नहीं होने देगा।

अश्वमेध यज्ञ के बाद युधिष्ठिर ने राजसूय यज्ञ भी यहीं किया था। हम अश्वमेध यज्ञ इसी इन्द्रप्रस्थ नगरी में करेंगे, जिससे इन्द्रप्रस्थ की पूर्व प्रतिष्ठा प्रकाशमान होगी और गुप्त वंश की प्रतिमा नवप्रकाश से चमकने लगेगी।"

अर्थात, सभी को यह कल्पना अच्छी लगी। सम्राट चन्द्रगुप्त सेना सहित उज्जयिनी पहुँच गये थे। मन में अनगिनत कल्पनाएँ थीं।

"आर्य, आप मौन क्यों हो गये? आप थक गये हैं। आप विश्राम करें। रात गहराने लगी है।"

"महारानी, आज हम सब कुछ कहकर ही रुकेंगे।"

आधी रात बीतने को थी। सम्राट चन्द्रगुप्त ने सब कुछ विस्तारपूर्वक बताते हुए कहा, "महारानी, इस बार हम अपने पिताश्री की भाँति दस प्रकार की सुवर्ण मुद्राएँ बनवाने वाले हैं। उसमें धनुर्धर शैली, पर्यंक शैली, छत्रधारी शैली, सिंह निहन्ता शैली, अश्वारोही प्रकार, चन्द्र विक्रम शैली और...।" उन्होंने महारानी की ओर देखा, वे गहरी नींद में थीं।

'अर्थात हम अपने से ही बातें कर रहे थे।' वे मन-ही-मन हँसे।

इस युद्ध में कितने ही माह बीत गये थे। महारानी के सहवास में रात बिताने के उद्देश्य से वे आये थे, परन्तु वे निद्रावश हो गयी थीं।

वे मंचक पर बैठे। उन्होंने महारानी के मुक्त केशों पर हाथ फेरा। उनके मस्तक पर अपना हाथ रखा और आत्यन्तिक स्नेहपूर्वक उनके मुख की ओर देखते रहे।

रात समाप्त होने को थी। वे गवाक्ष के पास अस्त हो रहे चन्द्रमा और उदय होने वाले सूर्य के 'अस्त और उदय', 'उदय और अस्त' इन विचारों में खड़े थे। अरण्य जाग रहा था। शीत लहरें वातावरण में हौले से प्रवेश कर रही थीं। पूरी रात जागने के बाद भी वे अत्यधिक प्रसन्न थे।

***

"आज विशेष रूप से सभा का आयोजन किया गया है। मन्त्रीगण तो उपस्थित हैं , राज्य के सेवाभावी कार्याधिकारी को विशेष रूप से आमन्त्रित किया गया है। प्रत्यक्ष महाराज चन्द्रगुप्त इस विषय में विस्तृत जानकारी देंगे। इससे पूर्व..." राजपुरोहित अपना वाक्य पूरा कर ही रहे थे, तभी गुप्तचर क्षपणक और कालिदास ने प्रवेश किया। इन दोनों को थोड़ा सा विलम्ब हुआ था। कालिदास ने कहा,

"विलम्ब के सम्बन्ध में इस समय स्पष्टीकरण नहीं देंगे, हम क्षमा प्रार्थी हैं।"

"कालिदास, आप जैसे अनुशासन प्रिय व्यक्तियों के विलम्ब से आने के पीछे निश्चित ही कोई कारण होगा। अस्तु!"

"आज इस सभा में मन्त्रिमण्डल के सभासद, नवरत्न के रूप में प्रसिद्ध मन्त्री, शल्यतन्त्र के अभ्यासक, प्रवर्तक, सेना के उपचारों के लिए नियुक्त धन्वन्तरि, जैन धर्म के अनुयायी, गुप्तचर के रूप में प्रसिद्ध क्षपणक, ज्योतिष के विद्वान–शंकु, भूतप्रेत अघोर साधना तन्त्रज्ञ वेतालभट्ट, काव्यात्मक यमक के लिए महाप्रसिद्ध घटखर्पर, लेखक वररुचि, काव्यकार अमरसिंह, ज्योतिषज्ञाता वराहमिहिर और अपनी मधुर वाणी के लिए सर्वप्रिय, सभी कलाओं में प्रवीण कालिदास उपस्थित हैं। आज हमारी विशेष सभा के लिए हमारे प्रशासन के विविध कार्यभार निष्कलंक रहकर करने वाले दण्डपाशिक विरूपाक्ष, दण्डपाशाधिकारी रुद्रदमन, महासेनापति करभकसेन, जो सीमावर्ती प्रदेशों के सेनाप्रमुख हैं, महादण्डनायक अश्वघोष, अश्वदल, पैदल, हाथीदल, ऊँटदल के नायक अश्वपति, रणभाण्डारिक रोहित शर्मा, महाबलाधिकृत, सुरक्षा अधिकारी, महासन्धिविग्रहिक, परराष्ट्रमन्त्री सोमेश्वर, विनयस्थितिस्थापक सोमदत्त, महाभाण्डाराधिकृत, महापक्षपटलिक सर्वोध्यक्ष और राजस्व अधिकारी स्वयं हम।

इसके अतिरिक्त प्रत्येक प्रान्त के प्रान्तपाल यहाँ उपस्थित हैं। इस विशाल सभा के आयोजन की कल्पना प्रत्यक्ष महाराज बतायेंगे।

इससे पूर्व तीन युद्धों में पंजाब, कश्मीर, कामरूप, महाकान्तार ये प्रदेश गुप्त साम्राज्य में जोड़ दिये गये हैं। एकसंघ राष्ट्र की संकल्पना अब पूर्णत्व को प्राप्त कर चुकी है। शकों का पराजय करने वाले हमारे महाराज सम्राट चन्द्रगुप्त 'शकारि' के रूप में विख्यात हो गये हैं। 'सम्पूर्ण आर्यावर्त एक हो', इस दृढ़ भावना को समर्पित सम्राट चन्द्रगुप्त अपने साथ एक-एक विक्रम अर्जित कर रहे हैं, 'विक्रमादित्य' की उपाधि से अलंकृत हुए हैं, और..."

"राजपुरोहित विष्णुगुप्त...अब हमारा स्तुतिस्तवन रहने दें।" सम्राट चन्द्रगुप्त ने आगे कहा, "इसका श्रेय हमें नहीं, बल्कि आपको जाता है। हम आदेश देते हैं, आप उनका पालन करते हैं, हम कल्पना करते हैं, आप उसे पूरा करते हैं, हम हाथ में तलवार लेते हैं, अनगिनत तलवारें हमारी ढाल बन जाती हैं। हमें कम वार झेलने पड़ते हैं, आप अधिक वार सहन करते हैं। मृत्यु का सामना आप करते हैं, साम्राज्य के अधिकारी हम होते हैं। युद्ध में हम सुरक्षित सेना से घेरे जाते हैं, परन्तु प्रत्येक सैनिक स्वयं को मृत्यु की दिशा में ले जाता है। अत: कश्मीर से कामरूप तक, मध्य

और उत्तरांचल तक प्राप्त किये गये विजय हमारे पिताश्री समुद्रगुप्त ने और हमने केवल आपके ही सहयोग से प्राप्त किये हैं।"

"महाराज, क्या हम बीच में कुछ कह सकते हैं?" कालिदास ने पूछा। "आपकी विनयशीलता से हम परिचित हैं। सब कुछ एकत्रित हो जाये तो भी सुनियोजन, सुशासन, सुयन्त्रणा, सुहृदयता, सहयोजना, सहकार्य की दिशा और 'राष्ट्र' की कल्पना आप ही ने प्रस्तुत की न? नये मार्ग पर चलने की दिशा आपने ही निर्धारित की ना?"

"कालिदास महोदय..." सम्राट चन्द्रगुप्त हँसे, राजसभा में भी हास्य की लहर प्रवाहित हो गयी। और वातावरण सहज हो गया। कालिदास की यह हमेशा की रीत थी। उन्होंने कभी किसी पर व्यंग्य नहीं किया, और उन्होंने कभी ओछी बात भी नहीं की। कठिन होते हुए विषय को अत्यन्त सहजता और मधुरता से सरल करने वाली उनकी शैली सम्राट चन्द्रगुप्त को अत्यन्त प्रिय थी।

"हम मूल विषय की ओर आयें, इसलिए कालिदास द्वारा सूचक शैली में दिया गया इशारा हमें हमेशा ही मान्य होता है। अस्तु!

इस विशेष सभा के आयोजन का अभिप्राय है..."

उन्होंने इन्द्रप्रस्थ की उद्धवस्त स्थिति देखकर मन में आयी हुई कल्पना के बारे में बताना आरम्भ किया।

"उस इन्द्रप्रस्थ में विष्णु पर्वत पर हम विशाल लौहस्तम्भ का निर्माण करने वाले हैं। हमारे पिताश्री के बारे में निर्मित शिलालेख 'प्रयाग प्रशस्ति' में कवि हरिषेण ने उनका अत्यन्त प्रामाणिक वर्णन किया है। उन्होंने सम्राट समुद्रगुप्त को पृथ्वी पर राज्य करने वाला प्रतिनिधि माना है। इतना ही नहीं, बल्कि कुबेर, वरुण, इन्द्र, यमराज से भी उनकी तुलना की है। आज हम भी पूर्व-पश्चिम, उत्तर-दक्षिण भारत पर शासन कर रहे हैं, अतः..."

"महाराज, आप मन में कोई भी सन्देह लाये बिना अपनी यह कल्पना मूर्तरूप में लायें। वास्तव में यह विचार हमारे ही मन में आना चाहिए था। अनेक बार, महाराज, हम अपने निकटतम व्यक्ति के बारे में कोई विचार नहीं करते, जो करना चाहिए था...

परन्तु अब पंजाब और सौराष्ट्र, कामरूप और बंगदेश पर विजय प्राप्त करने के बाद आप दिग्विजयी हो गये हैं, अतः लौहस्तम्भ अर्थात विजयस्तम्भ आपको अवश्य..." मन्त्रिमण्डल के अध्यक्ष शिखरस्वामी बोल ही रहे थे कि महामन्त्री

देववर्मा ने राजसभा में आते हुए कहा, "महाराज, आपका हार्दिक अभिनन्दन! हम आपके आदेशानुसार वाकाटकों के विदर्भ में गये थे, तब हमारा स्वागत करते हुए उन्होंने कहा, 'हमें सम्राट चन्द्रगुप्त की ओर मैत्री का हाथ बढ़ाना निश्चित ही अच्छा लगेगा।"

"उत्तम वार्ता लाये, महामन्त्री..."

"आप सबके परिश्रम से प्राप्त विजयश्री को हम अश्वमेध यज्ञ से सम्पन्न करना चाहते हैं। इन्द्रप्रस्थ में पाण्डवों ने जिस स्थान पर राजसूय यज्ञ किया था, वहाँ हम अश्वमेध यज्ञ करना चाहते हैं। इस अवसर पर आपके भरपूर सहयोग की हम अपेक्षा करते हैं। भारत के अपने साम्राज्य के सभी राजाओं को निमन्त्रण देना होगा, वह भी प्रत्यक्ष जाकर।

और योजना, कार्यपद्धति, कार्यविभाजन, कार्य का वर्गीकरण और व्यवस्थापन मन्त्रिमण्डल के पास रहेगा और राजा-महाराजाओं को निमन्त्रण देने के लिए नवरत्नों की नियुक्ति की गयी है।"

"महाराज, यदि आपको एक सुझाव दें तो..." कालिदास ने कहा।

"तो हम आपको किसी भी प्रकार का दण्ड न देकर पुरस्कार देंगे।"

"इसलिए नहीं, महाराज, परन्तु इस समय आप अपनी प्रतिमा वाली सुवर्ण मुद्राएँ प्रयोग में लायें। इससे अधिक कालावधि तक ये मुद्राएँ क्रय-विक्रय में और चलन में रहेंगी और विशेषत: राजकोष में रहेंगी। इससे भी अधिक महत्त्वपूर्ण बात–यदि इन मुद्राओं को शिलालेख पर अंकित किया जाये तो युगों-युगों तक वे इतिहास की साक्षी देती रहेंगी। इन मुद्राओं पर आपकी विविध रूपों में प्रतिमाएँ हों, ऐसा हमारा और वराहमिहिर का विचार है। यह कालजयी उपक्रम होगा।

इसके अतिरिक्त आप आसेतु हिमालय तक राष्ट्रधर्म, राष्ट्र संघटन, एकात्मता, विश्वशान्ति, विक्रम के प्रतीक के रूप में यह अश्वमेध यज्ञ करने वाले हैं, इसलिए हमारे सभी राज्यों के देवालय, धर्मशाला, जैनालय, बौद्ध विहार, स्तूप, औषधालय आदि का विचार कर उन्हें सुसज्जित किया जाये।"

"उत्तम सुझाव है, हमें यह सब कुछ लिखित रूप में दें।"

"महाराज", महामन्त्री देववर्मा उठकर बोले, "यदि हम राजस्व विभाग, सुरक्षा विभाग, न्याय विभाग, सेना विभाग, प्रान्तीय प्रशासन, नगर तथा ग्राम प्रशासन, न्याय पद्धति–इनमें कुछ और परिवर्तन कर सकें तो इतिहास में हमारे काल का उल्लेख 'भारत की सर्वांगीण उत्तम कालस्थिति' के रूप में होगा।

सम्राट चन्द्रगुप्त दिल खोलकर हँसे। अपने हाथ का राजदण्ड एक तरफ़ रखते

हुए वे बोले, "इतिहास के पन्नों में हमें दर्ज किया जाये, इस हेतु से हम सब कुछ करें यह आपकी कल्पना अच्छी है। हम वर्तमान काल में यह सब अपने कार्य के प्रतीक के रूप में, और पिता के, मातृभूमि के और आप सबके सहकार्य के ऋण से मुक्त होने के लिए करने वाले हैं।

हमारे स्वप्न आकाशव्यापी हैं। हमें उड़ना था आकाश तक, आप सबने हमारे सपनों को साकार करने के लिए अविरत और अथक परिश्रम किया। अपने ध्येय के कारण हमें चैन नहीं था। इसमें अनेक ने वीरगति प्राप्त की। वह भी हमारे ही सपनों को साकार करने के लिए।

अब केवल उत्तम प्रशासन अश्वमेध यज्ञ के बाद हम निश्चिन्त होंगे और युवराज्ञी प्रभावती के विवाह के बाद युवराज कुमार को राजनीति की शिक्षा देकर हमारे कार्य का उत्तरार्ध आरम्भ हो जायेगा। आयु का एक-एक पत्ता कब-कब गिरता गया, यह युद्ध और केवल युद्ध करते हुए पता ही नहीं चला...और..."

"महाराज," उनकी भावनिक व्याकुलता देखकर सेनापति वीरसेन ने कहा, "महाराज, इस यज्ञ के बाद श्रम-परिहार कार्यक्रम में आप वीणा-वादन करें और प्रभावती देवी गीत-गायन का कार्यक्रम करेंगी।"

विषय सहजता से बदल गया था।

फिर भी सम्राट चन्द्रगुप्त को अपने विचार प्रकट करने की अनिवार इच्छा थी। उन्होंने कहा, "सैन्यदल, अश्वदल के लिए मार्ग उत्तम हैं। परन्तु हर राज्य को जोड़ने वाले मार्गों का निर्माण करना होगा। जो मार्ग विद्यमान हैं, उनमें सुधार करना होगा। जलमार्ग और जलस्थानकों के बारे में बात करें, तो हम देखते हैं कि पिछले वर्ष अनेक स्थानों पर नौकाएँ धँस गयी थीं। इन जलस्थानकों का और सर-सरिताओं के जल का प्रवाह सुचारु रूप से होता रहे इस दिशा में प्रयत्न करना होगा।

हमें स्मरण होता है सम्राट भरत का; हमें स्मरण होता है प्रजाहितदक्ष और सत्यप्रिय श्रीराम का; हमें स्मरण होता है राजा सगर के पुत्र–भगीरथ का; हमें स्मरण होता है राजा दिलीप का। हमें नित्य स्मरण दिलाने वाले हैं निर्मोही–श्रीकृष्ण।"

"निर्मोही और श्रीकृष्ण?" महामन्त्री देववर्मा ने पूछा।

"अर्थात" कालिदास ने कहा, "महाराज सत्य ही कह रहे हैं। कंस के बुलाने पर उसने प्रथम अपने गोकुल का और माता-पिता-राधा का त्याग किया। मथुरा का राज्य प्राप्त होने पर उसे उग्रसेन को दिया। जरासंध ने मथुरा पर सत्रह बार आक्रमण किया। प्रजा को अब और अधिक सहना न पड़े इसलिए मथुरा का त्याग किया और परशुराम की सलाह पर द्वारका द्वीप में अपना राज्य स्थापित किया। गोकुल से

यादव कुलों को वहाँ ले गये। अनेक राज्य उन्होंने जीते और समृद्ध हुआ साम्राज्य बलराम को दे दिया। राजा थे बलराम, और जीवन-भर युद्ध और संघर्ष करने वाले श्रीकृष्ण ने कुछ ही काल अपने परिवार के साथ बिताया होगा। 'भगवद्गीता' उनका स्वानुभूति पर आधारित अखिल विश्व को दिया गया उपदेश है। उनके जीवन का सारांश है।"

कालिदास रुक गये, मगर कुछ देर राजसभा में स्तब्धता छायी रही।

आख़िर विष्णुगुप्त ने कहा, "कालिदास ने जैसा बताया, वैसा ही महाराज चन्द्रगुप्त का जीवन है। हम प्रत्यक्ष इसे देख रहे हैं। अस्तु! अगर किसी को अपने विचार प्रकट करना हो तो..."

"महाराज, कबसे एक प्रश्न मन में है। वात्स्यायन ने बचपन में वैधव्य प्राप्त हुई कन्या को पुनर्विवाह की अनुमति नहीं दी है। परन्तु पुरुषों को अनुमति है, ऐसा क्यों? इस पर इस सर्वश्रेष्ठ, सर्वव्यापक राजसभा में विचार हो, ऐसा हम सोचते हैं, पिताश्री महाराज," युवराज कुमार ने कहा।

"यह सभा सर्वव्यापक और सर्वसमावेशक होने के कारण हम भी अपने मन का प्रश्न पूछना चाहते हैं..." कालिदास ने कहा।

"अवश्य पूछें। युवराज कुमार का प्रश्न अत्यन्त योग्य है। और हमें विशेष रूप से इस बात का आनन्द है कि उनकी सामाजिक अनुभूति के जाग्रत होने का यह शुभ संकेत है। हम निश्चित रूप से इस पर सबकी राय लेंगे। कालिदास, अब आप पूछें।"

"महाराज, आपने गणिकाओं को चौंसठ कलाओं का ज्ञान देने के लिए अपने राज्य में गन्धर्व कन्या आश्रम का निर्माण किया है। यह आपने अत्यन्त अभिनन्दनीय कार्य किया है, परन्तु उन गणिकाओं के बच्चों के लिए स्वतन्त्र आश्रम का निर्माण क्यों? उसमें उच्चभ्रू और कुलीन वंशों के बच्चे प्रवेश नहीं लेते। उसी प्रकार कुलीन वंश के बच्चों के लिए जो आश्रम पाठशाला है, उसमें गणिकाओं के बच्चों को प्रवेश लेने की अनुमति नहीं है। ऐसा क्यों? आप स्वयं सर्वधर्मसमभाव और सर्ववर्णसमभाव को मानते हैं, परन्तु यहाँ..."

कालिदास की मधुर वाणी में कहे गये सौम्य परन्तु स्पष्ट शब्दों के पीछे का सत्य जानकर सभी स्तब्ध रह गये। सम्राट चन्द्रगुप्त कुछ देर के लिए मौन हो गये, फिर उन्होंने कहा, "आपका प्रश्न सत्य है। ऐसा प्रतीत होता है कि गुप्तकाल में स्त्रियों की मानसिक अवस्था के बारे में यथोचित विचार नहीं किया गया है। ऐसा कोई विरोधाभास जब भी हमारे दृष्टिपथ में आया, हमने उसमें परिवर्तन किया।

परन्तु आज भी स्त्री पति को परमात्मा समझकर उसे पूजनीय मानती है। इस मानसिकता के कारण स्त्री एक मर्यादा के भीतर रहती है। इस मानसिकता को शायद युवराज कुमार दूर कर सकेंगे। मगर गन्धर्व आश्रम पाठशाला निश्चित ही विचारणीय प्रश्न है।

हम उस पर भी सर्वमत से निर्णय लेंगे। परन्तु आज युवराज कुमार और कालिदास की सामाजिक जागरूकता और उनके निरीक्षण का हम आदर करते हैं।"

"महाराज, क्या हम भी कुछ कह सकते हैं?" रणभाण्डारिक ने पूछा।

"अवश्य, पूछें। यह सभा सम्पूर्ण साम्राज्य की निर्मिति के पश्चात् की विशाल सभा है, जिसमें हम साम्राज्य के प्रत्येक अंग का विचार करने वाले हैं। अत: नि:संकोच पूछें। इस अश्वमेध यज्ञ के निमित्त से हुए साम्राज्य-विस्तार के कार्य और साम्राज्य के अन्तर्गत विकास के बारे में ही हम विचार करने वाले हैं।"

"महाराज, छह सौ वर्ष पूर्व शालिवाहन पत्नी नागनिका ने बाह्य सुरक्षा का प्रथम विचार किया। और आन्तरिक विकास का भी लक्ष्य अपने सामने रखा था। हमारा भी ऐसा ही विचार है। आज जो साम्राज्य प्राप्त किया है, वह दीर्घकाल रहे, सुरक्षित रहे। उसी तरह एक और भी विचार है, राष्ट्रहित के लिए युद्ध करने वाले प्रत्येक सैनिक के परिवार को हम सहायता देते ही हैं, परन्तु हमें उन शूरवीरों का सत्कार करना चाहिए। उनकी वीरमृत्यु का एक प्रतीक भी होना चाहिए।" सेनापति वीरसेन ने कहा।

प्रश्न अनेक थे। सभी प्रान्तों के, सभी क्षेत्रों के कार्यरत अधिपति उपस्थित होने के कारण प्रश्नों की संख्या बढ़ती ही जा रही थी।

"हम इसी सभा में सारे प्रश्नों पर संक्षेप में विचार न करते हुए एक-एक प्रश्न पर चिन्तन करते हुए उनका समाधान ढूँढ़ेंगे। दोपहर समाप्त होने को आयी। अभी तक शायद किसी को क्षुधा का अनुभव न हुआ हो, परन्तु हमें हो रहा है, अत: ..."

"महाराज, आप एक प्रश्न सुनकर सभा समाप्त करें, यह विनती है," क्षपणक ने कहा।

"अवश्य, जैनमुनि क्षपणक। आप हमारी नवरत्न सभा के सम्माननीय रत्न है। आप जो भी कहेंगे, वह लोकहित के लिए ही होगा। आप बतायें..."

"महाराज, आपके पिता, सम्राट समुद्रगुप्त के प्रपितामह श्रीगुप्त ने नालन्दा विद्यापीठ का विकास किया और नालन्दा से पूर्व की ओर चालीस योजन दूर मृगशिखा अरण्य के समीप बौद्ध यात्रियों के लिए एक विहार का निर्माण किया था। वर्तमान में वह विहार अत्यन्त दुरावस्था में है। आप...."

"जैनमुनि क्षपणक, उस विहार के विकास के लिए चौबीस ग्रामों की आय का प्रयोग करने की अनुमति थी, अब समस्या क्या है?"

"महाराज, आय में वृद्धि हुई नहीं और कालप्रवाह में दुरावस्था अधिक बढ़ गयी है, यही कहना था।"

"बस इतना ही ना? राजस्व अधिकारी विष्णुगुप्त आपकी अवश्य सहायता करेंगे। और उस मार्ग पर कापालिक पन्थ द्वारा किये जा रहे अपवित्र कृत्यों को हमने पूरी तरह समाप्त कर दिया है। इतना ही नहीं, बौद्ध विहार की आय में अधिक गाँव दान देकर वृद्धि की है।"

"महाराज", सम्राट चन्द्रगुप्त ने सिंहासन की सीढ़ियाँ उतरने के लिए पाँव आगे बढ़ाया ही था कि उनके प्रिय सेवक रामगोपाल ने कहा, "आज सभी लोग कुछ न कुछ कह रहे हैं, मैं भी कुछ कहूँ क्या?"

"क्यों नहीं? तुम भी जो चाहो माँगो।"

"मुझे कुछ नहीं चाहिए, महाराज। मेरा जीवन सोना हो गया। आपके चरणों की सेवा मैंने ईश्वर की पूजा समझ कर की। आप प्रत्यक्ष ईश्वर हैं। परन्तु मन में एक विचार आया। हम जिन्हें ऋण देते हैं, उसे यदि वे चुका नहीं पाये, तो दण्ड के रूप में उन्हें हम दास बनाते हैं। इस दास प्रथा को समाप्त करें, महाराज। आप उन्हें कर्मचारी कहकर अतिरिक्त काम पर लगाएँ। 'दास' शब्द का प्रयोग न हो।"

"वा...रामगोपाल..." कालिदास ने आगे कहा, "महाराज, रामगोपाल का कथन उचित ही है। युद्ध क़ैदियों को भी तो दास ही समझा जाता है।"

"रामगोपाल, आज से हम दासप्रथा समाप्त करने की उद्घोषणा करके, उन्हें अतिरिक्त कर्मचारी के रूप में कार्य का आवंटन करेंगे।"

"सम्राट चन्द्रगुप्त की विजय हो...।" की घोषणाओं से, कल की भव्य योजना, संकल्पना और सत्य की परीक्षा देने का निश्चय कर सभा विसर्जित हुई।

***

"आर्यावर्त के सम्राट चन्द्रगुप्त की जय हो।" विदर्भ के वाकाटक राजवंश के राजा पृथ्वीषेण सम्राट चन्द्रगुप्त को सम्बोधित करते हुए बोले, "अश्वमेध यज्ञ सफलता से सम्पन्न हुआ। हम भी यह विशाल आयोजन और व्यवस्थापन, आदरातिथ्य देखकर अत्यन्त विस्मित हो गये हैं। हम समझते थे कि हम ही सर्वश्रेष्ठ है, आतिथ्यशीलता में, दान-धर्म करने में। महाराज, आपका यह अतिभव्य समारोह देखकर मन को

बहुत प्रसन्नता हुई। अब, एक माह के उपरान्त, सभी राजा-महाराजा अपने-अपने राज्यों को लौट जायेंगे...उससे पहले..."

सम्राट चन्द्रगुप्त यज्ञवेदी के सम्मुख आसन पर स्थानापन्न थे। उनके साथ महारानी ध्रुवस्वामिनी और रानी कुबेरनागा उपस्थित थीं। यज्ञ की पूर्णता हो चुकी थी, ब्राह्मणों का दानविधि भी समाप्त हो गया था। वे उठने ही वाले थे कि वाकाटक महाराज पृथ्वीषेण ने कहा, "यदि हम एक दान माँगें तो?"

"अवश्य माँगें। यदि आप हमारा राज्य भी माँगें, तो हम प्रसन्न मन से देंगे। आज जीवन की सार्थकता का अनुभव करते हुए मन अतीव प्रसन्नता से भर आया है। एक ओर पूर्णत्व की भावना, तो दूसरी ओर ऋण मुक्त होने की भावना। सम्राट समुद्रगुप्त का पुत्र उनके समान ही हो, प्रत्येक पिता की यह इच्छा पूर्ण होने का आनन्द है। आप अपना इच्छित दान माँगें।"

"आपकी कन्या..."

"क्या? हमारी कन्या?" सम्राट चन्द्रगुप्त अत्यन्त विस्मित हो गये। जिस बात की मन में कल्पना की थी, वह प्रत्यक्ष में होने वाली थी।

"आप आर्यावर्त के सम्राट हैं। आपसे अधिक श्रेष्ठ इस आर्यावर्त में कोई नहीं है। हम विदर्भ के स्वामी हैं, इस राजा के पुत्र, युवराज रुद्रसेन के लिए हम कन्या का दान चाहते हैं, यह अपराध तो नहीं है ना?"

सम्राट चन्द्रगुप्त आसन से उठे। उनके दोनों हाथ अपने हाथों में लेकर बोले,

"हम अपनी कन्या युवराज्ञी प्रभावती का आपके पुत्र युवराज रुद्रसेन की गृहस्वामिनी के रूप में कन्यादान अवश्य करेंगे। युवराज्ञी प्रभावती शस्त्र-शास्त्र निपुण हैं, वीर हैं, धैर्य और संयम, विनम्रता और सौजन्य, सौन्दर्य और शालीनता – इन गुणों का वर्णन हम ही करें ऐसी बात नहीं है, परन्तु पिता होने के कारण..."

"महाराज, युवराज रुद्रसेन ने स्वयं युवराज्ञी प्रभावती देवी को देखा है।"

"क्या प्रभावती ने उन्हें देखा है?"

"नहीं। एक वर्ष पूर्व युवराज किसी कार्य से मध्य देश गये थे, तब संयोगवश उनकी इच्छा हुई के ओंकारेश्वर के दर्शन करें। जब वे दर्शन करके वापस आ रहे थे तो अपनी सखियों के साथ प्रभावती अश्वारूढ़ होकर अरण्य के मार्ग से जा रही थीं। युवराज ने उन्हें देखा। सखियों के साथ उनका संवाद, उनका अश्वारूढ़ होना, उनका सौन्दर्य और निर्भयता देखकर युवराज रुद्रसेन प्रभावित हो गये।"

"क्या उन्होंने लौटने पर आपको ऐसा बताया?"

"नहीं महाराज, युवराज्ञी प्रभावती के बारे में उन्होंने कुछ नहीं कहा, परन्तु जब हमने उनके विवाह का विषय छेड़ा, तो अपने अन्तर्मन में उन्हें अनुभव हुआ और उन्होंने हमें बताया। अर्थात, राजकीय दृष्टि से हम इस सम्बन्ध के बारे में नहीं सोच रहे हैं, परन्तु अपने पुत्र की इच्छा हमारे लिए महत्त्वपूर्ण है। इस यज्ञ के अवसर पर हमने, हमारे परिवार ने उन्हें देखा, और आपके श्रेष्ठ कुलवंश को, आर्यावर्त के विराट साम्राज्य के अधिपति की कन्या हमें मन:पूर्वक अच्छी लगी। हमने कन्या तो माँगी है, परन्तु उसे हमारे परिवार में देना, न देना आपकी इच्छा पर निर्भर है।"

"अवश्य! आप जैसे संस्कृतिवर्धक और ब्राह्मण कुलवंश में कन्या देना हमारे लिए गौरवास्पद है। यदि आप जन्मकुण्डली देखना चाहें तो..."

"अपनी राजसभा में ही ज्योतिष के महापण्डित हैं। आपके विष्णुगुप्त हैं। परन्तु महाराज, ज्योतिष से भी ऊपर है अज्ञात नियति। वही सब कुछ नियन्त्रित करती है। फिर भी यदि कन्या के पिता को युवराज की पत्रिका देखनी हो तो हमें कोई आपत्ति नहीं।"

"आपके कुलवंश की, आपके राज्य की, आपकी विदर्भ भूमि की, आपकी शौर्य कथाओं की हमें पूरी जानकारी है। ऐसा नहीं कि गृह-नक्षत्रों पर हमारा विश्वास नहीं है। परन्तु यदि मुहूर्त देखकर भी युद्ध में जायें, तो भी जय-पराजय अपने ही कर्तृत्व पर, आयोजन पर, व्यूह रचना पर, आक्रामकता पर निर्भर करता है। हमें यह प्रस्ताव मान्य है। हमारी सर्वगुणी कन्या आपके कुलवंश का नाम उज्ज्वल करेगी इसका हमें विश्वास है।"

सम्राट चन्द्रगुप्त के आमन्त्रण पर कालिदास और देववर्मा वहाँ उपस्थित हुए।

"ये हैं कवि कालिदास, हमारे अन्तरंग मित्र भी हैं, और ये – महामन्त्री देववर्मा, हमारे लिए ज्येष्ठ बन्धु के समान हैं।"

जैसे ही सम्राट चन्द्रगुप्त ने उन्हें वाकाटक राजा के अपने युवराज रुद्रसेन के लिए युवराज्ञी प्रभावती के साथ विवाह प्रस्ताव के बारे में और अपनी मान्यता के बारे में बताया, वे बोले, "महाराज, यथार्थ निर्णय है। ये हम इसलिए नहीं कह रहे हैं कि विदर्भराज यहाँ उपस्थित हैं। हमने स्वयं युवराज रुद्रसेन को क्षिप्रा के तट पर देखा था। हमें कल्पना भी नहीं थी कि वे कौन हैं, कहाँ से आये हैं। अत्यन्त सादी पोशाक में थे वे। उनके साथ कुछ लोग थे। हम क्षिप्रा में स्नान करके बाहर आये तो युवराज एक अन्ध व्यक्ति को अपने कन्धे का आधार देकर दूसरी ओर ले जा रहे थे।

शाम को महाकालेश्वर की आरती में मग्न हमने उन्हें देखा। मन में अनायास ही विचार आया कि यह युवक कौन हो सकता है? परन्तु वे निकल गये थे। दूसरे दिन अश्व के पैरों पर वे ही पट्टिकाएँ बाँध रहे थे। हमने सहज ही पूछा तो वे बोले,

"विशाल साम्राज्य की राजधानी उज्जयिनी के प्रति हमारे मन में आकर्षण था, इसलिए आये हैं, हम पथिक हैं। विषय अर्थात ही, समाप्त हो गया था। महाराज, उनके तीन गुणों की ओर ध्यान गया : विनम्र वृत्ति, सेवाभाव, निर्भयता और धार्मिकता। वीरत्व और सौजन्य उन्हें पिता से प्राप्त हुआ ही होगा।"

सेवक के निमन्त्रित करने पर रानी कुबेरनागा, कुमार, प्रभावती और महारानी ध्रुवस्वामिनी वहाँ आये थे। महाराज ने सर्वसाक्षी से सभामण्डप में प्रभावती के विवाह की उद्घोषणा करने के बाद सब से विनती की, "अश्वमेध यज्ञ के निमित्त से पिछले कुछ दिनों से आप यहाँ थे। आज एक अति आनन्द का दिन है।" उन्होंने उत्सुकता से सम्राट चन्द्रगुप्त की ओर देखा, वे बोले,

"दक्षिण की तरफ़ के सामर्थ्यशाली साम्राज्य के स्वामी, वाकाटक वंश के महाराज पृथ्वीषेण ने अपनी कन्या प्रभावती का हाथ माँगा है, युवराज रुद्रसेन के लिए।"

इस समय सम्राट चन्द्रगुप्त अत्यन्त आनन्दित थे। इस निमित्त से दक्षिणपथ का साम्राज्य गुप्तवंश से सम्बन्धित होने वाला था अर्थात कश्मीर से सिंहलद्वीप तक अखण्ड हिन्दू राज्य का निर्माण होगा। राजकीय दृष्टि से यह अत्यन्त महत्त्वपूर्ण घटना थी। परन्तु रानी कुबेरनागा को इस सन्दर्भ में यह कार्य अनुचित प्रतीत हो रहा था। इस समय सम्राट चन्द्रगुप्त ने कहा, "महाराज, आपको कन्या देने में हमें अत्यन्त आनन्द हो रहा है, फिर भी हमारी कन्या प्रभावती स्वतन्त्र विचारों की होने के कारण उससे विचार-विमर्श करना होगा। हम आपको सूचित करते हैं, कुछ ही देर में।"

"अवश्य, सम्राट चन्द्रगुप्त। अब हम विदर्भ की ओर प्रयाण करते हैं। उससे पहले आप एक बार दूत भेजकर हमारे बारे में..."

"कृपया ऐसा न कहें। दक्षिण पथ के सर्वश्रेष्ठ वाकाटक वंश के बारे में हम जानते हैं। आपको ज्ञात नहीं, महाराज पृथ्वीषेण, जब हम दक्षिणपथ की ओर गये थे, तो आपके विदर्भ की सीमा तक आये थे, परन्तु..."

"अब आइए।"

उसी समय महामन्त्री और कालिदास वहाँ आये। उन्हें भी सम्राट ने यह वार्ता सुनाई। तब महामन्त्री सुशान्तदेव ने कहा, "पूछना तो नहीं चाहिए, परन्तु क्या एक प्रश्न पूछें?"

"अवश्य पूछें। आप महामन्त्री हैं। महामन्त्री विष्णुगुप्त से हमारा परिचय था।"

"हाँ। वे हमारे पिता हैं। आजकल वे अस्वस्थ हैं, इसलिए कुछ समय के लिए हम..."

"आप प्रश्न पूछें...क्योंकि विवाह करते समय दोनों ओर की भूमिकाएँ स्पष्ट होनी चाहिए, ऐसा हमारा विचार है।"

आसनों पर स्थानापन्न इन दिग्गज लोगों के सामने हाल ही में आये हुए महामन्त्री सुशान्तदेव क्या कहने वाले हैं, इसकी कालिदास को चिन्ता थी। परन्तु पिता के ही समान सहस्त्रगुणी सुशान्तदेव पर सम्राट चन्द्रगुप्त को विश्वास था। वे उत्सुकता से उसकी ओर देख रहे थे। दो ही वर्षों में उसने उत्तम व्यवस्थापन किया था। प्रौढ़त्व की ओर झुकते हुए सुशान्तदेव से सम्राट ने कहा,

"महामन्त्री, क्या आप गुप्तवंश की नामावली बताने वाले हैं या युद्ध और उनमें बीते हुए हमारे दिनों के बारे में बतायेंगे?"

सभी प्रसन्नता से हँसे। शिशिर अभी-अभी समाप्त हुआ था और वसन्त के आगमन की सूचना देने वाला आम्रवन का गन्ध यहाँ तक पहुँच रहा था। रानी कुबेरनागा कुछ चिन्तित प्रतीत हो रही थीं, बाकी सब लोग प्रसन्न थे।

"महाराज, आपका ब्राह्मण कुल और महाराज..."

"महामन्त्री, साम्राज्य से साम्राज्य को जोड़ते हुए वर्ण का विचार नहीं किया जाता। और एक वीर योद्धा विचार करता है केवल वीर वंश का। आज सम्राट चन्द्रगुप्त जैसा वीर योद्धा अन्यत्र कहीं नहीं है। दूसरा विचार होता है अपने पुत्र प्रेम का। हमारे युवराज रुद्रसेन को आपके वीरवंश की प्रभावती देवी प्रिय हुईं। तब, एक पिता पुत्र को ही अधिक महत्त्व देगा, है ना?"

महाराज पृथ्वीषेण की बात सुनते हुए सम्राट चन्द्रगुप्त अस्वस्थ हो गये। हमने प्रभावती देवी की इच्छा का विचार तो किया ही नहीं, इस बात पर ध्यान जाते ही वे उठे। उनके साथ सभी उठ गये। कालिदास महाराज की मन:स्थिति समझ गये। वे हँसते हुए बोले, "सम्राट चन्द्रगुप्त ने अपने मन की बात तो बता दी है। वे अति प्रसन्न हैं। परन्तु इस समय उनका जाना अनिवार्य है, यह याद दिलाने के लिए हम आये थे। आप निश्चिन्त रहें। एक वृद्ध स्त्री महाराज से मिलना चाहती है। आप यहीं ठहरिए। कुछ ही देर में महाराज आ जायेंगे।"

कालिदास ने सम्राट चन्द्रगुप्त को संकेत किया। कालिदास उन्हें लेकर बाहर गये और प्रसन्न वातावरण में विषय और विषयान्तर होते हुए हँसी गूँज रही थी।

कालिदास परेशान थे कि इतने प्रसन्न महाराज अचानक इतने अस्वस्थ्य क्यों हो गये। सम्राट चल रहे थे। कल ही सम्पन्न हुए यज्ञ की वेदी के पास वे आये। कालिदास मौन थे।

"महाराज..."

"कालिदास, हमने अत्यन्त आनन्द से वाकाटक वंश के महाराज पृथ्वीषेण को अपनी कन्या दान देने का संकल्प कर लिया, परन्तु प्रभावती को किंचित मात्र भी कल्पना नहीं दी। वस्तुतः उसका स्वयंवर हो, महारानी की इस इच्छा को हमने अमान्य कर दिया। परन्तु वैश्य होते हुए भी क्षात्र तेज से दमकती अपनी कन्या से हमें पूछना चाहिए था। हम वचन दे बैठे। साम्राज्य को साम्राज्य से जोड़ना है – इस विचार से। परन्तु..." बोलते-बोलते सम्राट रुक गये। सामने से प्रभावती अपनी सखियों के साथ आ रही थी। सम्राट को देखते ही वह आगे बढ़कर उनके समीप आयी।

"तात, आप? आज विदाई समारोह था न और सिर्फ़ आप दोनों?"

"प्रभावती, हम कुछ पूछना चाहते हैं। सत्य और केवल सत्य उत्तर ही अपेक्षित है। आप ज्ञानवती, शास्त्रवती हैं, अस्त्र-शस्त्र संचालन में निपुण हैं। उपवर हो चुकी हैं।"

वह सलज्ज खड़ी थी।

"इस तरह सलज्ज होकर, भूमि की ओर देखते हुए नहीं, अपितु विचारपूर्वक, सहज उत्तर दें।"

प्रभावती ने उनकी ओर देखा।

"आज वाकाटक वंश के महाराज पृथ्वीषेण ने अपने पुत्र अर्थात युवराज रुद्रसेन के लिए आपका हाथ माँगा है।"

"उत्तम, तात, उत्तम! हम विचार ही कर रहे थे। दक्षिण पथ में विदर्भ को छोड़कर बाकी सारे साम्राज्य अपने गुप्त साम्राज्य से सम्बन्धित हो गये हैं। वाकाटक वंश के बारे में भी विचार करना चाहिए, ऐसा आपने अभी तक क्यों नहीं सोचा, इसी बारे में हम विचार कर रहे थे।

तात, यह सन्धि साम्राज्य विस्तार के लिए और स्वयं हमारे लिए भी उत्तम है। माना कि वाकाटक साम्राज्य हमारे साम्राज्य की तुलना में छोटा है, परन्तु एक ब्राह्मणकुल वैश्यकुल की कन्या का दान माँगे, इससे बढ़कर सौभाग्य हमारे लिए और क्या हो सकता है? और जब पिता सर्वश्रेष्ठ नृपति हों तो कन्या को किस बात की कमी होगी?

फिर, नियति भी तो है ना, तात! शक्तिशाली साम्राज्य में विवाह होने से हम प्रसन्न ही रहेंगे, विश्वास के साथ यह भला कौन कह सकता है? उचित होगा कि आप मान्यता दें। दो साम्राज्य एक होने से संगठित हिन्दू राज्य की संकल्पना पूर्ण होने में सहायता मिलेगी।"

सम्राट के नेत्र भर आये। ढगलती हुई कली अपने बारे में, राष्ट्र के बारे में, पिता के बारे में इतना सोचती है, यह देखकर वे आश्चर्यचकित और भावविभोर हो गये। कालिदास भी उसके वक्तव्य से अवाक् रह गये। सम्राट ने उसके मस्तक पर हाथ रखकर मन-ही-मन कहा, "शुभदे, तुम्हारा कल्याण हो!" और उसे लेकर सभामण्डप की ओर चले। अब वे प्रसन्न थे, निश्चिन्त थे।

***

शरद ऋतु की रम्य, सुखद शाम। प्रभावती के विवाह की सारी तैयारियाँ पूरी हो गयी थीं। उत्तर-दक्षिण, पूर्व-पश्चिम सभी दिशाओं के राजाओं को निमन्त्रण भेजे गये थे। और छह महीने तक इन तैयारियों के बीच कालिदास अपना प्रथम नाटक लिखने में व्यस्त थे। सम्राट चन्द्रगुप्त चाहते थे कि वह प्रीति कथा हो, और इससे प्रभावती और रुद्रसेन के जीवन में प्रसन्नता की बहार आये। किस पर नाटक लिखा जाये, इस पर कालिदास विचार कर रहे थे।

'ऋतु संहार' लिखने के बाद कैलासनाथ के बारे में लिखा जाये, जिनका अनुभव उन्हें हुआ था। मन में अनेक विचार प्रस्फुटित हो रहे थे, मानो सूर्य को देखकर अनगिनत कमलिनी के फूल खिल रहे हों। परन्तु उसके पश्चात मालिनी के तट पर स्थित कण्व मुनि के आश्रम में जाने के बाद उनके सामने शकुन्तला ही साकार हो गयी थी। परन्तु उज्जयिनी वापस आने पर प्रभावती के निमित्त से विदर्भ के वाकाटक वंश की राजनीति, समाजव्यवस्था, अन्य राजनीतिक सम्बन्ध, जनमानस, संस्कार, संस्कृति, अर्थव्यवस्था, वंशावली–यह सब जानने के लिए मन्त्री वीरसेन और भद्रसेन के साथ कालिदास गये थे। कश्मीर से लौटने के बाद मन मचल रहा था। मन में शब्द प्रस्फुटित हो रहे थे। उनके खिलने से पहले ही उनकी सुगन्ध तन मन में फैल रही थी। नूपुरों की छमछम करते हुए कविताकामिनी आने को तैयार थी।

मगर वैसा हो नहीं रहा था। प्रभावती के विवाह से सन्दर्भ में सम्राट चन्द्रगुप्त ने व्यक्तिगत विशेष सभा का आयोजन किया था, जिसमें उन्होंने धन्वन्तरि को विवाह निमित्त आने वाले अतिथियों की आरोग्य व्यवस्था सौंपी। अनेक राजा-महाराजा आने वाले थे, उनमें कुछ दुष्ट प्रवृत्ति वाले, गुप्त साम्राज्य के हितशत्रु भी हो सकते हैं। इस

निमित्त से कुछ गुप्तचर भी आ सकते हैं, इसलिए सभा में उपस्थित गुप्त साम्राज्य के गुप्तचर प्रमुख क्षपणक को उन्होंने गुप्तचरों की व्यवस्था करने को कहा।

राजसभा के नवरत्नों का ऐसा भी सहयोग प्राप्त होगा, ऐसा कभी सम्राट चन्द्रगुप्त ने सोचा भी नहीं था। परन्तु विवाह के निमित्त से यह सब सहजता से हो रहा था। 'शंकु' सम्राट चन्द्रगुप्त को कालिदास के ही समान प्रिय था।

शंकु, आप उत्तम भविष्यनिदान करते हैं। आये हुए अतिथियों की हस्तरेखा, मस्तिष्करेखा देखकर उनका भविष्य बतायें, तो आपकी कीर्ति दसों दिशाओं में पहुँचेगी, क्योंकि प्रत्येक व्यक्ति को अपना भविष्य जानने की उत्सुकता होती ही है।"

"महाराज, आपकी कीर्ति दसों दिशाओं में फैली हुई है। आप उपहास तो नहीं कर रहे हैं?"

सब लोग प्रसन्नतापूर्वक हँस पड़े। वेताल भट्ट से सम्राट ने कहा, "हमें भूत-प्रेतों की, अघोरी कथाएँ सुनाने के लिए आप बार-बार श्मशान ले जाते हैं। परन्तु अतिथियों को ऐसा कुछ न बताइए। आपकी बातों में इसका उल्लेख भी न हो। और घटखर्पर, आप यमक रचना वाला काव्य प्रस्तुत करें। और कालिदास, आपका 'ऋतु संहार' हमने सुना था, अब नाट्य स्वरूप में प्रीति कथा सादर करें। लोकमनोरंजन सर्वाधिक आनन्दमय होता है।

अमरसिंह, वररुचि और वराहमिहिर शास्त्रार्थ का आयोजन करें।"

इसके पश्चात सम्राट ने मन्त्रिमण्डल की सभा भी आयोजित की। दण्डपाशिक विरूपाक्ष, करभकसेन, महादण्डनायक अश्वघोष, अश्वपति रामगोपाल, रणभाण्डारिक रोहित शर्मा, महाबलाधिकृत इन्द्रसेन, महासन्धिविग्रहिक सोमेश्वर शास्त्री, विनयस्थिति स्थापक सोमदत्त। महाभाण्डाराधिकृत उग्रसेन, महापक्षपटलिक, सर्वेश्वर, सर्वाध्यक्ष और राजस्व अधिकारी विष्णुगुप्त, कोषाध्यक्ष महेश्वर शास्त्री इन सबको आय, व्यय, व्यवस्था, सुरक्षा, व्यंजन और वस्त्रालंकार व्यवस्था सौंपी गयी और सम्राट निश्चिन्त हो गये।

युवराज्ञी प्रभावती का विवाह एक महत्त्वपूर्ण घटना तो थी ही, परन्तु उससे भी अधिक महत्त्वपूर्ण यह विवाह एक ऐसे सम्राट की कन्या का था जिसने आसेतु हिमालय एकसंघ भारत, एक छत्र के नीचे हो, इस संकल्पना को यथार्थ किया था, स्वपराक्रम के बल पर अपने कालखण्ड में अपनी नाममुद्रा स्वर्णाक्षरों में मुद्रित की थी। प्रतिष्ठा देते हुए प्रतिष्ठित होने वाले सम्राट चन्द्रगुप्त की कन्या का विवाह था। भारत के अनेक राजाओं को निमन्त्रण भेजे गये थे। छह महीने से सभाएँ हो रही थीं। नित्य नया विचार प्रस्तुत किया जाता था।

मगर कालिदास अस्वस्थ थे। किसकी प्रीति कथा लिखें? राधा-श्रीकृष्ण की, अपनी और मधुवन्ती की या सम्राट चन्द्रगुप्त और महारानी ध्रुवस्वामिनी की या दुष्यन्त-शकुन्तला की? परन्तु मन में शब्द तैयार नहीं हो रहे थे। शब्दों को नायक-नायिका नहीं मिल रहे थे। दिन बीतते जा रहे थे। वे अब अधिक ही बेचैन हो गये।

और रात्रि के अन्तिम प्रहर में अस्वस्थ निद्रा में मन को चैन देने वाली कथा मिल गयी–मालविका और अग्निमित्र की! और उसी समय उन्होंने हाथ में लेखनी ली और भोजपत्र पर लिखना आरम्भ किया:

एकेश्वर्ये स्थितोऽपि प्रणतबहुफले य: स्वयंकृतिवासा:।
कान्हासंमिश्रदेहोऽप्यविषय मनसां य: परस्ताधतीनाम् ॥

अपनी अर्धांगी पार्वती को वामाँग पर धारण कर भी जो विषय निवृत्त हैं, ऐसे स्वामी महादेव को नमन कर उन्होंने प्रीति कथा आरम्भ की राजा अग्निमित्र की।

कालिदास के नेत्रों के सामने रंगमंच साकार हो उठा। उस पर स्तवन के पश्चात् सूत्रधार का निवेदन हुआ,

"'ऋतु संहार' के रचयिता और सम्राट चन्द्रगुप्त की राजसभा के प्रतिष्ठित कविवर्य श्रीमान कालिदास अब विदिशा के राजा अग्निमित्र और विदर्भकन्या मालविका की विवाह कथा सादर करने जा रहे हैं।"

कालिदास लिख रहे थे और मन में रंगमंच का अनुभव भी कर रहे थे।

अग्निमित्र की ज्येष्ट रानी धारिणी की सर्पमुद्रांकित अँगूठी बन गयी है या नहीं, यह देखने के लिए उसकी दासी गयी थी। उसी समय वह दालान में एक अवगुण्ठित चित्रफलक देखती है। वह अवगुण्ठन दूर करती है और महाराज अग्निमित्र के दालान में एक लावण्यवती का चित्र देखकर वह अत्यन्त क्रोधित हो जाती है। उसी समय महाराज अग्निमित्र भी उसके पीछे आकर खड़े हो जाते हैं। वे यूँ ही उससे पूछते हैं, 'यह लावण्यवती कौन है?' क्रोधित धारिणी अनेक बार पूछने पर भी कोई उत्तर नहीं देती, मगर उसी समय वहाँ आयी महाराज की कन्या वसुलक्ष्मी कहती है, 'यह मालविका है।' महाराज वहाँ से चले जाते हैं, परन्तु मन में मालविका की छवि अंकित हो गयी है।

गौतम–महाराज का परम मित्र है। वह विदूषक है। महाराज को प्रसन्न करने के लिए वह कुछ भी करने को तत्पर है। गौतम महाराज की सहायता के लिए आगे आता है। महाराज कहते हैं, "गौतम ऐसा कुछ करो कि उस मालविका के दर्शन हो सकें।"

उसी समय यह समाचार प्राप्त होता है कि महाराज की भगिनी के पति माधवसेन को विदर्भ नरेश ने क़ैद कर लिया है। महाराज अग्निमित्र अत्यन्त क्रोधित हो जाते हैं।

मौर्यसचिवविमुञ्चतियदिपूज्य: संयतंममश्यालम्।
भोक्तामाधवसेनं ततोऽहमपि बन्धनात्सद्य: ॥

परन्तु विदर्भ नरेश भी हठी है। तब अमात्य महाराज से कहता है,

"नि:सन्देह, यह कार्य व्यवहार शास्त्र में भी मान्य नहीं है। हम आपकी आज्ञानुसार विदर्भ नरेश को सन्देश नहीं भेजते, अपितु युद्ध का आह्वान देते हैं, आपकी सम्मति के अनुसार।'

एक ओर महाराज अपने शालक की मुक्ति के लिए प्रयत्नशील हैं, तो दूसरी ओर एक वाद उत्पन्न हो गया है, जो उनके सामने लाया जाता है।

कालिदास लिख रहे थे भोजपत्र पर और अनुभव कर रहे थे उसे रंगमच पर अवतरित होते हुए। बिल्कुल भरतमुनि के अनुसार : कौन-सा अभिनेता कहाँ खड़ा होगा, कौन कहाँ से आयेगा, मंच का दृश्य उस प्रसंग के अनुसार होगा और महावस्त्र, अलंकार, मुख पर नाट्य भाव सहज ही प्रकट हों, ऐसा प्रयत्न वे कर रहे थे।

जैसा भरतमुनि ने नाट्यशास्त्र में कहा है, और भास का 'स्वप्न वासवदत्ता' पढ़कर कालिदास के मन में यह स्पष्ट हो गया था कि अलंकार, वस्त्र और भाषा पद के अनुसार होना चाहिए। दासी यदि महावस्त्र धारण करे और स्वयं के लिए आदरार्थी शब्दों का प्रयोग करे तो वह अशोभनीय होगा। भरत मुनि का एक-एक शब्द उनके मन में गहरे पैठ गया था। अब उनके लिए महाराज अग्निमित्र की मालविका से भेंट कराना आसान नहीं था। कालिदास लिखने लगे।

गणदास और हरदत्त दो नृत्य शिक्षक है। गणदास मालविका के नृत्य शिक्षक हैं, और हरदत्त महाराज की अनेक रानियों में से नवविवाहित रानी इरावती के नृत्यशिक्षक हैं। धारिणी–महाराज की ज्येष्ठ पत्नी है, तो इरावती कनिष्ठ पत्नी है। इरावती को अपने सौन्दर्य का, पाण्डित्य का अभिमान है। जब नृत्य स्पर्धा आयोजित करने का समय आता है, तो दोनों की सखियाँ बहस करती हैं कि उनकी ही सखी नृत्य में अधिक पारंगत है। ऐसे में विदूषक गौतम महाराज से कहता है, 'आप ही बनें परीक्षक और न्याय दें मालविका को!"

इस सन्दर्भ में गौतम से महाराज कहते हैं, "तुम्हारे प्रयत्न यशस्वी हो रहे हैं, तुम्हारे प्रयत्नों के वृक्ष पर फूल खिलने लगे हैं।"

हरदत्त की शिष्या रानी इरावती श्रेष्ठ है या गणदास की शिष्या मालविका? इसका निर्णय कौन करेगा? हरदत्त और गणदास, दोनों महाराज से परीक्षक बनने की विनती करते हैं। तब वे विदूषक गौतम से कहते हैं, 'हम नृत्य अवश्य देखेंगे, परन्तु परीक्षक होने के लिए हमसे न कहें। क्योंकि एक तरफ़ है हमारी रानी इरावती और दूसरी तरफ हमारे हृदयपटल पर अंकित हो चुकी सौन्दर्यवती कामिनी मालविका, जिसकी हम कामना कर रहे हैं। ऐसी स्थिति में हमारे जैसा पक्षपाती परीक्षक नहीं होना चाहिए। कला को कला के स्वरूप में प्रस्तुत करना चाहिए और परीक्षक को भी सूक्ष्म जानकार होना चाहिए।'

गणदास और हरदत्त के बीच भी नृत्यांगनाओं के श्रेष्ठत्व के बारे में विवाद हो रहा है। इस परिस्थिति में महारानी धारिणी को आमन्त्रित किया जाता है। पहले तो वह इनकार करती हैं, परन्तु बाद में स्वीकार कर लेती हैं। पण्डिता कौशिकी मालविका का शृंगार करने वाली है, वह भी परीक्षक होने से इनकार करती है।

और धारिणी परीक्षक होना मान्य कर लेती है।

कालिदास को अब नाटक की दिशा मिल गयी थी, एक लय, एक नया आयाम लेकर वह शब्दों से अवतरित हो रही थी। प्रथम अंक समाप्त हो गया था। वे प्रसन्न मन से आगे लिखने लगे। रात्रि के पग भी गतिमान हो गये थे।

दूसरा अंक आरम्भ हो गया था। कालिदास के नेत्रों के सामने थे महाराज अग्निमित्र, महारानी धारिणी, हरदत्त और गणदास, सिवाय कुछ अन्तर छोड़कर बैठी हुई कौशिकी। अब नृत्य आरम्भ होने वाला था। पहले कौन नृत्य करेगा – इरावती अथवा मालविका, इस पर विचार हुआ। ऐसे समय पण्डिता कौशिकी कहती हैं कि गणदास आयु में ज्येष्ठ हैं, अत: उनका सन्मान पहले। गणदास मालविका को आमन्त्रित करते हैं। मालविका लावण्यवती तो है ही, परन्तु नृत्य कला के कारण उसकी देह भी कमनीय है। महाराज अग्निमित्र के समीप जाकर विदूषक गौतम कहता है, 'इतनी अधीरता से उस मालविका देवी की ओर न देखिए, क्योंकि आपके पास ततैया बैठी है। आपकी महारानी, ये ध्यान में रखें।'

महाराज को उसकी तुलना पर हँसी आ रही थी। मालविका के बारे में महाराज मन में कहते हैं, 'चित्र में जिस मालविका को देखा था, उससे सौ गुना अधिक लावण्यवती है। अब उससे मिलने का मार्ग कैसे निकले।'

अत्यन्त झिरझिरे वस्त्रों में मालविका ने रंगमंच पर पदार्पण किया। शायद महाराज के मन की प्रेम भावना को वह समझ गयी थी, इसलिए पदन्यास करते हुए वह गीत गाती है वह भी महाराज के ही लिए–

दुर्लभः प्रियो मे तस्मिन्भव हृदय निराशमहो अपांगो में परिस्फुरती किमपि वामः।
एषसचिरदृष्टः कथंपुनरुपनेतव्यो, नाथमांपराधीनांत्वयि परिगणय सतृष्णाम्॥

इस गीत के माध्यम से वह स्वयं से ही कहती है कि 'हे हृदय, महाराज तुझसे कभी मिलेंगे, यह आशा ही छोड़ दे। पुनरपि देखने की आशा भी नहीं, परन्तु प्राणप्रिय, यह जान लो कि मेरा मन तुम्हारे ही हृदय से उलझ गया है।'

नृत्य समाप्त होते ही वह जाने लगती है। महाराज अग्निमित्र उसकी देह को जी भर के देखते हैं, परन्तु उनका मन तृप्त नहीं है यह बात विदूषक गौतम को ज्ञात है, और वह कहता है, 'हे नृत्यांगना, आपके हाथों से एक भूल हो गयी है।'

'कौन-सी?' वह नृत्य मुद्रा में ही पूछती है, पतले वस्त्रों में उसकी कमनीय देहयष्टि को महाराज निहार रहे हैं। विदूषक गौतम कहता है, "भूल नृत्य कला में नहीं हुई, परन्तु नृत्य आरम्भ करने से पूर्व तुमने ब्राह्मणों को नमस्कार नहीं किया।'

वह हँसती है। यह देखकर सभी हँसते हैa। महाराज को उसके जाने का आनन्द नेत्रसुख दे जाता है।

महाराज अग्निमित्र अत्यन्त प्रसन्न हैं। हरदास पूछते हैं, 'अब आपकी नवविवाहिता पत्नी इरावती को, जो हमारी शिष्या हैं, आमन्त्रित करूँ?' परन्तु उसी समय मध्याह्न भोजन की सूचना मिलती है और दूसरा अंक समाप्त होता है।

कालिदास तीसरा अंक लिखने लगे और उन्हें अनुभव हुआ कि उन्होंने आज शाम को भोजन तो किया ही नहीं, और पानी भी नहीं पिया। वे भोजपत्र रखकर उठे, चौकी को एक ओर हटाया और घड़े से पानी लिया। पानी पीने के बाद मन प्रसन्न हो गया। चारों ओर निपट शान्ति थी। आकाश नक्षत्रों से परिपूर्ण था, मगर उनका ध्यान भोजपत्रों की ओर था। वे फिर से बैठ गये, हाथ में लेखनी उठायी और लिखने लगे।

तीसरा अंक आरम्भ हुआ। दोनों नृत्यांगनाओं-मालविका और रानी इरावती में–विजय किसकी हुई? अर्थात मालविका की। परन्तु निर्णय करते समय, यह कहा गया कि दोनों नृत्यांगनाएँ एक जैसी सामर्थ्यवान हैं, परन्तु मालविका को विजयी घोषित किया गया ज्येष्ठ नर्तक गणदास के कारण–ऐसा दासियों के वार्तालाप से ज्ञात हुआ।

मालविका और महाराज अग्निमित्र के केवल नेत्रों से प्रेक्षक समझ गये कि दोनों के बीच एक दूसरे के प्रति आकर्षण बढ़ रहा है। संवादों से यह स्पष्ट होते हुए...

कालिदास मन-ही-मन हँसे। अब तो वास्तविक संघर्ष आरम्भ होने वाला है। मालविका और उससे मिलने के लिए अत्यन्त आतुर महाराज और मालविका उनके दृष्टिपथ में भी न आये ऐसा प्रयत्न करने वाली महारानी धारिणी।

वसन्त मास का आगमन हो गया है। चारों ओर नवपल्लक-मालिकाएँ हैं। पुष्पों का शृंगार करके लतिकाएँ वृक्षों के स्कन्धों पर प्रसन्न हैं। परन्तु धारिणी के ध्यान में आता है कि सुवर्ण अशोक पर अद्याप एक भी फूल दृष्टिगत नहीं हुआ है। दासी ने भी स्वयं जाकर देखा है। यदि कोई युवती अपने मुख से उसे मधु प्रदान करे और उस पर लत्ता प्रहार करे तभी सुवर्ण अशोक पर फूल खिलेंगे।

धारिणी ने इरावती से कहा, 'महाराज प्रमद वन की ओर गये हैं।' तब इरावती महाराज को सन्देश भेजती है कि 'वह स्वयं ही आ रही है, प्रमदवन में हिंडोले पर बैठने के लिए। महाराज वहीं रुकें।'

महाराज परेशान हो जाते हैं, प्रमद वन में मालविका के पहुँचने की योजना विदूषक ने बनाई है। महाराज अग्निमित्र हिंडोले पर बैठे हैं। परन्तु मन में मालविका है। योजना के अनुसार मालविका मुख में मधु भरे आती हुई दिखाई देती है, वह सुवर्ण अशोक वृक्ष पर अपने मुख का मधु डालती है, और अपने कोमल पग से उस पर प्रहार करती है। उसकी सखी बकुलवलिका महाराज की अवस्था का वर्णन करती है।

इरावती सखी के साथ प्रमद वन में प्रवेश करते हुए उससे पूछती है, "मधु लेने के बाद स्त्री अधिक सुन्दर दिखाई देती है ना?" सखी ने कहा, "यह तो मुझे ज्ञात नहीं, परन्तु आप अत्यन्त सुन्दर हैं।" तभी उसकी दृष्टि दूर शिलाखण्ड पर बैठी हुई मालविका पर जाती है, और हिंडोले पर कोई भी नहीं दिखाई देता। उसके मन में संशय निर्माण होता है और वह भी सखी का आधार लेते हुए मालविका के निकट के वृक्ष के पास पहुँचती है।

सखी बकुलवलिका मालविका के चरणों का शृंगार कर देती है। मालविका वृक्ष पर लता प्रहार कर मधु भी उस पर डालती है। यह सब महाराज देखते हैं, और इरावती भी देखती है। अब महाराज वृक्ष के पीछे से निकलकर मालविका के समीप पहुँचते हैं।

कालिदास स्वयं ही महाराज अग्निमित्र की भावनाओं का उत्कटता से अनुभव करते हैं, मानो वे स्वयं ही अग्निमित्र हों। वे स्वयं ही अपनी नायिका से कहते हैं–

किसलयमृढोर्विलासिनी कठिने विहतास्य पादपस्कन्धे।
चरणस्य न ते बाधा सम्प्रति वामोरू वामस्य॥

'नूतन पल्लव के समान अत्यन्त मृदु ऐसे तुम्हारे वाम चरण को लता प्रहार से चोट तो नहीं आयी?'

कालिदास के नेत्रों के सामने उस अरण्य के वसन्त ऋतु में खिले हुए उस प्रमद वन में उस लावण्यवती से बोलते हुए अत्यन्त आनन्द हो रहा है। अब तुरन्त अपनी मनोदशा कथन करते हुए महाराज कहते हैं, "हमारी अवस्था ऐसी है कि अशोक वृक्ष के समान हम भी अपना धीरज खो चुके हैं। अशोक वृक्ष पुष्प से वंचित है, और हम धैर्य से। अतः स्पर्श करके हमें धैर्य प्रदान करें।"

और तभी इरावती उनके समीप जाकर कहती है, "अशोक वृक्ष तो अभी फूला नहीं, मगर यहाँ प्रणय पुष्प दृष्टिगोचर होने लगे हैं।"

महाराज उसके क्रोध से तमतमाए मुख की ओर देखते हैं। अनावर क्रोध से वह वहाँ से जाने लगती है। उसकी करधनी खुल जाती है। महाराज उससे कहते हैं, याचना करते हैं, क्षमा माँगते हैं। परन्तु वह उनका पूरी तरह तिरस्कार करते हुए जाने लगती है। तब महाराज स्वयं उसके चरणों पर झुकते हैं, तब वह क्रोध से कहती है, "ये मालविका के चरण नहीं हैं, जो आपकी अभिलाषा पूर्ण करेंगे।" वह निकल जाती है। महाराज कहते हैं, "यह स्वाभाविक है।"

यहाँ तीसरा अंक समाप्त होता है। तब प्रभात अवतरित होने वाली है। कालिदास भोजपत्र समेटते हैं, और नियमानुसार क्षिप्रा तट की ओर जाने लगते हैं।

मध्याह्न के उपरान्त जब वे राजसभा से निकले, तो घटखर्पर ने उनसे पूछा,

"कालिदास, आपका नाट्य प्रयोग कहाँ तक पहुँचा?"

"आज तक हमने कभी नाट्य प्रकार पर विचार नहीं किया था, इसलिए विलम्ब हो रहा है। कल ही आरम्भ किया है। आज लेखन पूरा हो जायेगा। फिर नाट्य-प्रयोग के लिए प्रयत्न। आपने क्या लिखा है?"

"यमक में काव्य रचना आसान नहीं है। कभी दो शब्द, कभी चार, तो कभी पूर्ण पंक्ति को यमक में लिखना पड़ता है और उसके अर्थप्रवाह विविध होने चाहिए। इसलिए यह कार्य सरल नहीं है। अभी तक कुछ हो नहीं पाया है।"

कालिदास अधिक कुछ न कहते हुए प्रासाद के निकट अपने 'गृह' की ओर मुड़े। और मन-ही-मन हँसे। 'गृह' तो है, मगर 'गृहिणीरहित'। अग्निमित्र को अनेक रानियों सहित मालविका मिल सकती है, परन्तु नियति हमें एक भी पत्नी न दे, इसका उन्हें दु;ख हुआ। परन्तु इस विचार को उन्होंने मन से निकाल दिया और हाथों में भोजपत्र लेकर आगे लिखने लगे–चौथा अंक।

चौथा अंक आरम्भ करते ही उनके दिमाग़ में आया कि स्त्रीस्वभावानुसार अब इरावती महारानी धारिणी से यह सब कहेगी और हुआ भी वैसा ही। गिरने के कारण महारानी धारिणी उठने में असमर्थ थीं, उसने मालविका और उसकी

सखी बकुलवलिका को कारागृह में डाल दिया और सेवकों को आज्ञा दी, 'हमारी सर्पमुद्रित अँगूठी दिखाये बिना कोई भी उनसे मिलने न पाये।'

महाराज इस वार्ता से अत्यन्त अस्वस्थ हो गये। विदूषक गौतम ने उन्हें इतना अस्वस्थ कभी नहीं देखा था। महाराज का प्रिय मित्र होने के कारण उससे महाराज की अवस्था देखी नहीं जा रही थी। उसने कहा, 'महाराज, महारानी अस्वस्थ हैं। इस समय योग्य यह होगा कि आप उनके पास जायें। मैं बाद में कोई भेंट वस्तु लेकर आता हूँ, क्योंकि रिक्त हस्त से जाना उचित नहीं है।'

इधर मालविका और बकुलवलिका कारागार में हैं, जहाँ सूर्य की किरणें भी प्रवेश नहीं कर पाती हैं। महाराज इस बात से अत्यन्त दुखी हो जाते हैं। परन्तु महारानी धारिणी से मिलना उनका कर्तव्य था। वे उसके शयनकक्ष में जाते हैं। धारिणी उठने का प्रयत्न करती है, तब महाराज कहते हैं, "हे मधुरभाषिणी, उठने का कष्ट न करो। नूपुरविरहित तुम्हारे चरणों को देखकर हमें दुःख हो रहा है।" इस वार्तालाप के बीच ही उँगली पर यज्ञोपवीत लपेटे गौतम प्रवेश करता है। उसके मुख से प्रतीत हो रहा है कि वह अत्यन्त कष्ट झेल रहा है।

धारिणी के पूछने पर वह बताता है कि आपसे मिलने के लिए आते हुए कम से कम पुष्प तो लेता जाऊँ, यह सोचकर प्रमद वन की बेल को हाथ लगाया ही था कि सर्पदंश हो गया। सर्पदंश होने के कारण धारिणी जयसेना से गौतम को वैद्य ध्रुवसिद्धि के पास ले जाने के लिए कहती है, मगर गौतम तुरन्त नाटक करते हुए महाराज से कहता है, 'मेरी मृत्यु के बाद मेरी माँ का ध्यान रखें।' तभी जयसेना यह कहते हुए आती है कि सर्प का विष उतारने के लिए वैद्य ध्रुवसिद्धि को सर्पमुद्रा वाली कोई वस्तु या मुद्रिका चाहिए, जिसे वह उदक कुम्भ में डालेगा। धारिणी उसकी बात पूरी होने से पहले ही कहती है, "यह लो मेरी सर्पमुद्रा वाली मुद्रिका। बाद में मुझे वापस लौटा देना।"

अर्थात यह सब गौतम ही महाराज के लिए कर रहा है। मालविका और बकुलवलिका को मुक्त करके गुप्त मार्ग से समुद्रगृह में भेजता है और महाराज अग्निमित्र से यह सब कहता है। महाराज अधीर-उत्सुक हैं, परन्तु मालविका भयभीत है। सत्य को वह मान्य नहीं कर पाती। विवाह के बिना सम्पर्क-स्पर्श-समागम की कल्पना से वह भयभीत है। प्रमद वन में अब मालविका अकेली है, भयभीत है। तब महाराज कहते हैं–

दाक्षिण्यं नाम बिम्बोहि नायकानाम् कुलवृत्तम्।
तन्मे दीर्घाक्षी ये प्राणास्ते त्वदाशानिबन्धना:॥

मालविका और महाराज एकान्त में हैं। अद्यापि महाराज की इच्छा पूरी नहीं हुई है। उसी समय गौतम को ढूँढ़ते हुए इरावती अपनी सखी के साथ वहाँ आती है। और स्वप्न में खोया हुआ विदूषक एकदम चिल्लाता हैं, 'साँप...साँप!'

महाराज अग्निमित्र यह संकेत समझ जाते हैं। वे मालविका के साथ समुद्रगृह से बाहर आते हैं। इरावती यह देखती है।

और बकुलवलिका को दिखाई देता है कि उस सुवर्ण अशोक पर पुष्प आ गये हैं। महारानी धारिणी ने मालविका को वचन दिया था, 'यदि तुम्हारे लता प्रहार से सुवर्ण अशोक पर फूल आ गये तो तुम्हारी इच्छा पूरी करूँगी।'

रानी इरावती सब कुछ जान गयी है, स्पष्ट था कि अब वह महारानी धारिणी के पास जायेंगी, परन्तु अब मालविका और महाराज की आशाएँ पल्लवित हो गयी हैं, क्योंकि सुवर्ण अशोक पर फूल आ गये हैं।

चतुर्थ अंक समाप्त करने के बाद कालिदास के ध्यान में आया कि अग्निमित्र की छवि केवल एक प्रणयी पुरुष की नहीं है, जो अनेक रानियों के सहवास के लिए आतुर है, अपितु वह पुरुषश्रेष्ठ, धैर्यवान, वीर्यवान, एक सुजाग्रत राज्यप्रशासक है। उसका एक साम्राज्य है, जिसका वह अधिकारी है। अब पाँचवाँ अंक लिखते समय प्रेक्षकों के बीच उसकी केवल प्रणयी प्रतिमा ही प्रभावी न प्रतीत हो।

वे उठे। सायंकालीन भोजन के लिए भोजन कक्ष में न जाकर उन्होंने सेवक से कुछ गोरस और फलाहार लाने के लिए कहा। और उन्होंने पाँचवें अंक का लेखन आरम्भ किया।

दो दासियाँ परस्पर संवाद कर रही हैं, जिससे ज्ञात होता है कि अग्निमित्र के पिता पुष्यमित्र शुंग ने मौर्य राजवंश के अन्तिम राजा सम्राट बृहद्रथ मौर्य का वध किया और मौर्य वंश समाप्त हो गया। उसी सिंहासन पर पुष्यमित्र शुंग राज्याधिपति हो गया अर्थात मगधपति हो गया। राज्य ग्रहण करने के बाद उन्होंने प्रथम अश्वमेध यज्ञ की घोषणा की। और अग्निमित्र का पुत्र वसुमित्र उस यज्ञीय अश्व के साथ जाने वाला है। धारिणी अपने पुत्र के यश के लिए प्रतिदिन शत सहस्त्र मुद्राओं का दान कर रही है।

कालिदास पल-भर को रुके। मालविका विदर्भ की राजकन्या है, यह बताने के लिए घटना-प्रसंग आवश्यक था। और उन्हें याद आ गया। अब नाटक के सुखान्त होने की सम्भावना समझ में आने पर वे मन-ही-मन प्रसन्नता से हँसे।

एक और वार्ता प्राप्त होती है। विदर्भ के राजपुत्र यज्ञसेन और माधवसेन में तीव्र वाद-विवाद होता है। अन्त में अग्निमित्र से विनती की जाती है कि वे इस में बीच-

बचाव करके न्याय करें। अग्निमित्र ने अपने शालक वीरसेन को ससैन्य भेजकर आवश्यक कार्य किया। उसी समय यह भी ज्ञात होता है कि कुछ दास-दासियों को पकड़कर धारिणी के पास भेजा गया है। उनमें मालविका है। और अब धारिणी, इरावती और महाराज को ज्ञात होता है कि वह विदर्भ की राजकन्या है। और पण्डिता कौशिकी भी विदर्भ की ही है।

महारानी स्वभाव से क्रोधी होते हुए भी उसे कर्तव्य का ज्ञान है। महाराज अग्निमित्र से वह बहुत प्रेम करती है। उसे ज्ञात है कि राजपुरुषों को बहुपत्नीत्व क्षम्य है। इतना ही नहीं अपितु यह पुरुषार्थ और राज्यों को जोड़ने का एक व्यवहार भी है।

यह सब सोचकर वह जयसेना को दुशाला लाने के लिए कहती है। महाराज अग्निमित्र और मालविका के स्कन्धों पर डालकर कहती है। 'आर्यपुत्र, अब इसे स्वीकार करें। महाराज भी अत्यन्त प्रसन्नता से मालविका को स्वीकार करते हैं।

अपेक्षा के अनुसार सब कुछ मंगलमय होता है। और अश्वमेध यज्ञ के अश्व के सकुशल मगध पहुँचने पर वे सब अश्वमेध यज्ञ के लिए मगध को प्रस्थान करते हैं।

कालिदास लेखनी नीचे रखकर दीर्घ निःश्वास लेते हैं। यह हमारी पहली ही नाट्य कृति है, इसमें त्रुटियाँ भी हो सकती हैं। परन्तु सम्राट के आदेश देने के कारण लिखी तो गयी है। हममें लेखनकला है, यह आविष्कार हुआ था। परन्तु नाट्य निर्मिति भी हम कर सकते हैं, यह पता चलने से और नाटक पूरा होने के कारण कालिदास भोजपत्रों को इकट्ठा करके, उन्हें वस्त्र में लपेट कर उठे और सम्राट को यह आनन्द वार्ता देने के लिए निकले।

दालान से बाहर पाँव रखते ही समय का अनुभव हुआ, जिसकी ओर उन्होंने अब तक ध्यान ही नहीं दिया था। आधी रात हो गयी थी। वे फिर से दालान में आये। सर्वांग में आनन्द हिलोरें ले रहा था।

***

कालिदास आज अपने कक्ष में निश्चिन्त थे। राजकुमारी प्रभावती का विवाह समारोह अति भव्यता से सम्पन्न हुआ। परम्परा के अनुसार सम्राट चन्द्रगुप्त महारानी के साथ उन्हें विदा करने आये थे। वे उसे विदर्भ के नगरधन तक पहुँचाना चाहते थे, परन्तु उन्होंने शंकु और कालिदास से कहा, "ससैन्य वीरसेन और वीरभद्र के साथ आप भी जायें, इससे हमें ऐसा प्रतीत होगा कि हम स्वयं ही गये हैं।"

पिछले छह महीनों से अति व्यस्तता के कारण कालिदास नगर के पश्चिम में स्थित मधुवन्ती के प्रासाद में भी नहीं जा पाये थे। और फिर विवाह के पश्चात्

राजकुमारी प्रभावती को विदर्भ तक पहुँचाने का सम्राट का आदेश। अन्त में उन्होंने एक पत्र लिखा :

'प्रिय सखी, तुमसे मिलने के लिए अधीर-उत्सुक होते हुए भी हम नहीं आ सकते। यदि गृहपति होते तो आसानी से स्वगृह आ जाते। समाजमान्य गणिका होते हुए भी, हमें अभी भी सन्ध्या समय ही उचित लगता है। मधुवन्ती, दिन में भी तुम्हारे नाम से हमें चन्द्रमा की शीतलता का अनुभव होता है, और सुगन्धित रात का स्मरण हो आता है। दिन भी प्रसन्न होता है, केवल तुम्हारे कारण।

विवाह की तैयारियाँ, नाट्यलेखन, उसके सादरीकरण में छह महीने बीत गये। फिर भी एक बार जब हम अति अस्वस्थ थे तो तुम्हारे पास आये ही थे, और नवचेतना लेकर लौटे थे।

आज विवाह सम्पन्न हुआ। कल प्रात:काल महाराज रुद्रसेन अपनी सेना के साथ प्रस्थान करेंगे, हम भी शंकु के साथ और सेनाधिकारियों वीरसेन और भद्रसेन के साथ सेना सहित राजकुमारी प्रभावती को विदर्भ के नगरधन तक छोड़ने जायेंगे। हम शीघ्र वापस लौटने का प्रयत्न करेंगे, तब तक कोई उपाय नहीं है। ऐसा प्रतीत हो रहा है कि हमें बार-बार जाना होगा। अब राजकुमारी प्रभावती सम्राट की प्रिय कन्या हैं, और हम उनके प्रियजन–अत: इस सम्भावना से इनकार नहीं किया जा सकता।

अस्तु! मधुवन्ती, तुम अनेक कलाओं में प्रवीण हो, वे ही कलाएँ अब तुम्हारी सखियाँ हैं, और सखा है हम पर तुम्हारा विश्वास। अधिक व्रत-अनुष्ठान न करना। कृशकामिनी हमें आनन्द नहीं देगी अर्थात हम स्वार्थी हैं! आते हैं हम–अविलम्ब!'

परन्तु स्वागत-सत्कार में तीन माह बीत गये थे। महाराज रुद्रसेन इतने अधिक स्वागतशील और उत्साही होंगे, ऐसी किसी ने कल्पना भी नहीं की थी। सम्राट चन्द्रगुप्त की ही भाँति उन्हें बोलने और सुनने में रस था। उन्हें मृगया प्रिय थी, वायु गति से अश्व दौड़ाना भी प्रिय था। उन्हें शास्त्रार्थ और संगीत भी प्रिय था। जब-जब कालिदास कहते, "अब हम स्वदेश जायेंगे," वे कहते, "कवि कालिदास, कन्या दी है ना विदर्भ में? अब विदर्भ भी आपका ही है। इतनी जल्दी किसलिए?"

एक दिन उन्होंने विद्वानों को आमन्त्रित करके शास्त्रार्थ के स्थान पर एक विचारधारा प्रस्तुत की–'भारत–एक समृद्ध ज्ञानकोश'। और दो दिनों के लिए आयोजित की गयी यह ज्ञान सभा दस दिनों तक चलती रही। वैदिक, आदिवैदिक काल से सभी शास्त्रों के बारे में एक-एक वक्ता विचार प्रस्तुत कर रहा था। कालिदास ने आभार प्रदर्शन करते हुए कहा था,

"आदिवैदिक काल के शास्त्र-अभ्यास, ऋचा और वेद लिखने वाले ऋषि, और अनेक संशोधक ऋषियों के बारे में, सिन्धु संस्कृति के बारे में, नालन्दा के बारे में, तक्षशिला के बारे में बोलने के लिए अनेक विद्वान यहाँ उत्साहपूर्वक आये और अभ्यासपूर्वक उन्होंने अपना वक्तव्य प्रस्तुत किया। हम पुन: उसी काल में चले गये। सरस्वती आश्रम में यह सारा ज्ञान हमने आत्मसात किया था, परन्तु दर्पण को भी स्वच्छ करना पड़ता है, वैसे ही आपने यह ज्ञान का दर्पण दिखाया।

अनेक बार शास्त्रार्थ में हम भी बोले हैं, परन्तु यहाँ हम नये थे, और यह भी सम्भव है कि ज्ञान पर परतें जम गयी हों। और बिना पूर्व तैयारी के बोलना हमें कदापि मान्य नहीं था।

हम मन:पूर्वक महाराज रुद्रसेन के आभारी हैं, जिन्होंने हमें इस सभा का समापन करने का अवसर दिया।"

कितनी ही घटनाओं का स्मरण हो आया था। अनेकविध व्यंजन आग्रहपूर्वक परोसे जा रहे थे। लोग मन से निर्मल थे। घनश्याम प्रदेश था, हरियाली का सिंगार किये हुए। वैसे वे प्रसन्न थे।

परन्तु रात होते ही सम्राट चन्द्रगुप्त के साथ क्षिप्रा तट पर हुए सम्भाषण याद आते, और रात गहराने पर मन में मधुवन्ती प्रवेश करती। रात उन सुखद स्मृतियों से महकने लगती, कभी वेदवती का स्मरण होता, तो कभी सरस्वती देवी से जाकर मिलने की इच्छा होती। स्वदेश से दूर होने पर सारी स्मृतियाँ मधुमक्खियों के समान मन पर धावा बोल देती हैं।

आख़िरकार दो माह पश्चात विदर्भ की सुखद स्मृतियाँ लेकर सुबह वापस लौटे थे। और अपने कक्ष में निश्चिन्त बैठे थे। उनके आने की वार्ता उनके पहुँचने से पूर्व ही पहुँच गयी थी। अपने घर वापस आने का और मधुवन्ती से अब मिलना सहजता से होगा, इसी आनन्द को लेकर वे मध्याह्न के पश्चात राजसभा में पहुँचे। उनकी उपस्थिति से सबको, विशेषत: सम्राट चन्द्रगुप्त को बहुत आनन्द हुआ। विदर्भ में वाकाटकों की राज्यव्यवस्था, अर्थव्यवस्था, रणनीति, परस्पर सम्बन्ध और समाज व्यवस्था के बारे पहले ही महामन्त्री, कालिदास, सेनापति वीरभद्र बता चुके थे। परन्तु एक सप्ताह वहाँ रहकर सुनी-सुनाई बातों का वर्णन करना और अब प्रत्यक्ष वहाँ रहकर अपने अनुभव से वर्णन करना अलग बात थी। परन्तु इस समय उनकी कन्या कैसी है, दामाद कैसे हैं, रुद्रसेन के बारे में कैसा अनुभव हुआ, यह सब सम्राट जानना चाहते थे। परन्तु स्वयं पर संयम रखते हुए उन्होंने पूछा, "कालिदास, प्रात:काल शंकु आकर सब कुछ निवेदन कर चुके हैं। अब आप बतायें, कैसे हैं महाराज रुद्रसेन?"

कालिदास हँसे। उनके मन में आया, सम्राट पूछना चाहते हैं कि हमारी कन्या कैसी है? परन्तु यद्यपि राजसभा में व्यक्तिगत विषय वर्ज्य नहीं थे, फिर भी संयमित सम्राट ने यही बात पूछी।

"महाराज, इस समय बस इतना ही बताना चाहते हैं कि आपकी कन्या जिस ब्राह्मण कुल के वाकाटक वंश में दी गयी है, उनका विदर्भ प्रदेश सुजलाम्, सुफलाम्, अगत्यशील और विनयी प्रदेश है। वहाँ के परिजन उत्साही, आग्रही और कलाप्रिय हैं। उनकी राज्यव्यवस्था की विशेषताएँ हम आपको बतायेंगे ही, परन्तु आज सिर्फ़ इतना कहना चाहते हैं कि आपकी कन्या, राजकुमारी प्रभावती देवी को अत्यन्त उत्तम पति प्राप्त हुआ है। वह अत्यन्त प्रसन्न हैं, उन्होंने आपके लिए जो उपहार भेजे हैं, उन्हें आपके राजप्रासाद में भिजवा दिया है।"

"परन्तु हमारे लिए आप स्वयं क्या लाये हैं?"

"एक संघ हिन्दू राष्ट्र के संघटक और उत्तर, पश्चिम तथा दक्षिण प्रदेशों तक जिनका साम्राज्य है, जिनका कोषागार परिपूर्ण है, जो सुवर्णकाल के पदचिह्नों पर वर्तमान में चल रहे हैं, ऐसे सम्राट चन्द्रगुप्त को हम क्या दे सकते हैं? या, श्रीकृष्ण से मिलने के लिए जाते हुए साथ में मुट्ठी भर चावल लाकर उन्हें छुपा रहे हैं, क्या ऐसा सोच रहे हैं, महाराज?"

"श्रीकृष्ण से हमारी तुलना ही हमारे लिए सबसे बड़ा उपहार है। परन्तु वे चावल तो दिखाएँ।"

राजसभा में हँसी गूँज गयी। कालिदास ने पूछा, "आपको हमसे किस बात की अपेक्षा थी? हीरे, जवाहरात या चावल?"

"हमें आपकी अपेक्षा थी। आप मिल गये। अधिक कुछ नहीं चाहिए।"

"अधिकस्य अधिकम् फलम्। हम अपने साथ कुछ फल लाये हैं। आप सचमुच में, उन्हें खाकर देखें। राजसभा में हरेक को दें। इन फलों को खाकर सैनिक युद्ध करना भूल जायेंगे।"

"अहो आश्चर्यम्! यह वेताल भट्ट की कोई काल्पनिक कथा तो नहीं?"

कालिदास के सेवक ने एक-एक नारंगी रंग का फल प्रत्येक को दिया। राजसभा में ऐसा पहली बार हो रहा था। मध्याह्न के पश्चात ही कभी-कभी व्यंग्य-विनोद होता था।

हरेक ने उन फलों को लिया।

"बस, यही लाये हैं हमारे लिए?"

"महाराज, ये तो सुदामा के चावल हैं। सबके लिए। श्रीकृष्ण ने ऐसा नहीं पूछा था।"

एक बार फिर सभा में हँसी गूँज गयी।

सभा समाप्त हो गयी थी। महाराज जाते-जाते पल-भर को कालिदास के पास रुके, "कल शाम को हमसे मिलें, और आज...।" उनके अधूरे वाक्य के अर्थ को कालिदास सन्दर्भसहित समझ गये। वे कहना चाहते थे, मिलना चाहते थे सम्राट से, अपनी नाट्य कृति 'विक्रमोर्वशीयं' सम्राट को अर्पण करना चाहते थे। इसके बाद ही वे मधुवन्ती से मिलना चाहते थे।

सम्राट के पीछे-पीछे जाते हुए उन्होंने पूछा,

"महाराज, यदि हम आज आयें तो..."

"अवश्य आयें।"

सम्राट राजसभा के दालान से बाहर निकले और सभा समाप्त हुई।

***

सन्ध्या की सुनहरी किरणें क्षिप्रा के जल में विहार के लिए उतरी थीं। मन्दिर की सायं-आरती के लिए अभी बहुत समय था। सम्राट सायं आरती के समय आते हैं। परन्तु कालिदास अधीरता से उनकी प्रतीक्षा कर रहे थे, कब सम्राट के हाथों में अपनी नाट्यकृति दूँगा ऐसा उन्हें लग रहा था। व्यक्ति चाहे आयु से प्रगल्भ हो जाये, परन्तु एक शिशु की उत्सुकता सदैव उसके मन में रहती है, यही सत्य है। अस्वस्थ मन से वे सम्राट की प्रतीक्षा कर रहे थे। वैसे रथ में आने वाले सम्राट आज अश्वारूढ़ होकर आये थे। कालिदास ने आगे बढ़कर रज्जू हाथ में लिये और वृक्ष से बाँध दिये। सम्राट प्रसन्नता से हँसे।

"कालिदास, इतिहास में ही नहीं, अपितु वर्तमान में भी कोई सम्राट किसी से इस प्रकार मिलने नहीं जाता होगा, जैसे प्रियकर प्रेयसी से मिलने जाता है, है ना?" कालिदास दिल खोलकर हँसे।

"महाराज, मध्याह्न में राजसभा में आपने पूछा था ना कि आपके लिए क्या भेंट लाया हूँ? हम भेंट लाये हैं, महाराज..." वे भोजपत्रों को रेशमी वस्त्र में लपेट कर लाये थे। सम्राट के हाथों में उन्हें रखकर उन्होंने उस वस्त्र को खोला और आवरण पृष्ठ पर अत्यन्त सुन्दर सुनहरे अक्षरों में लिखा था– ॥ विक्रमोर्वशीय॥

'आर्यावर्त की सम्पूर्ण दिशाओं के स्वामी, पृथ्वीपति, सकलगुणमण्डित सम्राट चन्द्रगुप्त को यह नाट्यकृति सादर समर्पित।'

सम्राट चन्द्रगुप्त गद्गद हो गये। कालिदास के स्कन्ध पर हाथ रखकर उन्होंने कहा, "हमारे नाम के साथ उर्वशी जोड़कर हमें संकट में तो नहीं न डाल रहे हैं? आपकी समर्पण की भावना से हम गद्गद हो गये हैं। इस समय हमने एक निर्णय लिया है, आपके विवाह का।"

कालिदास ने तत्परता से कहा, "हमें अभी विवाह के विषय में रुचि नहीं है। उस पर विचार करते समय सबसे पहले हम आपको बतायेंगे। परन्तु अभी नहीं... आप यह नाट्यकृति पढ़ें।"

"कालिदास, इस नाट्य कृति का सादरीकरण होना चाहिए। आप हमें विक्रम और उर्वशी कैसे जुड़े, इस बारे में संक्षेप में बतायें। क्योंकि पुरुरवा और उर्वशी की कथा हमें ज्ञात है।"

"महाराज, आपमें हमने अत्यन्त पराक्रमी सम्राट पुरुरवा को देखा, इसलिए विक्रमी पुरुरवा न लिखते हुए हमने शौर्य और सौन्दर्य के प्रतीक के रूप में लिखा विक्रम और उर्वशी।"

"अब हमें कथा सुना ही दें।"

सम्राट उनके नित्य के शिलाखण्ड पर बकुलवृक्ष से टिक कर बैठे थे। बिल्कुल निश्चिन्त। कालिदास ने रेशमी वस्त्र हटाकर भोजपत्र हाथ में लिये।

"संक्षेप में सुनायें न?"

"अब हमें उत्कण्ठा है। पूरी सुनाएँ। उर्वशी–पुरुरवा की कथा नये सिरे से श्रवण करेंगे।"

सम्राट के ऐसा कहने पर भी कालिदास ने संक्षेप में कथा सुनाना आरम्भ किया। इस समय उन्होंने सावधानी से 'मालविकाग्निमित्र' में रह गयी त्रुटियों को दूर किया था। इस बार विदूषक अलग प्रकार का था। कलाकारों की संख्या कम थी। इतना ही नहीं, बल्कि चौथे अंक में महापराक्रमी पुरुरवा को रंगमच में विरही के रूप में दिखाया गया है, उसके साथ अन्य कोई भी नहीं है। और उन्होंने पूरी तरह से सन्तुलित नाट्य कृति की रचना की थी। किसी एक व्यक्ति के पास अनेक प्रकार का शास्त्र ज्ञान होता है, वैसा ही हमारे पास भी है। परन्तु संयमित, सुन्दर, प्रवाहपूर्ण, प्रासादिक और नादमधुर लेखन करने वाला ही श्रेष्ठ होता है। यह ध्यान में रखकर उन्होंने इस कृति की रचना की है।

"महाराज, हम कथन करेंगे, परन्तु एक विनती है – जो भी त्रुटिपूर्ण प्रतीत हो, वह हमें अवश्य बतायें। इस नाट्यकृति को उत्तम बनाने का हमने प्रयत्न किया है।" सम्राट ने 'हाँ' कहा।

"अवश्य...अवश्य...! अब प्रारम्भ करें।"
वेदांतेषु यमाहुरेकपुरुषं व्याप्त स्थितं रोदसी।
यस्मिन्नीश्वर इत्यनन्यविषय: शब्दोयथार्थाक्षर: ॥
अन्तर्यश्च मुमुक्षुभिर्नियमितप्राणादिभिमृग्यते।
सस्थाणु: स्थिरभक्तियोग सुलभो नि:श्रेयसायास्तु व: ॥

"वेदों ने एकमेव ऐसे पुरुष का वर्णन किया है, जो पृथ्वी और आकाश में सर्वत्र व्यापक रूप से विद्यमान है। उसी का नाम ईश्वर है। उसी नाम में वह सिद्ध है। मोक्षार्थी उसे प्राणायाम से प्राप्त करते हैं। भक्ति और योग से वह सहज प्राप्त होता है। ऐसे शिव को वन्दन।"

"कालिदास, अपनी लोकभाषा संस्कृत होने से जब हमें कोई सन्देह होगा, तब हम अर्थ पूछेंगे।" संस्कृत पण्डित सम्राट को हम अर्थ बतायें, यह ऐसा ही होगा जैसे ज्योति तेज की आरती करे। वे केवल हँस दिये।

"महाराज, इस नाटक का आरम्भ सूत्रधार और नटी के मध्य हो रहे वार्तालाप के बीच नेपथ्य से 'रक्षितं! रक्षितं!" की आवाज़ से होता है। उसका कारण स्पष्ट होता है इस प्रकार। स्वर्ग की रम्भा, मेनका और कुछ अप्सराओं का यह आक्रोश है। क्योंकि उर्वशी और उसकी सखी चित्रलेखा जब कुबेरभवन से लौट रही थीं, तब केशी नामक दैत्य ने उनका अपहरण कर लिया था।

उसी समय पुरुरवा सूर्य को अर्घ्य देकर लौट रहा था, वह त्वरित रथारूढ़ होकर वहां आता है। अप्सराएँ कहती हैं, "दैत्य केशी से हमारी सखी को मुक्त करें।" वीर्यवान पुरुरवा कहता है, "आप हेमकूट पर हमारी प्रतीक्षा करें। हम आपकी सखी को लेकर आते हैं।" मेनका उसके शौर्य का वर्णन करती है।

"सत्य है, कालिदास। जब जब भी देवताओं को युद्ध में आवश्यकता हुई, पृथ्वी लोक के सम्राट ही उनके साथ सहकार्य किया करते थे।" सम्राट चन्द्रगुप्त ने कहा।

और उर्वशी की सखियों को शुभ संकेत प्राप्त होते-होते पुरुरवा का सुवर्ण रथ पहुँच चुका होता है। भयभीत उर्वशी उसमें अपनी सखी के हाथ पर सिर रख नेत्र मूँदे बैठी है। पुरुरवा कहता है, "अति सुन्दर! प्रात:काल होने पर जैसे कमलिनी अपने नेत्र खोलती है, वैसे नेत्र तुम खोलो।"

कालिदास पढ़ ही रहे थे।

"कुछ समय बाद उर्वशी शान्त होती है और पुरुरवा को उसकी जन्मकथा का स्मरण होता है।

नारायण ऋषि की साधना को भंग करने के लिए कुछ अप्सराएँ तपोवन में जाती हैं। तब वे अपनी जन्धा पर एक अलौकिक युवती का चित्र बनाते हैं। वही है उर्वशी। ऋषि की जंघा पर बने चित्र से उसका निर्माण होना असम्भव था। यह तो कामदेव की रचना है।"

"हमने भी यह कथा सुनी है। समूचे विश्व के स्त्री-सौन्दर्य को एकत्रित करके उसका निर्माण होने की वह कथा है।"

"परन्तु महाराज, हमें ऐसा प्रतीत होता है कि शरद ऋतु के चन्द्रमा में ही यह सामर्थ्य है। श्रृंगार जिसका एकमेव विषय है, ऐसे मदन की ही वह कन्या होगी। या वसन्त ऋतु ने ही उसे जन्म दिया होगा।"

हेमकूट पर्वत पर उर्वशी की अप्सरा-सखियाँ मिलती हैं। वे पुरुरवा के शौर्य का वर्णन करती हैं। सौन्दर्य तो देखते ही दृष्टिगोचर होता है, उसे मन से यह वीर पुरुष अत्यन्त प्रिय लगता है।

तभी वहाँ चित्ररथ गन्धर्व आता है। स्वर्ग में यह वार्ता पहुँच गयी है। गन्धर्व चित्ररथ पुरुरवा से कहता है कि इन्द्रदेव ने उसे स्वर्ग में आमन्त्रित किया है। परन्तु पुरुरवा, 'आज नहीं, फिर कभी' कहकर इनकार करता है। उस समय चित्ररथ अप्सराओं से कहता है कि "पुरुरवा ने केशी जैसे दैत्य को पराजित किया है, इन्द्रदेव प्रसन्न हैं।"

तब पुरुरवा कहता है, "आप अकारण ही हमारी स्तुति कर रहे हैं, वस्तुत: यह इन्द्रदेव के पराक्रम का ही विजय है। हम तो सर्वसामान्य हैं। अब यदि उदाहरण ही देना हो तो, जब वनराज सिंह की गर्जना गिरि-कन्दराओं में घूमती है तो सभी प्राणी भयभीत हो जाते हैं।"

"कालिदास, उदाहरण उत्तम है, वास्तविक है," सम्राट ने कहा।

उर्वशी अप्सराओं के साथ पीछे देखते हुए जाने लगती है, और उसके गले की वैजयन्ती माला एक वृक्ष की शाखा में फँस जाती है। चित्रलेखा भी माला निकालने में असमर्थ है। मगर पुरुरवा मन-ही-मन प्रसन्न हो जाता है–कुछ अधिक समय उर्वशी के सौन्दर्य का दूरस्थ सहवास वह प्राप्त कर सकेगा। चित्रलेखा वृक्ष की शाखा से माला निकालती है। पुरुरवा रथ में बैठता है। उर्वशी सोचती है कि क्या इस वीर पुरुष का दर्शन फिर कभी होगा? और जब वह आकाशमार्ग से जा रही होती है, तो पुरुरवा भी मन-ही-मन कहता है, 'कामदेव भी दुर्लभ ऐसी कामिनी के प्रति अकारण अभिलाषा उत्पन्न करते हैं।'

और यहाँ प्रथम अंक समाप्त होता है।

"कालिदास, यह मालविकाग्निमित्र की अपेक्षा अधिक रोचक बन पड़ा है। क्या इसमें विदूषक नहीं है?"

"बिल्कुल है। परन्तु यद्यपि वह चतुर है, फिर भी खाद्य व्यंजनों का भोक्ता है। इसलिए द्वितीय अंक के आरम्भ में ही वह दिखाई देता है। कहता है, "खीर खाकर पेट इतना भर जाये कि उसके कारण अस्वस्थ, अशान्त हो जायें, उसी प्रकार मैं उर्वशी के प्रेम में आकण्ठ डूबे हुए महाराज द्वारा कथन किये गये कथानक में डूबा हुआ हूँ। कह भी नहीं सकता और छुपा भी नहीं सकता। वह देवच्छन्दक महल में अकेला बैठा है। तभी वहाँ निपुणिका आती है। उससे महारानी ने कहा है कि आजकल महाराज उदास दिखाई देते हैं, उनके प्रिय सखा, विदूषक माणवक से पूछ। औशिनरी महारानी का यह काम कैसे करे, यह विचार उसके मन में है।

स्वाभाविक ही है। अब पुरुरवा का मन उर्वशी के पास होने से उसकी संवेदनाएँ भी उसी के साथ चली गयी हैं। अब पुरुरवा के मन में अमावस का अन्धकार है और शरीर में है कौंधने को तत्पर सौदामिनी।

दासी निपुणिका अब विदूषक को ढूँढ़ती हुई देवच्छन्दक महल के निकट पहुँच गयी है। विदूषक की अवस्था कुछ ऐसी है जैसे उदर से अन्न बाहर निकले बिना चैन नहीं पड़ेगा। अन्त में माणवक उर्वशी का रहस्य बता देता है जो पुरुरवा ने उसे बताया था और यह भी कहता है कि वह इस बारे में किसी को भी न बताये।

निपुणिका के जाने के बाद पुरुरवा विमनस्क अवस्था में आता है। माणवक अब स्वस्थ है, परन्तु पुरुरवा अस्वस्थ मन से पूछता है, "हमारा प्रेम रहस्य गोपनीय है ना?" तब सच न बताते हुए माणवक अन्य विषयों पर बातें करने लगता है। पुरुरवा कहता है, नींद आये इसके लिए प्रयत्न करता हूँ, परन्तु नींद ही खो गयी है, अत: स्वप्न में भी उससे मिलना असम्भव ही है..."

"वा...वा...कालिदास! आपकी ये पंक्तियाँ हमें प्रिय लगीं।"

कालिदास पढ़ने में मग्न थे। उन्होंने पूछा, "कौन सी पंक्तियाँ?"

माणवक पुरुरवा को प्रमदवन लेकर जाता है, परन्तु वहाँ भी उसे वृक्ष और लता की प्रीति ही दिखाई देती है।

उसी समय चित्रलेखा के साथ उर्वशी आकाशमार्ग से पृथ्वी पर आ रही है। पुरुरवा के मन में मदन द्वारा उत्पन्न किया गया अग्नि है, उसी अगन में उर्वशी भी जल रही है। वे दोनों बातें करते हुए यमुना के तीर पर स्थित पुरुरवा की राजधानी – प्रतिष्ठापुर पहुँचती हैं। उन्हें ज्ञात होता है कि कामज्वर से ग्रस्त पुरुरवा प्रमद वन में है। दोनों तिरस्करणी विद्या का प्रयोग करने के कारण अदृश्य स्वरूप में हैं। वे सुनती

हैं। माणवक कहता है, "महाराज या तो आप सो जायें, जिससे स्वप्न में उर्वशी से भेंट हो जाये या फिर चित्रफलक पर उसका चित्र बनाकर उसे एकटक देखते रहें।"

"मित्र विदूषक, हमारी स्थिति से तुम अनभिज्ञ हो। ये दोनों ही बातें नहीं हो सकतीं। मन इतना दुखी है कि नींद आ ही नहीं सकती, और आँखों में बार-बार आँसू आने के कारण चित्र का पूरा होना भी असम्भव है।"

अदृश्य रूप में चित्रलेखा ने उर्वशी से कहा, "सुनो, सखी, महाराज की क्या अवस्था हो गयी है!" उर्वशी के मुख से दु:खोद्गार निकलता है, "हा धिक्! हा धिक्! अप्सरा-देवांगना होने के कारण मैं कुछ कर भी नहीं सकती। परन्तु भोजपत्र पर अपनी व्यथा तो लिख सकती हूँ! और वह भोजपत्र पर अपनी प्रणय अवस्था और असहायता प्रकट करती है। जब यह पत्र पुरुरवा के हाथों में आकर गिरता है, तो विरह व्यथा में भी आनन्दित होकर वह विदूषक से कहता है, "ऐसा प्रतीत होता है, जैसे हम दोनों आमने-सामने खड़े होकर बातें कर रहे हैं, कहीं पत्र मेरी उँगलियों के पसीने से गीला न हो जाये, इसलिए इसे तुम रखो।"

पत्र देकर भी उर्वशी महाराज से मिलने के लिए अत्यन्त आतुर है, वह तिरस्करणी विद्या दूर करती है और कहती है, 'जय हो, सम्राट!'

पुरुरवा आनन्द से कहता है,

"मया नाम जितं यस्य त्वयायं समुदीर्यते।
जयशब्द: सहस्त्राक्षाद्गत: पुरुषांतरम्॥

"हे सुन्दरी, 'जय' शब्द का प्रयोग आज तक केवल इन्द्रदेव के लिए किया गया है, आज हमारी 'जय' कहने से हम वास्तव में विजयी हुए हैं।"

महारानी औशिनरी दासी निपुणिका के साथ प्रमदवन में आयी हैं। उस समय बातों की धुन में सम्राट पुरुरवा के हाथ से उर्वशी का पत्र फिसल कर महारानी के चरणों के पास आकर गिरता है। वह उस पत्र को उठाती है। पढ़ती है और सखी निपुणिका से कहती है, "हमारा सन्देह सत्य था। महाराज प्रीति के जाल में उलझ गये हैं।" वह प्रमद वन में आती है। चित्रलेखा और उर्वशी तिरस्करणी विद्या का उच्चार करके अदृश्य हो जाती हैं और महारानी को सारी बात ज्ञात हुई देखकर पुरुरवा उसे मनाने का प्रयत्न करता है–

अपराधी नामाहं प्रसीद रम्भोरू विरम संरम्भात।
सेवो जनस्य कुपित: कथं नु दासा: निरपराध:॥

परन्तु महाराज की विनती न सुनकर महारानी निकल जाती है और यहाँ दूसरा अंक समाप्त होता है।

सम्राट बड़े ध्यान से सुन रहे थे। कालिदास ने पूछा,

"महाराज, रात्रि का प्रथम प्रहार आरम्भ हो गया है। आप भोजन के लिए प्रासाद में चलें।"

"कालिदास, हमारे सम्मुख स्वर्गीय सौन्दर्य के होते हुए हम अपने उदर की चिन्ता करें, या आगे क्या होने वाला है इसकी चिन्ता से व्याकुल हों? सामने क्षिप्रा में आकाश का प्रतिबिम्ब देखें या शयनकक्ष में औशिनरी का मुख चन्द्रमा देखें?"

कालिदास दिल खोलकर हँसे। यह स्थिति ऐसी थी कि एक कवि दूसरे कवि का साथ दे रहा हो। वातावरण सुरम्य था। सम्राट ने आगे पढ़ने का संकेत किया।

"महाराज...आप शिलाखण्ड पर हैं...कहीं आप ..."

"नहीं, नहीं, हम स्वस्थ हैं, मन भी स्वस्थ और आतुर है।"

तीसरा अंक आरम्भ होता है, तब गालव और भरत के दो शिष्यों के बीच संवाद से ज्ञात होता है कि जब स्वर्ग में 'लक्ष्मी स्वयंवर' नाट्य कृति को सादर किया गया तो उर्वशी बनी थी लक्ष्मी और मेनका–वारुणी। उस नाटक में वारुणी लक्ष्मी से पूछती है, 'यहाँ विष्णु सहित अनेक देव और लोकपाल उपस्थित हैं। तुम्हें कौन प्रिय है?' तब वह अनजाने में कहती है, 'ततस्थता पुरुषोत्तमे इति भगितव्ये पुरुरवसीती तस्या निर्गता वाणी।' उसे भरत मुनि ने जो वाक्य दिया था, उसमें पुरूषोत्तम के स्थान पर वह पुरुरवा कहती है। तब भरत मुनि ने उसे शाप दिया कि अब तुम स्वर्ग में नहीं रह सकतीं। परन्तु देवेन्द्र उसका सांत्वन करते हुए कहते हैं कि पुरुरवा ने अनेक बार युद्ध में हमें सहकार्य प्रदान किया है। तुम उससे एक पुत्र होने तक उसके साथ रहो और फिर स्वर्ग में वापस आओ।"

"कालिदास, यह उत्तम कल्पना है। इससे उर्वशी के मन की इच्छा सहज ही पूरी हो गयी।"

प्रमदवन में उर्वशी का पत्र मिलने से महारानी पुरुरवा पर क्रोधित है। परन्तु उसकी भी पुरुरवा पर उत्कट प्रीति होने से वह व्रत करती है और व्रत पूर्ण होने पर पुरुरवा को आमन्त्रित करती है।

"सम्राट, यहाँ ऋतु वर्णन है।" कालिदास ने कहा।

"नहीं, नहीं...आप जितने अच्छे निसर्ग कवि हैं, उससे भी बढ़कर श्रृंगार कवि हैं। अभी हमें निसर्ग की अपेक्षा पुरुरवा-उर्वशी ही प्रिय हैं। आप उनके बारे में ही कथन करें।"

पुरुरवा महारानी के महल में जाता है। व्रतस्थ महारानी अत्यन्त सात्विक प्रतीत होती है, पुरुरवा उसे 'आयें, देवी' कहकर सम्बोधित करता है। तब स्वर्ग से पृथ्वीलोक आ रही उर्वशी और चित्रलेखा यह प्रसंग देखती हैं। इन्द्राणी जैसी सुन्दर, सात्विक स्त्री के लिए 'देवी' सम्बोधन उचित है। महारानी औशिनरी कहती हैं, "आर्यपुत्र, आज मैं रोहिणी और चन्द्रमा को साक्षी मानकर आर्यपुत्र को प्रसन्न कर रही हूँ। आज से आर्यपुत्र जिस किसी स्त्री की कामना करेंगे, और जो भी स्त्री आर्यपुत्र की पत्नी बनना चाहेगी, उसके साथ मैं सदा प्रेमपूर्वक व्यवहार करूँगी।"

"उत्तम, कालिदास। स्त्रियाँ प्रथम अपने अधिकारों के लिए क्रोधित होती हैं, और फिर उनके सुख के लिए व्रत करती हैं। यहाँ तो औशिनरी ने एक आदर्श ही निर्माण किया है। स्त्री के इस गुण का आपने योग्य दर्शन प्रस्तुत किया है। अभिनन्दन!"

"महाराज, रात अब गतिमान हो चली है। आप उठें...और...अश्व भी थक गया है।"

"आपको हमारी चिन्ता, रात की चिन्ता, अश्व की चिन्ता, भोजन की चिन्ता... हमें केवल एक ही चिन्ता है कि पुरुरवा और उर्वशी का मिलन कैसे होगा। आप संक्षेप में ही कह रहे हैं, इसलिए अधिक समय नहीं लगेगा, कथन करें।"

पुरुरवा महारानी पर प्रसन्न है, परन्तु वह कहती है, "जितना सम्भव था, उतना किया।" कुछ समय पश्चात औशिनरी चली जाती है। उसके जाने के बाद उर्वशी और चित्रलेखा प्रकट होती है।

लावण्यवती उर्वशी ने पुरुरवा के लिए अधिक ही श्रृंगार किया है। चित्रलेखा पुरुरवा से कहती है, अब वसन्त ऋतु है, ग्रीष्म काल में मेरा यहाँ रहना सम्भव नहीं, अत: मेरी सखी को प्रेम से सँभाले।"

रात गतिमान हो चली है, विदूषक माणवक कहता है, 'अब आप दोनों विश्रान्ति के लिए जायें। हम चित्रलेखा को विदा कर आते हैं।'

और तीसरा अंक समाप्त होता है। निसर्ग वर्णन छोड़कर हमने कथन किया है, क्योंकि आपने ही ऐसा कहा है। और रात आगे बढ़ रही है।"

"आपको रात की इतनी चिन्ता क्यों है? कहीं आपको अपनी उर्वशी के पास तो नहीं जाना है?"

"नहीं, महाराज, ऐसा विचार भी नहीं है। केवल आपके स्वास्थ्य के लिए।"

"कालिदास, जब हम युद्ध पर जाते हैं, तो अगले दिन के आयोजन के विचार से नींद नहीं आती। अब भी हमें मगध जाना है, अगले सप्ताह। शकों का उपद्रव फिर

बढ़ गया है। बात यह है कि युद्ध करना मनुष्य का स्वभाव ही है। कभी वह मन में युद्ध करता है, कभी प्रत्यक्ष। तब रातें अनजाने ही बीत जाती हैं।"

कालिदास स्तब्ध रह गये। यह विचार तो मन में कभी आया ही नहीं था। प्रतिशोध, ईर्ष्या, अभिलाषा, लालच–ये भावनाएँ मानव को रातों को जगाये ही रखती हैं। प्रियकर-प्रेयसी की रातें सुखद और जगाने वाली होते हुए भी प्रसन्न होती हैं।

उन्होंने चौथा अंक पढ़ना आरम्भ किया। अब क्षिप्रा भी गम्भीर होकर उर्वशी की कथा सुनने लगी।

"महाराज, इस चतुर्थ अंक में केवल नायक ही है–पुरुरवा। उसकी व्यथा, वेदना, प्रीति और विरह। उर्वशी और पुरुरवा का मिलन होने के बाद पुरुरवा राज्य शासन अमात्य को सौंप देता है और वे दोनों मधुचन्द्र के लिए गन्धमादन पर्वत पर जाते हैं। दोनों प्रणयोत्सुक हैं। लावण्यवती कामिनी उर्वशी और पुरुषोत्तम पुरुरवा इनका वह श्रृंगार रस का काल। महाराज, हम वर्णन नहीं करेंगे, आपको उसका अनुभव है ही।"

"मान्य है। आगे पढ़ें।"

"गन्धमादन पर्वत से एक बार पुरुरवा उर्वशी को मन्दाकिनी के तट पर ले जाता है। अतिरम्य शान्त, निसर्ग रम्य–ऐसा है वह स्थान। उस तीर पर खिलती हुई कली जैसी एक युवती उदयवती रेत पर चित्र बना रही थी। यह विद्याधर कन्यका थी। पुरुरवा का ध्यान उसकी तरफ़ जाता है और वह आगे पैर ही नहीं बढ़ाता। यह बात उर्वशी के ध्यान में आती है। स्वर्ग सुन्दरी, लावण्यवती उर्वशी के साथ होते हुए महाराज का उस नवयुवती को एकटक देखना उर्वशी को अच्छा नहीं लगा, और वह क्रोधित होकर अकस्मात वहाँ से निकल जाती है। वह कहाँ चली गयी, यह पुरुरवा समझ ही नहीं पाता। वह उसे पुकारता है, अनुनय-विनय करता है, क्षमा माँगता है, परन्तु वह प्रकट नहीं होती।

और पुरुरवा भ्रमित हो जाता है। वृक्षलता, आकाश, धरती, मेघ, सर-सरिता हर स्थान पर उसे पुकारता है। परन्तु कोई परिणाम नहीं होता। ये अचानक चली कहाँ गयी, इस रहस्य को वह बूझ ही नहीं पाता। और फिर उसे प्रत्येक स्थान पर उर्वशी ही दिखाई देने लगती है, निसर्ग के हर रूप में।

अब वह और अधिक भ्रमित हो गया है। वर्षा धाराओं में हरी वसुन्धरा उसे उर्वशी का वस्त्र प्रतीत होता है, और उसके ऊपर लाल रंग के इन्द्रगोप अधरों के रंग से मिलते-जुलते प्रतीत होते हैं।

घूमते हुए उसे चट्टान पर एक मणि दिखाई देता है। वह उस मणी को उठा लेता है। सोचता है कि उर्वशी की सुवर्ण वेणी में यह मणि कितना सुन्दर लगता। वह उस मणि को फेंकने लगता है, इतने में एक ऋषि की आवाज़ सुनाई देती हैं, "इस मणि को मत फेंको। पार्वती माता के चरणों के पर लगाये लाल चन्दन का रंग इसने धारण किया है।"

अब पुरुरवा मणि लेकर वन-वन घूम रहा है। भ्रमित अवस्था में निरर्थक प्रलाप कर रहा है। कृष्ण मृग की त्वचा पर नक्षी देखकर प्रसन्न हो जाता है।

अभी भी उसे उर्वशी के अदृश्य होने के रहस्य का पता नहीं चला है। विरह वेदना से व्याकुल पुरुरवा वन के प्रत्येक वृक्ष को आलिंगन देते हुए पूछता है, "... हमारी प्रिया आख़िर है कहाँ?"

ऐसे ही एक वृक्ष को आलिंगन देते समय उसकी भुजा पर झुकी एक लता को उसका स्पर्श होता है और उसके हाथ का लाल मणि उस लता में अटक जाता है। उस लता में से उर्वशी प्रकट होती है। लता में से उर्वशी के इस प्रकार प्रकट होने से उसे आश्चर्य होता है। तब वह कहती है, "मैं वास्तव में हूँ, मैं सत्य हूँ। स्पर्श करके देखें, मैं सत्य हूँ, आपकी ही उर्वशी हूँ।"

"यह कैसे हुआ?"

"मैं आपकी वेदना का अनुभव कर रही थी, परन्तु स्वयं को प्रकट नहीं कर पा रही थी। कारण यह हुआ कि घूमते हुए हम अचानक कार्तिकेय वन में चले गये। स्त्री का उस वन में जाना निषिद्ध है, अत: मैं लता बन गयी। पार्वती माता के उस मणि के स्पर्श से मैं वापस अपने पूर्व रूप में आ सकी।"

"महाराज, यहाँ चतुर्थ अंक समाप्त हुआ। अब केवल पंचम अंक ही शेष है।

उन दोनों के प्रतिष्ठानपुर नगरी में आने से विदूषक माणवक प्रसन्न है, नगरी भी प्रसन्न है, अब कमी है तो केवल सन्तान की। उसके मन में विचार आता है।

राजा पुरुरवा जब स्नान करने के लिए जा रहे थे, तो जिस संगमनीय मणि के कारण उर्वशी से मिलन हुआ था उसे नदी में उतरने से पूर्व निकालकर किनारे पर रख दिया। कोई गिद्ध उसे मांस का टुकड़ा समझाकर उठा ले गया। राजा अपनी सेना को मणि ढूँढ़ने के लिए भेजता है, वह दिन समाप्त हो जाता है।

दूसरे दिन दासी वह मणि लेकर आती है। सम्राट उसे सन्दूक में रखने की आज्ञा देता है। सैनिकों को उस गिद्ध को मारा गया एक बाण मिलता है, वे उसे लेकर आते हैं। वह बाण पुरुरवा के सामने प्रस्तुत किया जाता है। उस बाण पर लिखा है:

'उर्वशी और पुरुरवा के धनुर्धारी पुत्र 'आयु' का यह बाण है।'

"पुत्र?" सम्राट चन्द्रगुप्त ने आश्चर्य से पूछा।

"महाराज, यही प्रश्न पुरुरवा के सामने भी था। सिर्फ़ एक नैमिषीय यज्ञ को छोड़कर वह कभी भी उर्वशी के बिना नहीं था। परन्तु उस काल में उसके गर्भवती होने का पता नहीं चला था, उसने भी कुछ बताया नहीं था। तब विदूषक माणवक कहता है, "यह देवलोक की अप्सरा है, पृथ्वी की स्त्रियों के लक्षण उसमें कैसे हो सकते हैं?"

संवाद, तर्क-वितर्क, परामर्श चल रहे थे, इतने में एक तपस्विनी च्यवन ऋषि के आश्रम से एक धनुर्धारी कुमार को लेकर आती है।

उस समय एक सेवक कहता है, 'यही वह कुमार है, जिसने उस गिद्ध को मारा था। और यह कुमार आप जैसा दिखाई देता है, साथ ही वीर भी है।।'

राजा पुरुरवा अपने पुत्र को देखकर प्रसन्न है। उसका रोम-रोम पुलकित है, आँखों में आनन्दाश्रु हैं। उसे स्पर्श करने को मन अधीर है। पुत्र तो हमारा ही है, परन्तु उसका जन्म कब हुआ?

आयु को भी अपने पिता के प्रति स्नेह का अनुभव हो रहा है। विश्वास हो रहा है।

राजा पूछता है, "यहाँ आने का प्रयोजन क्या है? अकस्मात इस कुमार को कैसे लायीं?"

तब वह तपस्विनी कहती है, 'उसने अपराध किया है। आश्रम का नियम भंग किया है। एक गिद्ध के प्राण लिए हैं। तब च्यवन ऋषि ने आदेश दिया कि उर्वशी का पुत्र उसे वापस दे दो।'

उर्वशी को आमन्त्रित किया जाता है। वह पहली बार अपने पुत्र को देखती है। मातृ हृदय भर आता है। राजा पूछते हैं, "आनन्द से रो क्यों रही हो?"

"मैं वन में घूम रही थी, तभी यह पुत्र पैदा हुआ, परन्तु इसका मुख देखे बिना ही मैंने दो तपस्विनियों को उसे दे दिया, समीप ही था च्यवन ऋषि का आश्रम।"

"सब कुछ मान्य है, परन्तु यह रुदन किसलिए?"

"महाराज, आपको याद होगा कि इन्द्रदेव ने मुझसे कहा था कि जब तक पुत्र का मुँह न देखो, तुम पृथ्वी पर रह सकती हो। अब मुझे जाना होगा, क्योंकि सखियाँ मुझे लेने के लिए आ रही होंगी।"

परन्तु तभी देवर्षि नारद आते हैं और कहते हैं कि त्रिकालदर्शी ऋषियों ने भविष्यवाणी की है कि सुर-असुर युद्ध होने वाला है। उसमें परमवीर, परमदक्ष पुरुरवा ने सहायता की है और आगे भी करेंगे। अत: उर्वशी उनकी सहचरी के रूप में हमेशा पृथ्वी पर रहे, स्वर्ग में न लौटे।"

"अर्थात आनन्द ही आनद।" कालिदास ने कहा। महाराज आप इस नाट्य कृति को आप विस्तार से पढ़ें, फिर आप उस पर भाष्य करें, सम्राट, कालिदास ने भोजपत्र एकत्रित करते हुए कहा।

"कालिदास, आपकी उत्तुंग प्रतिभा का विश्वास हमें हो गया है।"

"बिना पढ़े? केवल कथन से?"

"कालिदास, यह कथा हम जानते थे, परन्तु उसमें उर्वशी और पुरुरवा हमें नहीं भाये। ऋग्वेद के दसवें मण्डल में पुरुरवा-उर्वशी की कथा आयी है। परन्तु वह कथा हमें अच्छी नहीं लगी थी–उसमें उर्वशी स्वर्ग को निकली है, राजा भ्रमित के समान उसका अनुनय करता है, वह वीर पुरुष नहीं, अपितु प्रेम में पागल हुआ पुरुष जान पड़ता है। क्योंकि वह उससे कहता है, "अगर तुम जाओगी, तो मैं कूद कर प्राण त्याग दूँगा।" उर्वशी अत्यन्त स्पष्ट वक्ता है, वह कहती है, "आत्महत्या न करना। स्त्री के प्रेम को सत्य नहीं समझना चाहिए।" और भी बहुत कुछ है ऋग्वेद की उस कथा में, जो मान्य नहीं किया जा सकता। इसलिए हम कहते हैं कि प्रतिभास्पर्श होने से यह साहित्यिक कृति सर्वश्रेष्ठ है। औशिनरी, उनका वह कुमार आयु, विदूषक माणवक, चित्रलेखा, उर्वशी, पुरु, च्यवन ऋषि–सभी को मन स्वीकार करता है। कथावस्तु सुगठित है, परन्तु हमें ज्ञात है कि आपकी शब्दावली दैवी है। उपमा, अलंकार, उदाहरण, नवरस सभी कुछ विलोभनीय है।"

"सम्राट, अब चलें, मध्यरात्रि का प्रहर है, भोजन भी..."

"रहने दें, कालिदास। हमारी क्षुधा आपकी कथा से शान्त हो गयी।"

सम्राट चन्द्रगुप्त अपने अश्व पर आरूढ़ हुए। मगर कालिदास शान्त थे। नक्षत्रों का आकाश लपेटे क्षिप्रा गहरी निद्रा में थी। कालिदास को मधुवन्ती का स्मरण हुआ, परन्तु उन्होंने अपने अश्व को अपने घर की ओर मोड़ा।

***

सम्राट चन्द्रगुप्त अभी वापस नहीं लौटे थे। बार-बार होने वाले शक-क्षत्रपों के गुप्त आक्रमण मगध के जन-जीवन को अस्तव्यस्त कर रहे थे। जंगल का सहारा लेते हुए ये लोग रात के अँधेरे में टोलियों में आते और सीमा पर तैनात सैनिकों को मारते। इतना ही नहीं, साधारण नागरिकों के रूप में आकर नदी पर आयी स्त्रियों को भी उठाकर ले जाते।

कभी वहाँ के मन्दिर पर आक्रमण करते, कभी आश्रमशाला पर। या तो वे कूटनीति से अवगत थे, या प्रत्यक्ष सशस्त्र आक्रमण करने से डरते थे, कुछ समझ में

नहीं आ रहा था। फिर यह भी ज्ञात नहीं था कि वास्तव में वे शक-क्षत्रप हैं, या कोई आदिवासी टोली। किसी भी रणनीति का प्रयोग करना असम्भव लगता था।

युवराज कुमार रिक्त सिंहासन की ओर देखकर राजसभा में कहते, "महामन्त्री, क्या इस पर कोई उपाय नहीं है? तात अभी तक वापस नहीं लौटे हैं। दो मास बीतने को हैं। सन्देश आते हैं, परन्तु वे स्वयं नहीं आते।"

ऐसे प्रश्न से सभा स्तब्ध हो जाती। अनजाने ही सबकी नज़र उस रिक्त सिंहासन की ओर जाती। सभी सम्राट की प्रतीक्षा कर रहे थे।

तभी महाराज चन्द्रगुप्त की जय-जयकार सुनाई दी। आनन्दोत्सुक हर व्यक्ति उनका अभिवादन करने के लिए उठा। ऐसा प्रतीत होता था, जैसे कोई मन्दिर कलाकृतियों से अलंकारित हो, भक्तों से परिपूर्ण हो, परन्तु उसमें देवता न हो। अब वह रिक्तता परिपूर्ण हो गयी थी। हरेक के मुख पर प्रसन्न हास्य था। साथ ही उत्सुकता भी थी। यह समझते हुए सम्राट चन्द्रगुप्त बोले, "मगध साम्राज्य वैभवशाली है। जनसंख्या समृद्ध है, और अरण्य भी समृद्ध हैं। ऐसे में ये गुप्त आक्रमण कहाँ से हो रहे हैं, समझ में ही नहीं आ रहा था। एकदम अधिक हानि न पहुँचाते हुए, नित्य थोड़ी-थोड़ी हानि करना उनका लक्ष्य था। और ये आक्रमण भी एक ही रात में या एक ही दिशा से या एक ही समय पर, निश्चित अन्तराल से किये जा रहे हों, ऐसा भी नहीं था। अत: युद्ध करें भी तो किससे, बन्दी बनायें तो किसे यह समझ में नहीं आ रहा था। कोई पकड़ में ही नहीं आ रहा था। कभी भी, कहीं से भी, शत्रु आ धमकता, मगर एकत्र समूह दिखाई नहीं देता था।

यह युद्ध नहीं था, आक्रमण नहीं था, या युद्ध के लिए निमन्त्रण नहीं था। परन्तु क्षुद्र प्रतीत होती हुई घटनाएँ जब महिलाओं के अपहरण तक पहुँचीं, तो हर घटना पर विचार करना आवश्यक था। रात्रि के प्रहरियों की संख्या बढ़ाई गयी, अरण्यों में प्रहरी नियुक्त किये, सीमा पर प्रहरी थे, अन्तर्गत सुरक्षा थी, फिर भी, हमारे वहाँ पहुँचने के बाद भी घटनाएँ हो रही थीं।"

"फिर क्या किया तात? कैसे ढूँढ़ा उन चोरी करने वालों और निरपराध लोगों को सताने वालों को?"

"कुछ सोच-विचार करने के उपरान्त मगध से लगे तीन प्रदेशों में हमने दूत भेजे। उनके साथ सन्देश भेजा, "आपकी इस अस्वस्थता निर्माण करने वाली भूमिका को रोककर युद्ध के लिए तैयार रहें। एक सप्ताह में जवाब न मिलने पर हम आक्रमण कर देंगे।"

"फिर?" महामन्त्री ने अकस्मात पूछा।

"मलदुकरुष, राजगृह, गया, दक्षिण कोसल, कौशिनिक, प्रयाग इन सब राज्यों ने सन्देश का उत्तर देते हुए कहा, "हम किसी भी बात में आपसे श्रेष्ठ नहीं हैं, ऐसी घटनाएँ हम कदापि नहीं करेंगे। हम आपके हितचिन्तक हैं।" प्रश्न का समाधान नहीं मिल रहा था। गुप्तचर विभाग भी असफल हो रहा था।"

"फिर?" युवराज कुमार ने पूछा।

"फिर हमने स्वतः ही वेषान्तर कर भ्रमण करने का निश्चय किया। वैसा ही किया भी। परन्तु आठ दिनों तक कोई घटना नहीं हुई। परन्तु, यद्यपि हम ऐसा सोच रहे थे फिर भी कोई घटना हुई तो थी। दो व्यापारियों के घर से दस सहस्त्र सुवर्ण मुद्राओं और दो स्त्रियों का अपहरण हुआ था। और इस घटना से हम समझ गये कि इन घटनाओं के पीछे राज्य के ही किन्हीं अधिकारियों का हाथ है। रात में जब अरण्य की ओर सैनिकों की दौड़-धूप शुरू होती, उसी अवधि में एक-दो घटनाएँ घटित हो जातीं। इस बात पर देर से ध्यान गया, हमारे ही नागरिक यह सब किसलिए कर रहे हैं, यह समझ में आ गया।

मगध में चौर्य कर्म कर वह सम्पत्ति निकट के राज्य को भेजी जाती, यहाँ की स्त्रियों का अपहरण करके उन्हें दूसरे प्रान्तों में भेजा जाता। यह युद्ध आन्तरिक था। इसके बदले वे रत्न प्राप्त करते, शहद, रेशमी वस्त्र लेते। समुद्र मार्ग से अन्य देशों से आने वाली यह टोली आख़िर पकड़ ली। तभी हम वापस आये।"

"भविष्य में ऐसा न हो इसके लिए क्या करना चाहिए?"

"युवराज, युद्ध मनुष्य की प्रवृत्ति है। प्रतिशोध और अधिकाधिक प्राप्त करने के लालच के कारण दुष्ट प्रवृत्तियाँ जन्म लेती हैं, और वे समाप्त नहीं होतीं। परन्तु उन्हें नियन्त्रण में रखा जा सकता है। सत्प्रवृत्तियों, सद्विचारों को जाग्रत करना पड़ता है, आवश्यकतानुसार कठोर दण्ड भी देना पड़ता है। सभी के समान व्यवस्था के अन्तर्गत होते हुए भी ईर्ष्या की भावना समाप्त नहीं होती। राज्य को सीमा-प्रहरी सुरक्षित रखते हैं, साथ ही आन्तरिक संघर्ष भी उतना ही महत्त्वपूर्ण है। अधिकता से उपलब्ध करवाना उसे समाप्त करने का उपाय नहीं है, राष्ट्र हित की भावना जाग्रत करना महत्त्वपूर्ण है। और जो हम कर रहे हैं, वह राष्ट्र विरोधी, दुष्प्रवृत्ति की द्योतक कृति है, यह ज्ञान समृद्ध करने से ही समझ में आता है। इसलिए सामाजिक अज्ञान दूर करना भी राजा का कर्तव्य है।

मगध का कुछ अरण्य प्रदेश और उसमें रहने वाले लोग अभी भी आदिम स्वरूप में हैं, हम जब वहाँ पहुँचे, तो ज्ञात हुआ कि हमारे प्रान्तपाल और प्रशासन

अभी तक वहाँ पहुँचा ही नहीं है। अज्ञान, दारिद्रय और उसके कारण उत्पन्न होने वाली आक्रामकता को देखा तो प्रान्तपाल की नियुक्ति का आदेश देकर हम वापस लौटे।

युवराज, इस सबका सारांश यह हुआ कि किसी राज्य को जीतकर, साम्राज्य से साम्राज्य को जोड़कर राज्य विस्तारित करना एक बार सहज है, वैसे वह सहज नहीं, परन्तु मान लें तो सहज है। परन्तु आन्तरिक सुरक्षा, सुविधाएँ, कर, दण्ड, सबके प्रति दक्षता–राज्य को स्थिर रखने की दृष्टि से महत्त्वपूर्ण है।"

सम्राट शान्त हुए तो पूरी राजसभा ही स्तब्ध हो गयी थी। हरेक के मन में एक ही विचार था, 'प्रशासक को कितनी तरफ़ से विचार करना पड़ता है। प्रशासक हो तो ऐसा!'

कालिदास को एकदम रघुकुल के राजा दिलीप, श्रीराम की याद आयी। उनका प्रशासन, उनका शौर्य, धैर्य, संयम और रसिक वृत्ति, कलाप्रियता का स्मरण हुआ। अभी हाल ही में उन्होंने विदर्भ के श्रीराम मन्दिर में श्रीराम कथा सुनी थी, तभी उन्हें सम्राट चन्द्रगुप्त का स्मरण हुआ था। यदि प्रजा के सम्मुख एक आदर्श हो, तो प्रजा भी उन गुणों से प्रभावित होती है।

इतिहास के पृष्ठों पर अपनी सुवर्ण मुद्रा अंकित करने वाले काल को अधोरेखित करना होगा।

राजसभा समाप्त हुई तो मध्याह्न ढल रहा था। शिशिर ऋतु का शीतल समीर सारे वृक्षों की पर्णमालिका लेकर वसुन्धरा से कह रहा था, "हम जब आते हैं, तो वृक्षों के जीर्ण पर्ण लेकर जाते हैं, वृक्षों को निष्पर्ण कर जाते हैं, परन्तु अब वसन्त की पदचाप को तुमने सुन लिया है, इसलिए तुम मन-ही-मन प्रसन्नता से हँस रही हो।"

वर्षा ऋतु के बाद हम विदर्भ गये थे। देखते-देखते तीन-साढ़े तीन मास बीत गये थे। इस अवधि में हम विदर्भ में थे, आतिथ्य, मनोरंजन और 'विक्रमोर्वशीयम्' के लेखन में व्यस्त होने के कारण मधुवन्ती का स्मरण केवल रात को ही होता था। परन्तु वह दूर है, इस भावना से मन शान्त था।

उज्जयिनी वापस आने का मुहूर्त निश्चित होने पर कब मधुवन्ती से भेंट होगी, इस विचार से मन अधीर हो उठा। परन्तु सम्राट चन्द्रगुप्त से भेंट होते ही अपनी नाट्य कृति उन्हें समर्पित करने की भावना इतनी तीव्र हो गयी कि उनके स्वीकृति दर्शाते ही मन आनन्द से पुलकित हो उठा।

उसके अगले सप्ताह महामन्त्री विष्णुगुप्त के पुत्र का विवाह था, इसलिए उन्होंने कालिदास को अपने साथ-साथ रखा था। कालिदास मन-ही-मन हँसे थे,

'हमारा विवाह नहीं हुआ है किसी भी गृह कृत्य की हमें चिन्ता नहीं, अतः लोग अपनेपन से, अधिकारपूर्वक हमें आमन्त्रित करते हैं। उन्हें न तो हमारे इतिहास के बारे में ज्ञान है, न ही वर्तमान काल की हमारी भावनाएँ वे जानते हैं। केवल सम्राट चन्द्रगुप्त और कुमारसेन ही उन्हें समझ सकते थे।

परन्तु कुमारसेन के प्रान्तपाल बनकर विदिशा जाने से कभी-कभार उनकी भेंट हो जाती थी। कई बार उनका कोई सन्देशपत्र आया करता, और अनेक बार कालिदास सोचते कि पूछें, 'विद्वत्वती कैसी है,' परन्तु इस बारे में न तो कुमारसेन ने कभी लिखा, न ही कालिदास ने पूछा। विदिशा से आरम्भ हुई मैत्री अभी तक थी। एक बार उससे मिलना था, उसकी भी तीव्र इच्छा थी। एक बार किसी मध्यवर्ती स्थान पर कुमारसेन से मिलकर विदिशा की वार्ता जानने की इच्छा तीव्रता से हो रही थी।

अब इस समय, ढलती साँझ को वे अपने अश्व पर सवार होकर मधुवन्ती के पास जा रहे थे। दिन-भर के श्रम से श्रमित न होने वाले रविराज भी उतनी ही गंभीरता से सन्ध्या के प्रासाद की ओर निकले थे। उसने पश्चिम की ओर रंग बिखेर कर विहंगों की रंगोली सजायी थी। यह रंगोली सजीव थी, उसके आकार बदल रहे थे। कभी पहले वाले विहंग दूर चले जाते और उनके स्थान पर नये विहंग आ जाते। परन्तु रंगोली का आकार वही था। क्षिप्रा के तीर पर स्थित 'आमोद' उपवन से आने वाला मार्ग भी यहाँ आकर मिलता था। 'आमोद' उपवन में नन्दनवन जैसी सुगन्धित पुष्पलताएँ थीं। अनेक कुंज थे। राजकुमारी प्रभावती का यह प्रिय स्थान था। वे पल-भर को वहाँ रुके। अश्व भी उनके संकेत को समझ गया था। अब इस आमोद वन से निनादित हास्य लहरें नहीं थीं। लता-वृक्ष एकाकी प्रतीत हो रहे हैं। जब इन वृक्ष-लताओं को भी उसका विरह सहन नहीं हो रहा है, तो प्रत्यक्ष माता-पिता का क्या... एक निपुत्रिक अपने अपत्य के प्रति माता-पिता की स्नेह भावना को कैसे समझे?

सन्ध्या अब स्वागत के लिए पश्चिम की ओर स्थित सुवर्णप्रासाद से महाद्वार पर आ गयी थी। उसका सुवर्ण प्रासाद जगमगा रहा था।

वास्तव में वे प्रासाद से अति आतुरता से मधुवन्ती से मिलाने के लिए निकले थे, परन्तु आजकल उन्हें ऐसा अनुभव हो रहा था कि मन में उसका नाम आते ही तुरन्त विद्वत्वती का स्मरण हो आता है। उज्जयिनी आकर इतने वर्ष हो गये थे, परन्तु ऐसा नहीं होता था। अंगवस्त्र के समान केवल मधुवन्ती ही उनके मन में थी, विद्वत्वती की याद कभी-कभार आ जाती, परन्तु आजकल ऐसा होने लगा था।

शायद हम अभी तक उसके प्रश्न का उत्तर देने योग्य नहीं हुए हैं। एक

सुसंस्कृत स्त्री अज्ञान का इतना तीव्र उपहास करे कि सामने वाला कभी अपना मुख ही ऊपर न उठा सके! सप्त पाताल में जाकर छिप जाये या आत्मसम्मानविहीन लाचार जीवन जिये या स्वयं को मृत्युदण्ड दे दे।

हुआ तो था महान अपराध। प्रत्यक्ष सरस्वती को ही आह्वान दिया था। हम तो शतमूर्ख थे, परन्तु मन्त्रिमण्डल, बारम्बार क्षमाप्रार्थी कुमारसेन किसी को भी आशंका नहीं थी कि ऐसा अघटित हो जायेगा। अपराध तो वेदवती का भी नहीं था। अब वे विचारमग्न चल रहे थे। जब अश्व अकस्मात रुका तो नक्षत्रों से जगमगाते प्रासाद में जैसे सन्ध्या सुन्दर रविराजा की आरती करने के लिए सिद्ध थी, वैसे ही वह महल की सीढ़ियों पर खड़ी थी।

सब कुछ भूलकर वे प्रसन्नता से हँसे। सीढ़ियाँ चढ़ने के बाद उन्होंने पूछा, "प्रिये, हम आज आनेवाले हैं, यह किसने बताया?"

"आर्य...आपके पैरों की आहट सुबह ही सुनाई दी थी। हमें सभी शुभसंकेत मिल रहे थे। मध्याह्न में तो कोयल अटारी में आकर हमें पुकार रही थी। ऐसा प्रतीत हुआ कि आप आयेंगे।"

"और जो हम न आते तो?"

"इतने सारे शुभ संकेत मिलने पर ऐसा हो ही नहीं सकता था कि आप न आयें। वैसे भी उज्जयिनी नगरी में आगमन के पश्चात आप आयेंगे यह तो निश्चित ही था, परन्तु आप विलम्ब से आये। हम नित्य आपकी प्रतीक्षा करते थे।"

बातें करते हुए दोनों दालान में आये। मधुवन्ती ने उनके हाथ में जलपात्र दिया। उन्होंने उसकी ओर देखा। इन तीन-चार महीनों में वह कृश हो गयी प्रतीत होती थी। उन्होंने उसे अपने निकट बैठाया, उसका हाथ अपने हाथ में लेकर पूछा, "हे सुमधुरभाषिणी, इतनी कृश क्यों हो गयीं? क्या व्रत कर रही थीं? तुम्हें इस अवस्था में देखकर..." उनका कण्ठ भर आया। उन्होंने उसे अत्यन्त भाव-विह्वल होकर गले लगा लिया।

"बताओ, सुमुखी, कैसे बीते हमारे बिना इतने मास?"

"आर्य, पहले भी आप कश्मीर गये थे, तब भी ऐसे ही चार-पाँच मास दूर थे, मगर उस समय इतनी व्यथा का अनुभव नहीं हुआ था, क्योंकि हम संगीत और नृत्य के पाठ दे रहे थे।

परन्तु इस बार, कुछ भी करने का मन नहीं था," बोलते-बोलते वह रुक गयी।

"ऐसा क्यों? क्या यह भय था कि हम वापस नहीं आयेंगे?"

"नहीं, परन्तु, आर्य, जब स्त्री एकनिष्ठ प्रेम करती है, तब मन में विश्वास होते हुए भी सन्देह करती है।"

"क्या हम पर विश्वास नहीं था?"

"ऐसा कदापि नहीं, आर्य। स्वयं से भी अधिक विश्वास आप पर है। परन्तु हम सोच रहे थे, आर्य कि क्या इतना समय आप स्त्री के बिना व्यतीत कर सकते हैं? पुरुष के पास स्वातन्त्र्य होता है, स्त्री के पास स्वातन्त्र्य में भी मर्यादा होती है, परम्परा, संस्कृति, संस्कार होते हैं।"

"ऐसा भी सोचो कि यदि हम किसी अन्य गणिका के पास गये तो?"

"आर्य, ऐसी स्थिति में हम एक ही प्रार्थना करेंगे कि हमारे प्राणप्रिय देवता को अत्यन्त सुख देने वाली रसिक प्रिया प्राप्त हो। हमने आपके सुख की ही कामना की होती। और यदि अब ऐसा ज्ञात हो, तो भी मन में विकल्प नहीं आयेगा।"

कालिदास के नेत्र भर आये। उसके केशसँभार पर हाथ फेरते हुए वह बोले, "हमें मिल गयी उर्वशी।"

"कैसी थी?"

"सद्गुणमण्डित, स्वर्गीय सौन्दर्य की प्रतिमूर्ति, हम पर उत्कट प्रेम करने वाली, उस गन्धवती ने, उस कामिनी ने हमारे समूचे अन्तरंग को आच्छादित कर दिया। उसके बिना हमें पल-भर को भी चैन नहीं था। हम भ्रमित हो गये थे। ऐसा लगा कि उसके बिना हम शून्य हैं।" बोलते-बोलते वे रुक गये। पल-भर का भी विलम्ब किये बिना मधुवन्ती ने कहा, "आर्य, उसे यहाँ लाने की व्यवस्था करें, हम यह करेंगे।"

"परन्तु वह रहेगी कहाँ?"

"आपके मन मन्दिर में तो वह है ही, वह हमारे इस महल में रहेगी और।।"

"और तुम?"

"क्षिप्रा के तट पर हमारा एक निवास स्थान है, इस महल के बनने से पहले... हम वहाँ चले जायेंगे। परन्तु एक विनती है कि आपके मन में हमारे लिए भी स्थान हो..."

"कितनी तत्परता से व्यवस्था कर दी, मधुवन्ती! तुम्हें क्रोध नहीं आया? वैषम्य का अनुभव नहीं हुआ?"

"जिससे हम प्रेम करते हैं ना, उसके सुख के लिए..."

उन्होंने उसे अपने सम्मुख बैठाया। उसकी आँखों में आँसू थे, मुख पर हास्य था। मन की व्यथा कहने वाली उसकी वाणी मौन थी।

"हे प्रिये, मधुवन्ती...उर्वशी हमारे मन की लावण्यवती अप्सरा, इन्द्र देव की देवांगना। हम थे पुरुरवा और वह–हमारी कामिनी। प्रीति के अनेक रंग बिखेरने वाली वह प्रणय की साम्राज्ञी थी। उसके बिना हम अस्वस्थ थे।

जब हम कश्मीर गये थे तो ऋषिकेश में विद्या नामक युवती मिली थी। परन्तु उस सात्विक सौन्दर्य का हमने नम्र अभिवादन किया। किसी भी प्रकार का अविचार मन में नहीं आया, परन्तु उर्वशी क्षण-भर में मन में प्रवेश कर गयी।"

कालिदास बता रहे थे। उसके नेत्र अब आषाढ़ मेघ हो चले थे। गला भर आया था। उसका गौरवर्ण आरक्त हो गया था। शब्द मौन हो गये थे। उसकी अवस्था देखकर कालिदास उठे और उसके पीछे जाकर कन्धे पर हाथ रखकर बोले,

"दर्पण में देखो, सखी! शब्द कुछ कहते हैं, मन कुछ और ही कहता है। नेत्रों से जलधाराएँ बहती हैं, अधरों पर हास्य मौन हो जाता है। हम क्या समझें, प्रिये?"

वे हँस रहे थे। इस प्रेम को कौन सी उपमा दें? आषाढ़ मेघ के इन जल बिन्दुओं को कौन-सा अलंकार दें? उसके म्लान मुख कमल को कौन-सा उदाहरण दें? उपमा, उत्प्रेक्षा, व्यंजन, अनुप्रास, यमक, अर्थालंकार और शब्दालंकार कौन से पहनायें?

"प्रिये, हम पर विश्वास है न? हमने जो कहा, वह हमारी नाट्यकृति की नायिका उर्वशी के बारे में था। उस देवांगना और मानव योनी के सम्राट पुरुरवा की प्रीतिकथा हम लिख रहे थे–हम थे पुरुरवा और उर्वशी केवल शब्दों से अवतरित हो रही थी, केवल तुम्हारा रूप लेकर।"

उसने पीछे मुड़कर उन्हें दृढ़ आलिंगन दिया। उस आलिंगन में अखिल विश्व का आनन्द था। उसके मौन से भी वे उसके शब्द सुन रहे थे। पल-भर में ही मानो समूचा आकाश कृष्ण मेघों से रिक्त हो गया था।

उन्होंने उसे दूर किया और बोले, "सखे, मदनिके, लतिके, ऐसा अपराध पुन: नहीं होगा। तुम्हारे मिलन में हम जितने मग्न हो जाते हैं, उससे अधिक तुम्हारे विरह में हो गये थे। हमने ही वैदिक काल में ऋग्वेद में उल्लेखित उर्वशी-पुरुरवा की कथा को नये शब्द दिये, वर्तमान काल का आयाम दिया।"

"पुरुरवा-उर्वशी की कथा में यह विक्रम शब्द कैसे आया?"

"विक्रम से अर्थात पराक्रम से उर्वशी प्राप्त हुई, अत: वह नाट्य कृति है 'विक्रमोर्वशीय'।

वे उठे और बोले, "हमसे भोजन के बारे में नहीं पूछा? आज हम अत्यन्त क्षुधित हैं। कई माह का उपवास था।"

"कुछ भी न कहें, आर्य। जैसी उदरशान्ति थी, वैसी ही मानसिक शान्ति भी थी। प्रत्यक्ष श्रृंगार न हो, अप्रत्यक्ष श्रृंगार तो था ही ना?"

उसने उनका हाथ पकड़ा, और आसन पर बैठाया और बोली।

"आज आप आयेंगे इसलिए आपकी प्रिय खीर बनायी है।" दासी को न पुकारते हुए वह स्वयं भोजन कक्ष में गयी। कालिदास उसके पीछे-पीछे थे। कितने दिनों बाद स्वगृह लौटने जैसा आनन्द हो रहा था।

भोजन के पश्चात ताम्बूल देते हुए मधुवन्ती ने उनसे पूछा, "प्रभावती देवी कैसी हैं?"

"प्रभावती एकदम प्रसन्न हैं। दो साम्राज्यों में रीति, परम्परा, व्यंजन भिन्न होते हुए भी दोनों साम्राज्यों में मूल शाश्वत संस्कृति का प्रवाह गतिमान है।

सम्राट चन्द्रगुप्त वैश्य हैं, परन्तु वाकाटक ब्रह्म कुल के हैं, अत: नित्य जीवन में ब्रह्म कर्मों को महत्त्वपूर्ण स्थान प्राप्त है। फिर भी हमें प्रतिक्षण सम्राट चन्द्रगुप्त का स्मरण होता था। सम्राट की रणनीति, उनका अगत्य, संस्कृत निष्ठा, संघटित राज्य की संकल्पना, आर्थिक विकास योजना, कृषि व्यवस्था, पर्यटन के लिए वन-उपवन, सरिताओं का विकास, समाज व्यवस्था, सुरक्षा व्यवस्था, गुप्तचर विभाग, महामार्गों का निर्माण, और अन्तर्गत सुरक्षा पर सम्राट का सूक्ष्म निरीक्षण होता है। सम्राट चन्द्रगुप्त का साम्राज्य विस्तारित, क्षमता भव्य है। सम्राट की कलाप्रियता, गुणग्राहकता, दानी वृत्ति-यह सब हमें विदर्भ में भी देखने को मिला। और विशेषत: यह अनुभव हुआ कि महाराज रुद्रसेन युवा हैं, रूप सम्पन्न हैं। उतने ही वे आतिथ्यशील, व्यंजन प्रिय और प्रसन्न चित्त वृत्ति के हैं। प्रभावती को उत्तम पति प्राप्त हुआ है।

हमें वहाँ पितृतुल्य आदर प्राप्त हुआ यह विशेष है! कुछ भी करने के लिए निकलो, तो महाराज रुद्रसेन कहते, 'विदर्भ की ऊष्मा सहन करना कठिन है। आप अश्व लेकर न जायें, रथ से जायें।'

कहीं पैदल चलने निकलो, तो कहते, विदर्भ में अभी राजमार्ग का निर्माण होना है, रास्ते में आपके पाँव लड़खड़ायेंगे।' कोई पुत्र प्रतिक्षण पिता की चिन्ता करे और उसे सुरक्षित रखते हुए शब्दों से सुख दे वैसा हो रहा था। वस्तुत: हम आयु में अधिक नहीं हैं, फिर भी...

एक बार शास्त्रार्थ का आयोजन किया जा रहा था। भारत के विद्वानों को आमन्त्रित किया गया था। दो दिन। 'भारत की वैदिक ज्ञान परम्परा' इस विषय पर प्रत्येक विद्वान अपने विचार प्रस्तुत करने वाला था। शास्त्रार्थ आरम्भ करने से पूर्व महाराज रुद्रसेन ने कहा, "आज यहाँ सम्राट चन्द्रगुप्त की राजसभा के कवि-नाटककार कालिदास महोदय उपस्थित हैं। उनका परिचय हम इसलिए नहीं दे रहे हैं कि वे सम्राट की राजसभा के सदस्य हैं अथवा हमारी पत्नी के मातुल गृह के हैं, अपितु इसलिए दे रहे हैं, क्योंकि वे सरस्वती आश्रम के शिष्योत्तम हैं। विद्वान हैं। उनकी नाट्य कृतियों से हम प्रभावित हैं। उनकी काव्य कृति 'ऋतु संहार' से हम प्रभावित हैं, और अभी परसों ही उन्होंने जो नाट्य कृति 'विक्रमोर्वशीय' पूर्ण की है, यद्यपि हमने उसे पढ़ा नहीं है, परन्तु फिर भी उनके विक्रम के लिए हमारे मन में उतना ही आदर है, जितना पुरुरवा के लिए है। वे इस बात के प्रति अत्यन्त सजग हैं कि यदि किसी चरित्र का लेखन शास्त्र शुद्ध और जनसंमत न हुआ तो वह कलाकृति अपयशी होती है।

ऐसे विद्वान कालिदास आज यहाँ उपस्थित हैं।"

"हमारी इतनी स्तुति की जाये, ऐसा हमारा साहित्य भी नहीं है, न ही हमारा उनसे कोई विशेष परिचय था।"

"क्या आपको ऐसा लगता है कि उन्होंने अकारण आपकी स्तुति की?"

"नहीं। उन्होंने अल्प काल में ही हमारा परिचय प्राप्त कर लिया था। उसी का यह परिणाम था। परन्तु वे स्वयं सम्राट और विद्वान होते हुए भी उन्होंने औरों का योग्य परिचय देने के लिए अपने आप ही यहाँ आये हुए सभी विद्वानों का परिचय प्राप्त कर लिया था। हमने सोचा कि सिर्फ़ हमारा ही परिचय उन्हें है। और एक बात मधुवन्ती, 'मालविकाग्निमित्र' को हमने शुंग वंश और विदर्भ देश की घटनाओं को आधार मान कर लिखा था।

महाराज रुद्रसेन ने हमसे पूछा कि वैदिक काल की कथाएँ कैसी थीं? क्या काल्पनिक थीं? यदि काल्पनिक भी थीं, तो वर्तमान के साथ उनका सुन्दर मेल होना चाहिए, इसलिए हमने 'विक्रमोर्वशीयम' लिखा। सम्राट चन्द्रगुप्त का स्मरण और तुमसे विरह के कारण हमने उस नाट्यकृति की रचना की। अस्तु!"

"उनका साम्राज्य छोटा है परन्तु उत्तम है। विशेष बात यह है कि अब राजकन्या प्रभावती देवी महारानी पद पर आरूढ़ हो गयी हैं। स्त्रियों के बारे में सोचने पर आश्चर्य होता है...कल तक अपनी सखियों के साथ मुक्त विहार करने वाली कन्यका विवाह होते ही कर्तव्य दक्ष गृहिणी कैसे हो जाती है? इसका ज्ञान उन्हें कौन

देता है? सहजता से कली का फूल में परिवर्तन हो, वैसे ही गुलाब के कांटे दूर करते हुए वे पुष्पित भी होती हैं।

"अस्तु! प्रिये, अब रात्रि का दूसरा पहर चल रहा है। प्रकृति में वसन्त फूल रहा है। आम्रकलिका नवजात शिशु जैसे स्वरूप में हैं। परन्तु वसन्त के आगमन की वार्ता समीर के साथ पहुँच गयी है। सुगन्धित मोगरा फूल रहा है, प्रत्येक वृक्ष पर नवपल्लव मालिका है। सखे, प्रकृति का यह वसन्त ऋतु हौले से हमारे तन-मन में भी प्रवेश कर गया है।

अब विलम्ब नहीं। चन्द्रमा के साथ रोहिणी आकाश मार्ग पर निकल पड़ी है। सखी, वह गवाक्ष बन्दकर दो, सारे दीप अब शान्त कर दो, परन्तु जिसमें तुम्हारा मुख चन्द्रमा दिखाई दे उस दीप को रहने दो।"

मधुवन्ती के मुख पर प्रसन्नता थी। कालिदास की अधीरता से वह परिचित थी। और वह जानबूझ कर विलम्ब कर रही थी। आख़िर कालिदास ने स्वत: ही उठकर गवाक्ष बन्द किये और दीप शान्तकर दिये। बन्द गवाक्ष से भी चन्द्रमा भीतर झाँक ही रहा था।

"प्रिये, अब बाकी सब रहने दो।"

नि:स्तब्ध रात भी अब स्पर्श से मुखर हो रही थी।

***

राजसभा में महामन्त्री एवं अन्य मन्त्री उपस्थित थे। अपनी व्यथा कहने के लिए कुछ नागरिक भी उपस्थित थे। नित्य नियमानुसार आने वाले सम्राट आज अभी तक राजसभा में नहीं आये थे। काफ़ी देर से उनकी प्रतीक्षा हो रही थी। आख़िर महामन्त्री ने कहा, "किसी अपरिहार्य कारण के चलते हुए ही महाराज आये नहीं होंगे। सेवक सन्देश लेकर आयेगा, तब तक आप लोग अपनी समस्या निवेदन करें। प्रत्येक समस्या राजसभा में बहुमत से हल की जाती है, अन्तिम निर्णय महाराज का होता है।"

एक नागरिक और उसके साथ एक वृद्धा सामने आये।

"हम क्या निवेदन करें महाराज से! हमारा इकलौता पुत्र महाराज की सेना में था। उस मगध को सेना गयी, तो वह जो गया, तो वापस लौटकर नहीं आया। उसकी पत्नी पहले ही जा चुकी थी। अब मैं एकाकी हूँ। महाराज हमें धन राशि भी देंगे, मगर हमारा एकाकीपन कैसे दूर होगा? जीवन की ढलती साँझ में एकाकी जीवन कैसे बितायें? ऐसे ही एकाकी युवतियाँ भी होंगी। वे क्या करें?"

महामन्त्री इस प्रश्न का उत्तर नहीं दे पा रहे थे, ना ही मन्त्रिमण्डल का कोई मन्त्री बोल रहा था। कालिदास भी मौन थे। अगर युवतियाँ अकेली ही हों, तो क्या वे एकाकी जीवन ही व्यतीत करें, अथवा सामाजिक मर्यादा और अकारण जनप्रवाद सहन करने की अपेक्षा क्या वे एकाकी जीवन ही व्यतीत करेंगी? यदि वृद्ध स्त्री-पुरुष एकाकी हों तो? उस वृद्ध की समस्या वास्तविक थी, परन्तु उत्तर नहीं मिल रहा था।

उन आये हुए नागरिकों में से एक ने कहा, "मैं एक कृषक हूँ। इस वृद्धा के घर के पास ही रहता हूँ। परन्तु मेरा जीवन केवल कृषि से सम्बद्ध है। मेरी भी एक समस्या है। महाराज ने कृषि के लिए जल व्यवस्था की है। परन्तु वह जल हम तक नहीं पहुँचता। वह जल कहाँ जाता है, समझ में नहीं आता। जलवाहिनियाँ शुष्क रहती हैं। ग्रीष्म ऋतु में कृषि के लिए हमें जल की अत्यन्त आवश्यकता है। अब हम कृषिधर क्या करें?"

महामन्त्री ने कहा,

"आप चिन्ता न करें। मध्याह्न तक हम निश्चित रूप से आपके लिए जल व्यवस्था कर देंगे।"

बीच में ही कोई जल की चोरी करने वाला होगा, और यह नागरिक कोई उपाय न देखकर कृषक प्रतिनिधि के रूप में यहाँ तक आया होगा। ऐसा अनुमान उन्होंने लगाया।

सभा में लायी गयीं अन्य तीन समस्याएँ महाराज के सिवा अन्य कोई सुलझा नहीं सकता था, ऐसी बात नहीं थी। इसी समय युवराज कुमार उपस्थित हुए। उन्होंने महाराज की अस्वस्थता के बारे में बताया।

युवराज कुमार के आते ही महामन्त्री ने कहा,

"योग्य समय पर आये हैं, युवराज कुमार। एकाकी वृद्धा, एकाकी युवती यदि निराधार हों, तो वे जीवन कैसे व्यतीत करें?"

"आसान है। एकाकी होना कोई अपराध नहीं है। वृद्धों के लिए एक सह-आवास भवन का निर्माण किया जा सकता है, जिसमें ऐसी निराधार स्त्रियाँ अकेले और स्वतन्त्र रूप से रह सकती हैं। अब हमारे राज्य में स्त्रियों को पुनर्विवाह की मान्यता है, गणिकाओं को क्रय-विक्रय केन्द्र में, आश्रमशाला में मान्यता है। उन्हें अपने एकाकीपन से बाहर आने के लिए स्वयं को तैयार करना होगा। उस प्रकार का एक सामाजिक सन्देश हम सहजता से दे सकते हैं।"

मन्त्रिमण्डल ने करतल ध्वनि की। सम्राट चन्द्रगुप्त का पुत्र उतना ही योग्य है, ऐसा विश्वास निर्माण हो गया था।

सभा समाप्त हो गयी। युवराज कुमार बाहर निकले।

"युवराज, क्या महाराज को ज्वर है?"

"नहीं।"

"तो फिर, रुद्रसेन महाराज और प्रभावती देवी के यहाँ आगमन की वार्ता प्राप्त होने पर उन्हें प्रसन्न होना चाहिए। ऐसा क्या हुआ है? महामन्त्री अभी महाराज के पास ही जा रहे हैं।"

"कालिदास महोदय, मगध राज्य में शान्ति प्रस्थापित करने के पश्चात महाराज अभी हाल में लौटे हैं और अब..."

"अब क्या?"

"हमारी भगिनी प्रभावती देवी और जीजा जी महाराज रुद्रसेन डेढ़ वर्ष बाद यहाँ आ रहे हैं और पंजाब पर पुन: हूणों द्वारा आक्रमण किये जाने की वार्ता है। हमारे पितामह समुद्रगुप्त ने हूणों को पराजित कर उन्हें दूर तक भगा दिया था। अब हूण पुन: आक्रामक हो गये हैं। अब स्थिति ऐसी है कि तात का वहाँ जाना अनिवार्य हो गया है। सेनापति वीरसेन, महामात्य को भेजने से वह कार्य नहीं होगा। एक बार हूणों का पूरी तरह सफाया करना ही होगा, ऐसा तात कह रहे हैं। इसके परिणाम स्वरूप वे अस्वस्थ हैं। सेना को आदेश देने वाले हैं...यही सब विचार कर रहे हैं।

माता ध्रुवस्वामिनी का आग्रह है कि तात पिता का कर्तव्य न भूलें, इस पर तात ने कहा,

'हम पिता हैं, पति हैं, अन्य सारे स्नेह बन्धनों में बँधे हैं, परन्तु प्रथम हम भूमाता के पुत्र हैं, साम्राज्य के रक्षक हैं, साम्राज्य के हितचिन्तक हैं। हमारा सर्व प्रथम कर्तव्य है युद्ध और राष्ट्र स्वातन्त्र्य। हमें इस प्रकार भावना विवश न करें।'

माता ध्रुवस्वामिनी के मन में अचानक अपनी पुत्री और दामाद के प्रति भावनाएँ तीव्र हो गयी हैं।"

युवराज कुमार ने सविस्तार जानकारी दी। कालिदास को समझ में नहीं आ रहा था कि क्या किया जाये। जब सेनाधिपति, सेना और वहाँ की सेना, प्रान्तपाल के होते हुए भी कुछ नहीं हो पा रहा है। इसका अर्थ यह है कि महाराज की रणनीति ही कार्य करेगी। क्या इसे लिखित रूप में नहीं भेजा जा सकता अथवा आवश्यक सूचनाएँ देकर काम नहीं होगा क्या? क्या इस पर कोई अन्य उपाय नहीं है?

मध्याह्न का समय हो गया था। वे भोजन कक्ष की ओर मुड़े। वे मन-ही-मन हँसे। हम किसी में भी कोई भी नहीं हैं। हमारी न तो पत्नी है, न कन्या, न पुत्र, न दामाद। हमने युद्ध कला का अध्ययन तो किया था, परन्तु हाथ में शस्त्र भी उठा न

सके। इनमें से कुछ भी हमारे पास नहीं है। मधुवन्ती है, एकनिष्ठ है, परन्तु पत्नी का अधिकार हमने ही उसे नहीं दिया। समाज में बहुपत्नीत्व के होते हुए भी। ऊपर से, हम विवाहित हैं, यह भी किसी को ज्ञात नहीं है। हमारे जीवन का क्या प्रयोजन है, यह अब तक हमें ज्ञात नहीं हुआ है। हमारे सम्मुख राष्ट्र संकल्पना है, परन्तु वह हमारा ध्येय नहीं है। हम पति नहीं हैं, इसलिए पति के कर्तव्य नहीं। सत्य है। जीवन का कोई उद्देश्य ही नहीं।

युवराज कुमार चले गये थे। भोजन शरीर के लिए धर्म था। नित्य नियमित समय पर क्षुधा जाग्रत होना और उसकी परिपूर्ति करना, यह अनजाने में होने वाला कर्तव्य कर्म था। वे भोजन गृह में गये और सेवक ने उनसे कहा,

"भोजनोत्तर महाराज के कक्ष में जायें, उनका सन्देश है।"

कालिदास का आज भोजन की ओर ध्यान नहीं था। वे भोजन करते-करते उठे, तो दासी हेमवती ने पूछ लिया, "कालिदास महोदय, आज व्यंजनों में कोई त्रुटि रह गयी है क्या?"

"नहीं, हेमवती, नहीं। सभी व्यंजन स्वादिष्ट हैं। परन्तु एक कार्य का स्मरण हुआ, इसलिए...सिर्फ़ इसलिए..." उन्होंने आगे कुछ नहीं कहा।

***

"महाराज, कभी-कभी मन उद्विग्न हो जाता है। क्या है जीवन का प्रयोजन? आपके सामने विशाल एकसंघ भारत खड़ा है। आपका जीवन उसके लिए समर्पित है। जीवन में पराक्रम की सार्थकता और मृत्यु में जीवन की परिपूर्णता–यह आपका लक्ष्य है। परन्तु हमारा क्या? वास्तव में हमें इस समय यह कहना नहीं चाहिए था।"

"कालिदास, कभी-कभी ऐसा विमनस्क, उदास होना अच्छा होता है। इससे स्वयं को परख सकते हैं।"

"कैसे?"

भोजन के पश्चात कालिदास सम्राट चन्द्रगुप्त के कक्ष में गये थे। उस समय वे भोजपत्र पर कुछ लिख रहे थे। कालिदास के मुख पर आज प्रसन्नता नहीं थी, अत: उन्होंने कारण पूछा। कालिदास ने अपनी मनोव्यथा सुनाई।

"हमने अपने सम्मुख राष्ट्र संकल्पना, लोक संघटन, स्वातन्त्र्य, समाज हित, राज्य प्रशासन की कल्पना रखी। क्योंकि हमारे वंश का 'कुल' राजकुल है।

प्रत्यक्ष हमारे पिताश्री, सम्राट समुद्रगुप्त ने हमारे मन में ध्येय रखा, अब वही हमारे लिए प्रथम कर्तव्य है।

आश्चर्य होता है एक बात का, हमारे पिताश्री ने अपना व्यक्तिगत जीवन कब और कैसे बिताया होगा? कोसल, महाकान्तार, कोरल, पिष्टपुर, कोहूर, एरण्डपल्ल, कांची, अवमुक्त, वैमी, देवरानट, कुष्टलपुर, पालक्का–ये दक्षिणपथ के राज्य और पूर्व-पश्चिम प्रदेश के कामरूप, नेपाल, कृतपाल, समतट, दवाक को भी साम्राज्य से जोड़ा। उत्तर भारत को तो वे पहले ही साम्राज्य से जोड़ चुके थे। तीन प्रबल नागराज्य अहिच्छम, मथुरा, पद्मावती अपने राज्य से जोड़े।

शक, हूण, यवन, आदिम टोलियों से युद्ध कर विजय प्राप्त की। यही और सिर्फ़ यही देखते हुए हम बचपन से किशोरावस्था तक पहुँचे। और उसके पश्चात राज सिंहासन पर आये। हमारी रक्तवाहिनियों से रक्त प्रवाहित होता है राष्ट्र के लिए शौर्य, पराक्रम करने के उद्देश्य से। इसलिए व्यक्तिगत जीवन और उसका आनन्द केवल तभी सम्भव है जब हम उज्जयिनी में होते हैं, और अब..."

कालिदास मौन थे। कितना विराट साम्राज्य! और वह संघटित साम्राज्य संघटित ही रहे, इस उद्देश्य ने मन के कितने विशाल स्थान को घेरा है। और उनका व्यक्तिगत जीवन इस विराट साम्राज्य का ही एक ग्राम है। एक पग जीवन में, और बाकी सारा मार्ग मृत्यु की ओर। वे स्तम्भित हो गये थे।

सम्राट समुद्रगुप्त के समान प्रशासन, अर्थ नियोजन, व्यापारीकरण, इसके अतिरिक्त सैन्य व्यवस्था, रणनीति। प्रत्यक्ष युद्ध करने वाले सम्राट चन्द्रगुप्त स्वयं वीर योद्धा, रसिक, गुणज्ञ और कलाप्रिय हैं। उन्होंने स्वयं भी अनेक युद्ध किये है, कुछ राज्यों को वैवाहिक सम्बन्धों द्वारा साम्राज्य से जोड़ा है, कुछ को जीतकर माण्डलिक बनाया है। शकों का पूर्ण पराजय किया, ताकि वे फिर से सिर न उठा सकें। मथुरा, कम्बोज, गान्धार के कुषाणों का अन्त किया।

"कालिदास!" अपने आप में मगन कालिदास होश में आये।

"हमने आपको इसलिए बुलाया कि हमारा जाना अनिवार्य है। आप महाराज रुद्रसेन से परिचित हैं, अतः इस बात पर ध्यान दें कि उनके स्वागत-सत्कार में कोई त्रुटि न रहे।"

"हाँ, और एक बात बताना है कि हमारी कन्या प्रभावती गर्भवती है। सातवाँ मास चल रहा है, परन्तु..." कहते हुए सम्राट भाव-विह्वल हो गये। कालिदास को अनुभव हुआ कि सम्राट एक पिता हैं।

"महाराज..." उत्तरीय से नेत्र पोंछते हुए उन्होंने कहा।

"आप हैं इसलिए बता रहा हूँ, पंजाब की ओर हम इसी सप्ताह जाने वाले हैं। ऐसी भी वार्ता प्राप्त हुई है कि हमारे पिताश्री की कालावधि में उन्होंने कामरूप के

कुषाणों को पराजित करके उसे अपने साम्राज्य से जोड़ लिया था, परन्तु कामरूप में कुषाण अब फिर सक्रिय हो गये हैं। अत: युद्ध ही एक पर्याय शेष है।

अस्तु! युद्ध और युद्ध ही हमारे जीवन का अविभाज्य अंग है, शायद युद्ध ही हमारा जीवन है।

परन्तु कालिदास, आपके साथ ऐसा नहीं है। मन का नैराश्य दूर करें। एक दैवी गुण का वरदान आपको प्राप्त हुआ है। आपके हाथों में शब्द सौंपकर सरस्वती निश्चिन्त हो गयी हैं। इतिहास में हमारे युद्धों के विजय और आपके शब्दों की विजय लिखी होगी। उस दिन 'विक्रमोर्वशीय' सुना था। अभी तक पढ़ा नहीं है, परन्तु जितना भी सुना, उससे विश्वास हो गया कि महाकवि की प्रतिभा, शब्दों का लावण्य, उपमा, अलंकार, आशय, लय, गति हमें कभी भी प्राप्त नहीं हो सकती। प्रत्येक का क्षेत्र भिन्न है, इसलिए परस्पर आदर होना चाहिए।

कालिदास, जब आप लिखते होंगे तो शब्द सखी बनाकर आते होंगे। उसके लावण्य में आप इतने मगन हो जाते होंगे कि बाह्य जगत का पता ही न चले। शायद योगी की तपस्या और आपकी एकाग्रता एक जैसी ही होती होगी।"

अब कालिदास प्रसन्नता से हँसे।

"महाराज, आश्चर्य है, दूसरों को प्रसन्न करने में भी आप यशस्वी होते हैं। मन को कैसे पढ़ लेते हैं?!"

"हम रणभूमि पर सैनिकों की मन:स्थिति से अवगत रहते हैं। उस समय जीवन की प्रत्येक रेखा धूसर होती है, होता है तो केवल मृत देहों का दर्शन, आक्रोश। कभी-कभी मन उदास हो जाता है और अर्जुन की ही तरह हम अपने आप से पूछते हैं कि क्या आवश्यकता है इन युद्धों की?"

मन हँसता है और कहता है, दूसरे मन से पूछो।

अस्तु! कालिदास, आज केवल हम ही बोल रहे हैं, अखण्ड। परन्तु कालिदास, आप कुछ ऐसा लिखें जिससे आपको जीवन का श्रेय प्राप्त हो।

और एक बात, कालिदास। आप अपनी विद्धत्वती से मिले नहीं हैं। वह भी तो जीवन का एक प्रयोजन है ना!"

"सत्य है, सम्राट! सत्य है! उसका विस्मरण हमें हुआ नहीं है, और होगा भी नहीं। हम उससे अवश्य मिलेंगे।"

जब रात के चरण गवाक्ष से भीतर आये, तो कालिदास उठे।

"महाराज, एक विनती करें क्या?"

"अवश्य करें।"

"आज जब आप बोल रहे थे तो सहज ही सरस्वती देवी का स्मरण हो आया। क्या प्रभावती देवी और दामाद के विदर्भ से निकलने से पूर्व हम सरस्वती आश्रम जाकर आ सकते हैं?"

"उनके आने में अभी पन्द्रह दिन की अवधि है। आप अवश्य जाकर आयें। आप कल भी प्रस्थान कर सकते हैं।"

"नहीं महाराज, रुद्रसेन महाराज और प्रभावती देवी का स्वागत करने के पश्चात उनके वापस लौटने के बाद ही हम जायेंगे। तब तक आप भी वापस आ चुके होंगे।"

सम्राट चन्द्रगुप्त ने दीर्घ नि:श्वास छोड़ा। दोनों ही के मन में भविष्य का प्रात:काल जगमगा रहा था।

***

कालिदास जब सरस्वती आश्रम पहुँचे, तो सन्ध्या वृक्षों से उतरकर आश्रम में प्रवेश कर रही थी। श्वेत वस्त्रधारी प्रौढ़ा अपने निवास के द्वार पर खड़ी थी। आश्रम छोड़ने के पश्चात बीस से अधिक वर्ष बीत गये थे। उनके नेत्रों के सामने युवती–प्रगल्भ सरस्वती देवी, वही तो थीं। अनजाने ही काल की पर्णमालिका वृक्ष से फिसल गयी थी।

"माते..." कालिदास ने उनके चरणों पर मस्तक रखा। यह सुदृढ़ व्यक्ति कौन हो सकता है, इसका उत्तर उसे सहज ही मिल गया था।

"कालिदास...वत्स कालिदास! हम समझ रहे थे कि अब तुम कभी भी नहीं आओगे। बीच-बीच में महाराज चन्द्रगुप्त वसन्तोत्सव के लिए आते थे। परन्तु उन्होंने हमें रोकते हुए कहा था, "कालिदास के मन में इच्छा उत्पन्न होने दें, उसे स्वयं आने दें। वह दिन निश्चित ही आयेगा, वे आयेंगे। जब तक वे स्वयं नहीं आते, तब तक उन्हें हमारे यहाँ आगमन के बारे में न बतायें।" ऐसा महाराज ने कहा था। हमें भी वह मान्य था। कालिदास, तुम्हारे बारे में वृत्तान्त ज्ञात होता रहता था। साहित्य की निर्मिति, शास्त्रार्थ की प्रगति, और..."

"और क्या, माते?"

कहें या न कहें इस दुविधा में सरस्वती देवी थीं।

"माते, हमें सम्पूर्ण ही सुनायें।"

"वत्स, इतने वर्ष विवाह किये बिना रहे, ऐसा क्यों? प्रत्येक व्यक्ति का विवाहित जीवन होना चाहिए। उसके बिना जीवन को परिपूर्णता नहीं प्राप्त होती। गृहस्थाश्रम की अनुभूति गणिका के पास जाकर नहीं मिलती। वह केवल शय्या सुख देती है।

मधुवन्ती सभी विषयों में पारंगत होने के कारण तुम्हारी ज्ञान लालसा भी पूरी हुई, उत्तम श्रोता, उत्तम प्रेयसी तुम्हें मिली।

यह आनन्द उससे विवाह कर भी तुम्हें मिल सकता था। गणिका, अंगवस्त्र पुरुषों के लिए समाज मान्य है, राजमान्य है। तुम उससे विवाह कर गृहस्थ की तरह रह सकते थे! विवाह सोलह संस्कारों में से एक महत्त्वपूर्ण संस्कार है।"

"माते, हम सब जानते हैं। मन से वेद्वत्वती जाती नहीं है। हम उसे पत्नीपद का सम्मान न दे सके यह पीड़ा मन में है। हमें स्वयं पर बहुत क्रोध आता है। एक वेदशास्त्र सम्पन्न कन्या का हमने उपहास किया। और हम अति मूर्ख थे, यह ज्ञान होने के पश्चात बाद की घटनाओं का स्मरण होते ही यह प्रश्न उपस्थित होता है कि हमें किस अधिकार से विवाह करना चाहिए।

"माते, कभी-कभी उससे मिलने की तीव्र इच्छा मन को व्याप्त कर लेती है। मन में कृष्ण मेघ व्याप्त हो जाते हैं। प्रकाश मार्ग दिखाई नहीं देता, माते। अज्ञान वश ही सही, हमारे हाथ से अपराध हुआ है। अब इसके परिमार्जन का मार्ग बताओ, माते।" कालिदास अब स्वयं को रोक नहीं पाये, उनका शरीर कम्पित हो रहा था, नेत्रों से अविरत अश्रु धाराएँ बह रही थीं।

सरस्वती देवी ने उनके दोनों स्कन्ध पकड़कर उन्हें अपने निकट आसन पर बिठाया। उनके मस्तक को चूमा, उनके घने केशों पर हाथ फेरा। कालिदास शान्त हो गये थे, मन को स्वस्थता प्राप्त हो गयी थी।

"वत्स, तुम्हारी व्यथा मैं जानती हूँ। उसके लिए एकमात्र उपाय..."

"कौन-सा उपाय?"

"वत्स, तुम ऐसा समझते हो ना कि अनजाने में ही सही, तुम्हारे हाथ से अपराध हुआ है, तो विदिशा जाकर उस भोज कन्या से क्षमा माँग लो। उसके बिना तुम्हें शान्ति नहीं मिलेगी।"

"यह तो हमारे मन में भी है। परन्तु उसकी एक ही पंक्ति ने हमारे हृदय पर आघात किया है। "अस्ति कश्चिद वाग्विशेष:" का उत्तर हम क्या दें? फिर से उसकी बातें सुनकर, अपमानित होकर वापस आयें? हम हनुमान के समान अपना विदीर्ण हृदय नहीं दिखा सकते। अपने अपराध की क्षमा नहीं माँग सकते। हम अनजाने में ही सही, प्रतिदिन उसका स्मरण करते हैं। हमारे लिए अन्य कोई उपाय नहीं।"

"वत्स, एक और मार्ग है उसके पास सन्मानपूर्वक जाने का।"

"ऐसा कौन-सा सन्माननीय मार्ग आपको मिल गया?"

"तुम कवि हो, लेखक हो। साक्षात सरस्वती के पुत्र हो। तुम अपनी ज्ञान सम्पदा ही उस ज्ञानवती, विद्वत्वती को अर्पण करो और अनजाने में हुए अपराध की क्षमा माँगो।"

"देवी, यह उपाय हमें प्रिय है। अब हमारे मन को शान्ति मिली। अभी अधिक लेखन तो हुआ नहीं है, परन्तु होगा। मन में कब से शकुन्तला-दुष्यन्त की कथा लिखने का विचार है। अब 'मालविकाग्निमित्र', 'विक्रमोर्वशीय' के पश्चात शकुन्तला के बारे में लिखता हूँ, और वह नाट्य कृति लेकर उसके पास जाता हूँ।"

"देवी, आपने हमारी कोई भी रचना नहीं पढ़ी है न?" कालिदास अब प्रसन्न थे।

"अर्थात, सभी पढ़ा है।"

"वह कैसे?"

"सम्राट चन्द्रगुप्त ने 'ऋतु संहार', 'मालविकाग्निमित्र', 'विक्रमोर्वशीय' की प्रतिलिपि हमें भेजी है।"

"महाराज ऐसी गुप्त यन्त्रणा करते होंगे, यह ज्ञात नहीं था।"

"हमें आनन्द मिले, यह उनका हेतु शुद्ध ही था।"

कालिदास अब स्वस्थ थे।

"वत्स, तुम्हें भोजनशाला में पंच पकवान्नों की आदत होगी। यहाँ चार साधारण व्यंजन तुम्हें पत्तल पर परोसे जायेंगे। उन्हें ग्रहण करना। हम तुम्हारे लिए..."

"देवी..., माते...नहीं यहाँ नहीं, आज तुम्हारे पुत्र, तुम्हारे विद्यार्थी के रूप में आश्रम में अपने हाथ से भोजन लेने दो।"

उत्तर रात्रि तक कालिदास उसे सम्राट चन्द्रगुप्त के राज्य विस्तार, प्रशासन, गुणग्राहकता के बारे में, और कश्मीर, केंदारनाथ, बद्रीनारायण, मालिनी तट पर स्थित कण्वाश्रम के बारे में, सम्राट चन्द्रगुप्त की पत्नी, पुत्र, कन्या, कन्या के विवाह, विदर्भ के बारे में बता रहे थे।

"वत्स, उत्तर रात्रि समाप्त होने को है, अब शान्त निद्रा लो, अभी ब्रह्ममुहूर्त आने वाला है। हमें अपने नित्य के कर्म हैं।

कालिदास को किंचित अपराधबोध हुआ। भावना के जोश में सरस्वती देवी की आयु का, ढलने वाली रात का विचार नहीं किया। हमें निद्रा लेने को कहकर सरस्वती देवी ब्रह्ममुहूर्त पर नित्य कर्म करेंगी! ज़्यादा ही बोल गये हम भावनाओं के जोश में, उन्होंने सोचा।

दो ही दिन बीते होंगे कि सन्देश आया। सम्राट चन्द्रगुप्त कामरूप की समस्याएँ निपटा कर, कुषाणों को दण्ड देकर वापस आ गये हैं। और यह वार्ता सुनने के लिए नवजात शिशु ने जन्म लिया है। प्रभावती देवी को पुत्र प्राप्ति हुई है और सम्पूर्ण उज्जयिनी नगरी प्रसन्न है। इस अवसर पर आप अवश्य उपस्थित रहें, यह हमारी आन्तरिक इच्छा है।

'कुमार सम्भव...' कालिदास आनन्द से मन-ही-मन बोले। अब नये काव्यग्रन्थ के लिए सहज ही शीर्षक और विषय मिल गया। वे प्रसन्न मन से सरस्वती देवी के पास आये, वे कुछ लिख रही थीं।

"हे सरस्वती माते, आप हमारी माता और गुरु भी हैं। आपको शत शत नमन करके उज्जयिनी को प्रस्थान करता हूँ। 'हम फिर से आयेंगे' यह आपको दिया हुआ वचन पूरा किया, माते। अब 'फिर से आयेंगे', यह वचन नहीं देते। परन्तु आपके कहे अनुसार "अस्ति कश्चिद् वाग्विशेष:" का उत्तर हम अवश्य देंगे, यह विश्वास यहाँ आकर प्राप्त हुआ है। और काव्य लेखन के लिए सहज ही विषय भी मिल गया है। प्रभावती के पुत्र का जन्म...। कुमार का जन्म, और कुमार सम्भव का स्मरण हो आया, माते। हम लिखेंगे, माते, पार्वती और शिवशंकर का पुत्र सम्भव अर्थात कुमार सम्भव।"

कालिदास अत्यन्त प्रसन्नता से कह रहे थे। सरस्वती के नेत्र आनन्द से भर आये थे। उनके मस्तक पर हाथ रखते हुई वह बोली, "कल्याणमस्तु, वत्स!"

"अब यदि तुम फिर से आने का वचन नहीं भी दो, तो भी तुम आओगे। "अस्ति कश्चिद् वाग्विशेष:" का उत्तर पा लिया है, यह बताने अवश्य आओगे। अब निकल ही रहे हो, मन की बात बताती हूँ, वत्स।।"

"ऐसा क्या है तुम्हारे मन में, माते...क्या हमारे साथ उज्जयिनी आना चाहती हो, या अपने इस मानस पुत्र के साथ यहीं आश्रम में रहना चाहती हो? कथन करो, माते...तुम जो कहोगी, वह अवश्य करूँगा, माते..."

"ऐसा कुछ भी नहीं है। तुम्हारा भविष्य उज्ज्वल है, उज्जयिनी में है। कथा मेरी है, मेरे जीवन की।

मेरा विवाह हुआ था। एक पुत्र भी था। नौका से जा रहे थे, और अचानक झंझावात आया। हमारी नाव जल के भीतर चली गयी। कौन कहाँ, कौन कहाँ... पता ही नहीं चला। परन्तु तुम्हें देखकर ऐसा लगा कि तुम ही मेरे खोये हुए पुत्र हो, सरस्वती पुत्र..."

"ऐसा हो सकता है, माते; नहीं भी हो सकता। हमें अपने माता-पिता के बारे में कुछ भी ज्ञात नहीं। हमारा लालन-पालन एक गोपालक ने किया। उन्होंने फिर तीर्थ यात्रा करने का निश्चय किया, और हम...आगे की कथा तुम्हें ज्ञात ही है, माते। हम तुम्हारे मानस पुत्र अवश्य ही हैं।"

"रहने दो, कालिदास, तुम चाहे कोई भी हो, परन्तु मेरे पुत्र हो। और पुत्र हो इसलिए अवश्य आओगे। मेरे पुत्र की एक कण्ठमाला है। उस समय उसके लिए बड़ी हो गयी, अत: मैंने ही पहन ली थी। वह कण्ठमाला आज तुम्हें उपहार स्वरूप देती हूँ।"

सरस्वती देवी आश्रम के भीतर गयीं, उन्होंने सन्दूक खोला, उसके भीतर एक रत्न माला थी।

"मेरे श्वसुर ने मेरे पुत्र के लिए बनवाई थी। अर्थात मैं भी उसे पहनूँ, यह भी उनका उद्‌देश्य होगा।"

कालिदास ने अपनी सुदृढ़ देह की ओर देखा। यह कण्ठमाला सुदृढ़ कण्ठ में जायेगी या नहीं, इस प्रश्न का समाधान उन्होंने खोज लिया।

"माते, तुमने हमें पहले ज्ञान समृद्ध किया। इस भेंट में तुमने हमें नये विचारों से प्रेरित किया। यह कण्ठमाला पाकर हम कृतार्थ हुए। हम इसे अपने वाम मणिबन्ध में पहनते हैं जिससे हमारा मणिबन्ध...सरस्वती का मणिबन्ध हो जायेगा। माते, सरस्वती की कण्ठमाला शब्दों की मालिका लिखने वाले उसके पुत्र का सुदृढ़ मणिबन्ध होगा।" उन्होंने उस कण्ठमाला को अपने मणिबन्ध पर बाँध लिया।

"माते, चलता हूँ। पुनरपि आने का वचन नहीं देंगे, परन्तु वेद्वत्वती से मिलने के बाद हम भेंट का वृत्तान्त कथन करने के लिए आने का प्रयत्न अवश्य करेंगे।"

उसके नेत्र भर आये थे। कालिदास के पैर भारी हो गये थे। मध्याह्न का समय कठोर प्रतीत हो रहा था। इस कठोर काल ने ही दोनों की परीक्षा ली थी।

कालिदास अब अश्व पर सवार होकर उज्जयिनी की ओर निकले थे। वैतरिणी नदी के किनारे वाले अरण्य का मार्ग उज्जयिनी की ओर जाता था। उनके पीछे उनके चार सैनिक भी थे।

कालिदास प्रसन्न थे। सरस्वती देवी से भेंट हो गयी थी, और मन में ब्रह्मकमल के समान एक-एक पंखुड़ी की भाँति कथानक खिल रहा था। हरिद्वार से केदारनाथ तक प्रवास की एक-एक घटना याद आती रही। हरिद्वार के निकट ही कनखल में शिव-पार्वती का विवाह, नगाधिराज हिमालय की वह वेदशास्त्र सम्पन्न, गुणवती, रूपयौवना पार्वती और प्रथम पत्नी उमा द्वारा यज्ञ कुण्ड में प्राणार्पण करने के पश्चात

अखिल विश्व को अपनी क्रोधाग्नि से भस्म करने के लिए उद्युक्त शिवशंकर, ऐश्वर्य और राजकन्या के अधिकार रखने वाली पार्वती और श्मशान में रहकर जीवन-मृत्यु का आलेख लिखने वाले शिवशंकर! कर्पूरगौर शिवशंकर और मानव वंश की पार्वती। एक परम ईश्वर, तो पार्वती अनेक राजकन्याओं में से एक। तपस्या करके उसने शिवशंकर जैसे श्मशानवासी, विधुर, निर्धन पति के ही लिए क्यों हठ किया इसका आकलन तो देवताओं को भी नहीं हुआ था।

कालिदास के सामने रुद्रप्रयाग, देवप्रयाग, गौरीकुण्ड और नेत्रों के सामने दिखने वाले हिमाच्छादित, जिस पर रत्न मालाएँ बिखरी हुई हैं, ऐसे हिमालय की कतारें खड़ी हो गयीं।

कनखल से केदारनाथ और उससे भी आगे का परिसर शिवशंकर का ही है, कैलासनाथ, मानसरोवर उन्हीं का है। वे भी हिमनगों के सम्राट थे। चन्द्रप्रभा, सूर्यप्रभा से हिमकणों पर बिखरा रत्न उनका जीवन था।

इस परिसर में प्रवेश करते हुए पार्वती को कैसा लगा होगा? इतना विस्तृत, कठिन मार्ग क्या वह चढ़ पाई होंगी? या, उसे अपने सुदृढ़ बाहुओं पर उठाकर वे उसे कैलास ले गये होंगे? क्या मन्दाकिनी के तीर पर उन्होंने उसके लिए उष्ण जल प्रवाह तैयार किया था? अपनी प्राणप्रिय पार्वती को तनिक भी कष्ट न होने पाये, इसलिए उन्होंने क्या गणों और रुद्रों को बुलाकर उसका मनोरंजन भी किया होगा?

और फिर शुरू हुआ...वैवाहिक जीवन का आरम्भ...वीतरागी शिवशंकर अनुरागी हुए। श्मशानवासी शिवशंकर अब स्वर्ग लोक से भी ऊपर गोलोक को गये।

जीवन में वसन्त का आगमन हुआ। जीवन समृद्ध, संगीतमय हो गया। देह वीणा की हर झंकार में एक नाद प्रकट हुआ। उनका प्रणयी जीवन त्रैलोक्य के लिए उत्सुकता का विषय हो गया। हिमालय के परिसर में नियति भाव-काव्य लिख रही थी। बीच-बीच में मन्दाकिनी के सुर में सुर मिलाकर जल गीत भी गा रही थी।

कालिदास अत्यन्त प्रसन्न थे। मन में रजनीगन्धा फूल रही थी। जब उज्जयिनी की सीमा दृष्टिपथ में आयीं तो वे सावधान हुए। अब अश्व तेज़ गति से राजप्रासाद की ओर निकला।

***

ब्रह्म मुहूर्त का समय। शान्त स्तब्धता। कार्तिक मास का आरम्भ। कालिदास ने अर्ध रात्रि को बुझाये हुए दीप जलाये। आसन पर बैठकर भोजपत्र उठाये और उनकी लेखनी ने उस पर सर्व प्रथम लिखा: ॥ कुमार सम्भवम्॥

मन में निश्चित ही था। गर्भवती प्रभावती देवी को देखकर कभी मन में आयी हुई कुमार कार्तिकेय की जन्म कथा ने इस निमित्त से जन्म लिया था। और इसलिए वे आधी रात को शुचिर्भूत होकर प्रसन्न मन से लिखने बैठे थे।

अस्त्युत्तरस्यां दिशि देवतात्मा हिमालयो नाम नगाधिराजः।
पूर्वापरौ तोयनिधी विगाह्य स्थितः पृथिव्या इव मानदण्डः॥

अनन्त रत्नमणि जिसने धारण किये हैं, ऐसे नगाधिराज हिमालय, और वह अनुपम सौन्दर्य जिसे प्राप्त हुआ हो, जो सिद्ध पुरुषों को साधना के लिए प्रेरित करता हो, ऐसे हिमालय का कितना-कितना वर्णन करूँ? शब्द-शब्द सरिता अनावर वेग से मन में प्रवाहित होने लगी। हिमालय का नितान्त सुन्दर स्वरूप उनके नेत्रों के सम्मुख प्रकट हो गया था।

इस हिमालय पर रहने वाली स्त्रियाँ भोज वृक्षों के रस में अपनी लेखनी डुबो कर अपने प्रिय जनों को सन्देश भेजती हैं। हिमालय की गुफा से समीर इतना नादमय हो जाता है जैसे बाँसुरी के स्वर गूँज रहे हैं। हिमालय में उपस्थित दिव्य वनस्पतियों का प्रकाश गुफा में वास्तव्य करने वाले वनचारियों को दिव्य प्रकाश देता है, और हिमालय पर विचरण करने वाली किन्नर महिलाएँ भी दर्शनीय एवं सुखी प्रतीत होती हैं।

कालिदास हिमालय के प्रेम में प्रेयसी होकर मग्न हो गये थे। हिमालय के अंग प्रत्यंग का वर्णन करते हुए कालिदास अबाधित लिख रहे थे। सुमेरू पर्वत के ज्येष्ठ मित्र हिमालय ने मैनाक नामक कन्या से यहाँ विवाह किया था। और इसी हिमालय के साथ उसने अनेक प्रणय रातें बितायी थीं। और वह गर्भवती हो गयी। उसी मैना के पुत्र–मैनाक ने नागकन्या से विवाह किया और आगे चलकर इन्द्र को पराजित किया।

पर्वतराज हिमालय की पूर्व पत्नी सती का पुनर्जन्म भी यहीं हुआ। उसी मैना की कन्या है पार्वती। इस अनुपम लावण्यवती पार्वती का बचपन यहीं खिला था। यौवन यहीं विकसित हुआ। तपोवन के ऋषियों के आश्रम में शास्त्रों और वेदों का अध्ययन हुआ। यौवन में पदार्पण करने वाली पार्वती।

उन्मीलितं तूलिकयेव चित्रं सूर्यांशुभिर्भिन्नमिवारविन्दम्।
बभूव तस्याश्चतुरस्त्रशोभि वपुर्विभक्तं नवयौवनेन ॥

कामदेव स्वतः ही हाथ में तूलिका लेकर नवयौवना पार्वती के अंग प्रत्यंग का सूक्ष्म निरीक्षण करते हुए चित्र रेखन कर रहे हैं, ऐसा आभास अपने ही शब्दों

से कालिदास को हो रहा था। प्रत्येक शब्द से पार्वती की लावण्यलतिका स्वर्गीय सौन्दर्य और गन्ध लेकर खिल रही थी।

नवपल्लव मालिका में शुभ्र पुष्प के समान पार्वती का गौरवर्ण खिला पड़ रहा था और उस पर लाल रत्न के समान पार्वती के अधर सुशोभित हो रहे थे। उसकी धनुष्याकृति भौंतें देखकर कामदेव ने भी अपने धनुष्य का त्याग कर दिया था। पार्वती के मधुर स्वर कोयल को भी लजा रहे थे।

कालिदास अनेक उपमाओं का प्रयोग कर रहे थे, परन्तु चित्रकार के रंग और शब्दकार के शब्द ही मौन हो जायें, ऐसी स्वर्गीय मोहकता थी उसके अंग-प्रत्यंग की। उसके केश सघन और रेशमी मृदु थे। यदि स्वर्ग की कामधेनु को पता चलता, तो वह भी उसके बालों से ईर्ष्या करती। ब्रह्मदेव ने समूची सौन्दर्य सम्पदा ही पार्वती को अर्पण कर दी थी।

नारद मुनि ने उसे देखते ही भविष्यवाणी की थी कि अत्यन्त रूपवान शिवशंकर के लिए ही इसका जन्म हुआ है। इसलिए उसके विवाह योग्य होने पर भी पार्वती पिता हिमालय ने अभी तक वर संशोधन आरम्भ नहीं किया था। पूर्वजन्म की सती (उमा) इस जन्म में पार्वती के रूप में उन्हीं की प्रतीक्षा में थी। परन्तु विरक्त महायोगी देवदार के वन में तपस्यारत थे। शिलाजीत की चट्टान पर वे न जाने कब से आसनस्थ थे, और पार्वती, वह तो तपस्यामग्न शिव शंकर की मनोभाव से सेवा कर रही थी।

अवचितबलिपुष्पा वेदिसम्मार्गदक्षा
नियमविधिजलानां बर्हिषां चोपनेत्री।
गिरिशमुपचार प्रत्यहं सा सुकेशी
नियमितपरिखेदा तच्छिरश्चन्द्रपादैः ॥

यहाँ कालिदास ने 'कुमारसम्भवम्' का प्रथम सर्ग समाप्त किया।

अभी प्रात:काल होने में समय था। उन्होंने द्वितीय सर्ग आरम्भ किया। एक के बाद एक शब्द सहज ही भोजपत्र पर अवतरित हो रहे थे।

शिवशंकर तपस्या में मग्न थे। उसी समय तारकासुर बलवान होकर निरन्तर देवताओं को सता रहा था। तब सभी देवता ब्रह्मदेव के सम्मुख उपस्थित हुए। देवताओं ने पूछा, सृष्टिकर्ता आज आप चिन्तित क्यों प्रतीत होते हैं? हे अजन्मा, आप ही ने तो जल में अमोघ बीज डाला था, जिससे संसार का जन्म हुआ। आप जनक हैं। स्वत: में ही उत्पत्ति, स्थिति, विलय अर्थात ब्रह्मा, विष्णु एवं महेश हैं।

और फिर कालिदास ने ब्रह्मा द्वारा की गयी सृष्टि रचना, उनके कार्य, कार्य का विभाजन, सत्व, रज, तम और उदात्त, अनुदान, स्वरित–ऐसी वेदवाणी का निर्माण किया। धर्म, अर्थ, काम, मोक्ष–ये चार पुरुषार्थ प्रदान किये।

त्वं पितृणामपि पिता देवानामपि देवता।
परतोऽपि परश्चासि विधाता वेधसामपि ॥
त्वमेव हव्यं होता च भोज्यं भोक्ता च शाश्वतः।
वेद्यं च वेदिता चासि ध्याता ध्येयं च यत्परम् ॥

पूरी स्तुति सुनने के बाद ब्रह्मदेव द्रव्य, गुण, क्रिया और परा, पश्यन्ति, मध्यमा एवं वैखरी का उपयोग करते हुए बोले, "आज देवता तेजोविहीन हो गये हैं। वृत्रासुर का वध करने वाले इन्द्र आज सुखासीन हो गये हैं। वरुण, कुबेर, यम, मरुत सभी जैसे निष्प्रभ हो चुके हैं।

जिस प्रकार शास्त्र में, व्याकरण में सर्वसाधारण नियमों का उल्लंघन करने वाला एकाध अपवाद होता है, उसी प्रकार आप देवताओं ने स्वप्रतिष्ठा नष्ट कर दी है। यही मेरी चिन्ता का और चिन्तन का विषय है।"

"परन्तु आपने तारकासुर को 'देवताओं द्वारा अवध्य' होने का वरदान दिया है। उसका वध कैसे किया जाये? त्रैलोक्य को भयभीत करने वाला तारकासुर धूमकेतु के समान अचानक प्रकट होता है। चन्द्र भी भयभीत होने के कारण कृष्ण पक्ष में भी प्रकाशित होता है, समीर भी मन्द गति से चलता है, समुद्र भी दस बार देखकर रत्न देता है, वासुकी-नागगण अपने-अपने रत्नों से उसकी नगरी को प्रकाशित करते हैं। देवांगनाएँ पुष्प एकत्रित करने के लिए जिन वृक्षों के पास जाती थीं, उन वृक्षों को ही उसने नष्ट कर दिया।"

"हे प्रजापिता, ब्रह्मदेव तारकासुर के बारे में जो-जो उपाय करने थे, सब कर लिए। विष्णुदेव द्वारा छोड़ा गया सुदर्शन चक्र भी उसका कण्ठच्छेद नहीं कर सका। आपने ही उसे वर दिया था, अब आप ही उपाय बतायें।"

"अवश्य, परन्तु उसके लिए प्रतीक्षा करनी होगी। मैंने उसे वरदान दिया है, अतः मैं उसका वध नहीं कर सकता। एक ही संभाव्य है। यदि शिवशंकर को पुत्र हुआ, तो वही तारकासुर का वध करेगा। इसके लिए शिवशंकर को मानव वंश की स्त्री से विवाह करना होगा।" इन्द्रदेव को यह कल्पना मान्य हो गयी। विरक्त योगी शिवशंकर के मन में यदि कामदेव प्रवेश करें, तो वे निश्चित रूप से विवाह करेंगे

और

अथ स ललितयोषिद्भ्रूलताचारुशृङ्गं रतिवलयपदाङ्के चापमासज्य कण्ठे।
सहचरमधुहस्तन्यस्तचूताङ्कुरास्त्रः शतमखमुपतस्थे प्राञ्जलिः पुष्पधन्वा ॥

ऐसा कामदेव वसंत ऋतु को लेकर ही इन्द्रसभा में प्रकट हुआ।

द्वितीय सर्ग समाप्त करने के बाद कालिदास ने गवाक्ष से बाहर देखा। अरुण रथ में सवार होकर रविराज उषा के प्रासाद में प्रवेश कर चुके थे। शुचिर्भूत होकर पुन: लिखने का विचार करके उन्होंने तीसरा सर्ग आरम्भ किया।

इन्द्रदेव का सन्देश प्राप्त होते ही कामदेव तत्काल इन्द्रसभा में पहुँचे। इन्द्र ने उन्हें अपने निकट आसन पर स्थान दिया। कामदेव प्रसन्न होते हुए बोले, "ऐसा कौन-सा कार्य है, जो आप और देवता नहीं कर सकते? किसी को अपने पद का मोह तो नहीं हुआ है? शुक्राचार्य को नीतिशास्त्र की परिभाषा ही बदलने पर बाध्य होना पड़े, ऐसी कौन-सा व्यक्ति है, जिसे मुझे असंयमित, मोहित करना है? किस वीर को प्रलोभन में डालना है? मैं वसन्त की सहायता लेकर पुष्पवर्षा करते हुए प्रत्यक्ष वीतरागी शिवशंकर को भी अनुरागी बना सकता हूँ।"

"मित्र, कामदेव, मेरे पास केवल दो ही अस्त्र हैं–एक वज्र और दूसरे तुम! तपस्या करने वालों पर मेरे वज्र का उपयोग प्रभावी नहीं होता।"

यह वाक्य लिखने के बाद कालिदास को मेनका, उर्वशी का स्मरण हुआ, और वे मन-ही-मन हँसे। सामर्थ्यशाली पुरुष भी स्त्री के सम्मुख हतबल हो जाता है। अत: अपने विचारों का हमने योग्य ही प्रतिपादन किया है, इस विचार से उन्हें समाधान प्राप्त हुआ।

"कामदेव, वसन्त को लेकर उस स्थान पर जाओ, जहाँ शिवशंकर तपस्या कर रहे हैं, और उनके मन को विवाह के लिए तैयार करो, उसके बिना उन्हें पुत्र प्राप्ति नहीं होगी।"

कामदेव हँसे। हाथ में मदनबाण और वसन्त का धनुष्य होते हुए उन्होंने आज तक इन्द्रदेव के सारे कार्य सफलतापूर्वक किये थे। इस समय भी उसने 'हाँ' कहा और अपना मदनबाण लेकर वसन्त के साथ शिवशंकर के तपस्यास्थल पर आया।

वह तपस्याभूमि तब वसन्तभूमि हो गयी। वसुन्धरा पर नवचैतन्य, यौवन का नव ज्वर प्रकट हुआ। तपस्या में मग्न शिवशंकर के मन में अचानक अस्वस्थता होने लगी। उन्हें अनुभव हुआ कि उनके वीतरागी मन में अनुराग ने प्रवेश किया है। ये कैसे हुआ? एक युग बीत गया था, जब उमा ने अपने दक्ष पिता के यज्ञकुण्ड

में स्वयं को समर्पित कर दिया था। अब भावनाएँ-संवेदनाएँ कैसे जाग्रत हो गयीं? अनजाने में ही उन्होंने नेत्र खोले। नवयौवना पार्वती जब हाथ में जल और पुष्प लिए दिखाई दी तो नवविकसित देह का अनुपम लावण्य देखकर वे विस्मित ही नहीं, अपितु अनुरक्त हो गये।

कालिदास के नेत्रों के सामने स्वर्गीय सौन्दर्य प्राप्त पार्वती खड़ी थी, उसके अंग-प्रत्यंग का वर्णन करते हुए वे उपमा दिये जा रहे थे, न तो उपमाएँ समाप्त हो रही थीं, न ही पार्वती का सौन्दर्य वर्णन। वे स्वयं ही अपने शब्दचातुर्य पर विस्मित हो रहे थे। आख़िरकार उन्होंने सौन्दर्य वर्णन रोक दिया, ऐसे सौन्दर्य से जो विचलित हो जायें वह शिवशंकर कैसे हो सकते हैं?

शिवशंकर ने देखा। मदन बाण हाथ में लिए कामदेव उन्हें दिखा और अनावर क्रोध से उन्होंने अपनी तपस्या भंग करने वाले मन्मथ को पलभर में ही अपने क्रोध से भस्म कर दिया। कामदेव की पत्नी मूर्च्छित हो गयी और देवलोक में भी शोक फैल गया। वसन्त भी दबे पाँव वापस चला गया। हिमकन्या को मूर्च्छितावस्था में हिमराज हिमालय ने इस तरह हलके से उठाया जैसे ऐरावत अपने मुख में कमल पुष्प ले जा रहा हो।

हिमालय के अपनी कन्या को अपने प्रासाद में ले जाने के बाद कालिदास की चिन्ता समाप्त हो गयी थी। कामदेव की पत्नी रति अभी मूर्च्छित थी। तीसरा सर्ग समाप्त हो गया था, परन्तु अब पूर्व दिशा हलके-हलके प्रकाशमान हो रही थी। नित्य नियमानुसार वे शुचिर्भूत होने के लिए क्षिप्रा तट पर गये। परन्तु वे अभी भी रति के बारे में चिन्तित थे। मूर्च्छा टूटने पर उसकी क्या अवस्था होगी, इस बारे में वे विचार कर रहे थे। और चौथा सर्ग आरम्भ हो गया, मानो वे लिखते ही रहे हों। रति को होश आ गया था। शिवशंकर की क्रोधाग्नि में कामदेव का निधन होने का समाचार उस तक पहुँच गया था, परन्तु अब उसका विलाप आरम्भ हो गया था। उसके विलाप का करुण स्वर प्रकृति के चेतन-अचेतन को आन्दोलित कर रहा था। तपोभूमि से चैतन्य खो गया। उसकी अवस्था दयनीय हो गयी। ऐसा क्यों हुआ? वह तो कामदेव की सखी, सहचरी, पत्नी थी। कभी किसी कारण से वह उस पर क्रोधित भी हुई होगी, परन्तु उसकी प्रीत सच्ची थी। हे प्रियतम, यह रति मदन के बिना कैसे रह सकेगी...तुम असत्य तो नहीं कह रहे थे कि मेरे जीवन के साथ एकरूप हो? अगर ऐसा होता, तो तुम जाओ और मैं रह जाऊँ, ऐसा कैसे हो सकता है? स्वयं को दोष देते हुए वह विलाप करती रही। अन्त में मदन का सखा वसन्त उसका सांत्वन करने आया।

पत्नी की अपेक्षा मित्र अधिक घनिष्ठ होता है। पत्नी से जो बात गुप्त रखी गयी हो, वह मित्र को ज्ञात होती है। वह वसन्त से कहती है, "आज तक मदन के बिना रति कभी थी ही नहीं। उसकी देह भस्मसात हो चुकी है, मेरा सिंगार व्यर्थ है। आज तक बितायी सहजीवन की रमणीय रातें मैं वापस नहीं ला सकती, इसलिए हे वसन्त, शृंगार रहित रति के, अब सती जाने की व्यवस्था करो। हे वसन्त, तुमने अनेक बार हमारी पुष्प शैया सजायी है, मदन की रति अब सती होने जा रही है, अत: उसकी काष्ठ शैया सजाओ। वसन्त उसका सांत्वन करने का प्रयत्न करता है, परन्तु वह कहती है, "चन्द्र के अस्त होने के बाद कौमुदी का अस्त होता है। मेघों के जाने के बाद सौदामिनी भी जाती है। उसी प्रकार मैं भी उसके पीछे अग्नि में प्रवेश करके जा रही हूँ। उसी समय आकाशवाणी होती है, "हे रति, तुम्हारे पति ने एक बार ब्रह्मदेव के मन में अपनी पुत्री के प्रति अभिलाषा, काम भाव निर्माण किया था, तब ब्रह्मदेव ने उसे शाप दिया था। वह भविष्यवाणी पूर्ण हुई, और तुम्हारा पति शिव-पार्वती के विवाह के अवसर पर पुन: जीवित होगा।"

कालिदास त्वरा से अपने कक्ष में आये, आज वे सूर्य को अर्घ्य देना भी भूल गये थे। सेवक ने उनके लिये दूध का पात्र भरकर उनके आसन के निकट रख दिया था। और अर्ध रात्रि को प्रज्वलित की गयी दीप ज्योति को वह अब शान्त कर रहा था। कालिदास को मन-ही-मन स्वयं पर आश्चर्य हो रहा था। उन्हें सुखद अनुभव हुआ कि वे इस 'कुमारसम्भव' में अनजाने ही उलझते जा रहे हैं।

आते ही उन्होंने आसन पर बैठकर लिखना आरम्भ किया। अब उनका ध्यान पार्वती पर था। वे पाँचवाँ सर्ग लिखने लगे।

तथा समक्षं दहता मनोभवं पिनाकिना भग्नमनोरथा सती।
निनिन्द रूपं हृदयेन पार्वती प्रियेषु सौभाग्यफला हि चारुता॥

शिवशंकर ने कामदेव को भस्म कर दिया अर्थात पार्वती के सारे मनोरथ ही विफल हो गये थे।

जब वह तपस्या करने के लिए निकली, तो उसकी माता मैना ने कहा,

"जब तुम्हें सारा ऐश्वर्य प्राप्त हो रहा है, तो क्या तुम्हारा कोमल शरीर निबिड़ अरण्य में कठोर तपस्या सहन कर पायेगा?"

परन्तु दृढ़ संकल्पित मन प्रवाह की भाँति गतिमान होता है। पर्वतराज हिमालय ने उसके निर्धार और संकल्प को देखकर अनुमति दी। अपनी गौरवर्णा गौरी को मयूरों के निवास वाली शिवशंकर की भूमि में स्थित अरण्य की ओर जाते देखा तो पिता के

नेत्र भर आये। सुकुमारी, गौरांगी, मृदुला, पर्वतकन्या पार्वती के राजकन्या के समस्त ऐश्वर्य को त्यागकर अरण्य में जाने का वर्णन कालिदास अति संवेदनशीलता से कर रहे थे। राजवस्त्र, राजऐश्वर्य, राजभोग, राजअधिकार...सब कुछ त्याग कर वह एक वज्र निर्धार से निकली थी। कठोर परीक्षा दे रही थी। जल, वायु, भूमि और ऋतुओं से संघर्ष कर रही थी, फिर भी शिवशंकर प्राप्त नहीं हो रहे थे। अब उसने जल और वायु का भक्षण करना आरम्भ कर दिया। इतना ही नहीं, ग्रीष्म में भी उसने अग्नि परीक्षा आरम्भ कर दी थी। बिना पलक झपकाये ग्रीष्म के सूर्य की ओर देखती रहती।

परन्तु प्रदीप्त सूर्य किरणों की ओर निरन्तर देखते रहने से उसके नेत्र आरक्त हो गये, उनके नीचे श्याम वलय प्रकट हो गये। वह वर्षा ऋतु की अविरत धाराओं के नीचे खड़ी रहती, पौष मास में अविरत तीव्र गति से बहते समीर के मध्य वह शीत जल में खड़ी रहती। हिमपात में उसका कृश शरीर कम्पित होता, परन्तु उसने अपनी निष्ठा और तपस्या छोड़ी नहीं थी। अनेक ऋषि-मुनि विस्मित होकर उसकी तपस्या को देख रहे थे। उसके लगाये अंकुर वृक्ष बनकर फूलों-फलों से लद गये। परन्तु उसकी मनोकामना का तो क्या, फूलने-फलने का भी नाम नहीं ले रही थी।

इसी समय एक युवा, तेजस्वी ब्रह्मचारी उस वन में आया। उसने पूछा, "तुमने मेरा गृहिणी की भाँति स्वागत किया। परन्तु तुम्हारे जैसी राजकन्या किस प्रयोजन से तपस्या कर रही है? ऐसी कौन सी वस्तु है, जो तुम्हें अप्राप्य है? तुम्हारे लिए कुछ भी असाध्य, असम्भव न होते हुए भी तुम ऐसी कठोर तपस्या किस उद्देश्य से कर रही हो? क्या उत्तम पति प्राप्त हो इसलिए तो यह तपस्या नहीं?"

उसकी सखी ने तत्क्षण उत्तर दिया, "उत्तम पति के लिए ही यह तपस्या है।"

"कौन-सा पति माँग रही है?"

"शिवशंकर", सखी ने तत्परता से उत्तर दिया।

ब्रह्मचारी मन-ही-मन हँसा। इससे पूर्व उसने पार्वती के निवास की, जल की, उसके द्वारा निर्माण किये गये उपवन की स्थिति के बारे में जानकारी प्राप्त की थी। इतना ही नहीं, उसने यहाँ तक कहा था कि अपनी तपस्या का आधा फल तुम्हें देता हूँ, परन्तु पति का नाम बताओ। 'शिवशंकर' का नाम सुनकर उस ब्रह्मचारी ने शिवशंकर की निन्दा करना आरम्भ कर दिया और कहा, "अमंगल और निकृष्ट वस्तु प्राप्त करने का तुम हठ करो, इसका आश्चर्य होता है।"

उस ब्रह्मचारी ने शिवशंकर के प्रति एक भी उत्तम शब्द नहीं कहा, इससे पार्वती दु:खी हो गयी, व्यथित हो गयी। स्वयं को सँभालते हुए उसने कहा, "आप अमंगल कहते हैं, परन्तु वह मंगल और अमंगल से भी परे देवात्मा है।"

जब ब्रह्मचारी ने उसकी आयु पूछी, तो पार्वती ने कहा, "उसकी आयु का किंचित भी विचार मेरे मन में नहीं है। अकिंचन प्रतीत होने वाले शिवशंकर अनन्य सिद्धिदाता हैं। वे सर्पमुण्डमाला धारण करते हैं, फिर भी उनकी देह के भस्म को शरीर पर लगाने से देवता भी धन्य हो जाते हैं। उनके कुल-गोत्र से, माता-पिता से मुझे कुछ भी लेना-देना नहीं है, क्योंकि विष्णुदेव और ब्रह्मदेव का कुल-गोत्र किसे ज्ञात है?"

पार्वती ने अपनी सखी से कहा कि उस ब्रह्मचारी से मौन धारण करने के लिए कहे। किसी की निन्दा करना योग्य नहीं है। इतना कहकर जैसे ही वह वहाँ से जाने लगी, तभी शिवशंकर ने अपना वास्तविक रूप प्रकट किया और उसका मार्ग रोका। ऐसा प्रतीत हुआ मानो जलप्रवाह से जाते हुए अचानक कोई पर्वत सम्मुख आ जाये और पल-भर को प्रवाह ही स्तम्भित हो जाये। उसने प्रत्यक्ष शिवशंकर को देखा और प्रसन्नता से हँसी। उन्होंने कहा, "हे सुन्दरी, हमें प्राप्त करने के लिए तुमने जिस अविचल निष्ठा से अथक परिश्रम किया, अगणित क्लेश सहन किये, उससे हम प्रसन्न हुए।"

कालिदास से लेखनी रख दी। पाँचवाँ सर्ग पूरा हो गया था। सेवक ने उन्हें गोरस पात्र दिया। और, उन्हें अचानक स्मरण हुआ राजसभा में जाने के समय के बारे में। उन्होंने तत्काल सम्राट चन्द्रगुप्त को एक सन्देशपत्र भेजा। उसमें उन्होंने विनती की कि यदि कुछ दिन सभा में उपस्थित न रह पायें, तो क्षमा करें, परन्तु यदि महत्त्वपूर्ण कार्य हो तो वे अवश्य उपस्थित रहेंगे। सन्देशपत्र लेकर सेवक चला गया।

मध्य रात्रि से वे निरन्तर लिख रहे थे। बीच में कुछ समय मंचक पर लेट गये थे। परन्तु जिस प्रकार अलकनन्दा के यौवन प्रवाह को थामना कठिन है, उसी प्रकार मन की शब्द सरिता को रोकना उनके लिए असम्भव था।

शिवशंकर ने पार्वती को विवाह के लिए सहमति दर्शायी थी। परन्तु विवाह होगा कैसे? शिवशंकर एकाकी, श्मशानवासी, नाते-रिश्तेदार बिल्कुल नहीं। पार्वती की इच्छानुसार शिवशंकर हिमालय कन्या को कन्यादान में माँगने वाले थे।

वे अपने स्थल वापस जाने ही वाले थे कि अत्यन्त तेजोमय सप्त ऋषियों को देखकर रुक गये। वशिष्ठ ऋषि पत्नी अरुन्धती सहित आये थे। उन्हें देखते ही विवाह करने की तीव्र इच्छा शिवशंकर के मन में जागी। उन्होंने अपनी कथा सुनाई। पार्वती की कथा भी सुनाई। उन्होंने सप्त ऋषियों से विनती की कि हिमालय की राज सभा में जाकर यह कहें कि पार्वती का कन्यादान करके उसे शिवशंकर को अर्पित करें। तब सामवेद के निर्माता ऋषियों ने कहा,

"मान्य है। हमारा स्थान चन्द्र-सूर्य से भी श्रेष्ठ है, परन्तु हे त्रिलोचन, आपने अपने हृदय में हमें जो श्रेष्ठ स्थान दिया है, उसके लिए हम आपके आभारी हैं। परन्तु आपके बारे में हम हिमालय से क्या कहें, यह आप हमें बतायें। आप सृष्टिकर्ता हैं, और संहारकर्ता भी।" शिवशंकर ने कहा, "जो उचित समझें, वह कथन करें, परन्तु वास्तव ही कथन करें।"

"सप्तर्षि, हिमालय नगाधिराज महाराज को भी इस बात की कल्पना दें कि हमारे मन में किसी भी प्रकार का स्वार्थ नहीं है। पृथ्वी, जल, अग्नि, वायु, आकाश, सूर्य, चन्द्रमा को भी यह ज्ञात है। परन्तु तारकासुर का वध करने के लिए देवताओं ने हमसे पुत्र की याचना की है...यह आपको भी ज्ञात है, अत:..."

"सत्य है, हम उचित और सत्य ही कथन करेंगे।" सप्तर्षि गन्धमादन के परिसर में आये और हिमालय की औषधि वनस्पतियों के उपवनों की वैभवशाली नगरी दिखाई दी। वहाँ से होते हुए वे भीतर गये, तब स्वत: हिमालय ने महारानी के साथ उनकी पाद्य पूजा की।

"आपके आगमन का यदि कोई विशेष प्रयोजन हो तो उसे हम अवश्य पूर्ण करेंगे।"

"राजश्रेष्ठ, शिवशंकर ने मस्तक पर गंगा धारण की है, यह आपको ज्ञात ही है। जो शिवशंकर अणिमा सहित अष्ट सिद्धि से युक्त हैं, पृथ्वी सहित अन्य लोकों के पालक हैं, प्रत्यक्ष कथन करें तो शिवशंकर को आप अपनी कन्या पार्वती दें, यह विनती करने के लिए हम आये हैं। ईश्वर-देवता अनेक हैं, परन्तु परमेश्वर केवल एक है, यह आप जानते ही हैं।" देवर्षि अंगिरस जब यह कथन कर रहे थे, तो मन में अत्यन्त प्रसन्न पार्वती क्या करें, यह न सूझने के कारण गुलाब पुष्पों की पंखुड़ियाँ विलग कर रही थीं।

अत्यन्त प्रसन्न होते हुए महाराज हिमालय ने पूछा, "मुहूर्त कब का रखें?" सप्तर्षियों ने शुभ योग देखकर तीन दिन पश्चात का मुहूर्त बताया।

अब शिवशंकर को तीन दिनों की अवधि अत्यन्त दीर्घ प्रतीत हो रही थी।

मध्याह्न का समय हो रहा था। कालिदास आसन पर बैठे थे। सेवक द्वारा रखा गया फलाहार उनकी प्रतीक्षा कर रहा था। परन्तु जैसे मोतियों की माला के खुल जाने पर मोती पटापट नीचे गिरते हैं, उसी प्रकार से मन से भी शब्द निकल-निकलकर भोजपत्र पर अवतरित हो रहे थे। अब तो कालिदास पार्वती और शिवशंकर के विवाह की अधीरता से प्रतीक्षा कर रहे थे। अनजाने ही सातवाँ सर्ग आरम्भ हो गया था।

सर्व-ग्रह शान्ति करने के बाद महाराज हिमालय ने नगर को सुशोभित किया। आप्तजनों को त्वरा से आमन्त्रित किया गया। अवधि कम होने से नगर में सब कुछ शीघ्रता से हो रहा था। राजमार्ग मन्दार पुष्पों से सुशोभित था। आप्तजनों ने पार्वती को आशीर्वाद सहित अनेक अलंकार दिये।

विवाह के समय तो पार्वती-त्रिलोकसुन्दरी ऐसी अनुपम प्रतीत हो रही थी कि उसका वर्णन करने के लिए कालिदास के पास शब्द ही नहीं थे। नेत्रों के सम्मुख स्वर्गीय देवता प्रकट हुए परन्तु पार्वती वर्णनातीत ही थी। फिर भी उन्होंने उसकी कमनीय देह को कैसे श्रृंगाररित किया इसका वर्णन कर रहे थे। रेशमी वस्त्रों में सालंकृत पार्वती को देखकर माता मैना भी अत्यधिक प्रसन्न थीं।

शिवशंकर ने सप्तर्षियों की पत्नियों को मातृका रूप में केवल स्पर्श मात्र से सभी श्रृंगार सामग्री उपलब्ध कर दी। जब वे स्वयं भी तैयार हुए तो ऐसा प्रतीत हो रहा था, मानो कोई अद्वितीय राजकुमार विवाह के लिए जा रहा हो। उनके द्वारा धारण किये चन्द्रमा का तेज मुखमण्डल पर था। जब वे विवाह के लिए शक्तिशाली वृषभ पर बैठकर निकले, तो ब्रह्मदेव से विष्णु और महेश विभक्त हुए। सभी देवतागण विवाह के लिए निकले। शिवशंकर की वेशभूषा राजसी थी।

स्त्रियाँ अपना रूप दर्पण में देखती हैं, परन्तु वीर्यवान पुरुष अपना रूप किसमें निहारें? क्षण-भर में कालिदास ने लिखा–शिवशंकर ने चमचमाते खड्ग में अपना रूप देखा। सभी देवताओं सहित शिवशंकर ने नगरी में प्रवेश किया, सभी नगरजन उन्हें देखने दौड़ पड़े। पार्वती तो गीले कुंकुम चरणों से उन्हें देखने के लिए गवाक्ष तक भागी। एक ही आँख में काजल डाले कई स्त्रियाँ बाहर आयीं।

कालिदास मन-ही-मन हँसे। अपने नेत्रों के सामने उन्हें नगरजनों की हड़बड़ाहट दिखाई दे रही थी। विवाह वेदी के पास शिवशंकर, पार्वती का आगमन हुआ। लज्जावती पार्वती और प्रत्यक्ष परमेश्वर का विवाह न भूतो, न भविष्यति ऐसा सम्पन्न हो रहा था। देवता, ऋषिगण, राजा, महाराजा, नगरवासी विशाल मण्डप में एकत्रित हुए थे। हरेक के मन में शिव-पार्वती को देखने की इच्छा थी।

पूर्णिमा के चन्द्रमा जैसा पार्वती का मुख कमल देखकर शिवशंकर के नेत्र मन-ही-मन प्रफुल्लित हो गये थे। और उनका मन जल की भाँति निर्मल हो गया था। मन्त्रोच्चारों के बीच विवाह विधि सम्पन्न हो रही थी। महाराज हिमालय ने पार्वती का हाथ शिवशंकर के हाथ में दिया और पार्वती को ऐसा अनुभव हुआ, मानो प्रत्यक्ष कामदेव ने दोनों हाथों को स्पर्श किया है। मन्त्रोच्चार रोकते हुए राजपुरोहित ने कहा, "हे कन्या,

वधूं द्विजः प्राह तवैष वत्से वह्निर्विवाहं प्रति पूर्वसाक्षी।
शिवेन भर्त्रा सह धर्मचर्या कार्या त्वया मुक्तविचारयेति ॥

अग्नि की साक्षी से अब विवाह सम्पन्न हुआ।"

उस किंचित हस्त स्पर्श से वह पुलकित हो उठी। अग्नि की साक्षी से हुआ विवाह नेत्रदीपक था। उन्होंने ब्रह्मा से आशीर्वाद लिया, लक्ष्मी ने उन्हें कमलपुष्प दिया जो जलबिन्दुओं से सुशोभित था।

विवाह सम्पन्न होने के पश्चात देवताओं ने उनसे कामदेव को सजीव करने की विनती की। शिवशंकर हँसे। उन्होंने देवताओं की विनती मान्य कर ली।

सर्ग समाप्त होने के बाद कामदेव को सजीव करने का स्मरण हुआ। स्वयं उन्हें ही आनन्द हुआ। लज्जावती, अनुपमसुन्दरी और शिवशंकर अब शय्यागृह की ओर निकले थे, अत: कामदेव की उपस्थिति नितान्त आवश्यक थी।

मध्याह्न हो चुकी थी। भोजन कक्ष की ओर न जाकर उन्होंने फलाहार करने का निश्चय किया। वस्तुत: भोजनकक्ष उनके कक्ष से लगा ही हुआ था, परन्तु उनका मन शिव-पार्वती की प्रथम रात्रि के शृंगार में मग्न था।

परन्तु उसी समय मध्याह्न के उपरान्त मनोरंजन सत्र में राज सभा में एक नर्तकी आयी थी। दक्षिण से सम्राट चन्द्रगुप्त के पास वह किस प्रयोजन से आयी थी, यह सूचित न करते हुए सेवक ने सन्देश दिया कि महाराज ने उन्हें आमन्त्रित किया है। कालिदास का मन शंकर-पार्वती के शय्यागृह में व्यस्त था। परन्तु उन्हें जाना पड़ा था। राजसभा में बिना पूर्व सूचना के आयी इस नर्तकी को केवल कुछ प्रश्नों के उत्तर चाहिए थे, अन्य कोई अभिलाषा नहीं थी। उसके प्रत्येक वाक्य में पदन्यास का निनाद था। वाणी में तर्कशुद्धता और लीनता थी। सम्राट उससे राजसेवा में रहने की इच्छा के बारे में पूछ रहे थे। परन्तु वह उत्तर नहीं दे रही थी। एक सखी के साथ वह दक्षिण से यात्रा करते हुए आयी थी। उसके आगमन का प्रयोजन स्पष्ट नहीं हुआ था। वह पूछ रही थी, "राष्ट्र संकल्पना क्या है? समाज परिवर्तन के लिए कितना समय लगेगा? क्या भविष्यवाणी सत्य होती है? शाप के लिए उ:शाप क्यों आवश्यक है? क्या पश्चात्ताप करने से अपराध क्षम्य हो जाता है? निराकार से साकार हुआ तो निराकार साकार क्यों नहीं है? मृत्यु का अर्थ क्या है? यदि जीवन-मृत्यु के ही अधीन है तो निर्मिति का प्रयोजन क्या है?" सभा में उपस्थित विद्वान अपने-अपने विचार से उत्तर दे रहे थे, परन्तु उसके मुख पर समाधान नहीं था।

सम्राट बार-बार पूछ रहे थे, "सुन्दरी, तुम्हारे आने का प्रयोजन क्या है?"

उसने प्रतिप्रश्न किया, "महाराज क्या प्रयोजन के बिना राजसभा में प्रवेश की अनुमति नहीं है? भौतिक किसे कहते हैं? अभौतिक का अर्थ क्या है? व्यवहार, व्यापार, कर्म, क्रिया, शब्द-व्याकरण का निश्चित अर्थ क्या है?"

सम्राट चन्द्रगुप्त ने अभी-अभी आसनस्थ हुए कालिदास की ओर देखा। सन्ध्या हो रही थी। योग्य उत्तर उसे नहीं मिला था, यह उसके मुख के भावों से स्पष्ट था।

"हे सुन्दरी, अब हम एक प्रश्न पूछते हैं। तुम्हारा नाम क्या है? कहाँ से और किसलिए आयी हो?" सम्राट ने फिर से पूछा।

वह हँसी। "मेरा नाम पूर्वा है, परन्तु मैं दक्षिण पथ की नर्तकी हूँ। मेरी अपनी नृत्यशाला है।"

"हमसे क्या अपेक्षित है?"

"जो भी माँग रही हूँ, उसका समाधानकारक उत्तर नहीं प्राप्त हो रहा है, तो धनसम्पदा से क्या प्राप्त होगा? महाराज, धन-सम्पत्ति अधिक मूल्यवान है अथवा मन:स्थिति? मन निराकार है, परन्तु भावनाओं को कृति की आवश्यकता क्यों है?"

अब तो कालिदास भी सम्भ्रमित हो गये। अन्त में राजसभा समाप्त करते हुए सम्राट चन्द्रगुप्त ने कहा, "हे नवयौवना पूर्वादेवी, अपने प्रश्नों के उत्तर प्राप्त होने तक आप राजप्रासाद के अतिथि कक्ष में वास्तव्य करें।"

सबके साथ कालिदास भी उठे। अपने गृह की ओर जाते हुए वह समझ नहीं पा रहे थे कि यह सालन्कृत, निर्भय, रति की प्रतिमा जैसी सरस्वती कन्या कौन हो सकती है? क्या हमने जो देखा, वह स्वप्न था या सत्य? कहीं हिमालय कन्या पार्वती स्वयं तो नहीं आ गयी? परन्तु यह सब वास्तव ही था।

अब वे मधुवन्ती के निवास पर जाने के लिए अश्वशाला से अश्व लेने के लिए निकले, तो देखा कि वह युवती सखियों के साथ उद्यान की ओर जा रही थी।

इसके पश्चात का मास भी ऐसे ही बीता, और एक दिन प्रात:काल में उन्होंने 'कुमारसम्भवं' का आठवां सर्ग लिखना आरम्भ किया। और, उन्हें प्रतीत हुआ कि प्रात:काल में हम मध्यरात्रि के शृंगार का वर्णन करने वाले हैं। इसे रात्रि में ही लिखना श्रेष्ठ होगा। परन्तु लेखनी को शब्दों का मोह इतना अनावर हो चला था कि लेखनी और शब्दों के सम्मिलन से साकार हो रही थी शिवशंकर और पार्वती के विवाह के पश्चात की प्रथम रात्रि।

नवविवाहिता और लज्जावती पार्वती और प्रौढ़, प्रगल्भ, अनुभूति प्राप्त शिवशंकर की प्रणय स्थिति का वर्णन करते हुए कालिदास को क्या लिखूँ, कितना लिखूँ, ऐसा हो रहा था। पर्वत की कगार से अपने सम्पूर्ण जलप्रवाह सहित गिर

रही चिर यौवना नर्मदा जैसी नवपरिणीता पार्वती और उस समूचे प्रवाह को अपने भीतर समा लेने वाला भव्य सागर–शिव शंकर। रति और मदन...तन से भी और मन से भी।

दिन, मास, वर्ष बीत रहे थे। प्रणय के रंग अधिकाधिक गहरा रहे थे। कालिदास ने प्रणय की सूक्ष्म छटाओं का भी वर्णन किया था, स्पर्श से अंग-प्रत्यंग के सुरीले संगीत का निनाद भी दर्शाया था। मानो कालिदास अखिल विश्व का सम्पूर्ण रति सुख उसे देना चाहते थे। काल कितना आगे निकल गया था, इसका दोनों को ही भान नहीं था।

इसके पश्चात वे विहार के लिए गन्धमादन पर्वत पर गये। सूर्योदय, सूर्यास्त, चंचल सरिता, हिमपात, हरियाली से सुशोभित प्रकृति के सान्निध्य में वे अपनी पर्णकुटी में प्रसन्नतापूर्वक सह जीवन व्यतीत कर रहे थे।

कालिदास ने सूर्यास्त और निसर्ग शोभा का वर्णन पार्वती के अंग-प्रत्यंग को ध्यान में रखते हुए किया। मन में जो पार्वती की छबि है, वही प्रकृति में भी दिखाई दे, ऐसा उनका भाव चित्र था। क्षण-भर को भी पार्वती शिवशंकर से दूर नहीं होती थी। वे उसे सदा प्रसन्न रखने का प्रयत्न करते। पल-भर को आयी उसकी अप्रसन्नता को दूर कराने के लिए भी गन्धमादन पर्वत की अधिष्ठात्री देवी सूर्यकान्त मोतियों से बनाये गये आसव को पात्र में लेकर आयी थी। अन्तत: उसकी अप्रसन्नता को दूर करने का लिए शिवशंकर स्वयं तत्पर हुए।

कालिदास अत्यन्त तन्मयता से शिव-पार्वती की रति क्रीड़ा का वर्णन कर रहे थे।

शिवशंकर और पार्वती के विवाह को एक शतक पूर्ण हो चुका था। अभी भी उन्हें समय का भान नहीं था। समय का भान उन्हें हो, इसलिए तत्काल नवम सर्ग लिखना अनिवार्य था।

नवम सर्ग के आरम्भ में जब वे दोनों रति क्रिया में निमग्न थे, तो एक कबूतर गवाक्ष से भीतर प्रवेश करता है। उसका स्वर बहुत मधुर था। वह उन्हीं दोनों के चारों ओर प्रदक्षिणा कर रहा था। कुछ ही क्षणों में शिवशंकर को ज्ञात हुआ कि इस पक्षी के रूप में अग्निदेव आये हैं। शिवशंकर का क्रोध अनावर हो गया, तो अग्निदेव ने कहा, "हे ईश्वर, देवता आपकी प्रतीक्षा में हैं। काल सौ वर्षों तक रुका रहा, अब यदि आप जागे तभी तीनों देवताओं का कार्य सुचारु रूप से पुन: आरम्भ होगा। तारकासुर का विनाश करने के लिए पुत्र का विचार करें!"

अकस्मात अग्नि देवता के आ जाने पर पार्वती ने स्वयं को सँभाला। उनके जाने के बाद शिवशंकर ने नखशिखान्त उसे सजाया।

इतने वर्षों तक रति क्रीड़ा से श्रमित शिव-पार्वती को देखकर पुष्प, लता, समीर, जल, आकाश ने बाहर निकलने पर उनका स्वागत किया। गन्धमादन पर्वत से वे दोनों कैलारा पर आये, जो स्फटिकमय था, और सभी ऋतुओं में तथा रात को भी चमकता था। वे अपने भवन में आये। रुद्र, गण, देवता, प्रकृति प्रसन्न हो गये, क्योंकि अब वे पुत्र जन्म के बारे में विचार करने वाले थे। कैलास गमन का नवम सर्ग समाप्त हो गया था।

रतिभंग करने के अपराध में पार्वती ने अग्निदेव को शाप दिया था। वे इन्द्र सभा में आये और सारी घटना सुनाई। इन्द्रदेव ने उन्हें स्पर्श किया, तो उनका शरीर जल रहा था।

सभी देवताओं के कहने पर अग्निदेव ने गंगा प्रवाह में जाकर अपना दाह शान्त होने तक स्नान किया।

गंगा अग्निदेव के स्पर्श से तप्त हो गयी। जलचर बाहर आ गये। आकाश गंगा भी तप्त हो गयी। आकाश में श्वेत उष्ण लहरें निर्मित हो गयीं। रति क्रीड़ा में विघ्न डालने के कारण उनके शरीर पर तप्त वीर्य बिखर गया था, उसी का यह परिणाम था।

वह वीर्य गंगा के प्रवाह में मिल गया। गंगा तप्त हो गयी। उस समय छह कृत्तिकाएँ स्नान हेतु गंगा जल में उतरी थीं। उनके मुखों में भी गंगा जल के साथ वह वीर्य गया और उन कृत्तिकाओं के उदर में गर्भ धारणा हो गयी। शिवशंकर के तेज को उन्होंने अनुभव किया, गर्भ को भी अनुभव किया। अब स्वगृह जाकर पतियों को क्या बतायें, इस भय से वे निकट ही सरकण्डे के वन में गयीं। यथावकाश पुत्र का जन्म होते ही, पुत्र का रक्षक ईश्वर है, ऐसा कहकर उन्होंने पुत्र को वहीं रख दिया। सहस्त्रों सूर्यों का तेज उस शिशु के मुख पर था। यहाँ कालिदास ने दशम सर्ग समाप्त किया।

कथा में अधिकाधिक उत्सुकता बढ़ रही थी। परन्तु उन्होंने निश्चय किया कि अब एक ही और सर्ग लिखकर उठेंगे।

उस नवजात शिशु के छह मुख थे। उस षडानन का गंगा ने साकार होकर पालन किया। कृत्तिका, प्रत्यक्ष अग्निदेव भी उसके दर्शन से मुग्ध हो गये। कृत्तिकाएँ पार्वती के पास गयीं। यह पुत्र किसका हो सकता है, यह बतायें, माता! तब वहाँ उपस्थित शिवशंकर ने कहा, "हे गौरांगी, यह तुम्हारा ही पुत्र है। उन्होंने सम्पूर्ण कथा सुनाई और कहा कि ऐसे तेजस्वी शिशु की तुम माता हो, उसका प्रतिपालन करो,"

पार्वती ने उस तेजस्वी बालक को हृदय से लगा लिया। देवताओं ने पुष्प वृष्टि की।

षडानन अब बोलने लगा, चलने लगा, दौड़ने लगा, नित नया हठ करने लगा। बैलों के सींगों को पकड़कर खींचने लगा, शिवशंकर के गले में पड़ी सर्पमाला में अपनी उँगली डालने लगा। केवल शिवशंकर-पार्वती ही नहीं, अपितु समूचा देवलोक उन बाल लीलाओं का आनन्द उठा रहा था। उन बाल लीलाओं का वर्णन करते हुए ग्यारहवां सर्ग समाप्त हुआ।

अब वे उठे। आज वे क्षिप्रा तट पर नहीं गये। अपने ही उपवन के झरने में उन्होंने स्नान किया और वे अपने भवन की ओर निकले। मार्ग में युवराज कुमार मिले, वे राजसभा की ओर जा रहे थे। वे बोले, "आजकल तात यहाँ हैं, इसलिए हम निश्चिन्त हैं। मगर तात कहते हैं, "वत्स, आपको राज्य भार सौंप कर हम निश्चिन्त हैं।"

"आप दोनों ही सत्य ही कह रहे हैं। पिछली बार जब वे मगध से विलम्ब से लौटे, तो राज प्रशासन इतना उत्तम चल रहा था कि ऐसा प्रतीत हो रहा था, मानो सम्राट चन्द्रगुप्त ही सारी व्यवस्था देख रहे हैं। कुमार, आप दोनों ही एक-दूसरे के पूरक हैं। और, महाराज अब आपके विवाह के सन्दर्भ में भी कह रहे थे। कौन है वह भाग्यवान युवती? क्या आपके मन में कोई है?"

"कालिदास महोदय, हम आपसे क्या छिपायें...आपकी गोद में बड़े होते हुए आप कब हमारे मित्र बन गये, पता ही नहीं चला। हमारे मन में है मगध के लोकपाल की कन्या गन्धवती, हमारे मन में है भगिनी प्रभावती की सखी-मदनिका। महोदय, आपके ही काव्य से, आपके सहवास से हम पुलकित हैं। अब यदि मन में सहस्त्र कन्याएँ भी हों, तो भी हम श्रीकृष्ण तो नहीं। हम पिताश्री की आज्ञा के बाहर नहीं हैं। हाल में आप किसी बात से परेशान हैं, या किसी कार्य में व्यस्त हैं?"

"आपको सत्य ही बताऊँगा। प्रभावती यहाँ आयी। अभी गर्भवती, वह दो मास बाद पुत्रवती होगी, उस सन्दर्भ में जब हम बहुत पहले केदारनाथ गये थे, उस यात्रा का स्मरण हो आया। और हमने कार्तिकेय–'कुमारसम्भवम्' इस काव्य का लेखन आरम्भ किया।

अभी तक पूर्ण नहीं हुआ है, कारण क्या है, समझ में नहीं आ रहा है।"

"क्या हम बाद में उसे पढ़ सकेंगे?"

"आपके जीवन में भी विवाह के पश्चात 'कुमारसम्भव' होने की स्थिति आयेगी, तब आप यह काव्य पढ़ें।"

"ऐसा क्यों?"

"कुछ प्रश्नों के उत्तर नहीं होते, युवराज।"

युवराज कुमार शीघ्रता से राजसभा की ओर गये और उतनी ही शीघ्रता से कालिदास प्रभावती के भवन की ओर चल पड़े। अभी तक महाराज रुद्रसेन अपने विदर्भ को वापस नहीं गये थे, परन्तु वे शीघ्र ही प्रस्थान करने वाले हैं, ऐसी वार्ता कालिदास को प्राप्त हुई थी। प्रभावती कुछ मास यहीं रहने वाली थी।

कालिदास अब शान्त मन से चल रहे थे। गर्भवती प्रभावती का तेजस्वी मुखमण्डल उनके नेत्रों के सामने साकार हो गया था।

राजसभा में नित्य नये आने वाले अतिथियों, योगियों से संवाद साधने का कार्य, उनकी उचित व्यवस्था करने का कार्य कालिदास ने स्वयं ही लिया था। इसमें अनेक दिन सहजता से व्यतीत हो जाते, परन्तु मन में काव्य प्रफुल्लित होता रहता।

कालिदास ने अनेक दिनों के पश्चात भोजपत्र हाथ में लिए। जब सम्राट चन्द्रगुप्त उज्जयिनी में होते तो अनेक विद्वानों, कलाकारों, संगीत-नृत्यकारों, प्रजा की समस्याओं आदि में समय फिसल जाता। प्रभावती के भी नित्य नये कार्यक्रम होते रहते–कभी वनविहार, कभी वनभोजन, कभी उपवन में हिंडोला तो कभी नौका विहार।

मगर आज उन्होंने दृढ़ निश्चय करके बारहवां सर्ग आरम्भ किया। पुलोमा की कन्या और इन्द्रदेव की पत्नी शची देवी इन्द्रदेव को बार-बार तारकासुर के अत्याचारों की क्रूर कथाएँ सुना रही थीं। अन्त में इन्द्रदेव मातलि के सारथ्य पर विश्वास करके कैलास पर्वत पर आये। फिर भी तारकासुर ने उनका मार्ग रोका। देवता भी भयभीत होकर उनके पीछे आये। सभी देवताओं ने बताया कि तारकासुर कितना उन्मत्त हो गया है। अब देवतागण और इन्द्रदेव शिवशंकर के आगे नतमस्तक हो गये थे।

"हे देवतागण, इतने पराक्रमी और शस्त्र-सज्ज होकर भी, मन्त्र सामर्थ्य होते हुए भी आप लोग ऐसे म्लान क्यों हो गये हो, जैसे तुषारपात होने पर कमल पुष्प म्लान हो जाता है?"

"हम स्वर्ग से निष्कासित हो गये हैं। तारकासुर ने स्वर्ग पर भी आक्रमण कर दिया है। इसलिए हम भयभीत होकर पृथ्वी पर रह रहे हैं। हे सर्वज्ञानी महादेवं यह तो आपको ज्ञात ही है। आपको यह भी ज्ञात है कि जब आपका पुत्र कार्तिकेय सेनापति होगा, तभी देवता हाथों में शस्त्र उठायेंगे। ब्रह्मदेव ने ऐसा कहा है, अत: कृपया अपने पुत्र को हमारा सेनापति होने के लिए प्रवृत्त करें।"

शिवशंकर को यह ज्ञात ही था, पुत्र के पराक्रम पर विश्वास भी था। उन्होंने कुमार कार्तिकेय को आमन्त्रित कर पूरी वार्ता सुनाई और युद्ध में सहायता करने की आज्ञा दी। कार्तिकेय ने सहर्ष उसे स्वीकार कर लिया। यहाँ पर बारहवां सर्ग पूर्ण हो गया था।

तेरहवें सर्ग के आरम्भ में कुमार कार्तिकेय अपने माता-पिता की चरण वन्दना करके स्वर्ग की ओर प्रस्थान करते हैं।

कार्तिकेय को सेनापति बनाकर देवता भी उनके पीछे-पीछे स्वर्ग को जाते हैं। तारकासुर आक्रमण की प्रतीक्षा में ही था।

कार्तिकेय विजय प्राप्त करेगा इस बारे में देवताओं को विश्वास ही था। क्योंकि इसी उद्‌देश्य से उनका जन्म हुआ था। अत: आठवें सर्ग के पश्चात कालिदास कथा पूर्ण करने के उद्‌देश्य से लिख रहे थे। युद्ध का वर्णन करने में उनकी रुचि नहीं थी।

आठवें सर्ग की वे पंक्तियाँ उन्हें याद आ रही थीं, जब शिवशंकर ने पार्वती को अपने आलिंगन से मुक्त करते हुए नेत्र खोले। उस समय अकस्मात किया गया निसर्ग का वर्णन–परन्तु अब युद्ध का वर्णन करते समय उन्हें अलंकारों, उपमाओं की कमी का अनुभव होने लगा। युद्ध में हुए रक्तपात का, संहार का, आवेश पूर्ण परस्पर युद्ध करते हुए मृत्युमार्ग को प्रस्थान करना–इसमें उन्हें रस नहीं था। शिव-पार्वती विवाह, गन्धमादन और कैलास की वह अनुपम, रमणीय भूमि और रक्तलांछित रणभूमि में आकाश-पाताल का अन्तर था। संवेदनशील, श्रृंगारी मन उस वास्तव को लिखना नहीं चाहता था।

और फिर तेरहवें सर्ग में कुमार कार्तिकेय का सेनापति के रूप में अभिषेक किया गया। चौदहवें सर्ग में देवसेन के साथ युद्ध भूमि पर प्रयाण करने का वास्तविक चित्रण किया। पन्द्रहवें सर्ग में तुमुल युद्ध का वास्तविक वर्णन किया।

तारकासुर की सेना का वर्णन करते हुए कालिदास ने लिखा, "कुमार कार्तिकेय को निमिष-भर में ही ज्ञात हो गया कि अपार सेना होते हुए भी उसमें वांछित सामर्थ्य नहीं है। वह सैन्य यमदेव को आमन्त्रित कर रहा था। अब कार्तिकेय के हाथों से किसी का भी जीवित रहना सम्भव नहीं था।

और अब सोलहवें सर्ग में आरम्भ हुआ सुर-असुरों के बीच भीषण युद्ध का प्रसंग। उसमें उन्होंने कभी-कभी अतिशयोक्ति अलंकार का प्रयोग भी किया।

दो सैनिकों के मस्तक बाण से छेदने के बाद वे मस्तक ऊपर आकाश में गये,

और उन्होंने नीचे की ओर झाँककर देखा कि उनके अपने देह हाथ में खड्ग लिए खड़े हैं।

सत्रहवें सर्ग में इन्द्र, कार्तिकेय, तारकासुर के बीच भीषण युद्ध दिखाया गया है। तारकासुर देवताओं द्वारा अवध्य, परन्तु मानव वंश के माध्यम से आये कार्तिकेय द्वारा वध्य था। परन्तु आयु से कुमार होने के कारण तारकासुर बार-बार उस पर व्यंग्य कर रहा था, उसे आह्वान दे रहा था। असुर सेना का नाश हो रहा था। देवता भी अपने-अपने शस्त्र लेकर युद्ध कर रहे थे।

सत्रहवां सर्ग लिखते समय कालिदास के मन में विचार आया कि, जो मानव के लिए असम्भव है, वह देवताओं के लिए सहज सम्भव है। उन्होंने ही किया विश्व का निर्माण, उन्होंने ही बताये ज्ञान-विज्ञान, शास्त्र, संशोधन, अध्यात्म, तपस्या के अर्थ। परन्तु क्या देवताओं में शौर्य का गुण नहीं है? क्या उनके पास सामर्थ्य नहीं? कैकेयी रथ की धुरी पकड़कर दशरथ की विजय प्राप्ति में सहायक हो सकती है, पुरुरवा, दुष्यन्त जैसे अनेक राजा देवताओं के साथ युद्ध में सहकार्य करते हैं। जिन्होंने शौर्य और सामर्थ्य के गुण दिये, वे ही देवता मानव के सहकार्य की अपेक्षा करते हैं।

वृद्धावस्था में पिता पुत्र के स्कन्ध का सहारा लेता है, क्या देवता अब वृद्ध हो गये हैं? वे स्वरक्षण भी क्यों नहीं कर सकते। कार्तिकेय युद्ध के प्रसंग तक यह विचार आज तक कभी मन में आया नहीं था। मगर अब कालिदास इस बारे में सोच रहे थे। शायद देवता हमारे जैसे रसिक, विलासी, गुण मण्डित होंगे। शायद युद्ध उन्हें प्रिय न होगा, बिल्कुल हमारे समान।

कालिदास मन-ही-मन हँसे। देवता और वे स्वयं भी विद्वान, गुणवान के रूप में नामांकित हैं, हम युद्धनीति का अध्ययन करते हैं, कभी-कभी मार्गदर्शन भी करते हैं। परन्तु प्रत्यक्ष युद्ध में जाना हमें मान्य ही नहीं है। वह हमारी वृत्ति नहीं, शायद देवताओं की भी न हो। बार-बार असुरों के आक्रमणों के चलते देवताओं की सेना प्रशिक्षित क्यों नहीं है? सबल क्यों नहीं है? यह प्रश्न भी उनके मन में उठा।

अब सत्रहवें सर्ग में कुमार कार्तिकेय ने देवताओं को विजय प्राप्त करवा दी है। कुमार की निर्मिति हो, वह तारकासुर का वध करे, तब तक देवता गुप्त रूप से पृथ्वी पर रहें, कैसी है देवताओं की यह स्थिति...और उसके द्वारा निर्मित मानव उनके सारे गुण लेकर स्वसामर्थ्य से विशेषत्व प्राप्त करता है।

अन्त में देव-मानव सम्बन्धों से उत्पन्न कार्तिकेय ने तारकासुर पर विजय प्राप्त की। इन्द्रदेव अपने आसन पर विराजमान हो गये। कार्तिकेय का सम्मान और सत्कार हुआ। यहाँ 'कुमारसम्भवं' की पूर्तता हुई।

कितने ही महीनों के लेखन के पश्चात काव्यग्रन्थ पूरा हुआ। वे प्रसन्न हो गये, और तभी सेवक आनन्द वार्ता लेकर आया,

"कालिदास महोदय, रानी प्रभावती देवी को पुत्ररत्न की प्राप्ति हुई है।"

इस वार्ता को सुनने के बाद कालिदास भोजपत्रों को रेशमी वस्त्र में बाँधकर शीघ्रता से राजप्रासाद की ओर निकले। वास्तविक अर्थों में कुमारसम्भव हुआ था। उनका आनन्द द्विगुणित हो गया था।

***

"महाराज, आज आप चिन्तित दिखाई दे रहे हैं!" अनेक मास बाद कालिदास और सम्राट चन्द्रगुप्त क्षिप्रा तट पर अपने प्रिय स्थान पर आये थे। दूर दिखाई दे रहा शिवशंकर का मन्दिर, वहाँ से आता हुआ घण्टा नाद और सामने क्षिप्रा का शान्त प्रवाह, उपवन से आता हुआ प्रसन्न समीर, उगता हुआ शीतल चन्द्रबिम्ब, धूसर वातावरण में क्रमश: धूसर से स्पष्ट होता हुआ। दोनों का यह प्रिय स्थान था, आज दोनों आये थे।

"चिन्तित होने जैसी घटनाएँ ही हो रही हैं। जीवन समर्पित करके इतना बड़ा साम्राज्य बनाया, सोचा था कि प्रजा सुखी रहेगी, परन्तु प्रत्येक राज्य में आवश्यक साधन उपलब्ध नहीं करा सके। मगध से आते हुए देखा कि कुछ सरिताएँ काफ़ी गति से प्रवाहित हो रही हैं, कुछ अन्य काल के प्रवाह में शुष्क हो गयी हैं। लोगों को कई-कई कोस दूर जाकर जलाशय से जल लाना पड़ता है। कितने ही ग्राम अविकसित है कि प्रत्येक ग्राम में स्त्री-पुरुषों को वस्त्रों का प्रयोग ही ज्ञात नहीं है। अन्धकार से गुज़रने वाला प्रकाश मार्ग अद्याप उन तक पहुँचा नहीं है।"

"इतने महान विस्तारित राज्य में इतने विकास कार्य करना आसान नहीं है।"

"निर्माण होने के बाद वहाँ की अगली पीढ़ी को सुरक्षा और पालन कार्य की ज़िम्मेदारी लेनी पड़ती है। परन्तु लोकपाल और वहाँ के स्थानीय अधिकारियों को इस बात का ज्ञान ही नहीं है, इस बात का दु:ख है, और..."

"और क्या?"

सम्राट चन्द्रगुप्त ने कुछ कहा नहीं, परन्तु उनके मुख पर चिन्ता के काले बादल छा गये थे। बलशाली, रूपवान, तेजस्वी और सामर्थ्यशाली, अखण्ड भारत के निर्माता, महान साम्राज्य के अधिकारी सम्राट चन्द्रगुप्त अब प्रौढ़त्व की ओर झुक रहे थे, अनेक युद्ध करके थक गये थे।

"जीवन के पूर्वार्ध में पिताश्री समुद्रगुप्त के साथ-साथ युद्धों में सहभागी हुए। अब, युद्ध समाप्त होंगे, यह मानते हुए, कितनी भी सुरक्षा व्यवस्था की जाये, शक और हूण बीच-बीच में आक्रमण कर ही रहे हैं। और यह सब ऐसे ही चलता रहेगा, यह हमने स्वीकार कर लिया है। परन्तु..." वे व्यथित हो गये थे।

"महाराज, आज तक हमें मित्र समझ कर आप हमसे सब कुछ कहते रहे। आज ऐसी क्या बात है, जिसे कहने में कठिनाई हो रही है..."

"प्रभावती का पहला पुत्र दामोदर अशक्त ही पैदा हुआ था। वह उसकी सेवा कर ही रही थी कि दूसरे पुत्र प्रवरसेन का जन्म हुआ।"

"महाराज, उस समय आप स्वयं गये थे। यहाँ आने के बाद रुद्रसेन के बारे में, प्रभावती के बारे में, दामोदरसेन, प्रवरसेन के बारे में बताया था। वहाँ की प्रशासनरीति, नीति, आतिथ्य, संस्कृति के बारे में बताया था। क्या विदर्भ पर किसी ने आक्रमण करने का प्रयत्न किया है?"

"नहीं, शालिवाहन की नागनिका महारानी के राज्य में जैसी शान्ति थी, वैसी शान्ति वहाँ है। परन्तु रुद्रसेन महाराज की अस्वस्थता का समाचार आया है। बात यह है कि सम्राट चन्द्रगुप्त प्रथम ने सत्रह महाजनपद और सोलह गणराज्यों को एकत्रित करके विराट एकसंघ राज्य का निर्माण किया था। उनके पश्चात हमारे पिताश्री ने और हमने मिलकर पच्चीस महाजनपद और सोलह गणराज्यों सहित शक, कुशाण, हूणों की भूमि पादाक्रान्त कर एकसंघ राज्य की स्थापना की थी।

और रुद्रसेन महाराज को वैवाहिक सम्बन्ध से जोड़ा। हम समझ रहे थे कि अब दक्षिण भाग निश्चिन्त हो गया है। परन्तु रुद्रसेन महाराज के स्वास्थ्य के बारे में सुनकर हमें चिन्ता हो रही है। यदि वह अकारण हुई, तो कोई समस्या ही नहीं, परन्तु हमारे मन में आशंका..."

"उन पर अनेक वैद्यकीय उपचार हो रहे होंगे। जलवायु परिवर्तन के लिए उन्हें यहाँ भी ला सकते हैं।"

"परन्तु पिछले तीन माह से वे राजसभा भी नहीं गये हैं। राजसभा में यदि राजा ही न हो तो...और दामोदरसेन तीन वर्ष के तथा प्रवरसेन एक वर्ष के हैं। इसलिए चिन्ता होती है।"

"महाराज, देखें, यदि सम्भव हो तो...युवराज कुमार अब उत्तम रीति से शासन करते हैं। आप महारानी के साथ विदर्भ जाकर आयें। हमारे विचार से यह उचित होगा। आप प्रवरसेन के जन्म के समय गये थे...इस समय भी आपका जाना उचित होगा।"

"आप उचित ही कह रहे हैं, परन्तु युवराज कुमार पर इतना कार्य भार..."

"महाराज, हम भी हैं। और कभी-कभी उन्हें भी अपने कर्तृत्व को दिखाने का अवसर देना चाहिए! आप निश्चिन्त होकर जायें।"

"मन में तो हमारे भी यही है। परन्तु, सम्राट को, वैसे कहें तो, कोई भी न्याय नहीं दे सकता।"

"इस निमित्त से महारानी को भी साथ ले जायें। महाराज, कुबेर नागादेवी हमेशा शान्त ही रहती हैं। वे पूरे तनमन से समर्पित हैं।

"सत्य है, कालिदास। अभी बहुत काम करना शेष है। महामार्ग अभी तक पूरे नहीं हुए हैं। जलवाहिनियों को पूरा करना है। व्यापारी केन्द्र वृद्धिंगत और विकसित करने हैं। आश्रमों को अधिक अनुदान देना है। प्रत्येक परिवार के कम से कम एक सदस्य के पास आर्थिक उत्पादन का व्यवसाय होना चाहिए। राजनर्तकियों को सम्मान, गणिकाओं को उत्कृष्ट स्थान चाहिए। यह सब अद्यापि शेष है। साहित्य शास्त्र, अर्थ शास्त्र, संशोधन शास्त्र, वैदिक साहित्य कोश का केन्द्र होना चाहिए, चित्रकला, शिल्पकला के लिए प्रशिक्षण केन्द्र..."

"महाराज, आप इतने पहलुओं से प्रजा का विचार करते हैं कि आश्चर्य होता है।"

"पिताश्री के काल में उन्हें जितना परिश्रम करना पड़ा, उतना हमें नहीं करना पड़ा। जब उत्तर भारत में कुषाणों की सत्ता आयी, तब सम्राट अशोक के समय एकसंघ हुआ भारत नहीं था। सुन्दरवन का मौखरी का राजा, मथुरा, विदिशा, पद्मावती, कान्तिपुर–ये नागराज्य थे। धनदेव कोसल का राजा था, तो कौशाम्बी में बृहत्स्वामीमित्र था। अयोध्या में विशाखादेव, तो दक्षिण भारत में वाकाटकों के राज्य में बाईस राज्य एकसंघ थे। राजस्थान में शिबी, तो वैशाली में लिच्छवी राज्य था। पूर्व भारत में नेपाल भी स्वतन्त्र राज्य था। मालवा, गुजरात, काठिवाड़, सिन्ध शक-क्षत्रपों के पास थे। राजकीय अस्थिरता थी।

पिताश्री ने उन्हें संगठित किया। स्वपराक्रमी से लेकर वे उत्तम शासक, कलाप्रेमी, साहित्यप्रेमी थे। वे स्वयं भी उत्तम गायक और वादक थे। सुवर्णकाल का आरम्भ तभी हुआ था।"

सम्राट चन्द्रगुप्त अपने पिता के बारे में अतीव श्रद्धा से बोल रहे थे।

"महाराज, उनके काल को आपने सुवर्णमण्डित किया। उसे नयी ऊर्जा और चैतन्य प्रदान किया, विकास किया। कभी-कभी ऐसा सोचते हैं कि सम्राट का पुत्र

हो तो ऐसा। और वैसे ही युवराज कुमार हैं। आप निश्चिन्त रहें।"

"हमारे विचार को आपने मान्यता दी..."

कालिदास खुलकर हँसे।

"महाराज, हम मान्यता देने वाले कौन होते हैं, आपके सेवक..."

"नहीं, कालिदास, आप हमारे अन्तरंग मित्र हैं। आयु में हमसे लगभग बीस वर्ष तो छोटे होंगे, परन्तु अन्तरंग मित्र हैं।"

उन्होंने अपना हाथ कालिदास के स्कन्ध पर रखा। दोनों ही भाव-विह्वल हो गये। बिना कुछ कहे दोनों उठे। दोनों ने मन्दिर के शिवशंकर को मन-ही-मन प्रणाम किया और दोनों अपने-अपने अश्वों की ओर मुड़े।

"आप रथ से नहीं आये, महाराज?"

"नहीं, आज सारथी के बिना आने का मन हुआ।"

दोनों अश्वारूढ़ होकर प्रासाद की ओर चले। रात्रि का प्रथम प्रहर आरम्भ हो चुका था।

***

भोजन के पश्चात फिर से अश्व पर सवार होकर मधुवन्ती के प्रासाद के समीप आये। मधुवन्ती अटारी में खड़ी थी। प्रकाशमान चन्द्रप्रभा में साक्षात गंगा स्त्री रूप में खड़ी है, ऐसा उन्हें प्रतीत हुआ। एकनिष्ठ, पतिव्रता, सेवाभावी, सुमधुरभाषिणी, सहचरी के रूप में भी वह उन्हें प्रिय थी। सम्राट चन्द्रगुप्त ने एक बार कहा भी था,

"कालिदास, उत्कट प्रीति करते हैं, उसका साहचर्य भी आपको स्वर्ग के समान प्रिय है, फिर भी उससे विवाह क्यों नहीं करते, ऐसा प्रश्न महारानी कुबेरनागा ने आपके बारे में हमसे पूछा, परन्तु आपसे वचनबद्ध होने के कारण हम उन्हें आपकी वेदवती, अथवा विद्वत्वती की कथा उन्हें सुना नहीं सके। यदि सुनाते, तो उन्होंने आपको शतमूर्ख कहा होता। और, कोई भी यही कहेगा न?"

"आप विलास मग्न भी हैं, कालिदास। उसने क्या किया होगा? कभी-कभी यह विचार भी मन में आता है। क्यों प्रश्न चिह्न निर्माण करते हैं, कालिदास? कहीं ऐसा तो नहीं कि आपको प्रणय तो चाहिए, मगर पारिवारिक बन्धन नहीं? मधुवन्ती से विवाह करने में आपको कौन सी समस्या है?"

कालिदास इस प्रश्न का उत्तर नहीं दे सके थे। परन्तु वेदवती मन से जाती नहीं थी। उसके द्वारा किये गये अपमान का शल्य अश्वत्थामा के लहूलुहान व्रण के समान उनके जीवन में था। और इस शल्य को मन में रखते हुए पग-पग पर उसका

स्मरण उन्हें स्वीकार्य नहीं था। हम कौन से कुल के हैं, यह शोध तो हमारे मन ने लगा ही लिया है। ज्ञान का अपमान, ज्ञान का अति अहंकार और 'अस्ति कश्चिद् वाग्विशेष:' ये शब्द प्रज्वलित शर के समान सीधे हृदय को जलाते है, तब 'नहीं चाहिए वह मधुवन्ती, नहीं चाहिए यह संसार', ऐसा क्रोध पल-भर को ही मन में टिकता है। अगले ही पल जिस तरह पूर्णिमा की रात को सागर उफनता है, उस तरह मन उछलता। परन्तु उसमें सागर और चन्द्रप्रभा की प्रीत और रीत नहीं थी। उसमें था सहअस्तित्व का संघर्ष, और यह संघर्ष स्वयं को सिद्ध करने के बाद ही समाप्त होने वाला था। अद्यापि ऐसा सम्भव नहीं हो पाया था।

प्रासाद के पास जब अश्व अपने आप रुका, तब उनकी विचारधारा खण्डित हुई। वे सीढ़ियाँ चढ़कर उसके दालान के पास वाली अटारी पर गये और पीछे से उसे आलिंगन में लिया। अचानक हुए इस आक्रमण से वह किसी लतिका जैसी कम्पित और भयभीत हो गयी, जिस पर वर्षा धाराएँ टूट पड़ी हों।

"स्वामी, अनेक दिनों बाद आये है! कहाँ थे, यह ज्ञात है। यहीं थे। परन्तु दिन विचार करने में और रातें अस्वस्थता में बीत रही थीं। सन्देश भेजकर आपको आमन्त्रित करें, यह हमारा स्वभाव नहीं है।"

वे उसे मंचक के निकट लाये। उसके सघन केशकलाप में हाथ फेरते हुए बोले, "हे गन्धवती, तुम हमारे जीवन का अविभाज्य अंग हो। हम कहीं भी और किसी अन्य गणिका के पास भी जायें, परन्तु तुम्हारा स्मरण रहता ही है। तुम अनन्य हो।"

"दूसरी गणिका के पास अवश्य जायें, स्वामी। आप प्रसन्न रहें। किसी भी प्रकार का शल्य मन में न रहे, यही हमारी निरन्तर इच्छा रहेगी। परन्तु आप किस गणिका के पास जाने वाले थे, स्वामी?"

"अनजाने में मुख से निकल गया। तुम क्या समझती हो?"

"विश्वास, केवल विश्वास। अन्धश्रद्धा नहीं, बल्कि साक्षात श्रद्धा। किसी अन्य स्त्री का विचार भी आप मन में नहीं ला सकते स्वामी, इसी एक विश्वास के सहारे हम आपकी प्रतीक्षा करते रहेंगे और जिस पल आप इस विश्व में नहीं रहेंगे, उसी पल हम भी अपनी जीवन यात्रा को पूर्ण विराम देंगे। हम आपसे पूर्व प्रस्थान न करें, ऐसी ईश्वर के चरणों में प्रार्थना है।"

"ऐसा क्यों?"

"क्योंकि, स्वामी आपसे हमारा विवाह नहीं हुआ है, अत: आप हमें मुखाग्नि नहीं दे सकेंगे। सत्य है ना?"

आते-आते ही उनके संवाद का परिचित स्वर खो गया था। जैसे अकारण ही कोई भैरवी गाये, वैसे सुर वातावरण को व्यथित कर रहे थे। कालिदास समझ गये। उन्होंने उसके आषाढ़-सावन से भर आये नेत्रों में देखते हुए पूछा,

"हम क्या लाये हैं तुम्हारे लिए? बताओ, प्रिये, क्या लाये होंगे?"

"हम क्या बतायें? आपका हृदय तो हमारे ही पास है। इतनी बहुमूल्य वस्तु पास में होते हुए बाकी सब शून्यवत ही है। स्वामी, हम निवेदन कर रहे थे, तो आपने विषय परिवर्तन कर दिया, इसका अर्थ हमने जो कुछ कहा, वह सत्य ही है न?"

"प्रिये, हम कौन-सा उपहार लाये हैं, यह पूछोगी नहीं?"

"क्योंकि हमें ज्ञात है। हीरे, मोती। सुवर्ण, इनसे भिन्न कस्तूरीगन्ध युक्त कोई काव्य रचना ही आप लाये हैं, स्वामी।"

कालिदास ने उसे दृढ़ आलिंगन में लिया। उसका विश्वास, उसका उन्हें जानना–उन्हें बहुत भाया। वे हौले से उसके कानों में बोले,

"प्रिये, तुम हमारी देह की अनेक रेखाओं से परिचित हो, और निराकार मन की अनेक सूक्ष्म रेखाओं से भी परिचित हो। इतना समरस होना उचित नहीं...कहीं विरह की स्थिति आयी तो..."

"तुम्हारे नाम की माला जपूँगी, स्वामी, और अखिल विश्व में कहीं भी हों, आप ईश्वर की भाँति आयेंगे। हमारे बिना आप रह ही नहीं सकते, यह विश्वास है। अब बतायें क्या लाये हैं?"

"अश्व पर ही रह गया," कालिदास ने कहा और मधुवन्ती ने सेवक को उसे लाने के लिए कहा।

भोजन होने के कारण कालिदास निश्चिन्त थे। उन्होंने सहजता से पूछा, 'सखे, भोजन हो गया?"

उसने 'ना' कहा।

"क्यों? समय का ध्यान रख कर भोजन तो करना चाहिए।"

"आर्य, यदि आप आते हैं, तभी हम रात्रि का भोजन करते हैं। अन्यथा, प्रतीक्षा समाप्त होने पर मंचक पर लेट कर नक्षत्रों की ओर देखते हुए निद्रिस्त हो जाते हैं।"

"यह ठीक नहीं है, मधुवन्ती।"

वे उठे। भोजन कक्ष में गये और सोने के थाल में उसके लिए भोजन लेकर आये। उनके हाथ से एक-एक ग्रास खाते हुए उसके नेत्र भर आये।

"प्रिये, सँभालो उन अश्रुओं को और हमें वचन दो कि हम आयें अथवा ना

आयें, भोजन समय पर ही करोगी। इस अन्न की सौगन्ध है।" उसने अश्रुपूर्ण नेत्रों से उनकी ओर देखा, वे भी अत्यन्त स्नेह से उसकी ओर ही देख रहे थे।

सेवक भोजपत्रों का संग्रह लेकर आया। वह आश्चर्य से भोजपत्रों की राशि को देख रही थी। "स्वामी, इतना सारा क्या लिखा है?"

"कुमारसम्भवं।"

"किसकी कुमार सम्भव स्थिति के बारे में लिखा है?"

"होता ये है कि कुछ स्मरण करने के लिए किसी निमित्त की आवश्यकता होती है। एक बार अलकनन्दा का प्रवाह गोमुख से बाहर निकला कि सृष्टि का लावण्य, घटनाओं के कल्पित नक्षत्र, वास्तविकता की भूमि, और अर्थ तथा आशय की सम्पन्न मालिका लेकर इतने रास्तों से, इतने मोड़ों से अग्रसर होता है कि गंगासागर से मिलते हुए वह अलकनन्दा, मन्दाकिनी नहीं, अपितु काल-प्रदेश की विविध घटनाओं को अनुभव करती प्रगल्भ गंगा माता हो जाती है। स्त्री के अनेक रूपों के समान साहित्य के विविध रूप एकत्रित होकर देवी सरस्वती के चरणों में नत मस्तक हो जाते हैं।"

कालिदास जब इस तरह बोलते, तो वह तन्मयता से सुनती रहती। मौन हो जाती। परन्तु आज उसने पूछ लिया, "यह कल्पना कहाँ से प्राप्त हुई?"

"रानी प्रभावती से। वे गर्भवती हैं। वाकाटक राज्य को उत्तराधिकारी चाहिए। कन्या भी उन्हें अधिक प्रिय है। अर्थात कुमार या कुमारी सम्भव निश्चित है। यहाँ से कुमार कार्तिकेय के जन्म का स्मरण हुआ। और शंकर-पार्वती के विवाह का स्मरण हुआ।"

"परन्तु एक बात मन में खटक रही है। शिव-पार्वती के विवाह के पश्चात गन्धमादन और कैलास पर्वत पर उनके शृंगार का जो वर्णन हमने किया है, वह करना चाहिए अथवा नहीं, इस बारे में सम्भ्रम है। इसलिए वाचनार्थ यह ग्रन्थ लाये हैं।"

"इस बारे में हम क्या कहेंगे? परन्तु शिवशंकर-पार्वती को हम देवता मानते हैं, ऐसी स्थिति में..."

"सभी गुणों का आधिक्य है ईश्वर, जबकि काम एवं शृंगार विश्व का सम्पूर्ण सत्य है और सृष्टि का रहस्य भी उसमें है। वहीं से कार्तिकेय का जन्म हुआ, यह भी सत्य है। स्त्री-पुरुष आ।कर्षण देवताओं को भी है ही न?"

"फिर भी..." उसने कहा।

"श्रीकृष्ण-राधा की प्रेम कथा से हमें क्या प्रतीत होता है?"

"नवधा भक्ति", उसने तत्काल उत्तर दिया। कालिदास चकित हो गये।

"तुमने इतना सब कब पढ़ा?"

"हम कुछ काल के लिए काशी के आश्रम में थे। तब हम गुरु के आश्रम में जाया करते थे। गुरु के लिए सभी शिष्य समान थे। उस समय उन्होंने राधा-कृष्ण की मधुरा भक्ति का एक दृष्टान्त प्रस्तुत किया था। वह आदर्श होने के कारण उसमें शृंगार नहीं था। उसमें था विश्वास भाव, सत्य और शाश्वत प्रीति भाव, सामंजस्य और एकनिष्ठता। हमने कब से मन में संकल्प कर लिया–राधा होने का। हमारी माता काशी नरेश के राजभवन में नर्तकी थी। फिर हम उसी मार्ग पर चल पड़े। हमारी सखी के साथ सम्राट चन्द्रगुप्त की नगरी में प्रवेश किया। यहाँ गणिकाओं, कलाकारों को प्रतिष्ठा प्राप्त थी। यहीं वास्तव्य कर लिया।"

"कभी विवाह करने की इच्छा नहीं हुई?"

"कभी-कभी इच्छा तो होती थी, परन्तु विवाह योग्य व्यक्ति ढूँढ़ने वाला इस दुनिया में कोई नहीं था। अब पिता बाढ़ में गुज़र गये। हमारी दुनिया समाप्त हो गयी। और कैसे करें अर्थार्जन और कैसे प्राप्त हो किसी का साथ, यह विचार करते हुए एक युवक जीवन में आया, फिर दूसरा...तीसरा...गणिका होना सरल है, यह समझ में आ गया...फिर एक दिन आप जीवन में आये, और हम राधा हो गये। एकनिष्ठ होने का, पतिव्रता होने का भाग्य नहीं था, परन्तु राधा होना सम्भव था। अब, यदि हम राधा और आप श्रीकृष्ण हुए और कोई हमारी शृंगार कथाएँ लिखे तो?"

" 'काम'-जीवन है, 'काम'-शास्त्र है, 'काम'–जीवन का आनन्द है। यदि शिवशंकर ने उसका अधिक उपभोग किया तो उसमें अयोग्य क्या है, प्रिये?"

वह मौन हो गयी। समझ नहीं पायी कि क्या उत्तर दे।

"अब रहने दो। पहले तुम पढ़ो, तभी उचित परिवर्तन करेंगे।"

"आर्य, क्या आप काशी गये थे?"

"बिल्कुल गये थे", परन्तु उन्होंने आगे कुछ नहीं कहा, क्योंकि उन्हें स्मरण हुआ कि सरस्वती आश्रम से नौका से सारनाथ जाते हुए काशी गये थे।

"हमें काशी के घाटों पर जाना प्रिय था, बल्कि जिस भूमि पर हमारा जन्म हुआ उसके बारे में ज्ञान प्राप्त करके अधिक आनन्द प्राप्त हुआ।"

"ऐसा क्या है उस भूमि में?"

"शिवशंकर ने भूमि पर अपना निवास स्थान बनाया तो काशी में।

भारत नामक महापुरुष के दो हाथ हैं–पूर्व एवं पश्चिम दिशा, मस्तक–हिमालय और चरण–कन्याकुमारी। इस भारत का हृदय है–काशी। 'असि' और 'वरुणा' मिलकर बनी–वाराणसी, यह काशी।"

"विद्यादान का वैदिक ज्ञान केन्द्र है काशी। भारत के अनेक उपज्ञान केन्द्र जिससे जुड़े–उसी काशी से। ऋग्वेद में भी 'काशी' शब्द का उल्लेख 'काशिका' अर्थात 'प्रकाश से परिपूर्ण'-इस रूप में हुआ है। 'अविमुक्ता'–इस सन्दर्भ में भी काशी का उल्लेख हुआ है। शिवशंकर इस भूमि को छोड़कर नहीं जाते–वही है ये काशी।"

विद्वत्वती के समान, सरस्वती देवी के समान वह कह रही थी। अपनी भूमि के बारे में आत्मीयता से, अभिमान से। वे उसके मुख की ओर देख रहे थे। काशी महाजनपद था चन्द्रगुप्त मौर्य के काल में। वैदिक काल से लेकर आज तक गंगा, काशी और विश्वेश्वर का महत्त्व तो है ही।

"अथर्ववेद की पिप्पलाद संहिता में, तो शुक्ल यजुर्वेद की शतपथ ब्राह्मण संहिता में इनका उल्लेख है। काशी नरेश द्वारा धृतराष्ट्र को पराजित करने का उल्लेख है। सुग्रीव जब सीता जी की खोज में हनुमान और उनकी वानर सेना को भेज रहे थे, तो कोसल और कोशल इन जनपदों की जानकारी दी थी।"

"महाभारत में शान्तनु और गंगापुत्र भीष्म अपने बन्धु के लिए काशी नरेश की पुत्रियों–अम्बा, अम्बिका, अम्बालिका को लेकर जाता है। भीष्म का शिखण्डी के हाथों पराजय होने का भी उल्लेख है।"

"गौतम बुद्ध की 'जातक कथा' में काशी का उल्लेख है। काशी के निकट ही सारनाथ में पाँच विद्वान पण्डितों को उपदेश देते हुए अपना पहला प्रवचन दिया था। तत्पश्चात जैन और बौद्ध विद्यार्थी काशी आते रहे। मगध राज और वर्तमान में सम्राट चन्द्रगुप्त का काशी नगरी को उन्नत करने में सहकार्य है। ऐसी है हमारी जन्मभूमि काशी–पवित्र, रमणीय, शान्त..."

वह रुकी, फिर भी कालिदास उसके मुख की ओर देखते रहे। काशी के प्रति अपनेपन की भावना से वह मन्त्रमुग्ध हो गयी थी।

"प्रिये, कैसी स्नेहपूर्ण जानकारी दी काशी की! दशाश्वमेध घाट, मणिकर्णिका घाट, हरिश्चन्द्र घाट की कथाएँ भी उस भूमि से सम्बन्धित हैं। हरिश्चन्द्र घाट की दहकती श्मशान भूमि, दूसरी ओर हो रही गंगा-आरती, अग्नि के दो रूप–गंगाजल में प्रतिबिम्बित होते हुए; सजीवता और निर्जीवता का रूप भी सम्मुख आया। काशी में हम कुछ ही दिन थे। परन्तु मन विचलित था। सामने अपार गंगा

का जीवन-प्रवाह था, कहाँ जायें, क्या करें, कुछ भी निश्चित नहीं था, अन्त में पहुँच गये उज्जयिनी।"

"हमारे ही लिए। संयोग से ही जुड़ते हैं स्नेह सम्बन्ध। वैसा ही हुआ।"

आधी रात होने को थी। आधी रात अभी शेष थी। वे मन-ही-मन हँसे। ईश्वर की ही सारी योजना है, अन्यथा हम यहाँ क्यों आते...वह सम्राट चन्द्रगुप्त के बारे में पूछ रही थी।

"महाराज रुद्रसेन की प्रकृति अद्याप ठीक नहीं है। महाराज अब विदर्भ जाने वाले हैं। उनका जाना उचित ही है। दो पुत्रों और महाराज रुद्रसेन की देखभाल करते हुए प्रभावती को स्नेह की आवश्यकता होगी ना?"

"स्वामी, बस एक ही कमी है,"

"क्या ?"

"आप हमें एक पुत्र प्रदान करें। आज तक आपसे कुछ नहीं माँगा। अब दूसरी बात," कालिदास मन-ही-मन गम्भीर हो गये, परन्तु प्रत्यक्ष में उन्होंने हँसते हुए पूछा, "कैकेयी के समान दो वर तो नहीं ना माँगोगी? अर्थात एक वर से पुत्र प्राप्ति, और दूसरे से कालिदास की गच्छन्ति, ऐसा तो नहीं है ना? मधुवन्ती, हम अवश्य पुत्र की अनुमति देंगे, परन्तु कुछ समय बीतने दो। हम तुमसे अवश्य विवाह करेंगे और तुन्हें कन्या अथवा पुत्र देंगे।"

"परन्तु ऐसा क्या कारण है कि आप आज ना कह रहे हैं?"

"हमने अपने मन में एक व्रत किया है। समय आने पर तुम्हें अवश्य बतायेंगे। मधुवन्ती, हम चार विवाह भी कर सकते हैं। बहुपत्नीत्व की अनुमति तो है, परन्तु हमें वह भी करना नहीं है। अभी हम वचनबद्ध हैं तुम्हारे प्रति। परन्तु वह समय कब आयेगा, यह हम नहीं बता पायेंगे।"

मधुवन्ती ऐसी आश्वस्त हो गयी थी, जैसे अशोक वृक्ष के कन्धे पर माधवी लता निश्चिन्त हो। पौर्णिमा के चन्द्रमा का शीतल प्रकाश उसके मुख पर था। लज्जा से नेत्र मूँदे वह लज्जावती कमलिनी की भाँति प्रतीत हो रही थी।

कालिदास के मन में उसके प्रति अपार स्नेह जागा। उन्होंने अत्यन्त स्नेह से उसे अपने निकट लिया। मातृसुख से वंचित मधुवन्ती का जो रूप वे आज देख रहे थे, वैसा उन्होंने आज तक नहीं देखा था। उनके नेत्रों के सम्मुख लज्जावती शकुन्तला साकार हो उठी। दुष्यन्त ने उसके साथ कम से कम गन्धर्व विवाह तो किया था, हमने?

पल-भर के लिए कालिदास विचलित हो गये, परन्तु अगले ही क्षण उन्होंने अपना सांत्वन किया। एक बार वेदवती के पास जाना है। वह अभी तक मन में थी।

उसे दूर किये बिना मधुवन्ती तन मन में नहीं रह सकती थी। और मन से वेदवती को हटाना कम से कम आज तो सम्भव नहीं था।

रात बहार पर थी, परन्तु आज दोनों ही शान्त थे।

***

'अखण्ड भारत के पुरस्कर्ता, हिन्दू धर्म–संस्कृति उपासक सम्राट चन्द्रगुप्त की सेवा में विनम्र प्रणाम।

आज प्रात:काल हम महिष्मति नगरी में आये। लोकपाल चन्द्रदेव ने हमारी उत्तम व्यवस्था की, इससे भी अधिक यह अनुभव हुआ कि चन्द्रदेव ने अपनी इस नगरी को सुव्यवस्थित, सुसंगठित रखा है। इस नगरी की ऐतिहासिक, पौराणिक पार्श्वभूमि है। इसे ध्यान में रखते हुए यहाँ मन्दिरों का, अभ्यास भवनों का निर्माण किया गया है। यहाँ के लोग गतिशील हैं। अत्यन्त सुन्दर कलाकारी कर उन्होंने अपनी गृह रचना की है। आदरातिथ्य और स्वागत यहाँ की विशेषता है। यहाँ की निर्मित अनेक वस्तुएँ विदर्भ और दक्षिण में भेजी जाती हैं। व्यापार के क्रय-विक्रय केन्द्र तो इतने अधिक हैं कि देखकर आश्चर्य हुआ। यहाँ के लोग उत्साही हैं और अलंकार मण्डित युवतियाँ तो सौदामिनी के समान चंचल हैं।

दो दिन यहाँ रहकर हम विदर्भ की ओर जा रहे हैं। हमारे साथ विश्वासपात्र दूत और थोड़ी सी सेना है, आप निश्चिन्त रहें।'

कालिदास ने लिखे हुए पत्र को वैसा ही रखा और दो दिन बाद विदर्भ में प्रवेश करके अमरावती पहुँचे। महाभारत काल में स्वयं पत्र लिखकर विवाह प्रस्ताव भेजने वाली स्वयंसिद्धा रुक्मिणी का स्मरण हो आया। वे अम्बा माता के मन्दिर में गये। यहीं से तो देवी के दर्शन के लिए आने का संकेत भेजकर श्रीकृष्ण को आमन्त्रित किया था। लोकनेता, द्वारकाधीश श्रीकृष्ण तब तक उसे जानते भी नहीं थे। परन्तु एक कन्या प्रेम करती है, पिता द्वारा निश्चित किया गया विवाह वह अमान्य करती है, और धैर्य तथा विश्वासपूर्वक इतनी दूर पत्र लिखती है, यह कल्पना ही कालिदास को मन्त्रमुग्ध करने वाली थी।

कैसे हैं ये प्रेम बन्धन! जिससे केवल चित्र द्वारा ही परिचय है, जिसके शौर्य का डंका चारों और गूँज रहा है, जिससे पिता और बन्धु का बैर है, उस श्रीकृष्ण को सिर्फ़ पत्र से आवाज़ दी, और उसे भी लोक सम्राट श्रीकृष्ण ने सुन लिया! सभी कुछ कल्पनातीत, अगम्य प्रतीत हुआ उन्हें, परन्तु सब सत्य था। ऐसा भी घटित हो सकता है, इसका उन्हें आश्चर्य हो रहा था। कालिदास पहले महाराज रुद्रसेन और उनकी

नगरी देखने आये थे। परन्तु तब का अपरिचित निसर्ग अब उन्हें परिचित प्रतीत हो रहा था, और प्रवेश करते ही स्वागत करने वाला विदर्भ भी।

अम्बा माता के मन्दिर में पण्डित हरिप्रसाद बता रहे थे, "महाराज, यहाँ अत्यधिक दर्भ होने से यह विपुल दर्भ वाला अर्थात 'विदर्भ' है। यहाँ के नरेश विदर्भ राज प्राचीन काल के हैं। रामायण में जिसका उल्लेख है, इतना प्राचीन है यह प्रदेश। रामायण में जब श्रीराम सीता जी को पुष्पक विमान से अयोध्या वापस ले जाते हुए कहते हैं, 'जिस प्रदेश से विमान जा रहा है, वह सामने है, विदर्भ नगरी।'

विदर्भ की भूमि अनुपम लावण्यवती, उपजाऊ, फलों-फूलों से लदी हुई। वसुन्धरा ने यहाँ काला दुशाला ओढ़ा है। अनेक सर-सरिताएँ, अरण्य प्रदेश, निरभ्र रातें और सुरम्य प्रात:काल। रसिका, यौवना है यह विदर्भ भूमि। जलधाराओं में भीगने वाली, ग्रीष्म की लपटों में संयमित रहकर कृष्ण मेघों की प्रतीक्षा करने वाली। धनधान्य से समृद्ध, आतिथ्य से ओत-प्रोत, स्वागत सिद्ध, प्रौढ़-प्रगल्भ लोकमाता भी है यह विदर्भ भूमि।

पण्डित हरिप्रसाद काशी से इस मन्दिर में आये थे। उन्हें विदर्भ भूमि प्रिय हुई, अत: उन्होंने यहीं वास्तव्य कर लिया। और वे विदर्भ के बारे में दिल खोलकर बता रहे थे।

प्राचीन परम्पराओं से, रीति-नीति से, संस्कार साधनों से, संस्कृति से और विपुल साहित्य सम्पदा से अर्थगर्भ हुई यह ऋषि-मुनियों की उपासना भूमि है। भारत माता के नवरत्नों के कण्ठहार का कौस्तुभ मणि अर्थात विदर्भ भूमि।

रामायण काल से पूर्व भी विदर्भ भूमि प्रतिष्ठित थी। अनार्यों, नागलोकों और आदिवासियों का यह वसति स्थान था। अरण्य से समृद्ध है यह हरित भूमि। इसलिए श्रीराम ने दण्डकारण्य में प्रवेश करने से पूर्व यहाँ वास्तव्य किया था–वह स्थान है रामगिरि।

आगे चलकर आर्यों ने दक्षिण भारत में प्रवेश किया, और आर्य-अनार्य सम्मिश्र संस्कृति का उदय हुआ। प्राचीनतम विकास का पहला चरण रखा अगस्त्य मुनि ने। उत्तर से विन्ध्य पर्वत पार कर उन्होंने उत्तर-दक्षिण मार्ग प्रारम्भ किया। दक्षिण पथ में क्रान्ति का समीर प्रवाहित होने लगा। अस्त्र, शस्त्र, वस्त्र, धनधान्य, शास्त्रविद्या, मन्त्रों के कारण पहले से ही सुजलाम्, सुफलाम् विदर्भ भूमि को प्रतिष्ठित स्थान प्राप्त हुआ।"

"पण्डित हरिप्रसाद, आपको विदर्भ कितना प्रिय है, यह अब समझ में आया।"

"महोदय, यदि श्रवण करने वाला अभ्यासक श्रोता हो, तो प्रत्येक शब्द शीघ्रता

से आता है। कितना कथन करें, इसका भान ही नहीं रहता, क्षमा करें..." वे दोनों हाथ जोड़ते हुए बोले। कालिदास ने उनके दोनों हाथ अपने हाथों में लिये और बोले,

"पण्डित हरिप्रसाद, आप कथन करें। हम सम्राट चन्द्रगुप्त को पत्र लिख ही रहे हैं, अब उन्हें भी अपनी कन्या के विदर्भ में होने का अभिमान होगा।"

दोनों मन्दिर की सीढ़ियों पर बैठे।

"किसी भी समाज का इतिहास प्राय: राजकीय घटनाओं से आरम्भ होता है, परन्तु विदर्भ में वह आदिवैदिक संस्कृति, आर्य-अनार्य संस्कृति के मेल से बना है। आगे चलकर भोजवंशीय नामक क्षत्रिय राजा के नाम से विदर्भ परिचित हुआ। ऋषभदेव नामक सम्राट ने अपने साम्राज्य को नौ पुत्रों में विभाजित किया, जिनमें विदर्भ नामक पुत्र को विदर्भ की भूमि दी गयी।

विदर्भ की कई पीढ़ियों बाद भीम राजा बना। उसका पुत्र दक्ष, फिर एक के बाद एक बृहद्भान, हलधर, सुधील, पद्माकर, रिपुमर्दन, चित्रसेन, भीम, रुक्मांगद और भीम–दमयन्ती के पिता और फिर इन्दुमती का भाई भोज प्रथम। इस भोज वंश में दो शूरवीर क्रथ-कौशिक हुए। क्रथ का पुत्र अंशुमन, तो कौशिक का पुत्र भीष्मक, भीष्मक का पुत्र रुक्मी, रुक्मी की भगिनी–रुक्मिणी।"

"पण्डित हरिप्रसाद, आपने इतनी जानकारी..."

"उसमें आश्चर्य की कोई बात नहीं, महाशय। एक बार पढ़ने से मुझे सब याद हो जाता है। यह ईश्वरीय कृपा है। अनेक वर्ष अध्ययन करने वाले विद्यार्थी होते हैं, मैं एकपाठी, इसलिए 'घनपाठी' हूँ। मेरे आचार्य मुझे 'बहुघनपाठी' कहते थे।"

"उसके बाद क्या हुआ विदर्भ में?"

"विदर्भ का प्रथम ज्ञात राजवंश था सातवाहन अथवा शालिवाहन वंश। उसमें 33 राजा हुए। दीर्घकाल तक शासन करने वाला यह राजवंश अनेक राजाओं के कारण भी इतिहास में प्रसिद्ध हुआ। इनका शासन 440 वर्षों तक विदर्भ और महाराष्ट्र में था।

वात्स्यायन का 'कामसूत्र' आगे चलकर लिखा गया। उसके बाद शक-क्षत्रप, हूण, कुशाण इनकी कुछ जातियाँ विदर्भ में आयीं। वे यहाँ स्थायी भी हो गयीं, फिर आया वाकाटक कुलवंश। सातवाहनों के प्रशासन में विष्णुवृद्ध गोत्र का विन्ध्यशक्ति नामक अधिकारी था। 440 वर्षों बाद सातवाहन राज्य अस्त होने के मार्ग पर था कि प्रथम शालिवाहन ने अशोक की मृत्यु के बाद दक्षिण पथ में राज्य निर्माण किया। उसी प्रकार विन्ध्यशक्ति ने सातवाहन की मृत्यु के बाद राज्य का निर्माण किया।"

"परन्तु ये विन्ध्यशक्ति महाराज कहाँ के थे?"

"यह तो हमें ज्ञात नहीं, परन्तु उनके पुत्र प्रवरसेन का उल्लेख मिलता है। विदिशा के नागराज का दौहित्र जिस पुरिका नगरी में राज्य करता था, उसी पुरिका नगरी को कालान्तर में प्रवरसेन ने युद्ध में जीतकर वहाँ स्वयं की, अर्थात वाकाटक वंश की राजधानी स्थापित की। प्रवरसेन की दो राजधानियाँ थीं–पिरिका और चनका।"

"आपने विदर्भ और विदर्भ की ऐतिहासिक घटनाओं के बारे में जो बताया, पण्डित हरिप्रसाद जी, वह इतना जीवन्त था। और कोई व्यक्ति इस प्रकार से तभी बोल सकता है, जब वह उस भूमि से प्रेम करता हो। है न? महाराज विन्ध्यशक्ति के पराक्रम और शौर्य की कथाएँ हम सुन चुके हैं, जब हम पहली बार यहाँ आये थे। परन्तु एक अन्य मार्ग से आये थे। विदर्भ मध्य केन्द्र होने से यहाँ कहीं से भी आ सकते हैं।"

"महोदय, आप कौन हैं, कहाँ से हैं और यहाँ आने का प्रयोजन क्या है?"

"हम सम्राट चन्द्रगुप्त की राजसभा में हैं। कालिदास हमारा नाम है।"

"कुछ वर्ष पूर्व महारानी प्रभावती देवी के विवाह के अवसर पर आपने एक नाटक प्रस्तुत किया था। क्या आप वही हैं?"

कालिदास को कोई बहुमूल्य रत्न प्रदान करता तब भी इतना आनन्द न हुआ होता। उनके लिए यही महत्त्वपूर्ण था कि मन्दिर के एक विद्वान पण्डित को उनका नाम मालूम था।

"यदि पहले ज्ञात होता, तो हम आपका स्वागत उत्तम प्रकार से कर सकते थे। इस समय हम मन्दिर में हैं, आप मेरे यहाँ पधारें। आतिथ्य स्वीकार करें, तो मुझे प्रसन्नता होगी।"

"पण्डित हरिप्रसाद जी, हम पुनश्च आयेंगे। यहाँ से निकट ही नगरधन है, वहाँ हमारी प्रतीक्षा हो रही है। हम आपसे विदा लेते हैं। आप हमें मन्दिर का प्रसाद दें।"

हरिप्रसाद तत्परता से उठे और मन्दिर से एक फल कालिदास के उत्तरीय में रखा।

कालिदास निकल पड़े। अरण्य का प्रसन्न समीर, अस्त की ओर प्रयाण कर रहे सूर्य का जलाशय में परावर्तित होता सुनहरा रूप, उड़ते हुए बगुलों की माला, घर की ओर भाग रहा गोधन, उनकी घण्टियों का सुरीला नाद, कृषि प्रधान विदर्भ में हर स्थान पर दृष्टिगोचर होती कृषि सम्पत्ति, हवा के साथ झूमती बालियाँ।

उन्हें याद आया कि गृहमत्स्य ऋषि ने पहले कपास के पौधे यहीं लगाये थे। कपास से सूत निकालकर उन्होंने यहीं पर वस्त्र विकास किया था।

नवरत्नों की यह भूमि महाराज रुद्रसेन के बिना भी ऐसी ही उन्नत रहे, ऐसी उन्होंने मन-ही-मन प्रार्थना की।

***

उन्होंने सम्राट चन्द्रगुप्त को विस्तार से पत्र लिखना आरम्भ किया और उन्हें स्मरण हो आया महाराज से संवाद का और चिन्तित पिता का।

"कालिदास महोदय, आपके लिए महाराज का सन्देश है कि वे मध्याह्न में राजसभा नहीं जायेंगे और उन्होंने आपको भोजनोत्तर अपने ही कक्ष में आमन्त्रित किया है," राजसेवक सुरानन्द महाराज का सन्देश लेकर आया था।

'आज राजसभा में उन्होंने प्रत्यक्ष रूप से तो कुछ कहा नहीं था, अकस्मात ऐसा सन्देश क्यों आ सकता है?' वे विचार करते हुए ही अपने भवन के दालान की ओर निकल पड़े थे।

उस समय महाराज विदर्भ गये थे, वह योग्य ही था। महाराज रुद्रसेन मानो उन्हें देखने के लिए ही रुके थे। आठ ही दिनों के भीतर महाराज रुद्रसेन की मृत्यु हो गयी। अन्तिम क्षणों में उन्होंने सम्राट चन्द्रगुप्त से कहा था, "आप हमारे लिए पिता समान हैं। हमारे स्वास्थ्य के लक्षणों को देखते हुए, हम सँभल पायेंगे यह आशा हमने छोड़ दी है। प्रभावती के साथ हमारे वैवाहिक जीवन को केवल पाँच ही वर्ष बीते हैं, परन्तु अब..."

कुछ देर रुक कर वे बोले, "वाकाटक वंश का इतिहास उज्ज्वल है, और प्रभावती ने हमें दो पुत्र भी दिये हैं, यह अत्यन्त महत्त्व की घटना है। आपसे विदा लेने से पूर्व एक वचन चाहिए, हमें।"

"कौन-सा वचन दें, महाराज रुद्रसेन?" उनका गला भर आया था।

दक्षिण में बलाढ्य साम्राज्य का निर्माण करने वाले वाकाटक वंश के वीर, साहसी, रसिक, गुणी राजा को अब असहाय अवस्था में देखकर सम्राट चन्द्रगुप्त का मन भर आया था। कुछ समझ में नहीं आ रहा था कि क्या कहें। युद्धभूमि में अपार शौर्य का प्रदर्शन करने वाले दो योद्धा नियति की शरण में आये थे।

"महाराज, हमारे नेत्रों के सामने मृत्यु का मार्ग प्रत्यक्ष साकार हो गया है। यमदेवता ने उस मार्ग पर चलने का आदेश दिया है। हम चाहें या न चाहें, उनकी आज्ञा का पालन करना ही पड़ेगा। आप केवल इतना ही करें..."

महाराज रुद्रसेन का कण्ठ अवरुद्ध हो गया था, फिर वे प्रयत्नपूर्वक आगे बोले, "हमारे पश्चात ज्येष्ठ पुत्र दामोदर सेन को प्रभावती सिंहासन पर बिठाकर राज्य

प्रशासन सँभालें। प्रभावती सर्वगुण सम्पन्न है। उसकी हमें चिन्ता नहीं है। परन्तु गुण और कर्तृत्व में कार्यसंगति अपेक्षित है। अभी तक उसे कोई अनुभव नहीं है, अत: राज्य प्रशासन में आप उसे सहयोग दें। प्रत्यक्ष कार्यान्वित होने पर ही राज्यशासन चलता है।"

"कालिदास, हमारा ही वाक्य अपने अनुभव से रुद्रसेन बोल रहे थे। आपको याद होगा, कालिदास कि रुद्रसेन की मृत्यु के पश्चात हमने दामोदरसेन का युवराज्याभिषेक किया। प्रभावती ने विश्वासपूर्वक राज्यशासन अपने हाथ में लिया। उनका मन्त्रिमण्डल विश्वसनीय था, इसलिए छह मास में ही हमारे द्वारा भेजी गयी सेना और कुछ अधिकारी उसने वापस भेज दिये। उसका अभिनन्दन करने की इच्छा होते ही महाराज रुद्रसेन की मृत्यु का स्मरण होता। दामोदरसेन को विविध कलाओं में पारंगत करने के लिए उसी ने कुछ विद्वानों, कलाकारों और पण्डितों को भेजने के लिए कहा।"

"हमने तो काशी के विद्वानों को, पण्डितों को भेजा, परन्तु पिछले छह मास से उसकी ओर से कोई समाचार नहीं है। समाचार तो मंगवाया जा सकता है, परन्तु कालिदास, मन अस्वस्थ्य है। दिन-रात उस अल्पवयीन, अनुभवहीन, यौवन में पदार्पण करने वाली और दो बालकों की माता हमारी कन्या प्रभावती को कितना कष्ट उठाना पड़ रहा होगा, इसकी केवल कल्पना ही कर सकते हैं। एक पिता और एक मित्र के नाते आपसे विनती है कि आप एक बार हमारी तरफ़ से विदर्भ जायें और देख कर आयें कि उसका शासन सुयोग्य और सुचारु रूप से तो चल रहा है। आप बचपन से उसके निकट हैं। आप उससे स्नेहपूर्वक समस्याओं के बारे में पूछ सकते हैं। क्योंकि यदि माता, पिता को न बताने जैसी कोई समस्या हुई तो वह आपको निश्चित रूप से बतायेगी। आप उसे व्यथा से भी बाहर निकाल सकते हैं। कथा, काव्य, नाटक से उसका मनोरंजन भी कर सकते हैं।"

"महाराज, इससे बढ़कर सौभाग्य की बात और क्या हो सकती है कि आपने हमें इस योग्य समझा!"

"एक माह में आप वापस आ सकते हैं।"

"अवश्य महाराज, हम जाते ही तुरन्त आपको वहाँ की परिस्थिति का वृत्तान्त भेजेंगे, जिससे आप कुछ आश्वस्त हो सकें। आप भी अपनी प्रकृति का ध्यान रखें।"

कालिदास प्रभावती के यहाँ जाने के लिए तैयार हैं, इस बात से सम्राट चन्द्रगुप्त प्रसन्न हुए। उन्हें आदेश देकर भी भेजा जा सकता था, परन्तु तब वह राजाज्ञा होती।

और उनके समान स्नेह से यह कार्य कोई और नहीं करेगा, यह वे जानते थे। इसलिए सम्राट चन्द्रगुप्त ने कहा,

"मन से बोझ उतर गया। आपके बिना हमें भी यहाँ अच्छा नहीं लगता। दुनिया में अनगिनत लोग होते हैं, परन्तु मन के निकट केवल एक ही होता है, और वह पत्नी से भी अधिक घनिष्ठ होता है। इसलिए आप जाकर आयें, हमें तुरन्त समाचार भेजें।"

"अवश्य, महाराज।" दोनों प्रसन्न मन से निकले। सम्राट चन्द्रगुप्त रात्रि के समय मन्दिर के लिए निकले थे, जैसा वह कभी नहीं करते थे। मन्दिर की सीढ़ियाँ चढ़ते हुए वे प्रसन्न थे। पीछे मुड़कर उन्होंने कालिदास की ओर देखकर हाथ हिलाया। सम्राट चन्द्रगुप्त की विनम्रता और उनका सौजन्य देखकर कालिदास मन-ही-मन धन्य हो गये। सैनिकों के बीच एक सैनिक की तरह संचार करने वाला ऐसा कोई भी सम्राट नहीं होगा। वे भी प्रसन्न मन से मधुवन्ती की ओर निकले थे।

***

कालिदास ने अधूरे पत्र को आगे लिखना आरम्भ किया।

"महाराज, कुंकुम विरहित, सौभाग्य अलंकारों के बिना, अधोवदन, और अपराधी के समान–ऐसी हमने प्रभावती देवी के रूप की कल्पना की थी। परन्तु जो दिखी, अब बहुमानार्थी शब्द का प्रयोग करते हैं, जो दिखीं वह...

प्रभावती देवी ने चन्दन का तिलक लगाया था। उनके श्यामल वर्ण पर वह अत्यन्त सुन्दर और सात्विक प्रतीत हो रहा था। उन्होंने राजवस्त्र तो नहीं, अपितु रेशमी वस्त्र धारण किये थे। बाजूबन्द, कमरबन्द, रत्नमाला, रत्न कंकण वैसे ही हैं। केवल सौभाग्य चिह्न का अभाव है। परन्तु सद्य परिस्थिति में वे म्लान नहीं हैं, अपितु कर्तव्य का पूर्ण ज्ञान रखने वाली परम तेजस्वी और कर्तृत्ववान हैं। पहले कभी नहीं देखा, ऐसा उनका रूप देखते हुए एक तरफ़ दु:ख है, परन्तु वह एक स्वयंसिद्धा का रूप है। हमें वह प्रिय प्रतीत हुआ।

व्रतबद्ध होने के कारण दामोदरसेन अब विद्याध्ययन करने लगे हैं, परन्तु कुछ अशक्त हैं। अब हम उन्हें योग्य बात बतायेंगे ही। बाल प्रवरसेन अभी भोले हैं, उनकी बाल लीलाओं से मनोरंजन होता है। इसके अतिरिक्त अल्पावधि में ही महारानी प्रभावती ने स्वयं को सँभाल लिया है, चिन्ता न करें।

अभी इतना ही लिखकर लेखनी को विराम देता हूँ।

आपका विनम्र राजसेवक,

कालिदास

एक और बात कथन करना है। प्रवरसेन की बाललीलाओं में सात्विकता और आक्रामकता है। पण्डित हरिप्रसाद ने विन्ध्यशक्ति के बारे में जो भी कथन किया उसका स्मरण द्वितीय प्रवरसेन की ओर देखकर हो आया।

महाराज विन्ध्यशक्ति ने प्रचण्ड युद्ध किये। जब उसे क्रोध आता तो उसका रूप इतना रौद्र हो जाता कि देवताओं को भी उसे सँभालना कठिन हो जाता। उतना ही मृदु उनका स्वभाव भी था। उनका साम्राज्य दक्षिण पथ से विन्ध्य पर्वत तक था। आज उनमें से कोई प्रदेश नहीं हैं, फिर भी प्रथम प्रवरसेन की प्रसिद्धि उससे अधिक थी ऐसा पण्डित हरिप्रसाद कह रहे थे।'

एक मास वास्तव्य के लिए आये हुए कालिदास देखते-देखते छह मास बीत गये फिर भी यहीं थे। इस वास्तव्य में प्रथम प्रवरसेन से लेकर वर्तमान के द्वितीय प्रवरसेन तक के वाकाटक वंश के अत्यन्त रोमांचकारी इतिहास के बारे में कालिदास ने लिखा था। परन्तु अभी बहुत कुछ लिखना शेष था। विदर्भ की जनरीति, उत्सव, सामाजिक मान्यताएँ, अर्थ व्यवस्था, सैन्य व्यवस्था और कला-साहित्य के बारे में।

उस दिन दामोदरसेन सिंहासन पर विराजमान थे। प्रभावती देवी उनके निकट के आसन पर विराजमान थीं। प्रभावती देवी ने सम्राट चन्द्रगुप्त की राजसभा देखी थी। यहाँ भी वह वैसी ही होगी, ऐसा कालिदास ने सोचा था। परन्तु प्रभावती देवी की शायद अपनी या महाराज रुद्रसेन की व्यवस्था होगी।

प्रभावती देवी ने प्रथम कोषागार समिति के अध्यक्ष को बुलाकर कोष में कितनी धन राशि है, इसकी जानकारी प्राप्त की। अर्थमन्त्री सब कुछ लिख रहे थे। यह कार्य होने के बाद उन्होंने सेनाधिकारी पुष्पकसेन को बुलाया और अश्वाधिपति, पैदल सैन्य प्रमुख, गुप्तचर, वार्ताहर और परराष्ट्र मन्त्री की सभा बुलाकर पूरी जानकारी प्राप्त की।

भोजन काल को छोड़कर पूरा दिन विविध समितियों की जानकारी प्राप्त करने में व्यतीत हुआ। शाम को उसने कालिदास से कहा,

"आप हमारे पिता के बन्धु के समान हैं। कृपया बतायें, हमसे कोई ग़लती हो रही है क्या..."

"एक ही दिन में सभी समितियों से चर्चा करने का प्रयोजन समझ में नहीं आया।"

"यह हमारी पद्धति हमने ही बनायी है। कोषागार में कितनी सम्पत्ति है, इसकी जानकारी होने पर आँखों के सामने संख्या होती है। उस संख्या का व्यय कितना और किस पर किया जाये, इस पर माह के आरम्भ में विचार किया जाता है। एक

बार कोषागार में विशिष्ट संख्या में धन है, यह ज्ञात होने पर प्रथम सीमा रक्षण और उसका प्रमुख भाग निकाल कर बाकी धनराशि किन्हीं प्रस्तुत समस्याओं पर व्यय की जाती है।

अब, उदाहरण के लिए यहाँ सभी ऋतुएँ अपने-अपने अस्त्र-शस्त्र लेकर ही आती हैं। ग्रीष्मकाल अत्यन्त तीव्र होता है। शीत ऋतु भी तीव्र और वर्षा ऋतु भी तीव्र। ऐसी स्थिति में कृषकों को प्राधान्य दिया जाता है। जल वाहिनियाँ बनाकर कृषि के लिए जलव्यवस्था तो की जाती है, परन्तु यदि सरिताएँ ही सूख जायें, तो जल व्यवस्था कैसे की जाये, यह समस्या होती है। तब हमें भगीरथ का स्मरण होता है। अब हम जलव्यवस्था करने के लिए सरिता के पात्र को गहरा बनाते हैं। वहाँ से वर्षा ऋतु में आया हुआ अधिक जल एक मानव निर्मित सरोवर में एकत्रित करते हैं, और जो आप हरी-भरी कृषि देखते हुए आये, यह उसी का परिणाम है।

महाराज रुद्रसेन के पास अनगिनत कल्पनाएँ थीं, परन्तु उन्हें कार्यान्वित करने का समय नियति ने उन्हें दिया नहीं। परन्तु अब हम हैं। पिताश्री का प्रत्यक्ष आदर्श हमारे सम्मुख है।"

"और साम्राज्य विस्तार के बारे में क्या?"

"कालिदास महोदय, पहले राष्ट्र सुरक्षित और संरक्षित रहे यह हमारा प्रयत्न है। सीमा पर यदि सैन्य दल कार्यरत दिखाई दे तो आप्त राष्ट्रों को धैर्य प्राप्त होता है, और शत्रु राष्ट्रों को भय का अनुभव होता है। कोष का काफ़ी भाग सैन्यदलों पर व्यय होता है, क्योंकि यदि सीमा सुरक्षित है, तो देश भी सुरक्षित रहेगा।"

"आपने महाराज के वाक्यों को पूरी तरह आत्मसात किया है।"

"और महाराज रुद्रसेन के भी। कभी-कभी वे प्रथम प्रवरसेन से लेकर अपने वंशजों के पराक्रम के बारे में बताया करते। हमारे पिताश्री युद्ध पर अवश्य जाते। लौटने पर विजय उत्सव सम्पन्न होता। हम बचपन से उसका आनन्द उठाते, परन्तु युद्ध का सविस्तार वर्णन कभी सुना नहीं था, न ही उसे कभी देखा था। रुद्रसेन महाराज ने पाँच वर्षों में हमें अनन्त ज्ञान दिया। पचास वर्षों के कार्य की कल्पना, योजना, आय-व्यय, कहाँ अधिक व्यय करना चाहिए, कहाँ से धन प्राप्ति होगी, इन सबके बारे में विस्तार से ज्ञान दिया।"

"प्रभावती देवी, रुद्रसेन महाराज के जाने के बाद इन पाँच-छह वर्षों में आप अनुभव सम्पन्न, प्रौढ़-प्रगल्भ हुई हैं। महाराज चन्द्रगुप्त के मन में एक आशंका थी, वह अब समाप्त हो गयी है। दामोदरसेन भी अब दस वर्ष के हो गये हैं। प्रवरसेन भी समझदार हो गये हैं। महाराज को चिन्ता थी, वह अब समाप्त हो गयी है।"

"कालिदास महोदय, आप हमारे लिए आदरार्थी सम्बोधन का प्रयोग न करें, आयु में हम आपसे आधे से भी ज़्यादा छोटे हैं।"

"परन्तु अब महारानी पद पर हैं, वह आपका सम्मान है।"

"आप मुझे स्नेहपूर्वक प्रभावती कहें।"

प्रभावती बोल रही थी। दामोदरसेन, प्रवरसेन भी थे। उसने कहा,

"हमें आश्चर्य इस बात का है, कालिदास महोदय कि सदा यही प्रतीत होता है, जैसे महाराज रुद्रसेन अभी हैं। प्रत्येक कार्य को करते हुए उनका स्मरण होता है। महाराज जब पहली बार हमें मृगया के लिए ले गये थे। मृगया करना अत्यन्त क्रूर प्रतीत हो रहा था। महाराज ने कहा,

'मृगया मनोरंजन के लिए नहीं की जाती। इससे धैर्य, संयम, एकाग्रता, मृत्यु का दर्शन होता है। अरण्य के किसी श्वापद की हत्या पहले मानवता विरुद्ध प्रतीत होती है, परन्तु आगे चलकर यदि राष्ट्र के लिए युद्ध करते समय शत्रु का लहू देखकर हम भावविवश हो गये तो...अहिंसा तभी तक होनी चाहिए जब तक हम पर कोई आक्रमण नहीं करता। और आक्रमण ही न हों और कोई हमारी तरफ़ वक्र दृष्टि से न देखे, इसके लिए सेना प्रशिक्षित, सुसज्ज और कार्यतत्पर होनी चाहिए।'

अर्थात, मृगया का जो स्पष्टीकरण उन्होंने दिया, वह हमें अच्छा नहीं लगा था। मृगया मनोरंजन के लिए की जाती है, यही हमारी राय अभी भी है। तब भी इस बात पर हमारे बीच वाद-विवाद हुआ करता, परन्तु विसंवाद कभी भी नहीं हुआ।"

कालिदास सुन रहे थे। अभी-अभी किशोर वय पूर्ण करके, दो पुत्रों की माता प्रभावती कर्तव्यनिष्ठ और राजनिष्ठ रानी प्रतीत हो रही थीं। इतना ही नहीं, उसके मुखमण्डल पर प्रौढ़-प्रगल्भता छायी थी, वह स्वयंसिद्धा नवयौवना लग रही थी।

"अद्याप बहुत कुछ कथन करना है, बहुत कुछ दिखाना है, कालिदास महोदय। उज्जयिनी जाने की त्वरा न करें। आपकी कन्या ही यहाँ है, ऐसा समझें।"

रात गहरा रही थी। वे उठे और अपने कक्ष की ओर गये। उनका मन भर आया था। मंचक पर बैठकर वे स्वयं को रोक नहीं पाये।

'हमारी कन्या? हमारा न तो कोई पुत्र है, न ही कन्या! हमारी ना तो पत्नी है, ना ही कोई आप्तस्वकीय। गणिका मधुवन्ती ने हमसे सन्तान की माँग तो की थी, परन्तु हमारे मन ने ही स्वीकार किये गये शाप का उ:शाप नहीं माँगा। हमने ही स्वयं को शापित समझ लिया। प्रतारणा की अपने मन से, उस एकनिष्ठ प्रीति करने वाली मधुवन्ती से। क्या प्राप्त किया हमने?'

'शतमूर्ख हैं हम। होगी वह विदिशा के राजा भोज की कन्या, होगी विद्वान पण्डिता, हुआ होगा किसी क्षण विवाह भी। और उसने कर भी दिया हमें कठोर वचनों से सीमापार। फिर भी...फिर भी यह जिद्दी मन शापमुक्त नहीं होता। क्या शापमुक्त होना हमारे जीवन में है ही नहीं?'

'हम शास्त्र सम्पन्न हो गये। थोड़ा साहित्य भी निर्माण कर लिया। समाज में प्रतिष्ठित भी हैं। फिर भी ख़ुद ही अपने आप को दिया हुआ शाप क्यों भोग रहे है?'

'नहीं, नहीं। अब उज्जयिनी वापस जाने के बाद एक बार उसके पास जाना है, और अपने जीवन को मुक्तता से जीना है। मधुवन्ती से विवाह करना है। देर से ही सही, प्रभावती के समान दो पुत्र हमें चाहिए। दो पुत्र नहीं–एक पुत्र और एक कन्या। उसे श्वसुर गृह भेजते हुए सम्राट चन्द्रगुप्त जैसा श्रेष्ठ योद्धा भी भाव-विह्वल होने से स्वयं को रोक नहीं पाया था। हमारी भी वैसी ही स्थिति होगी।'

वे अपनी कल्पना में खोये थे कि सेवक ने कक्ष में आने की अनुमति माँगी। वे स्वयं को सँभालते हुए बोले, "ऐसी क्या बात है?"

"महारानी ने ये भोजपत्र भेजे हैं," उसने रेशमी वस्त्र में लपेटे हुए भोजपत्र रखते हुए कहा।

उनका मन मानो स्वर्ग से पृथ्वी पर आ गया।

'ऐसा ही होता है। हम कल्पना के स्वर्ग की सीढ़ियाँ चढ़ने लगते हैं, और वास्तविकता का भान हो जाता है। उन्होंने रेशमी वस्त्र में लिपटे हुए भोजपत्रों को हाथ में लिया। रेशमी धागे से बंधे हुए उन भोज पत्रों को हाथ में लेते ही प्रभावती के मोती जैसे अक्षर दिखाई दिये।

प्रथम पृष्ठ पर लिखा था–'वाकाटक कुलवंश'।

प्रत्येक व्यक्ति को गर्व होगा, ऐसा यह कुल वृत्तान्त था, जिसे स्वयं प्रभावती ने अपने सुन्दर अक्षरों में लिखा था।

'आश्चर्य है, कल तक सम्राट चन्द्रगुप्त को सर्वश्रेष्ठ मानने वाली कन्या प्रभावती श्वसुर गृह आकर अभिमान पूर्वक अपने कुल का इतिहास लिखती है... ऐसा प्रतीत होता है कि सरिता अपने अस्तित्व को खोकर पूरी तरह सागर में विलीन हो जाये। उसके लिए अब सब कुछ वाकाटक वंश ही है।'

वे हँसे।

आधी रात होने को थी। अब फलाहार और फिर शान्त निद्रा।

मगर क्या निद्रा आयेगी? फिर एक आशंका...

'शिवशंकर, मन में कोई भी विकल्प आये बिना शान्त निद्रा आये...' वे मन-ही-मन नमस्कार करते हुए मंचक पर लेटे।

***

पूरे सप्ताह वे प्रभावती के साथ कृषि व्यवस्था का अवलोकन करने जाते रहे। राजा जनक स्वयं हलधर थे। बलराम हलधर थे। परन्तु स्वयं जाकर कृषि व्यवस्था देखने वाली प्रभावती उन्हें कई गुना महान प्रतीत हुई। अश्वारूढ प्रभावती अपने दोनों पुत्रों और संरक्षकों के साथ जाकर प्रत्येक प्रान्त की कृषि व्यवस्था का निरीक्षण करती थी, इसका उन्हें अनुभव हुआ था। गोधन के बारे में वह बहुत जागरूक थी। गोधन वाकाटक वंश की सम्पत्ति है, ऐसा वह कहती थी।

"प्रभावती, यदि प्रत्येक राजा यह कार्य करे ना, तो राष्ट्र समृद्ध होगा।"

"कालिदास महोदय, महाराज रुद्रसेन कहते थे, 'अरण्य–सम्पदा है।' हम कहते, 'कृषि–सम्पदा है, ये हम मानते हैं, परन्तु अरण्य सम्पदा है, यह हमें मान्य ही नहीं है। उस घने अरण्य में निवास कौन करता है? पहले असुर, तो अब श्वापद। क्या इस वन सम्पदा को मृगया के लिए होना चाहिए?" हमारे प्रश्न पर वे कितनी ही देर हँसते रहे।

'रानी पद मिल गया प्रभावती, परन्तु सर्वज्ञानी होना आवश्यक है। यदि अरण्य न हों, तो वर्षा नहीं होगी। वर्षा के अभाव में कृषिबल की अवस्था कठिन होगी। और जिस कृषि पर हमारा भारत देश निर्भर है, वह कृषि–वह कृषिबल...तब हम क्या करेंगे? '

और हमें स्वयं पर ही लज्जा आयी। कालिदास महोदय, वे आयु में हमसे दस वर्ष बड़े होंगे, परन्तु हर बात का ज्ञान उन्हें था। हमने अस्त्र-शस्त्रज्ञान ग्रहण किया, परन्तु शेष समय हम सखियों के साथ मनोरंजन में ही बिताते रहे।

उस दिन एक कवि राजसभा में आया था। यहाँ आकर सिर्फ़ इतना हुआ था कि हम उनके साथ राजसिंहासन पर विराजमान होते थे और सूक्ष्म अवलोकन किया करते। हमारे भीतर यह अहंकार था कि हम संस्कृत शास्त्र में पारंगत हैं। उज्जयिनी में सर्वत्र भाषा भी संस्कृत ही थी। उस दिन उस कवि ने एक श्लोक पढ़ा और महाराज रुद्रसेन ने तत्काल कहा, "कवि महाराज, एक ही काव्य पंक्ति में दो उपमाएँ हैं, और वे भी विरोधाभास दर्शाने वाली हैं। जब हम लिखते हैं ना, तो प्रत्येक शब्द का आशय, विषय, प्रयोजन और अर्थ ज्ञात होना चाहिए।"

हमने भी वह श्लोक दो बार पढ़ा, परन्तु हमें समझ में नहीं आया। एक बार

शिल्प कला देख रहे थे। अद्वितीय शिल्प था, परन्तु उसमें युवती की तर्जनी टेढ़ी थी। एक बार राजसभा में आयी हुई नर्तकी के पदन्यास की लय योग्य नहीं है, इस बात पर प्रकाश डाला। उस नर्तकी को यह अपमानास्पद प्रतीत हुआ। वह बोली, "महाराज, मेरा पदन्यास योग्य ही है।" महाराज रुद्रसेन बिना कुछ कहे सिंहासन से उठे और उसे नृत्य करके दिखाया। हम आश्चर्य चकित रह गये, कालिदास महोदय।"

अनेक प्रसंगों पर वह महाराज रुद्रसेन के गुणों का वर्णन करती रही। मगर एक दिन उसने कहा, "सर्वगुण सम्पन्न व्यक्ति को प्रत्येक वस्तु में सुन्दरता वांछित होती है, और उन्हें हर बात की जल्दी पड़ी होती है। इसलिए वे शीघ्र ही यहाँ से निकल गये, स्वर्ग भी जल्दी से देख लें इस विचार से। परन्तु उन्हें स्मरण न रहा कि वहाँ से वापस आने का मार्ग नहीं है।"

अब सारी व्यवस्था सुचारु रूप से चल रही थी। प्रभावती योग्य निर्णय ही ले रही थी। सम्राट चन्द्रगुप्त को भी वे दो बार सन्देश भेज चुके थे कि अब हम वापस आने वाले हैं। परन्तु वापस जाने का विचार करते ही प्रभावती कहती, "वहाँ जल्दी जाकर क्या करेंगे? यहीं वास्तव्य करें," वे कहते, "छह माह तो क्या, सात माह होने को आये। अब अनुमति दें, देवी!" वह हँसती, "अगले माह"। दो पुत्रों को लेकर राज्य कर रही प्रभावती को मना करना कठिन हो जाता। ढलते मार्गशीर्ष में यहाँ आये कालिदास ग्रीष्म समाप्त होने को आया, फिर भी विदर्भ में ही थे।

प्रतिदिन प्रात:काल रामगिरि जाकर दर्शन करना उन्हें प्रिय था। क्षिप्रा तट पर जाते समय हर बार सम्राट चन्द्रगुप्त साथ होते, यहाँ एकाकीपन का अनुभव होता। रात में गवाक्ष से चन्द्रमा के साथ रोहिणी को देखकर उनके मन में कृष्ण छाया तैर जाती।

रात समाप्त होने का नाम ही नहीं लेती। अब जाना ही है, ऐसा निश्चय करके उन्होंने प्रभावती से जाने की अनुमति माँगी। उसने नम्रतापूर्वक कहा, "हमें कल्पना है। आप यहाँ एकाकी अनुभव करते हैं। हमें आपका साथ मिला। अब एक ही बात और निश्चित रूप से कहते हैं कि केवल वर्षा ऋतु समाप्त होने दें, क्योंकि सर-सरिताओं में बाढ़ आयी होती है। अरण्य प्रदेश जलाधाराओं से भीगा रहता है। ऐसे में न जायें, यह विनती है। आप अवश्य प्रस्थान करें, अब हम आपको नहीं रोकेंगे।"

आकाश के कृष्ण मेघों से आच्छादित होने की सम्भावना थी। देह व्याकुल हो गयी थी। हर रात मधुवन्ती की याद आती। दिल बहलाने के लिए उन्होंने 'वाकाटकों

का कुलवृत्तान्त' पढ़ना आरम्भ किया। जाने से पहले प्रभावती को निश्चित ही अभिप्राय की अपेक्षा होगी। कालिदास ने 'कुलवृत्तान्त' आरम्भ किया।

सम्राट समुद्रगुप्त के काल से पाँच शतक पूर्व दक्षिण पथ में नागनिका महारानी ने अपना राज्य विस्तार किया था। नागनिका क्षत्रप कन्या थी, जिसने सातवाहन कुल में विवाह किया था। उसी समय सातवाहन वंश ने दक्षिण पथ में अपना राज्य विस्तार किया था।

उसी काल में एक और वंश का उदय हुआ था। उस वंश का मूल पुरुष वाकाटक ब्राह्मण वंश का था, और सातवाहन भी ब्राह्मण वंश का ही था। शायद यह वाकाटक सातवाहन के सम्पर्क में आया हो, परन्तु वह स्वयं ही साम्राज्य और राजधानी की खोज में घूम रहा हो। अमरावती के शिलालेख के अनुसार यह गृहपति विष्णुवृद्ध गोत्र का था। वह यज्ञ करता, दानधर्म भी बहुत करता था। उसने मध्यक्षेत्र में प्रथम राज्यनिर्माण किया, जिसके सर्व प्रथम शासक के रूप में विन्ध्यशक्ति का उल्लेख आता है। शायद विन्ध्य पर्वत की तलहटी में होने के कारण यह नाम पड़ा होगा। उसका कार्यकाल केवल बीस वर्षों का था। वायुपुराण में यह उल्लेख मिलता है।

सात वाहनों की चौथी-पाँचवीं पीढ़ी में विन्ध्यशक्ति का प्रथम पुत्र प्रवरसेन अनेक संकल्पनाओं, आकांक्षाओं के साथ राज्य प्रशासन आरम्भ कर रहा था। उत्तम प्रशासक के रूप में उसकी ख्याति फैल रही थी। उसे प्रतिष्ठा भी प्राप्त हुई। चार अश्वमेध करने के कारण उसकी कीर्ति दूर-दूर तक फैली। प्रवरसेन के काल में कोई अन्य शासक बलाढ्य न होने से उसे आन्ध्र प्रदेश, मध्यदेश में अपने साम्राज्य का विस्तार करने में सफलता मिली। उसका शासन पूर्व-दक्षिण आर्यावर्त, मालवा, सौराष्ट्र तक फैल गया था। दक्षिण कोसल तक भी उसका साम्राज्य फैला हुआ था। अत्यन्त बलशाली राजा के रूप में उसका उल्लेख किया जाता था।

उसके पुत्र–गौतमीपुत्र की अल्पकाल में मृत्यु होने के कारण उसका पुत्र सर्वसेन सिंहासन पर बैठा, परन्तु वह दुर्बल शासक सिद्ध हुआ।

उसके बाद राजसिंहासन पर आया प्रवरसेन का प्रपौत्र रुद्रसेन। यह सात्विक, शूर और उत्तम गृहपति, राजपति था। सम्राट समुद्रगुप्त के शासन काल में कौशाम्बी के युद्ध में रुद्रसेन का विलक्षण शौर्य देखकर उसे पराजित न करते हुए समुद्रगुप्त ने उससे मित्रता की। यह मित्रता दृढ़ हो गयी थी, इसका उल्लेख अभिलेख में है। उसने अनेक शिलालेखों, ताम्रपटों का निर्माण किया। उसने वत्सगुल्म को अपनी राजधानी बनाया। उसके पुत्र पृथ्वीषेण ने कुन्तल पर विजय प्राप्त की। उस समय समुद्रगुप्त के पुत्र सम्राट चन्द्रगुप्त की कीर्ति और राज्यविस्तार हिमालय तक फैला था।

उसके पश्चात सिंहासन पर आये राजा रुद्रसेन–ये भी वीर योद्धा थे। उसने सौराष्ट्र के युद्ध में पूर्णत: सहकार्य किया, जिससे सम्राट चन्द्रगुप्त की विजय हुई। और चन्द्रगुप्त ने स्वयं जाकर अपनी बुद्धिमती, वीर कन्या रुद्रसेन को अर्पण की।

अल्पकाल में ही रुद्रसेन की मृत्यु होने बाद सम्राट चन्द्रगुप्त की कन्या ने राज्य भार सँभाला और वह उत्तम शासक सिद्ध हुई।

कालिदास पढ़ तो रहे थे, परन्तु उनका पूरा ध्यान उस पर नहीं था और इतिहास भी जैसे लिखा जाता है, वैसे वह लिखा नहीं गया था।

अब वाकाटक राज्य की राजधानी नन्दीवर्धन में वास्तव्य के काल में वह उचित प्रकार से लिखा जाये, इस बारे में वे प्रयत्न करने वाले थे। परन्तु इस समय उन्होंने उन भोजपत्रों को समेट कर रख दिया और सोचा,

'स्त्री बचपन को, मातृगृह को भूलकर पति के साथ सुदूर राज्य में अपनेपन से अपना विशिष्ट स्थान निर्माण करती है, परन्तु पुरुष उसी कक्षा में बार-बार गोल-गोल घूमता रहता है।

***

उस दिन वे नियमानुसार प्रात:काल रामगिरि गये ही नहीं। जाने की अनुमति मिलने के बाद उनका मन अधिक आतुर हो गया था। कब उज्जयिनी जाकर मधुवन्ती से मिलेंगे, यह अधीरता बढ़ती जा रही थी। उज्जयिनी में रहते हुए वे प्रतिदिन उसके यहाँ जाते भी नहीं थे, परन्तु जाने की सम्भावना तो थी। प्रतिदिन मधुवन्ती उनके साथ रहे, यह अधीरता बढ़ने लगी, वे अतीव उत्कण्ठा से उससे मिलने की राह देख रहे थे।

कल रात को ऐसी ही आयी मधुवन्ती-कल्पना में। रात काल्पनिक शृंगार में बीत गयी। प्रात:काल हो गयी फिर भी वह जाने का नाम नहीं ले रही थी। आख़िर मध्याह्न में वे रामगिरि पहुँचे। तनमन के कण-कण में मधुवन्ती अंकित हो गयी थी।

***

कश्चित्कान्ताविरहगुरुणा स्वाधिकारात्प्रमत्त:
शापेनास्तङ्गमितमहिमा वर्षभोग्येण भर्तु:।
यक्षश्चक्रे जनकतनयास्नानपुण्योदकेषु
स्निग्धच्छायातरुषु वसतिं रामगिर्याश्रमेषु॥

अनजाने में ही एक बहुत बड़ी शिला पर बैठे हुए चूने के पत्थर से काव्य पंक्तियाँ लिखना शुरू किया और वे स्वयं ही आश्चर्यचकित हो गये, इसलिए कि

अनजाने में ही काव्यपंक्तियाँ प्रकट हो गयीं, और इसलिए भी कि 'कुमार सम्भवं' की प्रथम पंक्ति–

'*अस्त्युत्तरस्यां दिशि देवतात्मा हिमालयो नाम नगाधिराजः*' में 'अस्ति' शब्द का प्रयोग हो गया था, और अब भी अनजाने में ही 'कश्चिद्' शब्द का प्रयोग हो गया। मन में वाग्बाण कब का चुभ गया था, 'अस्ति कश्चिद् वाग्विशेषः' आज अचानक ही उसका आधा उत्तर मिल गया था। अब 'वाग्विशेषः' इतना ही उत्तर प्राप्त करना शेष था। एक मार्ग सामने आ गया था–वेदवती के पास जाने का।

परन्तु अब इन काव्य पंक्तियों से उन्होंने लिखना आरम्भ किया–

एक यक्ष था। वह प्रतिदिन कुबेर को पूजा के लिए सहस्त्र कमल पुष्प लाकर देता था। उसका विवाह हुआ। नवविवाहिता पत्नी के साथ रात बिताने के बाद वह नित्य नियमानुसार प्रातःकाल कमल पुष्प लाने गया। बिना कुछ देखे-समझे वह सहस्त्र कमल पुष्प ले भी आया। परन्तु उनमें एक अर्धोन्मीलित कलिका थी। उस कमलदल में एक भ्रमर था। पूजा करते समय कुबेर को उस भ्रमर ने दंश किया। कुबेर ने तुरन्त यक्ष को शाप दे दिया, "जिस विवाहित पत्नी के समागम में तुम अत्यन्त उत्सुक हो गये हो, उससे तुम्हें एक वर्ष दूर रहना होगा।" कुबेर की आज्ञा मानकर यक्ष अलकापुरी से निकला और भ्रमण करते हुए रामगिरि पहुँचा। उसने कुटी बनाकर वहाँ निवास किया। सघन वृक्षों की छाया वाले इस परिसर में जनक तनया जानकी और दशरथ पुत्र रहते थे। वहीं यक्ष रहने लगा।

पत्नी के विरह में वह इतना दुर्बल हो गया था कि उसके हाथों के सुवर्ण कंकण गिर गये। उसे कुछ भी सूझ नहीं रहा था, और उसके पास जाने के लिए वह अत्यन्त आतुर था।

अचानक उसने देखा कि एक कृष्ण मेघ रामगिरि के पर्वत को ऐसे मार रहा है, मानो कोई मदमस्त हाथी अपनी सूँड़ से किसी को मारता हो। कृष्ण मेघ आने का तात्पर्य है कि जलधाराएँ बरसेंगी। वर्षाकाल में प्रेयसी से विरह, मतलब...कल्पना ही नहीं की जा सकती, ऐसी थी यक्ष की स्थिति। युद्ध से भी, यात्रा से भी घर लौटने वाले व्यक्ति का उसे स्मरण हुआ। तनमन को विरहाग्नि जला रही थी। अब स्त्री-पुरुष रति क्रिया में मग्न होंगे, मगर मेरे नसीब में है विरह। यक्ष बहुत अस्वस्थ हो गया। ऐसे समय में अलकापुरी में रहने वाली मेरी प्रिया विरह में कैसे दिन व्यतीत कर रही होगी...रति सुख से वंचित, विरह में वह कैसी होगी? योग्य समय पर भोजन तो करती होगी ना? क्या मेरी याद में वह भी कृशांगी हो गयी होगी? मिलन के सपने देखते हुए वह रात में जाग तो नहीं जाती होगी? कैसी होगी वह? कैसी दिखाई देती

होगी?' अनेक प्रश्नों से यक्ष व्याकुल हो गया था। क्या करूँ? किसके साथ अपनी विरह गाथा उस तक पहुँचाऊँ जिससे उसे विरह में भी कुछ चैन मिले? विदीर्ण, व्याकुल मन:स्थिति में यक्ष को वह कृष्ण मेघ दिखाई दिया। मेघ वायु के साथ गतिमान होकर वायु की दिशा में प्रवाहित होते हैं।

अब वायु को उत्तर दिशा में प्रवाहित होते देखकर स्वाभाविक रूप से यक्ष को अपनी प्रेयसी का स्मरण हो आया। विवाह के बाद उसने घर में प्रवेश किया था। शृंगार का पूर्ण आकलन होने से पूर्व ही यक्ष को शाप दिया गया था। अब उसके रंग-रूप का, उसकी व्याकुलता का स्मरण हो आया। वह वहाँ अलकापुरी में विरह में है, और हम इतनी दूर यहाँ रामगिरि पर। अब सन्देश भेजना चाहिए। परन्तु सन्देश भेजने का विचार उस सघन, सजल, श्यामल मेघ को देखकर मन में आया। यदि उसे ही सन्देश देकर भेजूँ तो? दूसरे मन ने कहा, 'सौभाग्य से, उस काले-कलूटे मेघ में किंचित भी सौन्दर्य नहीं है। वह इस मेघ को किंचित भी रोके बिना, सन्देश लेकर तुरन्त वापस भेज देगी। हमारा चयन सही है। अब मेघ को अपना कार्य बताऊँ तो कैसे? क्या वह सुनेगा? ये सारे प्रश्न यक्ष के मन में थे।

उसने अपनी कुटी के पास लगे पुष्पों से मेघ का स्वागत किया, उसकी स्तुति की, फिर अपनी मनोदशा का वर्णन किया—

जातं वंशे भुवनविदिते पुष्कलावर्तकानां
जानामि त्वां प्रकृतिपुरुषं कामरूपं मघोन:

तुम जैसे सामर्थ्यवान मेघ के सम्मुख अपेक्षा प्रकट की है। मूलत: सन्तप्त हुए विश्व को शान्त करने वाले तुम हो। इसलिए तुम निश्चित ही मेरे अपेक्षित कार्य को करोगे। और उस श्यामल मेघ ने यक्ष का निवेदन मान्य कर लिया। अत: उसे हिमालय में स्थित कुबेरनगरी का मार्ग, उसमें स्थित यक्ष नगरी, यक्ष नगरी में स्थित उसका भवन—यह सब बताना अनिवार्य था। सिवाय, एक वर्ष के लिए दिया गया शाप कब समाप्त होगा, इसकी प्रतीक्षा कर रही उसकी पत्नी के बारे में भी बताना अनिवार्य था। परन्तु कोई उपाय नहीं था। उसके बिना मन को शान्ति न मिलती। अत: उसने मार्ग बताना आरम्भ किया—

"हे कृष्णघन, जब तुम गर्जना करते हुए कैलास की ओर जाओगे तो राजहंस तुम्हारी सहायता करेंगे। जाने से पहले इस रामगिरि को नमस्कार करना, क्योंकि श्रीरामचन्द्रजी ने सीताजी के साथ दण्डकारण्य जाने से पूर्व यहाँ वास्तव्य किया था। उनके अस्तित्व से यह भूमि पावन हो गयी है।

हे सजल-सुन्दर मेघ, अनेक स्थानों पर इन्द्रधनुषी रंगों के वाल्मीक होंगे। उनके प्रकाशमान होने के कारण तुम्हारी कृष्ण कान्ति सतेज, सुरूप हो जायेगी, जैसे मयूरपंखधारी श्रीकृष्ण की है। हे मेघ, तुम्हें घर जाते हुए कृषक अथवा कृषिबल मिलेंगे, उन पर तुम दया करना। कुछ समय रुककर उत्तर दिशा की ओर प्रस्थान करना। तुम्हारे घनघोर वर्षाव से अरण्य में प्रज्वलित दावानल शान्त होगा, धरती और वृक्ष शान्त होंगे। आम्रकूट पर्वत की ओर तुम निश्चय ही आकर्षित होगे, परन्तु वहाँ विश्राम किये बिना तुम आगे बढ़ना!"

यक्ष के मन में विचार आया, आम्रकूट वन-उपवन में कामिनी का पदन्यास, नाद-निनाद, सुसंवाद...तुम मेघ हुए तो भी क्या...कामिनी का मोह तो होगा ही...फिर सजल-सघन होने के कारण उसे कुछ विश्राम की आवश्यकता तो होगी ही। फिर, वहाँ वर्षाव करने के कारण मेघ भी हल्का हो जायेगा और शीघ्र गति से जायेगा। सुंदरियों से मोहित न होने का आदेश तो नहीं दे सकता, क्योंकि वह अलकापुरी तक जाने के लिए तैयार हो गया, यही उसकी कृपा है। अत: विनती करना श्रेयस्कर है।

"हे प्रतिईश्वर, तुम्हारे बिना सारा जीवन व्यर्थ है। तुम जीवन हो। मेघ होते हुए भी तुम्हारे भीतर भावनाएँ-संवेदनाएँ हैं, इसीलिए तुमने मेरी विनती को मान लिया है। परन्तु इसके बाद तुम दशार्ण देश पहुँचोगे। यहाँ अनेक भवनों के रंग श्वेत पुष्पों जैसे हैं। अनेक पशु पक्षी हैं, और इसी दशार्ण देश में विदिशा नगरी है।"

कालिदास 'मेघदूतम्' का पूर्वार्ध–'पूर्वमेघ' लिखते-लिखते रुक गये। उन्हें विदिशा के राजा भोज का स्मरण हुआ। विद्वत्वती का स्मरण हुआ। अपनी जन्म भूमि मन्दसौर का स्मरण हुआ। गोधन लेकर वेत्रवती के किनारे जाने वाले मार्ग का स्मरण हुआ। अपनी भगिनी का स्मरण हुआ, और अपने मित्र का भी। उसी ने तो प्रथम विदिशा नगरी दिखाई थी। उसके बाद की घटना–विवाह और विवाह की पहली रात–स्मरण में रह गयी थी और हृदय में निरन्तर चुभ रही थी।

'हे वेदवती, विद्योत्तमा, विद्वत्वती तुम्हें साष्टांग नमस्कार। आज स्मरण हो रहा है हमारा अपमान, हमारी वंचना...याद आ रहा है सीमापार किया गया वह अगतिक, असहाय, एकाकी मातृगुप्त। वह मातृगुप्त कालिदास हो गया। कैकेयी ने वर माँगा जिससे श्रीराम को चौदह वर्ष का वनवास हो। मगर उससे निष्पन्न हुआ विश्व उद्धार का कार्य! लोकसेवा, ऋषिसेवा हो, असुरों का राज्य समाप्त होकर लोकजीवन आश्वस्त हो। उसी तरह, वेदवती के सीमापार करने से श्रीराम जैसा कार्य तो नहीं हुआ, परन्तु हम स्वयं को विकसित कर सके...कितना अहोभाग्य! यही उसने हमें सीमापार भेज कर किया। यही है वह विदिशा!

मेघ को मार्ग बताना है, स्वयं भी विचलित नहीं होना है।

"हे जलदगामी, तुम्हें अब नर्मदा–महानद के समान चिर यौवन सरिता दिखाई देगी। हाथी के शरीर पर अंकित मुद्राओं जैसा उसका धवल रूप है। हे पयोद, उस घनघोर अरण्य में वर्षाव करने से पूर्व तुम क्षुधित न रहना। वृक्ष-वृक्ष पर लगे हुए फल तुम खाना। सौदामिनी के साथ जब तुम हास्य करोगे, तो नर्मदा तट पर रसिकप्रिया भयभीत हो जायेंगी। मुझे ज्ञात है कि मार्ग में अनेक पर्वत हैं। तुम शीघ्रता से नहीं जा सकोगे, संघर्ष भी करना पड़ेगा।

विदिशा में तुम्हारे सामने अनेक प्रलोभन थे। नागरी स्त्रियाँ अपने बालों को सुखाने के लिए धूप लगाती हैं, उसकी सुगन्ध निश्चित ही लुभावनी होती है। मयूरों का नृत्य देखकर तुम अपनी सुध-बुध खो बैठते। फिर भी, मित्र, तुम किसी मोह के शिकार नहीं हुए और आगे बढ़ गये।

उस विदिशा नगरी में तुमने त्रिभुवन स्वामी शिवशंकर के दर्शन तो अवश्य किये होंगे। और मित्र, वहाँ की युवतियों के स्नान से गन्धमयी हुई सरिता के मोहपाश से तुम बच निकले। धन्यवाद, मित्र! मेरे जैसे सामान्य यक्ष के सन्देश को पहुँचाने का कार्य अत्यन्त प्रेम से कर रहे हो।

हे जलधर, तुम महाकालेश्वर के मन्दिर में सूर्योदय से सूर्यास्त तक विश्राम करना, जिससे सायंकालीन आरती में सम्मिलित होकर तुम अपनी गर्जना कर सको।

तुम्हें कल्पना नहीं, मित्र, जब वहाँ सन्ध्या नृत्य करने लगती है तो अपने कटिबन्ध पर बाँधी हुई मेखला के मणिबन्धों की छुनछुन जैसी ध्वनि करने वाली अनेक नर्तकियाँ तुम्हें दिखाई देंगी। वे तुम्हें भ्रमित करने का पयत्न करेंगी, परन्तु तुम भ्रमित न होना।'

कालिदास लिख रहे थे। मन-ही-मन वे दशार्ण देश, विदिशा और मन्दसौर और महाकालेश्वर मन्दिर पहुँच चुके थे। आरती के बाद शिवशंकर के ताण्डव का स्मरण हुआ। वे फ़ौरन बोले, "हे कृष्ण घन, शिवशंकर के नृत्य में सहभागी होना! ये आगे है उज्जयिनी नगरी। रात के गहन अन्धकार में उसे देखना असम्भव है। परन्तु प्रेमी जनों के पास जा रही अभिसारिकाओं की मेखला की रत्नमालाओं से निकलता हुआ प्रकाश मार्ग प्रकट होगा।'

कल्याण। असुरों का वध। हमारे मन की दुष्ट शक्तियों को नष्ट करके ज्ञान का अनामिक, बहुमूल्य आनन्द दिया तुमने हमें, वेदवती। तुम्हें इस बात की कल्पना भी नहीं, तुमने हमें जाग्रत किया, प्रकाश स्तम्भ बनीं हमारे लिए, और आज हम आनन्द पथ पर अग्रसर हो गये हैं। 'अस्ति कश्चिद् वाग्विशेष:' से तुमने मातृगुप्त

को कालिदास बनाया! कालिदास मन-ही-मन हँसे, प्रसंग चाहे जो हो, उसका स्मरण होता ही है...यह युति आवश्यक है।

अब उन्होंने फिर से मार्ग बताना आरम्भ किया।

मेघ उज्जयिनी नगरी में प्रवेश कर चुका था, और यक्ष ने उससे कहा था, 'अपनी प्रिया, सौदामिनी के साथ किसी भवन के ऊपरी तल्ले पर स्थान देखकर विश्राम करना। समूचे विश्व को तुम्हारे आगमन से रति सुख का आनन्द प्राप्त होता है, वह तुझे भी प्राप्त हो।

सूर्योदय से पहले उठकर तू मार्गस्थ होना। अब तुम्हें गम्भीरा जलवाहिनी दिखाई देगी। उसकी तरफ़ देखते मत बैठना। मार्गस्थ हो! देवगिरि पर्वत पर सुगन्धित समीर तुम्हारे श्रम हर लेगा। उसी देवागिरि पर्वत पर तुम आकाशगंगा से लाये हुए जल से स्कन्द का पुण्याभिषेक करो। यहीं गुफा में शायद कार्तिकेय और पार्वती भी होंगे, परन्तु आगे बढ़ो। अभी तुम्हें बहुत मार्गक्रमण करना है।

हे कृष्णमेघ, यह रही चर्मण्वती सरिता। उसका रूप देखकर ऐसा लगता है, मानो वह वसुन्धरा के वक्षस्थल पर मौक्तिक माला है। अब आगे बढ़ो, मित्र, अब कौरवों-पाण्डवों का युद्ध क्षेत्र–कुरुक्षेत्र आयेगा, विलम्ब न करो। अब दिखाई देगा– ब्रह्मावर्त। उस पर सिर्फ़ दृष्टि डालकर आगे बढ़ जाना। सरस्वती सरिता निकट ही दिखाई देगी। उस पवित्र सरिता का जल प्राशन करके तू अविलम्ब अग्रेसर होना।

अब तुम हरिद्वार, गंगा और जहाँ शिव-पार्वती का विवाह हुआ वह कनखल क्षेत्र देखोगे। अब यदि चाहो तो उस देवगंगा का जल प्राशन करना। तब तुम्हारी छाया में धवलगंगा और अधिक सुन्दर दिखाई देगी। देवदार के वन पर भी तुम वर्षाव करना। दावाग्नि से सन्तप्त अरण्य को शान्ति मिलेगी।

हे मित्र, हिमालय में एक अष्टपाद मृग है, तुम्हारी गर्जना सुनते ही वह तुम्हारी ओर लपकेगा। तब तुम उस पर अतिवृष्टि कर उसे पराजित करना। शिव पद की मुद्रा वाले शिलाखण्ड को तू प्रणाम करना।

यहाँ अरण्य से आती वेणु ध्वनि और किन्नरों द्वारा गाई जा रही शिव की आरती तुम्हें आनन्द देगी।

दशानन रावण ने दोनों भुजाओं से जिसे हिलाया था, यही वह कैलाश पर्वत है। यदि तुम अपलक दृष्टि से यहाँ का सौन्दर्य निहारते रहे, तो तुम्हें अलकापुरी पहुँचने में विलम्ब होगा।

तुम अनेक योजन चलकर आये हो मेरे मित्र, मगर अब अन्तर अधिक नहीं है। एक बार मेरी प्रिया को सन्देश पहुँचा दो, फिर तुम मुक्त हो जाओगे। इतना अधिक

समय तुमने मेरे लिए दिया है, मित्र, और अपने वचन का पालन भी किया है। मैं तुम्हारा अत्यन्त आभारी हूँ। मित्रों का आभार नहीं मानते, परन्तु शब्दों से प्रदर्शित किये बिना तुम कैसे समझ पाओगे?'

यक्ष के निमित्त से कालिदास स्वयं के विचार लिख रहे थे। मेघ अब अलका नगरी की ओर जा रहा था।

कालिदास ने यक्ष के रूप में सन्देशवाहक कृष्णमेघ को अलकानगरी का मार्ग तो बता दिया, मेघ अब अलकानगरी में प्रवेश कर रहा होगा, परन्तु वह हमारी प्रिया को कैसे पहचानेगा? हमारा भवन भी उसे ज्ञात नहीं है। 'पूर्वमेघ' में उसे अलकापुरी का मार्ग बताया था, अब 'उत्तरमेघ' में अपने भवन का और अपनी प्रिया का परिचय करवाना है।

कालिदास अब रामगिरि से नगरधन के विशेष अतिथिकक्ष में आये थे। रात वर्षाधाराओं से गहराई हुई थी, सौदामिनी के आने-जाने से निरन्तर भयभीत कर रही थी। मुक्त गति से बहते समीर के कारण कक्ष में दीप की ज्योति भी थरथरा रही थी।

विश्राम करने के लिए वे मंचक पर लेटे, भावनाओं के वेग को रोकने में मेघ भी असमर्थ थे। कब की प्यासी धरती इस वर्षा से सुखी हो रही थी। तब वह भी सुख का अनुभव करने लगा। कालिदास के नेत्र पटल पर सारा दृश्य अंकित हो गया। वे उठे। उन्होंने सारे दीपदानों को निकट सरका लिया, और वे भोजपत्र निकालकर लिखने बैठे। वर्षा धाराओं के ही समान शब्द धाराएँ प्रवाहित हो रही थीं। शब्द धाराएँ पूर्णत्व की ओर जाने के लिए उत्सुक हो रही थीं। उन्होंने 'उत्तरमेघ' शीर्षक से उत्तरार्ध लिखना आरम्भ किया।

'हे कृष्ण मेघ, अलकापुरी में सुन्दर स्त्रियाँ, उनके आभूषण, अलंकार हैं, परन्तु तुम भी श्रेष्ठ हो। सौदामिनी जैसी सुन्दर स्त्री तुम्हारे पास है। रत्न भी लज्जित हो जायें, ऐसा सुन्दर, झिलमिलाता हुआ सप्तरंगी इन्द्रधनुष्य तुम्हारे पास है।'

अब यक्ष को कृष्ण मेघ को श्रेष्ठत्व देना ही था। क्योंकि उसे यक्ष, किन्नर, गन्धर्व तथा देवकन्याओं से दूर ही रखना था। इस विचार से यक्ष कहता है,

'हे मित्र, अलकापुरी का वर्णन करने लगूँ, तो शब्द ही समाप्त हो जायेंगे। यहाँ ऋतु केवल आनन्द प्रदान करने के लिए ही आते हैं। कामज्वर के सिवा अन्य कोई ज्वर नहीं होता, प्रणय-कलह को छोड़कर अन्य कोई कलह नहीं होता। यहाँ वियोग नहीं, यौवनावस्था के सिवा अन्य अवस्था नहीं। अलकापुरी की कन्याएँ प्राप्त करने के लिए देवता भी आतुर रहते हैं।

अलकापुरी में ऐसे कृष्ण मेघ नहीं होते। सदा होती है शीतल-स्निग्ध चन्द्रप्रभा,

सुरा-सुन्दरी पर कोई प्रतिबन्ध नहीं है। जब रात में आयी हुई अभिसारिकाएँ वापस जाने लगती हैं, तो उनके कण्ठ की मौक्तिक माला के मोती और मन्दार के पुष्प राह में बिखरे होते हैं।

अब अलकापुरी का वर्णन भी कितना करूँ! यहाँ के अश्व, यहाँ कुबेर का भवन, पर्वतों की ऊँची-नीची शृंखलाएँ, कुबेर के भवन की उत्तर दिशा में इन्द्रधनुष्य के तोरण के नीचे है मेरा भवन।'

यक्ष निःश्वास छोड़ता है, जैसे वही मार्गक्रमण करके आया है। यहाँ तक कृष्णमेघ पहुँच गया है। परन्तु कुबेर की तरह मेरा भी वैभव देखकर वह चकित न हो जाये, इसलिए यक्ष पहले ही वर्णन करने का निश्चय करता है, और वह कहता है, 'मेरे भवन के सामने एक छोटी सी वापिका है, जिसकी सीढ़ियाँ वैदूर्य और नीलम रत्नों की हैं। इस वापिका के हंस तुम्हारा स्वागत करेंगे। वहाँ एक क्रीड़ा पर्वत भी है। उसके ऊपर माधवी लता का कुंज है और अशोक वृक्ष है। अशोक वृक्ष को रमणी का पदाघात प्रिय है, तो मौलसिरी वृक्ष को रमणी के मुख की मदिरा की आसक्ति है। भवन के सामने यज्ञवेदी है, वहाँ अनेक पक्षी मेरी प्रियतमा के हाथों से अन्नकण लिया करते थे।

हे घनघोर वर्षाव करने वाले कृष्णमेघ, तू एकदम यूँ ही भीतर न घुस जाना। क्रीड़ा पर्वत पर हाथी के शिशु जैसा निश्चिन्त होकर विश्राम कर। अब पूछोगे कि ऐसा क्यों? अब तक तो कहते थे कि अविलम्ब मार्गस्थ हो, अब ऐसा क्यों?

बताता हूँ, मित्र। मेरे ही समान उसकी भी अवस्था हुई होगी। वह देवी-देवताओं की अर्चना कर रही होगी। मैं जल्दी आऊँ, इसलिए शायद अंक में वीणा लिए विरहगीत गा रही होगी। बीच-बीच में वीणा रखकर मेरे साथ बितायी कुछ रातों का स्मरण कर रही होगी। हे मित्र, मेरी प्रियतमा को मेरे बिना रात बहुत कठिन लगती होगी। वह वीणावादन, पूजा अर्चना, चित्रकला को अपनी सखियाँ बनाकर दिन व्यतीत करती होगी। मगर रात?

मित्र, रात को निरन्तर करवटें बदलते हुए वह इतनी दुर्बल प्रतीत हो रही होगी, मानो चाँद की सिर्फ़ एक ही किरण बाकी है।'

और फिर यक्ष उसकी अवस्था का इतना करुण वर्णन करता है कि मेघ का दिल भी भर आये। भावनाओं का वर्णन, भवन के पक्षियों का वर्णन, विरह में निर्बल, आभूषण रहित, विरह शय्या पर अपनी पत्नी का वर्णन करता है, परन्तु वह मेघ से कहता है, 'तुम स्वयं ही तर्क से उसकी विरहावस्था जान सकते हो। अब आगे क्या कहूँ? तुमने तो सौदामिनी संग इस अनुभव को जिया है। अब तुम उसे मेरा सन्देश

कब देना, यह बताता हूँ।

हे जलद मेघ, जब तुम भीतर प्रवेश करोगे तो वह निद्रामग्न होगी, और मेरे साथ सहवास का सपना देख रही होगी। एक प्रहर तुम उसके स्वप्न के पूर्ण होने की प्रतीक्षा करना, और तुम उसे देखते हुए...'

यक्ष विचार कर रहा था कि न जाने यह मेघ उसे कैसे सम्बोधित करता है। मैं ही उसे बताता हूँ...यही उचित होगा...

'हे चिरंजीवी मित्र, तू उसे सौभाग्यशालिनी यक्ष-पत्नी कहकर सम्बोधित करना, तब वह तुम्हारी पूरी बात श्रवण करेगी। आगे कहना, 'हे शीलवती, तुम्हारा सहचर, तुम्हारा पति वियोग से अत्यन्त व्यथित है। उसने तुम्हारा कुशल-क्षेम पूछा है।'

मेरी अवस्था का वर्णन करते हुए कहना, "हे सुन्दरी, प्रियंगु लता में तुम्हारी कमनीय देह, हरिणी के नेत्रों में तुम्हारे नेत्रों की चमक, चन्द्रमा में तुम्हारी कान्ति, मयूर पंख में तुम्हारे केश और सरिता की लहरों में तुम्हारे भ्रूविलास का अनुभव कर रहा हूँ।

गेरु से शिलाखण्ड पर तुम्हारा चित्र बनाता हूँ, तो अनावर अश्रुधारा से वह चित्र भी बिखर जाता है। तुमसे दूर रहकर मैं भी अगतिक, असहाय, दुर्बल हो गया हूँ। कामदेव के पंचशरों ने मुझे व्यथित कर दिया है। जब तुम्हें अपनी बांहों में लेने का प्रयत्न करता हूँ, तो शून्य आकाश में ही अपनी बाँहें पाता हूँ।"

'हे घनश्याम, तुमने मेरी विरह-वेदना देखी है। तुम उसे बताना, हाँ, एक प्रश्न तो रह ही गया, मैंने ही तुन्हें सन्देशवाहक के रूप में भेजा इस पर उसे विश्वास हो जाये इसलिए एक एकान्त की घटना सुनाता हूँ......

इस प्रकार कृष्ण मेघ को यक्ष ने अपनी सम्पूर्ण अवस्था बतायी और उसका आभार मानते हुए कहा, "हे मित्र, मित्रत्व के रिश्ते से तुमने मेरा काम योग्य रीति से किया है, अब अत्यन्त अल्प समय बचा है, अब मैं यक्ष नगरी में जाकर वियोग को समाप्त करूँगा। तुम्हारे लिए प्रार्थना करूँगा कि तुम्हें कभी भी सौदामिनी का वियोग न सहना पड़े।"

मेघ का यह पूरा सन्देश सुनकर कुबेर ने यक्ष को दिया हुआ शाप वापस ले लिया और दोनों का मिलन कराने के लिए दूत को रामगिरि पर भेजा। मेघ भी धन्य हो गया।

कालिदास ने 'मेघदूतम्' को पूरा किया और उनके मन में विचार आया, 'वियोग और वह भी इतना! असहनीय ही है। कुछ ही दिनों का वियोग भी मन को अस्वस्थ कर देता है, यहाँ तो पूरे एक वर्ष का वियोग है। हमने लिखी तो है यक्ष की

काल्पनिक कथा, परन्तु वह हमारा स्वयं का ही वास्तविक अनुभव है। अनुभव के बिना काव्य में समग्र वास्तविकता नहीं आ सकती, उत्कट संवेदना नहीं प्रकट होती। और ऐसे शाप दिये ही क्यों जाते हैं? अपनी सामर्थ्य का अहंकार होने से। मनुष्य का अहंकार, द्वेष समाप्त हुए बिना कामजीवन के सौन्दर्य, माधुर्य और लालित्य का पूरा-पूरा आकलन नहीं हो सकता। मेघ को दूत बनाकर, यक्ष और यक्ष पत्नी के मध्य जो वियोग है, उसे प्रेषित करने में, व्यथा वेदना में भी सुख का हुंकार छिपा है, यह समझ में आये, इस बात को 'मेघदूतं के माध्यम से हम अनजाने में लिख गये।

हमारे जैसा, उज्जयिनी के सम्राट चन्द्रगुप्त की राजसभा में प्रतिष्ठित और मन्त्री हों, या सर्वसामान्य कर्मचारी, उसे अपने कर्मानुसार स्वर्ग प्राप्ति होती है, इस बात का प्रतिपादन किया जाता है। इस कल्पना का स्वर्ग सत्य है या काल्पनिक? मन का आभास है या भास? मृत्योपरान्त का स्वर्ग और वहाँ की लावण्यवती अप्सराएँ, इन्द्रदेव की सभा, उसकी नृत्यांगनाएँ, सदैव रहने वाली चन्द्रप्रभा, कोमल सूर्योदय, सुगन्धित नन्दनवन, इच्छापूर्ति करने वाली कामधेनु हमने कभी प्रत्यक्ष देखी नहीं। परन्तु प्रत्येक मनुष्य के मन में एक कल्पनातीत स्वर्ग होता है। वह स्वर्ग शब्दों के माध्यम से अवतरित हुआ है। हे सरस्वती माते, स्वर्गसुख को दृश्य स्वरूप में प्रकट करने का स्वप्न मैंने कभी भी नहीं देखा। अनजाने में ही तुमने उसे पूरा कर दिया है।

और हमारी विरह भावना यक्ष के मुख से झरझर बहती रही, यह सत्यानुभूति, स्वानुभूति थी। परन्तु उसे शब्दों के माध्यम से प्रकट करने की, प्रवाहित करने की सामर्थ्य तुमने ही दी है, देवी भगवती! हमारा यह उत्कट प्रणयकाव्य तुम्हारे चरणों में अर्पण करता हूँ!'

ब्रह्ममुहूर्त हो गया था, अविरत जलधारा की भाँति ये काव्य पंक्तियाँ, सरस्वती के कण्ठ की मौक्तिक माला के मोतियों के समान बिखरते मौक्तिक मणियों जैसे शब्द क्या हमने ही लिखे हैं, ऐसा सम्भ्रम उत्पन्न हो रहा है। मन अत्यन्त प्रसन्न है। हे वीणावादिनी सरस्वती, तुम्हारे अनन्त उपकार हैं हम पर!'

उन्होंने भोजपत्रों को क्रम से रखकर उन्हें रेशमी वस्त्र में बाँधा और अनामिक आनन्द से उनका मन भर आया। मानो वे स्वयं विन्ध्य पर्वत, रेवा नदी, दशार्ण देश, विदिशा, निर्विन्ध्या, वेत्रवती, शर्मणवती, गम्भीरा और उज्जयिनी और कैलास की अलकापुरी तक जाकर आये हों। सब कुछ कल्पनातीत, अगम्य, अनुपम था। उन्हें स्वयं पर ही विश्वास नहीं हो रहा था। परन्तु यह सत्य था, प्रत्यक्ष था। अब उन्हें तीव्रता से सम्राट चन्द्रगुप्त का स्मरण हुआ। केवल रसज्ञ, गुणज्ञ और रत्न पारखी सम्राट चन्द्रगुप्त का। अपनी कल्पना में वे भोजपत्र लेकर उज्जयिनी पहुँच चुके थे।

***

सन्ध्या का अन्धकार पटल दूर कर रजनीकान्त ने प्रसन्न मन से रजनी के प्रासाद में प्रवेश किया। उसके स्वागत के लिए आतुर रजनी प्रसन्नता से हँसी और पूरे आकाश में तारों के पुष्प खिल गये। कमलिनी के पुष्प खिल गये। चक्रवाक और चक्रवाकी यह दृश्य देख रहे थे, वैसे ही यह अनुपम दृश्य कालिदास भी देख रहे थे। चन्द्र किरणों का प्राशन कर जीने वाले चकोर का उन्हें स्मरण हो आया।

हमारी भी एक चन्द्रिका है, हम चकोर हैं। हम रजनीकान्त हैं, हम ही समूचे विश्व का आनन्द हैं। हमारा मार्ग भी मधुवन्ती के प्रासाद की ओर जाता है। अश्व पर आरूढ़ वे आनन्द विभोर थे। चराचर का लावण्य और असीम आनन्द उनके तन-मन में था। अपनी आदत के अनुसार अश्व मधुवन्ती के प्रासाद के सामने रुका।

शायद अन्तर्मन की पुकार उस तक पहुँची थी, मधुवन्ती प्रासाद पर ही सीढ़ी पर उनकी प्रतीक्षा करती हुई दिखाई दी। वे फ़ौरन अश्व से उतरे। हाथ में हस्तलिखित भोजपत्रों का गट्ठा था। वे सीढ़ियाँ चढ़कर ऊपर आये। अब इतनी अवधि के विलम्ब पश्चात आने का स्पष्टीकरण क्या दें, यह प्रश्न उनके सामने था। वे सोच ही रहे थे कि मधुवन्ती ने रजनीगन्धा के फूलों की माला उनके गले में डाल दी। उस सुगन्ध से प्रसन्न होते हुए वे बोले, "हे चारुते, मधुवन्ती, क्या हमारी प्रतीक्षा कर रही थीं, या हम आयेंगे ही यह विश्वास था?"

"प्रतिदिन हाथों में पुष्पमाला लेकर उगते हुए तारों को साक्षी मानकर आपकी प्रतीक्षा करते हुए आज तीन मास हो गये। रोज की पुष्पमाला हम सामने वाले बकुल वृक्ष को अर्पण करते रहे। केवल बकुल स्मृति के सहारे भी जिया जा सकता है, यह अनुभूति भी हुई। आप कश्मीर और फिर केदारेश्वर, बद्रीनाथ से आने के बाद केवल एक बार दोपहर में 'आ गया हूँ' यह बताने के लिए आये थे। और..."

आगे कुछ न कहते हुए उसने उन्हें दृढ़ आलिंगन में लिया। उसकी वेदना, व्याकुलता, एकाकीपन, अपरम्पार स्नेह उसके आलिंगन से और अपने स्कन्ध पर हो रहे अविरत अश्रु प्रवाह से उन्हें समझ में आ रहा था।

उन्होंने उसे अपने से दूर किया। उत्फुल्ल कमलिनी पर ओस की बूँदें छाई हों ऐसा वह दृष्य था। वे उसे लेकर दालान में आये, उसे आसन पर बिठाया।

"हे रूपमती, गन्धवती, सुकेशिनी मधुवन्ती हम क्षमाप्रार्थी हैं। कार्य बाहुल्य के कारण हम नहीं आ सके, इसका अर्थ कदापि यह नहीं है कि हमें, हमारे तन-मन को तुम्हारी याद नहीं आती थी। हे चारुगात्री, हम तुम्हारे अनन्य अपराधी हैं, जो चाहो

वह सज़ा दो, प्रिये, जो चाहो..." उनका मन भी भर आया था।

"प्रिये, अगर तुम इस प्रकार अनवरत अश्रु बहाती रहीं। तो हम..."

शब्द मौन हो गये। कुछ देर नि:स्तब्धता छायी रही।

"अब थोड़ा प्रसन्नता से हँसोगी लावण्यलतिके?"

वह उनसे दूर होते हुए प्रसन्नता से हँसी। ऐसा प्रतीत हुआ मानो वर्षाधाराओं से चन्द्रमा का अप्रतिम स्नेहिल रूप झाँक रहा हो। उसका विलोभनीय रूप मन में गहरे समा रहा था।

"अब हम आपको जाने नहीं देंगे, स्वामी..." उसका वह अधिकार स्वयं उसी ने प्राप्त किया था। वे हँसते हुए बोले, "हे मदनिके, तुम्हें छोड़कर जीने की हम कल्पना भी नहीं कर सकते। हे सुशीला, सुहास्यवदना मधुवन्ती, तुमसे बढ़ाकर अप्सरा-गन्धर्व कन्या भी हमें प्रिय नहीं। अप्सरा..."

उन्हें अचानक स्मरण हुआ, हस्तलिखितों का गट्ठा शायद हमने सीढ़ियों के पास छोड़ दिया है।

"सखे, हम अपना हस्तलिखित लेकर आते हैं।"

"हम दासी को भेजते हैं," उसने कंचना को भेजकर हस्तलिखित मंगवा लिया।

"ऐसा क्या है, इसमें?"

"हम कुछ भी न बताये बिना तुम्हें आश्चर्यचकित करना चाहते थे, परन्तु हमसे रहा न गया। बताते हैं, भोजनोपरान्त।"

मधुवन्ती को भोजन की उत्सुकता न थी। उससे कई गुना ज़्यादा अधिक उत्सुकता थी उस हस्तलिखित के बारे में। भोजन के उपरान्त कालिदास आसन पर बैठे। उन्होंने रेशमी वस्त्र में बँधा हुआ गट्ठा खोला।

"बताइए न, स्वामी, क्या है?"

"ये हैं, हमारे द्वारा लिखा गया 'अभिज्ञान शाकुन्तलम्'।

"अर्थात?"

"हमने यह लिखा है, इस बारे में अब तक किसी को भी ज्ञान नहीं है। यह नाट्यकृति है। हमने यह नाट्यकृति महामन्त्री देववर्मा को पढ़ने के लिए दी, तो उन्होंने कहा, "कालिदास, यह किसकी कृति है? इस पर किसी का नाम क्यों नहीं है? इस नाट्यकृति का रचयिता कौन है?" तब हमने उनसे कहा कि यह नाट्यकृति होने वाले अश्वमेध यज्ञ के बाद मनोरंजन के प्रयोग के लिए सादर की जाये और सम्राट चन्द्रगुप्त अत्यन्त रसिक, कलाप्रेमी और उत्तम समीक्षक हैं। यदि उन्हें भी

नाट्यकृति प्रिय हुई तो वे स्वयं ही रचयिता का नाम पूछेंगे, तब हम उसे प्रस्तुत करेंगे।"

"फिर?"

"फिर क्या, सखी! देववर्मा को वह नाट्यकृति इतनी अच्छी लगी कि उन्होंने उसे तत्काल कलाकारों को सौंप दिया और कहा कि प्रत्येक शब्द महत्त्वपूर्ण है, उसका उचित प्रयोग करें।"

"अब तो बतायें विस्तार से!" वह उनके निकट बैठी। उन्होंने कहा, "प्रिये, लेखक चाहता है कि श्रोता, रसिक उसके सम्मुख हो। तुम हमारे सामने बैठो।"

वह हँसी, मानो पूरे आकाश में चाँदनी खिल उठी।

"कश्मीर से लौटते हुए हम हरिद्वार, ऋषिकेश होकर देवप्रयाग, गौरीकुण्ड और केदारेश्वर और फिर बदरीनाथ के लिए, फिर से देवप्रयाग आकर गये। वहाँ से लौटते हुए हम मालिनी तीर की दिशा से आये। मालिनी तीर के किनारे-किनारे से जायें तो हरिद्वार से देवप्रयाग का मार्ग है। हम उसी मार्ग से चल पड़े।"

कहते-कहते कालिदास उस परिसर में पहुँच गये थे।

"हिमालय के परिसर में सूर्योदय से पूर्व आकाश विविध रंगों से सुशोभित हो जाता है। हिमकणों पर किंचित भी प्रकाश पड़े तो जैसे सहस्त्रों हीरे दमकने लगते। शीत लहरों से कभी देह पर रोमांच आता, तो कभी ऐसा प्रतीत होता मानो देह काष्ठवत हो गयी है। मगर हिमालय की किसी गुफा में उष्णता का अनुभव भी होता। परन्तु ऐसी गुफा कभी-कभी ही मिलती। अपरिचित और कठिन मार्ग पर यात्रा करते हुए सैनिक, सुश्रुत, सुश्रवा सभी सम्भ्रमित रहते। उनके साथ पथप्रदर्शक भी थे। उन पर विश्वास करते हुए बीस-पच्चीस सैनिक और हम तीनों थे। सूर्यास्त देखते-देखते रात में परिवर्तित हो जाता। दिन के तापमान में कभी परिवर्तन हो जाता, कभी प्रकाश से दसों दिशाएँ इतनी प्रकाशित हो जातीं कि हिमालय का प्रकाश असहनीय हो जाता। कभी हिमपात से परेशान, कहीं भी छिपने के लिए स्थान न मिलता, तो कभी भयानक शीत लहरें शरीर को काष्ठवत बना देतीं। हाथों से अश्व की लगाम छूट जाती और पता भी नहीं चलता। आगे गये हुए सैनिक कहाँ कोई स्थान ढूँढ़ेंगे, यह भी विकट प्रश्न ही था। फिर भी चलते रहना ही एकमात्र पर्याय था। मन केवल वर्तमान पर ही केन्द्रित रहता, मानो सारी संवेदनाएँ ही समाप्त हो गयी हों।

इस कठिन यात्रा के बाद हम पन्द्रह दिन पश्चात मालिनी तीर पर स्थित कण्व मुनि के आश्रम में पहुँचे। हमारे अश्व अत्यन्त थक गये थे। वे हमें सकुशल लाये

थे। अगर वे बोल सकते, तो एक सुर में कहते, 'कालिदास महोदय, आपके आनन्द के लिए हमें कितने कष्ट झेलने पड़े। आपके विश्वास को हम तोड़ नहीं सकते थे।'

"ठीक है...मधुवन्ती, हम कण्व आश्रम पहुँच गये थे। सबकी स्थिति अत्यन्त दीन-हीन थी। उस आश्रम में कोई नहीं था, परन्तु आसपास कुछ कुटिया थीं, जिनमें कुछ लोग थे। उन्होंने बताया,

"हमारे पूर्वज कण्व मुनि के शिष्य थे। उस समय इस परिसर में सैंकड़ों आश्रम थे। अनेक विद्वत्जन, विद्याभ्यासी, राजा-महाराजा यहाँ वास्तव्य करने के लिए आते। यहाँ यज्ञ-महायज्ञ किये जाते, शास्त्रार्थ सभाओं का आयोजन होता, मानो आर्यावर्त का लघु रूप यहाँ था। अनेक पथिक वास्तव्य करते।

प्रात:कालीन मन्त्रघोष से आश्रम परिसर और आसपास का अरण्य प्रदेश गूँज उठता। मालिनी के जल में खड़े होकर सूर्य को अर्घ्य देते हुए देवतुल्य ऋषि साक्षात शुभ-माँगल्य की प्रतिमा प्रतीत होते।

महोदय कालिदास, युग बीत गये, परन्तु नित्य नियम से उदय होने वाले सूर्य-चन्द्र के समान, वैदिक काल से वर्तमान काल तक यहीं घटित हुई राजा दुष्यन्त और कण्व मुनि की धर्मकन्या शकुन्तला की प्रेम कथा हम हर काल में कहते आ रहे हैं।

आश्रम के वर्तमान ऋषि सत्येन्द्र अभी देवप्रयाग में वास्तव्य कर रहे हैं। उनका परिवार शिवकाशी में है। आपके स्वागत के लिए हम प्रस्तुत हैं।"

"और सखी, मधुवन्ती, हमारा मन वहाँ इतना रम गया कि हमने उस पर एक नाट्यकृति ही लिख डाली, 'अभिज्ञानशाकुन्तलम्'। हम तुम्हें पढ़कर सुनाने वाले हैं। लेखक-कवि को उत्तम श्रोता और रसिक प्रेक्षक के सिवा किसी अन्य वस्तु की आवश्यकता नहीं होती।"

"स्वामी, हम सुनेंगे, आस्वाद भी लेंगे, परन्तु..."

उसके मन की सहवास की इच्छा को वे नहीं समझे, उन्होंने पढ़ना आरम्भ किया–

...या सृष्टि: स्त्रष्टुराद्या वहति विधिहुतं या हविर्या च होत्री
येद्वेकालंविधत:श्रुतिविषयगुणा:प्राणवन्त:यास्थिताव्याप्यविश्वम्।
यामाहु: सर्वबीजप्रकृतिरिति यया प्राणिन: प्राणवन्त:
प्रत्यक्षाभि: प्रपन्नस्तुनुभिरवतु वरताभिरष्टाभिरीश:।।

अर्थात..."

"हम बताते हैं, स्वामी। अर्थात, जो जल, अग्नि का निर्माण करने वाला और यजमान स्वरूप में यज्ञ करने वाला है, जो दिन-रात का नित्य नियोजन करता है, जो

आकाश है, जो पृथ्वी है, शब्द है और भूमि में बीज देने वाला है, जो वायु भी है। सम्पूर्ण सृष्टि जिसके कारण जीवित है, वह शिवशंकर, हमारा रक्षण करते हुए, आज प्रत्यक्ष रंगभूमि पर आशीर्वाद देने के लिए प्रकट होने वाला हैं।"

"सखे, मधुवन्ती, तुम स्वयं शास्त्र पण्डित हो, फिर सम्राट चन्द्रगुप्त ने उज्जयिनी में संस्कृत को बोलचाल की भाषा बनाया है, अत: हमारी नाट्यकृति सामान्य जनों को भी आनन्द प्रदान करेगी, ऐसा हमें विश्वास है।"

"और आपका विश्वास सार्थ है, स्वामी! स्वयं आप ही इतने अधिक मनोहारी हैं कि आप हिमगौर शिवशंकर हैं, या प्रत्यक्ष विष्णुदेव हैं, समझ में नहीं आता। किसी पुरुष का सौन्दर्य इतना उत्कट, अनुपम, अनन्य हो सकता है, इसकी हमने कभी कल्पना भी नहीं की थी।"

'अब बस करो, मधुवन्ती। यह सत्य है कि हम जितने भाग्यवान हैं, उतने ही शापदग्ध भी.हैं। हमारी कोई पत्नी नहीं, परिवार नहीं, कन्या का, पुत्र का स्नेह नहीं। उन बाल लीलाओं से हम वंचित हैं। सुख के हर परमोच्च क्षण में हम मन-ही-मन बिखरते जाते हैं, और एक ही वाक्य मन पर आघात करता है, 'इसी क्षण नगर से बाहर निकल जाओ। सीमा पार जाना ही तुम्हारी सज़ा है।'

अगर उसने हमें समझा होता, स्पष्टीकरण माँगा होता, तो उस जैसी अनन्य विदुषी को हमने अभिप्राय के लिए यह नाट्यकृति दी होती...।'

कालिदास मन-ही-मन अत्यन्त दु:खी हो गये, मगर अगले ही पल ऐसा हुआ जैसे झंझावात निर्माल्य उठा कर ले जाये। वे हँसे।

उनके मुख के निरन्तर बदलते भावों को देखते हुए मधुवन्ती के सामने सदा की तरह प्रश्न उपस्थित हुआ, 'इस रूप सम्पन्न, विद्वान, लोकप्रिय युवक ने अब तक विवाह क्यों नहीं किया होगा?' परन्तु हमेशा की तरह उसने इस प्रश्न को झटक दिया और कहा,

"आरम्भ करें, आर्य!"

"शिवस्तुति से आरम्भ करने के बाद नाटक तुरन्त आरम्भ नहीं हो जाता, सखी! पहले सूत्रधार, निवेदक नाटक की भूमिका कथन करते हैं, और फिर संवाद रूप से कथा आरम्भ होती है। भरत मुनि के नाट्य शास्त्र का सूक्ष्म अध्ययन हमने किया ही था, क्योंकि वह विषय हमें प्रिय था, अब यहाँ उसका उपयोग हुआ।"

"आर्य, यदि आरम्भ में ही सारा स्पष्टीकरण देते रहे, तो रसिक नाटक देखेंगे नहीं। समझदार व्यक्ति को हम क्या बतायें!"

कालिदास हँसे।

रात पूरे यौवन पर थी, परन्तु कालिदास अपनी ही नाट्य कृति में मग्न थे। उन्होंने कहा,

"मालिनी तीर पर स्थित कुलपति कण्व मुनि के आश्रम का एक मृग अरण्य की दिशा में जाता है। उसी समय हस्तिनापुर के सम्राट दुष्यन्त उस अरण्य में मृगया के लिए आये हैं। आश्रम का वह मृग आश्रम की दिशा में भागने लगता है। सम्राट दुष्यन्त भी उसके पीछे अश्व गति से भागते हैं। आश्रम परिसर दिखाई देते ही वे रुक जाते हैं। दो शिष्य उन्हें बताते हैं कि यह कण्व मुनि का आश्रम है। सांप्रत वे अपनी कन्या की ग्रह शान्ति के लिए प्रभास क्षेत्र के सोमतीर्थ में गये हैं। आप पधारें, उनकी कन्या शकुन्तला, माता गौतमी आपका स्वागत करेंगी। रथ को आप यहीं रखें। उन्होंने रथ और सारथी को वहीं छोड़ा और आश्रम द्वार से भीतर प्रवेश किया। उन्हें कुछ आश्रम कन्याएँ दिखाई दीं। वे स्वच्छन्द, मुक्त और प्रसन्न थीं। वृक्ष लताओं को पानी दे रही थीं। उनमें एक निसर्ग कन्या लावण्यवती थी। उसे देखते रहने का मोह हुआ। परन्तु अचानक वहाँ जाना उन्हें अनुचित प्रतीत हुआ, अत: वे एक वृक्ष के पीछे ठहर गये। यहाँ किसी पुरुष के उपस्थित होने की सम्भावना न होने से वे युवतियाँ स्वच्छन्द रूप से घूम रही थीं। लता को पानी देते हुए वह लावण्यवती युवती अपनी सखी अनुसूया से कहती है, "सखी अनुसूया, मेरी कंचुकी शिथिल करो, प्रियंवदा ने बहुत कस कर बांधी है।"

मधुवन्ती हँस पड़ी। "प्रत्येक युवती को यौवन काल में ऐसा प्रतीत होता है कि उसके शरीर के वस्त्र कष्टदायक हैं।"

"सम्भव है कि ऐसा ही हो।"

"शकुन्तला हाथ में जल पात्र लेकर आम्रवृक्ष के समीप जाने लगी तो अनुसूया कहती है, 'जब तुम आम्र वृक्ष के निकट जाती हो, तो उसे ऐसा लगता है कि मेरे निकट एक लता है, जो मेरा आलिंगन कर रही है।'

सम्राट दुष्यन्त यह दृश्य देख रहे हैं और आनन्द ले रहे हैं। वे मन-ही-मन कहते हैं, 'शकुन्तला सृष्टि का अनुपम स्वप्न है। प्रकृति और सृष्टि का अनुपम, उत्कट सत्यरूप है। इस युवती का नाम शकुन्त पक्षी से साधर्म्य रखता है।

शकुन्तला के अंग-प्रत्यंग से उन्मीलित यौवन किसी सुगन्धित पुष्प के समान दृष्टिगोचर हो रहा है।'

"वा...आर्य! स्त्री के अंग-प्रत्यंग पर आपकी सूक्ष्म दृष्टि है!"

"निश्चय ही, सखी, हम मार्ग में जाते हुए जो दृष्टिगत होता है, उसे तो देखते ही हैं साथ ही अन्तरंग का भी सहज अवलोकन करते हैं।"

आम्रवृक्ष को आलिंगन करती हुई लता का नाम शकुन्तला ने वनज्योत्स्ना रखा है। और वह स्वयं भी आम्रवृक्ष के निकट यूँ खड़ी है, मानो उसे कोई सुदृढ़, सुन्दर, मधुर स्वभाव का वर उसे प्राप्त हो गया हो।

सम्राट दुष्यन्त अब समझने का प्रयत्न कर रहे हैं। कण्व मुनि कुलपति हैं। सहस्त्रों शिष्यों को वे शास्त्र ज्ञान प्रदान करते हैं। अगर कण्व मुनि का विवाह हो गया हो, तो यह ब्राह्मण कन्या होगी।

वे विचार कर ही रहे थे कि ऋषि कन्याएँ भयभीत होकर भागने लगती हैं। शकुन्तला निरन्तर कह रही है, "सखियों, यह दुष्ट मेरे पीछे पड़ा है, मुझे छोड़ता ही नहीं है, मुझे बचाओ, सखियों!"

राजा दुष्यन्त अचानक आगे आते हुए कहते हैं, "हे ऋषि कन्या, पुरुवंशी राजा दुष्यन्त के रहते हुए भय किस बात का? कौन है वह दुष्ट? हमें दिखाओ।' वे कहते हैं।

अकस्मात प्रकट हुए सम्राट दुष्यन्त को देखकर सखियों सहित शकुन्तला आश्चर्यचकित हो जाती है। 'कौन है वह दुष्ट?'' शकुन्तला लज्जापूर्वक कहती है, 'भ्रमर'।

सम्राट दुष्यन्त दिल खोलकर हँसते हैं। वृक्ष को सिंचित किये हुए जल में शकुन्तला उनका सुदृढ़ रूप देखती है, और अधिक ही लज्जित हो जाती है।

"सुन रही हो ना, मधुवन्ती?"

"सुन रही हूँ। उसकी सखी कहती है ना कि सम्राट दुष्यन्त के सिवा अन्य कौन रक्षक हो सकता है? क्योंकि आश्रम की रक्षा करना राजा का कर्तव्य होता है, अतः..."

"ऐसा नहीं, सखी। मृगया के लिए सम्राट दुष्यन्त आये हैं..., आगे सुनो..."

"आधी रात हो गयी है, आर्य..." उसने कहने का प्रयत्न किया, परन्तु वे कहते रहे।

"वे अपना परिचय नहीं देना चाहते थे, इसलिए उन्होंने शकुन्तला से कहा, 'हम सम्राट दुष्यन्त की राज्य व्यवस्था के एक व्यक्ति हैं, धार्मिक कार्य, आश्रम व्यवस्था जैसे कार्यों का उत्तरदायित्व हमारे ऊपर है। आपके आश्रम में कोई समस्या तो नहीं है ना?'

'नहीं, आपके आगमन से आश्रम सनाथ हो गया है।'

'हमें ज्ञात है कि कण्व मुनि ब्रह्मचारी हैं!'

'यह सत्य है। हम सुनाते हैं शकुन्तला की कथा।

सुनिए, आर्य! गौतमी के तीर पर राजर्षि विश्वामित्र घोर तपस्या कर रहे थे। इन्द्र का आसन डगमगाने लगा, अत: उन्होंने अपनी प्रिय राजनर्तकी, अप्सरा मेनका को उनका तपोभंग करने के लिए भूतल पर भेजा।'

'जभी! अन्यथा ऐसा स्वर्गीय सौन्दर्य मनुष्य जाति में कहाँ से प्रकट होता। सौदामिनी कभी भूमि से प्रकट नहीं होती।'

और सखियों के साथ मुक्त संवाद करते हुए सम्राट दुष्यन्त शकुन्तला के बारे में जानने का प्रयत्न कर रहे थे, क्योंकि देखते ही वह उनके हृदय में गहरे पैठ गयी थी। 'यह सौन्दर्यवती इस समय वल्कल धारण किये हुए है, क्या ये विवाह के बाद भी रहेंगे?'

"मधुवन्ती, जैसे हमारे मन में तुम हो, वैसे ही अनेक रानियों के होते हुए भी सम्राट के मन में उसका स्थान दृढ़ हुआ। हम केवल तुम से ही..."

'हँ,' इतना ही मधुवन्ती ने कहा, परन्तु स्वयं में ही मग्न कालिदास आगे पढ़ते ही रहे...

"तुम पूछोगी, 'आर्य, सम्राट दुष्यन्त को इतनी विस्तृत जानकारी की क्या आवश्यकता थी?'

"हं," मधुवन्ती ने फिर कहा।

"मधुवन्ती, प्रिये, प्रथम दर्शन में ही सम्राट उसे अपने हृदय में अग्रणी स्थान दे चुके थे। उनके कामनासक्त, रसिक और सहृदय मन ने उनसे कहा था कि शकुन्तला के बिना वे अपूर्ण हैं। संयमित होने के कारण ही दुष्यन्त सारी पूछताछ कर रहे थे, और अपना परिचय भी नहीं दे रहे थे। परन्तु उन्होंने वृक्षों को जल सिंचन करने के ऋण स्वरूप अपनी उँगली की मुद्रिका शकुन्तला को दी। तब सखियों को सम्राट दुष्यन्त का परिचय प्राप्त हुआ।

दुष्यन्त का परिचय प्राप्त होते ही सखियों ने उसे आश्रम-आतिथ्य के किये अतिथि कक्ष में आमन्त्रित किया। सखियाँ उसका स्वागत करने के लिए अतिथि कक्ष की ओर चल पड़ीं, परन्तु शकुन्तला वस्त्र उलझ गया है, यह बहाना बनाते हुए दुष्यन्त की ओर देख रही थी। दुष्यन्त मन-ही-मन कह रहे थे, "अब हस्तिनापुर जाने की तीव्र इच्छा समाप्त हो गयी है और मन बार-बार कह रहा है कि यहीं वास्तव्य कर लें। शकुन्तला के सिवा अन्य कहीं मन लगता नहीं है," सम्राट दुष्यन्त की ऐसी अवस्था हो गयी।

यहाँ प्रथम अंक समाप्त हुआ।

"मधुवन्ती अब हम द्वितीय अंक संक्षेप में सुनायेंगे और तुम्हारे आलिंगन में रात्रि व्यतीत करेंगे।"

"हँ," मधुवन्ती ने उत्तर दिया, कालिदास पढ़ते रहे:

"मधुवन्ती, द्वितीय अंक में कथा को आगे ले जाने से पूर्व हमने रसिकों को मनोरंजन में व्यस्त रखा है। मृगया के लिए आये हुए सम्राट दुष्यन्त के पीछे सेना है, सेनापति है। इसी समय अरण्य के हाथी आश्रम में आकर विध्वंस करने लगे। यह निमित्त था, जिसके कारण सम्राट दुष्यन्त को आश्रम में वास्तव्य करने का अवसर प्राप्त हुआ है। सेना हाथियों को रोक रही है, और दुष्यन्त स्वयं को रोक रहे हैं, जिससे शकुन्तला पर दृष्टि न जाये। इस समय कण्व मुनि के दो शिष्य उनसे कहते हैं, "आजकल मायावी राक्षस यज्ञ में विघ्न डाल रहे हैं। कण्व मुनि के प्रभास तीर्थ जाने के कारण उन्हें किसी का भय नहीं रहा। हमारा यज्ञ पूर्ण होने तक कृपया यहाँ वास्तव्य करें।"

विदूषक माधव सम्राट का परम मित्र होने के कारण सम्राट दुष्यन्त के मन में फूल रही प्रीति की सुगन्ध को भाँप लेता है। सम्राट दुष्यन्त उससे कहते हैं, "माधवा, ऐसा कुछ भी नहीं है। तुम्हें प्रीति की जो गन्ध आयी है, वह सत्य नहीं है। हमारा वैभव, हमारी श्रेष्ठता कहाँ, और मृग-शावकों के साथ विचरण करने वाली ये मुनि कन्याएँ कहाँ...तुम मिथ्या सोच रहे हो। विदूषक हँसता है, क्योंकि उसे सम्राट दुष्यन्त के मन की अति सूक्ष्म भावना ज्ञात है। परन्तु वह प्रकट में कहता है, ठीक है।"

मधुवन्ती यहाँ द्वितीय अंक समाप्त हुआ।"

कोई उत्तर न आने से उन्होंने उसकी ओर देखा और वे मन-ही-मन हँसे।

उस शान्त रात में शायद वह चन्द्रमा के प्रकाश की धवल चादर ओढ़े स्वप्न लोक में विचरण कर रही थी। उसके अधरों पर मुस्कान थी। मुख पर ऐसे भाव थे, जैसे बोल रही हो। शायद किसी से संवाद कर रही थी। वह शान्त थी, वह भी सुख का अनुभव कर रहे थे।

उन्होंने उसके मुक्त केश संभार पर हाथ फेरा और उसके निकट ही वे भी निद्रावश हो गये।

***

प्रात:काल जब देव मन्दिर में आरती चल रही थी, कालिदास हाथ में सुवर्ण कलश लिए अटारी में खड़े थे। अभी बादलों की ओट से सूर्य बाहर नहीं निकला था।

वास्तव में कालिदास को जल्दी थी। थोड़ी ही देर में सूर्य दर्शन हुआ। उन्होंने उगते हुए सूर्य को अर्घ्य दिया और दालान में आये। मधुवन्ती अद्याप आयी नहीं थी। 'लगता है, आज प्रतीक्षा का दिन है', उन्होंने मन-ही-मन कहा। कुछ ही देर में सद्य:स्नाता, सुहास्यवदना मधुवन्ती हाथ में दुग्ध-पात्र लेकर आयी।

उसे अपने निकट बिठाते हुए कालिदास बोले, "अब हमारी अनुमति के बिना यहाँ से उठना नहीं।"

"ऐसा क्यों, कालिदास महाराज?"

उसके मुख से अपना नाम सुनकर कालिदास उसे निकट लेते हुए बोले,

"फिर से लो ना हमारा नाम!"

मधुवन्ती के मुख पर लज्जा की लाली छा गयी। शीश झुकाते हुए वह बोली,

"अब नहीं ले सकूँगी आपका नाम," फिर भी उसने स्वागत कहा, "कालिदास महाराज!"

कालिदास ने भोजपत्रों को व्यवस्थित रखते हुए कहा, "प्रिये, आज प्रात: हम तुमसे वार्तालाप कर रहे थे और तुम गहरी निद्रा में मगन थीं। जी चाहा कि तुम्हें उठायें, परन्तु जिस प्रकार विलोभनीय निसर्ग कन्या को देखते हुए सम्राट दुष्यन्त ने अपने मोह का सँवरण किया, उसी प्रकार हमने भी स्वयं को रोका।"

"आप 'शाकुन्तलम्' में मग्न हैं इसलिए दुष्यन्त की उपमा सूझी।"

"हे मनमोहिनी, हम स्वयं ही उस आश्रम परिसर पर, उस लावण्यलतिका शकुन्तला पर मुग्ध हो गये हैं, तो प्रत्यक्ष सम्राट दुष्यन्त की क्या अवस्था होगी, इसकी बस कल्पना ही कर सकते हैं। हम पूरी रात लिखते ही रहे, अब प्रात:काल वह लेखन समाप्त हुआ। अब तुम उसे पढ़ोगी, या हम पढ़कर सुनायें?"

"मुझे भी पहले आपके मुख से सुनना अच्छा लगेगा, इसके बाद में विस्तार से पढ़ूँगी। सुनायें, आर्य, हम सुनने के लिए आतुर हैं। सम्राट दुष्यन्त-शकुन्तला की प्रेम कहानी सुनाते हुए आप कितने भावविभोर हो जाते हैं, यह हमें देखना है, आर्य। शकुन्तला को यहाँ प्रत्यक्ष होना चाहिए था अपने रूप का वर्णन सुनने के लिए।"

"तुम तो हो ना!" वह मन-ही-मन खिन्न हो गयी, परन्तु ख़ुद को सँभालते हुए बोली, "आप कथन आरम्भ करें, आर्य। दो अंक हम सुन चुके हैं।"

"तीसरे अंक के आरम्भ में शिष्य दुष्यन्त से कहता है, 'आपने यहाँ वास्तव्य करना स्वीकार किया, इसलिए हमारे यज्ञ निर्विघ्न सम्पन्न हो रहे हैं। आप यदि धनुष्य की प्रत्यंचा भी तानते हैं तो उसकी टंकार से उत्पन्न ध्वनि लहरों से असुर भयभीत होते दिखाई देते हैं।'

कालिदास ने आगे कहा, “उसी समय शकुन्तला की प्रिय सखी प्रियंवदा उसके लिए चन्दन का उबटन ले जाते हुए सम्राट दुष्यन्त को दिखाई दी। उन्होंने उससे पूछा तो वह बोली, “कण्वाश्रम की लता मुरझा गयी है। सूर्य के ताप से कमलिनी के समान म्लान हो गयी है।”

“अर्थात सम्राट दुष्यन्त को उससे मिलने का बहाना मिल गया, यही ना?”

“सत्य है, मधुवन्ती। बिना प्रयोजन के मिलना उस समय तो उचित नहीं था। सम्राट दुष्यन्त मन-ही-मन कहते हैं, ‘हे कामदेव, तुमने और चन्द्रमा ने हमारे मन को क्लेश दिये हैं, तुम्हारे पुष्प बाण हमें आहत कर रहे हैं, यह उचित नहीं है, कामदेव!’

वैसे तो यज्ञ समाप्त हो गया है, यहाँ वास्तव्य करने का अब कोई कारण नहीं है। शीघ्र ही गौतमी माता और शिष्य उन्हें विदा करेंगे, तो फिर किया क्या जाये, इस प्रश्न से सम्राट दुष्यन्त चिन्तित हैं।

उससे पूर्व मालिनी तट के लतामण्डप में कमलिनी के समान म्लान हुई शकुन्तला को देखने की अनावर इच्छा जाग्रत हो उठी है। उनके रसिक मन में यह भी भावना अनावर हो उठी है कि वह उनके अति निकट हो।

सम्राट दुष्यन्त उसे देखने के लिए जाते हैं...”

कालिदास पल-भर को रुककर बोले, “हम ही दुष्यन्त हो गये हैं, प्रिये। हम ही निकले हैं लता मण्डप की ओर। हम ही देख रहे हैं उसे। ग्रीष्म ऋतु की अत्यधिक उष्ण लहरें उस लताकुंज में सहनीय ही थीं, परन्तु हमारे ही समान वह भी कामदग्ध थी। उसके भी तन में वसन्त फूल रहा था। उसका प्रभाव हम तक पहुँच रहा था। अद्याप हम उसके निकट पहुँचे नहीं थे।”

“आपका भावनिक विवेचन उत्कृष्ट है, आर्य। यह स्वानुभव से है न?”

“लेखन संवेदना, सहसंवेदना और उसकी अनुभूति पर ही होता है, प्रिये। अब सुनो”–

उसकी सखियाँ उससे कमल पत्र पर लिखकर प्रेमभावना व्यक्त करने को कहती हैं। राजा दुष्यन्त वृक्ष की ओट से उसकी एकाग्रता, प्रेमभावना निहारते हैं, उसके प्रत्येक भाव को देखते हैं।”

“आर्य, सम्राट दुष्यन्त सदा वृक्ष के पीछे क्यों खड़े रहते हैं?”

“क्योंकि कोई भी राजा अथवा कोई भी पुरुष यूँ अकस्मात स्वयं को प्रकट नहीं करता।”

“अब पढ़िए उसका पत्र,” मधुवन्ती ने कहा–

तव न जाने हृदयं मम पुन: कामो दिवापि रात्रिमपि।
निर्घृण तपति बलीयस्त्वयि वृत्तमनोरथाया अङगानि।।

शकुन्तला ने सखियों को पत्र पढ़कर सुनाया और सम्राट दुष्यन्त स्वयं को रोक न सके। वे अकस्मात प्रकट हो गये। उन्होंने कहा कि उनकी भी यही अवस्था है।

तब सखियाँ आशंका प्रकट करती हैं, "आपके अन्त:पुर में अनेक रानियों के होत्ते हुए हमारी सखी को सपत्नी के रूप में..."

उनका वाक्य पूर्ण होने से पहले ही सम्राट दुष्यन्त कहते हैं,

"अन्त:पुर में अनेक रानियाँ होने पर भी हम प्रतिष्ठित होंगे शकुन्तला और चारों ओर से घेरती हुई पृथ्वी पति के रूप में। अब चिन्ता न करें।"

कुछ ही समय में समूचे कण्वाश्रम की व्यवस्था देखने वाली गौतमी माता प्रकट होती है, तब सम्राट दुष्यन्त फिर से वृक्ष के पीछे छिप जाते हैं। गौतमी शकुन्तला का हाथ पकड़कर उसे आश्रम की ओर ले जाते हुए कहती हैं, "सन्ध्या हो गयी है, कन्या शकुन्तला!"

सम्राट दुष्यन्त व्यथित हृदय से देखते रहते हैं, तभी आश्रम से आवाज़ आती है,

"राजन, सायंकालीन यज्ञ का आरम्भ करते ही यज्ञवेदी के पास असुरों की कृष्ण छायाएँ दिखाई देने लगी हैं, महाराज, आप त्वरित आयें।' और सम्राट दुष्यन्त आश्रम की ओर जाते हैं, यहाँ तीसरा अंक समाप्त होता है।"

"अति सुन्दर, आर्य! अति सुन्दर...परन्तु अब प्रेम की ज्वाला दोनों तरफ़ समान रूप से भड़कने से सुनने की उत्सुकता बढ़ रही है।"

"हमें भी उनकी आगे की प्रेम-कथा सुनाने की तीव्र इच्छा है। कई बार तो ऐसा लगता है, जैसे हम स्वयं ही दुष्यन्त हो गये हैं, और तुम हो शकुन्तला। तुमसे प्रथम मिलन में हम ऐसे ही कामातुर थे।"

"हमारी भी वैसी ही स्थिति थी। परन्तु केवल प्रेम में मग्न होकर पेट नहीं भरता। मध्याह्न हो चला है।"

"होने दो। अगला, चतुर्थ अंक सुनो।

"उन दोनों ने गन्धर्व-विवाह कर लिया है। तत्कालीन समाज में और वर्तमान में भी गन्धर्व-विवाह को मान्यता है। परन्तु अनुसूया के सामने प्रश्न उपस्थित होता है, कण्व मुनि अभी आने वाले नहीं हैं, सम्राट दुष्यन्त यहाँ अधिक काल वास्तव्य नहीं कर सकेंगे। और, सम्राट दुष्यन्त हस्तिनापुर जाने के बाद अपनी अनेक रानियों के सहवास में शकुन्तला को भूल तो नहीं जायेंगे? प्रियंवदा ने तुरन्त कहा, 'गुणी

जन ऐसा नहीं करते। परन्तु मुझे चिन्ता हो रही है कण्व मुनि की। शकुन्तला की ग्रह शान्ति के लिए ही तो वे प्रभास क्षेत्र गये हैं।'

और अचानक दुर्वासा मुनि आश्रम के द्वार पर आते हैं। वे कहते हैं, "हम आये हैं।" दो सखियाँ दूर, पुष्प वाटिका में हैं। आश्रम के द्वार के निकट ही शकुन्तला मौलसिरी के वृक्ष की छाया में सम्राट दुष्यन्त की प्रिय स्मृति में खोयी हुई है। उनकी आवाज़ उस तक पहुँचती नहीं है। सखियाँ भयभीत होकर पुष्प वाटिका से भागकर आती हैं। परन्तु इसके पूर्व ही दुर्वासा क्रोधित होकर कहते हैं,

विचिन्तयन्ती यमनन्यमानसा
तपोधनं वेत्सि न मामुपस्थितम्।
स्मरिष्यति त्वां न स बोधितोऽपि सन्
कथां प्रमत्तः प्रथमं कृतामिव ॥1॥

"संयम धारण करने वाले, इन्द्रियों पर विजय प्राप्त करने वाले दुर्वासा अपने क्रोध पर विजय न प्राप्त कर सके। उन्होंने उस भोली, प्रेममग्न किशोरी को यह शाप दिया, ' तू जिसके स्मरण में खोयी हुई है, वही तुझे भूल जायेगा।' "

"आर्य, यह तो अन्याय है। आप दुर्वासा के मुख से ऐसा शाप क्यों दे रहे हैं? अपने शब्द वापस लीजिए।"

"सखी, मधुवन्ती, यह असम्भव है, क्योंकि इसी पर तो आगे का नाटक निर्भर है। भागकर आयी हुई दोनों सखियाँ शकुन्तला की ओर से बारम्बार क्षमा माँगते हुए कहती हैं कि 'सम्राट दुष्यन्त को यहाँ से गये हुए अल्प काल ही बीता है। वह मन में दुखी होगी या उसकी स्मृति में मग्न होगी। आपने हमारे आने से पहले उसे शाप दिया है, मुनिवर, अब कृपा करके उ:शाप तो दीजिए।'

वह कण्व मुनि की धर्मं कन्या और हस्तिनापुर के सम्राट दुष्यन्त से गन्धर्व विवाहबद्ध शकुन्तला है, यह ज्ञात होने पर वे कहते हैं, 'मेरा वचन अन्यथा नहीं हो सकता, परन्तु गन्धर्व विवाह के समय सम्राट दुष्यन्त द्वारा दी गयी किसी निशानी का प्रयोग कर सकती है।'

"कितना सहज है यह शकुन्तला के लिए...सम्राट दुष्यन्त द्वारा राजमुद्रा वाली अँगूठी का शकुन्तला अभिज्ञान के रूप में प्रयोग कर सकती है।"

"मधुवन्ती...मधुवन्ती...तुमने इस काव्य के शीर्षक के लिए हमारी सहायता की है। तुम्हें इसकी कल्पना भी नहीं है। हमारे इस काव्य का नाम अब 'अभिज्ञान शाकुन्तलम्' होगा।"

"आर्य, क्या सम्राट दुष्यन्त ने उसके परिचय को नकार दिया?"

"असम्भव, प्रिये! दुष्यन्त के बिना शकुन्तला हो ही नहीं सकती। क्योंकि उन्हीं के पुत्र 'भरत' के कारण आर्यावर्त को 'भारत' नाम प्राप्त हुआ है।"

"शकुन्तला को आर्य दुष्यन्त प्राप्त हुए, और हमें...?" मधुवन्ती साभिप्राय हँसी। उसे जिसकी अपेक्षा थी वह वाक्य कालिदास ने नहीं कहा।

"क्या जीवन के मोड़ और प्रेम की सफलता इतनी आसान होती है?"

"समस्याओं के बारे में बाद में, आर्य। आचार्य अब मध्याह्न हो गया है, भोजन के पश्चात आगे कथन करें।"

कालिदास ने उसका फूल से भी कोमल हाथ अपने हाथ में लिया।

"हे कमलाक्षी, मधुवन्ती, प्रभात की लालिमा ने तुम्हें मधुर हास्य प्रदान किया है और प्राजक्त के फूलों ने तुम्हें सुगन्धित कोमलता दी है।"

"अस्तु! आर्य...भोजन शाला चलें।" वे दिल खोलकर हँसे। वह गम्भीर हो गयी।

"देवांगना उर्वशी, मदालसा, रम्भा...देवताओं की ये गणिकाएँ सर्वमान्य हुईं। ऋषि कन्या दुष्यन्त को मान्य हुई। मगर हम! आर्य, क्या हमें भी दे सकेंगे पत्नीत्व का अधिकार? या देवांगनाओं के समान केवल मनोरंजन...?"

उनके मन में तुरन्त प्रकट हो गयी लावण्यवती विद्वत्वती। उन्होंने कुछ नहीं कहा।

***

रात बढ़ रही थी, परन्तु भोजन के बाद मधुवन्ती अस्वस्थ थी। देखते-देखते उसे ज्वर हो गया। वैद्य को बुलाया गया। ज्वर कम नहीं हो रहा था। उनके मन में चन्दन का उबटन लगाने का विचार आया। दो दिनों के लिए आये हुए कालिदास पन्द्रह दिन उसके महल में वास्तव्य करते रहे। उस महल की रंगत म्लान हो गयी थी, परन्तु म्लान सौन्दर्य भी मन में मोह उत्पन्न कर रहा था।

"आर्य, हमारे कारण आप राजकार्य छोड़कर यहाँ बैठे हैं। 'अभिज्ञान शाकुन्तलम्' कथन करके आप पधारें। वास्तव में जायें, उसके बिना न जायें। चतुर्थ अंक भी उस दिन पूर्ण नहीं हुआ था। कथन करें।"

"तुम्हें कष्ट तो न होगा, प्रिये?"

"ऐसा विचार मन में भी न लायें। प्रीति कथाएँ किसे प्रिय नहीं होतीं? परन्तु वह कथा सुनते हुए मन में विचार आया कि यदि आप भी महाराज दुष्यन्त के समान एक दिन निकल गये तो! इस विचार से हमें ज्वर आ गया। अब हम स्वस्थ हैं।"

कालिदास के नेत्र भर आये। मधुवन्ती को विद्वत्वती के बारे में अभी बताया नहीं, परन्तु कभी न कभी बताना चाहिए। हमारा ही भविष्य अन्धकार में है, फिर भी एक बार विद्वत्वती के पास जाना ही चाहिए...मन में अनेक विचार थे, परन्तु वे स्वयं को संयमित करते हुए बोले, "सखी, हम तुम्हें कभी स्वयं से दूर न करेंगे।" उन्होंने उसके मस्तक पर हाथ रखा, फिर हँसते हुए बोले,

"सर्वप्रिय शकुन्तला गर्भवती थी। आश्रम में उसके लाड़ हो रहे थे, और अचानक वार्ता आयी कि कण्व मुनि आ रहे हैं। सभी चिन्तित हो गये। परन्तु कण्व मुनि शान्त, विचारवान, संयमशाली थे। उन्हें भी ज्ञात हो गया था कि सम्राट दुष्यन्त आये थे, उन्होंने शकुन्तला से गन्धर्व-विवाह किया था और साम्प्रत शकुन्तला गर्भवती है।

आश्रम में आते ही वे शकुन्तला से मिलने उसके आश्रम पहुँचे। प्रियंवदा वहाँ उपस्थित थी। अपनी धर्मकन्या का विवाह हो गया है, साम्प्रत वह गर्भवती है, यह देखकर उनके नेत्रों में आनन्दाश्रु आ गये। उन्होंने उसे मन:पूर्वक आशीर्वाद देते हुए कहा, 'स्वस्थ रहो। हमें सब कुछ ज्ञात है। आकाशवाणी हुई थी। हम प्रसन्न हैं। तुम्हें हस्तिनापुर, अपने घर पहुँचाने की व्यवस्था करता हूँ।'

कन्या का विवाह हो गया, वह गर्भवती है–इस बात का अतीव आनन्द और अब उसके विरह के दु:ख की भावना को कण्व मुनि ने अपने मन में ही रखा। यही भावना प्रियंवदा और अनुसूया की भी थी।

उसे भेजने की व्यवस्था की गयी। गौतमी माता और दो-तीन शिष्य उसके साथ हस्तिनापुर जाने वाले थे। सखियाँ उसका श्रृंगार कर रही थीं। आम्र वृक्ष ने उसे वस्त्र दिये। आज तक प्रत्येक वृक्ष से संवाद करने वाली, मृगशावकों पर प्रीति करने वाली, आश्रमवासियों की प्रिय कन्या शकुन्तला अब ससुराल जायेगी, इस कल्पना से सभी विह्वल हो गये थे। उसका श्रृंगार करते हुए आश्रम की तपस्विनियाँ उसे आशीर्वाद देती हैं।

'पति के लिए आदरणीय हो, वीर पुत्र की माता हो।' उसी समय कण्व मुनि के प्रभाव से वृक्ष लताओं ने उसे अलंकार और वस्त्र प्रदान किये। इन सब प्रसाधनों से वह आश्रम कन्या अब नागरी कन्या प्रतीत होने लगती है। उसके रूप को मन में संजोते हुए कण्व मुनि उनके पैरों पर अवनत शकुन्तला को उठाते हुए आशीर्वाद देते हैं, 'जिस प्रकार शर्मिष्ठा राजा ययाति को अत्यन्त प्रिय थी, उसने पुरू जैसे वीर पुत्र को जन्म दिया, वैसी ही तुम भी होना।'

आश्रम की अग्नि वेदी उसे पवित्रता प्रदान करती है, आश्रम परिसर के सारे पक्षी, लता, वृक्ष उसे आशीर्वाद देते हैं, और आकाशवाणी होती है, 'जिस मार्ग से वह जायेगी, उस पर नीलवर्ण कमलिनी के सरोवर हों, घने वृक्षों की छाया हो, मार्ग के धूलिकण भी अत्यन्त मृदु हों और सभी दिशाओं से सुगन्धित पवन उसके मन को प्रसन्न रखे।'

शकुन्तला सभी वृक्षों को प्रणाम करती है। समूचा तपोवन ही उसके विरह की कल्पना से शोकाकुल हो गया है। मृगशावकों ने तृण ग्रहण करना बन्द कर दिया। वन लताओं के नेत्रों में अश्रु भर आये, वे चलने लगते हैं। मौन मृगशावक उसके वस्त्र खींचने लगे।

कण्व मुनि ने कहा, 'शकुन्तला, अश्रुओं के कारण तुम्हारे नेत्र प्रसन्न नहीं प्रतीत होंगे, मार्ग में, असमतल धरती पर चलते हुए पाँव लड़खड़ायेंगे।' तब शारंग राव कहता है, "अब आप सब जलाशय के समीप आये है, यहीं पर उससे विदा लें।"

कण्व मुनि शारंग राव से कहते हैं, 'राजा दुष्यन्त से कहना कि अन्य स्त्रियों के समान शकुन्तला को प्रेमपूर्वक स्वीकार करें। आश्रम में उसका भरण-पोषण हुआ है, नागरी रीतियों से वह अनभिज्ञ है, अत: उसे समझाना, उसका तिरस्कार न करना।'

अब शकुन्तला वियोग वेदना से व्यथित है। सखियाँ उससे कहती हैं, 'यदि किसी कारण से सम्राट दुष्यन्त को विस्मरण हो जाये अथवा वे तुम्हें स्वीकार करने में संमति न दिखायें, तो अपनी अनामिका की राजमुद्रिका उन्हें दिखा देना।'

सभी शोकाकुल हैं, आश्रम से एक अनजान नगरी की ओर उसकी यात्रा आरम्भ हो गयी है। चिन्ता है। सब कुछ सकुशल होगा यह विश्वास है। वियोग का दु:ख है, और उसके आनन्द में आनन्द भी है। अन्त में अत्यन्त दुखी मन से उससे विदा लेते हुए कण्व मुनि ने कहा, 'कन्या पराया धन होती है। आज जिसका धन उसे सौंपते हुए मैं निश्चिन्त हो गया हूँ। यह वियोग का प्रसंग दुखद अवश्य है, परन्तु आगे सब कुछ सुखद है।'

प्रिये यहाँ चतुर्थ अंक समाप्त हुआ।

"अप्रतिम, आर्य! एक कुमारिका के जीवन में आये हुए पुरुष से प्रेम करके उससे गन्धर्व-विवाह करने सा साहस और धैर्य शकुन्तला में है। यह न केवल आश्रम के मुक्त जीवन के कारण है, अपितु सबकी उस पर अनन्य श्रद्धा है इस कारण भी है। अति सुन्दर! शकुन्तला का वियोग, सखियों की प्रीति, वृक्ष लताओं द्वारा दिये गये वस्त्र और कन्या को श्वसुर गृह भेजने वाले पिता को हो रहा दु:ख और कर्तव्य पूर्ति का आनन्द। आर्य, अति सुन्दर!"

'आर्य, प्रीति के भी अनेक रंग होते हैं, भावनाएँ होती हैं। पति के प्रति प्रेम में आसक्ति है। पिता का प्रेम निष्काम है। सखियों का प्रेम नि:स्वार्थ है। वृक्ष लताओं पर प्रेम मानवता की अनावर भावनाओं का प्रतीक है, पुत्र के प्रति प्रेम कर्तव्यनिष्ठ है। कन्या से कोई अपेक्षा ही नहीं, नितान्त सुन्दर, आर्य, नितान्त सुन्दर!' वह प्रसन्न थी, उसने कहा भी,

'आर्य, गणिकाओं को भी पुत्र होते हैं, कन्याएँ भी होती है। अपत्य सुख का एकांगी अनुभव उन्हें प्राप्त होता है। उन्हें अपने नाम के साथ पति का सर्वश्रेष्ठ नाम लगाने की अभी तो प्रथा नहीं है। इसलिए पुत्र-कन्या मधुवन्ती के। उनकी पाठशाला 'गन्धर्व विद्यालय', ऐसा होता है उनका सम्मान। आर्य...एक बात पूछूँ?'

"अवश्य," उन्होंने कहा, मगर वह क्या पूछेगी, इस बारे में वे आशंकित थे।

"आप हमसे विवाह क्यों नहीं करते? समाज में वह मान्य है ना?"

"मधुवन्ती, इस प्रश्न पर विचार बाद में। आगे पढ़ें?"

मधुवन्ती समझ गयी कि सत्यप्रिय कालिदास को सत्य बोलना मान्य नहीं, और असत्य कहना आता नहीं। वह हँसी। मन में आये विचारों के झंझावात को दूर कर मन के आकाश को निरभ्र किया और बोली, "अवश्य पढ़ें, आर्य। हमें यह जानने की उत्कण्ठा है कि सम्राट दुष्यन्त उसका स्वागत कैसे करते हैं।"

पाँचवें अंक में सम्राट दुष्यन्त आसनस्थ हैं, विदूषक अर्थात उनका सखा माधव प्रवेश करता है और कहता है, 'वातावरण के मधुर स्वर बता रहे हैं कि महारानी हंसपदिका वीणा पर गा रही हैं–*'नित्य नूतन पराग की खोज में रत भ्रमर को यदि आम्र मंजिरी का विस्मरण हो जाये, तो आश्चर्य की कोई बात नहीं। क्योंकि साम्प्रत वह कमलिनी के पराग कणों का आस्वाद ले रहा है।'*

"सत्य ही है महाराज..."

"प्रिये, सम्राट दुष्यन्त इस गीत से अस्वस्थ हो गये, उनका मन व्याकुल हो गया, ऐसा क्यों? इस प्रश्न से वे विचलित है। इसी समय दासी आकर सूचित करती है कि कण्वाश्रम से कुछ शिष्य उनके दर्शनों के लिए आये है। सम्राट उन्हें आमन्त्रित करते हैं।

सम्राट दुष्यन्त उठकर नागरी वेश में, मुख पर अवगुण्ठन ली हुई युवती का, गौतमी माता का और शारंगराव तथा दो शिष्यों का अभिवादन करते हैं। सम्राट दुष्यन्त ने सोचा कि ये आश्रमवासी शुभ सन्देश लेकर आये हैं। अवगुण्ठन में भी जिसके अंग-प्रत्यंग के विलक्षण सौन्दर्य का अनुभव हो रहा है, ऐसी युवती को देखकर सम्राट चकित हो जाते हैं।

वे आश्रमवासियों से पूछते हैं,

'सब लोग सकुशल हैं न? यज्ञ विधि निर्विघ्नता से सम्पन्न हो रहे हैं ना? आश्रम के लिए मिलने वाला अनुदान समुचित है ना? और आप कण्वाश्रम से हमारे लिए क्या आज्ञा लेकर आये हैं?'

कण्व शिष्य शारंगराव कहता है, 'जिससे आपने गन्धर्व विवाह किया, उसका आपको विस्मरण हो जाये, यह आश्चर्य की बात है। वह गर्भवती है। आप उसके बाद आश्रम में पधारे ही नहीं। आपका कोई सन्देश नहीं आया और आपने उसके बारे में जानने का प्रयत्न भी नहीं किया।'

"आर्य, सम्राट दुष्यन्त को सचमुच विस्मरण हो गया था, अथवा..."

"सुनो ना, मधुवन्ती, सम्राट दुष्यन्त पूछते हैं, 'आप सीधा-सीधा आरोप लगा रहे हैं, परन्तु यह युवती है कौन? आप यह सब हमसे क्यों कह रहे हैं?'

'महाराज, स्त्री कितनी भी पवित्र हो, परन्तु यदि वह अपने मातृगृह में वास्तव्य कर रही हो, तो जन निन्दा का कारण होती है। इसके अतिरिक्त वह गन्धर्व विवाह से आपके द्वारा स्वीकार की गयी पत्नी है। उसे अपने पति गृह पहुँचाना हमारा धर्म है', शारंग राव कहता है।

मधुवन्ती सुन रही थी। उसे ऐसा प्रतीत हो रहा था, मानो वह स्वयं कालिदास के सम्मुख खड़ी होकर अपना परिचय दे रही है, ऐसा हम कदापि नहीं करेंगे। वह अपने आप में मगन थी, फिर भी कालिदास कहते ही जा रहे थे। फिर भी उनके मन में प्रश्न उत्पन्न हो ही गया, 'ऐसे समय में हम क्या करते? यदि विस्मरण हो भी गया होता, तो क्या एक लावण्यवती युवती को हम स्वीकार करते? 'असम्भव,' दूसरे मन ने तत्काल उत्तर दिया। मगर क्या एक वर्ष में विस्मरण हो सकता है?' 'परन्तु कथा के प्रत्यक्ष प्रमाण होते हुए भी ऐसे प्रश्न क्यों उपस्थित होते हैं? कल यदि मधुवन्ती सीधे राजसभा में आ जाये और सम्राट चन्द्रगुप्त से कहे, 'जैसे देवताओं की देवांगना, वैसे ही मैं कालिदास की गणिका, तो?' वे स्वयं ही अस्वस्थ हो गये।

"स्त्रियों के वेदवती, वीरांगना, पतिव्रता और शास्त्रप्रवीण होने पर भी उनमें स्वाभिमान और आत्मसम्मान होना चाहिए। चाहे तो वह पुरुष का अपमान अथवा उससे स्पर्धा न करें, परन्तु आकाश में सूर्य का प्रखर अस्तित्व होने पर भी चन्द्रप्रभा अपना स्वतन्त्र अस्तित्व लिए उपस्थित रहती है, इसे कैसे नकारा जा सकता है? इसलिए हमारी शकुन्तला कहती है, "आपको अधिकारपूर्वक 'आर्य' के रूप में सम्बोधित करने आयी थी। ऋषि कन्या होने के कारण मैं निर्भय हूँ, परन्तु संस्कृति

ने, संस्कारों ने मुझे शालीन मर्यादाएँ भी प्रदान की हैं, इसलिए मैंने अभी तक कुछ नहीं कहा था। इतने अल्प काल में आपको मेरा विस्मरण हो जायेगा, ऐसा सोचा नहीं था।"

अब मैं आपको पुरुवंशी राजन कहकर सम्बोधित करती हूँ, परन्तु आपका यह विस्मरण एक नाटक तो नहीं है ना? अब मैं आपकी राजमुद्रा वाली मुद्रिका ही दिखाती हूँ, जो आपने गन्धर्व विवाह के समय मुझे दी थी।'

और शकुन्तला उस मुद्रिका को अवगुण्ठन में या जहाँ कहीं बँधी हो वहाँ देखती है, परन्तु मुद्रिका नहीं मिलती। गौतमी माता को याद आता है कि आश्रम से निकलने के बाद उन्होंने शची तीर्थ में स्नान किया था। वह इस बात की याद दिलाती है, सम्राट हँसने लगते हैं। कहते हैं कि स्त्रियों की चतुराई देखने लायक होती है।

अर्थात वह राजमुद्रा शची तीर्थ में गिर गयी, यह सिद्ध होने पर शकुन्तला के सम्मुख केवल एक ही पर्याय है, और वह है स्मरण करवाने का। वह यादों का एक-एक पन्ना पलटती जाती है।

कभी मृगशावक की कथा सुनाती है, कभी कुछ और। मगर सम्राट दुष्यन्त कहते हैं, 'कुछ स्त्रियाँ पुरुषों को वश में करने में ही प्रयत्नरत रहती हैं। गौतमी माता, शारद्वत, शारंगराव अनेक प्रकार से सम्राट दुष्यन्त को समझाते हैं, कभी क्रोधित होकर, कभी उपदेश देकर। शारंग राव कहता है,

'जिस शकुन्तला को चतुराई कभी छूकर नहीं गयी, जिसे छल, कपट ज्ञात ही नहीं है, उस पर ऐसा दोषारोपण? और जिसने अन्य जनों को वंचित करने की ही ठान ली हो, उससे क्या कहा जाये?'

आगे वह कहता है, "अब पत्नी आपकी है। चाहें तो इसे अपने साथ रखें या जो चाहें करें।कण्व मुनि के कथनानुसार इसे यहाँ लाने का कार्य हमने कर दिया। और शकुन्तला को वहीं छोकर वे सब वहाँ से चले जाते हैं।"

"आगे क्या हुआ?" मधुवन्ती ने उत्सुकता से पूछा।

"एक अनुपम लावण्यवती, मानो उसी की प्रतिकृति हो, आयी और शकुन्तला को अप्सरा तीर्थ की ओर ले गयी।"

"कौन थी वह? वहाँ आयी कैसे?"

"वह छठे अंक में कथन करता हूँ," कालिदास मधुवन्ती की ओर देखते हुए बोले। अपनी रचना का उत्कण्ठावर्धक प्रभाव देखकर वे प्रसन्न हो गये थे।

"इस अंक में राजमुद्रिका मिल गयी है। सम्राट दुष्यन्त की राजसभा में एक सैनिक कैवर्तक को पकड़कर लाता है। उसे मत्स्य के उदर में वह राजमुद्रिका

मिलती है। इसलिए उसे चोर समझ कर लाया गया है। परन्तु सम्राट दुष्यन्त को बीती हुई घटनाओं का स्मरण होने लगता है। कैवर्तक को धन देकर भेज दिया जाता है।"

"परन्तु समस्या तो हल नहीं हुई, आर्य!" मधुवन्ती ने कहा।

"जीवन के प्रश्न प्रवेश तो सहजता से करते हैं, परन्तु त्वरित जाते नहीं हैं। सम्राट दुष्यन्त ने वसन्तोत्सव का आयोजन करने से मना कर दिया है। हमारे हाथ से एक स्त्री का अक्षम्य अपमान हुआ है, वह भी हमारी पत्नी का, वह बार-बार कहती रही, और हम सुनकर भी व्यंग्य करते रहे। अक्षम्य अपराध हुआ है हमारे हाथ से। सम्राट उदास हैं। उन्होंने अपने सारे आभूषण उतार दिये हैं। विरह का, शकुन्तला का अपमान करने का शल्य मन में चुभ रहा था और शकुन्तला के उदर में उनका ही गर्भ है, यह वे समझ गये थे।

और उसे ढूँढ़ें तो कैसे, यह प्रश्न उनके सामने है। उसी समय सानुमती नामक अप्सरा आती है और राजमुद्रिका शची तीर्थ में कैसे गिर गयी, यह कथन करती है।

सम्राट दुष्यन्त हिमालय से निकलती हुई मालिनी नदी, वहाँ का अरण्य, तपोवन, प्रियंवदा, गौतमी, शकुन्तला के चित्र बनाते हैं। अब उन्हें सब कुछ स्मरण हो आया है।

उसी समय राजसभा से आयी हुई समस्याओं का निराकरण करते हुए सम्राट दुष्यन्त कहते हैं, जिनका कोई नहीं, उनके हम हैं। परिवार के कर्ता पुरुष का धन उसकी गर्भवती माता को भी प्राप्त हो। परन्तु उनके मन में घोर निराशा है। 'हमारे पुरुवंश का राज्य, धन-सम्पदा भविष्य में किसके लिए? कहाँ होगी शकुन्तला? हमारी मृत्यु के बाद पितरों को तर्पण भी कौन करेगा? इस विचार से सम्राट मूर्च्छित हो जाते हैं। सानुमति, जो मेनका की सखी है, तत्काल सम्राट की स्थिति का वर्णन करने के लिए स्वर्ग लोक जाती है।'

"परन्तु मेनका अर्थात शकुन्तला की माता सम्राट से कैसे मिलेगी? वही तो शकुन्तला को स्वर्ग लोक ले गयी है न? और सम्राट को यह ज्ञात नहीं हैं न?"

"प्रिये, तुम सम्राट दुष्यन्त से भी अधिक आतुर-उत्सुक हो।"

"आर्य, जब तक प्रेमी जनों का मिलन नहीं हो जाता, तब तक उत्सुकता तो रहती है। एक बार मिलन हो जाये, फिर कथावाचक को अपनी कर्तव्य पूर्ति का आनन्द होता है।"

कालिदास हँसे। आज प्रतिहारी को भेजकर सम्राट ने उनसे मधुवन्ती के स्वास्थ के बारे में पूछा था। इसका अर्थ था–राजसभा में उनकी अनुपस्थिति और व्यक्तिगत

मित्रता। उन्होंने प्रतिहारी से कहा था, "आज शाम को घाट के मन्दिर में अवश्य आऊँगा।"

अत: मध्याह्न के बाद उन्होंने संक्षेप में कथन किया। उन्होंने आरम्भ किया,

"इस बीच सुर-असुर युद्ध हुआ। इन्द्रदेव पुरुवंशीय महायोद्धा, सम्राट दुष्यन्त को असुरों के आक्रमण को रोकने के लिए आमन्त्रित करते हैं। सुर–अर्थात प्रत्यक्ष देवताओं की विजय होती है। इन्द्रदेव सम्राट दुष्यन्त का सम्मान करते हैं। तब इन्द्रदेव ने सम्राट को अपने समीप बिठाकर अपने गले की मन्दार माला उन्हें पहनायी। सम्राट को आनन्द होता है। आकाश, नक्षत्र, मेघमालाओं से होते हुए पृथ्वी की ओर आते हुए वे अत्यन्त प्रसन्नता का अनुभव करते हैं। उनका रथ सजल मेघमाला के ऊपर से जा रहा है, अत: रथचक्र गीले हो गये हैं। पृथ्वी अत्यन्त मनोहारी दिखाई दे रही है। पूर्व-पश्चिम समुद्र तट, उस पर उतरती हुई सुनहरी सन्ध्या, सिद्धिदाता हेमकूट पर्वत, कश्यप मुनि ने यहाँ तपस्या की थी।

कुछ ही समय में सम्राट दुष्यन्त का रथ द्रुतगति से आकाश से पृथ्वी की ओर आने लगा। तब उन्हें मरीचि ऋषि का स्मरण हो आया। सारथी मातलि उनसे कहता है कि कश्यप ऋषि की तपश्चर्या परम आश्चर्यकारक थी। उनके मुख से लताएँ फूटीं, शरीर काष्ठवत हो गया। उस पर चींटियों ने वल्मीक बना लिये। पक्षियों ने उनकी जटाओं में घोंसले बना लिए।

कश्यप मुनि के आश्रम अर्थात हेमकूट पर्वत पर मातलि ने रथ को रोका। सम्राट के आगमन की सूचना देने के लिए मातलि आश्रम के भीतर गया। उसी समय अनेक तपस्विनियाँ एक बालक का विरोध करती दिखाई दीं। बालक सुन्दर, सुदृढ़, दृढ़ संकल्पी था, उसके मुख पर राजसी तेज था। सम्राट दुष्यन्त के मन में प्रश्न उठा कि यह बालक आश्रम में तपस्विनियों के सान्निध्य में कैसे आया?"

"किसका था वह बालक?" मधुवन्ती ने अतीव उत्सुकता से पूछा। कालिदास कहते-कहते रुक गये। मधुवन्ती की ओर देखते हुए एकदम मन में विचार आया, 'हमारा कोई पुत्र नहीं है, यदि ऐसा ही सुन्दर पुत्र हमारा होता तो? ब्याहता पत्नी विद्धत्वती और हमें रति सुख देने वाली मधुवन्ती...' उनका अचानक विचारमग्न होना मधुवन्ती के ध्यान में नहीं आया।

"कथन करें, आर्य!"

"वह वीर बाल ५ सिंहनी के दूध पीते हुए शावक को ले जा रहा था- उसके दांत गिनने के लिए।"

"मधुवन्ती, ऐसा शौर्य, ऐसी वीरता, ऐसी शक्ति और ऐसी निर्भयता वैश्य, शूद्र

अथवा ब्राह्मण पुत्र में हो ही नहीं सकती। यह निश्चित ही क्षत्रिय पुत्र है, राजसी तेज से युक्त है। अत: इसकी माता कोई तेजस्वी स्त्री होगी, और पिता कोई वीर पुरुष होगा। अन्यथा ऐसा बालक दुर्लभ ही है।"

"आख़िर, वह पुत्र था किसका?" मधुवन्ती ने आतुरता से पूछा।

"कथन करता हूँ, मधुवन्ती। तुम्हारी यह अनावर तीव्रता हमारे लेखन की सफलता है। उनमें से एक तपस्विनी सम्राट दुष्यन्त को देखकर कहती है, 'महाराज, यह बालक हमारी बात नहीं सुनता, आप तो कह कर देखें।'

सम्राट दुष्यन्त उसे स्पर्श करते हैं और उनके मन में विचार आता है, 'यह स्पर्श परिचित प्रतीत होता है। तपस्विनियाँ कहती हैं कि यह बालक ऋषि कुमार नहीं है, बल्कि अप्सरा पुत्री, ऋषि कन्या ने इस बालक को इन्द्रदेव के पिता, कश्यप मुनि के इस आश्रम में जन्म दिया है।

धर्मपत्नी का त्याग करने वाले राजश्री का यह पुत्र है, उनका नाम मैं नहीं लूँगी।'

शायद यह शकुन्तला का पुत्र है। सम्राट दुष्यन्त के मन में आशा उत्पन्न हुई। उन्होंने उस बालक को अपने निकट लिया। तब वह बालक उनकी बांहों से छिटकते हुए कहता है, 'मेरे पिता राजश्री दुष्यन्त हैं।'

मधुवन्ती ने गहरी सांस छोड़ी। जैसे उसे ही अपना पुत्र प्राप्त हो गया हो। अतिशय प्रसन्न मन से वह बोली, "आर्य, विरही जनों का दीर्घकाल के पश्चात मिलन कितना आनन्ददायी हो सकता है, इस कल्पना से ही मैं अत्यन्त प्रसन्न हूँ।"

"सत्य है मधुवन्ती। जीवन में किसी को भी विरहावस्था प्राप्त न हो। सम्राट दुष्यन्त के विरह की हमने केवल कल्पना ही की है। उसकी सत्यता को हमने मन से पहचाना है। परन्तु सभी का अपने प्रिय व्यक्ति से पुनरपि मिलन सम्भव है क्या, यह प्रश्न हमें सताता है। संयोग इतने सहज नहीं होते।"

"हम समझे नहीं आर्य कि आप अकस्मात चिन्तित क्यों हो गये? सम्राट दुष्यन्त और शकुन्तला का पुत्र सहित मिलन आपने कराया न! आपके शब्द लावण्य से यह कालातीत प्रेमकथा बन गयी है।"

"शकुन्तला सम्राट दुष्यन्त के सामने खड़ी है, उन्होंने बार-बार उससे क्षमा माँगी है। शकुन्तला के नेत्र आनन्दाश्रुओं से भरे हैं, अन्त सुखद हो गया है। कश्यप मुनि उन्हें जी भरके आशीर्वाद देते हैं और सबसे विदा लेकर वे अपने हस्तिनापुर की ओर निकले हैं।"

"आर्य, कल्पनातीत सुन्दर! लावण्यमयी, नादमयी भाषा से हम प्रभावित हैं। क्या पुरस्कार दें आपको?"

"सखे, मधुवन्ती, तुम ही हमारा पुरस्कार हो। हमें कुछ और नहीं चाहिए। अनेक दिन तुम्हारे और दुष्यन्त-शकुन्तला के सहवास में व्यतीत हुए। हम प्रसन्न हैं।"

"एक प्रश्न, आर्य।"

"अवश्य पूछो।"

"आर्य, आपने शकुन्तला की देह का इतना सूक्ष्म और अप्रतिम वर्णन किया, वह कैसे किया है?"

"अर्थात सत्य अनुभूति से। इसमें कोई कल्पना नहीं है। हे लावण्यवती, सुखदायिनी मधुवन्ती, तुम तो हमारे साथ हो ना? कहीं अन्यत्र जाने की हमने कभी कल्पना भी अभी तक नहीं की।"

वह हँसी। उन्होंने अत्यन्त स्नेह से उसे अपने निकट लिया, वे दुष्यन्त हो गये थे और मधुवन्ती थी लावण्यवती, शास्त्रवती शकुन्तला। कालिदास अत्यन्त प्रसन्न थे।

***

वागर्थाविव सम्पृक्तौ वागर्थप्रतिपत्तये।
जगतः पितरौ वन्दे पार्वतीपरमेश्वरौ।।

भिन्न प्रतीत होते हुए भी अर्थ और वाणी एक ही हैं। बिल्कुल वैसे ही जैसे शिवशंकर और पार्वती भिन्न प्रतीत होते हुए भी दोनों एकत्र हैं। उन जगत्पिता को मैं वाणी और अर्थ की सिद्धता हेतु प्रणाम करता हूँ।

सूर्य के समान महा तेजस्वी वंश का वर्णन करने के लिए प्रवृत्त मेरे जैसा अल्पमति कहाँ? उस महान वंश की ओर देखना घास के पत्ते पर तैरते हुए सागर तक पहुँचने जैसा दुष्कर कार्य है। फिर भी रघुवंश के महान राजाओं के बारे में लिखने का साहस हम करने वाले हैं।

ब्रह्ममुहूर्त पर जाग्रत हुए कालिदास मध्य रात्रि को प्रस्फुटित पंक्ति के कारण लिखने के लिए प्रवृत्त हुए। श्रीराम के इस तेजस्वी वंश के बारे में क्या हम वास्तव में लिख पायेंगे? ऐसा सन्देह मन में उत्पन्न हुआ, परन्तु जिस प्रकार प्रगाढ़ निद्रा में ये दो पंक्तियाँ मन में सहज प्रकट हुईं, इसका अर्थ यह दैवी संकेत ही है। कालिदास बड़ी देर तक चिन्तित रहे, परन्तु मन में प्रकट हुई दो पंक्तियाँ स्पष्ट, आशय सम्पन्न और सूचक थीं। भीतर से प्रवृत्त कर रही थीं।

वे विचार कर रहे थे। अन्य साहित्य-सम्पदा निश्चय किये बिना ही प्रकट हुई थी। कश्मीर जाते हुए हमने बदलते ऋतु देखे और 'ऋतुचक्र' प्रकट हुआ। प्रकृति

के उस आविष्कार को हमने शब्दों में प्रकट किया और यह साक्षात्कार हुआ कि हम कुछ लिख सकते हैं। नैसर्गिक प्रतिमाओं का वर्णन हम करते रहे। शायद कुछ अतिशयोक्ति भी हो गयी।

'मालविकाग्निमित्र' हमने सम्राट चन्द्रगुप्त के आदेशानुसार लिखा और मन-ही-मन ज्ञात हुआ कि हम आदेशानुसार भी लिख सकते हैं।

'विक्रमोर्वशीयम्' लिखते समय हमारा मन प्रीति से परिपूर्ण था। वही प्रीति हमने राजा विक्रम और गन्धर्व कन्या उर्वशी में देखी। प्रभावती रानी को प्रथम पुत्र रत्न की प्राप्ति हुई और हमने 'कुमारसम्भवम्' में शिव-पार्वती की शृंगार कथा ही लिख डाली।

विदर्भ जाना पड़ा और एक-एक कर कई मास बीत गये। मधुवन्ती की याद तीव्रता से सताने लगी, तो हमने यक्ष और यक्षिणी के उत्कट विरह के स्वरूप में उसे प्रस्तुत किया। 'ऋतुचक्र' और 'मेघदूत' ये काल्पनिक रचनाएँ वास्तव को ध्यान में रखते हुए लिखीं। हमारा साहित्य वास्तविक नायक-नायिकाओं के जीवन पर आधारित है। क्योंकि अत्यन्त संवेदनशील मन में समय समय पर वैसी घटनाएँ घटित हुईं।

'अभिज्ञान शाकुन्तलम' लिखते समय मन में मधुवन्ती थी। स्नेहल माता के रूप में प्रभावती थी। और वात्सल्यमय पिता सम्राट चन्द्रगुप्त के समान हम भी थे। राजा दुष्यन्त वास्तविक साहित्य में था ही।

परन्तु आज 'रघुवंशम्' की रचना सोच समझ कर ही कर रहे हैं। यदि कोई कुलवंश स्वपराक्रम से संगठित हो, तो दीर्घकाल तक उत्तम राज्य प्रशासन कर सकता है, इसका सर्वोत्तम उदाहरण है 'रघुवंशम्'।

कुछ ही समय पूर्व था सातवाहन वंश। यह विश्व का एकमेव वंश था जिसने चार सौ चालीस वर्षों तक राज्य किया। तैंतीस राजाओं ने इसे प्रवाहित रखा। और इससे पूर्व 'रघुवंश' के आदर्श को उनतीस राजाओं ने प्रवाहित रखा था। यदि वही आदर्श–आदर्श संघटन, एक धर्म, एक प्रशासन, उत्तम कार्यमण्डल, समृद्ध कोषागार, समृद्ध कृषि, कला, साहित्य और संस्कृति हो तो एक अपने कुल के इतिहास का निर्माण किया जा सकता है। सम्राट चन्द्रगुप्त का प्रशासन और अल्प काल ही महाराज रुद्रसेन का आदर्श प्रशासन यदि ऐसे ही रहा तो दोनों कुल अपने कुल का आदर्श स्थापित करेंगे, बिल्कुल रघुवंश के समान, इसमें सन्देह नहीं है।

शक-हूण, यवन, कुषाणों को साहस भी नहीं होगा वक्र दृष्टि से देखने का। इसके अतिरिक्त जैन, बौद्ध और अन्य पन्थ एकसंघ हिन्दू राष्ट्र की ओर वक्र दृष्टि से देखने का साहस नहीं करेंगे।

जब हम सोच-समझ कर कोई उद्‌देश्य चुनते हैं, तो उस सन्दर्भ में हम सामाजिक निरीक्षण, शास्त्राभ्यास, विविध कलाओं का आस्वाद लेते हैं। यह स्वनिर्मिति की, काल्पनिक साहित्य का अपेक्षा अधिक कठिन होता है। किसी पात्र के अन्तरंग का, बाह्यस्वरूप की चित्रण करते हुए अत्यन्त सूक्ष्मता से निरीक्षण करना पड़ता है, अन्यथा जन-प्रवाद उत्पन्न हो सकते हैं।

परन्तु चरित्र-महाकाव्य का प्रवास सुखद होता है। हम केवल पथिक नहीं होते। हमारे पास होती है अनुभूति की घिरनी, जिसमें से एक-एक धागे के समान चरित्र गाथा खुलती जाती है। गंगा माता की हिमालय से उत्पत्ति से लेकर उसके महासागर से मिलने तक सारे घुमावों का वर्णन करने जैसा है। वैसे ही, यह चरित्र गाथा 'रघुवंशम्' उत्तुंग अनुभवों से परिपूर्ण है। रोम-रोम से बहते हुए चैतन्य जैसी है। लेखनी प्रवृत्त कर रही है लिखने के लिए और मन और वाणी साथ दे रहे हैं। मन में जैसे आनन्द-नगरी बस गयी है।

कालिदास के मन में अतीव आनन्द था। यदि काव्यलेखन का प्रयोजन स्पष्ट हो तो दूरगामी मार्ग स्पष्ट और सुकर हो जाता है। इसका परिणाम उन्हें दिखाई दिया। उन्होंने लिखना आरम्भ किया। सात-आठ ही पंक्तियाँ लिखी होंगी। उन्होंने उन पंक्तियों को फिर से पढ़ा और अतीव आनन्द से बोले, "हे महादेव, हे शिवशंकर, आज तुम प्रत्यक्ष हमारे लिए भाग कर आये हो। तुम्हारा ही तो आह्वान किया था। और तुम साक्षात प्रकट हो गये। तुम्हें कल्पना नहीं है, देवाधिदेव, आज हमारी अतृप्त इच्छा पूर्ण हुई है। सब कुछ अनजाने में हुआ है, परन्तु घनघोर अरण्य में चलते हुए मार्ग ही लुप्त हो जाये, और सौदामिनी के प्रकाश में चमक जाये, वैसा ही हुआ है।

'अस्ति कश्चिद् वाग्विशेष:' इस पंक्ति का सघन अर्थ प्राप्त हो गया है। 'कुमारसम्भवम्' लिखते हुए प्रथम चरण की प्रथम पंक्ति, जो हमने लिखी वह थी-
अस्त्युत्तरस्यां दिशि देवतात्मा हिमालयो नाम नगाधिराज: ।

प्रथम शब्द 'अस्ति' से प्रारम्भ हुआ।

'कश्चित्कान्ताविरहगुरुणा स्वाधिकारात्प्रमत्त: ' मेघदूतम्' की प्रथम पंक्ति हम अनजाने में लिख गये और अब 'रघुवंशम्' की प्रथम पंक्ति–

'वागर्थाविव सम्पृक्तौ वागर्थप्रतिपत्तये'

विद्धत्वती ने हमसे जो प्रश्न पूछा था उसका उत्तर, हे ईश्वर तुम्हीं ने हमें दिया है।

देवाधिदेव, हम ऋणी हैं। जीवन के एक प्रदीर्घकाल तक हम उसी एक प्रश्न से विचलित थे। अब तुम्हीं ने हमें मार्ग दिखाया है। अब यह महाकाव्य पूर्ण करने के बाद हम उससे मिलने विदिशा जायेंगे। हे ईश्वर, उस समय भी तुम हमारे साथ ही रहना। प्रदीर्घकाल के पश्चात उससे मिलने जा रहे हैं, तब तुम भी ज्येष्ठ व्यक्ति के नाते साथ में रहना।

अब वे उठे। शुचिर्भूत होकर सूर्योपासना करके आये। पीताम्बर के ऊपर हरित उत्तरीय धारण किया, कण्ठ में रत्नमाला पहनी, कमर पर कटिबन्ध और बाहुओं पर बाजूबन्द पहने। मणिबन्धों पर रत्न जड़ित कंकण पहने। उँगलियों में मुद्रिकाएँ पहनीं। मस्तक पर चन्दन से त्रिशूल अंकित किया। कृष्ण केशों के कारण उनका गौरवर्ण अधिक सुन्दर प्रतीत हो रहा था। इस अनुपम रूप ने ही हमारा घात किया था। गोपालक होते हुए भी राजसी तेज से युक्त हमारे मन को तीव्र व्यथा दी इसी अनुपम रूप ने। स्वर्गीय सौन्दर्य है हमारा। राज पुरुष को भी नतमस्तक करे ऐसा। परन्तु आज दर्पण में अपना रूप देखकर उन्हें अतीव आनन्द हुआ था। देव मन्दिर में जाकर उन्होंने शिव शंकर की प्रार्थना की। अपने कक्ष में आकर वे कार्तिक में मृदु हुए सूर्य की किरणों में आसन लेकर बैठे और लिखना आरम्भ किया।

उन्होंने लिखा, 'हम तो मन्दबुद्धि हैं। संस्कृति के उपासक, जिन्हें शुद्ध फल की प्राप्ति हुई है, कर्मयोगी, समुद्र तक जिनकी राजसत्ता थी, ऐसे रघुवंशीय राजा-महाराजाओं का वर्णन महापण्डित वाल्मीकि पहले ही कर चुके हैं। फिर भी यह हमारा अल्पमति प्रयास है।'

फिर उनकी काव्य-सरिता निर्मल शब्द जल लेकर प्रवाहित होती है। वेदों में प्रणव के प्रथम स्वर के समान प्रथम राजा मनु हुए। इस मनुवंश में 'दिलीप' राजा क्षीर सागर में चन्द्रमा के समान था। अत्यन्त बलाढ्य, साहसी, सक्षम और क्षत्रिय धर्म ही उसकी वृत्ति थी। मनोहारी रूप के समान उसकी बुद्धि भी प्रखर थी। वसुन्धरा की स्निग्धता को जिसने अपने भीतर आत्मसात कर लिया है, और फिर जलवर्षाव करने वाले सूर्य के समान वह कठोर शासक और प्रजावत्सल राजा था।

राजा दिलीप तीव्र अध्ययन वृत्ति के थे, वैसी ही तीव्र उनकी स्मरण शक्ति थी। धनुष्य पर चढ़ी हुई आकर्ण प्रत्यंचा उनका परिचय देती है। राजा दिलीप विलक्षण थे।

प्रजापिता तो वह था ही, परन्तु उसने यज्ञों के लिए प्रजा से और देवताओं से सम्पत्ति माँगकर विश्व कल्याण के लिए यज्ञ किये। 'चौर्य' शब्द भी उसके

राज्य में नहीं था। दिलीप राजा का कोई शत्रु नहीं था। सागर सीमा उसके राज्य की रक्षक थी।

सर्वत्र समृद्धि थी। उसके प्रासाद में अनेक रानियाँ थीं, परन्तु उसकी अत्यन्त प्रिय रानी सुदक्षिणा के कोई सन्तान नहीं थी। अन्य रानियों को भी पुत्र सन्तान नहीं थी। वंश-दीपक की आवश्यकता थी। इसलिए राजा दिलीप रानी सुदक्षिणा के साथ अपने कुलगुरु वशिष्ठ के आश्रम में यह पूछने के लिए आये कि कौन-सा व्रत अथवा अनुष्ठान करने से पुत्र की प्राप्ति होगी।।

आश्रम अरण्य में था, प्राकृतिक सौन्दर्य से परिपूर्ण था। मन्त्रोच्चारणों के कारण वातावरण पवित्र था। ज्ञान सम्पादन करने वाले शिष्यों की शास्त्र वाणी से समृद्ध था। वशिष्ठ योगी-वियोगी थे, समाज के लिए दीप स्तम्भ थे। जब राजा दिलीप ने उनसे पूछा कि पुत्र प्राप्ति के लिए कौन-सा व्रत करना चाहिए तो वशिष्ठ मुनि ने कहा, "तुम्हारी व्यथा मैं जान गया हूँ। पितरों को सद्‌गति प्राप्त हो, कुलवंश हमेशा रहे, यह तुम्हारी कामना है। तुम्हारी स्थिति आज सूर्य के समान हो गयी है, एक ओर अन्धकार, एक ओर प्रकाश। सब कुछ होते हुए भी तुम व्यथित हो। कभी एक बार तुम कामधेनु को अनदेखा कर आगे चले गये थे। परन्तु अब आश्रम में नन्दिनी है। उसकी सेवा करो। वह जहाँ भी जाये, जहाँ बैठे, जहाँ खड़ी रहे–उसके सन्तुष्ट होने तक उसकी सेवा करो, छाया की तरह उसके साथ रहो।

सुदक्षिणा व्रत साधना करेगी। वशिष्ठ ऋषि ने उन्हें उनकी पर्ण कुटी दिखाई। अब उन्हें भूमि पर शयन करना और फलाहार लेना था। यह एक तपस्या थी। दूसरे सर्ग से आरम्भ हुई गो-सेवा।

दिन व्यतीत होते जा रहे थे। नित्य क्रमानुसार नन्दिनी वन में विचरण कर रही थी। राजा दिलीप दिन-भर प्रहरी की तरह उसके साथ रहते। शाम को, जब वे नन्दिनी के साथ आश्रम लौटते तो सुदक्षिणा उसकी सेवा करती। उसे खाद्य, जल अर्पण करती, उसके लिए तृण शैया बनाती। मन:पूर्वक उसकी स्वच्छता करती।

वन में अनेक बार वन्य श्वापदों से संघर्ष करना पड़ता था। एक बार सिंह ने नन्दिनी को जकड़ लिया। राजा दिलीप ने सिंह से विनती की कि वह नन्दिनी के बदले उसे खा ले। यह नन्दिनी ही परीक्षा ले रही थी। वह प्रसन्न हुई। वशिष्ठ मुनि की आज्ञानुसार राजा दिलीप सुदक्षिणा के साथ अयोध्या लौट आये।

तीसरे सर्ग के आरम्भ में रानी सुदक्षिणा को शुभ संकेत प्राप्त हो गये थे। वह गर्भवती थी। उसके गर्भ लक्षण चक्रवर्ती सम्राट के जैसे थे। यह भविष्यवाणी से भी

ज्ञात हो गया था। वैभव सम्पन्न अयोध्यापति दिलीप कोसल की राजकन्या सुदक्षिणा से उसकी इच्छा के बारे में पूछते, परन्तु वह ऐसे तृप्त थी, मानो सब कुछ प्राप्त हो गया हो।

और एक दिन मंगल पर्व पर, शुभ नक्षत्रों के समूह ने नवजात शिशु का स्वागत किया। मंगल वाद्यों के बीच दसों दिशाओं में मन्त्र घोष गूँज उठा। 'रघु' का जन्म हुआ। पुत्र सभी शास्त्रों का वेत्ता, परम विद्वान और शत्रुओं का दमन करने वाला हो, अत: लघु धातु के आशयानुसार उसका नाम 'रघु' रखा गया। यह सूर्यवंश में उत्पन्न रघुकुल का प्रजावत्सल राजा था।

राजा दिलीप का पुत्र रघु सूर्य का तेज और ऊर्जा लेकर चन्द्रकला के समान प्रतिदिन बड़ा हो रहा था। राजा दिलीप ने 99 अश्वमेध यज्ञ किये, सौवें अश्वमेध यज्ञ के अश्व के साथ उन्होंने रघु को भेजा।

युवराज रघु सेना सहित अश्व के साथ जा रहा था कि अचानक यज्ञ का अश्व लुप्त हो गया। रघु चकित हो गया। कुछ भी समझ में नहीं आ रहा था, तब रघु ने गो मूत्र से अपने नेत्र धोये और तब उसे प्रत्यक्ष इन्द्र ही यज्ञ के अश्व को ले जाते हुए दिखाई दिया। उसे भय था कि सौवाँ अश्वमेध यज्ञ सफल होने पर उसका इन्द्रपद जाता रहेगा।

रघु ने इन्द्र से कहा,

"हे इन्द्रदेव, आदर्श व्यक्ति को अपराध शोभा नहीं देता। वेद मार्ग पर चलने वालों की यह संस्कृति नहीं। हम विश्वानन्द के लिए यज्ञ कर रहे हैं। उसमें श्रेय का भाग आपका भी है। तुम 'शतक्रतु' हो, परन्तु शत अश्वमेध यज्ञ करने की सामर्थ्य राजा दिलीप में भी है।

अन्त में युद्ध का आरम्भ हुआ। इन्द्र की पराजय के लक्षण देखते हुए रघु ने कहा,

'हमारा अश्व वापस करो।"

"अश्व वापस नहीं होगा।"

"तब हमारे पिता को यज्ञ का वांछित फल और श्रेय प्राप्त हो, ऐसी व्यवस्था करो," इन्द्र ने इसे मान लिया और सारथी मातलि के द्वारा यह सन्देश राजा दिलीप को भेजा।

सौ अश्वमेध यज्ञ करने के बाद राजा दिलीप निवृत्त हुए। राजा दिलीप ने सभी राज सूत्र विधिपूर्वक अपने पुत्र रघु को सौंप दिये।

जैसे सूर्य अपने सभी गुण सन्ध्या को अर्पण करता है, वैसे ही राजा दिलीप ने अपने सभी गुण राजा रघु को दिये। राजा रघु का एक पद सिंहासन पर तो दूसरा शत्रु समूह पर था। प्रत्यक्ष लक्ष्मी-सरस्वती राज्य सभा में विराजमान थीं। पृथ्वी, जल, तेज, वायु, आकाश इन पाँच तत्त्वों से सम्पूर्ण गन्ध, रस, रूप, स्पर्श और शब्द, इन सबका उत्कर्ष रघु के निकट स्थित हो गया। आदर्श राजा के रूप में रघु राजा प्रतिष्ठित हुआ।

कालिदास चौथा सर्ग लिख रहे थे। उन्होंने निश्चय किया कि प्रात:काल में नित्य नियमपूर्वक पाँच सर्ग लिखेंगे। दिन में यदि अन्य कार्यों से समय मिला तो, और नहीं मिला तो रात्रि में रामायण ग्रन्थ से प्राप्त संकेत, अर्थ, जीवन पट और उसकी सूक्ष्मता, रीति-नीति, समाज, शास्त्र का अध्ययन करेंगे। वैसे भी किसी रचना का आरम्भ करने के बाद उसके पूर्ण होने तक अन्य किसी विषय के बारे में सोचना सम्भव नहीं है, किसी अन्य विषय में रस भी नहीं है। परन्तु लेखन के लिए सर्वोत्तम समय है ब्रह्ममुहूर्त। निरभ्र आकाश, शान्त चन्द्रमा, शान्त तारागण, निपट शान्ति, निद्राधीन सर-सरिता, वृक्ष लता, समीर और–"को जागृति?" इस प्रश्न का उत्तर देने वाले ब्रह्म वृन्द में से एक हम। उन्हें प्रसन्नता का अनुभव हुआ।

कालिदास ने रघु राजा का वर्णन किया। उनकी सेवा वृत्ति का, निष्काम प्रवृत्ति का, प्रजाहित दक्ष और कर्तव्यनिष्ठ वृत्ति का वर्णन किया। देवताओं को भी अलभ्य ऐसे अलौकिक गुणों का वर्णन किया। सीमावर्ती प्रदेश में शान्ति स्थापित कर, इष्ट देवताओं का आशीर्वाद लेकर राजा रघु दिग्विजय के लिए निकला। सम्राट चन्द्रगुप्त को अपने सामने रखकर ही कालिदास ने उसका वर्णन किया। चतुरंग सेना के साथ सम्राट को कूच करते हुए कालिदास अनेक बार देख चुके थे।

राजा रघु ने पूर्व में अपना साम्राज्य प्रस्थापित किया, सागरी द्वीपों को भी राजमुद्रित किया। जब अपार सम्पत्ति लेकर राजा रघु अयोध्या वापस आया तो देवताओं ने भी उस पर पुष्प वृष्टि की। उसका अतुलनीय शौर्य देखकर देवता गण प्रसन्न हुए। उसके पश्चात उसने दक्षिण में कावेरी तक, दक्षिणाधिपति पाण्ड्य देश तक सर्वत्र विजयश्री प्राप्त की। सम्पूर्ण आर्यावर्त एक ही धर्मध्वजा के नीचे संगठित हुआ।

कालिदास ने प्रकृति वर्णन, शौर्य वर्णन करते समय बहुतायत से अलंकारों का उपयोग किया। प्रत्येक काव्य पंक्ति में नयी उपमा कैसे प्रकट होती है, इसका उन्हें ही आश्चर्य हो रहा था। पूर्व, पश्चिम, उत्तर, दक्षिण–सारी सीमाएँ रघु राजा के साम्राज्य से जुड़ गयी थीं। प्रागज्योतिषपुर, कामरूप, कुबेर नगरी, काम्बोज, सिन्धु तट सभी एक छत्र तले आ गये थे।

सम्पूर्ण आर्यावर्त पादाक्रांत करने के बाद राजा रघु अयोध्या वापस लौटा और उसने प्रचण्ड 'विश्वजित' नामक यज्ञ किया, अपार सम्पत्ति दान की और राजा रघु निष्कांचन हो गया।

पाँचवें सर्ग में राजा रघु अत्यधिक धन समृद्ध कोषागार का स्वामी है, यह सुनकर ऋषि वरतन्तु का शिष्य कौत्स गुरुदक्षिणा के लिए दान माँगने राजा रघु के पास आया। वस्तुत: वरतन्तु ऋषि ने कौत्स निष्कांचन है इसलिए उससे गुरुदक्षिणा नहीं माँगी थी। परन्तु यह उसका अपमान है, ऐसा समझकर कौत्स ने वरतन्तु से पूछ ही लिया और कौत्स के आग्रह करने पर उन्होंने चौदह सहस्त्र स्वर्ण मुद्राएँ दान के रूप में माँग लीं। राजा रघु तो निष्कांचन थे। कोषागार प्रजा की सम्पत्ति थी। कौत्स ने कहा, "यदि आप निष्कांचन हैं तो मैं किसी अन्य राजा के पास दान माँगने जाऊँगा।"

"वत्स, तुम सर्वज्ञानी वरतन्तु ऋषि के यहाँ से आये हो और अत्यन्त प्रामाणिकता से गुरु दक्षिणा देना चाहते हो, अत: तुम्हें विन्मुख भेजना हमें शोभा नहीं देता। हम तुम्हें चौदह सहस्त्र स्वर्ण मुद्राएँ अवश्य देंगे। रघु राजा ने कुबेर पर आक्रमण कर उसका धन लाने का निश्चय किया। परन्तु उसकी सामर्थ्य देखकर कुबेर ने राजा रघु के कक्ष में रात्रि को ही असंख्य सुवर्ण मुद्राओं की वृष्टि की।

राज़ा ने कौत्स को सब कुछ दान में ले जाने की अनुमति दी। परन्तु कौत्स ने केवल चौदह सहस्त्र मुद्राएँ ही गुरु के लिए लीं। जाते समय कौत्स ने राजा रघु को पुत्र प्राप्ति का आशीर्वाद दिया।

और आशीर्वाद का फल प्राप्त हुआ। राजा रघु को पुत्र रत्न की प्राप्ति हुई, उसका नाम 'अज' रखा गया, विदर्भ के राजा भोज की लावण्यवती कन्या इन्दुमती से उसका विवाह निश्चित हुआ।

कालिदास ने छठे सर्ग का शीर्षक लिखकर भोजपत्र एकत्र किये, सेवक द्वारा रखे गये दुग्ध पात्र के दूध का प्राशन किया और वे राजसभा के लिए निकले।

मार्ग में उन्हें एक वृद्ध स्त्री मिली, जो एक युवक के साथ राजसभा की ओर जा रही थी। उन्हें देखते ही वह ठहर गयी, "महोदय, आप आयुर्वेद जानते हैं, आप भविष्य भी जानते हैं, यह ज्ञात होने पर हम आपकी ओर ही आ रहे थे।

"हमें राजसभा..."

"वहाँ भी समस्या-समाधान होगा, यहाँ भी आप वही करेंगे। फिर विलम्ब क्यों? सिर्फ़ राजसभा में आपकी उपस्थिति महत्त्वपूर्ण है अथवा प्रत्यक्ष कार्य?" कालिदास

मौन हो गये। उसने कहा, "आप उस शिलाखण्ड पर बैठें। हमारी समस्या, मानें तो, क्षुद्र है, मानें तो महत्त्वपूर्ण है।"

कोई उपाय न देखकर कालिदास शिलाखण्ड पर बैठ गये।

"श्रेष्ठि, मेरे पुत्र की हस्तरेखा देखकर इसका भविष्य कथन करें।"

"हम हस्त सामुद्रिक जानते हैं, परन्तु..."

" 'शास्त्राभ्यास किया है, परन्तु अद्याप अनुभव नहीं'...यही न? अनुभव प्राप्त करने के लिए परीक्षा देना होती है। आज आप अपनी शास्त्र परीक्षा दें।"

उस माता के सम्मुख कालिदास मौन हो गये। प्रश्न भी उसका था, उत्तर भी उसी ने दिया। और आदेश भी उसी का, कोई पर्याय नहीं था। उन्होंने उस युवक का कोमल हाथ अपने हाथों में लिए और उनके भीतर का आयुर्वेद जाग्रत हो गया। साथ ही उसकी मनोदशा का भी साक्षात्कार हो गया।

"देवी, हम एक शर्त पर भविष्य कथन करेंगे।"

"बतायें, श्रेष्ठि।"

"इस युवक को एक मास हमारे साथ रहने दें, मान्य है?" उसने स्वीकार किया।

"ऐसी क्या बात है?"

"हस्तरेखा देखने से तो इसका भविष्य अत्यन्त उज्ज्वल जान पड़ता है। राष्ट्र सेवा, राज सेवा के क्षेत्र में काम करेगा। पत्नी गुणवती होगी, पुत्र शौर्यवान होगा। अब कुछ और न पूछें, आप जा सकती हैं, देवी।"

निरुपाय होकर, वचनबद्ध होने के कारण उसे जाना पड़ा। 'परन्तु मेरा निर्बल, मतिमन्द और निर्बुद्ध पुत्र इतना सब प्राप्त कर सकेगा क्या? उसके अन्य दो पुत्र सुदृढ़, सबल थे, उनके विवाह भी हो चुके थे।' सशंक मन से वह वापस गयी।

"वत्स", कालिदास ने उसे स्नेहपूर्वक अपने पास बिठाया, प्रेम से उसके मस्तक पर हाथ फेरा, "तुम्हारा नाम क्या है?"

"मेरे बहुत सारे नाम हैं, मूर्ख...महामूर्ख...शतमूर्ख, अज्ञानी..." उन्हें बालक में भोलापन दिखाई दिया।

"हम तुम्हें बहुत अच्छा नाम देंगे...गणेश...शिवशंकर का पुत्र, गणेश..."

उसने प्रसन्नता से तालियाँ बजायीं।

वे राजसभा की ओर निकले थे, उसे भी साथ लेकर चले।

आज अनेक के अनेक प्रश्न, हास्यविनोद, व्यंग्य, सब समझ में आने वाला था।

***

मधुवन्ती के यहाँ वे अनेक दिनों से नहीं गये थे और जाने का विचार भी आये, तो गणेश नामक युवक को उन्होंने अपने प्रासाद में स्थान दिया था। अब कम से कम एक मास तक तो जाना नहीं हो पायेगा। वैसा सन्देश उन्होंने भेज दिया था। वर्तमान में वह भी महाभारत काल की स्त्रियों की पराधीनता, वाक्पटुता, असहायता, संयम, धैर्य पर संशोधन कर रही थी। उसे अध्ययन के लिए एक उत्तम पर्याय मिल गया था, इसकी कालिदास को प्रसन्नता थी।

ब्रह्ममुहूर्त पर उन्होंने लिखना आरम्भ किया–पाँच सर्ग तो हो गये हैं और पाँच हुए तो हुए, मन पर बन्धन नहीं लादना है, ऐसा उन्होंने निश्चय किया, और प्रसन्न मन से राजा अज की कथा आरम्भ की। उसका विवाह हो ही गया था। मृदुवचनी, गुणवती, फूल से भी कोमल कान्ता इन्दुमती के रूप में राजा अज को प्राप्त हुई थी। परन्तु अयोध्या से विदर्भ में प्रवेश करने से लेकर विवाह वेदी पहुँचने तक और विवाह सम्पन्न होने तक कालिदास ने इतना अधिक विस्तृत वर्णन किया कि वे स्वयं ही चकित हो गये। प्रभावती का विवाह, युवराज कुमार का विवाह, उसके संस्कार मन पर अंकित हो गये होंगे। इन्दुमती के स्वयंवर में आर्यावर्त के अनेक राजा उपस्थित थे, उनका वर्णन कालिदास ने अनेक उपमाएँ देकर किया था। वे ख़ुद भी चकित हो गये थे।

मेघों से मुक्त धवल चन्द्रिका–इन्दुमती शशिधर को–अज को प्राप्त हुई थी।

स्वर्ग से भी अधिक शृंगारित अयोध्या नगरी में राजा अज और उनकी नूतन वधू।

कालिदास ने सातवाँ सर्ग आरम्भ कर दिया था। इस सर्ग में इन्दुमती को प्राप्त करने के लिए आये हुए राजा-महाराजाओं के विवाहों का, और जिनके विवाह निश्चित नहीं हुए उनके द्वारा अज पर आक्रमण करने का वर्णन है।

आठवें सर्ग में प्रौढ़-प्रगल्भ सम्पूर्ण आर्यावर्त का राजा और अपार सम्पत्ति प्राप्त करने वाला रघु और आर्यावर्त से सम्पत्ति लाकर 'विश्वजित' यज्ञ में सम्पूर्ण सम्पत्ति दान करने वाला–अज।

दो भिन्न प्रकृतियाँ, परन्तु ध्येय–एक। जनहित। रघु ने वानप्रस्थाश्रम स्वीकार किया और योग सिद्धि से मृत्यु को भी स्वीकार किया।

अज की अनेक रानियाँ थीं, परन्तु पुत्र प्राप्ति हुई इन्दुमती से। राजा अज की उस पर निःसीम प्रीति थी। पुत्र का नाम दशरथ रखा गया। चारों ओर आनन्द ही आनन्द था। अज और इन्दुमती स्वस्थ थे। अज का विचार था कि यदि हम किसी का द्वेष नहीं करते तो हमारा द्वेष करने वाला भी कोई न होगा। हम सौवें यज्ञ का अश्व लेकर

गये और पूरे आर्यावर्त को पादाक्रान्त किया और वस्तुस्थिति वैसी ही थी। इसलिए अज और इन्दुमती वन विहार के लिए गये। राजा की गोद में सिर रखकर हरी घास पर इन्दुमती लेटी थी। उसी समय नारद मुनि गोकर्ण से शिवशंकर के पास जा रहे थे। वे शिवशंकर का गुणगान कर रहे थे और उनकी वीणा पर लगी हुई पुष्प माला इन्दुमती के वक्षस्थल पर गिरी। फूल से कोमल इन्दुमती तत्क्षण गतप्राण हो गयी। ईश्वर की भी योजना थी कि कोमल कान्ता को कोमल पुष्पमाला से मृत्यु प्राप्त हो।

पल-भर को तो राजा अज कुछ समझ ही नहीं पाया, मगर फिर अनावर दुःख से विलाप करने लगा। हमारे ही प्राण लिए होते...उस विलाप में आक्रोश नहीं, अपितु संवेदनशील उत्कट प्रेम था। 'अज विलाप' लिखते-लिखते कालिदास को भी अपने अश्रु रोकना असम्भव हो गया, वे भी स्तंभ का सहारा लेकर रोने लगे।

तभी वहाँ गणेश आया, दो-तीन दिन पूर्व ही आया हुआ गणेश कालिदास की ऐसी अवस्था देखकर बौखला गया। अगले ही पल उसने कालिदास के मस्तक पर हाथ रख दिया।

"तात..." उसके स्पर्श से, उसकी पुकार से कालिदास चौंक गये।

"ऐसे आँसू न बहायें, तात," कालिदास ने अपने ऊपर झुके हुए गणेश को दृढ़ आलिंगन दिया, मगर अब यह आलिंगन दुःख से नहीं, अपितु अत्यन्त आनन्द से था।

गणेश को प्रथम देखते ही उन्हें अपने रूप का स्मरण हो आया। हम सशक्त, अलौकिक रूप से सुन्दर थे, इसलिए हमारा घात हुआ, गणेश दुर्बल और अज्ञानी है इसलिए उसका घात हुआ। दोनों ही तो यौवन की दहलीज़ पर थे।

राजसभा से आने के बाद वे गणेश को अपने साथ क्षिप्रा तट पर श्रीमहाकालेश्वर के मन्दिर में ले गये और उसके मस्तक पर हाथ रखकर बोले,

"वत्स गणेश, तुम हमारे पुत्र के समान हो। तुम तेजस्वी हो, रूपवान भी हो, किंचित न्यूनता है तो विद्यार्जन में। हम तुम्हें नित्यक्रम देंगे, नित्य पाठ देंगे। तुम अश्वशाला, गोशाला, शस्त्रागार सब सँभालोगे। सबसे बातें करोगे। तुम्हारी वाणी निरागस है, परन्तु शीघ्र ही तुम्हारे मुख से रसात्मक वाणी प्रकट होगी। अब बताओ, तुम माता के पास जाओगे या हमारे दिये हुए नित्य पाठ का अध्ययन करोगे? तुम पर ज़बरदस्ती नहीं होगी, वत्स।"

गणेश बालक के समान उनसे लिपट गया। और तीन ही दिनों में उसे अपना आत्मविश्वास प्राप्त हो गया, वाणी प्राप्त हुई और संवेदना का अनुभव हुआ।

"वत्स, मन्दिर जाकर आये? शिव स्तोत्र का पठन किया?"

उसने 'हाँ' कहा।

"क्या अब अंकशास्त्र का पाठ दूँ?"

"अवश्य, तात।"

"क्या हमें 'तात' कहने की इच्छा हुई तुम्हारी?"

"जब से मैं कुछ समझने लायक हुआ, मेरे तात मुझे षंढ कहते हैं, मेरे दोनों भाई उपहासपूर्वक मुझे पुकारते हैं, मेरी माता मुझे शतमूर्ख कहती है। जो अपने पुत्र को समझते हैं, वे 'तात' होते हैं।"

उनके सामने उसका सम्पूर्ण जीवनपट खुल गया। अब हम उसके पिता होकर उसे सबल बनायेंगे, सुन्दर आचार-विचार और संस्कृति से संस्कारित करेंगे, ऐसा उन्होंने निश्चय किया।

"अब आप लिखें, तात। हम अपनी अभ्यासिका में हैं।" उसकी वाणी में भी अनजाने ही परिवर्तन हो गया था।

कालिदास लिखने लगे।

वशिष्ठ ऋषि ने राजा अज को सान्त्वनापूर्ण सन्देश भेजा और इन्दुमती की मृत्यु का रहस्य भी बताया। तृणबिन्दु नामक ऋषि को मोह में डालने वाली अप्सरा हरिणी। उन्होंने उसे शाप दिया, "तुम मानव जन्म लोगी, और जब तक तुम्हारे हृदय पर पुष्पाघात नहीं होता, तभी तक जीवित रहोगी।" इन्दुमती के रूप में उसी अप्सरा ने जन्म लिया था। अत: तुम शोक न करो। हे राजन जीवन-मरण तो नैसर्गिक क्रिया है।"

वशिष्ठ मुनि का सान्त्वनापूर्ण सन्देश पाकर धैर्यशील राजा अज ने अपने आप को सँभाला। कुमार दशरथ के हाथों में राज्य शासन सौंपा और स्वयं वशिष्ठ मुनि की शरण में गया।

प्रजापिता दशरथ ने सार्वभौम राज्य का स्वीकार करते हुए इक्ष्वाकु वंश के अपने पितरों का स्मरण करके आर्यावर्त की धर्मध्वजा अखण्डित रखते हुए, लोकराज्य निर्माण करने का व्रत लिया। मृगया, मद्य, मृगनयनी से दूर रहने वाले सतशील राजा दशरथ की तीन रानियाँ थीं–मगध कन्या सुमित्रा, कोसल कन्या कौशल्या और केकय कन्या कैकेयी। कौशल्या महारानी थीं, तो कैकयी कनिष्ठ रानी। कैकयी अस्त्र-शस्त्र, वेदविद्या, रणनीति में पारंगत थी।

तीन रानियों वाले सामर्थ्य-सम्पन्न दशरथ रघुकुल के आदर्श थे, परन्तु कभी-कभी अकस्मात नियति अपना खेल खेलती है, और अनजाने में किसी की हत्या हो जाती है। सभी कुछ अनाकलनीय...

कालिदास रानियों का वर्णन कर रहे थे, और उन्हें श्रवण कुमार द्वारा दी गयी शाप वाणी का स्मरण हुआ। श्रवण कुमार की हत्या अनजाने में हुई थी, परन्तु पुत्र जन्म का आनन्द उससे सहस्त्र गुना अधिक था। सुमित्रा का लक्ष्मण, कौशल्या के श्रीराम और कैकेयी के दो पुत्र–भरत और शत्रुघ्न, क्योंकि कैकेयी को पुत्र कामेष्टि यज्ञ में पायस के दो भाग मिले थे।

स्वयं राजा दशरथ अत्यन्त पराक्रमी थे। देव-दानवों के युद्ध में अनेक बार पराक्रम की पराकाष्ठा करके उन्होंने देवताओं को विजय प्राप्त करायी थी। उनका विवाह हुआ था परन्तु वे नि:सन्तान थे। श्रवण कुमार के पिता के शाप के कारण ही सही, उन्हें चार पुत्रों की प्राप्ति होती है। अनेक यज्ञ और दान करने वाले राजा दशरथ को यज्ञों और अन्य कार्यों का फल प्राप्त होता है पुत्र जन्म के फलस्वरूप। उसके पराक्रम से देवतागण प्रभावित होते, इस कारण यम, कुबेर, वरुण, इन्द्र की उन पर कृपा थी। अयोध्या नगरी में मानो चिर वसन्त ही होता था। सब कुछ कुशल क्षेम से था, परन्तु पुत्र नहीं था, परन्तु शाप वाणी के कारण ही सही, चार पुत्र हुए थे।

कालिदास ने अयोध्या नगरी का और चक्रवर्ती सम्राट दशरथ का इतना सुन्दर वर्णन किया है कि उन्हें स्वयं पर ही आश्चर्य हुआ। परन्तु उन्हें प्रतीत हुआ कि कवि अथवा साहित्यकार अपनी कल्पना से रचना करते हैं, यह नितान्त भ्रम है। औरों की अपेक्षा उनके पास संवेदना अधिक होती है, और प्रकृति, मानव, पशुपक्षी के प्रति उत्कट भावना की अनुभूति के फलस्वरूप ही उनकी रचना साकार होती है। यथार्थ को अधिक रम्य तथा कलात्मक बनाने के लिए कवि शब्दों के अभिनव प्रयोग करते हैं, उन पर कल्पनाओं के रंग चढ़ाते हैं। वैसे सब कुछ यथार्थ में होता है, प्रकृति का प्रणय, मानव का प्रणय, स्थिति, लय, उद्गम के बीच की सूक्ष्म रेखा। प्रत्येक घटना के सूक्ष्म निरीक्षण से साहित्य निर्मिति होती है।

हमने दशरथ को देखा नहीं है, परन्तु हमने सम्राट चन्द्रगुप्त को देखा है। हमने स्वर्ग नहीं देखा, परन्तु लावण्यवती स्त्रियों को देखा है। हमने विलासी राजाओं को देखा है। प्रत्येक घटना को मन में जतन कर रखा है। शास्त्रकार भी इसी प्रकार घटनाओं का अवलोकन करते हैं, अपने निरीक्षणों से निष्कर्ष निकालकर भविष्य का अनुमान लगाते हुए लिखते हैं। दोनों के ही पास आत्मसंवाद, आत्मानन्द होता है। शास्त्रकार मनोरंजन नहीं करते, अपितु ज्ञान वृद्धि करते हैं। कवि प्रत्येक मनुष्य के मन में संवेदनाओं की आनन्द नगरी बनाता है। कवि का प्रयोजन आनन्दप्राप्ति तो है ही, संस्कार, संस्कृति और मानवी गुणों का भण्डार बनाना भी है।

कालिदास हँस पड़े। हम अपने मन में ही प्रश्नोत्तर का पाठ ले रहे हैं। हम अयोध्या नगरी के दशरथ हो गये हैं। उसके अन्तर्मन में प्रवेश कर गये हैं। उसकी भावनाएँ, संवेदनाएँ अब हमारी हैं। सब कुछ कितना विचित्र है! निराकार भावनाएँ साकार होती हैं। हमारे मन में प्रकट हुई संवेदनाएँ अनेक मनों में उतनी ही उत्कटता से सम्प्रेषित होती हैं। कैसे होता है यह? ये विषय अगम्य है–जब ऋषि-मुनियों के लिए ही अगम्य है, तो हम तो शून्य ही हैं।

वे फिर अयोध्या नगरी पहुँच गये थे। पुत्र जन्म का महोत्सव चल रहा था। अयोध्या नगरी आनन्द नगरी हो गयी थी, परन्तु दशरथ के मन में श्रवण के माता-पिता का शाप गूँज रहा था। श्रवण के माता-पिता ने दशरथ को ख़ुद की तरह पुत्र वियोग में मृत्यु को प्राप्त होने का शाप दिया था।

कालिदास ने नौवाँ सर्ग पूर्ण किया, भोजपत्र एकत्रित किये, उन्हें रेशमी वस्त्र में रखा और स्नान के लिए क्षिप्रा नदी की ओर चल पड़े।

***

अनेक दिनों के बाद आज कालिदास भोजपत्र लेकर लिखने बैठे थे। दसवें सर्ग में उन्होंने राजा दशरथ के चारों बढ़ते हुए पुत्रों का वर्णन किया था।

'राजा दशरथ के चार पुत्र अर्थात धर्म, अर्थ, काम और मोक्ष की साक्षात प्रतिमाएँ थे।' वे सभी विद्याओं में पारंगत हो रहे थे।

और ग्यारहवाँ सर्ग आरम्भ हुआ गाधि पुत्र राजर्षि और योगी विश्वामित्र द्वारा विश्व कल्याण के लिए यज्ञ करने से। असुर विश्वामित्र के यज्ञ कार्य में अत्यन्त उपद्रव डाल रहे थे, अत: वे अयोध्यापति दशरथ के पास आते हैं, और यज्ञ रक्षण के लिए उनसे श्रीराम और लक्ष्मण को देने की माँग करते हैं। कोई कुछ भी दान में माँगे–उसे विन्मुख नहीं भेजना है, रघुकुल की इस रीत का पालन करते हुए उन्होंने अपने अत्यन्त प्रिय श्रीराम तथा लक्ष्मण को विश्वामित्र के स्वाधीन कर दिया। राजप्रासाद में जीवन व्यतीत करने वाले सुकोमल राजकुमारों श्रीराम और लक्ष्मण को अरण्य से जाते हुए विश्वामित्र ने 'अतिबला' इस दिव्य मन्त्र की दीक्षा दी।

यज्ञ आरम्भ होते ही असुर ऋषि मुनियों के कार्य में अनेक प्रकार से व्यत्यय डाल रहे थे। कभी हवन कुण्ड में मास डाल देते, तो कभी प्रज्वलित अग्नि को ही बुझा देते थे। दोनों धनुर्धारी बन्धुओं ने तब त्राटिका राक्षसी का वध किया, वायव्यास्त्र का प्रयोग कर त्राटिका पुत्र मारीच को सीमापार किया, दूसरे त्राटिका पुत्र का भी

वध किया। अनेक असुरों का वध हुआ, अनेक असुर भयभीत होकर भाग गये, यज्ञ सफलतापूर्वक सम्पन्न हुआ।

विश्वामित्र के पास सन्देश आया था कि मिथिलाधिपति जनक ने अपनी कन्या का स्वयंवर निश्चित किया है। अनेक देशों के राजकुमारों को, महाराजाओं को निमन्त्रित किया है। स्वयंवर में एक शर्त भी थी–शिवधनुष को अपने हाथों से उठाने की। रावणादि अनेक शक्तिशाली राजाओं के लिए यह असम्भव सिद्ध हुआ, और क्षण-भर में श्रीराम ने उस धनुष को उठा लिया और उसे भंग भी कर दिया। परशुराम का वह धनुष राजा जनक के दालान में था। शिवधनुष भंग होते ही अत्यन्त क्रोधित होकर परशुराम प्रकट हुए। परन्तु श्रीराम-लक्ष्मण की जोड़ी को देखकर वे चकित हो गये।

'मैंने इक्कीस बार पृथ्वी निःक्षत्रिय की है, परन्तु हे श्रीराम, तुम्हारा क्षात्र तेज देखकर मैं विस्मित हूँ।'

'आज तक परशुराम यह एक ही नाम सामर्थ्यवान था, हे श्रीराम, तुमने तो मुझे लज्जित कर दिया है!'

"राम को अब राज सिंहासन सौंप देना चाहिए," वृद्धावस्था को प्राप्त हुए राजा दशरथ कैकेयी से कह रहे थे। "अब उसका विवाह हो गया है। सुन्दर है, बलशाली है, वेदविद्या, अस्त्रविद्या में पारंगत है।"

राजा दशरथ बार-बार कह रहे थे, परन्तु कैकेयी मना कर रही थी, और राज्याभिषेक के लिए एकत्रित की हुई सामग्री फेंक देती थी। वह अत्यन्त क्रोधित थी। भरत और शत्रुघ्न की अनुपस्थिति में राम का राज्याभिषेक हो, यह उसे मान्य नहीं था। जब चारों पुत्रों का जन्म एक ही समय पर हुआ था तो फिर जन्म समय में केवल कुछ पलों का अवकाश होने से प्रिय कैकेयी के भरत को राजा दशरथ क्यों नकार रहे हैं?

अत्यन्त क्रोधित कैकेयी ने दो वर माँगे। जब वह राजा दशरथ के साथ देव-दानव युद्ध में स्वर्ग गयी थी, तो रणभूमि पर रथ के पहिये की कील निकल गयी थी। तब कैकेयी ने अपने हाथ से रथचक्र का सन्तुलन बनाये रखा था। उस समय दशरथ द्वारा दिये गये दो वरदानों का उसे स्मरण हुआ। वह बोली–

तयोश्चतुर्दशैकेन रामं प्राव्राजयत्समाः।
द्वितीयेन सुतस्यैच्छद्वैधव्यैकफलां श्रियम् ॥

राम को चौदह वर्ष का वनवास और भरत को राज्याभिषेक, ये दो वर थे जिनका उन्होंने वादा किया था, फिर रघुकुल की प्रतिष्ठा थी। शाप वाणी का प्रभाव

भी तो था। श्रीराम के वन में जाने के दुःख में राजा दशरथ की मृत्यु हो गयी। भरत ने राज्य त्याग किया, श्रीराम, सीता, लक्ष्मण वन चले गये। चौदह वर्षों तक राजसिंहासन राजा के बिना शून्य था।

वनवास में श्रीराम ने दण्डकारण्य में तपस्या करने वाले ऋषियों को असुरों के भय से मुक्त किया। विश्वामित्र के साथ मिथिला जाते हुए मार्ग में अहिल्या का उद्धार किया। लक्ष्मण ने दण्डकारण्य में रावण की भगिनी शूर्पणखा की नासिका ही काट दी। परिणामस्वरूप रावण सन्धि देखकर सीता का हरण कर ले गया।

बारहवाँ सर्ग चल रहा था। श्रीराम की कथा जनमानस में अंकित होने से नये नये प्रयोग करना सम्भव नहीं हो रहा था। वे कथा का विस्तार न करते हुए केवल घटनाओं की ओर निर्देश कर रहे थे। त्रिशिरा, खर-दूषण का वध श्रीराम ने किया था। सीता को ढूँढ़ते हुए वे आर्यावर्त के दक्षिण भाग में पहुँचे। वानर सेना उनके साथ हो गयी, उन्हें हनुमान जैसा भक्त मिला, उसने लंका जाकर सीता का पता लगाया। रावण का वध हुआ, इसके अलावा भी अनेक असुर मारे गये। विभीषण को राज्य देकर श्रीराम अयोध्या की ओर गये। चौदह वर्षों का वनवास समाप्त हो गया था। अयोध्या जाने से पूर्व सीता को अग्नि परीक्षा देने को कहा।

रघुपतिरपि जातवेदोविशुद्धां प्रगृह्य प्रियां
प्रियसुहृदि बिभीषणे संगमय्य श्रियं वैरिणः।
रविसुतसहितेन तेनानुयातः ससौमित्रिणा
भुजविजितविमानरत्नाधिरूढः प्रतस्थे पुरीम् ॥

यहाँ बारहवाँ सर्ग समाप्त हो गया। श्रीराम की आदर्श जीवनगाथा यद्यपि सबको विदित थी, परन्तु कालिदास की कल्पना रम्यता और शब्द सौन्दर्य को सन्धि प्राप्त हुई थी।

पुष्पक विमान से श्रीराम-सीता, लक्ष्मण, विभीषण निकले थे। मार्ग में दिखाई दे रहे प्रत्येक स्थल का वर्णन श्रीराम कर रहे थे और सीता के मन में रम्य स्मृतियाँ जाग्रत हो रही थीं। उनका विमान दण्डकारण्य तक पहुँच गया था। सीता ने कहा, हम जाते समय विदर्भ से होकर दण्डकारण्य में आये थे।

श्रीराम प्रसन्नता से हँसे।

अब रम्य जीवन के स्वप्न देखते हुए वे प्रथम भरत से नन्दीग्राम में मिले और फिर सबने अयोध्या की ओर प्रस्थान किया।

सभी माताओं को, गुरुओं को, गुरुजनों को उन्होंने नमस्कार किया। राज्याभिषेक

होने के पश्चात श्रीराम सिंहासन पर बैठे। चौदह वर्षों के उपरान्त प्रजा को श्रीराम जैसा सत्यवचनी, एकपत्नी, एकवाणी, रण धुरन्धर राजा प्राप्त हुआ था।

अब चौदहवाँ सर्ग लिखना आरम्भ किया और गणेश भीतर आया।

"तात, इस बेला में आप लेखन में व्यस्त रहते हैं। आने के बाद से ही सोच रहा था कि पूछूँगा। आप क्या लिख रहे हैं, तात?"

गणेश को देखते ही उन्हें कुछ दिन पूर्व के गणेश का स्मरण हुआ। अब वह समाज में सम्मिलित होने वाला युवक हो गया था। यद्यपि अभी तक वांछित आत्म विश्वास तो प्राप्त नहीं हुआ था, परन्तु उसमें पर्याप्त परिवर्तन हो गया था।

गणेश को पहले ही दिन महाकालेश्वर मन्दिर में दिया था विश्वास। अब वह उस विश्वास को जीने लगा था, उसने स्वयं ही आत्मविश्वास को प्राप्त किया था।

"वत्स, तुम्हें कुछ चाहिए?"

"आप जैसा लिखते हैं, मैं भी वैसा ही लिखना चाहता हूँ..."

"वत्स, ऐसी इच्छा का होना ही यह दर्शाता है कि तुमने बहुत कुछ प्राप्त कर लिया है। तुम भी हमारी तरह लिख सकोगे। अब तुम भी अच्छी तरह बोल सकते हो, पढ़ सकते हो, तुमने बहुत कुछ कण्ठस्थ कर लिया है। योग सामर्थ्य के कारण तुममें एकाग्रता भी आ गयी है।"

कुछ देर के लिए वे मौन हो गये। समझ में नहीं आ रहा था कि क्या कहना चाहिए।

'क्या मैं लिख पाऊँगा?' कालिदास विचार कर रहे थे। कुछ ही माह पूर्व यह निर्बल, बोलने में झिझकने वाला, मानो उसमें कोई व्यंग हो, ऐसा असहाय युवक आत्मविश्वास और परिश्रम के फलस्वरूप यह प्रश्न सहजता से पूछ रहा है। मगर इसे क्या उत्तर दूँ?

क्या यह कहूँ कि निर्मिति इतनी आसान नहीं है। वह दैवी कृपा से ही सम्भव है। परन्तु परिश्रम से, अनुभव से, सहानुभूति की संवेदना से, अभ्यास से वह परिष्कृत, प्रगल्भ, और सुसंस्कृत होती है। विचारों से आचार समृद्ध होते हैं। आचारों से संस्कार प्रभावित होते हैं और संस्कारों से एक अलिखित आचार संहिता का निर्माण होता है। वह है संस्कृति।

संस्कृति का ज्ञान प्राप्त करने के लिए समाज-मन की भूमिका को ध्यान में रखते हुए योग्य तथा अयोग्य की समझ आना चाहिए। हमारे पास जो शब्द है, वह सत्य ही है, इसका अनुभव भी समाज मन को देना पड़ता है। समाज और साहित्य, अर्थात मन है, देह है–देह में मन और मन में देह।

यह सब गणेश को कैसे बतायें, यह प्रश्न कालिदास के सम्मुख था।

"तात, वाणी और वैखरी–सरस्वती के ये रूप मुझ में होंगे न? क्या मैं शब्द और वाणी के बीच सेतु का निर्माण कर पाऊँगा? आप मुझे बतायेंगे और मैं वह नहीं लिखूँगा, अपितु मन में ही जब ब्रह्म कमल खिलने लगेंगे, तब तो जो मैं लिखूँगा वह आत्मानद देने वाला होगा न? और यदि आत्मानन्द शुचिर्भूत हो तो समाज-मन को भी उनकी अनुभूति होगी न? मेरे मन की आनन्द नगरी में वे भी मन की राह से ही आयेंगे न? इस मन की नगरी में मेरे आनन्द की कुटी होगी। प्रवेश द्वार पर सूर्य किरणों की नक़्क़ाशी होगी। आँगन में वृक्ष पल्लवों की रंगोली होगी।

और भीतर आनन्द सरिता से भर कर लाये हुए जल कुम्भ होंगे। आये हुए पथिक को मैं जल दूँगा। न होगा वहाँ कुबेर का धन, न होगा द्वार पर इन्द्र का ऐरावत, वहाँ होगा पक्षियों का संगीत, होगा मयूरों का नृत्य। भोजन के लिए वृक्ष दूत के साथ मीठे फल भेजेंगे। और किसान प्रेम से भोजन लायेंगे। यहाँ समीर भी स्वागत के लिए तत्पर होगा। तात! बताइए न, आप नित्य क्या लिखते हैं? क्या मैं भी लिख सकूँगा?"

अत्यन्त भाव-विभोर कालिदास उठे और उसे दृढ़ता से आलिंगनबद्ध किया। भरे हुए गले से बोले, "वत्स, तुझे सब कुछ प्राप्त हो गया है। तुम लिखो। जो मन में आये, लिखो। तुम्हारे साकार शब्द निराकार का प्रत्यक्ष रूप होंगे। महाकवि के रूप में हमें समाज में मान्यता हुई तो भी तुम्हारी गुणवत्ता हमसे श्रेष्ठ होगी। वत्स, जिस पल हमने अनजाने ही तुम्हें 'गणेश' कहा, उसी पल ईश्वर तुम्हारी सहायता के लिए आया है। परन्तु, वत्स, तुम तो सेना में जाने वाले थे...कवि और युद्ध..."

"तात, कवि के लिए युद्ध क्यों वर्ज्य है?"

कालिदास पल-भर को मौन हो गये। उन्हें स्मरण हुआ कि वे कभी भी युद्ध में नहीं गये थे।

"तात, जीवन संघर्ष काव्य है, तो मृत्यु मोक्ष काव्य है। चिरन्तन की ओर जाने वाला वह काव्यमय, निश्चिन्त, संघर्ष रहित प्रवास है। मैं कुछ ही दिनों से युद्ध का प्रशिक्षण ले रहा हूँ। युद्ध अर्थात भाव, भावना, संवेदना समाप्त हो जाये, ऐसा स्थान नहीं है, अपितु चैतन्य, ऊर्जा। संकल्प। प्रयत्न, राष्ट्र भाव, ये सारी कल्पनाएँ मन में होती हैं। जीवन एक सौम्य युद्ध ही है न?"

कालिदास विस्मयचकित हो गये। एक मास पूरा होने के बाद उसकी माता उसे लेने के लिए आने वाली थी। तब गणेश ने व्याकुलता से कहा, "तात, मैं अपनी

माता और अपने परिवार के पास तभी जाऊँगा, जब मैं कोई उत्तम कार्य करूँगा। कृपया मुझे वहाँ न भेजें।"

कालिदास ने उसकी माता को सन्देश भेजा, "माते, आपके पुत्र को, हम उसे गणेश कहते हैं, कुछ समय हमारे पास ही रहने दें। उसके यहाँ रहने से हमें प्रसन्नता होती है।"

और उसके बाद वह माता आयी ही नहीं। शायद परिवार का एक विघ्न दूर हो गया, इसका उसे आनन्द हुआ होगा। इस क्षण गणेश के विचार सुनकर उन्हें ऐसा लगा कि उस माता ने व्यंग, उपहास और शब्द प्रहार से अपने पुत्र को असहाय बना दिया था। मानसिक रूप से दुर्बल बना दिया था।

"वत्स, तुम्हारे भीतर के गणेश को हमारा वन्दन!" वह लज्जित हो गया। "परन्तु प्रसन्न मन से साहित्य निर्मिति करना, वत्स, अहंकारी न होना और इस बात पर विचार करो कि क्या साहित्य दीर्घकालीन होगा, ऐसा क्यों? हमारी साहित्य निर्मिति का प्रयोजन क्या है? शाश्वत मूल्य या वर्तमान समस्या, तत्कालिक उपाय अथवा दीर्घकालीन योजना–इस पर विचार करो।

अस्तु! गणेश, तुम्हारे जैसा रत्न तुम्हारी माता के पास होते हुए वह उसका मूल्य नहीं समझ पायी। वैसे, अन्त:प्रेरणा होना रत्न का प्रभाव है। उसे सुवर्ण मुद्रिका में कैसे जड़ना है, यह प्रयत्न तुम्हारा होगा।

कल्याणमस्तु, वत्स, सदा सुखी रहो!"

वे अपने कक्ष से बाहर आये। गणेश रेशमी वस्त्र में बँधे हुए हस्तलिखित लेकर उनके मोतियों जैसे अक्षरों पर हौले से हाथ फेर रहा था।

मध्याह्न के बाद प्रभावती ने सखियों के साथ द्यूत का आयोजन किया था और उसके लिए कालिदास को परीक्षक के रूप में आमन्त्रित किया था। जिस द्यूत के कारण महाभारत हुआ, वही द्यूत इतने युगों के बाद आज भी खेला जाता है, जय-पराजय के कारण उसे खेलना छोड़ा तो नहीं जा सकता। यह सब द्वेषरहित क्रीड़ा, आनन्द, मनोरंजन के रूप में होना चाहिए। प्रभावती को नकार देना असम्भव था। रुद्रसेन महाराज के निधन के बाद वह प्रथम बार अपने पुत्र प्रवरसेन के साथ आयी थी। सम्राट चन्द्रगुप्त की प्रकृति अस्वस्थता के बारे में सुनकर।

रात को भोजन के बाद वे सम्राट चन्द्रगुप्त के कक्ष में गये। सम्राट मंचक पर लेटे थे। कालिदास को देखते ही बोले, "कवि महोदय, आजकल आप कर क्या रहे हैं? पारिवारिक गृहस्थ के समान आप पिछले कुछ मास से व्यस्त हैं। किस काम में इतने व्यस्त हैं?"

" 'रघुवंशम्' महाकाव्य लिखना आरम्भ किया है, यह हमने सात-आठ मास पूर्व ही आपको बताया था। लगातार नहीं लिखते। नित्य ब्रह्ममुहूर्त पर आरम्भ करते हैं। इसके बाद कभी लिखना होता है, कभी नहीं भी होता।

परन्तु अब चौदहवें सर्ग का आरम्भ कर रहे हैं।"

उन्होंने गणेश की घटना बतायी।

सम्राट चन्द्रगुप्त बोले,

"आपके सम्पर्क में जो आयेगा, वह कंचन ही हो जायेगा।"

"महाराज, यह विनोद तो नहीं है न?"

"नहीं, कालिदास, नहीं! अभी इस पल तक ज्वर ने हमें त्रस्त किया था, आप आये और ज्वर भाग गया। यह चमत्कार आपका है, कालिदास। यदि आपने 'मेघदूतम्' , शाकुन्तलम्', 'रघुवंशम्' इनमें से एक भी काव्य लिखा होता, तो भी आप अपने महाकाव्य के कारण युग-युग तक परिचित रहेंगे। अब तो आपने...हमें अत्यन्त प्रसन्नता है कि आप नवरत्नों की मालिका के एक बहुमूल्य रत्न हैं, और हमसे संलग्न हैं।"

कितना ही समय यूँ ही व्यतीत हो गया।

इसी तरह दिन व्यतीत हो रहे थे, अलग-अलग कारणों से।

मगर आज उन्होंने निश्चय ही कर लिया था, इसके लिए कारण भी वैसा ही था।

उस दिन कालिदास ने सहज ही गणेश से पूछ लिया,

"वत्स, तुम्हें विवाह करना है ना?"

कालिदास ने सोचा कि वह मौन रहेगा, परन्तु उसने कहा,

"मैंने इस बारे में विचार किया है, तात। मैं गौरवर्ण हूँ, तो वह श्यामला हो। ज्ञानवती, गुणवती, लज्जावती हो। भूतल पर ऐसी कोई अवश्य होगी मेरे लिए, परन्तु अद्याप मैंने अधिक कुछ प्राप्त नहीं किया है। पत्नी द्वारा मेरा धिक्कार न हो। वह मेरे गुणों का आदर करे। पति-पत्नी रथचक्रों जैसे समान होते हुए भी यदि पुरुष श्रेष्ठ और गुणवान न हो तो पत्नी उसे कभी स्वीकार नहीं करती।"

"अहो आश्चर्यम्! यह सारा ज्ञान तुम्हें किस बोधिवृक्ष के नीचे प्राप्त हुआ, वत्स?"

"जब आप, प्रत्यक्ष ज्ञानदाता..." पल-भर के लिए कालिदास के दिल की धड़कन मानो थम गयी, परन्तु गणेश ने ही आगे कहा, "तात, आपने अपनी नाट्यकृतियों में, काव्य में जिन चरित्र नायकों को समाज के सम्मुख रखा है, वही मेरे भी आदर्श हैं।"

कालिदास ने गहरी साँस छोड़ी।

'रघुवंशम्' पूरा करने के बाद विद्वत्वती के पास जाना है यह निश्चय करके वे लिखने बैठे।

श्रीराम अयोध्या के राजसिंहासन पर विराजमान थे। राज्य में कोई भी दु:खी-कष्टी न रहे इसलिए प्रजाहितदक्ष श्रीराम स्वयं प्रत्येक क्षण प्रयत्नशील रहते थे। एक बार उन्होंने अपने अत्यन्त विश्वसनीय गुप्तचर भद्र से समाज की राय के बारे में पूछा तो पल-भर को भद्र विचलित हो गया। परन्तु 'नि:संकोच कथन करो,' ऐसी राजाज्ञा प्राप्त होने पर उसने कहा, "रघुवंश में इतना सद्गुणी राजा है कि सभी समस्याओं के काले बादल छँट गये हैं, और सर्वत्र आनन्द की किरणें हैं, परन्तु..."

"परन्तु क्या?"

"परन्तु क्या असुर दशानन के राज्य में रही जानकी शुद्ध होंगी?"–यह प्रश्न एक धोबी ने अपनी पत्नी से पूछा।

श्रीराम मौन हो गये। दो दिन विचार करने के बाद उन्होंने लक्ष्मण से कहा कि सीता को वन में छोड़ आये। लक्ष्मण को यह मान्य नहीं था। परन्तु लक्ष्मण सीता को लेकर वन में गया और उसे वहाँ छोड़ आया। श्रीराम ने कहा भी–

'हमें ज्ञात है कि भूमिसुता सीता पवित्र है, परन्तु लोकापवाद के कारण हम उसका त्याग करते हैं। वह गर्भवती है। वनविहार के उसके मनोरथ को हे लक्ष्मण तुम पूर्ण करो। और उसका त्याग कर आओ।'

राजाज्ञा। राजादेश मानकर लक्ष्मण ने सीता को वन में छोड़ते हुए सत्य कथन किया, तब सीता ने कहा–"श्रीराम ने रघुवंश की प्रतिमा को उज्ज्वल किया है। उन्हें मेरा विनम्र वन्दन।"

लक्ष्मण ने उसे वाल्मीकि के आश्रम का मार्ग दिखाया।

सर्ग समाप्त हो गया था।

कालिदास के मन में ढेरों प्रश्न खड़े हो गये।

'श्रीराम प्रजाहित दक्ष राजा थे, तो उन्होंने सीता को एक नागरिक के रूप में मान्यता क्यों नहीं दी? नागरिकों की सुरक्षा की चिन्ता तो उन्हें थी, परन्तु क्या उन्हें अपनी पत्नी की सुरक्षा की चिन्ता नहीं थी? क्या श्रीराम एक धोबी के प्रश्न का उतर देने में सक्षम नहीं थे? और पत्नी को वन में कहीं भी, किसी भी हालत में छोड़ दिया? वह गर्भवती है यह जानते हुए भी पति धर्म का पालन न करने वाले श्रीराम आदर्श राजा कैसे हुए? व्यक्तिगत सुख की अपेक्षा राष्ट्र सुख अधिक श्रेष्ठ है, यह तो योग्य है, परन्तु उसी राष्ट्र की एक स्त्री अपराधी नहीं, पतित नहीं, अभागी नहीं...

जनक जैसे पिता और श्रीराम जैसे पति के होते हुए भी उसके भाग्य को ही बदलने का अधिकार किसने दिया? श्रीराम ने यह निर्णय आवेश में, क्रोध में नहीं लिया, बल्कि संयमपूर्वक जन हित के लिए यह निर्णय लिया। और जिसने चौदह वर्षों तक वन में उनका साथ दिया, उसे, अपनी पत्नी को सुरक्षापूर्वक अपने माता-पिता के पास या किसी आश्रम में पहुँचाने का पति और राजा के रूप में क्या श्रीराम का कर्तव्य नहीं था?

श्रीराम एकाकी, व्यथित रहे। उन्होंने लोकसेवा का आदर्श निर्माण किया। प्रजाहितदक्ष, पुरुषोत्तम, एक पत्नी, एकवचनी श्रीराम जनमानस में आदर्श भ्राता, आदर्श पुत्र, आदर्श दाता थे, परन्तु क्या वे आदर्श पति थे? ये और ऐसे अनेक प्रश्न कालिदास को सता रहे थे। अर्थात वाल्मीकि द्वारा निर्मित श्रीराम का आदरणीय स्थान आदर्श के रूप में यावद्चन्द्रदिवाकरौ है। शायद कहीं भी ऐसा उदाहरण न मिलेगा कि समाज के एक व्यक्ति की खातिर प्रिय पत्नी का त्याग किया जाये। जनहित, जनकार्य को ही जीवन माना जाये।'

कालिदास ने मन के विचारों को दूर किया और पन्द्रहवाँ सर्ग आरम्भ किया। वाल्मीकि द्वारा लिखित रामायण का यह अन्तिम अध्याय था। श्रीराम के जीवन की शोकान्तिका हो गयी थी। श्रीराम को क्या प्राप्त हुआ था? रावण जैसे लंकाधिपति के यहाँ से सीता को अयोध्या लाने के बाद कुछ काल आनन्द से बीता, परन्तु आगे के वर्ष? ये वर्ष श्रीराम ने कितने एकाकी व्यतीत किये? इस कल्पना से कालिदास का मन भर आया। श्रीराम योगी नहीं थे। सीता के साथ उन्होंने वनवास के कुछ वर्ष और अयोध्या में कुछ काल व्यतीत किया। वैवाहिक जीवन का आरम्भ हुआ ही था कि अन्त भी हो गया। किसी भी व्यक्ति के लिए यह असहनीय ही है।

उन्होंने हाथ में मयूर पंख की लेखनी ली। उस मयूर पंख में कितने सारे नयनरम्य रंग थे। श्रीराम के जीवन का वनवास ही मयूर पंख के समान था। सभी रंग एकत्रित। सम्मिश्र। सुन्दर। परन्तु श्रीराम के जीवन में शेष बची केवल स्मरण गाथा।

कालिदास को श्रीराम पर भी आश्चर्य हुआ। क्या उन्होंने कभी सीता की खोज-खबर लेने का प्रयत्न किया होगा? 'उसे वन में छोड़ आओ,' ...परन्तु अपनी उस गर्भवती पत्नी को किसी वन्य श्वापद ने अथवा किसी असुर ने मृत्यु के घाट उतार दिया हो तो? यद्यपि वह वन से परिचित थी, परन्तु वह गर्भवती, नि:शस्त्र भला कहाँ जा सकती थी?

श्रीराम ने लवणासुर का वध करने के लिए शत्रुघ्न को भेजा। वह यश सम्पादन

करके वापस आया। उसके दो पुत्र शत्रुघाती और सुबाहु उसके साथ थे। उसने अपने पुत्रों को मथुरा और विदिशा देकर वहाँ का लोकपाल नियुक्त किया।

लक्ष्मण ने अपने पुत्रों, अंगद और चन्द्रकेतु को कारापथ देश का लोकपाल पद दिया।

भरत ने अपने पुत्रों, तक्ष और पुष्कल को तक्षशिला और पुष्कलावती नगर दिये।

श्रीराम ने उन्हें राज्यपद प्रदान किया। मगर लक्ष्मण, भरत, शत्रुघ्न अपने ज्येष्ठ बन्धु के साथ अयोध्या में ही थे।

कालिदास पन्द्रहवाँ सर्ग लिख रहे थे। अश्वमेध यज्ञ करके जीवन के अन्तिम कार्य को पूर्ण करने का श्रीराम ने निश्चय किया। यज्ञ के अश्व को दो कुमारों ने वन में प्रतिबन्धित किया। सैनिक उन्हें बाँधते, इससे पहले वाल्मीकि ने कहा, "विश्वास रखें, हम उन्हें लेकर आयेंगे।" यज्ञवेदी के निकट सीता की सुवर्ण मूर्ति थी। सामने श्रीराम थे। वाल्मीकि ने उन सीतापुत्रों लव और कुश को काव्य में गुम्फित राम कथा का गायन करने के लिए कहा। उन दोनों को यह कल्पना ही न थी कि श्रीराम उनके पिता हैं।

गीत-रामायण सम्पूर्ण होने के बाद श्रीराम उठे। उन्होंने उन दोनों को अपने बाहुपाश में लिया। उन पर अश्रु धाराओं का अभिषेक किया।

"हे कुमारों, तुम कौन हो? कहाँ से हो? किसके साथ आये हो?"

"राजन! प्रथम विनम्र प्रणाम स्वीकार करें। हम जानकी पुत्र लव और कुश, जनक कन्या सीता अर्थात जानकी के साथ ऋषि वाल्मीकि के आश्रम में रहते हैं। वही हमारा निवास स्थान है। उन्होंने वाल्मीकि की ओर अँगुली निर्देश किया। वे आगे आये।

"श्रीराम, ये तुम्हारे पुत्र हैं। गर्भवती सीता हमारे आश्रम में आयी थी। वेदविद्यासम्पन्न, धनुर्धारी ऐसे ये कुमार राजनीति शास्त्र के भी ज्ञाता हैं।"

"हमारी सीता..." श्रीराम त्वरित राजभवन की सीढ़ियाँ उतर कर रथ में बैठे। वाल्मीकि सहित लव-कुश भी वन में आये। श्रीराम को देखते ही सीता के नेत्रों से अश्रुधारा बह निकली।

श्रीराम ने कहा, "सीते, तुम पवित्र थीं, परन्तु लोक प्रवाद के कारण हमने तुम्हारा त्याग किया। इस वन में भी तुम पवित्र ही होगी, ऐसा हमें विश्वास है।"

कालिदास के मन में ये शब्द शूल के समान चुभ रहे थे। परन्तु यदि ऐसा था,

तो वाल्मीकि रामायण में सत्य था। मगर सीता शान्त और संयत थी। उसने कहा, "यदि मैं काया, वाचा, मन से शुद्ध और पवित्र हूँ, तो धरती माता मुझे अपने उदर में लेगी।"

निमिष मात्र में धरती दुभंगित हो गयी, और सीता अदृश्य हो गयी। श्रीराम विलाप कर रहे थे। प्रजा जन अपने अश्रु रोकने में असमर्थ थे।

कालिदास श्रीराम की अवस्था समझ गये थे। नियति ही किसी के जीवन में मानसिक संघर्ष करने के लिए ऐसे क्षण उत्पन्न करती है। वही कारण होती है, वही घटनाक्रम निश्चित करती है, वही सुलझाती भी है। यहाँ भी नियति ने श्रीराम के मन के द्वन्द्व को ही समाप्त कर दिया। 'वह कहीं होगी, कहीं से उसके बारे में समाचार आयेगा,' यह आशा ही समाप्त कर दी नियति ने।

किसी-किसी के जीवन में ऐसा क्यों होता है? हम इसका स्पष्टीकरण देते हैं, परन्तु उसका कोई अर्थ नहीं होता। अब श्रीराम का जीवन शून्य हो गया था। अब उनके जीवन में आत्मा ही नहीं थी। इस बीच लक्ष्मण के हाथ से अपराध हुआ और लक्ष्मण ने देहत्याग कर दिया था। सीता गयी, प्रिय लक्ष्मण भी गया। श्रीराम अब पूरी तरह व्यथित हो गये। उन्होंने कुश को कुशावती का राज्य दिया और लव को शरावती का राज्य दिया।

तस्मिन्नात्मचतुर्भागे प्राङ्नाकमधितस्थुषि।
राघवः शिथिलं तस्थौ भुवि धर्मस्त्रिपादिव॥

श्रीराम के जीवन के धर्म, अर्थ, काम और मोक्ष इन चार भागों में से एक भाग लुप्त हो गया। अब श्रीराम ने स्वयं को सरयू नदी में समर्पित करने का निश्चय किया, और वे सरयू के तीर पर गये। उनके पीछे प्रजा भी निकली। सब लोग नदी के प्रवाह में उतरे। ऐसा प्रतीत हो रहा था मानो सहस्त्रों गोमाताएँ एक ही जलाशय में उतरी हों। श्रीराम के लिए स्वर्ग से विमान आया और श्रीराम मन्त्र सिद्धि से सब लोगों सहित सरयू को ही स्वर्ग ले गये।

राम कथा यहाँ पूर्ण हुई, परन्तु 'रघुवंशम्' को पूरा होना था।

कालिदास उठे। भोजपत्र वैसे ही थे। मध्याह्न हो गयी थी। उनका भोजन करने का भी मन नहीं था। एक सत्शील, गुणसम्पन्न, सदाचारी व्यक्ति ऐसी मृत्यु को प्राप्त हो, इसका उन्हें अत्यन्त दुःख था।

उसके बाद कई दिनों तक लिखने की इच्छा ही नहीं हुई। श्रीराम के जाने के बाद शून्यवत् हुई अयोध्या नगरी का दृश्य उनकी आँखों के सामने से नहीं जा रहा था। और 'रघुवंशम्' को पूर्ण करना था।

अब वे अयोध्या को पूर्ववत हुआ देखने के लिए उत्सुक थे।

कुशावती में कुश उत्तम प्रकार से शासन कर रहा था। एक रात्रि को उसके शयन कक्ष में अत्यन्त तेजस्वी स्त्री ने प्रवेश किया। उसे आश्चर्य हुआ। प्रहरी के होते हुए कोई सुन्दर स्त्री कैसे भीतर प्रवेश कर सकती है! उसने पूछा, "कौन हो तुम?" उसने उत्तर दिया, "मैं अयोध्या नगरी हूँ। अब तेजोविहीन हूँ। श्रीराम के अपने तीन बन्धुओं सहित स्वर्गारोहण करने से मैं अत्यन्त व्यथित हूँ।"

कुश अयोध्या नगरी वापस आया। अयोध्या को पूर्व वैभव प्राप्त हुआ। उसका विवाह कुमुद्वती से हुआ। उनका पुत्र 'अतिथि' अत्यन्त तेजस्वी था। 'अतिथि' सत्यप्रिय राजा के रूप में प्रसिद्ध हुआ।

उसकी वाणी कभी भी असत्य नहीं हुई। जो दान दिया, सो दिया, ऐसी उसकी ख्याति थी। सत्रहवें सर्ग में कालिदास ने सर्वगुण सम्पन्न 'अतिथि' का पूरे मनोयोग से वर्णन किया है।

अद्यापि 'रघुवंशम्' का अठारहवाँ अध्याय पूर्ण न होने से उन्होंने उस वंश के राजाओं की महानता का वर्णन किया। देखते-देखते चातुर्मास समाप्त हो गया था। अद्यापि महाकाव्य पूर्ण नहीं हुआ था और मन में विद्वत्वती थी। उसे 'रघुवंशम्' महाकाव्य दिखाने की तीव्र इच्छा हो रही थी। वे अधीरता से सर्ग पूरा होने की राह देख रहे थे। रघुवंश का अन्तिम राजा था अग्निवर्ण। उसके बाद रघुकुल का अन्त हो गया था। अभी बाईस राजाओं का उल्लेख करना था।

उन्होंने अठारहवाँ सर्ग लिखना आरम्भ किया। 'अतिथि' राजा का निषध देश की राजकन्या से विवाह हुआ। उसने अपने पुत्र का नाम रखा 'निषध'। निषध का पुत्र हुआ 'नल'। अत्यन्त सुन्दर और पराक्रमी के रूप में उसका वर्णन करते हुए एक बात की ओर कालिदास का ध्यान प्रमुखता से गया–रघुवंश का प्रत्येक राजा महापराक्रमी, रसिक, गुणज्ञ, प्रजाहितदक्ष, वीरबाहु, शस्त्र-अस्त्र विद्या प्रवीण और वेदविद्या में पारंगत होने से रघुवंश के अट्ठाईस राजा रामायण काल के द्वितीय राजा हुए। उनतीसवाँ–अग्निवर्ण अपवाद था। वह रघुवंश का कलंक तो था ही, परन्तु अन्तिम बिन्दु भी सिद्ध हुआ।

नल राजा का पुत्र 'नभ' श्रावण-मेघ के समान लोकप्रिय था। नल राजा ने अपने पुत्र को उत्तर कोसल का राज्य दिया। नभ के पुत्र पुण्डरीक का कार्यकाल भी उज्ज्वल था। उसका पुत्र 'क्षेमधन्वा' आगे चलकर राजा हुआ। उसका पुत्र 'देवानीक' प्रजावत्सल राजा था। उसका पुत्र–परमवीर 'अहीनगु' उसका पुत्र 'पारियात्र' जिसने राज्य विस्तार करके प्रजा को आनन्द दिया। उसका भी उसी के

समान पुत्र 'शील' हुआ। शील राजा का पुत्र था 'उन्नाभ', जिसने देव-देवताओं को भी प्रसन्न किया। रघुकुल का नाम अखण्ड और अबाधित रखने वाले ये राजा रघुकुल के भूषण थे। उन्नाभ राजा का पुत्र था 'वज्रनाभ' और उसका पुत्र 'शंखनाभ' जिसने शिव की आराधना कर पुत्र प्राप्ति का वर माँगा, वह 'विश्वसह', जिसे नीति परायण होने का लौकिक प्राप्त हुआ। 'विश्वसह' से 'हिरण्यनाभ' और 'हिरण्यनाभ' का तेजस्वी पुत्र हुआ कौसल। कौसल राजा ने अपने पुत्र का नाम 'ब्रह्मिष्ठ' रखा और उसे ब्रह्म विद्या में पारंगत किया। उसका पुत्र 'पुत्र' नाम से प्रसिद्ध हुआ। यही नामकरण ब्रह्मष्ठि राजा ने किया था। उस पुत्र राजा का पुत्र हुआ 'पुष्य' और पुष्य राजा का पुत्र–ध्रुवसन्धि। उसने सभी देवताओं से सन्धि की। प्रजा और देवलोक का अन्तर समाप्त किया। ध्रुवसन्धि राजा का पुत्र सुदर्शन अब सिंहासन पर विराजमान हुआ। राजा सुदर्शन श्रीराम के समान सुन्दर, महादानी, अश्वमेध यज्ञ करने वाला, प्रजाहितदक्ष राजा था। परन्तु उसका राज्याभिषेक बाल्यावस्था में ही हुआ था। उसके सुकुमार पग सिंहासन पर बैठकर धरती को स्पर्श नहीं कर पाते थे, परन्तु बालवय में ही लिये गये उसके निर्णय अत्यन्त योग्य सिद्ध होते थे।

नीलम रत्न चाहे आकार में लघु हो, परन्तु उसका तेज और प्रभाव कम नहीं होता। उसी प्रकार 'सुदर्शन' राजा की देहाकृति लघु होते हुए भी प्रजा उसे 'महाराज' बहुमान से ही सम्बोधित करती थी।

शरीर प्रकृति से निर्बल होते हुए भी सुदर्शन राजा के राज्य में कहीं भी न्यूनता नहीं थी। उपवर राजकन्याएँ उससे विवाह करने के लिए उत्सुक थीं।

यहाँ अठारहवाँ सर्ग समाप्त हुआ। इस सर्ग में कालिदास ने केवल राजाओं की नामावली देते हुए उनके गुण विशेषणों के बारे में दो-दो पंक्तियाँ लिखी थीं। परन्तु याद करके लिखीं। सर्ग को पुनश्च पढ़ते हुए यह बात ध्यान में आयी, परन्तु अब फिर से एक-एक राजा का वर्णन करने की उनकी इच्छा नहीं हुई। अन्तिम सर्ग लिखने के बाद विदिशा जाना है, मन में यह निश्चय करने के बाद उन्हें विदिशा और विद्वत्वती के स्वप्न आने लगे थे। एक मन विदीर्ण था–वह स्वसामर्थ्य प्रकट करना चाहता था, एक मन विचलित था–जो कर रहे हैं वह योग्य है अथवा अयोग्य–इस सम्भ्रम में था।

अन्त में, उन्होंने मन को संयमित कर उन्नीसवाँ सर्ग लिखना आरम्भ किया। और उनके मन में आया, 'हमने रघुवंश का आरम्भ लिखा यह उचित ही हुआ। मगर क्या उसके बाद सभी पराक्रमी राजाओं का वर्णन आवश्यक था? ऐसा मन में प्रश्न उठा। एक वंश के गौरवपूर्ण इतिहास का वर्णन करते हुए, उस वंश के पतन के लिए

कारणीभूत राजा 'अग्निवर्ण' पर भी लिखना पड़ेगा, इस विचार से मन व्यथित हो रहा था। आरम्भ सूर्य प्रकाश से, तो अन्त अमावस्या से...परन्तु अब राजा 'अग्निवर्ण' का अनवांछित वर्णन करना पड़ेगा।

उन्होंने भोजपत्र लिए, आसन पर बैठे, तभी सेवक ने प्रवेश किया,

"कालिदास महाराज, आपको महाराज चन्द्रगुप्त ने आमन्त्रित किया है और भोजनशाला में महाराज के साथ..."

यह उन्नीसवाँ सर्ग पूर्ण कर वे गणेश के साथ भोजन करने ही वाले थे। अब सम्राट चन्द्रगुप्त के यहाँ उन्हें जाना ही होगा। गणेश इस समय अश्वशाला में था, सेवक के साथ उन्होंने उसे सन्देश भेजा और वे राजप्रासाद की भोजनशाला की ओर चले।

'आज महाराज ने अचानक क्यों आमन्त्रित किया होगा।' अनेक बार मन्त्रिमण्डल को हास्य विनोद में सहभागी होने के लिए भोजनशाला में बुलाया जाता। वैसा ही कोई कारण होगा। वे भोजनशाला पहुँचे। सम्राट चन्द्रगुप्त उनकी प्रतीक्षा कर रहे थे। आज महारानी ध्रुवस्वामिनी एवं अन्य रानियाँ वनभोजन के लिए गयी थीं।

"महाराज, इस निमित्त से हमें भोजन के लिए आमन्त्रित किया? आप क्यों नहीं गये वनभोजन के लिए?"

"सभी राजस्त्रियाँ गयी हैं वसन्तोत्सव के लिए और हमें भी कुछ विशेष कार्य करना था।" वे मौन हो गये। कालिदास सोच में पड़ गये।

"अब, पहले भोजन," वे हमेशा की तरह बोले।

भोजनोत्तर ताम्बूल लेते हुए महाराज बोले, "कालिदास, सम्राट समुद्रगुप्त–हमारे पिताश्री ने एकसंघ राज्य निर्माण करने के लिए अपार परिश्रम किया। उस साम्राज्य को अधिक वृद्धिंगत करते हुए, कश्मीर से दक्षिणपथ, जगन्नाथपुरी, मध्यदेश, उत्तरदेश से राजस्थान और गान्धार, कम्बोज और बाल्हिक तक हमने साम्राज्य विस्तार किया। हमारा प्रशासन उत्तम है आप सबके सहकार्य से।"

अभी भी कालिदास समझ नहीं पा रहे थे कि उनके विचार किस दिशा में जा रहे हैं।

"जलव्यापार को नियन्त्रित करने के लिए पिताश्री द्वारा निर्मित राजधानी पाटलिपुत्र को हम उज्जयिनी लाये और मगध को उपराजधानी बनाया। शक-क्षत्रप, हूणों को सीमापार किया, परन्तु..."

"परन्तु क्या, महाराज?" कालिदास ने अत्यन्त उत्सुकता से पूछा।

"अब तक हम संघर्ष करते हुए, युद्ध करते हुए, कर्तव्य करते हुए, राजशासन की परिपूर्ण कल्पना को यथार्थ बनाने के लिए प्रयत्न करते रहे। अब विश्राम चाहिए, शान्त अरण्यवास की इच्छा होने लगी है, परन्तु युवराज कुमार अद्याप कुमार हैं।" कालिदास प्रसन्नता से हँसे।

"महाराज, आयु में उनसे केवल दो वर्ष बड़ी रानी प्रभावती दो बच्चों की माता हैं और उत्तम शासनकर्ता हैं। पिता को कभी भी ऐसा प्रतीत नहीं होगा कि उसका पुत्र आयु में श्रेष्ठ हो गया है। आख़िर पिता ही तो श्रेष्ठ होता है ना? महाराज, क्या हम आपको एक सुझाव दे सकते हैं?"

"इसलिए तो आमन्त्रित किया है।"

"वर्तमान में युवराज कुमार मगध में पाटलिपुत्र में हैं। मगध की सम्पूर्ण राज्य व्यवस्था उन्हें सौंप दें। आधा बोझ कम हो जायेगा। इसके अतिरिक्त मन्त्रिमण्डल में नयी ऊर्जा के सहकारी नियुक्त करें। इससे वृद्ध सहकारियों पर बोझ कम हो जायेगा। मन्त्रिमण्डल के अतिरिक्त अन्य सहकारी हैं, उनसे मिलने वाली नित्य वार्ताओं का, नित्य घटनाओं का अति आवश्यक सन्देश ही आप तक पहुँचे। एक वार्ता विभाग हो। तत्काल निर्णय लेते समय आपकी अथवा मन्त्रिमण्डल की राय जाने। किसी एक विषय पर अनेक परामर्श न लेते हुए मार्गदर्शक सभा में निर्णय ले। इससे पल-पल पड़ने वाले तनाव कम होंगे।"

"अब हमें दक्षिणपथ जाना है।"

"महाराज, प्रत्येक स्थान पर प्रत्यक्ष जाने की अब आपकी उम्र नहीं है। अनेक विश्वासपात्र मन्त्री हैं। उन्हें भेजें, हम भी जा सकते हैं। आपका कार्यविस्तार अत्यन्त विस्तीर्ण है, आधा युवराज कुमार देख सकते हैं। महाराज, एक बात पूछें?"

सम्राट चन्द्रगुप्त हँसे, "दस पूछिए, कालिदास।"

"जब महाराज रामगुप्त के राज्य में महाराज समुद्रगुप्त राजप्रासाद में ही थे, तब शकाधिपति से युद्ध किसने किया था? ध्रुवस्वामिनी महारानी की किसने रक्षा की? आपने ही ना? उस समय आपकी आयु कितनी थी? आप अयोध्या के प्रान्तपाल थे। राज्य पर शकों का आक्रमण होते ही आये थे ना भागकर? कल युवराज कुमार पूरे साम्राज्य को उत्तम रीति से सँभालेंगे। पिता की इतनी स्नेहमयी दृष्टि से न देखें।"

उसी समय उनके मन में आया, 'छह-आठ माह पूर्व आया हुआ गणेश। अश्वशाला में कार्य, और गुरु के पास अध्ययन। कुछ अभ्यास वे स्वयं कराते। कल तक जिससे कोई सम्बन्ध तक नहीं था, वह गणेश कब अपना हो गया पता ही नहीं चला। प्रात:काल कन्धे पर हाथ रखकर गहरी निद्रा से उसे जगाते हुए वह स्पर्श...

स्नेह मन को इतना छू जाता है...और हम महाराज से युवराज कुमार को, जो उनके लिए अभी कुमार है, कर्तव्य का बोध करवाने को कह रहे हैं...हम ग़लती तो नहीं कर रहे हैं?'

कालिदास ने कहा, "महाराज, हमें पुत्र नहीं, पुत्र प्रेम की कल्पना भी नहीं... हमारी बात का बुरा न मानें।"

"कालिदास, हम अपनी भूमिका से ही हमारे विचार रख रहे थे। उनके उत्तर हमें तटस्थ भावना से ही चाहिए थे। वे सब योग्य, अति योग्य थे। अभी हम पाटलिपुत्र ही जा रहे हैं।"

"महाराज, क्या अब हम अपना एक प्रश्न पूछें?"

"उससे पहले एक बात कहना है। विदिशा में काव्य शास्त्र पर एक शास्त्रार्थ का आयोजन किया जा रहा है। हम चाहते हैं कि आप और अमरसिंह वहाँ जायें।"

"हाँ, हम अवश्य जायेंगे महाराज," अत्यन्त प्रसन्नता से कालिदास बोले।

"हमें ज्ञात था, कालिदास, इसलिए हमने दूत के साथ दो नाम भेजे। 'अस्ति कश्चिद् वाग्विशेष:' का उत्तर अब आप दे सकेंगे। अनौपचारिक रूप से जाने की अपेक्षा सम्मानपूर्वक जायें। आप 'कालिदास' नाम से प्रसिद्ध हैं। उस समय के कुमार मातृगुप्त और आज के प्रौढ़ प्रगल्भ कालिदास का किसी को भी परिचय नहीं है। और परिचय होगा तो महाकाव्य के निर्माता और उत्तम नाटककार के रूप में ही होगा। हमें ज्ञात थी आपकी भूमिका।"

"महाराज...महाराज..." कालिदास भावविह्वल हो गये, उनका गला भर आया।

"हम सम्पूर्ण आर्यावर्त के हैं, परिवार के हैं, परन्तु हमारा अपना कौन है?" जब यह प्रश्न स्वयं से पूछते हैं तो उत्तर मिलता है, "कालिदास!"

"अहो भाग्यम्, महाराज," कालिदास सम्राट चन्द्रगुप्त के चरणों में झुक ही रहे थे कि उन्होंने कालिदास को अपने दृढ़ आलिंगन में ले लिया।

"जाकर आयें, हम भी अगले सप्ताह मगध के लिए प्रयाण करने वाले हैं।"

कालिदास वापस आये। अब वे सम्मानपूर्वक विदिशा जाने वाले थे। अब उन्होंने उत्साहपूर्वक उन्नीसवाँ सर्ग लिखना आरम्भ किया, तभी गणेश आया।

"तात, मन की इच्छा पूर्ण होने जा रही है। सम्राट चन्द्रगुप्त के सारथी होने का सौभाग्य हमें प्राप्त हुआ। उनकी अश्वशाला में ईमानदारी से कार्य कर रहा था, एक दिन वे स्वयं आये थे। तभी उन्होंने कहा, "तुम्हारी प्रामाणिक सेवा से हम प्रसन्न हैं।" परन्तु मैंने सोचा नहीं था कि मुझे ऐसा अवसर मिलेगा। अवसर का लाभ उठाते हुए मैंने कहा, "महाराज, मुझे सैन्य दल में जाना है, मुझे युद्ध भूमि पर जाना है।"

"अवश्य...अवश्य...हम सेनापति से कहते हैं।"

कालिदास को सम्राट के स्नेह का पुन:साक्षात्कार हुआ। उन्होंने मन-ही-मन सम्राट को धन्यवाद दिया। गणेश जैसे आया था, वैसे ही चला गया। रात्रि का दूसरा प्रहर आरम्भ हो चुका था। 'अब लिखें अथवा न लिखें?' इस उधेड़बुन में उन्होंने सामने पीठे पर भोजपत्र रखे और लिखना आरम्भ किया।

राजा सुदर्शन ने वृद्धावस्था प्राप्त होने के बाद अग्नि के समान तेजस्वी पुत्र अग्निवर्ण को राज्य सौंप कर वानप्रस्थाश्रम स्वीकार कर लिया।

अग्निवर्ण कामुक प्रवृत्ति का था। इतना बड़ा साम्राज्य था। उत्तम मन्त्रिमण्डल था। मन्त्रिमण्डल के आधीन राज्यव्यवस्था कर अग्निवर्ण अपना जीवन मदिरा और मदिराक्षी में ही व्यतीत करने लगा। परिणामस्वरूप राज्य शिथिल हो गया। नागरिक त्रस्त हो गये। समस्याएँ वृद्धिंगत होती रहीं।

कालिदास विचारमग्न हो गये। केवल एक नगरी को व्यवस्थित रखना हो, परिवार को सुस्थिति में रखना हो अथवा परिवार को संगठित रखना हो तो एक कर्तृत्ववान व्यक्ति की आवश्यकता होती है। यहाँ तो आर्यावर्त में स्थित और अट्ठाईस पराक्रमी राजाओं द्वारा प्राप्त किया हुआ विशाल साम्राज्य था। कालिदास के नेत्रों के सामने आर्यावर्त का विशाल प्रदेश एक भव्य पुरुष के रूप में खड़ा था। प्रत्येक प्रान्त के आसुरी लोग उसे क्षत-विक्षत कर रहे थे। वह भव्य, आर्यावर्त पुरुष हीन-दीन-असहाय हो गया था, क्योंकि उसकी आत्मा ही खो गयी थी।

नित नयी समस्याएँ उत्पन्न हो रही थीं, आक्रमण हो रहे थे, जिन्हें सहन करना उस महापुरुष के लिए अत्यन्त कठिन हो गया था। रघुकुल का यह वंशज रति क्रीड़ा में इतना अधिक व्यस्त हो गया था कि अपने मन्त्रियों से भी नहीं मिलता था। कभी-कभार त्रस्त होकर किसी रमणी के साथ अटारी के झरोखे से अपने चरणों के दर्शन देता था। उसके जीवन का प्रत्येक क्षण रमणी के साथ व्यतीत होता था। अन्य कोई विषय ही नहीं था, 'विषय' से विषयान्तर करना उसका स्वभाव नहीं था। उसके प्रासाद में मदिरा और मदिराक्षी का ही आवागमन था।

राजा अग्निवर्ण को दर्पण में राजवस्त्रों में अपनी प्रतिमा देखने में कोई रुचि नहीं थी, बल्कि रति क्रीड़ा में रमणी के सहवास में हुए व्रणों की शोभा उसे सबसे प्रिय लगती थी।

कुछ काल तक मन्त्रिमण्डल राज्य शासन कर रहा था, परन्तु महत्त्वपूर्ण निर्णय लेना, उन्हें कार्यान्वित करना उनके बस की बात नहीं थी। वहाँ आवश्यकता थी राजा की। और राजा था मदनिकाओं के सहवास में। उसके दिन और रात केवल

रंगशाला में व्यतीत हो रहे थे। रानियाँ तो नित्य की वस्तु थीं, मदनिका नित्य की न हो, इसलिए नित नयी रमणी को बुलाया जाता था। उसकी दासी और सखी भी राजा के आकर्षण की पात्र होतीं, आधा जीवन इसी में व्यतीत हो गया।

राज्य की सुसूत्रता समाप्त हो गयी। राज्य की सीमाएँ क्षतिग्रस्त हो गयीं। समस्याओं का प्रमाण बढ़ने लगा। पीड़ित नागरिक गृह युद्ध के लिए प्रवृत्त हो गये। कुछ देशद्रोही हो गये।

रघुकुल के सूर्यास्त को अंकित करते हुए नियति पल-भर को रुकी। बाल सूर्य, मध्याह्न का प्रौढ़-प्रगल्भ सूर्य और आषाढ़ के सन्ध्याकालीन मेघों के पीछे छिपे सूर्य को उसी ने तो अंकित किया था। रघुकुल का भाग्य इतना ही था। अयोध्या पर अब तक किसी ने आक्रमण नहीं किया था। निष्ठावन्त राज्यकर्ता अभी भी राजसेवा में ईमानदारी से कार्य कर रहे थे।

अग्निवर्ण को पुत्र प्राप्ति तो नहीं हुई, बल्कि राजयक्ष्मा हो गया। इस वार्ता को भी मन्त्रिमण्डल ने गुप्त रखा। उसकी मृत्यु के पश्चात गुप्त रूप से उसका दहन कर दिया गया। और जिस रानी को गर्भ धारण करना सम्भव हुआ था, उस रानी का राज्याभिषेक किया गया।

इति श्री महाकविकालिदासकृतौ रघुवंशे महाकाव्ये
अग्निवर्णगारौ नामैकोनविंश: सर्ग:
इति रघुवंशम् महाकाव्यम्

आगे वे समाप्तम् लिखना चाहते थे, परन्तु नहीं लिखा। शायद आगे कुछ लिखने का मन हो अभी तो समाप्त करना उचित नहीं है। अब तक वे 'सर्ग समाप्त' ऐसा लिखा करते थे, वैसा इस समय नहीं लिखा। उन्होंने बस यही लिखा कि उन्नीसवाँ सर्ग उनके द्वारा लिखा गया।

अधिक विचार न करते हुए उन्होंने भोजपत्रों को एकत्रित कर रेशमी वस्त्र में लपेटा और सामने ही स्थित देवी सरस्वती की प्रतिमा को मन:पूर्वक नमस्कार किया।

'हे वाग्देवी, हे शब्दवती, वेदवती, सम्पूर्ण कलाकामिनी, हे गन्धवती, सकलजन मोहिनी तुम्हें शतवार नमन। हे शब्दालंकार मण्डित, अर्थगर्भ आशययुक्त वीणा वादिनी सरस्वती, चम्पक, पारिजात, रजनीगन्धा, चहुँ ओर का गन्ध लेकर आयी हुई तुम रसिका, सहजसुलभा फिर भी सघन, कठोर व्रतकामना, निश्चया, हे रूपमोहिनी, तुमने हमारे हृदय में वास किया, हमारी भावनाओं, संवेदनाओं को शब्द प्रदान किये, हम कृतार्थ हुए। इस प्रौढ़-प्रगल्भ अवस्था में हमारे शब्दों को ऊर्जा, आनन्द, यौवन

का परिमल दिया, हम धन्य हुए देवी सरस्वती, धन्य हुए देवी सरस्वती!'

उनके नेत्र प्रसन्नता से छलक उठे। पिछले सात-आठ माह से अनामिक प्रेरणा से वे लिख रहे थे, आकाश रंगों से परिपूर्ण था। अब पल-भर को वह शून्य हुआ प्रतीत हुआ, परन्तु अगले ही पल मन अनामिक आनन्द से भर उठा। मन का आकाश कभी सूना होता ही नहीं है। वे मन-ही-मन प्रसन्नता से हँसे। आधी रात समाप्त होने को आयी थी। वे मंचक पर लेटे। जी चाहा कि इस आनन्द को इसी पल मधुवन्ती के साथ, सम्राट चन्द्रगुप्त के साथ बाँट लें। परन्तु प्रथम किसके पास जायें, इस प्रश्न पर वे अटक गये थे। ब्रह्ममुहूर्त हो रहा था।

***

आकाशमध्य को जा रहा रजनीकान्त पल-भर को स्थिर हुआ। आज उसके साथ रोहिणी नहीं थी। उसके तेज में अन्य नक्षत्र भी लुप्त हो गये थे। कालिदास अभी भी जाग्रत थे। आज उनकी भी ऐसी ही स्थिति थी, उन्हें अत्यन्त एकाकीपन का अनुभव हो रहा था।

राजा भोज की सभा में शास्त्रार्थ का आयोजन था। वस्तुत: शास्त्रार्थ नहीं था, परन्तु काव्य निर्मिति, काव्य प्रयोजन, उसमें उपलब्ध प्रतिमाओं का स्थान, ऐसी एक शास्त्रग्रन्थ के लिए सकल समीक्षा जिन्हें अपेक्षित थी, वे काशी के पण्डित शेखर उपस्थित थे। इसके अतिरिक्त दक्षिणपथ के स्वामी रामेश्वर, पण्डित सर्वेश्वर, पण्डित गोविन्दप्रसाद, पण्डित अमर सिंह ऐसे दस विद्वानों के बीच महाकवि कालिदास भी उपस्थित थे।

प्रात:काल विदिशा नगरी के राजपथ पर प्रवेश करते हुए उनके मन में अनामिक स्पन्दन हो रहे थे। हृदयगति बढ़ गयी थी। शरीर काँप रहा था। मन में भय, अधीरता, उत्सुकता, मान, अवमान–ऐसी अनेक भावनाएँ उठ रही थीं।

'कैसी दिखती होगी वह? इस शास्त्रार्थ में वह भी उपस्थित होगी ही। वह तो उसका प्रिय विषय है। ऐसे शास्त्रार्थ में ही असत्य का षडयन्त्र रच कर हमने उसका विश्वासघात किया था। उसी का दण्ड हमें मिला।

कभी-कभी असत्य से सत्य प्रगट होता है। दु:ख से सुख का मार्ग मिलता है। अन्धकार को सूर्यप्रकाश का मार्ग दिखाई दे, ऐसा ही हुआ था। उसके हमें सीमापार करने के बाद विपुल सम्पत्ति के समान प्रचण्ड ज्ञान सम्पदा हमें प्राप्त हुई।'

कालिदास मन-ही-मन हँसे। कहाँ गोपालक, देह पर माँगे हुए राजवस्त्र धारण करने वाला मातृगुप्त और आज का महाकवि कालिदास। विद्वत्वती ने हमें भले ही सीमा पार किया हो, परन्तु प्रत्येक व्यक्ति ने हर जगह हमें स्नेह ही दिया। सरस्वती

देवी, मधुवन्ती और ज्येष्ठ बन्धु के समान स्नेह करने वाले सम्राट चन्द्रगुप्त, रानी प्रभावती, युवराज कुमार...सभी ने स्नेह दिया।

उन्हें इस क्षण सम्राट चन्द्रगुप्त का स्मरण हो आया। अस्वस्थ होते हुए भी मगध की शासन-व्यवस्था को प्रत्यक्ष रूप से जानने के लिए निकले थे। इससे पूर्व उन्हें राजसभा में आमन्त्रित करने के लिए सेवक को भेजा। उन्हें आश्चर्य हुआ, वे नित्य ही राजसभा में उपस्थित रहते थे, चाहे कार्य हो अथवा न हो। यह उनका नित्य नियम था। वस्तुत: उनके पास आश्रम व्यवस्था, कन्याश्रम, वृद्धाश्रम। अनाथाश्रम ऐसे सारे आश्रमों का उत्तरदायित्व था। वे अपना काम पूर्ण करते ही थे, फिर भी विशेष आमन्त्रण आने से वे आश्चर्य चकित थे।

जैसे ही उन्होंने राजसभा में प्रवेश किया, मंगलवाद्य बजने लगे। उन पर पुष्पवृष्टि हुई। उन्हें समझ में नहीं आ रहा था कि क्या यह स्वागत उनके लिए है, अथवा सम्राट के लिए और ग़लती से हो रहा है...परन्तु दालान में प्रवेश करते ही 'महाकवि कालिदास की जय हो!' के उत्स्फूर्त नारों से राजसभा गूँज उठी।

कालिदास कुछ भी समझ नहीं पा रहे थे। सम्भ्रमित अवस्था में ही उनके ध्यान में आया कि नियत समय से पूर्व ही राजसभा सम्पूर्ण है। प्रत्यक्ष सम्राट चन्द्रगुप्त भी राजदण्ड लिए सिंहासन पर उपस्थित हैं। मगर यह स्वागत किसलिए? वे और अधिक उलझन में पड़ गये।

"सुस्वागतम् कालिदास महोदय!" सम्राट चन्द्रगुप्त राजदण्ड रखकर उठे, उत्तरीय सँभालते हुए सिंहासन की चार सीढ़ियाँ उतर कर उन्होंने सेवक को संकेत किया और कुछ ही क्षणों में आयोजन के अनुसार सेवक राजवस्त्र, अलंकार, सुवर्ण मुद्रा लेकर आये। सम्राट चन्द्रगुप्त ने कहा, "कालिदास महोदय के राजसभा में प्रवेश को आज पच्चीस वर्ष पूरे हो रहे हैं। इस अवधि में इन्होंने जो महाकाव्य निर्मिति और नाट्य निर्मिति की है, उसके उपलक्ष्य में हम आज तक उनके लिए 'महाकवि' सम्बोधन का प्रयोग करते थे। उसमें थोड़ा-सा शरारत का भाव भी था। परन्तु बाद में हमें आकलन हुआ कि कला और कलाकृति वही निर्माण कर सकता है, जो सरस्वती पुत्र हो, वाणी और वैखरी की उपासना करता हो, जिसके पास औरों से अलग दृष्टि हो।

कालिदास ने 'रघुवंशम्' जैसे महाकाव्य की रचना की, 'कुमारसम्भवम्' जैसी महान रचना का निर्माण किया, शृंगार से महकता हुआ उत्कट भावकाव्य 'मेघदूतम्' लिखा, 'ऋतु संहार' जैसा निसर्ग काव्य लिखा। अनेक नाट्य कृतियाँ भी उन्होंने लिखी हैं।

भारतीय साहित्य के इतिहास के सुवर्ण पृष्ठों में उनका नाम होगा, इतना महान कार्य उन्होंने किया है। उनके कारण हमारा कालखण्ड भी धन्य होने वाला है। आज हम ऐसे गुणसम्पन्न वेद, उपनिषद्, ज्योतिष, आयुर्वेद और भरत मुनि की नाट्य संहिता के प्रगाढ़ अभ्यासक, चौसठ कलाओं के ज्ञानी, रसज्ञ और सर्वाधिक लोकप्रतिष्ठित, लोकप्रिय महाकवि को 'राजकवि कालिदास' की उपाधि से सम्मानित करने जा रहे हैं। हम उन्हें सुवर्ण मुद्रा, दस गाँव, प्रासाद प्रदान करने वाले हैं, इसमें 'उपाधि पत्र' भी सम्मिलित है।

"कालिदास, हमें आप पर गर्व है। उज्जयिनी में आपका लोकमान्य स्थान देखकर हम भी प्रसन्न हैं। इसका कारण है आपकी मधुर वाणी। द्वेषरहित आदरभाव, सामंजस्य, विनय–इन गुणों से आप नगर जनों में प्रिय हैं। आपके चातुर्य की अनेक घटनाएँ लोकमानस में प्रिय हैं।

हमें स्मरण है, जब हमने आपको कुन्तल प्रदेश भेजा था, ताकि हमारे और कुन्तलराज के बीच परस्पर सम्बन्ध सौहार्दपूर्ण हो जायें।

अनेक वर्षों से उनके साथ सम्बम्ध सुहृद नहीं थे। हमारे प्रति उनके मन में जो द्वेष था, वह आपको देखकर और भी उफ़न आया। उन्होंने कालिदास का स्वागत तो किया नहीं, ऊपर से आसन भी नहीं दिया और धरती पर बैठने के लिए कहा। यह एक राज्यमन्त्री का भयानक अपमान था। परन्तु कालिदास ने कहा–

"जिस धरती पर मेरू जैसा पर्वत है, जिस पर शिवशंकर का निवास है, इस धरती पर सप्त सागरों का निवास है। इसी धरती पर अनेक राजा-महाराजा हैं। उस प्रतिष्ठित धरती पर हमें आसनस्थ करने के लिए हम आपके ऋणी हैं।"

इस घटना ने कुन्तलेश्वर को इतना प्रभावित किया कि उन्होंने कालिदास को वहीं वास्तव्य करने की विनती की। कालिदास वहाँ तीन मास थे। उस समय लोकमानस में उन्होंने कुन्तलेश्वर की महानता इस प्रकार प्रचारित की कि कुन्तलेश्वर ने सामंजस्य करते हुए हमें पत्र लिखा, 'जिस राज्य में कालिदास जैसे मन्त्री हैं, उस राजा चन्द्रगुप्त के शौर्य और सामर्थ्य का आर्यावर्त के अनेक राजाओं ने रणभूमि पर अनुभव किया है, परन्तु अनेक विद्वानों में से एक विद्वान कालिदास को हमने अनेक पहलुओं से जाना है। और ऐसे गुणवान मन्त्रियों को संगठित रखने वाला राजा चन्द्रगुप्त बौद्धिक दृष्टि से समृद्ध है, यह अनुभव हुआ। युद्ध तलवार से जीते जाते है, समाज बुद्धि से संगठित रहता है। कभी-कभी शब्द भी तलवार हो जाते हैं। अत: अब हमारे परस्पर सम्बन्ध दृढ़ हों, ऐसी हमारी प्रामाणिक इच्छा है।'

इस अवसर पर सम्राट चन्द्रगुप्त ने इस पत्र को पढ़ कर सुनाया, तो राज्यसभा करतल ध्वनि से गूँज उठी।

"कालिदास की चातुर्य कथाएँ अनेक हैं, परन्तु हमें प्रिय है उनकी संयमित वृत्ति, एकनिष्ठता, सन्धि की प्रतीक्षा करते हुए धारण की हुई तपस्या वृत्ति। और..."

कालिदास समझ गये कि उनकी बात का उद्देश्य। यह बात विद्वत्वती के सन्दर्भ में उन्होंने कही थी। ऐसा राजा कभी-कभार ही धरती पर जन्म लेता है। भूमाता भी उस पर अत्यधिक स्नेह करती है।

सम्राट चन्द्रगुप्त अपनी बात कह रहे थे, "कालिदास, आपको इस बात की कल्पना नहीं है कि आपको 'राजकवि' की उपाधि देने का सुझाव अमर सिंह ने दिया था और राजसभा में अनेक मन्त्री हैं, नवरत्न भी हैं, ऐसे में आपको यह उपाधि प्रदान करने पर अनेक का रोष सम्भव है, अत: राज पुरोहित ने सुझाव दिया कि हम एक मंजूषा में 'हाँ' अथवा 'न' दर्शाती हुई पुर्जियाँ एकत्रित करें। और आपको आश्चर्य होगा, कालिदास कि राज्यसभा के एक सौ पाँच सदस्यों ने पुर्जियाँ डालीं। आप उस दिन नहीं थे। सभी पुर्जियों पर 'हाँ' लिखा था। एक सौ पाँच सदस्यों और मन्त्रीगणों ने एकमुख से यह निर्णय दिया था। और आज का दिन आया...

"राजसभा राजकीय घटनाओं, स्थानीय समस्याओं, युद्धजन्य समस्याओं, विकास कार्यों, राज्यविकास सम्बन्धी समस्याओं से परिपूर्ण रहती है, परन्तु एक सक्षम राजा को भी राजकीय, सामाजिक समस्याओं को सुलझाते हुए सहृदयता, सात्विकता, संवेदना, दया, क्षमा, संयम, शान्ति, विवेक, शौर्य, सामर्थ्य की आवश्यकता होती है यह हमें कालिदास के 'रघुवंशम्' को पढ़ने से ज्ञात हुआ। राजा दिलीप से लेकर रघुवंश के अट्ठाईस राजा स्वपराक्रम से, विद्वत्ता से, रसिकता से, कलाओं को प्रोत्साहित करने वाले गुणग्राही राजा थे। उनतीसवां राजा 'अग्निवर्ण' मदिरा-मदिराक्षी में डूब गया और सम्पूर्ण रघुकुल का विनाश हो गया। कालिदास ने 'रघुवंशम्' के माध्यम से केवल हमें ही नहीं, अपितु अखिल आर्यावर्त के राजाओं को यह वस्तुपाठ ही दिया है। पराक्रम जितना ही संयम, सामर्थ्य जितनी ही विजय होनी चाहिए यह पाठ भी हमें मिला। युवराज कुमार साम्प्रत यहाँ नहीं हैं, परन्तु हम विशेषत: पढ़ने के लिए यह ग्रन्थ उन्हें देंगे।"

" 'रघुवंशम्' महाकाव्य लिखकर कालिदास ने हमें प्रतिष्ठित किया है। इतिहास कभी भी कालिदास, उज्जयिनी और विक्रमादित्य चन्द्रगुप्त को विस्मृत नहीं होने देगा–यह हमारा सौभाग्य है।

"अस्तु! आज हमारे राजमन्त्री, नवरत्नों में से एक रत्न महाकवि कालिदास को एक स्वतन्त्र रथ भी प्रदान करते हैं। उनके बारे में हम अविराम बोल सकते हैं, परन्तु अब शब्दों को विश्राम देते हैं।"

कालिदास का मन भर आया था। नेत्रों से अश्रुधारा कृतार्थ होकर अविरत बह रही थी, वे सम्राट चन्द्रगुप्त के चरणों में नतमस्तक होते इससे पहले ही सम्राट ने अपने विशाल और शक्तिशाली बाहुओं में भरकर उन्हें हृदय से लगा लिया। कालिदास को ज्येष्ठ बन्धु के स्नेह का अनुभव हुआ। स्पर्श से भी सहस्त्रों शब्दों का अर्थबोध होता है, इसका अनुभव उन्हें हुआ। और हमने योग्य ही किया, यह अनुभव सम्राट चन्द्रगुप्त को हुआ, वे हौले से बोले, "मित्र, हम राजसिंहासन के सम्राट हैं, आप जनमानस के हृदय पर राज्य करने वाले अनभिषिक्त सम्राट हैं। अपनी शब्द साधना से ऋषि कुल से भी आप सम्बन्धित हैं। हमारे लिए वन्दनीय हैं।"

अब कालिदास स्वयं को रोक नहीं पाये। एक गोपालक कभी सन्मान पात्र होगा, ऐसा शायद प्रत्यक्ष श्रीकृष्ण ने भी न सोचा होगा। वही भाग्य हमें सम्राट चन्द्रगुप्त ने प्रदान किया। शायद नियति की यही इच्छा होगी। शायद विदिशा के शास्त्रार्थ के लिए नामांकित करते हुए विद्धत्वती को भी हमारा सन्मान ज्ञात हो, 'राजकवि' की उपाधि के सामने वह भी पल-भर को नतमस्तक हो जाये, ऐसा उन्होंने निश्चित ही सोचा होगा।

"कालिदास, अपने इन आनन्दाश्रुओं को उत्तरीय से पोंछें और अमरसिंह के साथ अपने रथ में विदिशा के लिए प्रस्थान करें। हमारा मगध जाना आवश्यक है।"

राजसभा ने, विद्वतजनों ने, नागरिकों ने उनका जयघोष किया। अब सम्राट चन्द्रगुप्त के नेत्र भी भर आये थे। इस आनन्दोत्सव में युवराज कुमार को भी उपस्थित रहना चाहिए था, यह विचार मन को छू गया।

***

कम्पित हृदय से ही कालिदास ने अमरसिंह के साथ राजसभा में प्रवेश किया। पहले वाला राजप्रासाद अब और भी अधिक विशाल हो गया था। यहीं तो उन्होंने कुमारसेन के साथ राजशिष्टाचार सीखा था। यहीं वे आश्चर्य चकित होते हुए हर दालान में घूमे थे। आश्चर्य से हर वस्तु को देखते हुए वे केवल आनन्दोद्गार, आश्चर्योद्गार ही प्रकट कर रहे थे।

और उसी राजसभा में वे आज सन्मान से उपस्थित थे। यदि राजा भोज हमारी ओर देखें तो क्या उन्हें स्मरण होगा उस मातृगुप्त का? यदि हुआ भी तो हम

आत्मविश्वास से कहेंगे कि हम सरस्वती के पुत्र, उज्जयिनी के निवासी राजकवि कालिदास हैं। वे सम्भ्रमित होकर मौन हो जायेंगे, क्षण-भर को विचार करेंगे। और विद्योत्तमा, विद्वत्वती के नाम से परिचित हमारी पूर्व पत्नी वेदवती। वह तो सर्वज्ञानी है। जब वह सूक्ष्म अवलोकन करेगी तब...

वे भीतर आये। राजा भोज ने सबका स्वागत किया। कालिदास का परिचय देते हुए वे बोले, "विदिशा का अहोभाग्य कि उज्जयिनी के पण्डित अमरसिंह और राजकवि पधारे हैं।" उनका स्वागत स्वीकार करते हुए कालिदास ने चारों ओर देखा, परन्तु विद्वत्वती नहीं दिखाई दी। किससे पूछें और कैसे पूछें, यह विचार उनके मन में आया ही था कि राजा भोज ने कहा, "हमारी कन्या विद्वत्वती अपनी माता के साथ मातुल गृह गयी है। इस सप्ताह वह अवश्य आयेगी। समस्त राजसभा को उसकी अनुपस्थिति का अनुभव होगा, परन्तु जाना अपरिहार्य था। परन्तु हमारे मन्त्रिमण्डल के राजपुरोहित पण्डित कुबेर शास्त्री इस सभा को सम्बोधित करेंगे।"

कालिदास का मन शान्त हुआ।

राजपुरोहित कुबेर शास्त्री ने सबका मन:पूर्वक स्वागत किया। और उन्होंने आरम्भ किया, "ऋग्वेद की ऋचाओं से मनोभावना व्यक्त करने वाली काव्य पंक्तियाँ लिखी गयीं। उन ऋचाओं से मानवी भावनाओं को शब्द प्रदान किये गये। सामवेद, अथर्ववेद, ऋग्वेद, यजुर्वेद से योग्य ऋचाओं को संकलित करके उनका गीत गायन आरम्भ हुआ। आगे चलकर 'रामायण' महाकाव्य रचा गया। उस पर आधारित 'रघुवंशम्' महाकाव्य की महाकवि कालिदास ने रचना की। काव्य निर्मिति होने के बाद उसकी कौन सी काव्य पंक्तियाँ उत्तम हैं, गेय हैं, यह विचार आया। ऐसी गेय, छन्दबद्ध काव्यनिर्मिति करने का एक शास्त्र उत्पन्न हुआ। यह शास्त्र अधिकाधिक विकसित हुआ। प्रत्येक काल के अनुरूप, परन्तु उसमें कुछ शाश्वत मूल्य अभिप्रेत थे और आज भी हैं।

काव्य जीवन की आत्मा है, जो शब्दों से व्यक्त होती है। कभी वाणी से सुसम्बद्ध रूप में प्रकट होती है। मानवी भावनाओं, संवेदनाओं, षडरिपुओं का प्रकटीकरण, उनसे प्रकट हुई भावनाएँ, उनका सम्प्रेषण, उद्दीपन–यह सब प्रकट करने के लिए किसी अधोरेखित, तो किसी अलिखित आचार-विचार संहिता का होना आवश्यक है, ऐसा हमारा विचार है।

उसी प्रकार, काव्य प्रयोजन किसके लिए? आत्मानन्द के लिए अथवा समाज के आनन्द के लिए? और यदि आत्मानन्द के लिए काव्यनिर्मिति की जाये तो उसे सम्प्रेषित क्यों किया जाता है?

क्या छन्द के बिना, छन्दमुक्त काव्य होना चाहिए? ऐसे कुछ प्रश्न हमारे सामने हैं, और जिन्हें इन सब विचारों का अध्ययन करना है, वे काशी के सुप्रसिद्ध महापण्डित शेखर आप से संवाद करेंगे।

पण्डित शेखर दामोदर शास्त्री अपना उत्तरीय सँभालते हुए उठे। उन्होंने कहा, "हम स्वयं कवि नहीं हैं, परन्तु काव्य हमें अत्यन्त प्रिय है। हम काव्य का अनुभव करते हैं। प्रात:काल गंगास्नान के लिए जाते हुए आकाश के खिलते हुए रंग, उसमें से दमकती उष:प्रभा, कोई लावण्यवती लज्जावती होकर पति के लिए प्रासाद का महाद्वार स्वयं खोले और पंचारती से आरती न उतारते हुए नेत्रों से ही उसकी आरती करे–इसका अनुभव हमें होता है। प्रात:काल नित्य, वही सब नित्य, परन्तु वही पूर्वा और उष:प्रभा हमें नित्य नव नूतन दिखाई देती है, मन को प्रसन्न करती है।

नित्य गंगा और उसकी लहरें हमें चिरन्तन प्रतीत होती हैं। कभी क्षणिक विचारों के समान वे किनारे पर लुप्त होती प्रतीत होती हैं, कभी वे लहरें नादमय प्रतीत होती हैं, तो कभी एक-दूसरे पर इतने वेग से प्रहार करती हैं, मानो दो सौदामिनियाँ एकत्रित हों। होती है वही नित्य प्रवाहिनी गंगा। लोकमाता गंगा, परन्तु हमारा ही मन उसमें नित्य नूतन रूप देखता है।

फिर मन में विचार आया कि हम जो अनुभव करते हैं, उसे प्रकट नहीं कर पाते हैं। संवेदनशील मन से काव्य सेवा करने, उत्तम काव्य की परिभाषा लिखने के उद्‌देश्य से या जो विद्यमान शास्त्र समीक्षा ग्रन्थ हैं, क्या उसमें कुछ सुधार किये जा सकते हैं? या छन्दबद्ध काव्य के अतिरिक्त गद्य साहित्य भी काव्यात्मक हो सकता है क्या? ऐसे प्रश्न मन में उठ रहे थे, इसलिए इस सभा में आने का साहस किया।

वस्तुत: यहाँ सभी विद्वान हैं। प्रत्यक्ष महाराज भोज भी काव्य के मर्मज्ञ हैं। कुबेर शास्त्री हैं। हम स्वयं इस काव्य की रचना कर पायेंगे क्या, इस पर अद्यापि विश्वास नहीं है, क्योंकि हमने अब तक काव्य निर्मिति नहीं की है। वैसी अन्त:प्रेरणा हुई तो थी, मगर एक भी पंक्ति हमसे लिखी नहीं गयी। इसलिए..."

"पण्डित शेखर दामोदर शास्त्री..." कालिदास अपना अभिमत देने के लिए तत्काल उठे, यद्यपि उनका कथन पूरा नहीं हुआ था।

"आप काव्य निर्मिति नहीं कर सकते, इससे व्यथित होने की आवश्यकता नहीं है। आप निसर्ग के काव्य को अनुभव कर सकते हैं, परन्तु उसे शब्दों में प्रकट नहीं कर सकते, विशेषत: छन्दबद्ध काव्य आपको कठिन प्रतीत होता है।

परन्तु काव्यशास्त्र लिखने वाले को काव्य आस्वादक होना चाहिए, अन्यथा वह अन्य कवियों की भावनाओं को नहीं समझ पायेगा।"

"कालिदास जो कह रहे हैं, वह योग्य ही है। हम कोई काव्य निर्मिति करे, और वह योग्य है अथवा योग्य, सुन्दर है अथवा असुन्दर, वह दोष विरहित है अथवा नहीं, यह जानने वाले शास्त्रकार को आस्वादक समीक्षक होना चाहिए। जिसे काव्य की अनुभूति ही नहीं, जिसके मन में स्वर्ग विषयक कल्पना ही नहीं, अथवा धरती के निसर्ग के प्रति आकर्षण नहीं अथवा जिसके पास सामाजिक समस्याओं को देखने की संवेदनशील दृष्टि और मन नहीं, वह काव्य समीक्षाशास्त्र नहीं लिख पायेगा। पण्डित शेखर दामोदर शास्त्री आप कवि वृत्ति के हैं, अत: सशंक न हों", पण्डित अमरसिंह ने कहा।

मध्याह्न तक काव्यशास्त्र और काव्य निर्मिति के सन्दर्भ में अनेक उदाहरण दिये गये। उनमें से आवश्यक बिन्दु पण्डित शेखर लिखते जा रहे थे। क्या काव्य को छन्दबद्ध ही होना चाहिए? क्या काव्य में उपमा, अलंकार, उत्प्रेक्षा का होना आवश्यक है? और इस दृष्टि से सबने 'रामायण', 'महाभारत', 'भगवद्गीता' पर अपना-अपना मत प्रदर्शित किया। पण्डित अमरसिंह ने कहा, "हम इनके 'रघुवंशम्' पर कल एक आलेख प्रस्तुत करेंगे। अभी तो उसके लिए पर्याप्त समय देना पड़ेगा। क्योंकि, पण्डित शेखर दामोदर शास्त्री, यदि आप हमारे मित्र राजकवि कालिदास के ही काव्य पर भाष्य करें न, तो एक महान ग्रन्थ तैयार हो जायेगा।"

"अवश्य...अवश्य...आपने हमें यह कल्पना दी, इसे भी विदिशा आने की फलश्रुति ही कहना चाहिए।"

"मित्रवर्य, पण्डित अमरसिंह महोदय, कृपया ऐसा कुछ न करें।"

"नहीं, यहाँ हम विशेषत: यह कहने वाले हैं कि आज यहाँ राजसभा में अनेक सुसंस्कृत नागरिक, विद्वतजन और शास्त्री-पण्डितों का समावेश है। अत: वर्तमान काल की काव्य निर्मिति पर कुछ कहना अप्रासंगिक न होगा, ऐसा हमारा विचार है। अर्थात महाराज भोज जैसा आदेश देंगे, उसी के अनुसार हम..."

"पण्डित अमरसिंह, आप राजकवि के साहित्य का परिचय अवश्य करवाएँ। पिछले कुछ समय से हम उनका नाम निरन्तर सुन रहे हैं। आज उन्हें देख भी लिया। अब उनके साहित्य का दालान हमारे लिए भी खोलें...हमें प्रसन्नता होगी।"

मध्याह्न हो गयी थी। सबके साथ कालिदास भी भोजन कक्ष की ओर निकले थे। राजप्रासाद की वह भव्य भोजनशाला। अनेक दासियाँ सुवर्ण की थालियों में अनेक प्रकार के व्यंजन लेकर आ रही थीं। सम्राट चन्द्रगुप्त अपनी भोजनशाला में महारानी, अन्य रानियों और अन्य अतिथियों के साथ भोजन करते हैं। यहाँ दासियाँ ही भोजन व्यवस्था करती हुई दिखाई दे रही थीं।

और एक सप्ताह विद्वत्वती आने वाली नहीं थी। हर परिस्थिति में उससे मिलना ही है, यह हेतु लेकर वे आये थे।

शाम को वे वेत्रवती नदी के किनारे पर आये। मन में अचानक ही घनी होती हुई सन्ध्या छायाएँ घिर आयी थीं।

***

प्रात:काल अभी हुई भी नहीं थी कि सेवक ने वार्ता दी, "पण्डित अमरसिंह आपसे मिलना चाहते हैं।"

कालिदास कुछ ही समय पूर्व जाग्रत होकर गवाक्ष से दिखाई देने वाला राजप्रासाद देख रहे थे। उपवन से आने वाले सुगन्धित समीर का आनन्द ले रहे थे। वे बाहर आये।

"कालिदास, पल-भर को भी सोये बिना हम सब कुछ लिख कर लाये हैं। मित्रवर्य कालिदास, कृपया अवलोकन करें।" उन्होंने रेशमी वस्त्र में लिपटे भोजपत्र कालिदास के हाथों में दिये।

"इसमें क्या है?" यह प्रश्न सुनने के लिए भी वे नहीं रुके। जाते-जाते बोले, "आज राजसभा में लेते हुए आयें, अवश्य!"

पण्डित अमरसिंह जैसे आये थे वैसे ही चले गये।

सूर्य को अर्घ्य देकर कालिदास आसन पर स्थानापन्न हुए। सामने चौकी रखी। भोजपत्र सामने रखे और पढ़ने लगे।

"राजकवि की उपाधि से सम्मानित महाकवि कालिदास एक स्वयंभू, दैवी प्रतिभा से सम्पन्न, लावण्य रूप हैं। शब्द, अर्थ, अलंकार, उपमा, उत्प्रेक्षा ऐसे समृद्ध अलंकारों से उनकी प्रतिमा सुसज्जित है। मानो वाग्देवी के कण्ठ में उन्होंने शब्दों की नवरत्न माला पहनायी है। आयुर्वेद, गान्धर्वविद्या, ज्योतिष, लोक व्यवहार, चातुर्य, व्याकरण, धर्मशास्त्र, वेद वेदांग के प्रकाण्ड पण्डित हैं। ऐसा एक भी विषय नहीं, जो उन्हें अवगत न हो। संयोग शृंगार और विप्रलंभ शृंगार, उपमा, उपमान इनकी योजना करने में इनके जैसा न कोई कवि हुआ, न भविष्य में पृथ्वीतल पर होगा। ऐसा प्रतीत होता है कि उन्होंने मानवी संवेदनाओं के सूक्ष्म शास्त्र का, कामशास्त्र का सूक्ष्म अध्ययन किया है। चित्रकला में भी उन्हें प्राविण्य प्राप्त है। ऐसा पुरुष युगातीत है। संस्कृत साहित्य के शिरोमणि महाकवी कालिदास इस पृथ्वी तल पर अन्य कोई भी, कभी भी नहीं होगा।

उनका 'ऋतु संहार' यह षड्ऋतुओं का वर्णन करने वाला निसर्ग काव्य है। इसमें उन्होंने क्वचित अतिशयोक्ति अलंकार का प्रयोग किया है। फिर भी काल-

प्रसंग पर शत्रु भी मित्र हो जाते हैं, यह अनुभूति विलक्षण है। सर्प और मयूर, दोनों परस्पर शत्रु हैं, परन्तु ग्रीष्म काल में सर्प मयूर पंख की छाया में विश्राम कर रहा है। यह उदाहरण परस्पर विरोधी प्रतीत होते हुए भी असम्भव नहीं है। अनेक उपमाओं से सृष्टि का वर्णन करने वाला यह काव्य है। इस 'ऋतु संहार' के छह सर्गों में प्रत्येक सर्ग में कम से कम सोलह से अट्ठाईस छन्द हैं। ये छन्द गेय हैं। भाषा अत्यन्त सरस, सहज, ईमानदार और रसनिर्मिति से परिपूर्ण है। ग्रीष्म काल का वर्णन विलोभनीय नहीं हो सकता, परन्तु कालिदास के सहज शब्दों में वह पठनीय हो गया है। उसमें वर्षा ऋतु का वर्णन कल्पनातीत रूप से सुन्दर है। ऐसा वर्णन करने वाला कवि आज तक हुआ नहीं है। कामना उद्दीपन और कामना समापन ऋतु परिवर्तन से सम्बन्धित है। मानव और निसर्ग का परस्पर सम्बन्ध बताने वाला कवि अन्य कोई भी नहीं है।

हमें आश्चर्य होता है उनके 'मालविकाग्निमित्र' से। इस नाट्य कृति में उन्होंने चौबीस पात्रों को इस प्रकार एक-दूसरे से सम्बद्ध किया है कि किसी एक को हटाना सम्भव नहीं है। यह कालिदास की काल्पनिक कृति नहीं है, फिर भी उसमें निहित कथानक आदर्श तक ले जाने वाला है। नाट्यकृति रोचक, उत्कण्ठावर्धक, प्रेमानुभूति से परिपूर्ण है। और राजा अग्निमित्र एवं मालविका का वर्णन इतनी सूक्ष्मता से किया है कि प्रेक्षकों की अधीर उत्सुकता प्रवाहित होती रहे। संयोग शृंगार और विप्रलम्भ शृंगार अत्यन्त सुन्दर है। नाट्यकृति की भाषा सहज, मनोहर, प्रासादिक है, उत्कण्ठावर्धक है। मानवी संवेदनाओं का सूक्ष्म अभ्यास उससे प्रकट होता है।

सुललित, सरस और काव्यमय, सुमधुर शब्द योजना महाकवि कालिदास का वैशिष्ट्य है। वाग्देवी के अत्यन्त प्रिय पुत्र कालिदास मनमोहिनी भाषा के उपासक हैं। वे अत्यन्त कठिन–क्लिष्ट शब्दों का प्रयोग सहज ही कर सकते थे, परन्तु प्रकृति की नित्य की उपमाएँ देते हुए उनकी काव्य पंक्तियाँ सहज लिखी गयी हैं।

उनकी रचनाओं के विषय पौराणिक, ऐतिहासिक होते हुए भी कवि ने उन्हें अपनी प्रतिभा से इतनी अच्छी तरह सजाया है कि वे वर्तमान काल की लगती हैं और उनकी अपनी ही प्रतीत होती है। नवरसों का उन्हें अद्भुत ज्ञान है।

कालिदास के महाकाव्यों की 'उपमाएँ' अन्य कवि प्रयत्न कर भी इतनी प्रयोग में नहीं ला सकते। प्रयोग के लिए प्रथम कालिदास के महाकाव्य का ही आश्रय लेगा। परन्तु कालिदास केवल कल्पना विलास में ही रममाण नहीं होते, अपितु प्रत्येक स्थल पर यथार्थता, लोक-व्यवहार, मानवी संवेदना, विविधता प्रकट करते हैं। प्रतिदिन, प्रतिक्षण वे काव्य ही जीते हैं। वे केवल मृदु संवेदनाओं के ही कवि

नहीं हैं, बल्कि व्यथा, वेदना, विरह, अमर्ष, आक्रोश, आवेग आदि विषय भी सूक्ष्म गम्भीरता से लेते हैं।

कविताकामिनी का सहज शृंगार उन्हें जितना प्रिय है, उतनी ही प्रिय उन्हें विरह की उत्कट व्यथा है। उनका प्रकृति प्रेम सर्वश्रुत है। नाट्यकृति में प्राकृतिक दृश्य और शृंगार रस का इतना प्रभाव है कि उन्हें अलग करना कठिन है।' कालिदास पण्डित अमर सिंह द्वारा लिखित भाष्य पढ़ रहे थे। पल-भर को तो उन्हें विश्वास ही नहीं हुआ कि हमने ही इतनी सुन्दर, इतनी भव्य रचनाएँ की हैं। 'मेघदूतम्' में दो विरही जनों के मिलन की उत्कटता सिर्फ़ हमारी नहीं, अपितु सभी विरही जनों की है। इतना ही नहीं, प्रकृति में भी है। हमने सिर्फ़ उसे लिखा भर है। पण्डित अमर सिंह मित्रता की भावना से इतने अभिभूत हो गये हैं कि कहीं उन्होंने स्नेहभाव से तो हमारे बारे में नहीं लिख दिया?

कालिदास ने फिर से भोजपत्र हाथों में लिए और पढ़ने लगे–

" 'मेघदूताम्' की छन्द रचना अवर्णनीय है। कहीं-कहीं पर वह अतिशयोक्तिपूर्ण हो गयी है, फिर भी उत्कण्ठावर्धक है। 'ऋतु संहार' के समान उपजाति। इन्द्रवज्रा, उपेन्द्रवज्रा, वियोगिनी, रथोद्धता छन्दों का प्रयोग किया जाता तो उसे इतनी सफलता प्राप्त न हुई होती। 'मन्दाक्रान्ता' नाम के अनुसार इस काव्य के मन्दगति से चलने के कारण कालिदास प्रत्येक स्थान का सूक्ष्म वर्णन कर सके। इसका एक-एक छन्द एक-एक रत्न के समान बहुमूल्य है। उसके प्रकाश में 'मेघदूतम्' अधिक प्रकाशमान हो गया है।

और यदि 'रघुवंशम्' के बारे में कथन करना हो, तो उसके बारे में बहुत कुछ कहा जा सकता है। रघुवंश के पात्र धरती पर जन्म लेने वाले, परन्तु धरती को स्वर्ग बनाने की आकांक्षा रखने वाले नर रत्न हैं। उनके चरित्र में धीरता, वीरता, तपस्या, यज्ञाराधन आदि अनेक गुण हैं, जिन्हें चित्रित करते हुए कालिदास की सम्पूर्ण प्रतिभा प्रकट हुई है। भक्ति, श्रद्धा, औदार्य, शब्द प्रतिष्ठा, संवेदना इतनी गतिमान हो गयी हैं कि पाठक एक के बाद एक सर्ग कण्ठस्थ करेंगे। उपमा देते हुए उपमेय और उपमान का सुन्दर आविष्कार हुआ है।

अपने मूल प्रवाह का दर्शन करने गंगासागर गंगोत्री तक जाये, वैसे ही प्रत्येक कवि कालिदास तक पहुँचेगा। अब हम उनकी प्रत्येक काव्य कृति और नाट्य कृति की कथावस्तु का वर्णन करेंगे।'

कालिदास को अब अपनी स्तुति असह्य हो गयी। पण्डित अमरसिंह ने सत्य

ही लिखा होगा, जिससे हमें प्रतिष्ठा, प्रसिद्धि प्राप्त हो। परन्तु हमारे लेखन का प्रयोजन प्रत्येक संहिता लेखन के समय एक कभी भी नहीं रहा, लोकानन्द भी हमने नहीं देखा था। 'मेघदूतम्' में हमने अपनी ही अवस्था लिखी थी। प्रत्येक रचना का कारण भिन्न था। आगे न पढ़ते हुए उन्होंने उन भोजपत्रों को रेशमी वेष्ठन में रखा और वे उठे। मगर उनकी स्मृति में भाष्य को पण्डित अमरसिंह द्वारा दिया गया शीर्षक रह गया–'दीपशिखा-कालिदास'। आरम्भिक पंक्ति भी–"शाक्तसुत महाकवि कालिदास ने महाकाव्य का महामार्ग सबके लिए उपलब्ध कर दिया है, ऐसा प्रतीत होते हुए भी केवल प्रतिभावन्त कवि ही उन तक पहुँच पायेगा।"

कालिदास मन-ही-मन हँसे। किसलिए चाहिए प्रसिद्धि? और हमारी प्रतिष्ठा को जतन कौन करेगा? हमारा पुत्र-कन्या अथवा पत्नी-प्रेयसी? पल-भर को वे खिन्न हो गये। आज तक जीवन का जो प्रयोजन था, उसे सिद्ध करने का समय आ गया था। परन्तु विद्वत्वती विदिशा में नहीं थी। उसके वापस आने तक वे प्रतीक्षा करने वाले थे।

वे उठे। कण्ठमालाएँ पहनीं। पीताम्बर के ऊपर मेखला पहनी। नीलवर्णीय उत्तरीय उनके पीताम्बर पर जँच रहा था। अनुपम सुन्दर पुरुष का रूप उन्होंने दर्पण में देखा और वे निकल पड़े।

राजसभा के द्वार में प्रवेश करते ही पण्डित अमरसिंह ने पूछा, 'हमारे भोजपत्र नहीं लाये?'

"कल लायेंगे। अभी पूरे पढ़े नहीं हैं।" कालिदास ने सहजता से उत्तर दिया।

"आप अभी यौवनावस्था में हैं, महाकवि। अभी संहिता लेखन करना है, अत: ऐसा विस्मरण योग्य नहीं है।"

अगले दो दिन राजसभा में काव्यशास्त्र पर विश्लेषण होने से पण्डित अमरसिंह को अपने भोजपत्रों का स्मरण नहीं हुआ, परन्तु उसके बाद उन्होंने कहा,

"आज हमारा अन्तिम भाष्य है। मगर कल हम आपके ही बारे में बोलेंगे। निश्चित रूप से।"

कालिदास के मुख पर स्मित रेखा प्रकट हुई। आज अमरसिंह मन:पूर्वक काव्य शास्त्र के बारे में बोल रहे थे। उनका वक्तृत्व अमोघ था। कालिदास शान्त, संथ स्वर में कहने लगे, "काव्य मन से एक-एक पंखुड़ी के रूप में प्रकट होने वाला सहस्त्र दल है। जिस जल में यह सहस्त्रदल है, उस जल में अनगिनत रत्न हैं। प्रत्येक रत्न का प्रकाश, उपयोग और घनता भिन्न है। उसके प्रयोग भिन्न हैं। उन

रत्नों को एकत्रित करके माता सरस्वती के लिए कण्ठहार बनाना इतना आसान नहीं है। परिश्रम से साध्य करने जैसा भी यह सहस्त्रदल नहीं है। वह ब्रह्मदेव की निर्मिति है, और जिस पर सरस्वती देवी का वरद हस्त है, उसी को यह सुगन्धित, रसमय सहस्त्रदल प्राप्त होता है। दैवी प्रतिभा साधना, वैचारिक मनोवृत्ति, शास्त्राभ्यास से समृद्ध होती है। 'अलंकारशास्त्र', साहित्यशास्त्र' से काव्य वृद्धि के लिए अध्ययन किया जाता है। और जो सब शास्त्रों का आधार है, वह 'समीक्षाशास्त्र' समस्त उपलब्ध साहित्य की कसौटी है। इसी को 'क्रियाकलाप' कहते हैं। उसमें क्रिया, काव्यग्रन्थ, कल्पविधान का समावेश है।

प्रत्येक काल में काव्य और साहित्य की परिभाषा में परिवर्तन होता रहता है। शब्दशिल्प और दृश्यकाव्य से प्रतिभा का आविष्कार होता है। प्रतिभा का उच्चतम साक्षात्कार 'प्रज्ञा' के रूप में परिचित है। गुण, रस, रीति, वृत्ति, ध्वनि के सहकार्य से महन्मंगल काव्य की रचना होती है। अलंकार, विशेषत: उपमा, रूपक, स्वभावोक्ति, अतिशयोक्ति ऋग्वेद के मन्त्रों से प्रकट होते हैं।

काव्यशास्त्र का अध्ययन करते हुए काव्यनिर्माता और काव्यानुशीलक, और नाट्यकृति के सन्दर्भ में नाट्य प्रयोगकर्ता और नट का भी समावेश होता है।

कविता के प्रयोजन के बारे में दो मत हैं। पारम्परिक चिन्तन काव्य का उद्‌देश्य है नैतिक मूल्यों की प्रतिष्ठापना, तो दूसरा पक्ष वर्तमानकाल की घटनाओं का लेखा जोखा लेता है। अभिधा, लक्षणा, व्यंजना का भी काव्यशास्त्र से महत्त्वपूर्ण सम्बन्ध है। इसके अतिरिक्त वर्ण्य अथवा कथ्य विषय का भी प्राधान्य है।"

कालिदास और पण्डित अमरसिंह बीच-बीच में अपने विचार रख रहे थे। आख़िर पाँच दिनों के बाद इस विषय पर सार प्रस्तुत किया गया और विषय का समापन करते हुए राजा भोज ने कहा,

"काव्यशास्त्र, अथवा साहित्यशास्त्र, व्याकरणशास्त्र का अध्ययन करने से कोई कवि नहीं हो जाता। परन्तु इन पाँच दिनों के शास्त्रार्थ की उपलब्धि है। महान विद्वानों की विदिशा की राजसभा में उपस्थिति। इससे अनेक काव्य प्रकारों के सुगन्धित गुच्छ का अनुभव हुआ। एक विलक्षण अनुभव रहा। पण्डित अमरसिंह कल एक अभिनव कार्यक्रम प्रस्तुत करने वाले हैं और राजकवि कालिदास संगीत का आनन्द देने वाले हैं। इस अवसर पर हमें अपनी कन्या विद्वत्वती का स्मरण हो रहा है। वह होती तो उसे विलक्षण आनन्द हुआ होता। अनेक गुणों से परिपूर्ण, सभी शास्त्रों में पारंगत विद्वत्वती उत्तम गायिका भी है। नृत्य में पारंगत

और उत्तम चित्रकार भी है। इस अवसर पर यदि उपस्थित होती तो उसे आनन्द हुआ होता।

कल के पश्चात आप सब लोग अपने-अपने घर लौट जायेंगे। परन्तु हमें आपका स्मरण रहेगा। अनेक विद्वतजन, पण्डित, शास्त्रकार पधारे। भाष्य-विचार प्रस्तुत किया गया। परिसंवाद हुए। मैत्री और सामंजस्य के बारे में विचार भी इसी राजसभा में रखे गये।

परन्तु विद्यमान आर्यावर्त के, उज्जयिनी के सम्राट चन्द्रगुप्त के महाकवि कालिदास हमारी राजसभा में पधारे और विदिशा की प्रतिष्ठा वृद्धिंगत हुई। ऐसे प्रतिभावान, प्रज्ञावन्त महाकवि कालिदास युगातीत कवि हैं, इसकी साक्ष देते हैं उनके महाकाव्य। हमने पण्डित अमरसिंह से जानकारी प्राप्त की है, परन्तु कल वे इस सभा में कालिदास के महाकाव्य का परिचय देंगे, यह उनका अभिनव कार्यक्रम होगा।"

सभा समाप्त हो गयी। जाते-जाते उन्होंने पण्डित अमर सिंह से कहा,

"आप कालिदास के साथ कुछ और दिन वास्तव्य करें।"

"हमारे लिए तो किन्हीं पारिवारिक कारणों से असम्भव है, परन्तु हम कवि कालिदास से विनती करेंगे, वह हमारी बात मानेंगे।"

कालिदास पीछे थे, परन्तु यह संवाद उन्होंने सुना और उन्होंने सोचा, 'यह ईश्वर ही इनके मुख से बोला है, अन्यथा विद्वत्वती के आने तक किस कारण से यहाँ रुकें, यह भी समस्या ही थी, जो सहज ही हल हो गयी थी।'

दूसरे दिन राजसभा जाने से पहले पण्डित अमर सिंह शीघ्रता से उनके अतिथि गृह में जा रहे थे। उस समय कालिदास एक-एक भोजपर्ण गोमाता के मुख में दे रहे थे, गोमाता आनन्द से उन्हें खा रही थी।

"कालिदास, आज आप यह क्या कर रहे हैं?"

"प्रत्यक्ष को कैसा प्रमाण? जो देख रहे हैं, उस पर विश्वास करें।"

"परन्तु..." अन्तिम भोजपत्र पर उन्हें अपने अक्षर दिखाई दिये।

"कालिदास, ये तो हमारे लिखे हुए भोजपत्र हैं न, जो हमने पढ़ने के लिए आपको दिये थे?"

"हम क्षमाप्रार्थी हैं, मित्रवर्य पण्डित अमरसिंह। आपने हमारे साहित्य के बारे प्रेम से, परिश्रम से बहुत कुछ लिखा। परन्तु मित्रवर्य, साहित्य स्तुति करने से श्रेष्ठ नहीं हो जाता। काल ही साहित्य का परीक्षक होता है।

हमने यह सोचकर अपना साहित्य नहीं रचा कि वह कालातीत होगा कि नहीं। और यदि वह हो भी गया कालातीत, तो भी हमें चिरंजीवित्व नहीं मिला है।"

क्यों होना चाहिए हमारे बारे में कुछ...कालिदास का नाम, उसका ग्राम, माता-पिता, यह सब कुछ यदि अज्ञात रहा तो भी कोई प्रश्न उपस्थित नहीं होगा। उस नाम से, अथवा हमारे लिए भी अज्ञात कुलवंश से जैसे हमारे सम्मुख रत्ती-भर भी प्रश्न उपस्थित नहीं हुआ, उसी प्रकार हमारा साहित्य भी यदि सर्वांग सुन्दर हुआ, तो कोई भी, कुछ भी पूछे बिना, उसका आस्वाद लेगा।

अभी वर्तमान काल में उसे प्रसिद्ध न करें, मित्रवर्य! उस दिन बोलने से आपको रोकना असम्भव था, परन्तु आप अधिक कुछ न कहें, इसलिए आपके द्वारा परिश्रमपूर्वक भोजपत्रों पर लिखी हुई हमारी स्तुति गोमाता को अर्पण कर दी है–त्रिवार क्षमस्व!"

पण्डित अमरसिंह के नेत्र भर आये। उन्होंने कालिदास को दृढ़ आलिंगन दिया और रुँधे हुए गले से बोले,

"कालिदास, ऐसा प्रसिद्धि पराङ्मुख कवि अनन्य है। अनन्य है आपकी साहित्यनिष्ठा, अनन्य है आपका एकाकी जीवन और अनन्य है आपकी लोकप्रियता। स्वयं के बारे में एक भी शब्द न कहने वाला और दूसरों को चातुर्य से जीतने वाला यह कवि अनन्य है। हमें वन्दनीय है।"

"अमरसिंह, मित्र..."

"अब हम कुछ भी नहीं कहेंगे कालिदास, क्योंकि अब आपका काव्य ही युगों-युगों तक जनसंवाद करता रहेगा। मन में प्रश्न उठेंगे, आपके काव्य से आप दृष्टिगोचर होंगे, परन्तु वास्तविक कालिदास कौन है? उन्हें संशोधन करने दो। परन्तु हमारे हृदय में आप अनन्य हैं।"

कालिदास हाथ थामकर उन्हें भीतर ले गये। दोनों मौन थे।

***

"अनावृत्तं कपाटं द्वारं देहि।"

सुमधुर स्वर कालिदास के हृदय को चीरते चले गये। क्षत-विक्षत मन के व्रण अभी भी थे। काल ने उन पर अनेक बार लेप तो लगाया था, सांत्वन किया था, परन्तु वे ही जीवन का प्रयोजन हो गये थे। आज विद्वत्वती के स्वरों से उन घावों से अनन्त वेदनाएँ फूट निकलीं!

कालिदास ने हौले से कक्ष के द्वार खोले। कोई भी कल्पना न होने से सुस्नात विद्वत्वती धूप से केश सुखा रही थी। दासियाँ उसका शृंगार कर रही थीं। स्कन्ध पर उत्तरीय नहीं था। ऐसे में द्वार से रविराज के समान एक राजपुरुष को प्रकट होते देख दासियाँ अचम्भित और विद्वत्वती सम्भ्रमित हो गयी।

दोनों हाथ जोड़कर प्रसन्न हास्य के साथ कालिदास ने कहा,

"शुभ प्रभात, आर्ये!"

प्रत्यक्ष मदन ही राजवेश में अवतरित हो जाये, ऐसा यह पुरुष कौन हो सकता है? यह प्रश्न मन में आया। वह उठी। दासियों ने त्वरित उत्तरीय उसके स्कन्ध पर रखा। मेखला अभी पहनायी न गयी थी, वह चरणों तक आ रही थी। बाजूबन्द एक ही पहना था। कण्ठमालाएँ अभी पहननी थीं। कंकण एक ही हाथ में था। मगर चरणों के आभूषण पहना दिये गये थे। उसके उठते ही एक नाद उत्पन्न हुआ।

कालिदास ने पुन: प्रसन्न हास्य किया। राजसी वैभव से दमकते कालिदास बोले,

"शुभ प्रभात आर्ये!...लगता है कि आपने हमारे स्वागत को स्वीकार नहीं किया। हमारे आगमन से, और सूचित न करते हुए आगमन से आपको कष्ट हुआ हो तो क्षमस्व! ऐसे सूचित न करके आना शिष्टाचार नहीं है यह हमें ज्ञात है।"

सखियों ने उसका प्रसाधन साहित्य हटा लिया और वे कक्ष से बाहर निकल गयीं।

"हमें बिना सूचित किये आने का प्रयोजन?"

"आपसे मिलने की अतीव अधीरता।"

"किम् कारणं?"

"आपके विषय में, आपके ज्ञान के विषय में, रूप के विषय में, सर्वकलासम्पन्न व्यक्तित्व के विषय में ज्ञात था ही। इसके अतिरिक्त प्रतीति भी थी। साक्षात् प्रचीति थी। आप हमारे हृदय में गौरवान्वित हैं।"

"आपका शुभ नाम? आपके आने का प्रयोजन?" रूपगर्विता विद्वत्वती ने उसी तरह प्रश्न किया।

"आपने हमें पहचाना नहीं, इसे अपना सौभाग्य कहें या दुर्भाग्य...समझ में नहीं आता।"

पल-भर के लिए विद्वत्वती मौन हो गयी। उसने कालिदास की ओर देखा

उनके मुखमण्डल का निरीक्षण किया। परन्तु ऐसा कहीं से भी प्रतीत नहीं हुआ कि इस व्यक्ति को वह पहले देख चुकी है।

"आपका परिचय?" उसने पूछा।

"परिचय पाने की इतनी जल्दी क्या है? क्या आप हमें आसनस्थ होने के लिए नहीं कहेंगी? हमारी संस्कृति में कहते हैं 'अतिथि देवो भव', फिर राजशिष्टाचार भी तो कोई चीज़ है।"

मन-ही-मन विद्वत्वती क्रोधित हो रही थी, परन्तु अपने क्रोध को प्रकट करने का साहस नहीं जुटा पा रही थी। इसका कारण था उसका कामदेव जैसा स्वरूप, उसकी निर्भयता और नितान्त मधुर स्वर में उसकी बातें। वह प्रभावित हो गयी थी।

"आसनस्थ हों।" उसने आसन की ओर निर्देश करते हुए कहा।

"यदि हम प्रत्यक्ष आपके व्यक्तिगत जीवन के बारे में पूछें, तो आपको कोई आपत्ति तो नहीं होगी? जब आये ही हैं तो मन का सन्देह दूर करना उचित होगा, ऐसा हमारा विचार है। यदि आपको उचित न प्रतीत हो, तो उत्तर न दें। आप व्यथित हों, ऐसा हमारा उद्देश्य नहीं है। क्या आपका विवाह हो चुका है? आपके पतिराज किस राज्य के हैं?"

विद्वत्वती को इस प्रश्न की अपेक्षा नहीं थी। वह पल-भर को मौन हो गयी। और कालिदास के अस्तित्व से प्रभावित, वर्षानुवर्षा से व्यथा का भार सहन करती, वह संयत स्वर में बोली, "यह आप क्यों पूछ रहे हैं?"

"सहज ही। आपके बारे में हम अनेक वर्षा से सुनते आ रहे हैं। विदिशा आये थे, आपकी भेंट हो जाये, इसलिए आये थे। और सहज ही पूछ लिया। आपके पतिराज किस राज्य के युवराज, राजा हैं, अथवा ब्राह्मणपुत्र हैं?"

विद्वत्वती को अपने विगत का स्मरण हुआ, परन्तु इस अनामिक पुरुष के प्रति मोह का अनुभव करते हुए उसे बताना उचित है अथवा नहीं यह पल-भर के लिए वह समझ नहीं पायी। परन्तु कोई स्नेहपूर्ण ढंग से यह प्रश्न करेगा ऐसा उसने सोचा भी नहीं था। उसने अनुभव किया कि कालिदास अत्यन्त स्नेहपूर्वक पूछ रहे थे।

"देवी, आपके मन को कष्ट देने का हमारा हेतु नहीं, आपकी भेंट हो जायें, बस इतनी ही इच्छा थी। अब हम...।"

"कृपया अन्यथा न समझें। अब आप शान्त मन से आसनस्थ हों।" उसने दासी से जलपान की व्यवस्था करने को कहा। वह भी अब शान्त हो गयी थी।

"महोदय, हम भोजराज की युवराज्ञी, कन्या विद्योत्तमा। शास्त्रों में हमारी

विद्वत्ता देखकर हमें विद्वत्वती–यह नाम प्रदान किया गया। और 'विद्याभ्यास में हम उत्तम हों' इस विचार से हमारे पिताश्री ने हमारा नामकरण 'विद्योत्तमा' किया था। हम सकल गुणसम्पन्न हैं। सभी शास्त्रों, कलाओं, अस्त्र-शस्त्र विद्या के जानकार हैं।"

"उत्तम! अति उत्तम! यही लौकिक हम कबसे सुनते आ रहे हैं। आपने अस्त्र-शस्त्र शास्त्र आत्मसात किया है, तो युद्ध पर भी गयी होंगी?"

"नहीं।"

"फिर शास्त्र के अनुसार आपने रणनीति और व्यूहरचना, उसकी राजनीति के बारे में जानकारी अपनी प्रशिक्षित सेना को दी होगी। जिसका प्रत्यक्ष प्रयोग उन्होंने यथासमय किया होगा! सत्य है न?"

"नहीं, वह विभाग हमारे पिताश्री ही देखते हैं। हम संगीत, कला, शास्त्र से सम्बन्धित..."

"इसका अर्थ–आप संगीत का दान, अर्थात प्रशिक्षण किसी को देती होंगी, शास्त्र ज्ञान भी दान करती होंगी।"

"नहीं...नहीं। हम आत्मानन्द के लिए संगीत का और शास्त्रार्थ के लिए शास्त्रों का प्रयोग करते हैं। परन्तु आपको करना क्या है? क्या आप किसी विषय पर हमसे शास्त्रार्थ करना चाहते हैं? हमें मान्य है। परन्तु आप यह सब हमसे क्यों पूछ रहे हैं?"

"केवल उत्सुकतावश, देवी। अब एक अन्तिम प्रश्न। शास्त्रार्थ में आप प्रवीण हैं देवी, संगीत गायन भी आत्मानन्द के लिए करती हैं। आपका आनन्द औरों के लिए भी आनन्द दायक हो, इसके लिए आपने कभी उसे सम्प्रेक्षित क्यों नहीं किया, देवी?"

अब इस मदन के समान रूपवान, सुदृढ़ कालिदास के प्रश्नों पर उसे क्रोध आने लगा था। कालिदास प्रसन्न थे।

"देवी, शास्त्र श्रेष्ठ है अथवा प्रत्यक्ष निर्मिति?

आपने हमारे एक भी प्रश्न का उत्तर नहीं दिया, देवी। इसका अर्थ हम क्या समझें?"

"हमारा विवाह हो गया है। दूसरा प्रश्न, हमारे लिए संगीत और चित्रकला आत्मानन्द के लिए है, और उसमें किसी को भी सम्मिलित करने की हमारी किंचित भी इच्छा नहीं है।"

अब तीसरा प्रश्न। हम स्वयं चित्रकार होने के कारण निर्मिति को महत्त्व देते हैं। निर्मिति पर किसी एक अथवा शत भाष्यों से सर्वांगीण निष्कर्ष निकालकर शास्त्र की निर्मिति होती है।"

इस अन्तिम वाक्य से मन का क्रोध प्रकट हो गया। प्रौढ़त्व की ओर जा रहे कालिदास की ओर वह आकर्षित हो गयी थी। परन्तु उनसे ऐसे प्रश्न पूछने का साहस भी आज तक किसी ने नहीं किया था। मोहवश होने के कारण वह अपने क्रोध को दबाकर संयमपूर्वक उत्तर दे रही थी। परन्तु अब उसका संयम समाप्त हो चला था।

"जब तक आप अपना परिचय नहीं देते, तब तक हम आपके किसी और प्रश्न का उत्तर नहीं देंगे, और आपको कक्ष से बाहर जाने का आदेश देंगे।"

"पहले भी आपने हमें ऐसा आदेश दिया था। लगभग तीस-पैंतीस वर्ष पूर्व। हम मातृगुप्त। क्षणमात्र के पति।"

"मातृगुप्त...आप?" वह आश्चर्यचकित हो गयी। विवाह के पश्चात एक माह देवदर्शन एवं अनेक धार्मिक विधियों में सबके सामने ठीक से नहीं देख पाई थी। ऐसा अनुपम-अनुरूप पुरुष मातृगुप्त? उसके मन में पूरी घटना साकार हो गयी। और उसे स्वयं पर दया आयी। ऐसा सुन्दर, प्रत्यक्ष मदन होते हुए, शास्त्रार्थ में अपयशी और असत्य बोलने का अपराधी होने के कारण हमने उसे सीमा पार कर दिया? बिना कुछ सुने? फिर भी मूल स्वभाव के अनुसार विद्वत्वती ने उपहास करते हुए पूछा,

"मातृगुप्त...गोपालक...असत्यवचनी, अज्ञानी पुरुष! अनुपम सौन्दर्य दैवी कृपा है, परन्तु परिश्रम से ज्ञान अर्जित करना व्यक्ति का विकास है। आपने इतने प्रश्न पूछे। हम अब एक ही प्रश्न पूछते हैं। उस प्रश्न का उत्तर आप दे नहीं पायेंगे, उसके बाद आप स्वयं ही कक्ष से बाहर निकल जायें।"

"मान्य! शतवार मान्य! आप अपना प्रश्न पूछें।"

"वही प्रश्न आज हम फिर से पूछते हैं, मातृगुप्त...अस्ति कश्चिद् वाग्विशेष:? कुछ जानते भी हैं साहित्य के बारे में?"

"देवी, आपने प्रथम शब्द कहा–अस्ति। उसी शब्द से आरम्भ करके, अर्थात :

अस्युत्तरस्यां दिशि देवतात्मा हिमालयो नाम नगाधिराज: से आरम्भ करके महाकाव्य 'कुमारसम्भवम्' की रचना की।

'कश्चिद्' शब्द लेकर

कश्चित्कान्ताविरहगुरुणा स्वाधिकारात्प्रमत:

हमने 'मेघदूतम्' इस खण्डकाव्य की रचना की। और 'वाग्विशेष:' शब्द से आरम्भ करते हुए–

'वागर्थाविव सम्पृक्तौ वागर्थप्रतिपत्तये'

इस काव्य पंक्ति से 'रघुवंशम्' महाकाव्य की रचना की।"

"हम आपके बारे में, अज्ञानी मातृगुप्त के बारे में पूछ रहे हैं। महाकवि कालिदास के बारे में नहीं। उनसे आपकी तुलना वटवृक्ष के नीचे वाले तृण जितनी भी नहीं। अब आप पधारें।"

"मान्य है, हम चलते हैं।"

"अहो भाग्यम् कालिदास! आप यहाँ हैं? हमारे सेवकों ने आपको अतिथिगृह में ढूँढ़ा। परन्तु आपका रथ दिखाई दिया, इससे विश्वास हो गया कि आप गये नहीं हैं। हमारे साथ भोजनोत्तर कुछ समय व्यतीत करें, यह कहने के लिए हम स्वयं अतिथि गृह तक आये थे।

विद्योत्तमा, आप हैं महाकवि कालिदास...आपका संवाद चलने दें। हम राजसभा के लिए निकले हैं। प्रतिदिन की तरह आपसे मिलने आये थे। आपका ही आग्रह रहता है न!"

राजा भोज आये और गये।

"आप कालिदास हैं? राजकवि कालिदास? विश्वास नहीं होता...परन्तु अब... ये सत्य है।"

वह उनके निकट आने लगी। कालिदास ने संकेत से उसे रुकने के लिए कहा। वह रुक गयी। कब उनके चरणों में झुककर आशीर्वाद लूँ और कब उन्हें दृढ़ आलिंगन में लूँ...ऐसी अधीरता थी मन में। पल-भर में पिछले तीस वर्ष स्मृति से लुप्त हो गये। वह नव विवाहिता, षोडश वर्षीय कन्या हो गयी। शृंगारित मंचक, मिलन की रात, मन में प्रस्फुटित होता शत-शत स्वप्नों का ब्रह्मकमल। सुगन्धित मन, ग्रीष्म काल के बाद कृष्ण मेघ से मिलने की धरती की अधीर आस का अनुभव करते हुए वह खड़ी रही। समूची देह रोमांचित हो गयी थी। तन-मन में ऊर्जा का एक अनामिक स्रोत प्रवाहित हो रहा था। सागर से मिलने के लिए सरिता उत्सुक थी।

मन से अभिसारिका होकर वह उनसे मिलने के लिए निकली थी। अनेक ग्रीष्म झेले थे उसने। अब शान्त, तृप्त होना चाहती थी।

"आर्य, फिर भी आप हमारा एक सन्देह दूर करें।"

"आप हमारी परीक्षा तो नहीं ले रही हैं, देवी?"

"आप ऐसा भी समझ सकते हैं, आर्य!"

कमले कमलोत्पत्तिः श्रूयते न तु दृश्यते–कमल में कमल उत्पन्न हुआ ऐसा हम कहते हैं, परन्तु कभी देखा नहीं। इसका उत्तर क्या होगा?

"*बाले तव मुखाम्भोजे कथमिन्दीवरद्वयं*–हे बाले तुम्हारे मुखकमल पर दो कमल कैसे खिले?"

वह प्रसन्नता से हँसी, "यही उत्तर अपेक्षित था।"

वह फिर से कालिदास के पास आने लगी, तब कालिदास ने कहा,

"देवी, आगे न बढ़ें। आप हमारे लिए गुरुस्थान पर हैं, आप हमारी गुरु हैं। हमें आपकी चरण वन्दना करने दें।"

वह एकदम स्तब्ध हो गयी। पलभर को कुछ समझ ही नहीं पाई!

"आर्य..."

"कालिदास हैं हम। और महाकवि, राजकवि की उपाधियाँ आपके कारण इस अज्ञानी मातृगुप्त को प्राप्त हुईं। देवी, आपने हमें 'ज्ञान' पर ताना दिया था। हम निरक्षर, अज्ञानी हैं, इसका तीव्र अनुभव हुआ। सत्य कहें तो हमें स्वयं पर बहुत क्रोध आया था। हमें कुमारसेन और राजपुरोहित यहाँ लाये थे। वस्तुतः हम उनके भी बहुत ऋणी हैं–उनके कारण हम आप तक पहुँचे।

देवी, हम यहाँ से निकले थे अत्यन्त क्रोध में। वेत्रवती के वेगवान प्रवाह में स्वयं को समर्पित करने। परन्तु वेत्रवती हमें किनारे पर ले आयी। कुछ आदिवासी हमें काली मन्दिर में ले गये। और सरस्वती आश्रम में हमने विद्या ग्रहण की। उज्जयिनी के सम्राट चन्द्रगुप्त की राजसभा में मन्त्री के रूप में कार्यरत रहे। उन्हीं की कृपा से आर्यावर्त देख सके।

देवी, हमारी सम्पूर्ण सफलता का कारण आप हैं। आप हमारी गुरु हैं। गुरुदक्षिणा के रूप में हम अपना समस्त लिखित साहित्य आपके चरणों में समर्पित करते हैं। उज्जयिनी से आते हुए ही हम अपने ग्रन्थों की प्रतिलिपियाँ साथ लाये थे। दालान में हमारा सेवक है।

वे कक्ष से बाहर गये, सेवक को ग्रन्थ लाने को कहा। वे उन ग्रन्थों को उसके चरणों पर रखने ही वाले थे कि वह अत्यन्त व्यथित स्वर में बोली, "आर्य, आपने जीवन में सब कुछ प्राप्त किया। हमने जो प्राप्त किया, वह हमारा भ्रम था। हमने

अपना सर्वस्व ही खो दिया। इतने वर्ष बिताए अहंकार में। आज हमारा अहंकार समाप्त हो गया, परन्तु जीवन का सब आनन्द लेकर। हम तृप्त नहीं, अपितु रिक्त हो गये। आर्य कालिदास, हमें देवत्व देकर आप यशस्वी हो गये। हम शून्य हो गये सब कुछ पाकर।"

दोनों हाथ जोड़कर उन्होंने उसे प्रणाम किया और रेशमी वस्त्र में बँधे हुए सभी ग्रन्थ उसके चरणों के पास रख दिये। अब उसके नेत्रों से आकाश ही बरस रहा था। कबसे घिरे हुए कृष्ण मेघ अब अनिवार गति से नेत्रों से प्रवाहित हो रहे थे। शब्द मौन हो गये थे। सम्पूर्ण जीवन का प्रवास ही अब समाप्त हो गया था। सामने का मार्ग धूसर था। अब तक सहेज कर रखा गया अहंकार आज इस प्रकार शून्य हो गया था। काश, सीता के समान धरती के उदर में लुप्त हो जाती, अपना लज्जित मुख किसी को न दिखाती, यही विचार मन में था।

"अब आपके आदेशानुसार हम चलते हैं, वैसे भी केवल गुरुदक्षिणा देने ही आये थे। एकलव्य की परीक्षा यहीं समाप्त हुई। अश्वत्थामा का घाव भी यहीं भर गया। मन के विचारों का कुरुक्षेत्र यहीं समाप्त हुआ। आज हम परिपूर्ण हो गये, सम्पूर्ण हो गये। अब कहीं भी कुछ भी प्राप्त नहीं करना है, देवी!

चलते हैं, हम। परिपूर्ण हुए अपने शिष्य को आशीर्वाद दें।"

स्वयं को सँभालते हुए वह बोली, 'शुभास्ते पन्थानां सन्तु।'

वे निकल पड़े। द्वार तक भी वह न जा सकी। स्तम्भ के समान निश्चल खड़ी रही।

कालिदास ने पीछे मुड़कर नहीं देखा। वे प्रासाद से बाहर आये। अपने रथ में बैठे। रथ अतिथिगृह के पास रुका। मन निर्विकार हो गया था, फिर भी दो ऋण अद्यापि शेष थे। वे आसन पर बैठे। भोजपत्र सामने रखा और उस पर लिखा:

"आर्यावर्त के सम्राट चन्द्रगुप्त,

हमारे ज्येष्ठ बन्धु, मार्गदर्शक और हमारे हितचिन्तक –

कृतानेक दण्डवत!

पत्र में उन्होंने सम्पूर्ण वृत्तान्त लिखा और अन्त में लिखा,

"महाराज, हमारा जीवन सार्थक हुआ। हमने जो कुछ भी किया, वह हमारे मन में नित्य वास करने वाले आपको शायद अपेक्षित ही होगा! शायद इसलिए 'राजकवि' की उपाधि से हमें सम्मानित किया होगा।

जीवन-भर आप युद्धक्षेत्र पर युद्ध करते रहे ताकि आर्यावर्त संगठित रहे,

वह एकसूत्र रहे, इसलिए देववाणी संस्कृत को प्रमाण माना। आर्यावर्त सबल और ओजस्वी हो इसलिए। और यह साध्य होने के बाद आप युवराज कुमार का अभिषेक करके वानप्रस्थ आश्रम ग्रहण करेंगे, यही आपने कहा था।

हमारा युद्ध भी अब समाप्त हो गया है। हम रिक्त नहीं, अपितु सम्पूर्ण हो गये हैं। जीवन का पूर्णविराम अगले जीवन का आरम्भ होता है। वैसा आरम्भ कालिदास का होगा नहीं, परन्तु एक बात निश्चित है–'कालिदास अपने शब्दों के माध्यम से अमर रहेंगे'–ऐसा आपने कहा था, यह आने वाला काल ही निश्चित करेगा।

परन्तु आज जीवन कथा सुफल-सम्पूर्ण हो गयी है। इस अवसर पर आपका स्मरण स्वाभाविक ही है। अगर आप यहाँ होते तो हमें दृढ़ता से आलिंगनबद्ध करके कहते, "कालिदास, आपकी विजय हुई! परन्तु आप इस प्रकार विद्यत्वती को गुरुत्व प्रदान करेंगे, ऐसी किंचित भी कल्पना हमने नहीं की थी। अनपेक्षित,परन्तु अद्‌भुत, अलौकिक कर गये आप। जीवन-भर की साधना ही उसे अर्पण करने वाले आप, अनन्य हैं, धन्य हैं। ये शब्द हमें सुनाई दे रहे हैं, आपके स्नेहल स्पर्श का भी अनुभव हो रहा है।

महाराज, आपने ज्येष्ठ बन्धु के समान हम पर अत्यधिक स्नेह किया। हम पर पूरी तरह विश्वास करते हुए अपने अन्तरंग की कथा-व्यथा भी सुनाई। इस समय जब विचार करते हैं, तो आश्चर्य होता है कि इतना विश्वास आपने कैसे कर लिया? हम लोकप्रिय हुए, महाराज, इसमें कोई विशेष बात नहीं थी, क्योंकि आपने हमारी प्रत्येक कृति का समर्थन किया। चातुर्य कथाओं से लोकरंजन हुआ, इसका कारण भी आप ही है। आपसे हमने अनेक उत्तम गुण आत्मसात किये।

वहाँ आने के बाद पत्र लिखना सम्भव न होता। और विदिशा नगरी की राजकन्या-विद्यत्वती के यहाँ क्या हुआ होगा, यह जानने की उत्सुकता आपको अवश्य होगी। इसलिए हमने यह पत्र लिखा।

आप मगध में–पाटलिपुत्र में होंगे, इसलिए यह पत्र...

इति वृत्त:

उन्होंने पत्र पूरा किया और रक्तवर्णीय रेशमी वस्त्र पर लिखना आरम्भ किया।

"प्रियतमा, ...सुखदा, शुभदा, मधुवन्ती,

सस्नेह...

मधुवन्ती, एक मधुर स्वप्न की भाँति तुम हमारे जीवन में आयीं और हमने सभी स्वप्नों के वास्तविक रंगों का अनुभव किया। सारी संवेदनाएँ सजीव हो उठीं,

देह का रोम-रोम पुलकित हो उठा। हम कौन? कहाँ से? पूर्वातिहास क्या है? ऐसा कुछ भी न पूछते हुए तुम्हारे जैसी विदुषी गणिका ने हम पर सम्पूर्ण विश्वास करके स्वयं को भी अर्पित कर दिया...ऐसी अनन्य महिला को हमने तो कभी देखा नहीं था। हम आये तो केवल मनोरंजन के लिए थे। देह भोगने के लिए। गणिका से कोई और अपेक्षा ही क्या हो सकती थी? समाज की धारणा ही ऐसी है। उसकी विद्वत्ता को, कार्य को कोई नहीं देखता। देखते हैं तो केवल कमनीय देह...

हम जैसे अतृप्त युवक ने भी यही देखा था, मगर यह देखने के बाद जो अनुभव किया वह अद्‌भुत था। तुम्हारे स्वर्गीय स्वर, तुम्हारा वीणा वादन, तुम्हारा विद्याभ्यास, तुम्हारा पदन्यास, तुम्हारा आविर्भाव, अभिनय और नृत्य का सादरीकरण सब कुछ हौले-हौले मन में प्रवेश कर रहा था। और विलक्षण गति से तुम हमारे हृदय में प्रवेश कर रही थीं, हमेशा निवास करने के लिए। कुछ ही समय में तुम हृदयस्थ हो गयीं।

मानो तुम्हारे जीवन का ध्येय ही यह था कि हमें सुख, शान्ति मिले। तुम्हारे विगत को जानने का प्रयास हमने किया नहीं, परन्तु हमारे आगमन के बाद तुम्हारे प्रासाद में कोई और आया नहीं। एकनिष्ठता तुम्हारा स्वभाव बन गया। हम देह से तुम्हारे हो गये, मन से भी तुम्हारे हो गये। तुम्हारे गुणों को एक-एक करके हम परखते गये और साक्षात सर्वगुणसम्पन्न, शालीन, सात्विक एक स्त्री का रूप हमारे सम्मुख प्रकट हुआ। जो रूप देखा, उससे हमारे जीवन में परिपूर्णता आयी। समाज में सम्मानित गणिका मधुवन्ती हमारी है, इसका अभिमान हुआ।

जीवन में केवल दो ही व्यक्ति हमारे हृदय में चिरन्तन रूप से रहते हैं–एक हैं सम्राट चन्द्रगुप्त और दूसरी–तुम। सम्राट चन्द्रगुप्त को हमने एक दिन अपना पूर्व इतिहास सुनाया। तुमने कभी पूछा नहीं। परन्तु यदि पूछतीं भी तो हम बताने वाले नहीं थे। याद आता है कि एक बार तुमने जानने का प्रयत्न किया था, तब हमने कहा था कि "कथन करेंगे, परन्तु उचित अवसर आने पर।" फिर तुमने पूछा नहीं, पूछतीं भी तो हम बताने वाले थे ही नहीं।

परन्तु आज बतायेंगे अपनी जीवन गाथा।

कालिदास ने अपनी जीवन गाथा लिखी और आगे लिखा,

"मधुवन्ती, प्रियतमा सखी, तुम हमारी हो, हमारी ही रहोगी। अब हमें कुछ और नहीं चाहिए, सखी। जीवन परिपूर्ण हो गया। एक स्त्री ने हमें ज्ञान सम्पत्ति दी। एक स्त्री जीवन का प्रयोजन बनी। एक स्त्री से जीवन का अर्थ समझ लिया। देह

में स्थित मन और मन के भीतर की देह, दोनों को जाग्रत किया, सखी, मधुवन्ती तुमने, केवल तुमने।

अनेक भार्या रखने की समाज की मान्यता को हमने मन से नकारा। और तुम्हारा ही अंगीकार किया–मन से। परन्तु पत्नीत्व का स्थान हम तुम्हें नहीं दे सके थे। परन्तु अब हम मुक्त हैं।

और मधुवन्ती, इतने मुक्त हैं कि उसी क्षण निरभ्र आकाश हमारा जीवन हो गया। क्षितिज के सारे रंग लेकर वसन्त ऋतु हमारे जीवन में आया...। कृष्ण मेघों की धाराओं ने पूछा,

"अब तुझे और क्या चाहिए, कालिदास?"

वृक्ष लताओं ने पूछा,

"अब और क्या चाहिए तुझे?"

प्रभात काल की उषा, ढलती हुई सन्ध्या...दोनों ने पूछा,

"मातृगुप्त, अब और क्या चाहिए तुझे? क्या चाहिए तुझे?"

"मधुवन्ती...। अब क्या माँगें?"

उनकी आँखों से अविरत बहती अश्रुधाराओं से शब्द धूसर हो गये। उत्तरीय से आँसू पोंछते हुए उन्होंने स्वयं को सँभाला। दोनों पत्रों पर नाम लिखकर उन्हें सेवक को देते हुए कहा, "पहले मगध जाना। महाराज पाटलिपुत्र में हैं। लौटते हुए रथ यहाँ से लाओगे तो हम तुम्हारे साथ उज्जयिनी चलेंगे।

सेवक पल-भर को सोच में पड़ गया। 'जब उज्जयिनी जाना ही है तो वहाँ का पत्र अभी किसलिए? परन्तु उसने कहा कुछ नहीं।

***

मध्याह्न अब पश्चिम की ओर जा रही थी। अब वे राजवेश में नहीं, अपितु सादे वस्त्रों में बाहर निकले। मन्दसौर किस दिशा में है किस दिशा में शिव मन्दिर है–उन्हें कुछ याद नहीं आ रहा था। उनके गाँव का राग्ता वेत्रवती के उस पार से जाता था, अथवा अरण्य से होकर जाता था, उन्हें याद नहीं आ रहा था। पल-भर के लिए यह भी स्मरण नहीं रहा कि वे कहाँ और क्यों जा रहे हैं। मन में विचारों की शून्यता थी, जीवन की परिपूर्णता थी। प्रसन्नता की लहरें मन में प्रवाहित हो रही थीं। अब वे श्रीराम हो गये थे, सरयू के बदले वेत्रवती के मार्ग पर जा रहे थे। इसी वेत्रवती ने उन्हें जीवन दिया था। सरस्वती आश्रम में पहुँचाया था। इसी वेत्रवती के

प्रवाह में प्रवास करते हुए समाज जीवन का अनुभव लिया था।

एक मार्ग अरण्य का, एक मार्ग मन्दसौर का, एक मार्ग शिव मन्दिर का... कहाँ से जायें? कैसे जायें? यही विचार करते हुए वे वेत्रवती के जल में उतरे। सायंकालीन रंग के गहराने से पहले ही पूर्णिमा का चन्द्र पूर्व क्षितिज पर प्रकट हो गया था। वेत्रवती की लहरें प्रसन्नता से प्रवाहित हो रही थीं। कालिदास चल ही रहे थे। जब गले तक लहरें आ गयीं तो वे किसी बालक की भाँति कालिदास को सहलाते हुए प्रवाहित होती रहीं।

कालिदास के नेत्रों में पूर्णिमा का प्रकाश था। उस प्रकाश में उन्हें अनन्त आकाश के उस पार एक महाद्वार दिखाई दिया। किसका होगा यह महाद्वार? वे विचारमग्न हो गये। वेत्रवती अपार गति से प्रवाहित हो रही थी। कालिदास अपनी कल्पना में विचरण कर रहे थे। आनन्द से, प्रसन्नता से।

'इति श्री कालिदास कथा:' बीच-बीच में वे मन-ही-मन लिख रहे थे। परन्तु कुछ भी आकलन होने की अवस्था से परे चले गये थे।

परिशिष्ट

सम्राट चन्द्रगुप्त (विक्रमादित्य) का नवरत्न दरबार

- महाकवि कालिदास–नाटककार। कवि। अनेक शास्त्रों के अभ्यासक
- धन्वन्तरि–रोगनिदान, उपचार। सेना में वैद्यकीय सेवा।
- क्षपणक–जैन साधु, सेना में गुप्तचर के रूप में कार्य।
- शंकु–विद्वान, ज्योतिष तज्ञ
- वेताल भट्ट–तन्त्र विद्या, अघोरी विद्या के जानकार, सुसंवाद में निष्णात
- घटखर्पर–काव्य में यमक के प्रयोग में सर्वश्रेष्ठ
- वररुचि–विद्वान, उत्तम निरीक्षक
- अमर सिंह–कवि, लेखक, उत्तम वक्ता
- वराह मिहिर–ज्योतिष के प्रकाण्ड पण्डित

  नवरत्नों के अपने-अपने विशिष्ट लिखित ग्रन्थ हैं। कवि कालिदास के ग्रन्थ हैं–'ऋतु संहार', 'मेघदूतम्', 'कुमारसम्भवम्', 'रघुवंशम्', 'मालविकाग्निमित्र', 'विक्रमोर्वशीय' 'अभिज्ञानशाकुन्तलम्'।
- 'ऋतु संहार'–छह ऋतुओं का वर्णन है–काव्य।
- 'मेघदूतम्'–काल्पनिक होते हुए भी वास्तविक जीवन का विरही रूप।
- 'कुमारसम्भवम्'–शिव-पार्वती और कार्तिकेय के जन्म की कथा।
- 'रघुवंशम्'–रघुकुल के 29 राजाओं की पराक्रम गाथा है।
- 'मालविकाग्निमित्र'–नाटक। मालविका और अग्निमित्र के विवाह की कथा है।
- 'विक्रमोर्वशीय'–विक्रम और अप्सरा ऊर्वशी की प्रीति कथा है।
- 'अभिज्ञानशाकुन्तलम्'–राजा दुष्यन्त और शकुन्तला की कथा।

रघुवंश की और गुप्त वंश की मूल राजधानी साकेत–अयोध्या थी और रघु राजा के ही समान सम्राट चन्द्रगुप्त मौर्य का प्रशासन उत्तम था।

- सम्राट चन्द्रगुप्त ने सभी कलागुणों को, शास्त्रों को आश्रय दिया था, जिससे साहित्य, संगीत, कला के क्षेत्र में एक नया पर्व आरम्भ हुआ।
- विक्रम संवत–यह काल गणना सम्राट चन्द्रगुप्त ने आरम्भ की।
- मन्दिरों, स्तूपों, धर्मशालाओं, चैत्यगृहों का निर्माण किया।
- व्यापार–आयात-निर्यात अपनी चरम सीमा पर था। भडोच, मंगलूर, शूर्पारिक, कल्याण, चोल, जयगड़ व्यापारी जल मार्ग थे।

  सूती, रेशमी कपड़ों का, मसालों, हाथीदाँत, दवाइयों, चन्दन आदि का निर्यात किया जाता था। आयात की अपेक्षा निर्यात अधिक होने से भारत सम्पन्न था। व्यापारिक और व्यावसायिक संगठन सबल थे।

नवरत्नों के अतिरिक्त मन्त्रिमण्डल के अन्य सदस्य

- दण्डपाशिक–पुलिस यन्त्रणा, दण्ड देने वाला, सुरक्षा करने वाला।
- दण्डपाशाधिकारी–सुरक्षा अधिकारी।
- गुप्तचर विभाग
- महासेनाधिपति–सीमावर्ती प्रदेश का सेना प्रमुख।
- महादण्डनायक-महासेनाधिपति के साथ-साथ कार्य करने वाला।
- अश्वपति–ऊँट, अश्व, हाथी, पैदल सेना का प्रमुख।
- रणभाण्डारिक–सेना को अन्न, शास्त्र, आवश्यक वस्तुओं की आपूर्ति करने वाला।
- महाबलाधिकृत–लश्कर की छावनी, व्यूहरचनाकार
- महासन्धिविग्रहिक–परराष्ट्रमन्त्री, राजदूत।
- विनयस्थितिस्थापक–सामाजिक शान्ति बनाये रखने वाला।
- महाभण्डाराधिकृत–अन्न की आपूर्ति करने वाला मन्त्री।
- महापक्षपटलिक–न्यायव्यवस्था में परिवर्तन की अनुशंसा करने वाला अधिकारी।
- सर्वोध्यक्ष–सभी पर नियन्त्रण करने वाला अधिकारी।
- राजस्व अधिकारी और महामन्त्री–कोषागार अधिकारी।

गुप्त वंश

- पुष्प गुप्त–चन्द्रगुप्त मौर्य के काल में उत्तर प्रान्त का प्रान्ताधिकारी ई.स. 275 से 300
- श्रीगुप्त–कुषाण साम्राज्य के पतन काल में उत्तर प्रान्त में स्वघोषित राजा। ई.स. 300 से 318
- महाराज घटोत्कच–श्रीगुप्त के पश्चात् उसके द्वारा स्थापित राज्य का राजा। उसने स्वयं को 'महाराज' की उपाधि दी।
- महाधिराज चन्द्रगुप्त–ई.स. 318 से 328। महत्त्वपूर्ण कार्य पाटलिपुत्र नगर और मगध राज्य में। अनेक राज्यों को जीतने के बाद उसने विजयोत्सव करके गुप्त संवत् आरम्भ किया। लिच्छवी गणराज्य की राजकन्या से विवाह और साम्राज्य विस्तार। पाटलिपुत्र को राजधानी बनाया।
- कुछ काल तक काचगुप्त ने राज किया।
- समुद्रगुप्त–ई.स. 375 से 384। यह अन्तर्गत कलह का समय रहा।
- चन्द्रगुप्त द्वितीय (विक्रमादित्य)–ई.स. 384 से 414। कालिदास विक्रमादित्य के दरबार में थे। इस कालखण्ड में भारतीय कला, संस्कृति, वेदविद्या, यज्ञ संस्कृति का सर्वाधिक उत्कर्ष हुआ। भारत एकसंघ हुआ। चारों दिशाओं में साम्राज्य विस्तार हुआ।
- कुमारगुप्त
- स्कन्दगुप्त
- पुरुगुप्त
- नरसिंह
- कुमारगुप्त द्वितीय
- बुधगुप्त
- भानुगुप्त-उसके पश्चात अनेक राजा हुए। परन्तु चन्द्रगुप्त (विक्रमादित्य) के काल में वाकाटक वंश से जो सम्बन्ध थे वे बिगड़ने लगे। वाकाटकों ने गुप्त वंश को समाप्त करने के लिए आक्रमण आरम्भ किये। गुप्त वंश लगभग 400 वर्ष रहा।

गुप्त साम्राज्य का विस्तार

- गुप्त साम्राज्य का उदय–कोसल, मगध, गंगा किनारे का प्रदेश।
- श्रीगुप्त–इनका उल्लेख इत्सिंग नामक चीनी यात्री ने मगध के राजा के रूप

में किया है।

- इलाहाबाद, अयोध्या, दक्षिण बिहार का प्रदेश श्रीगुप्त के पास था। लिच्छवी वंश से सम्बन्ध स्थापित करके उन्होंने अपने सिक्के बनाए। गुप्त शक संवत्सर इन्हीं से आरम्भ हुआ।
- चन्द्रगुप्त (प्रथम)–शिलालेख में जानकारी दी गयी है। उत्तर की और नागसत्ता, पाटलिपुत्र राजधानी, दक्षिण में वाकाटकों से युद्ध, कृष्णा नदी (आन्ध्र प्रदेश) तक साम्राज्य विस्तार, पूर्व–बंगाल का समुद्र किनारा, दवाक, कामरूप (आसाम), नेपाल, कुमाऊँ, कांगरा, गढ़वाल, यौधेय, मद्रक (सियालकोट), आभीर (झांसी), सनाकानिक (भिलसा–भोपाल)। अर्जुनायन (भरतपुर), मालव, राजपूताना, अश्वमेध यज्ञ किया।
- सम्राट समुद्रगुप्त–दक्षिण की ओर के ग्यारह राज्य, आर्यावर्त (सप्तसिंधु और कश्मीर) के नौ राज्य और कुछ अन्य राज्य, अरण्यक प्रदेश, सीमा पर स्थित राज्य और गणराज्य ऐसा विशाल भूप्रदेश अपने साम्राज्य तले लाये। गुप्तवंश के सुवर्णकाल का आरम्भ समुद्रगुप्त ने किया।
- चन्द्रगुप्त (द्वितीय)–ज्येष्ठ बन्धु रामगुप्त के पाँच वर्षों के राज्य शासन के बाद चन्द्रगुप्त (विक्रमादित्य) का कालखण्ड आरम्भ होता है। विक्रमादित्य के शासनकाल में साम्राज्य का और अधिक विस्तार होकर लगभग सारे भारत में सार्वभौम-एकछत्र साम्राज्य का निर्माण हुआ। शक-छत्रप, वाकाटक–इन प्रमुख सत्ता स्थानों पर अधिकार किया। मालवा, गुजरात जीतकर 'शकारि' की उपाधि धारण की। समुद्री व्यापार का विकास पूर्व-पश्चिम, उत्तर-दक्षिण साम्राज्य प्रस्थापित। राजधानी पाटलिपुत्र से उज्जयिनी ले गये। उनके दरबार में सर्वधर्म समभाव, शिष्टाचार, स्वागत, अपनापन था फिर भी वैष्णव धर्म पर उनकी प्रगाढ़ श्रद्धा थी।
- इनके पश्चात कुमारगुप्त, स्कन्दगुप्त का राज्यशासन था।

गुप्त काल–भारत का स्वर्ण काल–ईस्वी सन् 318 से 500 तक।

गुप्त वंश में हुए प्रमुख राजाओं के नाम :

- श्रीगुप्त
- घटोत्कच
- चन्द्रगुप्त प्रथम (ई.स. 318 से 335 तक) यहाँ से गुप्त साम्राज्य का स्वर्ण युग आरम्भ होता है। गुप्त शक संवत्सर भी यहीं से आरम्भ हुआ।

- समुद्रगुप्त–सर्वश्रेष्ठ राज्य विस्तारक सम्राट। राज्यकाल चालीस वर्षों का। ई. स. 335 से 375 तक
- चन्द्रगुप्त द्वितीय–अर्थात देवगुप्त, देवश्री, देवराज, विक्रमादित्य इन नामों से परिचित। इनसे पूर्व श्री रामगुप्त ने पाँच वर्ष राज किया था। चन्द्रगुप्त द्वितीय का राज्यकाल था ई. स. 380 से 413 तक।
- चीनी यात्री फाह्यान सम्राट चन्द्रगुप्त के शासन काल में भारत आया था, ई. स. 405 से 411 के बीच।
- कुमारगुप्त (प्रथम) महेन्द्रादित्य ई.स. 415 से 455 तक।

सम्राट समुद्रगुप्त का साम्राज्य

(इस साम्राज्य को सुरक्षित रखते हुए सम्राट चन्द्रगुप्त ने अन्य राज्य भी इसमें जोड़े।)

नागराज्य

1. अहिच्छत्र -अच्युतनाग
2. मथुरा–नागसेन
3. पद्मावती–गणपति नाग

इनके अतिरिक्त अन्य छह राज्य भी जोड़े:

1. पश्चिम बंगाल–बंगभूमि का चन्द्रदेव
2. रुद्रदेव
3. मातिल
4. नागदत्त
5. नन्दीन
6. बलवर्मन

ये राज्य कहाँ के हैं इसके बारे में इतिहासकार सशंक हैं।

दक्षिणपथ के राज्य

1. राजा महेंद्र–कोसल–बिलासपुर, रायपुर, सम्बलपुर
2. व्याघ्रराज–महाकान्तार–गोण्डवन
3. मन्तराज–कोरल–सोनापुर जिला।
4. महेन्द्रगिरि–पिष्टपुर–आन्ध्र प्रदेश का पिष्टपुर (सम्भवत: आज का पिठापुरम्)

5. स्वामीदल–कोहूर–गंजम जिला
6. दमन–एरण्डपल्ल–विजगापट्टम
7. विष्णुगोप–कांची–कांचीपुरम
8. नीलराज–अवमुक्त–गोदापुर जिला
9. हस्तिवर्मन–वैमी–ऐलोर जिला
10. कुबेर–देवरावट–विजगापट्टम
11. धनंजय-कुष्टलपुर–तमिलनाडु का अर्काट
12. उग्रसेन–पाल्लका–नैलोर

पूर्व-पश्चिम भारत में समुद्रगुप्त की सीमा पर पाँच राज्य थे:

- कामरूप–आसाम
- नेपाल
- कृतापुर- हिमालय के निकट का राज्य
- समतट–भारत का अति पूर्व प्रदेश
- दवाक–आसाम का प्रदेश

इसके अतिरिक्त बारह अन्य राज्य जीतकर उन्हें सम्बन्धित राजाओं को वापस लौटाकर उन्हें माण्डलिकत्व प्रदान किया। इसके अतिरिक्त सात अन्य छोटे राज्य जीतकर उन्हें कुछ शर्तों पर उन्हीं राजाओं को लौटा दिया। इस पूरे साम्राज्य पर ज्येष्ठ बन्धु श्री रामगुप्त के बाद चन्द्रगुप्त विक्रमादित्य ने अपनी सत्ता स्थापित की।

सम्राट चन्द्रगुप्त के सिंहासन पर आरूढ़ होने से पूर्व श्री रामगुप्त ने पाँच वर्षों तक राज किया, जिसके दौरान अराजकता फैल गयी। सम्राट चन्द्रगुप्त ने इसे व्यवस्थित कर सुशासन स्थापित किया।

सम्राट समुद्रगुप्त और चन्द्रगुप्त के काल को इतिहास का स्वर्ण काल कहा जाता है।

- सम्राट चन्द्रगुप्त के राज्य विस्तार का सिद्धान्त था–वैवाहिक सम्बन्धों से साम्राज्य विस्तार।
- उन्होंने नागवंशीय कुबेरनागा से विवाह किया। दक्षिण के प्रबल सत्ताधीश वाकाटक वंश में अपनी कन्या दी।
- दक्षिण के कदम्ब वंश की कन्या को अपनी पुत्रवधू के रूप में लाये।
- शकों का पूरी तरह से बन्दोबस्त कर दिया। शक सम्राट रुद्रसिंह का पराभव करके सिन्धु पार करके गान्धार (अफ़ग़ानिस्तान) तक साम्राज्य विस्तार

किया। तीन शतकों से चले आ रहे शक साम्राज्य को नष्ट कर दिया।

- रोमन साम्राज्य से व्यापारिक सम्बन्ध बनाए।
- कुषाणों का अन्त
- हूणों का बन्दोबस्त
- बंगाल पर चढ़ाई
- कामरूप में सुयोग्य शासन की स्थापना
- पाटलिपुत्र, उज्जयिनी, विदिशा–इन राज्यों का सर्वांगीण विकास। विदिशा और उज्जयिनी को पहले उपराजधानी का दर्जा, तब पाटलिपुत्र राजधानी थी। बाद में उज्जयिनी को राजधानी बनाया।
- चन्द्रगुप्त ने भी समुद्रगुप्त की भाँति सिक्के चलाये, शिलालेखों पर उपाधियाँ और अपने कार्यों को उत्कीर्ण किया। उनकी उपाधियाँ थी :

उज्जैनाधिपति, देवराज, देवगुप्त, देवश्री, नरेन्द्रदेव, विक्रमसिंह, विक्रमांक, सिंहविक्रम, सिंहचन्द्र, परम भागवत, महाराजा, सम्राट महाराजाधिराज। इतनी अधिक उपाधियाँ किसी सम्राट के पास नहीं थीं।

उनके शासनकाल में प्रमुख विभाग थे:

- राजस्व विभाग–गुप्त काल में अठारह प्रकार के कर थे।
- न्याय विभाग–चार श्रेणियाँ–कुल, श्रेणी, गण, राजकीय न्यायालय।
- सुरक्षा विभाग
- सेना विभाग
- प्रान्तीय प्रशासन
- प्रान्तों का अन्तर्गत प्रशासन 'विषय' कहलाता था।
- नगर और ग्राम प्रशासन

गुप्त काल में अनेक विषयों पर मुक्त व्यवहार होता था;

- वर्ण व्यवस्था
- जाति संस्था
- एकत्र कुटुम्ब पद्धति
- दास प्रथा
- स्त्रियों का दर्जा
- गणिकाओं, दासियों का सम्मान
- अन्न, वस्त्र, आवास, अलंकार, वेशभूषा, केशभूषा, मनोरंजन, उत्सव

- शिक्षण पद्धति
- निवास, नगर रचना, वास्तु शास्त्र

हर प्रकार से सुशासन और सुव्यवस्था होने से इसे एकसंघ भारत का स्वर्ण काल माना जाता है।

लेखिका का संक्षिप्त परिचय

शुभांगी भड़भड़े

- 'राष्ट्रीय चरित्र उपन्यासकार' उपाधि से सम्मानित।
- 'आकाशवेध' और 'नागनिका' उपन्यासों का विमोचन राष्ट्रपति भवन में। मा. प्रतिभाताई पाटिल और मा. श्री प्रणव मुखर्जी के करकमलों द्वारा।
- 'इदं न मम' नाटक को पंजाब शासन का एक लाख रुपये का पुरस्कार।
- हिन्दी में अनुवादित उपन्यासों को कोलकता का जीवन गौरव सन्मान। राशि एक लाख रुपये।
- दूरदर्शन की सह्याद्री वाहिनी का 'हीरकणी' पुरस्कार/
- अनेक राष्ट्रीय पुरस्कार, महाराष्ट्र शासन का पुरस्कार।
- 'इदं न मम', 'स्वामी विवेकानन्द' नाटक अण्डमान से लेह-लद्दाख और दुबई तक। वर्तमान में अमेरिका में, सम्पूर्ण भारत में इसके प्रयोग आज भी किये जा रहे हैं।
- अब तक 75 पुस्तकें प्रकाशित हो चुकी हैं।
- महापुरुषों के जीवन पर 21 उपन्यास, जिनमें से 17 का अनुवाद हिन्दी में, और कन्नड़, अंग्रेज़ी तथा असमिया में एक-एक का अनुवाद हुआ है।
- अनेक कथाओं का अनेक भारतीय भाषाओं में अनुवाद।
- 20 सामाजिक उपन्यास, 10 कथा संग्रह।
- 12 एकांकिका, 14 बाल-साहित्य की पुस्तकें, वैचारिक, ललित लेख संग्रह,
- आपके साहि ्य पर जबलपुर, गोण्डवाना, नागपुर विश्वविद्यालयों में शोध कार्य किया जा चुका है।
- विदर्भ के साहित्यि संस्थान 'पद्मगन्धा' की संस्थापक/अध्यक्ष।

अनुवादिका के बारे में

- आ. चारुमति रामदास का सन् 1945 में नागपुर में जन्म।
- मातृभाषा मराठी है।
- सन् 1910 में अंग्रेज़ी तथा विदेशी भाषा विश्वविद्यालय, हैदराबाद से सेवानिवृत्त।
- रूसी साहित्य के हिन्दी अनुवाद में सक्रिय। प्रमुख अनुवाद हैं :
- 'मास्टर और मार्गारीटा'–मिखाइल बुल्गाकव,
- 'कसान्द्रा दाग'–चिंगिज़ आइत्मातव
- 'प्रतिनिधि कहानियाँ', 'प्रेम कहानियाँ'–अलेक्सान्द्र पुश्किन
- 'गाँव'–इवान बूनिन
- 'वड़वानल' (मराठी से हिन्दी में)–राजगुरु दत्तात्रेय आगरकर
- 'डॉक्टर झिवागो'–बरीस पस्तरनाक।
- फ़िलहाल बच्चों के लिये रूसी बाल-साहित्य का अनुवाद कर रही हैं।

❑❑